Schalkie van Wyk
Keur 8

Eiland van geheime
Reënboog van jou hart
Bittersoet verlange

Melodie

EERSTE UITGAWE VAN:
Eiland van geheime: J.P. van der Walt, 1995
Reënboog van jou hart: Melodie, 2004
Bittersoet verlange: Melodie, 2006

Melodie
is 'n druknaam van
NB-Uitgewers,
Heerengracht 40, Kaapstad 8001
© Die skrywer 2011
Alle regte voorbehou

Omslagfoto: Gallo Images
Geset in 11.5 op 14.5 pt Bembo
Gedruk in Suid-Afrika deur
Interpak Books, Pietermaritzburg

Eerste uitgawe 2011

ISBN: 978-0-624-05277-7

Eiland van geheime

Toe Marné 'n aanbod kry om by die hooghartige Brandenbergs op Flaminke-eiland te gaan werk as oppasster van die verstandelik vertraagde Nicolette, huiwer sy nie. Die eiland klink vir haar romanties en geheimsinnig. Presies hóé geheimsinnig kom sy eers agter toe sy in Nicolette se album foto's sien waarop party mense se gesigte uitgekrap is. En toe hoor sy van die meisie wat na haar dood geval het by die hangbrug . . . Dat die eiland ook romanties kan wees, besef sy gou. Daar is Erik de Ridder, die bouer, met sy silwergrys oë en sy hande waaraan daar altyd sement is. En dan is daar die hoogs aantreklike Vincent Brandenberg wat haar sy vrou wil maak. Gaan haar liefde een van die eiland se geheime word, wonder Marné. Of gaan dit vervul word?

Reënboog van jou hart

Met die ink nog nat op haar graadsertifikaat, verruil die 22-jarige Lanja van Niekerk Kaapstad vir Johannesburg. Sy gaan by haar ouma Jakkie woon, want sy is vir eers klaar met mans. Derek Vermeulen het haar verneder en verraai, en sy gaan nie sommer weer 'n man in haar hart toelaat nie. Dan ontmoet sy ouma Jakkie se jong buurman, die skugter argitek Rosseau Friedlander. Ook hy het 'n bittere liefdesteleurstelling gehad en stel nie in verhoudings belang nie, daarom kan hulle heerlike vriende wees en net mekaar se geselskap geniet. Maar wat voer Rosseau se dodelik aantreklike broer, Benno, in die mou? Kan sy hom vertrou, of is hy die gewetenlose rokjagter wat almal sê hy is?

Bittersoet verlange

Leandri Dreyer voel soos die spreekwoordelike voëltjie wat in 'n goue kou gevange gehou word. As enigste kleindogter van haar skatryk ouma, Anya Dreyer, kry sy van kindsdag af alles van die beste en die duurste, want haar ouma moes haar grootmaak ná haar ouers in 'n motorongeluk gesterf het. Maar geld en goed is nie liefde nie, en Leandri wil versmoor onder die swaar skuldlas van verpligting wat op haar geplaas word. Toe haar ouma egter aandring dat Leandri voor haar 21ste verjaardag met die prokureur Mauritz Pretorius trou, en Leandri op dieselfde dag die aantreklike Rohan Rinsma met sy donker mosgroen oë en kragtige motorfiets ontmoet, word 'n vuur van verset in haar jong hart aangesteek.

Inhoud

Eiland van geheime

1

Marné Jordaan plaas die telefoon se gehoorstuk stadig op die mikkie terug en stap na die eetkamertafel toe. Die hang van haar skouers en die troebel uitdrukking op haar gelaat verraai haar teleurstelling.

"Het hulle nie 'n pos vir jou nie, hartjie?" vra Annie Hofmeyr simpatiek.

Marné gryp die rugleuning van die stoel voor haar vas. Woede smeul in haar oë van onmag. "Waarom het ek so hard geleer om 'n arbeidsterapeut te word, tant Annie? Waarom het tannie geld op my opleiding gemors? Ek en my verhewe ideale . . . Ha! Ek het soos 'n gek gedroom oor die dag wanneer ek gestremdes sou help om hulle by hul werksituasie aan te pas, maar ek het nie tred gehou met die werklikheid nie. My werk word nie meer deur die groot mediese fondse gedek nie, en myne en fabrieke besnoei as gevolg van die resessie. Ek is oorbodig soos kaviaar op 'n plek waar mense nie eens brood kan bekostig nie!"

Selfs woede kan nie Marné se nimfagtige skoonheid bederf nie, dink Annie terwyl sy met 'n halwe oor na die tirade luister. Is dit hoe ek vyf en veertig jaar gelede gelyk het, vra sy haar af en ervaar 'n prikkie heimwee. En tog . . . sy was ook eenmaal pas mondig; 'n slanke meisie met 'n fyn beenstelsel, digte, silwerblonde hare en koringblou oë omraam met lang, donker wimpers. Haar gelaatstrekke was byna sprokiesagtig volmaak. Troos vou soos die arm van 'n ou vriend om haar skouers, want in 'n skuilhoekie van haar hart rus die wete dat sy op die ouderdom van ses en sestig tog 'n paar krummels van die skoonheid van haar jeug behou het.

"Hoekom lag tannie?" kom dit gekrenk van Marné. "Ek is desperaat, tant Annie! Dis reeds April en sedert ek my studie voltooi het, het ek nog nie 'n sent verdien nie."

"Ek lag nie, hartjie. Moontlik het ek onbewustelik geglimlag," sê Annie paaiend.

"Kan tannie nog 'n rede vind om te glimlag?" vra Marné vies en plof op haar stoel neer.

"Talle redes. Op die oomblik skree jy teen die onregverdigheid van die lewe, maar as ek na jou kyk . . ." 'n Glimlag van deernis en dankbaarheid plooi om Annie se lippe en glim sag in haar oë. "Ek is seker 'n selfsugtige oumens, want kyk ek na jou, kan ek net onthou dat jy die afgelope een en twintig jaar die grootste vreugde in my lewe was. Wanneer 'n vrou die dag vyf en veertig en ongetroud is, is sy dikwels 'n voorwerp van bejammering. Jy weet dat jou familie en vriende agter jou rug sê: 'Foei, die arme siel kon nie 'n man kry nie. Sy gaan 'n eensame oumenslewe tegemoet, maar ons sal probeer om vir haar verjaarsdag- en Kerskaartjies te stuur.'"

"Dis nie waar nie!" protesteer Marné. "Tannie moes oupa en ouma Hofmeyr versorg en die onderwys was tannie se eerste liefde. En tannie kón 'n man gekry het, want tannie was 'n beeldskone meisie." Haar oë rus op Annie. "Tannie is nou nog mooi," sê sy eerlik.

Annie lag goedig. "Dis wat ek my graag wysmaak as ek die oggend daarin slaag om my plooie te ignoreer en net my oë raak te sien. Maar my hare is silwergrys, nie meer silwerblond nie; en dalk het die koringblou van my oë ook al 'n bietjie verbleik." Sy maak 'n afwerende handgebaar toe Marné se lippe woorde van protes begin vorm. "Liefde sien skoonheid in 'n geparste, droë roos, Marné. Ek praat nie nou oor jou of vandag nie, maar oor een en twintig jaar gelede."

"Toe tannie my wettige voog geword het?"

Annie knik bevestigend. "As jy mooi is én jy is 'n oujong-nooi, wonder mense agter jou rug – soms waar jy dit kan hoor – of jy nie 'n geheime liefdesverhouding met 'n getroude man het nie. As jy minder aantreklik is, kry hulle jou openlik jammer omdat jy te lelik is om 'n man te kry."

"Wie sou dit gewaag het om te dink Tannie het 'n verhouding met 'n getroude man?" vra Marné geskok.

"Al my getroude vriendinne en kennisse wat nie volkome seker was van hulle mans se lojaliteit nie," antwoord sy. Sy frons nadenkend en vervolg mymerend: "Behalwe Renate Brandenberg, van Flaminke-eiland. Ons het saam op Twiswaters grootgeword, maar sy was vier jaar ouer as ek. Sy het jonk getrou en was op twintigjarige leeftyd reeds die ma van 'n seun."

"Flaminke-eiland? Waar is dit? Leef tant Renate nog? Hoekom kuier ons nooit by haar nie?" vra Marné nuuskierig. Annie swyg en Marné gaan agterdogtig voort: "Hoekom het tante nog nooit oor tant Renate Brandenberg gepraat nie? Het julle rusie gehad?"

"Dit was ses vrae, hartjie. Watter een sal ek eerste antwoord?" korswel Annie.

"Die eiland – ek was nog nooit op 'n eiland nie."

"Flaminke-eiland is 'n mooi naam, maar dis ook al wat dit is, want dit is nie 'n eiland in die ware sin van die woord nie. Ou Marthinus Brandenberg, Renate se skoonpa, was die oorspronklike eienaar van die grond wat aan Twiswaters grens. Flaminke-eiland lê tussen twee spruite wat die oostelike en die westelike grense van die landgoed vorm. In die noorde is daar 'n moerasagtige grond wat gewoonlik oorstroom word wanneer die spruite ná swaar reën afkom, en in die suide het ou Marthinus 'n kunsmatige meer laat uitgrawe."

"Is daar flaminke op die eiland?" vra Marné gretig.

"Die brakwater van die meer het vroeër jare die donker-

pienk, klein flamink gelok, maar of daar nog flaminke is . . ."
Annie swyg, verdwaal in 'n labirint van jeugherinneringe.

"Woon tant Renate nog op Flaminke-eiland?" onderbreek
Marné haar gedagtegang met die ongeduld van die jeug.

Drome vlug uit Annie se oë en sy kyk na Marné. "Sy woon
nie net daar nie; ek kan uit haar briewe aflei dat sy met 'n yster-
hand oor haar skoondogter en kleinkinders heers ten spyte van
haar ouderdom van sewentig jaar."

"Dan korrespondeer tannie-hulle nog al die jare, maar tannie
het my nooit vertel nie?" verwyt Marné haar en laat Annie se
optrede soos 'n daad van verraad klink.

"Ek sal nie juis 'n brief elke drie of vier jaar gereelde korres-
pondensie noem nie, Marné." 'n Ligte frons keep tussen Annie
se wenkbrou en daar is 'n uitdrukking van onbegrip in haar
oë. "Gedurende die afgelope drie maande het ek 'n halfdosyn
briewe van Renate gehad, maar . . ."

"Maar wat, tant Annie?"

"Ek het nie geweet hoe om die saak aan te roer nie, my kind.
Jy was so opgewonde oor jou studie wat eindelik voltooi was,
so gretig om te begin werk, dat ek niks oor Renate se uitnodi-
ging wou sê nie," antwoord sy verskonend.

"'n Uitnodiging? Het tant Renate vir tannie uitgenooi om
te kom kuier?"

Annie vroetel doelloos met haar eetgerei. "Goeiste, Marné,
ons het nog nie ons middagete klaar geëet nie. En nou is die
kos yskoud."

Marné steek haar regterhand uit en lê dit op dié van Annie.
"Moenie, tannie. Moenie die waarheid vir my wegsteek nie. Ek
weet wat tannie ter wille van my opgeoffer het toe my ma 'n
paar weke ná my geboorte aan nierversaking beswyk het. As
tant Renate vir tannie uitgenooi het om te gaan kuier, gaan
gerus. Ek is darem al mooi groot. Ek sal nie die huis laat afbrand
terwyl tannie weg is nie."

"Opoffering? Onsin!" Annie snuif ergerlik deur haar neus. "Ek het jou al herhaalde male gesê: toe my oorlede vader meer as veertig jaar gelede besluit het om vir hom 'n dokterspraktyk hier in die stad te koop, het ons Hofmeyrs vir goed die stof van Twiswaters van ons voete afgeskud. Ek en my broer Nico – jou oorlede oupa – het Johannesburgers in murg en been geword. Ek kan my niks verveliger voorstel as 'n vakansie op 'n plattelandse dorp nie."

"O," kom dit afgehaal van Marné. Sy kyk met 'n tikkie verwyt na Annie. "Ek het gehoop – gewens . . ." Sy swyg en vroetel met haar servet op haar skoot. "Dalk is ek gelukkig. Dalk kan ek werk in 'n kettingwinkel of 'n restaurant kry, maar 'n vakansie – selfs net 'n naweek op 'n eiland met so 'n romantiese naam . . . Ek sal bitter graag die dorpie waar tannie grootgeword het, wil besoek."

Die uitdrukking op Annie se gelaat verhard. "Maar ék sal nie, Marné, want . . ." Sy pers haar lippe saam en Marné sien in haar uitdrukkingsvolle oë dat daar 'n innerlike stryd in haar woed. Annie sug stadig. "Laat ek dit maar ruiterlik erken: ek is 'n ou vrou en ek is selfsugtig. Ek wou jou nie laat gaan nie."

"Vir my? Waarheen?" vra Marné verward.

"Die uitnodiging van Renate Brandenberg was aan jou, nie aan my nie, hartjie. Jou oupa Nico was 'n paar jaar ouer as sy en in 'n stadium was daar sprake dat hulle sou trou. Dalk sou hulle ook as . . . as sy nie 'n onverwagte huweliksaanbod van die skatryk Tinus Brandenberg – die ou Marthinus se oudste seun – gekry het nie. Maar daar was geen kwade gevoelens tussen ons nie, want ons het almal saam grootgeword en deur die jare het Renate herhaaldelik gevra dat ek moet kom kuier."

"Maar waarom het sy gevra dat ék moet kom kuier, tannie? Sy ken my nie," kom dit onbegrypend van Marné.

"Ek het jou gesê: die afgelope drie maande korrespondeer ek en Renate gereeld. Ek het in een van my briewe daarvan mel-

ding gemaak dat jy probleme ondervind om werk te kry en toe
. . . toe stel sy voor dat jy haar skoondogter met dié se jongste
kleinkind help," vertel Annie en lyk baie skuldig.

Marné leun gretig nader aan Annie oor die tafel. "Tannie
bedoel die kleinkind is fisiek gestrem?" vra sy.

"Nee, nee, hartjie, Nicolette is 'n laatlammetjie en volgens
wat ek uit Renate se briewe kan aflei, 'n liewe dogter van ses-
tien, maar sy is 'n kind wat altyd 'n kind sal bly."

"Is sy geestelik gestrem?" vra Marné simpatiek.

Annie knik. "Ja, sy kan 'n handvol wees. Renate se skoon-
dogter, Rentia, het 'n voltydse huishoudster, Mathilda Fourie,
wat na Nicolette omsien. Maar Mathilda is self 'n vrou van
byna sewentig en dis vir haar bykans onmoontlik om die huis-
houding te behartig en nog na Nicolette ook om te sien. As jy
sou kans sien om 'n ogie oor Nicolette te hou . . . Renate het
my verseker die dogter is heeltemal onskadelik, maar sy tree
soms onverantwoordelik op."

Marné frons onseker. "Het Nicolette nie gespesialiseerde lei-
ding nodig nie? Ek sal nie weet hoe om haar te hanteer nie."

"Sy was in 'n spesiale skool en sy kan eenvoudige takies ver-
rig. Sy het nie 'n voltydse verpleegster nodig nie. Renate skryf
die dogter is gewoonlik doodtevrede om met haar poppe te
speel, maar soms sluip sy uit die huis en loop op die eiland
rond. Sy kan nie swem nie – sy het 'n onredelike vrees vir wa-
ter – maar hulle is tog bekommerd dat sy eendag per ongeluk
in die meer of in een van die spruite sal val." Annie merk die
twyfel op Marné se gesig en sê vinnig: "Jy hoef nie te gaan nie,
Marné. Ek wil nie van jou 'n kinderwagter maak nie. Noudat
ek daaraan dink: dis voorbarig van Renate om so iets van jou
te verwag."

"Maar dis 'n geleentheid om Flaminke-eiland en tannie se
geboortedorpie te besoek," redeneer Marné.

"In daardie geval: Renate het ons aanvanklik uitgenooi om

te kom kuier. As jy so graag die eiland wil sien, gaan kuier dan 'n week of twee, Marné."

Marné skud haar kop beslis. "Nee, tant Annie. As ek 'n salaris kan verdien – al is dit ook hoe min – sal dit my onafhanklik maak." Sy frons besorg. "Is tant Renate bereid om my finansieel te vergoed?"

"Sy is en dis nie 'n slegte salaris nie. Moenie oorhaastig besluit nie, kind. Het jy vergeet van jou erfenis van jou oupa Nico?"

Marné se oë rek ongelowig. "Tannie versorg my reeds een en twintig jaar. Hoe kan daar nog iets oor wees?"

"Jou oupa was 'n suksesvolle neuroloog, hartjie. En ek het darem ook iets uit my eie sak bygedra, want per slot van rekening is jy vir my soos 'n eie kind." Annie se glimlag is kinderlik skaam. "Ek het reeds erken ek is besitlik oor jou, daarom het ek verkies om self ook te betaal." Sy laat haar oë deur die ruim eetkamer dwaal. "Die huis het ek van my ouers geërf en my salaris as onderwyseres was voldoende vir ons albei. Jy het so goed op skool presteer dat die beurs en jou studiepolis oorgenoeg was om die onkoste van jou opleiding as arbeidsterapeut te dek. Jou erfgeld … dit was nie vir my nodig om 'n sent daarvan te gebruik nie."

Marné byt hard op haar onderlip, verleë omdat sy nie gedink het Annie help haar so onbaatsugtig nie. Sy is dierbaar. "Hoekom is tannie nooit getroud nie?"

Annie slaan haar oë neer. "Ek het my ouers versorg totdat –"

"Nee, tant Annie," val Marné haar beslis in die rede, "oupagrootjie Nicolas was 'n dokter met 'n groot praktyk. Tannie vergeet; hy en ouma Maria is eers dood toe ek al op laerskool was. Hulle kon maklik 'n privaat verpleegster bekostig het."

'n Glimlag speel wegkruipertjie om Annie se mondhoeke. "Snip! Sal ek jou probeer oortuig dat ek 'n verterende haat jeens alle mans koester?"

"As tannie 'n goeie rede het, ja. Maar wat is die rede?"

Annie lag teësinnig. "Geen rede nie, klein agie. Ek het meer as een huweliksaanbod gehad, maar die belangrikste bestand-deel vir 'n suksesvolle huwelik het altyd ontbreek: liefde."

"Het tannie nooit die regte man liefgekry nie?" vra Marné teleurgesteld.

"Die regte man was net nie daar om lief te kry nie, en om te trou bloot om myself 'mevrou' te kon noem, was nie vir my genoeg rede om my in 'n huwelik te begewe nie."

"Is tannie nie spyt nie?"

Annie swyg nadenkend, en sê toe: "Toe ek jonger was, het ek soms daaroor gewonder, maar vandat jy deel van my lewe geword het, het ek die antwoord geken: ek moes daar wees vir jou, want jy het niemand anders gehad nie. As ek getroud was met 'n huis vol kinders . . . Dalk sou my man nie my broer se kleindogter wou aanvaar nie."

"Nou is ek daar vir jou, tant Annie. Ek het niemand lief nie en ek gaan by jou bly totdat –"

"Beslis nie!" val Annie haar skerp in die rede. "Jy onthou Monica Neethling van die Kaap? Sy nooi my sedert my aftrede om by haar in haar strandhuis te kom kuier. As jy werklik gretig is om na Flaminke-eiland toe te gaan, sal ek eindelik vry wees om Monica se uitnodiging te aanvaar."

"Ons laaste kuiertjie by tant Monica het nie eens 'n week geduur nie, want sy is suur en suinig. Tannie gebruik haar net as 'n verskoning om my my sin te gee."

"Glad nie. Ek sien net nie kans om nog 'n dag na jou ge-kerm te luister omdat jy werkloos is nie. Gaan kuier by die Brandenbergs, leer Nicolette ken, en besluit dan of jy met haar versorging wil help."

"Maar ek wil hier in Johannesburg werk hê – hier naby tan-nie," maak Marné beswaar.

"Waar jy my kan versorg soos ek my ouers versorg het, Mar-né?" vra Annie nadruklik.

"Wel . . . ek het niemand anders behalwe tannie nie."

"Nie op die oomblik nie, maar die wêreld is groot. Ek gaan nie vir altyd by Monica kuier nie, Marné. Niks verplig jou om Nicolette te versorg nie. Jy is mondig en voortaan kan jy 'n maandelikse toelae uit jou oupa Nico se boedel ontvang. Jy sal nie oorsese reise kan bekostig nie, maar jy sal onafhanklik wees."

Marné staar haar verslae aan. "Maar tannie sê altyd 'n mens moet werk, nie op ander se rykdom teer nie, want –"

"Ja, ja, ek onthou," onderbreek Annie haar ongeduldig. "As jy besluit om Nicolette te versorg en 'n salaris ontvang, kan jy jou toelae spaar, maar ek wil jou nie dwing om 'n pos te aanvaar omdat jy in finansiële nood verkeer nie. Ek het Renate Brandenberg 'n leeftyd gelede gesien; ek ken nie haar weduwee-skoondogter Rentia of haar drie kleinkinders nie. Ek weet nog minder wat Nicolette se versorging sal behels. Dis waarom ek wil hê jy moet finansieel onafhanklik wees. As jy nie van die situasie op Flaminke-eiland hou nie, is jy vry om terug te kom huis toe en ander werk te soek."

Annie kyk op haar polshorlosie, dan na die wysers van die staanhorlosie in die ontvangsportaal, en draai desperaat na Marné. "Al die horlosies in die huis is voor. Hoe laat is dit, Marné?"

"Op die kop nege en twintig minute en sewentien . . . agttien sekondes oor nege. As die taxi betyds . . ." Sy hou op met praat toe sy 'n motor voor die deur hoor stilhou en loop na die smal venster langs die voordeur. "Die taxibestuurder is darem stiptelik. Kom, ek sal tannie met die tasse help."

"Los die tasse, dogter! Vincent Brandenberg moes al 'n uur gelede hier gewees het. Hoe kan ek op 'n vliegtuig klim en Kaap toe vlieg en jou aan die genade van 'n wildvreemde man oorlaat?" vra Annie onstuimig. Sy ruk haar swaarste tas uit Mar-

17

né se hand en gil van pyn toe Marné die tas skielik los en dit op haar voet val. "Eina, deksels! Hoe kan jy so onbeholpe wees, Marné? Al die beentjies in my voet is gebreek."

Voor die huis druk die taxibestuurder die toeter.

"As tannie hospitaal toe moet gaan . . ." Marné beduie betekenisvol met haar kop na die voordeur. "Ek sal die taxibestuurder vra om my te help om tannie na die taxi toe te dra."

"Ek moet lughawe toe gaan, nie hospitaal toe nie, kind. Wat op aarde laat jou dink ek is op hospitaal toe?" vra Annie vies terwyl sy op 'n stoel plaasneem, haar regterskoen uittrek en haar tone vryf.

"Tannie se gebreekte voet," antwoord Marné droog.

Annie gluur haar aan. "My voet is nie gebreek nie, dogter. Dit was net by wyse van spreke wat ek dit gesê het."

"Wat 'n verligting! Kom ons dra dan die tasse na die taxi toe, anders is tannie laat vir die vlug Kaap toe."

"Luister jy nie na my nie, Marné?" begin Annie driftig. "Hoe kan ek vertrek voordat ek Vincent Brandenberg persoonlik ontmoet en deeglik deurgekyk het? Dis 'n twee uur lange rit Twiswaters toe. As ek die man nie kan vertrou nie, laat ek jou nie toe om in sy motor te klim nie."

Buite druk die taxibestuurder weer die toeter.

Annie trek haar skoen aan, hinkepink na die voordeur toe en ruk dit oop. "Dis nie nodig om 'n ouverture met die toeter te speel nie, meneer! Ek is nou daar!" roep sy boos.

Die taxibestuurder klim uit, skuif die vingers van sy regterhand onder sy pet in en krap bokant sy oor. "Die pad lughawe toe is besig. Ek wil nie 'n kaartjie vir jaag kry nie."

"Ek sal die dekselse kaartjie betaal!" snou Annie en draai na Marné toe. "Marné, ek bly net hier. As Monica haar wil wip, laat sy dit doen! Ek sal nooit met my gewete kan saamleef as ek jou deur 'n wildvreemde man laat ontvoer nie."

Marné hou haar gesig uitdrukkingloos en sê: "Ek is 'n baba.

Ek moet elke vier uur 'n bottel kry. Ek het my tant Annie nodig om my windjies uit te vryf. Is dit reg, tannie?"

Kommer en ergernis vlug uit Annie se gelaat en word vervang deur 'n skuldige uitdrukking. "Is ek werklik so erg?"

"Erger. Ek het sedert my matriekjaar in talle wildvreemde mans se motor geklim en saam met hulle uitgegaan, en ek het nooit iets oorgekom nie. Ek kén mans, tant Annie. Tannie was nie altyd daar om my hand vas te hou nie."

"Jy is al wat ek het, Marné."

"Tannie bedoel tannie is lief vir my. Ek weet, en ek is lief vir tannie. Het tannie my lief genoeg om my oordeel te vertrou?"

Annie huiwer. "Hy is darem Renate se kleinseun . . ." Die frons glip terug tussen haar wenkbroue. "Maar laat die vent duidelik verstaan wat ek dink van sy onvermoë om stiptelik te wees, Marné. En hou jou gaspistool in jou handsak . . . vir ingeval. En as –"

"My taxi kan nie vlieg nie, mevrou," praat die taxibestuurder agter haar en krap bokant sy ander oor.

Marné gee Annie 'n vinnige drukkie en 'n soen. "Tot siens, tannie. Ek het tant Monica se foonnommer. Ek sal bel om te sê ek is veilig."

"Ja . . . Moet niks teen jou sin doen nie. Ek moes nooit ingestem het dat . . ." Sy sien die taxibestuurder tydsaam nader drentel en roep ongeduldig uit: "As jy haastig is, meneer, lyk dan haastig! Die tas is te swaar vir my dogter."

"Jy gaan ekstra betaal vir die bagasie op die vliegtuig, mevrou," waarsku die man terwyl hy die tas by Marné neem en dit na die taxi toe dra.

"Juffrou. Ek is ongetroud," sê Annie kortaf.

Hy kyk beurtelings na Annie en Marné. "Maar jy het 'n dogter?" Hy glimlag geeltand. "Een van daardie tragiese gevalle, nè?"

"Pleegkind!" roep Marné uit by die voordeur. Annie gluur

die taxibestuurder aan, klim in die motor en bly roerloos sit totdat hy verplig is om haar motordeur toe te maak.

Die taxibestuurder beduie met sy duim na Annie toe en knipoog vir Marné. "Ek sal sorg dat sy haar vliegtuig haal, juffroutjie. Sy lyk vir my na 'n handvol . . . 'n propperse koningin van die noordelike voorstede!"

Hy skuif agter die stuurwiel in en die taxi trek weg. Annie wuif een maal en laat sak dan haar kop terwyl Marné haar eie hand stadig laat sak.

Huil tant Annie, wonder sy, of voel tant Annie soos sy? Sy wil huil, maar haar verstand sê vir haar dat sy definitief te oud is om oor haar voog te huil. Tydens haar skooljare was sy twee maal na 'n veldskool toe – haar enigste twee vakansies sonder tant Annie. Sy het toe nie gehuil nie, maar dit was omdat sy skaam was om dalk deur haar klasmaats uitgelag te word. Tant Annie het gehuil, ongemerk en geluidloos, moontlik omdat tant Annie ook bang was om uitgelag te word.

Sy ruk van die skrik toe 'n hand vlak voor haar oë gewuif word.

"Verskoon my, juffrou, maar is jy dood, slaap jy of is jy gehipnotiseer?" vra 'n diep manstem wat by die hand hoort.

Haar kop ruk op en sy kyk in die gesig van 'n man met donkerbruin, krullerige hare, 'n songebruinde vel, sterk gelaatstrekke en liggrys, kristalhelder oë. Silwer oë, dink sy, en besef dan dat dit sy oë se kontras met sy digter, donker wimpers is wat hulle ligter laat lyk. Die vreemdeling troon oor haar. Sy skouers is breed en sy spiere bult in sy arms en onder die ligblou T-hemp wat oor sy bors span. Haar oë sak laer en sy merk dat hy 'n verbleikte denimbroek en 'n ouerige paar drafskoene dra.

Sy glo dit nie! Wie en wat dink Vincent Brandenberg is hy om soos 'n verslonste arbeider op hulle drumpel op te daag? Watter soort mense is die Brandenbergs? Hulle kan nie arm wees as hulle 'n eiland besit nie, maar 'n welvarende man kom haal nie 'n besoeker in die stad as hy geklee is asof hy braaivleis wil hou nie. Of het hy dit opsetlik gedoen om haar te wys wat hy van haar nuwe posisie as sy suster se oppasser dink?

Sy gooi haar kop agteroor en staan meer regop, haar oë vyandig in syne. "Jy is laat," sê sy met kille afkeer.

Sy regterwenkbrou wip omhoog. "Is ek? Hulle het net gesê ek moet jou vanoggend oplaai, maar hulle het nie gesê wanneer nie. Of dalk het hulle. Ek steur my nooit veel aan hulle geklets nie. Ek het in elk geval oorgenoeg van my eie probleme gehad om my oor te kwel," antwoord hy ongeërg.

"My tant Annie was hewig ontsteld. Sy het uitgesien daarna om jou persoonlik te ontmoet voordat ek Flaminke-eiland toe vertrek," verwyt Marné hom.

"Nou gaan roep haar. Waarsku haar dat ek haastig is. Ek het nie tyd vir koek en tee nie," sê hy bruusk.

Marné staar hom onthuts aan. "Liewe land, het tant Renate jou niks vertel nie? Tant Annie moes 'n vliegtuig haal Kaapstad toe, daarom was dit so belangrik dat jy om halfnege hier moes wees sodat julle eers kon gesels het. Sy weet van jou, maar sy ken jou nie, daarom –"

"Die ou skinderbek!" val hy haar misnoeg in die rede.

"Sê jy my tant Annie is 'n skinderbek, jou ..." vra sy onstuimig.

Hy maak 'n afwerende handgebaar. "Nee, nee, ek praat van ou Renate. Sy woon al jare lank soos 'n valk op 'n krans in Flaminke-huis, maar as iemand nies, wees sy watter kleur sakdoek hy gebruik. Dit sal my nie verbaas as sy ons almal op die eiland deur 'n verkyker dophou nie."

En dis die man saam met wie sy na Flaminke-eiland toe moet ry, dink Marné en staar hom met weersin aan. Hy lyk nie net onverfynd nie, maar hy het opsigtelik geen respek vir sy eie ouma nie.

"En jou ma?" vra sy koel.

Hy frons onbegrypend. "Wat het my ma met ou Renate te doen?"

"Ek het net gewonder of jy darem 'n klein bietjie respek vir jou ma het aangesien jy met soveel minagting van tant Renate praat," sê sy styf.

"My ma is dood," antwoord hy kortaf.

Haar oë rek ontsteld. "O . . . Ek is verskriklik jammer. Wanneer vind die begrafnis plaas?"

"My ouers het meer as twintig jaar gelede in 'n motorongeluk gesterf, juffrou Jordaan. Ek neem aan hulle is destyds begrawe," antwoord hy droog.

"Maar . . . maar . . ." Sy swyg verward. "Is dit moontlik dat tant Renate al die jare haar seun en skoondogter se dood teenoor my tant Annie sou verswyg het?"

"Tant Renate se seun is dood, maar haar skoondogter, Rentia, is springlewendig."

"Tant Renate se . . ." Sy sluk hoorbaar. "Is jy nie Vincent Brandenberg nie?"

Hy lyk 'n oomblik onthuts, byna beledig, en lag toe humorloos. "Beslis nie, juffrou Jordaan. Vincent het by my oupa gehoor ek kom stad toe vir besigheid. Dit was gisteroggend. Hy het my gevra of ek hulle nuwe diensmeisie . . ." Hy swyg en Marné merk met genoegdoening hoe 'n donkerrooi gloed oor sy nek en gesig kruip. "Vincent het ander . . . verpligtinge gehad, daarom het hy my gevra om jou saam te bring Flaminke-eiland toe. Ek is met my bakkie hier, want ek moes 'n paar dinge terugneem na die eiland toe." Hy kyk na die hoë ringmuur. "Ek het in die straat geparkeer. As jy vir my sê waar jou tasse is . . ."

"Wie is jy, meneer?" vra sy koel.

"Erik de Ridder." Hy lyk onkant betrap. "Jammer, ek dag jy weet. Vincent het beloof om te bel en jou oor die verandering van die reëlings in te lig." Hy steek 'n groot, vereelte werkershand na haar toe uit. "Sal ons sê: bly te kenne, juffrou Jordaan?" vra hy formeel.

Sy kyk na sy hand en vra gelykmatig: "Sal jy graag jou hande wil was, meneer De Ridder?"

"Ekskuus?" Hy staar na sy hande asof hy hulle lank laas gesien het. "Vervlaks, ek het vergeet ek was by die nuwe konstruksiewerke langs. Maar dis net sement." Hy vryf sy hand aan sy broekspyp af en steek dit weer na haar toe uit.

Sy huiwer, kyk in sy besondere oë en glimlag onwillekeurig. "Ek glo nie ek het al ooit tevore 'n bouer se hand geskud nie. Bly te kenne, meneer De Ridder."

"Erik. Formaliteit maak my kriewelrig, daarom hou ek van die platteland. Maar jy . . . jy is te fyntjies en vroulik . . . Marné. Wat kom soek jy op die platteland?"

"Werk. Jy het gehoor ek is 'n diensmeisie," antwoord sy koud.

"Dis wat Vincent jou genoem het, maar noudat ek jou en julle huis gesien het . . . Nicolette is 'n handvol."

"Ek is nie so onervare as wat ek lyk nie. Ek gaan in elk geval nie omdraai voordat ek probeer het nie," sê sy beslis.

Hy haal sy skouers op. "In daardie geval, bring jou tasse."

"Nie voordat ek die Brandenbergs gebel het nie. Jy sê jy ken hulle, maar tant Annie het nooit van jou gepraat nie. Ek kan jou nie sommer goedsmoeds vertrou nie."

Sy regterhand skiet uit en sluit in 'n staalgreep om haar pols. "O nee, juffroutjie, jy bel niemand nie. Kom ons ry!"

2

Marné gluur na die groot hand wat om haar tenger gewrig sluit en daarna na die man wat haar met grimmige vasbeslotenheid aangluur. "As jy my gewrig klaar gebreek het, Erik de Ridder, klim in jou bakkie en ry," sê sy kil.

Hy los haar gewrig vinnig. Hy lyk beurtelings besorg en skuldig. "Is jy ernstig? My ouma Kobie kla ook altyd dat ek meer krag het as wat ek besef. Pyn jou gewrig?"

Dan het hy tog 'n sagter sy, dink Marné goedkeurend, maar sy hou haar uitdrukking koel. "Vanselfsprekend, maar ek twyfel of dit gebreek is," antwoord sy en vryf haar gewrig. "Gaan jy my nou toelaat om die Brandenbergs te bel, of slaan jy my dié keer oor die kop?"

Ergernis verdonker sy gelaat. "Genugtig, Marné, ek is nie 'n aanrander van hulpelose vroue nie. Ek is reeds gisteroggend by die huis weg, maar ek het gisteraand telefonies met my oupa gepraat ... en dit het toe paddas en platannas gereën. Flaminke-eiland het 'n laagwaterbrug en as die spruite vol word, is ons gestrand op die dorp. Een van die redes waarom ek stad toe gekom het, was om sekere tablette vir oom Sebastiaan te kry, want die enkele apteek op die dorp het niks daarvan in voorraad gehad nie. Ek móét die medisyne by hom kry, anders . . ." Sy uitdrukking verstrak. "Ek mors tyd. Kom jy saam of bly jy?"

Wie is oom Sebastiaan, wonder sy. Vreemd, die naam klink bekend, maar sy kan nie onthou waar sy dit gehoor het nie. Ry sy of bly sy, vra sy haar af en besluit vinnig toe Erik haar oor sy skouer aangluur. "Albei tasse staan in die ontvangsportaal. Ek sal hulle kry."

"Ek sal. Sluit jy die voordeur," beveel hy, gaan die portaal binne en tel die tasse moeiteloos op.

Sy raap haar handsak en grimeertassie van 'n bank af op, sluit die voordeur en draf na die tuinhekkie toe. Sy sluit dit agter

24

haar, draai om en sien Erik langs 'n liggrys bakkie staan. Sy arms is gekruis en daar is 'n uitdrukking van gedwonge geduld op sy gelaat.

"As jy my nog nie vertrou nie, kan jy agterop die bakkie ry. Besluit net vinnig." Hy sien die skok op haar gesig en vervolg grimmig: "Die kap sal verhoed dat jy wegwaai. Jy behoort nie te vuil te word nie, want daar is net 'n paar sakkies sement, 'n klompie gereedskap en kruideniersware op die bak. Sal ek jou ophelp?"

"Ek is nie net nog 'n stukkie gereedskap nie, meneer De Ridder," sê sy. "Ek het my eie motor, maar tant Renate het my tant Annie laat verstaan dat ek nie –"

"Jy mors my tyd," val hy haar in die rede en pluk die passasiersdeur van die bakkie oop. "Klim in. Ons moes al op pad gewees het."

Sy bly roerloos staan, soekend na die regte woorde om hom eens en vir altyd te laat verstaan wat sy van sy onbeskoftheid dink. Hy tree vinnig nader, tel haar op asof sy net nog 'n sementsakkie is en sit haar op die sitplek neer. Dan klap die deur langs haar toe.

Sy kry eindelik haar asem terug toe hy die bakkie in beweging bring. "Jou . . . jou ongemanierde bullebak! Hoe durf jy my rondsmyt asof ek . . . asof ek . . ."

"'n Oorlas is?" voltooi hy haar sin vir haar, sy oë op die pad gerig. "Die antwoord is eenvoudig: jy is 'n oorlas, want as dit nie vir jou was nie, was ek nou al halfpad terug eiland toe."

"Waarom het jy dan ingestem om my te kom haal?" vra sy geraak.

"Omdat ek 'n sagte hartjie het."

Sy kyk vinnig na hom. Sy is seker dat hy gekskeer, maar sy gesigsuitdrukking bly stroef en sy oë afgewend.

"Sowaar?" vra sy sarkasties. "En wat het jou sagte hartjie met my te doen?"

"Alles. Dis beter dat jy uit die staanspoor weet dat ek en Vincent Brandenberg aartsvyande is en ek nie veel tyd vir tant Renate of haar skoondogter, tant Rentia, het nie. Vincent se suster, Ilze, is nie te sleg nie en Nicolette . . ." 'n Onverwagte warmte kruip in sy diep stem in. "Ek noem haar die vlinderkind, want sy is so sorgvry en sonder sonde soos 'n vlinder." Hy kyk haar streng aan. "Ek kry die indruk dat jy 'n bedorwe stadsmeisie is, maar ek hoop ek misgis my, want Nicolette het warmte en begrip nodig."

"Skep ek die indruk van 'n koue, selfsugtige mens?" vra Marné en steek haar neus in die lug.

"Snipperig, baasspelerig en te gewoond daaraan om jou sin te kry," antwoord hy met ongenaakbare eerlikheid.

"En jy is voorbarig, buffelagtig, onbeskof en boonop vals," sê sy bytend.

"Vals?" Sy regterwenkbrou klim in die rigting van sy haarlyn.

"Hoe anders? Jy en Vincent Brandenberg is kamtig aartsvyande, maar jy het ingestem om my te kom haal en hom die moeite te spaar. Of is jy in sy diens?"

Erik se lag is sag, minagtend. "Vincent is sewe en twintig, twee jaar jonger as ek, maar terwyl ek nog nooit ophou werk het nie, het die vent nog nooit begin nie."

"Waarom doen jy dan gunsies vir hom?"

"Omdat jy ter wille van Nicolette na die eiland toe kom. Tant Mathilda Fourie, die Brandenbergs se huishoudster, het Nicolette versorg totdat Nicolette na 'n spesiale skool toe gestuur is. As iemand in Flaminke-huis werklik vir Nicolette omgee, is dit tant Mathilda, maar sy is 'n vrou van nege en sestig. Sy het hulp nodig en toe Vincent my vertel sy ouma het jou in diens geneem, het ek ingestem om jou op te laai."

"Het hy gesê ek is 'n diensmeisie?" vra Marné. Sy probeer om haar stemtoon neutraal te hou, maar voel verneder.

"Enigiemand wat eerlike werk doen, is 'n kneg in Vincent se oë. Hy beskou homself as 'n skatryk, jong landheer wat oor sy eie koninkrykie, Flaminke-eiland, heers."

"Maar wat dóén hy? Of is hy te ryk om te werk?"

"Hy dra graag rydrag en ry op sy perd rond, en hy glo sy ouma Renate is ryk genoeg om hom te onderhou. Hy is universiteit toe, maar wat hy daar gedoen het, sal niemand weet nie. Sy enigste belangstelling is die melkery, sy sportmotor en mooi meisies. Maar waarom sal ek jou vertel? Jy sal hom spoedig persoonlik leer ken." Hy frons en kyk vinnig na haar. "Hoe ryk is jy, Marné?"

Die bekommerde uitdrukking in sy oë verras haar, maar sy antwoord uit die hoogte: "So ryk dat ek voortaan die Brandenbergs se diensmeisie gaan wees."

"Ek is ernstig," sê hy ongeduldig. "Ek het julle huis gesien. Jou ouers kan nie arm wees nie."

"My ouers is dood. Die huis behoort aan my tant Annie Hofmeyr en sy het dit van haar ouers geërf. Tant Annie is 'n afgetrede onderwyseres en ek is 'n werklose arbeidsterapeut. Wat wil jy nog weet?" vra sy katterig.

"Kan jy glimlag?"

Sy gluur hom agterdogtig aan. "Hoekom? As jy hoop ek gaan skielik van jou onbeskoftheid vergeet en oorvriendelik raak ..." Sy maak haar handsak oop. "Ek het my gaspistool saamgebring," waarsku sy.

"Uiters verstandig," spot hy, leun oor en maak die paneelkissie voor haar oop. "Kyk daarin. Dis 'n regte pistool en dis gelaai. Dalk sal jy heeltemal veilig voel as jy dit op jou skoot vashou."

Sy staar hom verskrik aan. "Ek het nog nooit met 'n regte pistool geskiet nie. Ek ... e ... ek is bang vir vuurwapens," erken sy teësinnig.

Hy klap die paneelkissie toe. "Dom kind. As ek werklik so 'n bedreiging vir jou is, moes jy dit nooit erken het nie.

Mag ek aanvaar dat jy my vertrou ten spyte van my swak maniere?"

Die vonkeling in sy oë verander die grys kleur in vloeiende silwer. Sy hou van sy vreemde, hipnotiese oë, erken sy halfhartig teenoor haarself. Maar sy hou nie van hom nie – nie as hy haar as 'n oorlas beskou nie. Dis vreemd vernederend om ná al die bewondering wat sy van ander mans ontvang het, te besef dat Erik de Ridder haar slegs verdra omdat hy 'n swak het vir die ongelukkige Nicolette Brandenberg.

"Jy weet ek gaan na Flaminke-eiland toe om Nicolette te help, daarom sal jy niks doen om my te laat besluit om van plan te verander nie," antwoord sy eindelik sy vraag.

"Dis reg: selfs arbeiders het siele," spot hy.

Sy skuif ongemaklik op die sitplek rond. "Ek is jammer as ek jou . . . e . . . nie met ope arms verwelkom het nie, Erik, maar jy . . ." Sy laat haar blik oor sy songebruinde arms, sy T-hemp en sy verbleikte denimbroek dwaal en sluk hoorbaar. "Ek het Vincent Brandenberg verwag en . . . e . . ."

"Jy het 'n skoon seuntjie met skoon kleertjies verwag, nie 'n bouer met sement aan sy hande nie. Dit was darem droë sement. As ek nie so haastig was terug huis toe nie, het ek dalk die moeite gedoen om my kerkpak aan te trek."

"Jy het gesê Vincent werk nie. Waarom kon hy my nie kom haal nie? Of het hy werklik ander verpligtinge gehad?" stuur sy die gesprek in 'n ander rigting, verleë omdat hy haar reaksie korrek opgesom het.

"Vincent het 'n sportmotor, maar dit gee hom deesdae meer las as 'n donkiekar. En sy motor se bande is seepglad. My goeie hartjie het my gewaarsku dat as ek jou lewendig op Flaminke-eiland wil besorg, ek die moeite sal moet doen om jou op te laai."

"In daardie geval: dankie."

"Dis my plesier. Ons dagloners moet saamstaan," spot hy.

"Is jy skaam omdat jy 'n bouer is? Wil jy liewer 'n leegléer soos Vincent wees en op jou ryk ouma teer?" vra sy afkeurend.

"Sou jy gewerk het as jy nie die geld nodig gehad het nie, Marné?"

Sy onthou van die toelae wat sy uit haar oupa Nico se boedel ontvang en glimlag onwillekeurig. "Sonder twyfel. Niks is so vervelig as om maande lank tuis te sit en te wonder wat om met jouself aan te vang nie. Ek weet, want totdat tant Renate die pos vir my aangebied het, het ek nou en dan vir 'n onderhoud gegaan en die res van die tyd met tant Annie rusie gemaak omdat ek nie werk kon kry nie."

"En intussen moes jy op jou tant Annie teer?"

"Dis waarop dit neerkom, ja. Ek het nog 'n bietjie geld van my studiepolis oor, maar tant Annie wou my nooit toelaat om losies te betaal nie. Dit gaan heerlik wees om te kan werk en my eie salaris te verdien," antwoord sy met onderdrukte opwinding in haar stem.

"Ek hét jou verkeerd opgesom," erken hy, "maar dis julle huis se skuld. Dit moet 'n klein fortuintjie werd wees en dit kos seker baie om in stand te hou."

"Dit is seker baie werd, maar my oupagrootjie het in sy boedel voorsiening gemaak vir die onderhoud en grondbelasting. Ek en tant Annie het altyd 'n dak oor ons kop gehad, maar ons het nie 'n fortuin om te spandeer nie." Sy sug verwese. "As dit nie vir die resessie was nie . . . Werk vir arbeidsterapeute is skaars."

"Miskien moet ek jou waarsku, Marné: Flaminke-huis is nie 'n plek wat oorloop van liefde en geluk nie. Tant Renate regeer haar huismense met 'n ysterhand, want sy dra die beursie. As die huis en die mense te veel word vir jou, kom loer by ons in."

Teleurstelling is 'n loodswaar klip wat 'n ewigheid lank val en êrens in haar hart beland. "Ons? Is dit nou jou vrou en kinders?" vra sy gelykmatig.

Hy glimlag. "Beslis nie. Niks sal my ooit oorreed om my vryheid ter wille van 'n vrou prys te gee nie. Ek woon saam met my oupa Lukas en my ouma Kobie by oom Sebastiaan Brandenberg op die eiland."

"Dan het jy ook op Flaminke-eiland grootgeword?" vra sy. Sy is verbaas oor haar gevoel van verligting omdat Erik onge-troud is. As hy boonop nie belangstel in 'n huwelik nie, beteken dit dat hulle vriende kan wees – en sy het 'n vermoede sy gaan vriende nodig kry op die eiland.

"Nee, in Johannesburg," antwoord hy. "Oupa Lukas was 'n voorman in een van oom Sebastiaan se fabrieke, waar hy in 'n ongeluk beseer is. Hy het 'n operasie ondergaan, maar sy lin-kerbeen is effens korter as sy regterbeen, daarom loop hy mank. Oom Sebastiaan was bewus van my oupa se liefde vir boerdery. Daarom het hy die huis van die plaasbestuurder op die eiland laat opknap en sedertdien woon my oupa-hulle daar."

"Dan is jou oupa tant Renate se plaasbestuurder?"

Hy glimlag flitsend. "Gelukkig nie. Oupa Lukas is nou vyf en sewentig en hy het die ongeluk kort voor sy aftrede gehad. Tant Renate het jare gelede 'n voltydse plaasbestuurder gehad en die huis het lank leeg gestaan. Ek weet nie wat oom Sebas-tiaan se reëlings met tant Renate is nie, maar hy het die plek en 'n paar hektaar grond gekoop of gehuur. Oupa Lukas hou 'n klompie melkkoeie en slagskape aan en werk graag in sy groentetuin. My ouma Kobie sorg vir die huishouding en be-werk haar blomtuin."

"En oom Sebastiaan?"

Die uitdrukking op sy gelaat verdonker. "Hy is nou sewentig. Sy siekte het bykans tien jaar gelede begin. Ek glo dis een van die redes waarom hy my oupa-hulle na die eiland toe gebring het: hy wou nie alleen wees nie. Aanvanklik het hy gereeld stad toe gekom, maar die afgelope jare . . . Ouma Kobie versorg hom."

"Hou jy 'n ogie oor hulle al drie?" vra sy begrypend.

"Hoe anders? My ouers het in 'n motorongeluk gesterf toe ek 'n seuntjie van drie was. Oupa Lukas en ouma Kobie was nog altyd my ouers én my grootouers."

"En hulle sal my vriende wees?"

"As jy goed is vir Nicolette, sal hulle goed wees vir jou, Marné. Veral my ouma, want sy mis ander vroue se geselskap. Nicolette kuier graag by haar en vanselfsprekend sal jy saamkom as jy haar oppasster is."

Sy is bly Erik de Ridder het haar kom haal, dink Marné terwyl sy deur die motorvenster staar. As Vincent Brandenberg haar reeds as 'n diensmeisie beskou, is die kans skraal dat sy met hom oor die weg sal kom. Sy kan uit Erik se beskrywing aflei dat tant Renate 'n tiran is, daarom sal hulle ook nie vriende wees nie. Wie bly oor? Tant Rentia en haar dogter, Ilze. Moontlik beskou hulle haar ook net as 'n betaalde huishulp. Maar oom Lukas en tant Kobie sal haar verwelkom – vir haar en Nicolette – en Erik is klaar haar vriend, al kry sy die gevoel dat sy hom nooit werklik sal ken nie.

Renate Brandenberg druk die koperknoppie teen die muur langs haar bed aanhoudend, wag 'n oomblik lank en stamp toe hard met haar kierie op die vloer. Sy leun uitasem terug teen haar kussings toe sy voetstappe op die trap hoor, en gluur Mathilda Fourie aan toe sy die slaapkamer binneskommel.

"Jy is vet, Mathilda. Jy klim die trap elke dag stadiger op," smaal Renate toe Mathilda op die gemakstoel langs haar bed neerplof en haarself met 'n geruite sakdoekie koel waai.

"En jy is besete, Renate Brandenberg," hyg Mathilda boos. "Daar lê jy perdfris en uitgerus op jou gerieflike troon en hiet en gebied al wat leef en beef. Skaam jy jou nie, mens? Jy weet ek het my hande vol met die huishouding en die liewe Nicolette, maar jy geniet dit blykbaar om van jou 'n oorlas te maak."

"Jy is te familiêr, Mathilda. Net omdat jy van jongs af in my diens is, beteken nie dat jy my op my voornaam mag aanspreek nie. Ek neem aan jou vet het jou gesonde verstand aangetas," sê Renate snydend.

Mathilda gluur grimmig na die uitgeteerde vrou in die groot bed. In haar jeug was Renate Brandenberg 'n beeldskone vrou wat oor 'n misterieuse, donker skoonheid beskik het, dink Mathilda met 'n heimlike gevoel en genoegdoening. Renate se eens digte, raafswart hare is nou yl en sneeuwit. Haar vel span styf oor haar skedel en die donker oë waarmee sy soveel mans bekoor het, lê gesonke soos twee swart kole in haar oogkaste. Was die smal lippe, toegerank met fyn plooitjies, eenmaal 'n aanloklike mond wat met 'n enkele glimlag 'n man kon betower?

"Die ouderdom is lelik," sê Mathilda asof sy nie Renate se teregwysing gehoor het nie.

Renate staar haar oorbluf aan, leun nader aan haar en snuif hard. "Is jy dronk, Mathilda? Het jy die kooksjerrie gedrink? Toe jy jonk was en Hans van Vuuren —"

"Ja, ja, ek ken die storie," val Mathilda haar ergerlik in die rede. "Maar destyds was ek agttien en Hans was die groot liefde in my lewe. Nou is ek 'n vrou van nege en sestig. Ek het te veel verstand om ná een en veertig jaar my nog aan kooksjerrie te vergryp omdat Hans my op die vooraand van ons huwelik in die steek gelaat het. Maar glo my, vrou, ek het 'n duisend ander redes om daagliks emmers vol sjerrie, brandewyn en mampoer te verswelg of om goedsmoeds 'n moord te pleeg."

"Dreig jy om my te vermoor, Mathilda?" vra Renate.

"Nee, ek praat net om my siel skoon te kry, want ek wil nie 'n maagseer hê nie. Jy is werklik 'n beproewing en 'n oorlas, Renate —"

"Mevrou Renate!" val Renate haar skerp in die rede.

"Mevrou se voet! Ek spreek jou as 'mevrou' aan as ons gaste

het, maar ek weet en jy weet ek is jou bloedeie kleinniggie," sê Mathilda vies.

Renate kyk vinnig na die oop deur. "Sjuut, Mathilda! My skoondogter en kleinkinders is onbewus van ons bloedverwantskap."

"Weet ek dit nie! Vincent behandel my nog sy lewe lank soos 'n tuinslak wat hy onder sy hak kan vermorsel, en Rentia is nie veel beter nie. Ek dink Ilze aard na my kant van die familie, want sy het darem goeie maniere . . . en Nicolette is 'n ou engeltjie."

"Waarom ek my klokkie gelui het, is om te hoor of juffrou Marné Jordaan en Vincent nog nie tuis is nie. Ek het Vincent uitdruklik laat verstaan dat my ou vriendin, juffrou Annie Hofmeyr, hom om halfnege vanoggend verwag, want sy moes om halftien na die lughawe toe vertrek. Dis byna elfuur. Vincent ry nooit stadig nie. Hulle behoort al hier gewees het," kom dit met ergerlike kommer van Renate.

"Vincent ry met sy perd op die eiland rond. Wat laat jou glo dat hy die meisiekind in Johannesburg gaan haal het?"

Renate verbleek merkbaar en kom orent. Haar hande gryp na die laken en komberse oor haar. Nee! Nee, dit kan nie!" Haar koolswart oë vat vlam in haar donker oogkasse. "Waarom het jy my nie eerder kom vertel nie, Mathilda? Is dit nie ter wille van jou dat ek 'n oppasster vir Nicolette wil hê nie? En nou het jy alles verbrou! Wat gaan Marné Jordaan van Vincent dink? Wat gaan sy van óns dink? Bel haar dadelik en dink aan 'n goeie verskoning, Mathilda. En stuur daardie nikswerd Vincent hierheen. Toe, spring!"

"Kyk, ou Renate, my dae van spring is hoeka verby. Wat maak dit saak wat die dogter van Vincent dink? Weet ons nie almal dat hy 'n niksnut en 'n leeglêer is nie?" vra Mathilda droog.

"Tel jou woorde, Mathilda Fourie! Vandag is ek baas, maar as jy my dalk oorleef: die toekoms van Flaminke-eiland en jou eie toekoms is in my enigste kleinseun se hande. Gaan roep hom, Mathilda, voordat ek jou met my kierie takel."

"H'm," kom dit van Mathilda terwyl sy orent kom en na die voetenent van die bed beweeg. "Ek weet maar alte goed daar skort niks met jou maer beentjies nie, Renate. Loop kan jy loop, as jy nie te lui was nie, maar hardloop . . . aikôna! Daarom gaan ek my sê sê voordat ek hier uitstap, vrou. Dis tyd dat jy ophou om siek te speel en die leisels weer behoorlik in jou eie hande neem. Rentia en Ilze is dorp toe, kamtig om kruienierssware te koop voordat die spruite weer afkom, maar wat wed ek jou Rentia kom weer met 'n nuwe rok en 'n paar skoene terug wat sy op jou rekening gekoop het? En dan is daar Vincent. Hy is kamtig jou kroonprins, maar hy het die siel van 'n beeswagter. Hy kan ure lank in die stalle deurbring en kyk hoe die koeie gemelk word, en dis ook al. En Ilze is net in die pad, want sy het niks om haarself mee besig te hou nie."

"Ilze help my en haar ma en –"

"Om wat te doen? Jy lê soos Haar Koninklike Hoogheid hier op jou troon van 'n bed en laat Ilze so nou en dan toe om vir jou iets voor te lees. Maar ék versorg jou, Renate. Waarom kan Ilze nie gaan werk nie?"

"Moenie belaglik wees nie, Mathilda. 'n Brandenberg-dogter werk nie vir 'n salaris nie. Ek is volkome in staat om my klein-dogter finansieel te onderhou," sê Renate styf.

"So sê jy, maar die matte is deurgetrap en die gordyne –"

"Dis genoeg, Mathilda!" skree Renate en haal hard asem. "My eerste prioriteit is juffrou Jordaan. Vra Vincent om onmid-dellik na my suite toe te kom."

"Ek het jou klaar gesê: hy rits êrens op sy perd rond," sê Ma-thilda onbesorg.

"Nou bel dan! Bel juffrou Jordaan en maak verskoning. Dink aan 'n goeie rede waarom Vincent haar nie kon gaan haal het nie. Ek is te ontsteld om helder te dink, anders het ek self gebel."

"Bog en nonsies, ou Renate. Jy kon nog altyd beter lieg as ek. Gelukkig hoef ek nie vandag Vincent se sondes met 'n leuen toe te smeer nie, want Marné Jordaan is reeds op pad hierheen." Mathilda merk die verwarring en ongeloof op Renate se gelaat en glimlag selfvoldaan.

"Maar hoe? Saam met wie? Of kom sy met haar eie motor?" Renate glimlag verlig. "Natuurlik, Annie het gesê die dogter het haar eie vervoer, maar ek het haar laat verstaan dat ek nie sal toelaat dat juffrou Jordaan so ver alleen ry nie. Boonop sal sy nie 'n motor hier op die eiland nodig hê nie." Sy frons en kyk Mathilda vraend aan. "Wanneer is dié reëlings getref? Waarom is ek nie eerder daaroor ingelig nie?"

"Omdat jou kleinseun 'n bangbroek is, vrou," sê Mathilda reguit.

"Sê jy Vincent is bang vir juffrou Jordaan?" vra Renate onthuts.

"Nee, mens, vir jou. Hy het vir Lukas de Ridder geld geskuld en toe ek gisteraand by Kobie gaan inloer het, het sy my vertel Vincent het toe eindelik Lukas se geld teruggegee. Ek wed jou hy het die brandstofgeld wat jy hom in die hand gestop het, gebruik om sy skuld mee te betaal."

"Jy het 'n venynige tong, Mathilda. 'n Brandenberg sal hom nooit so verneder om geld by 'n plaasarbeider te leen nie," sê Renate met ysige hooghartigheid.

"Klim van jou troontjie af, Renate. Die laaste keer toe ek geweier het om vir Vincent geld te leen, het hy Nicolette se spaarvarkie oopgebreek." Renate verbleek merkbaar, maar bly haar 'n antwoord skuldig. Mathilda vervolg: "Erik de Ridder is gister Johannesburg toe. Vincent het hom gevra om die Jordaan-dogter saam met hom terug te bring."

"Onbesonne . . . onverantwoordelik," prewel Renate en sluit haar oë toe Mathilda haar vraend aankyk.

Mathilda haal haar skouers op en loop uit die kamer. Wat

steek Renate vir haar weg? wonder sy. Waarom was dit vir Renate so 'n verskriklike skok dat Erik in plaas van Vincent vir Marné Jordaan in Johannesburg gaan haal het? Nie dat dit haar sal help om Renate reguit te vra nie.

Sy sal haar oë en ore oophou. Die waarheid sal wel uitkom, probeer sy haarself troos. Sy frons ergerlik. Niemand kan 'n geheim beter bewaar as ou Renate nie, dink sy misnoeg. Probeer sy nie al meer as twintig jaar lank uitvind presies hoe groot wyle Tinus Brandenberg se boedel was nie? Selfs Renate se eie seun het nie geweet nie en sy weduwee, Rentia, weet nog minder. Maar dalk weet Marné Jordaan waarom haar koms na Flaminke-eiland so belangrik vir ou Renate is. Wie weet, dalk sal Marné nie omgee om haar geheim te deel nie.

Gaan hy op sewentig soos sy ouma lyk? wonder Mathilda en betrag Vincent Brandenberg. Hy is lank en skraal soos sy ouma Renate, maar breedgeskouer. Hy het haar groot, donker oë, reguit neus en kleinerige mond met vol lippe. Die sterk beenstruktuur van sy gesig en sy digte, donker hare maak van hom 'n uiters aantreklike man, gee Mathilda onwillig toe. Tog hou sy nie van dit wat sy sien nie. 'n Man moenie soos 'n winkelpop lyk nie, besluit sy, en hy moet nog minder soos 'n winkelpop aantrek. Sy verkies Erik de Ridder met sy ruwe gelaatstrekke en verbleikte werkersklere. Selfs al sien sy hom net Sondae in 'n kerkpak.

"Het jy doof geword, Vincent? Ek het jou gesê jou ouma wil dringend met jou praat," sê Mathilda ongeduldig.

"Waaroor?" vra hy agterdogtig.

"Die son, die reën en die wind, kind." Sy gluur hom aan. "Hoe de joos moet ek weet? Gaan vra haar self."

Hy frons ongemaklik. "Ek is veronderstel om in Johannesburg te wees. As sy moet uitvind ek het Erik gevra om —"

"Sy weet al," val sy hom in die rede.

Hy snak na sy asem en kyk haar met blitsende oë aan. "Ellendige verraaier! Ek het uitdruklik gevra dat my ma en Ilze haar nie moet vertel dat Erik die meisiemens hierheen bring nie. Waarom het jy alles gaan uitblaker, tant Mathilda?"

"Omdat jy nie die moeite gedoen het om my te vra om ter wille van jou te lieg nie, broertjie. Toe, opskud! As jy my vies genoeg maak, speel ek dalk werklik die rol van 'n verraaier en vertel haar van al jou sondes."

Vincent gluur haar met 'n moorddadige uitdrukking in sy oë aan, maar vrees snoer hom die mond. Hy loop uit die kombuis met 'n gemompelde verwensing en klim met die trap op na die derde verdieping. Waarom kan sy ouma nie op die grondvlak slaap nie, wonder hy misnoeg, maar hy ken reeds die antwoord: Renate Brandenberg weet sy is die hoof van die huis en uit haar verhewe posisie swaai sy die septer oor haar afhanklikes.

"Sot!" begroet Renate hom toe hy in haar kamerdeur verskyn. "Verstandelose dwaas! Geen wonder jy het jou tyd en my geld op die universiteit gemors nie, want jy het minder verstand as Nicolette!"

"As Ouma my klaar beledig het, sal ek kan verduidelik," sê Vincent gedemp en kyk haar verwytend aan.

Haar oorlede man en hulle enigste seun was albei aantreklike mans, maar Vincent ... hy is gebore om 'n prins te wees, dink Renate en voel hoe die woede uit haar wyk. Vincent was nog altyd haar lieflingkleinkind, want Ilze se voorkoms laat veel te wense oor en Nicolette is 'n immerkind. Sy het gesorg dat sy Vincent van Rentia vervreem, want sy het hom van jongs af openlik bevoordeel. As sy taktvol is, hoef sy nie die gevaar te loop om hom van haar te vervreem nie, besluit sy.

"Ek wou nie vir Ouma sê nie ... Ek wou nie soos 'n bloedsuier klink nie, maar ek het probleme met my sportmotor. Die enjin gee las en ek het nuwe bande nodig, daarom het ek Erik gevra om die diensmeisie —"

"Diensmeisie!" val Renate hom skril in die rede, rooi vlekke van verontwaardiging op haar wange. "Jy noem Marné Jordaan 'n diensmeisie?"

Hy frons verwonderd. "Is dit nie wat sy sal wees as sy Nicolette versorg nie, Ouma?"

"Nee, stommerik! Ek kon enige meisie op die dorp gehuur het as ek bloot 'n oppasster vir Nicolette gesoek het, maar Marné Jordaan . . . Ek wil hê jy moet haar met die grootste agting en respek behandel."

"Om watter rede? Wat gaan my vriendinne van my dink as ek een van ons huishulpe op die hande dra?" vra hy misnoeg.

"Dit raak my nie, want jy gaan met Marné Jordaan trou," antwoord Renate met finaliteit en leun terug teen haar kussings.

3

Die bloed dreineer uit Vincent se gelaat terwyl hy Renate met 'n uitdrukking van verwoede ongeloof aanstaar. Hy probeer praat, maar sy woorde is 'n onverstaanbare geroggel in sy keel. Hy klap met die palm van sy hand teen sy voorkop, swaai om en loop driftig na die kamervenster toe om met nikssiende oë buitentoe te staar.

Renate lê roerloos in haar bed. Die uitdrukking op haar gelaat is koud en onverbiddellik en haar dun, benerige vingers is styf ineengestrengel op haar skoot. Durf sy met Vincent oop kaarte speel? vra sy haar af. Nee . . . nee, dit sal fataal wees, want sy sal haar houvas op hom verloor. Vincent aanbid geld en haar rykdom gee haar die mag om haar familie te manipuleer. Mag oor ander, die vermoë om ander se lewens te beheer, dis al wat vir haar oorgebly het, dink sy wrang.

Sy was 'n mooi, begeerlike vrou totdat Tinus Brandenberg gesterf het, onthou sy. Haar emosies wissel tussen bitterheid en 'n skrynende gevoel van verlange en verlies. Tinus was reeds 'n man van vyf en dertig toe sy hom op negentienjarige leeftyd ontmoet en liefgekry het. Té lief, want hy het die kern van haar bestaan geword. Selfs die geboorte van hulle enigste seun, Martin, het geen verskil aan haar gevoel vir Tinus gemaak nie. Sy was trots en dankbaar dat sy vir hom 'n erfgenaam kon gee, maar Tinus het die begin en einde van haar bestaan gebly. Toe sterf hy . . .

Haar siel het saam met Tinus gesterf, want sy het alle belangstelling in die lewe verloor. Alle belangstelling in haarself ook. Selfs Martin se dood kon haar nie raak nie, maar ná sy dood het sy besef dat die Brandenberg-geslag nie mag uitsterf nie. Vincent het skielik belangrik geword vir haar. Nie omdat sy hom liewer gehad het as haar ander kleinkinders nie – ná Tinus kon sy niemand weer liefhê nie – maar Vincent moes Tinus Brandenberg se plek op Flaminke-eiland inneem. Op Vincent se skouers rus die taak om te sorg dat Flaminke-eiland nooit in die hande van vreemdelinge sal val nie.

"Het jy gehoor wat ek gesê het, Vincent?" verbreek sy eindelik die stilte in die ruim vertrek.

Hy draai stadig om en loop na die voetenent van die bed toe, 'n opstandige gloed in sy oë. "Daar skort niks met my gehoor nie, Ouma, maar wat skort met Ouma se verstand?" vra hy snedig.

Renate rig haar vorstelik op in 'n sittende posisie, haar gesiguitdrukking koud en ongenaakbaar. "Nog één so 'n aanmerking, jongman, en ek verdryf jou van die eiland af!" Haar oë smeul in syne. "Ek bederf jou, smeer jou sondes toe en betaal vir jou foute. In ruil daarvoor verwag ek respek, dankbaarheid en onvoorwaardelike gehoorsaamheid."

Vincent skrik. Hy is die enigste Brandenberg wat sy ouma nog altyd om sy pinkie kon draai. Hy kan haar laat lag, selfs ná 'n hewige rusie tussen haar en sy ma. Hy het hom verbeel hy het haar in sy mag, maar hy het in 'n gekkeparadys geleef. Sy ouma het nog nooit gedreig om hom weg te jaag nie, of met hom gepraat asof hy niks meer as 'n huishulp is nie.

"Ek is jammer, Ouma, maar . . . maar dit was 'n skok om te hoor dat Ouma van my verwag om met 'n diensmeisie te trou," sê hy.

"Marné Jordaan is geen diensmeisie nie!" snou Renate. "Jy moet werklik dink ek is geestelik onstabiel as jy kan glo dat ek my enigste kleinseun met 'n sentlose diensmeisie sal laat trou."

"Maar waarom is sy dan Nicolette se oppasster?" vra hy verward.

"Omdat Annie Hofmeyr haar grootgemaak het. Die Hofmeyrs was nog altyd skatryk, maar Nicolas Hofmeyr het 'n dokter geword ten spyte van die talle plase wat hy geërf het. Sy seun, Nico, was jare lank 'n bekende neuroloog in Johannesburg. Ek het my spioene, daarom weet ek hy het hom verder verryk op die aandelemark. Hy het net een dogter gehad. Marné se oorlede moeder. Hilde is 'n paar weke na Marné se geboorte dood en Annie het Marné grootgemaak. Annie self is skatryk en ongetroud en sy is Marné se voog. Wonder jy nou nog waarom ek wil hê jy moet met die meisie trou?"

Vincent fluit sag deur sy tande. "Nee, Ouma. Die meisiemens is 'n fortuin werd!" hy frons onbegrypend. "Maar waarom het Ouma haar nie net uitgenooi vir 'n kuiertjie nie? As sy al haar tyd saam met Nicolette gaan deurbring, sal ek nooit 'n kans kry om haar beter te leer ken nie."

"Hoe lank sal sy hier gekuier het? 'n Week? Twee weke? Dit wil sê as sy sou instem om by wildvreemde mense te kom kuier. Gelukkig het Annie in haar briewe daarvan melding gemaak dat Marné sukkel om werk as 'n arbeidsterapeut te kry. Toe het ek aangebied om Marné in diens te neem om Nicolette te versorg." Renate glimlag slinks. "En dan is daar nog Annie Hofmeyr. Ek twyfel of sy 'n verhouding tussen jou en haar niggietjie sal goedkeur, want jy is 'n leeglêer, Vincent."

"Ek het nie nodig om te werk nie – dis wat Ouma my al die jare laat verstaan het – want ek gaan Flaminke-eiland erf," sê hy.

"Jy gaan, maar dit beteken jy sal met 'n ryk vrou moet trou." Renate plooi haar lippe grimmig. "Jou pa was 'n sot, want jou ma was 'n kerkmuis. Sy teer al die jare op Brandenberg-geld. Jy gaan nie dieselfde fout begaan nie."

"E . . . ja. Maar hoe lyk die Marné-meisie? Ouma kan nie van my verwag om met 'n heks te trou nie, selfs al swem sy in die geld," maak hy halfhartig beswaar.

"Ek weet nie hoe Marné se pa gelyk het nie, maar die Hofmeyrs is mooi mense." Sy frons. "Wat maak dit in elk geval saak? As 'n meisie ryk genoeg is, kan jy haar liefhê ter wille van haar geld."

"As geld so belangrik is, waarom maak Ouma nie vrede met oom Sebastiaan nie? Die ou man is fabelagtig ryk, want hy besit –"

"Stil, Vincent!" Renate se vel span styf oor haar wangbene, haar oë glimmende kole van haat. "Sebastiaan het my my lewe lank sonder rede gehaat. Hy is jaloers op my omdat ek vir sy broer 'n seun en erfgenaam gegee het terwyl sy vrou kinderloos gesterf het. Hy is jaloers op my drie kleinkinders – veral op jou. Hy was nog altyd die renegaat, want hy heul met arbeiders soos die De Ridders. Sebastiaan was nog nooit die trotse naam van die Brandenbergs waardig nie."

"Dan sal ons niks van hom erf nie?" vra Vincent afgehaal.

"Wie sê hy het iets om na te laat? Hy woon soos 'n kerkmuis in die huis wat deur die plaasbestuurders van Flaminke-eiland bewoon is. As ek nie uit die goedheid van my hart vir hom 'n woonplekkie gegee het nie, het hy seker nou op straat gesit."

Vincent frons verward. "Maar besit hy nie 'n hele aantal fabrieke nie? 'n Sementfabriek, 'n verffabriek en –"

"Het jy al ooit van sy fabrieke besoek?" val sy hom vinnig in die rede. "Natuurlik nie, want hulle bestaan nie." Haar oë vernou agterdogtig. "Of het jy gehoop as jy mooi broodjies by ou Sebastiaan gaan bak, sal hy besluit om jou die erfgenaam van sy fiktiewe fabrieke te maak?"

"Ouma weet ek sal nie. Oom Sebastiaan woon al tien jaar lank op die eiland, en ek het nog nooit met hom gepraat nie."

Renate ontspan merkbaar. "En so moet dit bly. Ons kies ons vriende, Vincent. Sebastiaan is nie welkom in my huis nie. Verbeel jou, hy eet saam met die De Ridders aan tafel!"

"Nie meer nie. Tant Kobie de Ridder het vir tant Mathilda vertel oom Sebastiaan is deesdae bedlêend."

"Ek is ook bedlêend. 'n Ongelukkige invalide, maar ek is nie van plan om dood te gaan nie." Sy kyk hom streng aan. "Jy het my opdragte, Vincent. Behandel Marné Jordaan soos 'n prinses. Ek sal met Mathilda reël dat Marné oorgenoeg vrye tyd het om saam met jou uit te gaan."

"Goed, Ouma," antwoord hy oënskynlik gedweë en draai vinnig weg na die deur toe.

Laat sy ouma maar praat en dreig – hy sal hom nie in 'n huwelik laat dwing nie. Nie met 'n meisie wat soos iets uit 'n nagmerrie lyk nie. Hy sal Marné Jordaan met soveel minagting behandel dat sy binne 'n paar dae haar tasse sal pak en terugkeer Johannesburg toe, besluit hy. Hy glimlag ingenome, oortuig daarvan dat hy sy probleem opgelos het.

Marné leun vorentoe op die bakkie se passasiersitplek en kyk ontsteld deur die swiepende reënveërs na die water wat oor die laagwaterbrug spoel. Sy draai na Erik langs haar en sê gespanne: "Die bakkie gaan wegspoel, Erik. Draai liewer terug dorp toe."

"Ons kan dit nog doen," sê hy bruusk, sy oë effens geskreef, sy kneukels wit op die stuurwiel. Hy kyk nie na haar nie, maar asof hy haar vrees kan aanvoel, vervolg hy paaiend: "Die spruit loop nog nie sterk nie, Marné. Ek sal nie jou lewe in gevaar stel nie, maar sou iets gebeur, is ek 'n sterk swemmer."

"En ek verdrink lag-lag," sê sy skerp.

'n Glimlag vee oor sy mond. "Nie wanneer ek naby is nie. Toe, druk jou ore en oë toe. Ons is nou-nou veilig op die eiland."

"Ek dink my ooglede is van skok gevries, want ek kan nie eens my oë knip nie." Sy sluk droog met die geluid van die spattende water in haar ore. "Is dit werklik nodig dat ons so stadig ry?"

"Word die vonkproppe nat, bly ons net hier staan. Hoekom maak jy nie jou grimeertassie oop en borsel jou hare nie? En jy het 'n vuil streep op jou wang. Ons is byna tuis, maar soos jy nou lyk, gaan jy 'n baie swak indruk maak," sê hy terwyl die bakkie stadig oor die laagwaterbrug kruip.

"Kyk wie praat! Jy daag vuil en verslons op ons deurdrumpel op, maar ek moet soos 'n skoonheidskoningin lyk ter wille van die spul Brandenbergs wat my klaar as 'n diensmeisie beskou. Ha!" bars sy gekrenk uit.

"Bouers is veronderstel om verslons te lyk," spot hy, "maar die neusoptrekkerige Brandenbergs steek jou dalk in die pad as jou voorkoms hulle nie aanstaan nie. En dink net hoe teleurgesteld Nicolette gaan wees."

"Weet sy ek kom hierheen?" vra Marné, onbewus daarvan dat sy haar nie langer oor die laagwaterbrug kwel nie.

"My ouma het haar vertel. A . . . ons is veilig deur!" hy kyk na haar en glimlag onnutsig. "Vergeet van jou grimeertassie, meisiekind. Ek het net gesorg dat jy jou vir my vervies sodat jy van die gevaar kon vergeet."

Haar emosies huiwer tussen ergernis en dankbaarheid en toe

43

glimlag sy oorwonne. "Dankie, Erik, maar miskien moet ek tog my hare borsel en my grimering opknap ... en my hande was. Jy en jou bakkie is die ene sement."

"Die reën het ons vertraag, want dit was al twaalfuur. Kom jy saam na my oupa-hulle toe? Ouma Kobie sal jou graag wil ontmoet en boonop moet ek by Eiland-huis verbyry."

"Eiland-huis?" vra sy belangstellend.

"Dis wat ons dit noem, want almal het moeg geword om van 'oom Sebastiaan se huis' te praat. Ry ons daarheen?"

"Graag." Sy glimlag spontaan, vreemd gelukkig oor sy uit-nodiging. 'n Mens kan nie meer as twee uur lank saam met iemand in 'n motor ry sonder om te besluit of jy van hom hou nie. En sy het klaar besluit: sy hou van die ruwe Erik de Rid-der.

Sy het altyd geglo bouers is aardse, minder intelligente mans, maar Erik kan oor enigiets gesels: van opera tot filosofie. Dis tog jammer dat hy nooit die geleentheid gehad het om uni-versiteit toe te gaan nie, want hy is 'n belese man en opsigtelik intelligent.

"Hoekom het jy 'n bouer geword, Erik?" vra sy aarselend.

"Omdat dit skeppende werk is. Ek begin met 'n kaal stuk grond en ek skep iets wat hopelik nog sal staan lank nadat ek nie meer daar is nie. En ek maak mense gelukkig, want ek bou vir hulle 'n droom. Dit gee vir my 'n gevoel van bevrediging om hulle vreugde te sien wanneer ek daarin slaag om hulle drome werklik te maak," antwoord hy, sy stem diep en warm.

"Dan bou jy net woonhuise?"

Hy huiwer. Daar is 'n frons tussen sy wenkbroue. "Die afge-lope twee jaar vandat ek terug is op Flaminke-eiland, ja. Voor-heen het ek in Johannesburg gewerk, maar daar ... Ek geniet dit meer om huise te bou."

Hy bring die bakkie tot stilstand en Marné tuur deur die val-lende reën na die sandsteenwoning tussen die bome. Tant Kobie se fleurige blomtuin strek tot teen die groen geverfde tuinhekkie en skep die indruk van 'n kleurvolle laslappiekombers.

"Wag jy in die bakkie totdat ek 'n sambreel bring, of hardloop jy saam met my voordeur toe?" daag hy haar uit.

Sy lag sorgeloos. "Ons arbeiders skrik nie vir 'n bietjie reën nie. Kom ons hardloop."

"Gryp jou handsak. Ek sal jou grimeertassie en my aktetas vat."

Hy is eerste by die tuinhekkie, maak dit vir haar oop en klap dit agter hom toe. Sy groot hand sluk hare in en dan vlieg sy oor die kegelstene van die tuinpaadjie en bly hygend voor die toe voordeur staan. Hy skud die reëndruppels uit sy hare en lag in haar oë, en sy weet sy is bly; bly om hier te wees en bly om by hom te wees.

Die voordeur gaan langs hulle oop en Marné kyk vas in die goedige gesig van 'n bejaarde vrou met grysswart hare, sagte, groenbruin oë en 'n glimlag wat haar sonder woorde verwelkom.

"Skaam jou, Erik! Waarom het jy nie voor die agterdeur stilgehou nie? Die arme dogter is druipnat. Kom, liefie, kom binne. Dis heerlik warm in die kombuis voor die koolstoof en daar is sop en pannekoek vir middagete." Die vrou plaas 'n beskermende arm om Marné se skouers en kyk verwytend op na Erik. "As die kind aan longontsteking sterf, rus dit op jou gewete, boet!"

"Ja, Ouma. Goed, Ouma. Dag, Ouma. Dis Marné Jordaan," sê Erik tergend en maak die voordeur agter hulle toe.

"Asof ek nie weet nie!" reageer die vrou vies en sê gedemp aan Marné wat saam met haar in die lang gang afstap: "My kleinseun het die eienaardige geloof dat die ouderdom 'n mens dom maak. As hy Marné Jordaan in Johannesburg gaan haal het, sou hy tog nie met Susarah Peens hier opgedaag het nie."

"Ouma skinder," sê Erik agter hulle. "Marné, dis my ouma

Kobie. Ek sê dit nie omdat ek dink jy is dom nie, maar omdat ek goeie maniere het. Kobie de Ridder. Van maniere gepraat: het Ouma nie die kaggelvuur in die sitkamer aangesteek nie? Marné is darem 'n kuiergas."

"Die kombuis is warmer," sê Kobie beslis, bedink haar en kyk vraend na Marné. "Of sal jy ongemaklik voel om in die kombuis te kuier, liefie?"

"Ek kan nie wag om by die koolstoof te kom nie, dankie, tannie. Dis kouer as wat ek besef het."

"Dis altyd kouer op die eiland, veral wanneer dit reën, en daarby is jy druipnat. Toe-toe, Erik, bring vir Marné 'n handdoek. Ek skink solank vir ons koffie," sê Kobie en maak die kombuisdeur oop.

Die warm lug vou om Marné en laat haar ril. Sy loop vinnig na die koolstoof toe en hou haar hande daaroor uit. "A, dis nou beter!" sê sy en kyk glimlaggend om. Sy sien 'n bejaarde man orent kom langs die groot kombuistafel en haar glimlag verdwyn. "O, ekskuus ... Ek het u nie raakgesien nie, meneer."

"Oom Lukas de Ridder, niggie," sê hy. Hy stap hinkend om die tafel en skud haar hand. "Bly te kenne, ounooi, en welkom op Flaminke-eiland."

"Dankie, oom. Bly te kenne," sê sy werktuiglik, intens bewus van die kleur van sy oë. Dis silwergrys, soos dié van Erik, dink sy. Hy is skraler as Erik, maar sy skouers is breed en sy sterk beenstruktuur maak van hom op die leeftyd van vyf en sewentig nog 'n aantreklike man.

"Waar draai Erik met die handdoek?" vra Kobie kwasterig en dra 'n skinkbord met bekers stomende koffie nader.

"Ek is byna droog, tant Kobie. Die koffie sal heerlik smaak," sê Marné en tel 'n beker koffie op.

"Jy moet Kobie se karringmelkbeskuit proe, niggie. Kobie is te maer om soos 'n goeie kok te lyk, maar sy is een, en 'n baasbakster," sê Lukas trots.

"Ek sal liewer vir die sop en die pannekoek wag – as tannie nie omgee nie," sê Marné en kyk onseker na Kobie.

"Maak so, Marné. Dis net mans wat soos sprinkane kan eet," antwoord sy en kyk vies na Lukas wat 'n stuk beskuit in sy koffie dompel.

"Ek eet gesond, vrou, maar Erik verorber alles wat voorkom," sê hy onbesorg.

"Erik werk hard," sê sy partydig en vervolg met opsigtelike trots terwyl sy na Marné kyk: "Hy is die wonderlikste kleinseun wat twee oumense kan hê. So 'n slim seun en so 'n harde werker. Die huise wat hy bou . . . Almal op die dorp praat met groot lof van hom."

"Huise vir ander mense," kom dit knorrig van Lukas. "Wanneer gaan die vent vir homself 'n huis bou en vir my 'n agterkleinkind gee? Nee a, ek word nie jonger nie. Of dink hy ek moet vir altyd lewe omdat hy 'n ewigheid gaan wag voordat hy trou?"

"Skaam jou, Lukas!" Kobie gluur hom kwaai aan en draai vertroulik na Marné. "Ons praat nie daaroor nie . . . nie oor Laura Viljoen nie." Sy sug beswaard en skud haar kop. "So 'n ongelukkigheid . . . 'n Mens sal nooit die volle waarheid weet nie."

"Wil Erik met Laura trou, tannie?" vra Marné en dit voel vir haar asof sy weer oor die laagwaterbrug ry met 'n see bruin, kolkende water om haar.

"Ons praat nie daaroor nie," herhaal Kobie nadruklik. Sy kyk om toe die kombuisdeur oopgaan en Erik met 'n liggroen handdoek in sy hand die vertrek binnekom. "Waar draai jy so, boet? As jy inflammasie op jou bors wil hê, moet jy in nat klere voor 'n warm stoof staan."

"Ek het gou by oom Sebastiaan ingeloer, maar hy slaap, Ouma," antwoord hy en knipoog vir Marné. "Voel jy asof jy inflammasie op jou bors het, Marné?"

"Nee, gelukkig het net my skouers en hare natgereën." Sy stoot sy hand weg toe hy die handdoek na haar toe uithou. "My hare is klaar droog. Jy het die handdoek nodiger as ek."

"Jig," kla Kobie. "Ek het jig in my skouers van al die kere dat ek natgereën het."

"Laas was dit rumatiek, Ouma," treiter Erik haar, vryf sy hare droog en stoot sy vingers deur sy kuif. Hy lig sy kop op en snuif. "A, groentesop! Wanneer eet ons, Ouma?"

"Was julle hande sommer onder die kraan in die wasbak en kom sit aan. Ek sal solank opskep. Lukas, sny vir ons brood. Nee, wag, ek sal dit doen, want jy sukkel om vars brood te sny," praat Kobie aanmekaar terwyl sy die sop in die sopborde skep.

Dis geluk sonder einde, dink Marné terwyl sy saam met Erik haar hande onder die warm water afspoel. Hy spat water in haar gesig en glimlag met seunsagtige onnutsigheid toe sy hom aangluur. Hulle droog hul hande af en neem aan die tafel plaas. Lukas vra die seën en daarop eet en gesels hulle asof sy een van hulle is.

Sy wil nie weggaan nie, dink Marné. 'n Mens kan die liefde tussen die drie mense om die kombuistafel aanvoel. Met 'n kyk en 'n glimlag straal elkeen 'n boodskap van liefde uit. Hulle liefde sluit haar in, laat haar koester in die warmte van hulle gasvryheid en gee aan haar die gevoel dat sy eindelik tuisgekom het.

Maar wat van Laura Viljoen?

Die gesiglose meisie staan skielik voor haar en maak van haar 'n indringer. Sy sal nooit werklik deel wees van die De Ridders nie, want sy is nie Laura Viljoen nie. Nee ... Erik het Laura lief, maar sy verwag nie van hom om haar lief te kry nie; nie met die besondere liefde wat 'n man vir 'n vrou het nie. Sy kan nog, wil nog deel wees van die mense van Eiland-huis ... as Laura haar sal toelaat.

"Sebastiaan sien uit daarna om met jou te gesels," dring Kobie se stem tot haar deur. "Marné, hoor jy wat ek sê? Sebastiaan was skoon opgewonde toe hy hoor jy kom hierheen."

Marné staar haar verward aan. "Maar . . . maar ek ken hom nie, tant Kobie." Sy frons nadenkend. "Ek verbeel my ek het al sy naam gehoor, maar ek weet nie waar nie."

"My liewe kind, jou tant Annie het saam met Tinus en Sebastiaan Brandenberg op Twiswaters grootgeword. Jy weet tog seker dat jou oupagrootjie 'n dokter op die dorp was?"

"Ja, tant Annie het my vertel."

"Nou ja? Vanselfsprekend het Annie oor Tinus en Sebastiaan gepraat."

Marné skud haar kop. "Nee, tant Kobie. Voordat tant Annie my vertel het van tant Renate Brandenberg se aanbod dat ek Nicolette se oppasster moet word, het sy nooit die Brandenbergs met my bespreek nie."

"Moenie skinder nie, Jacoba," sê Lukas vinnig en waarskuwend, sy oë streng op Kobie.

"Noem jy my 'n skinderbek, Lukas de Ridder?" vra Kobie strydlustig.

"Nee, ek sê net. As Annie Hofmeyr nie die Brandenbergs met Marné bespreek het nie, is dit nie jou plig om dit te doen nie," antwoord hy beslis.

"Waarom nie, oom? Dis seker nie nodig om geheimsinnig te wees nie," sê Marné verwonderd. "Ek weet mos nou tant Annie ken die Brandenbergs."

"Het jy nie gesê jou tante het nooit oor Sebastiaan gepraat nie, ounooi?" vra Lukas en kyk haar deurdringend aan.

Marné voel haar wange tintel en weet dat sy bloos. "Wel . . . Nee, sy het nie, oom. Sy het dikwels oor haar ouers gepraat, maar sy het nooit te veel oor Twiswaters te sê gehad nie."

"Omdat hier nooit veel gebeur nie," sê Kobie en staan op. "Wie wil nog pannekoek hê?"

"Ses was genoeg vir my, dankie, Ouma," sê Erik en kyk na

die kombuisvenster. "Die reën het opgehou. Wat van nog 'n koppie koffie? Daarna sal ek jou na die Brandenbergs toe neem, Marné."

"Moet ek regtig gaan?" vra Marné impulsief. Onmiddellik daarna voel sy soos 'n yslike gek, maar sy voel beter toe sy die warmte in Kobie en Lukas se oë sien. "Tannie het nie dalk 'n skottelgoedwasser nodig nie? Ek is lief vir tuinwerk ook!" vervolg sy skertsend.

"As die keuse myne was . . ." Kobie swyg en kyk vraend na Erik.

"Nicolette het jou nodig, Marné, maar jy sal gou agterkom sy kuier graag hier," sê hy en staan op.

"Jy sal altyd meer as welkom wees om te kom inloer, liefie. Maak die Brandenbergs jou vies of behandel hulle jou nie na wense nie, kom jy reguit hierheen," sê Kobie beslis.

"Drink nog 'n koppie koffie . . ." begin Lukas, maar swyg verras toe die geklop van perdepote voor die agterdeur opklink. Hy stap haastig na die venster toe. "Ek kon dit verwag het! Die laventelhaantjie en sy rietperd is hier."

Kobie beweeg na die agterdeur toe en maak dit oop. "Opskud, Vincent! Dis 'n koue wind en ek is nie lus vir kroep op my bors nie. Nee, wag, vee jou stewels behoorlik af voordat jy my skoon kombuisvloer vol modder trap. Toe-toe! Die wind sal my bors laat toetrek."

Lank, donker en . . . en mooi, som Marné vir Vincent op toe hy in die agterdeur verskyn, en glimlag dan oor haar gedagte. Erik is aantreklik op 'n ruwe, manlike manier, maar Vincent is mooi met 'n skoonheid wat 'n mens nie by 'n man verwag nie. Sy merk die uitdrukking van verbasing op sy gesig toe hy na haar kyk en hou haar gelaat uitdrukkingloos. Sy kan raai wat die hovaardige vent dink: die diensmeisie is sowaar mooi! Wie weet, dalk vra hy vanaand aan sy spieël wie die mooiste is: hy of die behoeftige diensmeisie.

"Juffrou Jordaan! Dis 'n voorreg om jou te ontmoet," sê Vincent hartlik en loop met sy hand uitgesteek op haar af. Sy ouma Renate is 'n ster, dink hy ingenome. Sy het nie net 'n skatryk bruid nie, maar ook 'n beeldskone een vir hom gekies.

"My hande is die ene stroop, want ons het pannekoek geeet," sê Marné en hou haar arms langs haar sye. Sy maak haar oë wyd oop en vra onskuldig: "Is jy een van Erik se bouersvriende?"

Vincent se gesig vertrek minagtend. "Beslis nie! Ek is Vincent Brandenberg, die toekomstige eienaar van Flaminke-eiland."

"En?" vra sy belangstellend.

Hy frons onbegrypend. "En wat?"

"En wat doen jy?"

Vincent huiwer en Erik verduidelik vroom: "Marné wil weet waarmee jy jou besig hou as jy die dag moeg word om te wag dat jou ouma doodgaan, Vincent."

"Erik, nee," sê Kobie betigtigend. "Ons het nie almal die gawes ontvang nie." Sy draai na Marné toe. "Vincent is alte lief vir diere, Marné. Hy is 'n suiwelboer."

"Bog!" kom dit ergerlik van Lukas. "As die knaap nie eens kan onthou om ouer mense te groet nie, hoe sal hy kan onthou om 'n koei te melk?"

Vincent ignoreer Lukas en kyk na Kobie. "Ek is jammer as ek my maniere vergeet het, tant Kobie, maar ek het daarna uitgesien om juffrou Jordaan te ontmoet." Hy draai na Erik toe. "Ek waardeer jou ouma se gasvryheid, Erik, maar dit was jou plig om juffrou Jordaan onmiddellik na Flaminke-huis toe te bring."

"Jy is 'n mooi een om van plig te praat, Vincent," sê Erik spottend. "Dit was nie my plig om Marné in Johannesburg te gaan haal of haar na Flaminke-huis toe te neem nie, maar as jy ons sal verskoon, sal ek en sy nou daarheen ry."

"Maar ek het haar kom haal!" protesteer Vincent.

51

"Hoe? Gaan jy haar tasse op jou perd laai en saam met haar agter die perd aan huis toe draf?" vra Erik treiterend.

"Natuurlik nie! Ek en sy kan stap, want ek is seker juffrou Jordaan sal graag meer van die eiland wil sien. As jy nie haar tasse wil bring nie, sal ek hulle later kom haal."

"Dankie, meneer Brandenberg, maar ek sien nie kans vir 'n geploeter deur die modder nie," sê Marné gelykmatig. Sy groet, bedank Kobie en Lukas en kyk afwagtend na Erik. "Sal ons ry, asseblief, Erik?"

"As jy heeltemal seker is jy wil nie my ouma se diensmeisie wees nie," terg hy. Hy sien dat Vincent merkbaar verbleek en stap laggend saam met Marné uit die kombuis.

"Wat 'n liewe meisie," sê Kobie goedkeurend. "Nicolette is 'n gelukkige dogter om Marné as 'n oppasster te kry."

"Wat is Erik so eie met Marné, tant Kobie?" vra Vincent agterdogtig. "Het hy so gou van Laura Viljoen vergeet?"

"Gou? Jy praat van dinge wat agttien maande gelede gebeur het. Niks sal my gelukkiger maak as die moontlikheid dat Erik sal vergeet nie, maar . . ." Sy sug verwese. "Marné is 'n warm, spontane kind. Sy en Erik is klaar vriende, maar ek hoor nie huweliksklokke lui nie, Vincent."

"Solank Erik onthou Marné is ons gas en nie 'n oorlas van hom maak nie," sê hy ergerlik.

"Wat praat jy nou, knaap?" vra Lukas onthuts. "Ek was tog by toe jy Erik gevra het om julle nuwe diensmeisie in Johannesburg te gaan haal. Wat is Marné nou? 'n Gas of 'n diensmeisie?"

'n Donker blos van verleentheid kruip oor Vincent se nek en gesig. "Dit was 'n blote misverstand. My ouma ken Marné se mense, daarom beskou ons haar meer as 'n gas en 'n vriendin as iemand wat in ons diens is." Hy beweeg weg na die agterdeur toe. "Tot siens, oom . . . tannie. Ek wil graag daar wees om Marné te verwelkom."

52

"Tot siens, Vincent," groet Kobie en staar Lukas in stilte aan toe hy uit is. "Daar is êrens 'n slang in die gras, Lukas," tob sy.

"Daar is, vrou, en haar naam is Renate," beaam hy en skud sy kop gekwel.

Mathilda Fourie staan langs Marné in die voordeur van Flaminke-huis en wuif vir Erik toe hy met sy bakkie vertrek. Hulle gaan die ontvangsportaal binne. Mathilda maak die voordeur toe, plaas haar hande op haar heupe en betrag Marné van kop tot tone.

"Ag, ek kan sommer sien jy het 'n liewe hartjie, Marné, want in hierdie huis leer 'n mens om selfs die skelmste ou duiwel uit te ken. Haai, foei, kind, jy bibber van die koue. Wag, ek gryp jou tasse en neem jou na die lila gastekamer toe." Mathilda wikkel haar neus ergerlik. "Verbeel jou: lila! Klink soos iemand se naam, en al die tyd is dit 'n doodgewone, pienkerige pers."

"Ek sal my tasse dra, tannie," sê Marné skuldig.

Mathilda glimlag tergend. "Dink jy ek lyk 'n bietjie oud en afgeleef, hartjie? Moenie dat my plooie en grys hare jou mislei nie. Dis nie vet hierdie nie, dis die ene spiere!"

"Sê net as ek moet help, tannie." Marné kyk belangstellend om haar rond. "Wanneer kan ek Nicolette ontmoet?"

"Sommer nou-nou," antwoord Mathilda terwyl hulle met die trap opstap. "Ou Renate kruip in haar troonkamer weg en die pieperige Rentia het met 'n watersak in die bed gekruip omdat drie druppels reën op haar kop geval het. Die liewe Ilze hou Nicolette geselskap. Ilze kan buierig wees, maar nou ja, sy het haar redes. A, hier is ons nou! Dis 'n lekker warm kamer, want dis aan die noorde –"

"Staan stil, Mathilda!" roep 'n vrouestem skril agter hulle.

Mathilda laat val die tasse en gluur Rentia Brandenberg misnoeg aan. "Ek staan, Rentia. Wat nou?"

"Is jy stapelgek, Mathilda? Die lila suite sal eendag deur Vin-

53

cent en sy bruid gebruik word. Laat die meisie die pakkamer skoonmaak. Sy kan daar slaap," beveel Rentia en wys na die onderpunt van die gang.

4

Dan is dít Rentia Brandenberg, Vincent se ma, dink Marné terwyl sy die vrou in die modieuse kamerjas opsommend aankyk. Rentia het vlamrooi hare, groot, groen oë en 'n hartvormige gesig. Haar neus is fyn en effens spits en haar mond sou mooi gewees het as dit nie deur 'n trek van onvergenoegdheid ontsier is nie. Sy skat Rentia in haar laat veertigerjare. Dit lyk of sy eenkeer 'n beeldskone meisie moes gewees het, maar dis duidelik dat Rentia haar stryd teen vet verloor het.

"Wat staan jy nog daar? Het jy nie gehoor wat ek sê nie, Mathilda? Die lila kamer was my skoonouers se wittebroodsuite en vandat skoonma Renate dit ná my skoonpa se dood ontruim het, het niemand dit nog gebruik nie. Selfs ek en wyle Martin het nooit die voorreg gehad om in die kamer te slaap nie. Nou wil jy dit 'n lêplek van 'n huishulp maak! Seniel – dis wat jy lankal is, maar tot vandag toe wil niemand my glo nie. Ons moes jou lankal vervang het deur 'n jonger huishoudster," tier Rentia, loop op hulle af en gaan vlak voor Mathilda en Marné staan.

"Foei, Rentia, dis darem 'n groot jammerte dat Renate nie so maklik haar skoondogter kan vervang nie. Maar moenie dat ons rusie maak nie, mens. Dié liewe dogter is Marné Jordaan en die skellende vroumens is Rentia Brandenberg, Marné. Toe, Rentia, onthou nou jou maniere en heet Marné welkom in Flaminke-huis," sê Mathilda liefies.

Woede slaan in warm vlekke op Rentia se gesig uit. "Hoe durf jy my gesag in die teenwoordigheid van 'n nuwe huishulp ondermyn, Mathilda? Jy lewe in 'n gekkeparadys as jy glo jy is onmisbaar vir ons Brandenbergs. Ek sal sorg dat jy vandag nog ontslaan word en jy kan hierdie meisiemens saam met jou neem," bars Rentia kortasem van verontwaardiging uit.

Marné Jordaan is te mooi, veels te mooi om dag in en dag uit onder dieselfde dak as Vincent te woon, kwel Rentia haar. Sy is maar te bewus van Vincent se onvermoë om 'n mooi meisie met rus te laat. Hy sal 'n verhouding met Marné aanknoop en die arme dingetjie sal net te gretig wees om die kroonprins van Flaminke-eiland in haar kloue te kry. O, die vernedering, die onuitwisbare skandvlek op die Brandenbergs se trotse naam as haar enigste seun deur 'n slinkse diensmeisie in 'n huwelik gedwing sou word! Sy sal dit nooit oorleef nie.

"Aag, ou Rentia, jy maak my moeg. Dit was Rentia se uitdruklike bevel dat . . ." Mathilda swyg toe sy die haastige voetstappe op die trap hoor en Vincent vinnig naderkom.

"A, hier is julle!" sê hy uitasem en glimlag sjarmant. "Ek is jammer ek was nog nie tuis om jou persoonlik in Flaminkehuis welkom te heet nie, Marné, maar ek weet Mathilda sou jou met ope arms verwelkom het. My ouma het gevra –"

"Stil, Vincent!" snou Rentia, wat met 'n gevoel van afguns Vincent se vriendelikheid jeens Marné waargeneem het. "Ek het reeds besluit die meisie voldoen nie aan die nodige vereistes om Nicolette se oppasster te wees nie. Mathilda, bel Erik de Ridder. Sy kan by die De Ridders tuisgaan totdat hulle haar kan terugneem Johannesburg toe."

Vincent staar haar verdwaas aan. "Maar, Ma! Ouma Renate het uitdruklik gesê . . ." Hy hou skielik op met praat toe 'n harde gestamp uit die rigting van die trap opklink.

Hulle kyk almal soontoe en Marné sien 'n uitgeteerde, bejaarde vrou met yl, sneeuwit hare wat staan aan die voet van die trap wat na die derde verdieping lei. Haar gerimpelde gesig is spierwit gepoeier en daar is twee rooi kolle op haar wange. Ten spyte van haar sirkusnar-grimering is haar houding trots en vorstelik, besef Marné. Sy is in 'n lang, swart syjapon geklee waarvan die kraag, die moue en die soom met pels versier is. In haar regterhand hou sy 'n kierie met 'n silwer knophandvatsel. Dit kan net Renate Brandenberg wees, besluit Marné en kyk haar afwagtend aan.

"Ma! Hoe kon Ma sonder hulp die trap afklim? Ma kon . . ." begin Rentia oorbesorg. Haar woorde klink vals in Marné se ore en die vorstelike vrou val haar in die rede.

"Hou op om skynheilig te wees, Rentia. Jy kan nie wag dat ek my nek moet breek nie, want jy hoop jy sal Vincent om jou pinkie kan draai," sê Renate met 'n stem vol veragting en loop fier en regop nader. Sy bly voor Marné staan en staar haar in stilte aan. Toe knik sy 'n paar keer en glimlag. "Annie Hofmeyr kon jou ma in plaas van jou groottante gewees het. Ek is Renate Brandenberg, Marné. Jy mag my as tant Renate aanspreek. Bly te kenne, Marné."

"Bly te kenne, tant Renate," reageer Marné werktuiglik, verbaas oor haar gevoel van wantroue en ongemak. Sy vertrou Renate Brandenberg nie, besef sy. Daar is iets slinks, iets vals in haar stemtoon en haar glimlag.

"Ma, ons moet ernstig praat," begin Rentia strydlustig. "Ek en wyle Martin is nooit toegelaat om die lila suite te gebruik nie, maar die verstandelose Mathilda het besluit om die suite aan hierdie . . . aan ons nuwe diensmeisie te gee. En daarvan gepraat: ek dink sy is veels te jonk om die verantwoordelikheid van Nicolette se versorging op haar skouers te neem. Dis beter dat sy intussen by die De Ridders tuisgaan totdat sy kan terugkeer Johannesburg toe."

"Is jy heeltemal klaar, Rentia?" vra Renate ysig.

"Moenie my ma verkwalik nie, ouma," begin Vincent taktvol. "Sy is onder die indruk dat Marné —"

"Niemand het jou opinie gevra nie, Vincent," val Renate hom streng in die rede. Sy wend haar na Rentia. "Ek is die eienaar van Flaminke-huis en hier is my woord wet, Rentia. Ek het opdrag gegee dat die lila suite vir Marné in gereedheid gebring moet word." Haar glimlag lyk soos die humorlose gryns van 'n skedel. "Het jy enige beswaar, my liewe skoondogter?" smaal sy.

Rentia kry kleur op kleur, vernedering en woede afwisselend op haar gesig. "Nee ... nee, natuurlik nie, maar ek sal graag privaat met Ma wil praat."

"Jy sal jou beurt moet afwag." Sy kyk na Marné. "Ek hoop jy hou van die suite, Marné. As jy enigiets benodig, sal Mathilda sorg dat jy dit kry."

Marné kyk Renate vreesloos aan. "Waar is Nicolette se slaapkamer, tant Renate?"

"Die kindersuite is aan die onderpunt van die westelike vleuel hier op die tweede verdieping. Vroeër jare was dit op die derde verdieping, maar ná my man se dood het ek besluit dat ek rus en afsondering nodig het. Daarom het ek die derde verdieping vir my laat inrig. My huismense weet hulle kom slegs daarheen op bevel."

"Ek verstaan. Maar as Nicolette in my sorg is, verkies ek om 'n kamer naby haar kamer te hê ... verkieslik die kamer langs hare. Sy sal veiliger voel as sy weet ek is altyd tot haar beskikking."

"Die gastekamer langs Nicolette s'n staan leeg," sê Rentia gretig.

"Dis 'n kinderkamer met feetjies en kabouters op die muurpapier," kom dit misnoeg van Renate.

Marné glimlag sonnig. "Feetjies en kabouters sal my nie pla nie, tant Renate. Ek is nie ondankbaar oor jou voorstel dat ek die lila suite kry nie, maar aangesien ek ter wille van Nicolette hier is, verkies ek die kamer langs hare."

"Ek stem heelhartig saam," sê Mathilda goedkeurend. "Daar is 'n middeldeur tussen jou kamer en Nicolette s'n, liefie. As Nicolette een van haar gereelde nagmerries kry, sal jy byderhand wees. Wie weet, dalk hou haar nagmerries op noudat sy iemand in die kamer langs hare het. Ek het nog altyd gesê dis nie reg dat die arme kind na die verste punt van die wesvleuel verban is nie."

"Dra dit jou goedkeuring weg, tant Renate?" vra Marné hoopvol.

Renate frons misnoeg, bedink haar en lig haar mondhoeke in 'n poging om te glimlag. "Ek is verheug om te sien jy beskou jou werk as Nicolette se oppasster in so 'n ernstige lig, Marné, maar ek sal toesien dat jy jou nie oorwerk nie. Per slot van rekening is my ou vriendin jou voog." Sy kyk na Vincent. "Help my na my kamer toe, Vincent. Ons moet praat."

"Graag, Ouma," antwoord hy, glimlag vir Marné en plaas sy hand op Renate se elmboog.

"Nou ja, ou kintatjie, hier gaan ons!" sê Mathilda en tel Marné se twee tasse op. Sy steek in haar spore vas toe sy Rentia nog in die gang sien staan. "Toe-toe, Rentia, huppel terug na jou warm bedjie toe, anders bring die huishulpe nie vanaand vir jou ete in die bed nie."

"Ek wil ernstig met juffrou Jordaan praat," sê Rentia styf.

"Môre, nie vandag nie. Dis hoog tyd dat sy Nicolette ontmoet," sê Mathilda beslis en begin wegstap met Marné op haar hakke.

"Hoekom hou tant Rentia nie van my nie?" vra Marné fluisterend.

Mathilda lag gedemp. "Jy is jonk en maer en te pragtig vir woorde, hartjie. In ou Rentia se oë is dit 'n allerverskriklike oortreding, want jy herinner haar aan die meisie wat sy eenmaal was. En dan is daar nog Vincent. Foei, die arme siel kan haarself nie help nie, maar sy vrees die dag as Vincent besluit om te trou, want dan sal sy vrou, in plaas van sý, die septer swaai in Flaminke-huis."

"Maar ek gaan nie met Vincent trou nie, tannie!"

"Dis nie wat Rentia glo nie, want sy beskou elke mooi jong meisie as 'n bedreiging. Sy is boonop besitlik oor Vincent, want haar dogters is vir haar 'n teleurstelling. Sy sal hom nie graag met 'n ander vrou wil deel nie." Mathilda bly staan. "Hier is jou kamer nou: kleiner en baie geselliger as daardie saal van 'n lila suite. Jy en Nicolette deel 'n badkamer. Jy gee nie om nie, Marné?"

"Glad nie, tannie." Sy gaan die vertrek binne en glimlag onwillekeurig toe sy die vrolike muurpapier met bypassende gordyne sien. "Dit lyk nuut. Ek bedoel die gordyne en die muurpapier. Die res van die huis ... e ..."

"Is 'n bietjie gehawend?" vra Mathilda toe Marné blosend swyg. "Weet ek dit nie, kind! Die matte is deurgetrap en die gordyne kan nie gewas word nie, want hulle sal uitmekaar val. Ek het al dikwels met ou Renate gepraat, maar sy sê Vincent se bruid sal eendag haar eie stempel op Flaminke-huis wil afdruk, daarom laat sy die ou plek soos dit is. Daar steek seker waarheid in, maar intussen skaam ek my om deurgeskifte lakens op ons gaste se beddens te sit." Sy plaas Marné se tasse op die bed. "Sal ek jou help om uit te pak, hartjie?"

"Nee dankie, tannie. Ek wil graag weet waar alles is."

"Maak dan so, Marné. En as jy klaar is, loer by die kamer links van jou in. Dis Nicolette se kamer en Ilze sal nog by haar wees. Kom soek my maar as ek met enigiets kan help," sê Mathilda en trek die kamerdeur agter haar toe.

Marné loop stadig na die venster toe. Dit het 'n uitsig oor die eiland en 'n gedeelte van die meer. Die gras is uitsonderlik groen en net hier en daar speel die herfsblare wegkruipertjie in die bladwisselende bome. Sy kyk met honger, hoopvolle oë, maar sy kan nie Eiland-huis van haar kamervenster af sien nie.

Voortaan sal Flaminke-huis haar tuiste wees, maar dis in Eiland-huis saam met Erik, tant Kobie en oom Lukas waar sy werklik tuis sal voel, besef sy. Sy draai onwillig weg van die venster om haar klere uit te pak.

Vincent bly verwonderd staan toe Renate op 'n stoel met 'n regop rugleuning plaasneem. "Gaan Ouma nie in die bed klim nie? Die ooreising om die trap op en af te klim, kan nadelig vir Ouma se hart wees," sê hy besorg.

"Dan beskik jy nou oor besondere kennis van die toestand van my hart, Vincent?" vra sy honend. Sy sien hom bloos en lag 'n skraal, uitgedroogde laggie. "Ek gaan jou nie bly maak en sê ek is 'n hartlyer nie; inteendeel, dokter Van Aswegen sê as 'n bus my nie omry nie, word ek lag-lag honderd jaar oud. Maar dis nie waarom ek jou gevra het om hierheen te kom nie."

"Ouma wou oor Marné praat?" Hy glimlag. "Sy is 'n gebore prinses, Ouma! As ek kon, het ek môre met haar getrou. Ek is wraggies die gelukkigste man wat ek ken. My bruid is nie net skatryk nie, maar boonop beeldskoon! Dankie dat Ouma haar vir my gekies het."

Sy betrag hom met openlike jammerte. "Soms, Vincent, wonder ek wie is die domste: jy of Nicolette."

"Waarom beledig Ouma my?" vra hy gekrenk. "Wat het ek nou weer verkeerd gesê?"

"Jy is 'n man van sewe en twintig, maar jy is so naïef soos die ongelukkige Nicolette. En noudat ek daaraan dink – jy sal nooit slim wees nie, want die enigste ding waaroor jy intelligent kan praat, is melkkoeie en suiwelboerdery."

"Wat het dit met my huwelik met Marné te doen?" vra hy stug.

"Alles! Ek het gesorg dat Marné hierheen kom, maar dit gaan van jou afhang of sy jou bruid gaan word of nie. Gelukkig beskik jy oor genoeg sjarme. Maak die meisie die hof en gedra jou te alle tye soos 'n ware heer. Ek het Annie Hofmeyr goed geken in my jeug. Ek glo sy het Marné streng grootgemaak, daarom moet jy die dogter uiters versigtig benader."

"Goeiste, Ouma, ek ken meisies. Ek gaan Marné nie probeer dwing om met my te trou nie. Ek hoop net sy het genoeg vrye tyd om saam met my uit te gaan."

"Ek het klaar daaroor besluit: Marné sal net tot middagete na Nicolette omsien en daarna sal sy vry wees om te doen wat sy wil. Met haar middae en aande vry, sal jy hope tyd tot jou beskikking hê om haar die eiland en die dorp te wys en haar beter te leer ken."

Vincent glimlag stralend. "Ouma is 'n ster! Ek sal —"

"Ek het nog nie klaar gepraat nie, Vincent," wys Renate hom tereg. "Wat ek jou oor Marné se erfenis vertel het, bly tussen ons. Jy mag onder geen omstandighede toelaat dat Marné agterkom dat jy bewus is van haar erfenis nie. En dan is daar jou praatsieke ma. Sy het reeds openlik gewys dat sy Marné as 'n indringer beskou. Nie sy of Ilze — of selfs Mathilda — mag weet wat ek en jy vroeër bespreek het nie. Is dit duidelik?"

"Ja, Ouma, maar my ma sal die wêreld warm maak vir Marné as sy glo sy is 'n fortuinsoekster wat hoop om ter wille van Flaminke-eiland met my te trou," maak hy kapsie.

"Laat jou besitlike ma aan my oor. Sy sal dit nie waag om my bevele te verontagsaam nie." Renate wys na die deur. "Nou wil ek alleen gelaat word. Sorg jy net dat jy my nie teleurstel nie."

"Ek sal nie, Ouma." Vincent maak die kamerdeur agter hom toe en glimlag ingenome. Selfs al het Marné Jordaan nie 'n sent op haar naam gehad nie, sou hy oor sy voete geval het om haar die hof te maak. Daar is genoeg mooi gesiggies op Twiswaters, maar tussen hulle lyk Marné soos 'n skitterende diamant tussen 'n klomp gruis. Dis jammer dat hy Erik de Ridder gevra het om haar in Johannesburg te gaan haal; hy kon sy ma se motor geleen het. Aan die ander kant: Marné sal nooit so 'n buffelagtige vent soos Erik de Ridder bo hom verkies nie – daaroor het hy nie die minste twyfel nie.

Marné klop aan Nicolette se kamerdeur, wag 'n paar oomblikke en klop harder. Links van haar gaan 'n deur oop en 'n meisie verskyn. Die meisie hou haar wysvinger waarskuwend voor haar mond, trek die deur agter haar dig en stap na Marné toe.

Dit kan net Ilze wees, dink Marné, want sy is beslis ouer as sestien. Ilze het 'n vol figuur en is korter as sy. Sy het rooiblonde hare en haar gesig is besaai met bruinrooi sproete. Sy kyk in Ilze sy vyandige, groot, groen oë en glimlag aarselend.

Ilze bly voor haar staan met 'n diep frons tussen haar wenkbroue en vra nydig: "Is dit nou werklik nodig dat sy so mooi moet wees? Maar ek kon dit seker verwag het. As jy arm is, is jy gewoonlik mooi. Waarom is ek nie in 'n agterbuurt gebore nie? Ek sal my vrekkerige, ryk ouma sonder om te huiwer vir 'n mooi gesig verruil." Sy merk die verwarring op Marné se gesig en lag spontaan. "Ek is jammer, maar ek voel nou heelwat beter." Sy steek haar hand uit na Marné. "Ilze Brandenberg. Hallo, Marné, en welkom in hierdie koue ou kasarm."

"Hallo, Ilze," groet Marné, wat nog nie seker is of Ilze 'n vriend of 'n vyand is nie. "Hoekom dink jy jy is lelik?"

Ilze beduie met haar wysvinger na haar gesig. "Sproete. My ma het my vertel haar pa het soos 'n kalkoeneier gelyk. Daarby is my neus te spits en my mond te groot. En ek sukkel met my gewig, maar dis pure frustrasie wat my deurentyd honger maak."

"En ék is te maer en my hare is te wit en ek wens ek was so kort soos jy," sê Marné net gedwonge erns, maar haar oë vonkellag in dié van Ilze. "Is 'n mens ooit tevrede met jou voorkoms?"

"Jy kla met 'n witbrood onder jou arm, mens." Sy sug diep

en vra nuuskierig: "Gaan jy 'n salaris kry om Nicolette te versorg?"

"Ek neem so aan, ja."

"Sien jy nou? Omdat my ouma ryk is, wou my ma my nie toelaat om universiteit toe te gaan nie, want ryk meisies het glo nie geleerdheid nodig nie. Ek was slim op skool, sproete en al."

"Wat van 'n korrespondensiekursus?"

Ilze glimlag wrang. "Ek het honneursgrade in Frans en Latyn . . . en ek is vier en twintig, werkloos, sentloos en gefrustreerd."

"Dis fantasties! Ek bedoel die feit dat jy tog gestudeer het," sê Marné bewonderend.

"Nie werklik nie. Ek sit as 't ware gestrand op die eiland, want my ou motortjie haal nouliks die dorp. Tant Mathilda laat my soms toe om koek te bak, maar my ma kry die stuipe wanneer ek ons kok wil help. Ek moes iets doen om myself besig te hou, anders het ek lankal 'n klip aan my enkel gebind en van die hangbrug afgespring."

"Is hier 'n hangbrug op die eiland?" vra Marné belangstellend.

Ilze lyk ineens ongemaklik. "Ja . . . ja, maar niemand gebruik dit nie, want dis nie meer veilig nie." Sy glimlag en haak by Marné in. "Ek is bly jy is hier, want jy is darem geselskap. Nicolette is pragtig en dierbaar. Sy het op die mat voor die kaggelvuur in die speelkamer aan die slaap geraak. Sy sal jou nie te veel las gee nie, want sy speel ure lank met haar pophuis en poppe. Kom saam."

Marné volg Ilze die speelkamer binne en sien hoe 'n beeldskone meisie stadig regop sit en die slaap met haar vingers uit haar oë vryf. Kan daar werklik iets met Nicolette skort? wonder Marné ongelowig. Donkerbruin hare met 'n koper skynsel, dig en krullerig, pas soos 'n pet om Nicolette se kop. Haar groen oë is amandelvormig, omraam deur donker wimpers, en haar gelaatstrekke is fyn en egalig. Haar liggaam is dié van 'n tiener, fyn en vroulik. Nee, sy kan nie glo dat die verstand van 'n kind in die liggaam van so 'n pragtige meisie is nie.

"Is jy my sussie se maatjie? Gaan jy nie my maatjie wees nie?" vra Nicolette. Haar spraak is duidelik, maar haar stem is dié van 'n kind en sy beklemtoon elke tweede of derde woord.

"Nee, Nicolette, Marné is jou spesiale maat, maar ek en sy gaan ook maats wees," sê Ilze en help haar orent.

"My beste maatjie?" hou Nicolette vol, haar oë pleitend op Marné gerig.

Marné sluk droog en probeer glimlag, maar ingehoue trane laat haar lippe bewe. Sy loop nader en neem Nicolette se hande in hare. "Jou beste maat, Nicolette. Boesemvriendinne."

"Boesemvriendinne," klank Nicolette die woord en lag uitgelate. "Dan sal ek jou al my plekke wys. En dalk vertel ek jou al my geheime. Hou jy van geheime, Marné?"

"Natuurlik. Beste maats het altyd geheime."

Nicolette pluk haar hande uit dié van Marné en hardloop na die naaste venster toe. "Hoera, dit het opgehou reën! Kom ek gaan wys jou my eerste geheim."

Marné kyk na Ilze met 'n onuitgesproke vraag in haar oë terwyl Nicolette na die deur toe storm.

"Waarheen gaan jy, Nicolette?" vra Ilze vinnig.

Nicolette betrag haar ongeduldig. "Jy is darem dom, Ilze. Dis mos net my en Marné se geheim. Toe, kom nou, Marné. Ek wed jy sal baie van hulle ... van my geheim hou."

"Kan jy vinnig hardloop?" fluister Ilze bekommerd vir Marné.

"Nogal. Ek draf gereeld," antwoord Marné gedemp, glimlag gerusstellend en sê harder: "Ek en Nicolette sal voor donker terug wees, Ilze. Sien jou."

Dit sal nie vir haar langer nodig wees om soggens te draf

nie, dink Marné terwyl sy by die voordeur uitdraf in 'n poging om by Nicolette te bly. Nicolette is 'n bondel energie, want sy hardloop draaie om haar en spring met albei voete in elke modderpoel.

"O, nee!" roep Marné uit en sy bly doodstil staan.

Nicolette hoor haar uitroep en kom besorg nader. "Het jy seergekry, Marné? Het jy jou toon gestamp? Ek het eendag my toon gestamp en toe bloei dit, want ek het nie skoene aangehad nie."

"Nee, my toon makeer niks nie, maar jy spring met jou skoene in die modderpoele en dan spat jou sweetpak vol modder." Sy kyk bewonderend na Nicolette se drafskoene en sweetpakbroek. "Dis sulke mooi skoene en jou sweetpak is pragtig."

"Wil jy dit hê? Jy kan dit maar kry, Marné, want ons is nou maats," sê Nicolette groothartig.

"Nee ... nee, my tant Annie het genoeg klere vir my gekoop, maar sy het my gevra om dit mooi op te pas. Ek wil nie my klere en skoene laat vuil word nie."

"Sal sy met jou raas?" vra Nicolette bekommerd.

"Ek dink sy sal hartseer wees, want klere kos geld. Boonop hou ek van skoon skoene en klere."

Nicolette staar haar swyend aan. Toe lag sy opgewonde en sê: "Ek hou van alles waarvan jy hou, want jy is my beste maatjie. Ek wil ook skoon skoene en klere hê."

"Ek is bly," sê Marné verlig. "Probeer om nie in die modderpoele te trap nie. Toe, jy kan die leier wees. Jy loop voor en ek loop agter jou aan, maar onthou dat ek nie my klere mag vuilsmeer nie."

"Ek is hier!" jil Nicolette en draf stadiger om die reënpoele te vermy.

Waarom het nie een van die Brandenbergs haar meer inligting oor Nicolette se toestand gegee nie? wonder Marné terwyl sy die babbelende Nicolette volg. Op die oomblik is Nicolette 'n vrolike, onskadelike kind, maar wat gebeur as sy teengegaan word? Word sy ooit aggressief? Tant Mathilda ... sy sal vanaand vir tant Mathilda oor Nicolette uitvra.

"Ons is amper daar!" roep Nicolette en draf terug na Marné toe.

"Waar?"

"My eerste geheim. My beste geheim." Sy wys in die rigting van 'n kol bome en Marné herken die sandsteenwoning wat tussen die bome sigbaar is.

"Eiland-huis waar tant Kobie en oom Lukas woon?" vra Marné verras.

Nicolette knik heftig. "En Erik en oom Sebastiaan! Almal dink Flaminke-huis is my huis, maar dit is nie. Dis Ouma Renate se huis en dis oud en lelik, nes sy. Eiland-huis is mooi en warm, soos tant Kobie en oom Lukas en Erik. Dis my regte huis."

"Maar dis jou geheim?"

"Ja, want hulle weet nie," antwoord Nicolette en kyk vyandig na Flaminke-huis wat teen die horison uittroon. "Jy hou ook meer van Eiland-huis, nè, Marné?"

"Ja, en ek hou ook van die mense van Eiland-huis, maar ek ken nie vir oom Sebastiaan nie."

"Hy slaap vreeslik baie, want hy is siek. As hy wakker is, praat ek met hom en dan glimlag hy so 'n bietjie. Tant Kobie sê hy is te siek om te lag."

"Maar vandag slaap hy net, Nicky," sê Erik onverwags skuins agter hulle.

Marné swaai om na hom toe, voel haar hart in haar bors ruk en weet nie of dit skok of blydskap is nie.

Nicolette storm by haar verby. Sy gooi haar arms om Erik se nek, druk haar kop teen sy bors en hou dan een van sy hande vas. "Jy is terug!" sing sy en dans voor hom rond. "Tant Kobie het gesê jy kom terug, want ek het gehuil. Maar nou is jy terug."

Erik steek sy regterhand uit en krap haar krulle deurmekaar. "En ek het vir jou iets saamgebring van Johannesburg af, asjas. Toe, draf vooruit en gaan vra my ouma om die pakkie vir jou te gee. Maar moenie raas nie, want oom Sebastiaan slaap."

"Dankie! Dankie! Dankie!" jubel Nicolette, los sy hand en huppel weg terwyl sy sing: "Ek gaan tog 'n presentjie kry! Ek gaan tog 'n presentjie kry!"

Marné luister verstom na die helder klank van haar stem en kyk op na Erik. "Sy sing pragtig! Het niemand al daaraan gedink om haar sang- of klavierlesse te laat neem nie?"

"Sy kan sing, maar sy sal nooit die teorie van musiek kan verstaan nie." Nadenkend voeg hy by: "Maar voëls ken ook nie enige teorie nie, en nogtans sing hulle pragtig."

"Jy is lief vir haar?"

Hy glimlag stadig. "Ek is bly jy sê 'lief' en nie 'jammer' nie, want dis nie nodig om Nicolette jammer te kry nie. Ek glo sy is gelukkiger as ons almal, want sy sal nooit die hartseer van die volwasse wêreld ervaar nie."

"Nogtans . . . ek sal liewer alles wil ervaar."

"En seerkry?"

"Moontlik, ja, maar tant Annie sê altyd alle ervaring is kosbaar, daarom is die prys wat ons daarvoor betaal dikwels so hoog."

"Jou tant Annie klink soos 'n wyse mens."

"Stem jy nie saam nie?"

"Heelhartig, ja." Hy kyk onwillekeurig in die rigting van Flaminke-huis. "Voel jy al tuis in jou nuwe woning?"

Sy huiwer. "Ek dink tant Mathilda is 'n skat en ek is seker ek en Ilze gaan goed oor die weg kom. Vincent sal nie 'n probleem wees nie, maar tant Rentia beskou my as 'n indringer."

"Omdat sy bang is jy gaan haar mooi seuntjie afrokkel en haar uit Flaminke-huis verdryf."

"Maar dis loutere onsin!" reageer sy onthuts.

"Dalk, maar tant Rentia sal nie met jou saamstem nie. Het jy al Haar Hoogheid, Renate Brandenberg, ontmoet?"

"Ja." Marné steek haar neus in die lug, gee voor dat sy op 'n kierie leun en sê met ysige veragting: "Hou op om skynheilig te wees, Rentia! Jy kan nie wag dat ek my nek moet breek nie, want jy hoop jy sal Vincent om jou pinkie kan draai."

Erik skaterlag. "Snip! As tant Renate jou nou kon hoor, het sy jou in die pad gesteek."

"Ek glo nie." Marné frons verwonderd. "Tant Renate het die lila suite wat deur haar en haar oorlede man gebruik is, vir my gereed laat maak. Dis 'n bietjie vreemd, dan nie? Ek is Nicolette se oppasster, nie 'n eregas nie."

Sy merk die kommer op sy gelaat en wens sy het hom nie van die lila suite vertel nie. Sy hou meer van hom wanneer hy lag, maar hy lag so selde. Is Laura Viljoen die rede vir sy stroewe voorkoms?

"Dit ís vreemd," gee hy toe. "Tant Mathilda praat graag oor al die rusies wat tant Rentia en tant Renate al oor die lila suite gehad het. Aangesien tant Renate nie meer die suite gebruik nie, voel tant Rentia dis haar reg om daar in te trek."

"Ek veronderstel tant Renate wou tant Rentia net vermaak, daarom het sy vir my die suite aangebied. Maar ek gebruik dit in elk geval nie. Ek het besluit ek wil liewer in die kamer langs Nicolette s'n slaap."

Hy kyk haar aan asof hy haar nie gehoor het nie, sy oë 'n donker silwergrys asof 'n innerlike skadu daaroor val. "Hoe ryk is jy, Marné?" vra hy dringend.

Sy staar hom oorbluf aan en lag onseker. "Ek het jou reeds gesê: ek het nog 'n bietjie geld van my studiebeurs oor."

"Het jy niks geërf nie?"

"Nee. Is my geld belangrik vir jou?"

'n Glimlag vonk in sy oë voordat hy ernstig sê: "Nie vir my nie, maar vir die Brandenbergs."

"Maar hulle besit 'n hele eiland! Ek is seker tant Renate is fabelagtig ryk!" protesteer sy heftig.

"Ek betwis dit nie, maar . . ." Hy kyk op en frons dieper. Sy volg die rigting van sy blik en sien Vincent te perd aangery kom. "Ons sal weer praat," sê hy gedemp en wag saam met haar dat Vincent hulle moet bereik.

Vincent hou sy perd in, klim af en glimlag effens onseker met sy oë op Marné gerig. "Ek is jammer ek moet pla, Marné, maar ongelukkig het my ouma nog nie tyd gehad om jou oor die reëls van Flaminke-huis in te lig nie."

"Watter reëls?" vra sy verwonderd.

Hy kyk flitsend na Erik en daarna na die sandsteenwoning tussen die bome. "Nicolette is nie van klasseverskille bewus nie. Sy beskou almal as haar vriende, maar ouma Renate verkies dat sy net met haar huismense meng. My ouma verwag dat jy ook die De Ridders sal vermy."

Marné staar Vincent spraakloos aan en draai onthuts na Erik toe. "Gaan jy hom klap, Erik, of sal ek?" vra sy, helder vlekke van verontwaardiging gloeiend op haar wange.

5

Vincent tree ontsteld nader aan Marné. "Asseblief, Marné, moenie my verkwalik nie. Ek voer maar net my ouma Renate se bevele uit," sê hy.

"Sowaar?" Haar uitdrukking spreek van minagting. "Dan is jy te onvolwasse om te besef dat jy uiters beledigend teenoor

Erik en sy grootouers is! As ek reg onthou, was dit Erik wat my in Johannesburg kom haal het, en dit was tant Kobie en oom Lukas wat my werklik laat welkom voel het op Flaminke-eiland en in hulle huis."

"Die huis behoort aan die Brandenbergs," sê Vincent met die ingebore trots van 'n landheer. "Jy verstaan nie, Marné. Oom Lukas en tant Kobie is in diens van my oom Sebastiaan."

"En?" vra sy bruusk, 'n dreigende lig in haar oë.

Vincent maak 'n hulpelose gebaar met sy hande. "Jy is 'n stadsmeisie, maar op die platteland . . . Die Brandenbergs is gesiene mense. Almal verwag dat ons ons vriende versigtig sal kies."

Langs Marné lag Erik sag, humorloos. "Laat ek die arme vent uit sy ellende verlos, Marné. Wat Vincent probeer sê, is dat die Brandenbergs die adel van Twiswaters is, daarom meng hulle nie met doodgewone arbeiders nie."

"Wonderlik! Gelukkig is ek een van die arbeidersklas, daar-om kan niks my verhoed om by oom Lukas en tant Kobie te boer nie," spot sy en kyk Vincent uitdagend aan.

Verleentheid stoot 'n donker gloed oor Vincent se gelaat. "Ek twyfel of my ouma dit sal goedkeur, Marné. Sy was nog nooit gelukkig oor Nicolette se gewoonte om daagliks na Ei-land-huis toe te kom nie. Dis een van die redes waarom sy jou in diens geneem het: jy moet verhoed dat Nicolette by die De Ridders kuier," verduidelik hy en vermy Erik en Marné se spottende oë.

"Dis nou oulik," sê Marné sarkasties. "Nicolette word deur 'n arbeider versorg, maar die ander arbeiders op Flaminke-eiland is nie goed genoeg vir haar nie. Hoe rym dit, Vincent?"

Hy frons ergerlik. "Almal weet wie en wat jy is, Marné. Hou op om jouself 'n arbeider te noem."

"Wat is ek dan? 'n Diensmeisie?" smaal sy.

Vincent gluur Erik aan, maar kyk weer vinnig weg. Vanselfsprekend is Erik onbewus van Marné se erfenis. Hy het haar moontlik gevra of sy die Brandenbergs se nuwe diensmeisie is soos wat hy, Vincent, hom vertel het. Vervlaks, waarom het sy ouma hom nie voor Marné se koms na Flaminke-eiland vertel wie en wat sy werklik is nie?

"Jy is skielik spraakloos, maat," sê Erik, opsigtelik geamuseerd. "Ontstel dit jou dat Marné die geselskap van haar medearbeiders verkies?"

"Ek het nie met jou kom rusie maak nie, De Ridder. Ek voer net my ouma se opdragte uit," antwoord Vincent stug. Hy wend hom na Marné. "Ouma Renate het gevra dat julle dadelik terugkeer huis toe, Marné."

"Hoe goed ken jy Nicolette, Vincent?" vra Erik grimmig.

Vincent staar hom onthuts aan. "Sy is my suster."

"Dit verbaas my dat jy dit erken, want jy ignoreer nog al die jare haar bestaan."

"Sy was lank in 'n spesiale skool," sê Vincent ongemaklik.

"Sy was, maar sy is al die afgelope twee jaar tuis. Nicolette het nie net die verstand nie, maar ook die eerlikheid van 'n jong kind. Sy ken jou nie, want jy praat nooit met haar nie. Daarom sal jy nie weet dat Nicolette haar nie laat voorskryf nie. Hoe gaan jy haar verhoed om by my ouma-hulle te kuier? Haar aan 'n tafelpoot vasmaak of in die kolehok toesluit?"

"Nicolette is nie my verantwoordelikheid nie. Marné sal moet sorg dat sy wegbly van julle af, want my ouma —"

"Snert, vent!" val Erik hom kras in die rede. "My ouma het my vertel dat Nicolette van jongs af weggeloop het na haar toe. Almal was eers besorg oor haar veiligheid, totdat tant Mathilda en jou ouma besluit het om ouma Kobie te bel wanneer Nicolette op die eiland rondgedwaal het. My ouma weet dan om Nicolette te verwag, maar draai sy te lank, gaan soek sy of my oupa na haar."

"Het jy geweet ons is op pad hierheen, Erik?" vra Marné.

Hy knik bevestigend. "Tant Mathilda het gebel, daarom het ek julle tegemoetgekom."

"Is dit my skuld as my ouma besluit het om haar reëlings met jou ouma te verander?" vra Vincent, vies oor die opsigtelike vriendskap tussen Marné en Erik.

"Seker nie, maar Nicolette sal nie voor vyfuur teruggaan huis toe nie. My ouma het haar geleer om op die kombuishorlosie tyd te lees. Sy weet wanneer dit vyfuur is en sy weier beslis om voor die tyd huis toe te gaan."

Vincent lyk opstandig. "Sy is nou in jou sorg, Marné. Jy sal haar moet leer om jou te gehoorsaam. As jy haar gaan haal ... Ek sal hier op julle wag."

Marné haal haar skouers op. "As jy kans sien om tot vyfuur te wag, doen dit gerus. Ek probeer nog om Nicolette se vertroue te wen en ek sal dit nie regkry as ek haar teengaan nie. Verskoon my, asseblief," sê sy en loop weg in die rigting van die sandsteenwoning.

"Die mooi meisie laat haar nie voorskryf nie, Vincent. Onthou dit maar in die toekoms," spot Erik en stap vinnig weg om by Marné aan te sluit.

"Eiland-huis behoort aan ons, De Ridder! As dit moet, sal my ouma van oom Sebastiaan en julle gespuis ontslae raak!" roep Vincent agter hom. Vincent spring in die saal en jaag op 'n galop weg.

"Wat 'n aanstellerige snob! Hoe kry jy dit reg om so geduldig met hom te wees?" vra Marné en bly staan om Vincent agterna te kyk.

"Moenie hom te veel verkwalik nie, Marné. Die vent is nie baie slim nie."

"Maar het jy nie gesê hy was op universiteit nie?"

"Hy was, ja, maar ..." Erik huiwer ongemaklik. "Ek voel soos 'n skinderbek, maar miskien is dit beter dat jy weet, want dan sal jy Vincent beter kan verstaan. Sy ouma het groot ver-

72

wagtinge van hom gehad en hom na 'n duur privaat skool toe gestuur, maar hy het uit die staanspoor swak presteer. Dit het twee jaar en private onderrig geverg om hom matriek met universiteitsvrystelling te laat slaag."

"Miskien het hy gedink dis nie nodig vir 'n ryk erfgenaam om hard te leer nie," sê sy.

"Nee. Ek sê nie hy is 'n idioot nie, maar tant Mathilda het ons vertel dat die skoolhoof tant Renate afgeraai het om Vincent universiteit toe te stuur, omdat hy nie oor die intellektuele vermoëns beskik om 'n graad te behaal nie. Maar tant Renate laat haar nie voorskryf nie en Vincent is universiteit toe, waar hy net haar geld gemors het."

"Hy lyk nie dom nie."

"As hy die kans kry, sal hy 'n suksesvolle boer wees. Tant Mathilda sê Vincent boer in die koeistal en help met die versorging van die diere. Toe hy jonger was, het hy die werkers gehelp om die stalle skoon te maak, maar tant Renate was woedend toe sy daarvan hoor. Dis waarom Vincent gewoonlik soos 'n model lyk: skoon klere, skoon hande en elke haar op sy plek. Tant Renate laat hom toe om toesig te hou, maar hy mag nie sy hande vuilmaak nie."

"Ek dink ek kan hom jammer kry. Maar is dit waar dat hy Nicolette ignoreer?"

"Ja, maar ek glo dis net nog 'n opdrag van sy ouma wat hy uitvoer. Vincent is doodeenvoudig te swak om sy oorheersende ouma teen te gaan, en tant Rentia kan nie ophou om hom te waarsku dat hulle almal afhanklik is van tant Renate se genadegawes nie." Erik glimlag flitsend toe hy die besorgde uitdrukking op Marné se gesig sien. "Hou op om jou te kwel, Marné. Selfs tant Renate kan nie vir altyd lewe nie en eendag sal Vincent vry wees om te doen wat hy wil. Ek wou net gehad het jy moet die ware toedrag van sake verstaan, want dan sal jy Vincent nie te kras veroordeel nie."

"Jy kry hom jammer, nè, Erik?"

"Soms," sê hy. Sy sien 'n skadu oor sy oë skuif en merk 'n stroefheid op sy gelaat wat hom skielik van haar vervreem. Asof hy besef dat sy hom dophou, kyk hy na haar en glimlag gerusstellend. "Kom ons gaan kyk wat Nicolette van haar geskenk dink," sê hy lighartig en begin aanstap huis toe.

Nicolette spring op van haar stoel en storm op Erik af toe hy en Marné die ruim kombuis binnekom. Sy gooi haar arms om hom, druk haar kop teen sy bors en lag uitgelate in sy gesig. "Dankie, dankie, Erik! Drie legkaarte is baie! Ek en oom Lukas bou hulle almal," vertel sy trots en wys na die skinkbord op die kombuistafel. "Tant Kobie sê ek is slim, want ek kry al die regte stukke, maar oom Lukas sukkel."

"Weet jy hoeveel stukke is daar in elke legkaart, Nicky?" vra hy en beweeg met sy arm om haar na die tafel.

"Twintig! Ek hou van die seuntjie en die dogtertjie wat die emmer dra. Kyk, ons het dit klaar gebou." Sy stap na die kombuiskas en wys na 'n skinkbord. "Sien jy, Marné? Hou jy ook van legkaarte?"

"Ja, baie. Ek en jy kan jou legkaarte by die huis bou."

Nicolette se oë rek wyd van ontsteltenis. "Nie hierdie legkaarte nie, Marné. Erik koop vir my 'n klomp legkaarte, maar dis my geheim. Jy sal nie vir die ander mense sê nie, nè, Marné? Jy is mos my beste maatjie?"

"Nie 'n woord nie, Nicolette. Ek beloof. Toe, bou die ander legkaart klaar sodat ek kan sien wat dit is," antwoord Marné goedig.

"Die twee katjies en 'n bol wol! Kom ons bou vinnig, oom Lukas," sê Nicolette, neem langs hom plaas en konsentreer op die legkaartstukke.

"So 'n ou sonstraalkindjie," sê Kobie gedemp langs Marné, haar oë vol deernis op Nicolette gerig. "Ek is bly jy is hier om na haar om te sien, Marné, want ek kwel my tog so wanneer sy alleen rondloop op die eiland."

"As dit werklik onveilig vir Nicolette is, waarom bou tant Renate nie 'n hoë ringmuur om haar huis nie? Ek sal in voortdurende vrees leef as ek nie weet waar Nicolette is nie," sê Marné.

Kobie se mond vertrek wrang. "Renate is te trots om openlik te erken dat daar iets met haar jongste kleinkind skort."

"Maar weet die mense van Twiswaters nie van Nicolette se . . . se toestand nie?" vra Marné ongelowig.

"Almal weet, want al swyg ons, praat die huishulpe. Renate besef dit, maar sy glo sy kan almal 'n rat voor die oë draai deur voor te gee dat die kind normaal is. Trots maak van mense dwase," sê Kobie afkeurend.

"Nicolette hou van roetine, Marné," verduidelik Erik. "Wanneer sy by die voordeur uitstap, kom sy altyd reguit hierheen. Gewoonlik onthou sy om tant Mathilda te waarsku dat sy by ouma-hulle kom kuier, maar soms glip sy tog ongesiens weg."

"Wat gebeur as ek . . ." begin Marné sê, maar sy swyg toe Nicolette opspring en haar hande klap.

"Klaar! Nou gaan ek en oom Lukas en Erik vir die hoenders kos gee en eiers soek. Kom, Erik, ek sal jou wys waar die hoenderkos is," sê Nicolette opgewonde. Sy vat Erik se hand en huppel langs hom na die agterdeur toe.

Lukas bly langs Marné staan. "Hallo, ounooi. As Nicky te veel word vir jou, bring haar hierheen. Ek en Kobie weet al hoe om haar besig te hou."

"Dankie, oom. Ek sal probeer om te kom," antwoord Marné, maar sy byt aan haar onderlip – duidelik gekwel.

"Waarom klink jy so onseker, Marné?" vra Kobie toe Lukas die agterdeur agter hom toemaak.

"Dis eintlik so belaglik, tannie," begin Marné. Sy vertel van haar en Erik se gesprek met Vincent.

Kobie luister in stilte en glimlag gerusstellend. "Ek steur my nie veel aan die bevele van die vorstin van Flaminke-eiland nie, liefie. Vroeër jare het sy ook geprobeer om Nicky hier weg te hou. Hulle het die kind in haar speelkamer toegesluit, en wat het gebeur? Nicky het die vensterruite met haar speelgoed en boeke flenters gegooi. Ek glo die kind sou deur die venster geklim het as Mathilda haar nie gekeer het nie."

"Maar die speelkamer is op die tweede verdieping!" sê Marné ontsteld.

"Ek weet, liefie. Gelukkig was meneer Sebastiaan hier toe Mathilda ons van die voorval kom vertel het. Dit was kort ná sy vrou se dood, nie lank nadat ons hier ingetrek het nie. Daardie dag het ek hom die eerste en die laaste maal na Flaminke-huis toe sien stap en kort daarna is daar tralies voor die vensters van die speelkamer en Nicky se slaapkamer aangebring. Mathilda glo hy het betaal vir die onkoste om Nicky se kamers te beveilig. Hoe waar dit is, sal ek nie kan sê nie."

"Nicolette sê sy gesels soms met oom Sebastiaan."

"Ja, hy is erg oor die kind, maar in al die jare wat ons hier woon, het ek hom nog nooit met Vincent of Ilze sien praat nie," vertel Kobie.

"Waarom is hulle vyande?"

Kobie haal haar skouers op. "Dié wat weet, praat nie. Ons bly uit mekaar se pad. Daarom is daar nooit onenigheid tussen ons nie. Moenie toelaat dat Renate jou hiet en gebied nie, Marné. Nicky se geluk is op die spel, en die kind kry juis so min aandag van haar eie mense."

"Wat sal Nicolette doen as sy teengegaan word, tannie? Ek weet so min van haar. Sy . . . sy word nie dalk aggressief nie?"

"Ek ken haar net as 'n vrolike kind, maar daar was 'n tyd . . ." Kobie frons en maak 'n afwerende handgebaar. "Dis nie belangrik nie. Mathilda het my vertel Nicky krul haar in 'n bondeltjie op en wieg heen en weer wanneer iemand met haar raas – gewoonlik Rentia. Sy is die kind se ma, maar sy is net oor Vincent begaan."

"Volgens wat Erik my vertel het, is Vincent net 'n marionet in sy ouma se hande. Solank tant Rentia nie van my verwag om na haar pype te dans nie, sal ons klaarkom. Ek is hier om Nicolette op te pas en gelukkig te maak. Ek gaan nie toegee aan haar onregverdige eise nie," sê Marné beslis.

Kobie huiwer. "En as sy jou in die pad steek, liefie? Erik het my van julle mooi huis vertel en ek kan aan jou klere sien jy is nie behoeftig nie, maar as jy die werk nodig het . . ."

"Ek hét werk nodig, enige werk. As dit moet, sal ek vloere skrop. Ek wil nie vir altyd afhanklik wees van my tant Annie nie. Sal dit moeilik wees om op die dorp werk te kry, tant Kobie?"

"Ek glo nie dit sal maklik wees nie, maar as dit moet, sal Erik jou help. Oor 'n blyplekkie hoef jy jou nie te kwel nie, want meneer Sebastiaan sal nie omgee as jy hier by ons intrek nie."

"Tannie bedoel dit?" vra Marné.

"Hoe anders, my kind? Jy sit in die vreemde sonder eie vervoer en Erik vertel my jou tante is met vakansie. Selfs al was dit nie die geval nie, het ek 'n kleinseun, maar ek het nooit 'n dogter of 'n kleindogter gehad nie." Kobie glimlag ondeund. "Wie weet, dalk betaal ek jou uit die geld wat ek vir die eiers kry sodat jy hier by my kom bly net om my geselskap te hou."

"Dankie, tant Kobie. Ek voel skielik skatryk . . . en glad nie meer so bang om tant Renate oor Nicolette te konfronteer nie. My tant Annie sal . . ." Sy hou op met praat en snak hoorbaar na haar asem. "Ek het skoon vergeet om tant Annie te laat weet ek het veilig op die eiland aangekom. Sy gaan my vermoor!"

"Nou gaan bel dan dadelik. Die foon is in die gang. Of ken jy nie die nommer nie?"

"Ek het dit gememoriseer, maar ek het nie geld by my om vir die oproep te betaal nie, tant Kobie."

77

"Ek dink die eiergeld sal daarvoor kan betaal," skerts Kobie.

"Toe, gaan bel nou, Marné."

"Dankie, tannie."

Marné stap uit die kombuis, en Kobie vat haar hande op die tafelblad saam, 'n glimlag op haar gesig. Wat 'n liewe, mooi kind, dink sy. As Erik nooit vir Laura Viljoen geken het nie, kon sy gehoop het dat hy Marné sou liefkry. Maar Laura het nog nie ophou spook by haar kleinseun nie, selfs al is hy nou minder stroef as agttien maande gelede. Liefde is nie gedwonge nie, maar sy kan bid. Gebed was nog altyd haar grootste troos.

Mathilda loer by die speelkamer in. Sy sien Marné op 'n stoel voor die kaggel sit met 'n slapende Nicolette op die mat langs haar, en gaan die vertrek binne. Marné kyk om toe sy die deur hoor toegaan en glimlag vir haar.

"Wou sy nie bed toe gaan nie, hartjie?" vra Mathilda. Sy neem op 'n stoel skuins teenoor Marné plaas en haal haar brei-werk uit haar breisak.

"Haar verkoue is beter en ek wou haar nie wakker maak nie. Dis in elk geval geselliger hier in die speelkamer." Marné frons lig. "Ek kry die indruk sy is bang vir haar slaapkamer. Of verbeel ek my net, tannie?"

Mathilda maak 'n steek klaar en kyk op. "Nee, Marné, dis nie jou verbeelding nie. Nicolette het altyd soet gaan slaap, maar 'n jaar of twee gelede het haar nagmerries begin. Hoor jy haar nie soms in die nag uitroep nie?"

"Nie vandat ek hier is nie, maar dit is maar vandag die vierde dag. Miskien is dit omdat ek elke aand langs haar bed sit totdat sy aan die slaap raak. En ek hou die middeldeur tussen ons slaapkamers oop. Sy weet ek is daar as sy na my toe wil kom."

"Dis ook nie reg nie," sê Mathilda. "Ou Renate het jou nie gehuur om Nicolette vier en twintig uur per dag te versorg nie. Ek het jou reeds gesê: jy is net tot middagete aan diens."

"Ek weet dit, tannie, maar dit reën nog aanhoudend. Ek kan nie stap of dorp toe gaan nie, want dis onmoontlik om die laagwaterbrug oor te steek. Boonop het Nicolette my nodig."

"Vincent kan jou met sy motorboot oor die spruit neem. Of Erik. Kobie vertel my hy benut die reënweer deur teëls te lê en mure te pleister. Daardie seun het nie 'n lui haar op sy kop nie."

"Ek het niks nodig op die dorp nie, tannie. Eintlik verkies ek dit om Nicolette geselskap te hou, want dis opsigtelik dat tant Rentia my nie kan verdra nie en tant Renate is as 't ware onsigbaar. Hoe lank sal Ilze op die dorp kuier?"

"Ek glo sy gebruik die oorstroomde laagwaterbrug as 'n verskoning om nie terug te kom huis toe nie, want daar is vir haar niks te doen hier in Flaminke-huis nie. Van Renate gepraat: sy het gevra dat jy drie-uur na haar kamer toe gaan."

Marné kyk op haar polshorlosie. "Dis oor 'n rukkie." Sy hou Mathilda se besige hande 'n rukkie lank dop en vra aarselend: "Wanneer laas was tannie by tant Kobie-hulle?"

"Gisteraand, toe die reën so 'n bietjie bedaar het. Erik het my met sy bakkie kom haal. Hy wou weet of jy nie sou wou saamkom nie, maar toe vertel ek hom Nicolette het 'n kwaai verkoue en jy laat haar nie 'n oomblik alleen nie. As Ilze eers terug is ... Dis darem nie reg dat jy as 't ware 'n gevangene in Flaminke-huis is nie."

"Laat tannie-hulle Nicolette ooit alleen wanneer sy slaap?"

"Gewoonlik, ja, hartjie. Toe sy jonger was, het sy die gewoonte gehad om snags by die huis uit te sluip en op die eiland rond te loop, maar deesdae het ons nie meer die probleem nie. Maar wanneer sy siek is ... Sy is maar soos 'n ou kleintjie wat voortdurend die versekering wil hê dat daar iemand naby is."

"As tant Rentia net meer in haar belanggestel het!" kom dit onstuimig van Marné. "Waarom moet Nicolette in 'n huis vol egoïstiese mense grootword? Sy is baie gelukkiger by Erik en sy mense."

79

"A . . . Erik." Mathilda glimlag deernisvol. "Wat 'n liewe seun . . . Hy het 'n sukses van sy lewe gemaak, maar hy het nie sy grootouers vergeet nie. Ook nie alles wat Sebastiaan vir hulle gedoen het nie – nou woon Erik permanent hier op die eiland. Hy is Sebastiaan se regterhand, want hy weet alles van sy fabrieke en sy ander sake. Dis waarom Erik dikwels Johannesburg toe moet gaan, maar hy bly nooit lank weg nie. Hy weet die oumense in Eiland-huis het hom nodig." Sy betrag Marné oorwegend. "As dit nie vir Laura Viljoen was nie . . . Jy en Erik sou so 'n mooi paartjie gewees het, hartjie."

"Tant Mathilda!" roep Marné onthuts uit en lag teensinnig. "Ek is een en twintig. Ek is beslis nie van plan om nou al te trou nie."

"Asof die liefde jou gaan vra hoe oud jy is," kom dit van Mathilda.

"Is Laura met 'n ander man getroud?"

Mathilda staar haar oomblikke lank stom aan. "Maar, kind, het niemand jou nog vertel nie?"

"Wat vertel, tannie?"

"Laura . . . die arme, ongelukkige siel het een nag van die hangbrug afgeval en verdrink."

"Dis . . . dis aaklig! Arme Erik," sê Marné simpatiek.

"Die bespiegelinge was nog aakliger," vertel Mathilda grimmig. "Daar was stories dat Erik en Laura rusie gehad het; dat sy ontrou aan hom was. Aangesien niemand weet wie die ander man was nie, weet ek dis sommer net stories. En tog . . . een van die bediendes het glo gesien dat twee mense op die hangbrug spartel, en toe breek die planke en een val in die spruit. Die ander een het toe weggehardloop."

"Erik sou nooit so iets doen nie, tant Mathilda! Selfs al was hy kwaad vir Laura, sou hy haar probeer red het," protesteer Marné geskok.

"Ek glo hy sou. Laura was nie 'n sterk swemmer nie en die

spruit het oor sy walle geloop, maar Erik swem soos 'n vis. Ek weet hy sou haar probeer red het. Die ooggetuie was onbetroubaar, want hy was nog nie die volgende oggend nugter toe die polisie hom ondervra het nie." Mathilda sug en skud haar kop. "Maar jy ken die ou mensdom, Marné. Dis tog so lekker om die slegste oor 'n ander te glo."

"Glo die dorpenaars Erik is verantwoordelik vir Laura se dood?"

"Nee, hartjie, hulle oordeel is genadiger, maar ou Renate en Rentia is die kwaadstekers. Foei, hulle kan sterf van jaloesie omdat Erik 'n suksesvolle man is, terwyl die arme Vincent nie veel meer kan doen as om mooi te lyk nie."

"Erik sê Vincent sal 'n goeie boer wees."

"Sonder twyfel, maar ou Renate wou van hom 'n advokaat of 'n dokter gemaak het. In haar oë is 'n gewone boer ver benede die stand van die aristokratiese Brandenbergs."

Marné kyk op haar polshorlosie. "Dis byna drie-uur. Sal ek solank na tant Renate se kamer toe gaan, tannie?"

"Maak so, hartjie. Dis die eerste deur op linkerhand op die derde verdieping." Mathilda trek haar gesig vies. "Dis wat hierdie ou tronk nodig het: 'n hysbak. Wanneer ek oor die triljoene trappe kla, ignoreer die ou siel my. Wag maar, een van die dae koop ek vir my 'n kierie en gee voor ek kan nie meer trappe klim nie."

Marné glimlag en staan vinnig op. "Kom kyk of ek nog lewe as ek te lank wegbly, tannie. Ek twyfel of ek en tant Renate oor ditjies en datjies gaan gesels," waarsku sy en loop vinnig uit die vertrek.

Solank sy onthou dat sy welkom is in Flaminke-huis, herinner Marné haarself toe sy Renate se kamer binnegaan en aan die voetenent van die bed bly staan.

Wat 'n kamer, dink sy en kyk om haar rond. Die mure is vol

familieportrette in goue en swart rame, en op die talle tafeltjies staan ornamente styf teen mekaar uitgestal soos op 'n vlooimark. Die vertrek is oorvol meubels en in die middel van die kamer lê Renate in 'n groot hemelbed.

Renate klop hard met die kierie op die vloer en Marné kyk vinnig na haar. "Dis beter. Ek het jou nie hierheen genooi sodat jy jou aan my kamer kan vergaap nie, Marné, maar om die versorging van Nicolette met jou te bespreek. Ek verneem sy het verkoue."

"Ja, tannie, maar sy is al beter. As dit môre 'n sonskyndag is, sal ons 'n entjie gaan stap."

"Gaaf. Ek verstaan Mathilda het jou ingelig dat jy slegs tot middagete aan diens is. Jou middae en aande is vry en my kleinseun sal jou geselskap hou."

Marné frons onthuts. "Is Vincent veronderstel om my elke middag en aand geselskap te hou?"

"Waarom nie? Ek het jou aanvanklik uitgenooi om te kom kuier, maar jou tant Annie het daarop aangedring dat jy moet werk. Dis waarom ek jou die pos as Nicolette se oppasster aangebied het, maar ek beskou jou nogtans as 'n gas in my huis. Jy en Vincent is albei jonk. Julle sal goeie geselskap vir mekaar wees."

"Dankie, tannie, maar ek het reeds ander vriende op die eiland. Vincent het sy eie belange. Ek kan onmoontlik van hom verwag om my elke dag geselskap te hou," sê Marné beslis.

"Vincent gehoorsaam my onvoorwaardelik. Hy het reeds opdrag gekry om jou oral heen te vergesel."

"Ook na Eiland-huis toe?" vra Marné uitdagend.

Renate se oë vernou merkbaar. "Dan is jy van plan om my bevele oor die De Ridders te verontagsaam?" vra sy, haar stem dun van ingehoue argwaan.

"Ek is nie vier en twintig uur per dag in jou diens nie, tant Renate. In my vrye tyd kan ek doen wat ek wil."

Renate sit orent, haar donker oë die enigste teken van lewe in haar uitgeteerde, skedelagtige gelaat. "In Flaminke-huis is my woord wet, dogter. Wil jy hê ek moet jou opstandige gedrag aan jou tant Annie rapporteer?"

"My vrye tyd is my eie tyd," sê Marné beslis.

"In daardie geval . . ." Renate wys met 'n benerige vinger na die deur. "Gaan na jou kamer toe en bly daar totdat ek besluit het wat om met jou te doen!"

6

Marné staar Renate onthuts aan en bars impulsief uit van die lag. "Liewe land, tant Renate, ek is nie een van jou kleinkinders wat jy kan hiet en gebied nie. Om my soos 'n stout kind na my kamer toe te stuur . . . Ek is jammer, tannie. As ons nie kan ooreenkom oor my diensvoorwaardes nie, sal ek nou onmiddellik my tasse gaan pak en Flaminke-huis verlaat."

Renate gluur haar met hooghartige minagting aan. "Ek word nie teengegaan in my eie huis nie, dogter. Besef jy watter eer dit is om in Flaminke-huis te woon en soos een van die huismense behandel te word? Weinig mense op Twiswaters het al die voorreg gehad om deur die Brandenbergs onthaal te word, maar jy wóón hier. Daar is talle ander wat jou die voorreg sal beny om ons so intiem te ken."

"Ek geniet dit om Nicolette te versorg, maar as ek daarmee sou voortgaan, doen ek dit op my eie voorwaardes," sê Marné.

"Nee! Jy is ontslaan, Marné. Jou tant Annie het my duidelik laat verstaan dat jy die werk nodig het, maar aangesien jy nie bereid is om my opdragte stiptelik uit te voer nie, sal ek jou nie 'n uur langer onder my dak duld nie." Renate swyg, 'n slinkse lig in haar oë. "As jy my om verskoning vra, kan ek jou heraanstelling oorweeg aangesien jy nie maklik elders werk sal kry nie."

Genade, presies wát het tant Annie aan tant Renate geskryf? wonder Marné onthuts. Dis waar dat sy graag wil werk en haar eie geld wil verdien, maar die toelae wat sy uit haar oupa Nico se boedel ontvang, voorkom dat sy ooit gebrek ly. Dank die hemel vir oupa Nico en tant Annie, want haar toelae verhoed dat sy tant Renate se gewillige slaaf moet wees.

"Nicolette se welsyn is my eerste prioriteit, tant Renate. Sy is gelukkig by die De Ridders en ek hou ook van hulle. Ek is nie Nicolette se tronkbewaarder nie. As ek haar nie gelukkig kan maak nie, verkies ek om uit my pos te bedank. Verskoon my, asseblief," sê Marné met 'n hooghartigheid wat dié van Renate ewenaar, draai om en stap na die kamerdeur.

"Marné, wag!" roep Renate. Sy is geskok oor die verloop van sake. Sy was nie van plan om Marné af te dank nie. Sy het gehoop dat haar dreigemente Marné sou oortuig dat sy die enigste gesag in Flaminke-huis is, maar sy het Annie Hofmeyr se pleegdogter geheel en al onderskat. "Marné, kom terug!" roep sy weer, maar Marné maak reeds die kamerdeur agter haar toe. Renate kyk wild om haar rond en druk die koperknoppie langs haar bed om 'n huishulp te ontbied.

Marné bly voor die toe deur staan en haal diep asem. Dis die einde van haar verblyf in Flaminke-huis, dink sy wrang. Sy is nie jammer nie – behalwe wanneer sy aan Nicolette dink – want sy het nooit welkom gevoel in die koue ou huis nie.

"Jy is 'n ster, Marné," sê Vincent onverwags langs haar en laat haar verskrik na haar asem snak. "Ek wens ek het die moed gehad om so met my ouma te praat."

"Het jy ons gesprek afgeluister?" vra sy kwaai, maar terselfdertyd geamuseerd.

"Hoe anders? In Flaminke-huis vind alle gesprekke agter geslote deure plaas, daarom leer jy van jongs af om met jou oor teen die sleutelgat te luister." Sy oë rus bewonderend op haar. "Jy was manjifiek, Marné! Ek verkrummel soos 'n gemmer-koekie wanneer my ouma net kwaai na my kyk, maar jy ... Ek wens ek kon so reguit met ouma Renate praat."

Hulle beweeg stadig met die trap af. "Wat verhoed jou om dit te doen, Vincent? Jy is 'n man van sewe en twintig, nie 'n kleuter nie."

Hy frons en lyk ongelukkig. "Dis nie so eenvoudig nie. My oupa Tinus het Flaminke-eiland aan ouma Renate bemaak, daarom moes selfs my oorlede pa na haar pype dans. Maar hy was gelukkiger as ek, want sy het hom toegelaat om die suiwel-boerdery te behartig." Bitterheid laat sy mond vertrek. "Oupa Tinus het nie my pa probeer dwing om 'n professionele man te word nie; hy het hom aanvaar soos hy is. As my oupa geleef het, sou ek ook nou 'n boer gewees het."

"Waarom boer jy dan nie? Jou ouma sal nie eens weet nie, want sy verlaat selde of nooit haar kamer."

"Ek het dit probeer, maar die huishulpe is haar spioene. Die laaste maal toe ek met die melkery probeer help het, het sy gedreig om my te onterf. Sy kan dit doen, Marné. Ek hoop om eendag Flaminke-eiland te erf en voltyds te boer, maar as ek onterf word . . . Ek het nie eens my eie bankrekening nie. Ek is volkome finansieel afhanklik van my ouma. Wat doen ek as sy my van die eiland af verdryf? Ek kan nie 'n plaas bekostig nie." Hy lag selfveragtend. "Ek kan nie eens 'n liter melk bekostig as my ouma nie die nodige geld in my hand stop nie."

"As jy 'n landbougraad of -diploma gehad het, kon jy elders werk gekry het," sê Marné. Sy voel intens jammer vir hom.

"Ek is nie 'n genie nie, maar ek glo as ek 'n studierigting van my eie keuse kon gevolg het, sou ek 'n sukses daarvan gemaak het. Ek lees graag boeke oor suiwelboerdery en ek ondervind geen moeite om te onthou wat ek lees nie. Maar my ouma het volstrek geweier dat ek 'n graad in die landbou kry." Hy gaan staan en kyk haar in die oë. "Ek kon harder gewerk het toe ek op universiteit was, maar ek het geen belangstelling in my studies gehad nie. Ek het heimlik gehoop dat my ouma my tog sou toelaat om in die landbou te studeer as ek 'n mislukking van my studies maak."

"Ek is jammer, Vincent," sê Marné simpatiek.

Hy verkleur merkbaar. "Dis ek wat jammer is. My ouma het jou in die pad gesteek, maar ek verwag dat jy na my klagtes moet luister."

"Soms is dit nodig om jou hart uit te praat, want . . ." Marné hou op met praat toe Mathilda vinnig in die gang aangestap kom. "En nou, tannie? Wat lyk tannie so onstuimig?"

"Daardie lastige ou siel gee my die stuipe! Ek is veronderstel om smiddae 'n bietjie te rus, maar Haar Hoogheid het my na haar troonsaal ontbied," blaas Mathilda boosaardig. Dan versag haar gesigsuitdrukking. "Sal jy by Nicolette gaan sit, hartjie? Sy slaap nog, maar wanneer sy wakker skrik, raak sy dalk ontsteld omdat niemand by haar is nie."

"Goed, tannie. Ek sal wag tot tannie terugkom."

"Dankie, my kind."

Vincent wag totdat Mathilda buite hoorafstand is en vra ongelowig: "Gaan jy Nicolette versorg selfs nadat my ouma jou omtrent weggejaag het, Marné?"

"Moet 'n onskuldige kind ly as gevolg van jou diktatoriale ouma?" Marné glimlag deernisvol. "Nicolette is so 'n kosbare mensie. Ek gaan haar mis."

"Sy is 'n idioot!" bars hy uit, 'n diep blos van verleentheid op sy gelaat.

Sy kyk hom streng aan. "Weet jy dit vir seker, of glo jy dit omdat ander dit gesê het?"

Hy lyk ongemaklik. "My ouma en my ma sê dis beter dat ek

vergeet dat Nicolette my suster is. Gelukkig was ek al elf en in 'n privaat skool toe sy gebore is. Ek ken haar nie."

"Dis duidelik, want jou oordeel is uit onkunde gebore. Nicolette is 'n immerkind, maar sy is veel meer: sy is 'n mengsel van onskuld en lag en liefde. En sy is beeldskoon. Sy soek liefde en sy gee liefde. Dis tog jammer dat jy nooit deel van haar liefde was nie."

Hy staar haar ongelowig aan. "Is jy ernstig, Marné?"

"Ek het nie rede om te jok nie. Ek is seker tant Mathilda het jou al vertel watter liewe kind jou sustertjie is."

"Mathilda is net die huishoudster," sê hy hooghartig. Hy bloos toe hy sien hoe sy na hom kyk. "Jammer, ek het dit nie bedoel nie."

"Ek weet, want jy praat jou ouma en jou ma na. Jy is nie 'n willose marionet nie, Vincent. Kom saam met my en besluit self," nooi sy.

"Wel . . . waarom nie?" vra hy skouerophalend en loop saam met haar na die speelkamer toe.

Hulle gaan die ruim vertrek binne en gaan staan om na die slapende Nicolette voor die kaggelvuur te kyk. "Sien jy nou? Sy het die skoonheid van 'n blom. Erik noem haar sy vlinderkind en tant Kobie sê sy is 'n sonstraaltjie. Dis haar onskuld wat haar skoonheid so besonders maak," sê Marné gedemp, loop nader en kniel voor die slapende Nicolette. Sy vryf met sagte vingers 'n krul van Nicolette se natgeswete voorkop af en Nicolette se oë flikker oop. "Hallo, my poplap. Het jy lekker geslaap?"

Nicolette glimlag bly. "Ek het gedroom Erik koop vir my 'n pop wat kan loop en praat, nes 'n regte dogtertjie. Dink jy hy sal vir my so 'n pop koop as ek elke dag al die eiers vir tant Kobie bymekaar maak en nie een laat val nie, Marné?"

"So 'n pop sal baie geld kos, maar ek en tant Kobie en oom Lukas en Erik sal almal help en vir jou die pop koop as jy fluks met die hoenders help," beloof Marné en help haar om orent te sit.

"Sal jy regtig?" Nicolette klap haar hande van plesier, haar oë vonkelend van vreugde. "O, lekker, lekker! Ek gaan nou dadelik na . . ." Sy kyk na die deur, sien Vincent daar staan en haar woorde word 'n gesmoorde roggeling in haar keel. Haar gesig vertrek van vrees, 'n byna tasbare angs verskyn in haar oë. "Gaan weg! Gaan weg! Slegte man! Slegte man, gaan weg!" krys sy en beduie wild met haar arms.

"Nicolette wag! Vincent is jou broer en –"

"Sleg . . . sleg," herhaal Nicolette, dan skarrel sy na die verste hoek van die slaapkamer en krul haar in 'n klein bondeltjie op. Sy klem haar arms styf oor haar bors, haar kop op haar knieë, en wieg ritmies heen en weer.

Marné staar haar hulpeloos aan, kom orent en loop na Vincent toe. "Ek is jammer, Vincent. Ek het haar nog nooit so sien optree nie. Is dit gewoonlik haar reaksie wanneer sy jou sien?"

Hy lyk verward. "Ek kom nooit naby haar suite nie en jy weet self sy eet nie saam met ons aan tafel nie. Dis maklik om iemand in 'n groot plek soos Flaminke-huis te vermy." Hy swyg, 'n uitdrukking van onbegrip in sy oë. "Ek het nie besef sy vrees my nie. Ek het haar nog nooit enige leed aangedoen nie. Glo my, Marné."

"Nie fisieke leed nie, maar die feit dat jy haar bestaan ignoreer . . . Miskien kan sy aanvoel dat sy vir jou 'n verleentheid is," sê Marné met 'n ondertoon van verwyt in haar stem.

"As jy kan agterkom waarom sy bang is vir my . . . My ouma sal nie vir altyd leef nie; my ma ook nie. Ek veronderstel Nicolette sal eendag my verantwoordelikheid wees. Ek sal haar moet leer ken."

"Ken én liefhê?" vra sy nadruklik.

"Ek kan probeer. Ek veronderstel ek is gebreinspoel deur my ouma-hulle, want tot dusver was ek altyd skaam om haar as my suster te erken. Maar as jý haar kan liefhê . . ." Sy oë soek na Nicolette. "Ek sal nou gaan. My teenwoordigheid ontstel haar net."

"Praat met tant Mathilda, Vincent, want ek sal jou nie kan help nie. Het jy vergeet ek het my pos verloor?"

"Maar jy gaan nie weg nie? As ek vir jou verblyf op Twiswaters kry en . . ." begin hy pleitend, maar hy swyg toe sy haar kop skud en die deur begin toestoot.

"Ek het nog niks besluit nie, maar ons sal weer praat voordat ek vertrek," beloof sy en maak die deur toe.

Vincent Brandenberg is toe nie die trotse, jong landheer van Flaminke-eiland nie, dink Marné terwyl sy 'n oomblik lank teen die toe deur leun. Hy is 'n verwarde jongman met geen eie identiteit nie, behalwe dié wat hy van tant Renate kry. Maar ná vandag . . . Sy het 'n voorgevoel dat hy nie langer sy ouma so slaafs sal gehoorsaam nie.

Sy loop na Nicolette toe en gaan sit langs haar. Sy raak nie dadelik aan haar nie. "Ek gaan net wag totdat Erik vanaand huis toe kom, dan gaan ek hom vertel van daardie mooi pop wat ons vir jou gaan koop. Ek wonder watter kleur oë die pop moet hê. Bruin oë? Ek hou meer van blou oë . . . of dalk groen oë," praat sy rustig met haar. Sy merk dat Nicolette stadiger wieg en hou aan om oor die pop te gesels. Die leë uitdrukking wyk uit Nicolette se oë en sy sit regop en kyk opgewonde na Marné.

"Blou oë en blonde hare, nes joune, Marné," sê Nicolette. "My nuwe pop moet net so mooi wees soos jy."

Marné lag en gee Nicolette 'n spontane drukkie. "Dankie, my asjas. Dis 'n kompliment," sê sy, verlig dat Nicolette nie langer vasgevang is in haar eie wêreldjie waarheen niemand haar kan volg nie.

"Sal jy nou gaan? Nou dadelik? Dalk kom Erik vroeg huis toe. Dalk is hy klaar by die huis!" sê Nicolette opgewonde.

Sy sal moet wag totdat Nicolette vanaand slaap voordat sy haar tasse pak en padgee, besluit Marné. Maar hoe kan sy dit aan Nicolette doen? Arme tant Mathilda sal môreoggend moet verduidelik dat sy nie terugkom nie, maar hoe gaan Nicolette dit verwerk?

"Is jy kwaad vir my, Marné?" vra Nicolette bekommerd.

"Natuurlik nie, my poplap. Ek het maar net gedink. Ek sal nog 'n rukkie wag en dan ..." Sy swyg en kyk om toe die deur oopgaan en Mathilda met 'n strydlustige uitdrukking op haar gesig die vertrek binnekom.

"Nicolette, liefie, ek is dood van die honger en dors van al die trappe klim. Sal jy gou kombuis toe draf en Elvira vra om vir ons almal koek en tee te bring?" vra Mathilda en neem op 'n stoel voor die kaggelvuur plaas.

"Ek sal die koekies dra en nie een laat val nie, tannie," beloof Nicolette gretig, spring op en draf uit die kamer.

"Nou moet ons vinnig praat, Marné," sê Mathilda en wys na die stoel oorkant haar. "Kom sit, kind."

"Het tannie en tant Renate rusie gehad?" vra Marné terwyl sy op die stoel plaasneem.

"Rusie? Glo my, liefie, dit was 'n tweegeveg en dit het so byna op 'n moord uitgeloop!" Sy snuif onstuimig. "Renate en haar sondige grootheidswaan is verantwoordelik vir al die twis en tweedrag, al die ellende en hartseer in hierdie ou plek. Dat 'n mens so onregverdig kan wees! Ilze is nie mooi genoeg na haar sin nie en die arme Nicolette is 'n stommerik, daarom is hulle nie belangrik nie. Dis altyd net Vincent ...Vincent ...Vincent!"

"Nogtans is hy ook nie gelukkig nie, tannie," sê Marné partydig.

"Dalk nie, maar hy word darem bevoordeel. Die arme Ilze is 'n kind met 'n minderwaardigheidskompleks en die liewe Nicolette ... Ek dag ek foeter ou Renate met haar eie kierie oor die kop toe sy my vertel sy het jou in die pad gesteek!"

Marné lag geamuseerd. "Ek wens tannie het! Ek is net jammer ek moet Nicolette teleurstel, maar ek is nie spyt om weg te gaan nie."

"Maar, liefie," begin Mathilda bekommerd, "is jy gretig om weg te gaan? Ek bedoel nou maar: sal jy dit nie dalk oorweeg om aan te bly as Renate jou met rus laat nie?"

"Asof sy sal! Tant Renate speel al te lank baas in Flaminkehuis, tannie. As ek Nicolette versorg, wil ek geen inmenging van tant Renate of enigiemand anders hê nie. Ek was dankbaar oor tannie se hulp, want tannie ken haar, maar . . . Ek is jammer, tant Mathilda, maar ek sal net wag totdat Nicolette vanaand slaap en dan na tant Kobie-hulle toe gaan."

"Ai toggie." Mathilda sug beswaard en rig 'n pleitende blik op Marné. "Sal dit jou van plan laat verander as ek jou die versekering gee dat ou Renate voortaan nie weer sal inmeng met jou versorging van Nicolette nie, hartjie? Dis wat sy my beloof het, Marné. Sy is selfs bereid om jou om verskoning te vra en by jou te pleit om te bly."

"Dis 'n bietjie moeilik om te glo," sê Marné skepties.

Mathilda glimlag vonkelend. "O, ek het behoorlik met haar gal gewerk, kind! En toe ek dreig om saam met jou my tasse te pak en pad te gee, toe staan die ou siel amper op haar knieë voor my! Ou Renate is trots, maar sy is nie onnosel nie. Sy weet sy kan nie sonder my klaarkom nie."

" 'n Afperser, dís wat tannie is," sê Marné laggend en skud haar kop. Sy vervolg ernstig: "Ek wil niks met tant Renate te doen hê nie. Ek gee nie om om opdragte van tannie te ontvang nie, want tannie ken Nicolette, maar ek gaan nie toelaat dat tant Renate my weer probeer verneder nie."

"Dis alles klaar gereël, Marné. Dan bly jy?" vra Mathilda hoopvol.

"Mag ek en Nicolette tant Kobie-hulle besoek?"

"Vanselfsprekend. Dis een van die vereistes wat ek gestel het,

91

anders het ek nou my tasse gepak," antwoord Mathilda met 'n selfvoldane glimlag.

"In daardie geval sal ek aanbly, want dis Nicolette wat ontstel sal word as ek spoorloos verdwyn."

"Dankie, Marné. Nou moet jy my verskoon. As ek vir Nicolette moet wag om ons tee te bring, kry ons dit eers om middernag. Die kind speel alte graag in die kombuis," sê Mathilda.

Waarom vrees Nicolette vir Vincent? wonder Marné. Sy wou tant Mathilda daaroor uitgevra het, maar dit sal eers moet wag. Moontlik sal tant Kobie weet, want dis duidelik dat Nicolette die De Ridders as haar vertrouelinge beskou.

Marné stap vinnig in die gang af na die sydeur. Sy wens sy kan ophou glimlag, maar haar lippe het 'n eie wil. Sy maak die sydeur oop en glimlag breër toe sy Erik in die lig wat uit die gang val voor haar sien staan. "Hallo, Erik. Tant Mathilda sê jou ouma het vir my 'n geskenkie gestuur."

Hy lyk 'n oomblik van stryk gebring, maar dan vee 'n glimlag oor sy lippe. "Het sy? In daardie geval ..." Hy maak sy arms oop. "Hier is ek: jou geskenkie."

"Moenie laf wees nie, man! Wat het jou ouma vir my gestuur?"

"Laat ek jou waarsku, meisiekind. Tant Mathilda is 'n kompulsiewe leuenaar met 'n skewe sin vir humor. My ouma het gevra ek moet jou kom haal om 'n rukkie te kom kuier, want sy mis jou. Kom jy saam?"

"Graag, dankie." Sy trek die sydeur agter haar dig en loop saam met hom na sy bakkie toe. "Lekker! Ek hoef nie deur die modder te plas nie."

"Stadsmeisie! Is dit die modder wat verhoed het dat jy kom inloer?"

"Nee, Nicolette het verkoue gehad," verduidelik sy en klim in die bakkie.

Hy skuif agter die stuurwiel in en betrag haar ondersoekend. "Is dit die maanlig, of is jy bleker as vier dae gelede?"

"Dis die maanlig," antwoord sy met 'n gedwonge laggie.

"Marné?" Hy lê sy vingers op haar wang en draai haar gesig na hom toe. "Ek ken die Brandenbergs. Hoe behandel hulle jou?"

Die aanraking van sy vingers is warm en vreemd opwindend. Sy sluit haar oë en herhaal in haar gedagtes: *Laura, Laura*. Sy maak haar oë oop en haar glimlag is neutraal. "Tant Renate het my in die pad gesteek omdat ek nie haar bevele wou uitvoer nie en –"

"Uitstekend! Ouma Kobie kan nie wag dat jy in Eiland-huis kom intrek nie. Waar is jou tasse?" val hy haar in die rede.

"Moenie my laat huil omdat ek uit jammerte vir Nicolette besluit het om tant Renate se verskoning te aanvaar nie," verwyt sy.

"Dan bly jy?"

"Het ek 'n keuse, Erik? Nicolette is klaar afhanklik van my, moontlik omdat ek heeltyd by haar was terwyl sy siek was. Tant Mathilda het gedreig om saam met my te vertrek, daarom het tant Renate ingestem dat ek voortaan self oor Nicolette se versorging kan besluit."

"Dit klink nie soos die Renate Brandenberg wat ek ken nie. Sy vergeef nie maklik nie en sy maak nooit toegewings nie," sê hy met 'n frons van kommer tussen sy wenkbroue.

"Sy kan 'n ander kinderoppasster kry, maar sy sal nie tant Mathilda kan vervang nie," redeneer Marné.

"Tant Mathilda het haar reeds gewaarsku sy gaan aftree sodra sy sewentig is, en dis oor 'n paar maande. Nee, Marné, ek glo tant Renate wou nie regtig hê jy moes weggaan nie."

"Om watter rede?"

"Ek wens ek het geweet. Maar wat van die ander huismense?"

"Ilze kuier op Twiswaters by 'n vriendin, en tant Rentia . . .

93

Sy glo ek het net Nicolette se oppasster geword omdat ek hoop om met Vincent te trou."

"Het jy?"

Sy gluur hom aan. "Is jy nou net so simpel soos tant Rentia, Erik de Ridder?"

"Nee, sy is besitlik, maar ek is nuuskierig. Meisies vind die kroonprins van Flaminke-eiland gewoonlik onweerstaanbaar."

"Ek hou van hom," sê sy met impulsiewe eerlikheid. "Hy is bitter ongelukkig omdat sy ouma hom nie wil toelaat om te boer nie. Ek wonder soms of hy 'n gebore swakkeling is en of tant Renate hom van jongs af gebreinspoel het, want hy is te bang om haar teen te gaan."

"Bang? Vir 'n ou tannie?" vra Erik onthuts.

"Flaminke-eiland is haar eiendom. Dans hy nie na haar pype nie, onterf sy hom. Sy het selfs sy verhouding met Nicolette vertroebel. Hy het blykbaar nooit enige kontak met haar gehad nie, totdat ek hom na die speelkamer geneem het."

"En nou is Vincent en Nicky versoen?" vra Erik ongelowig.

Marné aarsel. "Ek wens dit was so eenvoudig, maar toe Nicolette vir Vincent gewaar, het sy histeries van vrees geword. Sy het gesê hy is sleg. Arme Vincent was so verward, want hy het nie geweet waarom sy hom vrees nie. Hy sê hy het haar nog nooit enige fisieke leed aangedoen nie, en ek glo hom." Sy kyk vraend na hom. "Weet jy dalk iets, Erik?"

Hy skud sy kop. "Tant Mathilda het al dikwels gekla dat die drie Brandenberg-kinders nie normaal grootgemaak word nie, want Vincent word deur sy ma en sy ouma verafgod en weggehou van Ilze en Nicolette. Dis asof die Brandenberg-dogters nie vir hulle ma of ouma bestaan nie. Moontlik voel Nicky haar broer se vyandigheid aan."

"Hy was nie vyandig toe hy saam met my na die speelkamer toe gekom het nie. Hy was bitter ontsteld oor Nicolette se reaksie. Nicolette se onskuld laat haar glo almal is goed. Ek vermoed iets het gebeur wat haar Vincent laat vrees," sê Marné mymerend.

"Of iemand kon iets vir haar gesê het. Het jy tant Mathilda uitgevra?"

"Ek kon nie, want Nicolette het nog nie gaan slaap nie." Sy ril van die koue. "Kan ons maar ry, Erik? Jou ouma se kombuis is heelwat warmer as jou bakkie."

Hy glimlag skuldig. "Jammer, maar as ek nie nou met jou gepraat het nie, het ek nie weer 'n kans gekry nie. My ouma het klaar besluit jy is haar persoonlike eiendom," sê hy verskonend en skakel die enjin aan.

Waarom kan Erik haar nie die hof maak nie? vra sy haar af en voel dan soos 'n yslike gek. Sy is mondig, intelligent, self-standig en tot dusver ten volle in beheer van haar emosies. Sy geniet dit om saam met mans uit te gaan en 'n paar maal was sy selfs 'n klein bietjie verlief, maar sy het nog nooit 'n gek van haarself gemaak nie. Waarom voel sy so ongewoon aangetrokke tot Erik? Is dit omdat sy weet hy het Laura Viljoen nog altyd lief? Ja, dis logies, want solank hy iemand anders liefhet, hoef sy nie te vrees dat hy haar sal liefkry nie. Sy wil nie trou nie – nie voordat sy minstens dertig is nie – maak sy haarself wys, maar voel tog nie gelukkig nie.

Marné staar verdwaas na Vincent, wat met 'n ruiker rooi rose en 'n groot doos sjokolade in sy hande op haar afgestap kom.

Hy kom voor haar staan en hou die geskenke na haar toe uit. "Vir die mooiste meisie in my lewe," sê hy en buig galant.

Toe sy nie reageer nie, pleit hy: "Asseblief, Marné, jy gaan tog nie my geskenke weier nie?"

"Vincent!" skree Rentia, haar stem skril van woede, en storm nader. "Wat het in jou gevaar, my seun?" Sy gluur Marné met 'n byna tasbare minagting aan. "Háár soort is maar te gretig om in 'n ryk erfgenaam se arms te val. Waarom mors jy jou geld op haar?"

"Ma!" Sy gesig vlam van vernedering. "Ek is 'n man van sewe en twintig. Ek kan seker self besluit vir wie ek 'n geskenk wil gee?"

"Nie as jy Flaminke-eiland wil erf nie," sê Rentia nydig. "Wat sal jou ouma sê as sy hoor jy dra geskenke vir 'n diensmeisie aan? Om liefdeswil, my seun, onthou wie en wat jy is. Jy is 'n Brandenberg, die kroonprins van Flaminke-eiland. Jy kan met die rykste meisie in die kontrei trou. As jy 'n verhouding met háár aanknoop, sal jy jou goeie naam verloor."

"Hoe, mevrou Brandenberg?" vra Marné met 'n ysige stem. "Ek is miskien 'n diensmeisie, maar ek is nie minder trots op my goeie naam as wat jou seun op syne is nie."

"Jóú goeie naam?" Rentia lag honend. "Jy is 'n kleinniggie van een van my skoonma se behoeftige vriendinne. O, ek weet alles van jou. Jou tante het tot vervelens toe pleitbriefies aan my skoonma geskryf totdat sy ingestem het om jou as haar diensmeisie aan te stel. Maar dis al wat jy is: 'n diensmeisie wat Nicolette moet versorg. As jy dit waag om weer met my seun te praat – of net na hom te kyk – sal ek sorg dat jy in die pad gesteek word."

"Ma, bly stil!" bulder Vincent. "Ek laat my nie langer voorskryf nie. As Marné my wil hê, trou ek môre met haar!"

Rentia staar hom verbysterd aan. "Jy is dronk! Ek gaan nou dadelik vir jou ouma vertel wat jy agter haar rug aanvang. Ons sal hoor wat sy te sê het," tier sy en storm na die trap toe.

Vincent kyk sku na Marné, wat stil en strak voor hom staan. "Ek kan nie vir jou sê hoe jammer is ek oor my ma se gedrag nie, Marné. Wat . . . wat maak ons nou met jou geskenke?"

"Tant Mathilda hou van blomme en sjokolade," sê Marné met ingehoue woede en stap vinnig by die voordeur uit.

Renate stamp hard met die kierie op die vloer om 'n einde aan Rentia se tirade te maak. "Dis beter," sê sy toe Rentia swyg en haar vraend aankyk. "Het jy gesê my kleinseun het 'n ruiker en sjokolade vir die pragtige Marné Jordaan gekoop?" verneem sy ingenome.

"Ek het dit al twintig maal gesê!" bars Rentia met hernude verontwaardiging en afguns uit. "My seun koop vir 'n diensmeisie blomme! Hy koop nie eens op Moedersdag vir my 'n bossie blomme nie, maar hy dra 'n duur ruiker agter 'n armoedige diensmeisie aan. Ek wonder wat sy gedoen het om soveel geskenke van hom te ontvang!"

"Ek sal nie weet nie en dit pla my ook nie," sê Renate onbesorg en kyk met 'n slinkse glimlaggie na Rentia. "Sê vir Vincent ek wil met hom praat. 'n Ruiker is te alledaags. Hy moet vir haar juwele koop, sodat sy besef hy is gretig om met haar te trou."

7

Die bloed dreineer uit Rentia se gelaat en sy gryp na die katelstyl asof haar bene weier om haar gewig langer te dra. Sy staar die grynsende Renate swygend aan terwyl verbystering en ongeloof mekaar afwissel in haar oë. "Nee!" fluister sy skor. "Nee, dis nie waar nie. Ma hou my vir die gek."

Renate glimlag vermakerig, hoog in haar skik met die uitwerking wat haar skokaankondiging op haar skoondogter gehad het. "Ek was nog nooit ernstiger in my lewe nie, Rentia. Ek kan nie wag om Vincent met Marné getroud te sien nie."

Woede wis haar vrees vir Renate uit en Rentia krys onbeheers: "Nie solank ek leef nie, Ma! Ma dra die beursie, daarom kon Ma my eie seun van my vervreem, maar ek is en bly sy ma. Ek sal nie toelaat dat hy met 'n sentlose diensmeisie trou nie. Wat het in Ma gevaar? Al die jare het Ma daarop aangedring dat Vincent net met ryk meisies uitgaan, maar nou is Nicolette se oppasster skielik goed genoeg vir my seun. Mý seun, Ma. Ma besit hom nie!"

Renate hou aan glimlag en Rentia verbrokkel innerlik. Sy praat in die wind, besef sy met 'n opstuwing van bitterheid. Vandat sy die dag as Martin se bruid haar intrek in Flaminke-huis geneem het, het sy besef dat Renate haar altyd soos 'n indringer sal laat voel. Haar skoonpa was hoflik maar eenkant, en sy het nooit ingemeng met Renate se reëlings nie. Renate het slegs een vereiste aan Rentia gestel: om te sorg dat daar 'n erfgenaam vir Flaminke-eiland is. Vincent se geboorte is luis-terryk gevier en Renate het uit die staanspoor sy opvoeding behartig. Daar is nouliks notisie geneem van Ilze en Nicolette se geboortes en toe dit blyk dat Nicolette nie normaal sou ontwikkel nie, het die kind 'n verleentheid vir die Branden-bergs geword.

Arme Nicolette . . . Miskien, as Martin nie so kort na haar geboorte gesterf het nie, sou hulle lewe anders verloop het. Sy was altyd jammer vir Nicolette, maar haar skoonma het haar daarvan oortuig dat Nicolette 'n skandvlek op die trotse naam van die Brandenbergs is. Ilze is vir haar 'n teleurstelling, wat sy is geen skoonheid nie en haar beheptheid met geleerdheid en werk irriteer haar. Maar Vincent is die middelpunt van haar bestaan. Ná Martin se dood het haar liefde vir haar seun toe-geneem, totdat sy besef het dat sy nie bereid is om hom met enigiemand anders te deel nie.

"Kyk wie praat," dring Renate se stem tot haar deur. "Het jy so gou vergeet dat jy die dogter van 'n plaasbestuurder van een van my oorlede man se plase was, Rentia? Glo jy ek sal jou ooit kan vergewe dat jy agter my rug met my seun in 'n landdroskantoor getroud is? 'n Sentlose bywonersdogter, dis wat jy was en dis wat jy ná al die jare in Flaminke-huis nog steeds is!"

"Ek is en bly Vincent se moeder!" krys Rentia en bal haar vuiste krampagtig langs haar sye. Haar haat vir Renate grens aan waansin, besef sy, want sy moet veg teen die begeerte om die gryns van triomf en leedvermaak met fisieke geweld van Renate se gesig te vee. Hoeveel maal het sy haar skoonma nie al doodgewens nie? Met haar uit die pad sal sy in vrede kan leef saam met haar drie kinders. Haar mededinging met Renate om Vincent se liefde het verhoed dat sy haar dogters werklik leer ken, maar met Renate dood sal hulle eindelik 'n normale gesin kan wees. Waarom moes Martin so jonk sterf, terwyl hierdie gewetenlose ou despoot toegelaat word om te lewe?

Renate lag 'n skel, skril laggie. "Jy is pateties, jou arme siel. Jy eet my genadebrood en jou eie seun verag jou, want hy besef jy is 'n swakkeling. Ek het sy bewondering en liefde, want hy weet ek is 'n sterk, dinamiese vrou – die vrou wat sonder die hulp van 'n man Flaminke-eiland en drie plase bestuur. Ek dra die beursie!"

"Geld is nie alles nie. As Vincent Marné nie liefhet nie, sal hy nie met haar trou nie. Ek weet waarom jy my haat, Ma. Martin het my liefgehad. Hy het nie omgegee dat ek die dogter van 'n plaasbestuurder was nie. Dis wat jy my nog nooit kon vergewe nie. Martin het my liewer gehad as vir jou." Rentia sien die haat in Renate se oë en glimlag triomfantlik. Renate kan haar beledig en verkleineer, maar selfs sy kan nie ontken dat Martin haar onvoorwaardelik liefgehad het nie, dink Rentia en voel getroos.

"Jy het my seun van my afgerokkel en daarom het ek jou seun afgerokkel. Hy sal maak soos ek sê, want hy wil Flaminke-eiland erf. Moenie my teengaan nie, Rentia, want niks verhoed my om julle hele spul uit Flaminke-huis te gooi nie!" waarsku Renate en wys na die deur. "Trap uit my kamer uit. Jou teenwoordigheid walg my."

Rentia keer 'n venynige antwoord deur op haar onderlip te byt, draai om en verlaat die kamer. Dis die kruks van haar vernedering: sy is finansieel afhanklik van haar skoonma, want Martin het geen eiendom besit nie en sy lewenspolis is aan sy pa gesedeer. Hoe lank sal sy nog die knie moet buig voor Renate Brandenberg? En die arme Vincent . . . Sy moet verhoed dat hy in 'n huwelik met Marné Jordaan gedwing word, besluit sy en stap vinnig by die trap af.

Ilze loer om die deur van Mathilda se privaat sitkamertjie. Sy sien Mathilda voor 'n naaimasjien sit, besig om lakens heel te maak, en glip die vertrek binne. Sy druk die deur agter haar toe. Mathilda kyk vraend op en glimlag verwelkomend.

"Daar is 'n rewolusie in die troonsaal, tannie. Waaroor twis my ma en my ouma nou weer?" vra Ilze, kom nader en soen Mathilda op die wang. "Hallo, tannie," groet sy.

"Dag, my kind." Sy slaan haar oë op na die plafon. "Nugter weet waaroor die vroumense nou weer stry, maar ons weet al wie gaan verloor. Die arme Rentia . . ." Sy skud haar kop meewarig. "Wanneer gaan die stomme siel leer dat Renate Brandenberg nooit 'n argument verloor nie?"

"Ek wed hulle maak weer rusie oor Vincent." Ilze se mond vertrek wrang. "Ek en Nicolette is net nie belangrik genoeg om oor te twis nie."

"Dan moes jy hier gewees het toe Marné en jou ouma 'n uitval oor Nicolette se versorging gehad het. Marné laat haar nie voorskryf nie, want sy het —"

"Het Marné die moed om ouma Renate te konfronteer?" val Ilze haar ongelowig in die rede.

"Sy het meer as dit reggekry. Voortaan sal sy alle besluite oor

Nicolette se versorging neem, anders pak sy haar tasse en gee pad," vertel Mathilda ingenome.

"En my ouma laat haar voorskryf deur 'n werknemer?" Mathilda frons nadenkend. "Hoe sal ek sê, liefie? Ek het nou wel gedreig om saam met Marné pad te gee, maar ek het nogtans die indruk gekry dat jou ouma enige toegewing sal maak om Marné hier te hou. Ek besef Marné se tant Annie en jou ouma was jeugvriendinne, maar hulle het mekaar 'n leeftyd laas gesien. Daar moet 'n ander rede wees waarom ou Renate Marné so graag onder haar dak wil hê, maar wat?"

"Tannie sal moontlik kan uitvind, maar ek was nog nooit my ouma se vertroueling nie. Ek is op vier en twintig nog ongetroud, daarom is ek 'n mislukking in haar oë. Ek wens ek kan . . ." begin sy impulsief en swyg blosend.

"Jy wens jy kan haar van jou liefde vir Wim Mouton vertel, my kind?" vra Mathilda met deernisvolle begrip.

Ilze skud haar kop. "Nee, tannie. Ek het al te dikwels onder haar snedige tong deurgeloop. My liefde vir Wim is iets moois en wonderliks, maar as ek my ouma daarvan vertel, sal sy wel daarin slaag om my vuil en verneder te laat voel. Sy het my oorlede pa nog nooit vergewe omdat hy met die dogter van 'n plaasbestuurder getroud is nie. Wat sal sy sê as sy hoor ek het 'n bouer liefgekry?"

"Jy is al lankal mondig, liefie. Waarom wag jy nog? Jy het nie jou ouma of jou ma se toestemming nodig om met Wim te trou nie."

"Dalk nie, maar . . . Ek wens ek kan Wim daarvan oortuig dat my liefde vir hom baie belangriker is as status of rykdom. Omdat ek in 'n drieverdiepinghuis woon en nie werk nie, glo Wim ek is een van die adel. Hy sê hy is 'n gewone arbeider en trou ek met hom, sal hy my van my eie mense vervreem en dit sal veroorsaak dat ek onterf word." Sy lag vreugdeloos. "Arme Wim! Ek sal hom nooit kan oortuig dat ouma Renate nie 'n sent aan my sal bemaak nie. Sy het al herhaalde male gewaarsku dat ek met 'n ryk man moet trou, want Vincent is haar enigste erfgenaam."

"En Nicolette dan?" vra Mathilda ontsteld.

Ilze haal haar skouers op. "Ek veronderstel Vincent sal haar moet versorg."

"Vincent of jou ryk man?"

Sy kyk verras na Mathilda. "Tannie bedoel dís waarom my ouma daarop aandring dat ek met 'n ryk man trou? Hoop sy hy sal instem om 'n tuiste vir Nicolette te gee?"

"Hoe anders, liefie? Jy is die enigste een in Flaminke-huis wat die moeite doen om aandag aan Nicolette te gee. Ek twyfel soms of Nicolette weet dat Vincent haar broer en Rentia haar ma is, want hulle ignoreer haar bestaan. Glo my, die verantwoordelikheid vir Nicolette se versorging gaan op jou skouers rus."

"Wel . . . Wim sal nie omgee nie. Hy is nie ryk nie, maar hy verdien genoeg. As ek net ook kan werk kry. Dalk sal Wim my dan as 'n gewone meisie beskou en nie as een van die bedorwe rykes nie."

"Dis jammer jy kon nie 'n onderwyseres geword het nie. Jy is so slim met daardie vreemde tale, maar wat help dit jou?" vra Mathilda spytig.

"Ek wou 'n onderwyseres word, maar ouma Renate wou dit nie toelaat nie. Sy het nie omgegee dat ek my honneurs in Frans en Latyn kry nie, want sy het besef dit sal my nie help om werk op Twiswaters te kry nie."

"Maar sal jy nie werk as 'n vertaler in die stad kan kry nie, Ilze?"

"Moontlik, ja, maar wat dan van Nicolette? My ouma weet ek sal haar nie aan hulle genade oorlaat nie. As ek die dag weggaan, sal ek Nicolette saam met my moet neem." Sy sug verwese. "As ek net genoeg geld gehad het om met my eie onderneming te begin."

"Jy, 'n sakevrou? Wat praat jy nou, kind?" vra Mathilda oorbluf.

"Tannie weet self ek geniet dit om te bak – enigiets van brood af tot verjaardagkoeke vir Nicolette. Toe, stry, tannie, ek is 'n goeie bakster, of spog ek net?" vra sy met 'n ondertoon van opwinding in haar stem.

"Vanselfsprekend spog jy, liefie, maar ek gee toe: jou gebak is beter as myne en die kok s'n," skerts Mathilda. Sy staar Ilze verwonderd aan. "Is dit wat jy wil doen? Met jou eie bakkery begin?"

"Ek kan as ek die geld het. Tannie ken mos tant Soekie Vermaak se bakkery?"

Mathilda knik. "Die klein winkeltjie tussen die slaghuis en die apteek? Ja, ja, wie ken dit nie?"

"Tant Soekie is al agt en sestig en sy sê sy het deesdae te veel las van rumatiek om met die bakkery voort te gaan. Sy is bereid om die bakkery aan my te verkoop, maar –"

"Maar dit gaan 'n klein fortuintjie kos, Ilze! Waar gaan jy so 'n groot som geld skielik vandaan haal?" val Mathilda haar in die rede.

"Tant Soekie sê ek kan haar maandeliks afbetaal, maar my probleem is die huur van die winkeltjie. As ek net die eerste maand se huur kan betaal, sal ek die huur daarna uit die profyt van my bakkery kan betaal."

"Dis nie so eenvoudig nie, Ilze," waarsku Mathilda. "As jy met 'n onderneming wil begin, het jy kapitaal nodig vir talle ander uitgawes wat 'n mens aanvanklik nie voorsien nie."

"Nie met tant Soekie se bakkery nie, want sy het gereelde klante. Sy sê sy maak nie 'n fortuin nie, maar sy lewe goed uit haar maandelikse profyt," hou Ilze koppig vol.

"Omdat sy slegs die huur van die plek moet betaal, kind. Jy vergeet dat jy vir die toonbanke en vertoonkaste en oonde en die joos weet wat moet betaal. En waar gaan jy woon? Jy weet

103

so goed soos ek jy sal nie langer welkom wees in hierdie huis as jy besluit om ons dorp se bakster te word nie."

"Ek sal in 'n klein woonstelletjie bo-op die bakkery woon, want tant Soekie gaan by haar oudste dogter intrek." Ilze gryp Mathilda se een hand in albei hare vas en vervolg pleitend: "Moenie vir my sê dis net 'n droom nie, tant Mathilda. Ek droom al so lank om volkome selfstandig te wees."

Mathilda huiwer. "Hoekom praat jy nie met Marné nie?"

"Hoe sal dit my help? Marné verdien nie veel nie."

"Miskien nie, maar haar oupagrootjie was 'n dokter op Twiswaters toe ek 'n kind was. Hy het 'n hele paar plase besit en later het hy 'n praktyk in Johannesburg gekoop. Hy het twee kinders gehad; 'n seun en Annie, wat Marné se groottante en voog is. Marné se oupa, Nicolas Hofmeyr, was eers 'n dokter en toe 'n neuroloog en hy . . ." Mathilda trek haar asem skerp in en staar Ilze 'n oomblik lank verdwaas aan. "Dat ek nou so onnosel kon wees! Waar was my gesonde verstand, hartjie? Die hele saak is nou so duidelik soos daglig vir my."

"Wat praat tannie?" vra Ilze verward.

"Jou ouma se gretigheid om te verhoed dat Marné Flaminke-huis verlaat, my kind."

"Nou verstaan ek nog minder," sê Ilze vies.

"Omdat jy nie jou verstand gebruik nie, Ilze. Marné se mense was almal skatryk. Ek het nooit gehoor dat hulle bankrot gespeel het nie, daarom moet ek aanvaar dat Marné self 'n skatryk erfgename is."

"Onsin, tannie. Waarom sal sy as 'n diensmeisie werk as sy ryk is?" vra Ilze onthuts.

"Annie was 'n ryk erfgename, maar sy het haar lewe lank onderwys gegee; altans, dis wat ou Renate my vertel het. Ek neem aan Annie verwag van Marné om te werk en aangesien sy nie werk as 'n arbeidsterapeut kon kry nie, het sy die pos van kinderoppasster aanvaar." Sy merk die ongeloof op Ilze se gesig en vervolg: "Dink maar aan jouself, liefie. Jy kan die res van jou lewe in Flaminke-huis woon en op jou ouma of jou broer teer, maar jy brand om jou eie geld te verdien. Ek glo dis hoe Marné ook voel: sy wil nie haar lewe omkuier nie."

"Het ouma vir tannie vertel Marné het skatryk geërf?" twyfel Ilze nog.

"Nie daardie ou jakkals nie! Maar ek kan nou verstaan waarom sy Marné nie sal teenstaan nie. Die dogter is skatryk, net die regte bruid vir Vincent," sê Mathilda grimmig.

"Solank Marné net 'n diensmeisie is, sal Vincent nie na haar kyk nie. Ouma het hom grootgemaak asof hy een van die adel is en hy is net dom genoeg om dit te glo. Of dink tannie my ouma het hom reeds van Marné se erfenis vertel?"

Mathilda kyk na die ruiker rooi rose en die doos sjokolade op die koffietafeltjie. "Glo my, Ilze, hy weet. Vincent het die blomme en sjokolade vir Marné gekoop, maar toe bederf jou besitlike ma alles. Hy het Marné se geskenke vir my gebring en iets gemompel oor sy ongemanierde en inmengerige ma. Dis moontlik waaroor die rusie tussen jou ma en jou ouma gegaan het."

"Maar Vincent het uitdruklik gesê die ruiker was vir Marné bedoel, tant Mathilda."

"Ja, liefie, want ek is nuuskierig en ek is nie so ydel om te glo Vincent hou genoeg van my om spesiaal vir my blomme en lekkers te koop nie."

"Dan ís dit waar! Dink tannie Marné sal my help om die bakkery te koop?" vra Ilze hoopvol.

"O, ek twyfel nie daaraan nie, maar die vraag is: wie gaan Marné help? Die dogter is doodeenvoudig nie opgewasse vir Renate en haar gekonkel nie," antwoord Mathilda en staar bekommerd voor haar uit.

105

Nicolette gooi haar arms om Marné se lyf en druk haar kop teen Marné se bors. "Asseblief, Marné, ek wil nie vanmiddag gaan slaap nie. Ek is nie eens 'n klein bietjie vaak nie," pleit sy.

"Nou goed dan, Nicolette. Vat jou kussings en lê op die mat. Dan lees ek vir jou 'n mooi storie," sê Marné toegeeflik.

Nicolette skud haar kop, los Marné en draf na 'n groot kis in die hoek van die speelkamer. "Nie 'n storie nie, Marné. Ons kan prentjies kyk. Ek het klompe prentjies," vertel sy terwyl sy die kis oopmaak en daarin rondkrap.

"'n Storieboek met prente?" vra Marné en stap nader.

Nicolette kom orent en hou 'n fotoalbum triomfantelik omhoog. "Hier is dit! Dis propvol prentjies." Sy druk die album skielik besitlik teen haar bors vas. "Maar dis my geheim, Marné. Niemand mag dit sien nie, behalwe . . ." Sy betrag Marné onseker. "Is jy nog my beste maatjie?"

"Ek hoop so, want jy is mý beste maat, poplap. Maar jy hoef my nie die foto's in jou album te wys nie. Jy moet self besluit."

Nicolette staar haar oorwegend aan. "Jy sal nie sê nie, nè, Marné?"

"Ek verklap nooit ons geheime nie. Maar hoekom is die album jou geheim? Is dit nie jou album nie?"

"Dit ís myne. Ilze het dit vir my gegee. Lankal, toe ek nog klein was en verjaar het." Nicolette gaan sit op die mat en klop met haar hand langs haar. "Kom sit hier, Marné. Dis regtig mooi prentjies."

Marné neem op die vloer langs Nicolette plaas en laat haar toe om stadig deur die album te blaai.

"Dis ek en my pappa. Sien jy hoe klein is ek?" Nicolette skaterlag. "Ek lyk nes 'n baba!"

"'n Baie mooi baba, maar . . ." Marné sluk droog. Terwyl sy haar stem normaal probeer hou, vra sy: "Waarom is die gesigte van die mense uitgekrap?"

Nicolette staar na die oop bladsye van die album met 'n ongewone uitdrukking van vyandigheid op haar gelaat. "Hulle is nie mense nie, man. Dis my ma en dis die slegte man. Ek het 'n skêr gevat en hulle gesigte uitgekrap, want hulle is sleg. Slegte mense mag nie in my prentjieboek wees nie."

"Hoekom dink jy jou ma is sleg, my poplap?" vra Marné rustig.

"Sy wil my nie hê nie. Sy praat net met die slegte man. Sy speel nooit met my nie. Sy hou net van die slegte man."

"Die slegte man . . .Vincent is jou eie broer, Nicolette. Hoekom is jy kwaad vir hom?"

"Ek sê mos: hy is sleg. Hy . . . hy . . ." Nicolette se asemhaling word rukkerig. Daar is 'n donker vrees in haar oë.

"Kom ons blaai om. Ek wil al jou foto's sien," sê Marné vinnig.

Nicolette blaai gehoorsaam om en kyk laggend in Marné se gesig. "Dis al my mooi prente! Kyk hier, Marné. Dis Erik en oom Lukas en tant Kobie en . . ." Sy lag opgewonde. "Raai wie is dit?"

Marné kyk na die foto van 'n man van sowat vyftig. Hy lyk vir haar bekend, maar sy kan nie onthou waar sy hom gesien het nie. "Jou oupa?" raai sy.

Nicolette skaterlag. "Nee, man, dis oom Sebastiaan! My oupa het 'n snor gehad, maar oom Sebastiaan het net plooie. Oom Sebastiaan het baie plooie, want hy is vreeslik siek."

"Op die foto lyk hy nie siek nie."

"Nee, want toe was hy nog gesond. Ilze sê dis 'n ou foto, want iemand het oom Sebastiaan afgeneem voordat ek gebore is." Nicolette frons. "Ek wens ek was hier voordat ek gebore is."

"Hoekom, Nicolette?"

"Want toe was oom Sebastiaan nie siek nie. Mense gaan dood as hulle baie siek is, nè, Marné?"

"Ja . . . ja, dit gebeur."

"En partykeer gaan mense dood, al is hulle nie siek nie," sê Nicolette mymerend.

"Ja, as hulle verongeluk. Toe, wys vir my 'n foto van jou oupa. Of het jy nie een van hom nie?" stuur Marné die gesprek in 'n ander rigting.

Nicolette blaai om en kyk na die foto van haar oupa Tinus en ouma Renate. "Dis my oupa. Hy is baie mooi, maar hy is klaar dood. Tant Mathilda sê hy is in die hemel en die hemel is bokant my kop. My ouma bly ook bokant my kop. Is sy klaar dood en in die hemel?"

"Nee, Nicolette, jou ouma bly op die derde verdieping."

"Hoekom mag ek nooit na haar toe gaan nie? Ek wou by my oupa gaan kuier het, maar Mathilda sê ek mag ook nie hemel toe gaan nie."

"Jou ouma is siek en . . . en ek dink sy het kwaai hoofpyn, want sy wil nie gesels nie. Dis in elk geval lekkerder hier in die speelkamer met al die speelgoed."

Nicolette klap die fotoalbum toe. "Ek is nou vaak." Sy staan op, loop na die kaggelvuur en krul haar op die mat op.

Marné plaas die album onder die speelgoed in die houtkis terug en loop na Nicolette toe, maar sy slaap reeds vas.

Waarom noem Nicolette vir Vincent die slegte man? vra sy haar die soveelste maal af. Sy móét met tant Mathilda praat, besluit sy en loop haastig uit die speelkamer.

Mathilda gee vir Marné 'n koppie tee en neem op 'n rusbank skuins teenoor haar plaas. "As jou ore gesuis het, liefie, moenie verbaas wees nie, want ek en Ilze het aanmekaar oor jou ge-skinder," skerts sy en proe aan haar eie koppie tee.

"Dan is Ilze terug?" vra Marné verras. Geen wonder die mense van Flaminke-huis is vreemdelinge vir mekaar nie, want die plek is so groot dat almal kan kom en gaan soos hulle wil, dink sy wrang.

"Sy was al voor middagete terug, maar as dit van jou afhang, vertrek sy voor sononder weer," sê Mathilda geheimsinnig.

"Van my?" Marné lyk verward. "Ek het rusie met tant Renate en tant Rentia gehad, maar ek het gehoop ek en Ilze sal vriende wees. Hoekom is sy vies vir my?"

Mathilda lag goedig. "Jy verstaan my verkeerd, Marné. Ek en Ilze het oor jou gesels en toe praat ek oor jou oupagrootjie en jou oupa en jou tant Annie . . ." Sy leun nuuskierig nader.

"Ek raai net, liefie, maar ek meen jy het skatryk geërf. Is dit so?"

Marné bloos asof sy met haar hand in die suikerpot betrap is.

"Tant Annie sê ek gaan erf sodra en vyf en twintig is, maar wat ek gaan erf, sal ek nie weet nie. Sy sê dis swak smaak om oor geld te praat," antwoord sy pynlik ongemaklik.

"Swak smaak!" Mathilda snuif. "Liefie, glo my, dis net swak smaak om oor geld te praat as jy miljoene in die bank het. Ek praat maar te graag oor elke sent wat ek moet spandeer, want geld is kosbaar . . . en deksels skaars daarby." Sy betrag Marné oorwegend. "En intussen moet jy kinderoppasster speel omdat jy nie 'n dooie duit op jou naam het nie, kind?"

Marné aarsel. "Ek het geld in die bank, tannie, maar ek is nie 'n miljoenêr nie. Boonop het tant Annie my van jongs af geleer dat dit belangrik is om jou eie geld te verdien. Ek moes allerlei werkies in die huis en tuin doen, anders het ek nie sakgeld gekry nie."

"Slim vrou, dié Annie," kom dit goedkeurend van Mathilda. "As jy skielik op 'n dag skatryk erf en jy ken nie die waarde van geld nie, is jy bankrot voordat jy jou oë uitvee. Van geld gepraat: jy weet seker ou Renate soek 'n ryk bruid vir Vincent?"

Marné verbleek merkbaar. "Nee, ek het nie geweet nie. Tant Renate is in elk geval onbewus van my erfenis, want tant Annie sou nie daaroor aan haar geskryf het nie."

"Jy ken nie daardie geldgierige oumens nie, liefie. Sy weet

van jou ryk oupagrootjie en jou ryk oupa. Jy was jou ma se enigste kind, nie waar nie?"

"Ja, tannie, maar as ek nie eens weet hoe groot my . . ." Sy hou op met praat toe Ilze ná 'n vinnige klop die vertrek binnekom en glimlag aarselend. "Hallo, Ilze."

"Dag, mens. Ek wou met jou gesels het, maar Erik het my voorgespring. Hy wag by die westelike sydeur op jou," lig Ilze haar in.

"Nicolette slaap nog . . ." begin Marné besorg.

Mathilda lê haar met 'n handgebaar die swye op. "Nicolette is nie meer siek nie, liefie. Wanneer sy wakker word, sal sy na my kom soek. Ilze is nou ook weer tuis. Toe, moenie Erik laat wag nie. Jy is in elk geval veronderstel om smiddae en saans vry te wees."

"Dankie, tannie. Ons sal later praat, Ilze," sê Marné verskonend en dwing haarself om nie na die sydeur toe te hardloop nie.

Kan hy raai hoe bly sy is om hom weer te sien? wonder Marné en glimlag in die besondere silwergrys van Erik se oë. Sy is bly dat hy haar kom haal het; bly dat hy soos gister lyk; bly om by hom te kan wees. Hy glimlag vir haar. Is hy ook bly of dink hy aan sy Laura? kom die gedagte en doof die blydskap in haar oë uit.

"Son en skadu — dis hoe jou oë lyk. Hallo, Marné. Ek het amper geglo jy is bly om my te sien, maar toe lyk jy skielik teleurgesteld. Het jy iemand anders verwag?" terg hy.

"Natuurlik nie, maar ek het gehoop jy het my kom haal om by jou ouma-hulle te gaan kuier en ek sien jou bakkie nêrens nie."

"Wel . . ." Hy betrag haar takserend. "As jy dan te lui is om Eiland-huis toe te loop, sal ek verplig wees om jou te abba. Of sal ek 'n kruiwa by die tuinier leen?"

"Lawwe man! As jou ouma my uitgenooi het, draf ek al die pad na julle huis toe."

"Asseblief nie. Ek het die hele oggend op steiers rondgeklouter en nou pla die rumatiek," spot hy terwyl hulle begin aanstap in die rigting van Eiland-huis. "Ek is bly jy kon sonder Nicky wegkom, want oom Sebastiaan wil met jou praat."

"Hoekom? Hy ken my nie," sê sy verras.

Hy haal sy skouers op. "Hy het jou tant Annie Hofmeyr geken. Moontlik wil hy jou oor haar uitvra."

"Ja . . . ja, natuurlik." Sy voel die ligte briesie deur haar hare speel en lig haar kop op. "Dis 'n heerlike herfsdag! Vreemd, in Flaminke-huis vergeet 'n mens maklik dat jy op 'n eiland woon. Ek het nog nooit eens langs die meer gaan stap nie."

"Dis omdat jy verkies om in jou vrye tyd vir Nicolette te versorg," sê hy afkeurend.

"Is dit 'n sonde?" vra sy geraak.

"Dalk. Moenie Nicolette te afhanklik van jou maak nie, Marné. Tensy jy besluit om met Vincent te trou en Flaminke-huis jou permanente tuiste te maak, sal jy eendag weer gaan."

"Dis die domste ding wat jy kon sê, Erik," sê sy vies. "Ek en Vincent is vriende, maar daar is nie 'n verhouding tussen ons nie. Het jy vergeet ek is net die betaalde diensmeisie?"

"Nee, maar Vincent het. Ek het hom toevallig raakgeloop pas nadat hy 'n ruiker bloedrooi rose by die bloemiste gekoop het. Hy was nie skaam om te sê vir wie die rose bedoel was nie."

"Ek het jou reeds gesê: ek hou van Vincent, want ek kry hom jammer. Ek was 'n bietjie ongemaklik oor sy geskenke – hy het vir my 'n ruiker en sjokolade gebring – maar toe maak tant Rentia haar verskyning. Sy was skoon berserk van afguns . . . die ou heks! Sy het Vincent gewaarsku dat hy sy goeie naam sal verloor as hy 'n verhouding met my sou aanknoop. En toe sê sy tant Annie is een van haar skoonma se behoeftige vriendinne . . . Ek was so kwaad dat ek daar en dan met Vin-

111

cent sou getrou het net om tant Rentia op haar plek te sit," vertel sy boos.

"Hopelik is jy te slim om uit loutere leedvermaak met 'n man te trou, meisiekind. Maar wat was Vincent se reaksie?"

"Hy was ook kwaad, want hy het gesê hy sal met my trou as ek hom wil hê." Sy vervolg geamuseerd: "Toe beskuldig tant Rentia hom daarvan dat hy dronk is! Sy is reguit na tant Renate toe, maar ek het nog niks van haar gehoor nie. Moontlik word ek voor vanaand afgedank."

"Het Vincent sy ma probeer keer toe sy na tant Renate toe wou gaan?" vra Erik afgetrokke.

"Nee. Ek het hom gevra om die ruiker en die sjokolade vir tant Mathilda te gee."

"Hoe lank gelede het dit alles gebeur?"

" 'n Hele paar uur gelede. Hoekom wil jy weet?"

"Jy sal nie afgedank word nie, Marné. Inteendeel, ek twyfel nie daaraan dat tant Renate kop in een mus met Vincent is nie."

"Jy bedoel hulle knoei saam? Met watter doel?" vra sy verwonderd.

"Tant Renate soek 'n ryk bruid vir haar kleinseun. Jy gaan nie dalk ryk erf nie?" vra hy agterdogtig.

Sal hy nog haar vriend wees as hy weet van haar erfenis? wonder Marné en besluit om nie die kans te waag nie. Sy glimlag gedwonge. "Dalk, as ek my vroom gedra, laat my tant Annie my eendag iets erf. Bygesê, as ek haar oorleef," antwoord sy speels.

Hy kyk haar in stilte aan en stap met die stoeptrap op na die voordeur van Eiland-huis. "Stap binne. Ons het die sitkamer vir oom Sebastiaan ingerig, want dis die warmste vertrek in die huis."

Die man op die hoë hospitaalbed is maer en uitgeteer en sy vel is byna deursigtig, maar sy merk die helder lig in sy donker oë toe hy haar gewaar.

"Annie! Annie, is dit werklik jy?" vra hy skor en probeer orent kom.

8

Erik tree vinnig nader en help Sebastiaan met onverwagte teerheid om teen die kussings terug te leun. "Dis Marné Jordaan, oom. Tant Annie is haar voog. Sy is Nico Hofmeyr se kleindogter. Sy versorg mos nou vir Nicolette. Onthou oom nou?" vra hy paaiend.

Marné sluk 'n paar keer aan die pynknop in haar keel en trane van medelye brand agter haar ooglede. Waarom is die ouderdom so sonder genade? vra sy haar met 'n gevoel van opstand en hartseer af. Die man op die foto in Nicolette se album was aantreklik met 'n selfversekerde voorkoms, maar die uitgeteerde man in die bed is reeds vriende met die wagtende dood. Pyn en verwarring het die lig van opwinding in sy donker oë geblus en hy staar haar met die waterige, dowwe oë van 'n oumens aan. Sy hare is sneeuwit, sy gesig is ingevalle en daar is iets hopeloos in die weerlose trek om sy mond.

Sy tree nader aan sy bed en neem sy kneukelrige, kragtelose regterhand in albei van hare. "Bly te kenne, oom Sebastiaan. Ek lyk glo soos my tant Annie, daarom het oom my met haar verwar."

"Ja . . . ja . . ." prewel hy, maar sy oë sien haar nie raak nie. "Annie met die maanlighare en die koringblomblou oë . . . Maanskyn en blomme . . . Niemand was mooier as die jong Annie Hofmeyr nie."

"Tant Annie kuier by 'n vriendin in die Kaap, maar ek kan haar vra om te kom kuier as oom haar graag weer wil sien," stel Marné onseker voor en kyk vraend na Erik. Hy knik.

113

"Nee . . . nee . . . daar is nie genoeg tyd nie." Asof die besef hom nuwe krag gee, rig hy 'n deurdringende blik op haar. "Het Annie jou grootgemaak?"

"Ja, oom. My ma is kort ná my geboorte dood en tant Annie het my voog geword."

Hy knik. "Ek onthou, ja. Ek en my oorlede vrou was by jou doopplegtigheid. Het Annie jou vertel?"

Durf sy hom sê dat Annie nooit melding van hom gemaak het nie? Sy wil hom nie seermaak nie, maar sy sal soos 'n skurk voel om vir 'n sterwende man te jok.

Sy druk sy hand sag. "Nee, oom. Ek was onbewus van oom se bestaan totdat ek hierheen gekom het. Tant Annie het nooit eens oor tant Renate of enige van die ander Brandenbergs gepraat voordat sy my vertel het van tant Renate se versoek dat ek Nicolette se oppasster word nie," vertel sy onwillig, bekommerd oor die uitwerking van haar woorde op hom.

Hy knik, 'n tevrede glimlaggie om sy lippe. "Ek het dit verwag. Annie het nie 'n stamboek nodig gehad om haar een van die adel te maak nie. Sy is 'n gebore dame. Gaan dit goed met haar? Is sy gesond?"

"Dalk té gesond, want soms het sy selfs te veel energie vir my," antwoord Marné glimlaggend.

"En jy help vir Nicolette?"

"Ja, oom."

"Maar hoef jy te werk, Marné? Kan Annie jou nie finansieel help nie?" vra hy dringend.

Sy lag. "Nie my tant Annie nie, oom Sebastiaan. Sy glo dat arbeid edel is. Sy het haar lewe lank onderwys gegee. Tant Annie glo 'n mens moet die waarde van geld ken. Sy wil nie hê ek moet as ek eendag iets erf, dit verkwis nie."

"Sy was altyd 'n verstandige vrou," sê hy goedkeurend. "Sy het op jou doopdag gesê –"

"Ek onthou nou!" onderbreek Marné hom opgewonde en

114

bloos dan verleë. "Ek is jammer ek het oom in die rede geval, maar ek wonder sedert my aankoms hier waar ek oom se naam gehoor het. Nicolette het vir my 'n foto van oom gewys wat so bekend gelyk het, maar ek kon oom nie eien nie. Ek het nou eers onthou: tant Annie het 'n foto van oom, met my op oom se skoot, in een van haar ou fotoalbums. Ons het jare gelede deur die album geblaai. Sy moes my vertel het op wie se skoot ek op die foto sit, maar ek het weer vergeet."

"Maar Annie het nie geweet nie . . ." Hy sluit sy oë. Daar is 'n glimlag op sy gelaat en sy asemhaling word langsamerhand rustig.

Marné kyk vraend na Erik en hy knik. Sy neem haar hande weg van oom Sebastiaan se hand, buk impulsief nader en soen hom op die voorkop. Hy maak sy oë oop en daar is 'n glans van geluk in sy oë voordat hy hulle weer sluit. "Tot siens . . . Annie," prewel hy en sink onmiddellik weg in die newelwêreld van slaap.

"Moenie huil nie, Marné," sê Erik gedemp toe hulle die gang binnegaan en hou sy sakdoek na haar uit. "Sy einde sal 'n verlossing wees, want sy lyding was lank. Ek is net dankbaar jy kon hom besoek, want hy het lanklaas so baie gesels."

"Dalk het ek hom onnodig uitgeput," sê sy skuldig. Sy druk haar trane droog voordat sy die sakdoek teruggee.

"Dis belangriker dat ons sy laaste dae gelukkig maak. Hy het so gretig uitgesien na jou kuiertjie en noudat jy hier was . . . Hy lyk gelukkig. Ek glo hy sal die dood nou makliker tegemoet gaan."

"Verwag jy dat hy binnekort sal sterf?" vra sy ontsteld.

Sy uitdrukking is stroef, maar sy oë verraai die pyn. "Ek kan hom nie terughou nie, Marné. Oom Sebastiaan is oud genoeg om my oupa te wees, maar hy was meer soos 'n pa vir my. Ek sal altyd dankbaar wees oor sy vrygewigheid teenoor my oupa en ouma." Hy glimlag gedwonge. "My ouma sien uit na jou kuiertjie. Kom ons stap kombuis toe. Julle kan kuier terwyl ek die bouers gaan betaal."

"Hoe kom jy en Erik oor die weg, Marné?" vra Kobie reguit toe hulle oor Erik begin gesels.

"Erik is altyd vriendelik en bedagsaam teenoor my, tant Kobie, maar hy lyk dikwels stroef en in homself gekeer. Soms voel ek soos 'n oorlas in sy teenwoordigheid."

"Laura . . . Laura Viljoen," sê Kobie sag, mymerend. "As hy net kan leer om die verlede te begrawe en voortgaan met sy eie lewe."

"Het hy haar nog altyd lief, tannie?"

Sy sug en skud haar kop. "Ek sal nie weet nie, Marné. Jy sê self Erik is in homself gekeer. Hy praat nie oor die dinge wat in sy binneste aangaan nie."

"Was . . . was Laura baie mooi?" vra Marné en hoop vurig dat sy nie die hinderlike prikkie van jaloesie in haar binneste aan Kobie verraai nie.

"Mooi?" Kobie pers haar lippe hard saam, haar uitdrukking afkeurend. "O, sy was seker mooi. Beeldskoon, het die mense gesê, maar skoonheid is soms veldiep."

"Was sy blond of donker?"

"Donker. Sy het raafswart hare en pragtige, donkerbruin oë gehad. Ek dink sy het te maklik geglimlag, maar die mans het gedink haar glimlag is verleidelik. Sy was lank en pragtig gebou met 'n vol figuur, maar nie vet nie. Selfs die orige Lukas het hom aan haar vergaap," vertel Kobie vies.

"Het sy dikwels hier kom kuier?" vra Marné en voel skielik soos 'n indringer in die gesellige kombuis. Wie weet, dalk het Laura op hierdie selfde stoel gesit, dink sy, en sy kriewel ongemaklik rond.

"O, sy was 'n paar maal hier, maar dan moes ek haar in die sitkamer onthaal en my beste teeservies gebruik. Erik het my duidelik laat verstaan die wonderlike Laura was 'n meisie uit 'n skatryk huis, en boonop 'n stadsmeisie. Sy het nooit in Eiland-huis oornag nie, seker omdat ons te eenvoudig vir haar was. Sy het in die hotel op die dorp tuisgegaan en dan het Erik haar daar besoek. En glo my, hartjie, ek was innig dankbaar daaroor, want Laura het die vermoë gehad om my ontuis in my eie huis te laat voel."

"Dalk kon sy aanvoel dat tannie nie van haar hou nie," sê Marné mymerend.

"Nie Laura Viljoen nie! Sy kon Vincent se tweelingsuster ge-wees het, want sy het haar neus opgetrek vir 'n eenvoudige ou tannie soos ek wat maar net 'n doodgewone huisvrou is. Na Lukas wou sy nie eens kyk nie. Die goeie Lukas . . . Reken, Marné, hy was 'n voorman in Sebastiaan se staalfabriek toe 'n yslike staalstaaf deur die onverskilligheid van twee nuwe wer-kers op hom geval en sy been verbrysel het. Hy kry 'n goeie pensioen, daarom is dit nie vir ons nodig om hier op Flaminke-eiland te woon nie. Maar hy het as 't ware saam met Sebastiaan oud geword en Sebastiaan was bewus van Lukas se liefde vir die platteland. Toe Sebastiaan se vrou sterf . . . Hy wou ook wegkom uit die stad uit, daarom het hy na Flaminke-eiland toe gekom en ons saamgebring."

"Het hy toe al geweet hy het kanker, tannie?"

"Ek dink so. Maar hy was toe nog bedrywig in die stad met al sy fabrieke en ander sakebelange, en soms het hy net naweke hier gekuier. Mettertyd het sy siekte erger geword en sowat vyf jaar gelede het hy Erik opgelei om hom met sy talle verpligtin-ge te help. Sebastiaan het bekwame en betroubare bestuurders, maar Erik is sy ore en oë," vertel Kobie trots.

"Hou Erik nie van Ilze Brandenberg nie?" gooi Marné 'n klip in die bos, gretig om die gesprek terug te bring na hom toe.

"O, hulle groet oor en weer en gesels soms oor Nicolette, maar hulle is blote vriende soos wat jy en hy is. Ek sal so bitter graag my kleinseun gelukkig getroud wil sien voordat ek my oë finaal sluit, maar Laura wil hom nie met rus laat nie ..." Haar blik rus pleitend op Marné. "As jy nou my kleinseun kan liefkry, Marné ..."

Marné voel verleentheid in vlamme op haar gesig uitslaan. "Wat sal dit my baat, tannie? Ek is nie Laura nie," sê sy. Daar is 'n asemrigheid in haar stemtoon.

"Erik sê nie veel nie, maar ek kry die indruk hy is besorg oor jou. Hy hou van jou geselskap, want hy soek nooit na 'n verskoning as ek hom vra om jou te gaan haal nie. Ek meen nou maar: as jy hom kan liefkry, vra hom om met jou te trou."

"Tant Kobie!" Sy staar Kobie verbaas aan en lag. "Hy sal al sy respek vir my verloor as ek so iets doen."

"Ek glo nie, hartjie. Dalk sien hy jou dan as vrou raak. Vra hom sommer elke dag totdat hy gewoond raak aan die gedagte. Ek meen nou maar: dis 'n desperate situasie en dit vereis 'n desperate oplossing, want 'n oujongkêrel ..." Sy buig vertroulik nader. "Oujongkêrels word nooit oud nie, Marné. As hulle nie aan hartversaking beswyk nie, sterf hulle aan ondervoeding, want hulle eet verkeerd. Ek sê maar net."

"Ek wil nie Erik se dood op my gewete hê nie, tannie, daarom sal ek tannie se voorstel ernstig oorweeg," antwoord Marné vroom en vonkellag in Kobie se oë.

Vincent sien Rentia die Victoriaanse sitkamer binnekom. Hy vou sy arms, keer sy rug op haar en staar fronsend deur die venster.

"Vincent? Asseblief, my seun, moenie my ignoreer nie. Ek moet ernstig met jou praat," pleit sy.

"Het Ma Marné al om verskoning gevra?" vra hy bruusk.

Sy snak hard na haar asem. "Vincent! Verwag jy dat jou eie moeder haar moet verneder en 'n diensmeisie om verskoning vra?" vra sy gekrenk.

Hy swaai om na haar toe, 'n uitdrukking van grimmige afkeur op sy gelaat. "As Marné 'n diensmeisie is, wat is Ma? Ouma Renate se stuurjonge en afhanklike? Dink daaraan, Ma! Ons hele spul is ouma Renate se gedienstige slawe, want ons is almal te bang om haar teen te gaan. Marné werk minstens vir 'n salaris, maar ons teer soos parasiete op ouma Renate. Ons is mense sonder trots!"

"Maar ons is Brandenbergs, Vincent! Almal op Twiswaters weet ons hoef nie te werk nie, want jou ouma is fabelagtig ryk."

"En as ons wil werk? Ilze is intelligent, maar Ouma wou haar nie toelaat om 'n onderwyseres te word nie. O, my slinkse ouma het nie omgegee dat Ilze 'n nuttelose graad kry nie, maar toe sy besluit sy wil onderwys gee, was daar skielik nie geld vir verdere studie nie. En wat van my?" vra hy verbitterd.

"Jy het nooit van studeer gehou nie, my seun, en –"

"Ek het!" val hy haar kras in die rede. "O, ek besef maar te goed ek het net 'n gemiddelde intelligensie, maar as ek die studierigting kon volg waarin ek werklik belangstel, sou ek 'n sukses daarvan gemaak het. Ma het geweet dat ek 'n boer wil word, maar het Ma my ooit gehelp? Het Ma ooit probeer om ouma Renate te oorreed om my na 'n landbouskool of -kollege toe te stuur?"

"Jou ouma sou nie na my geluister het nie."

"Ons het hope ryk vriende. As Ma my werklik wou help, sou Ma by hulle om hulp gaan aanklop het. Of Ma kon gaan werk het, al was dit in 'n kafee op die dorp. Glo my, ek sou elke sent met rente terugbetaal het as Ma net bereid was om die opoffering ter wille van my te maak."

Rentia staar hom verdwaas aan. "Jy weet nie wat jy sê nie, Vincent. Jou ouma sou my uit Flaminke-huis verdryf het as ek in 'n kafee gaan werk het. En om by my vriende geld te bedel ... Ek is een van die Brandenbergs!"

"Een van die ruggraatlose Brandenbergs. Weet Ma wat wens ek? Ek wens Ma het die durf gehad om in 'n kafee te gaan werk en ons kinders saam met Ma te neem. Miskien was ons dan 'n normale gesin; miskien het ons mekaar geken en liefgehad."

"Maar ons sou van armoede gekrepeer het!" protesteer Rentia ontsteld.

"Arm maar trots. Ek verkies dit. Wat is ons nou? Ek moet soos 'n kleuter na Ouma toe draf as ek brandstof vir my motor nodig het. Wanneer laas het Ma 'n nuwe rok gekoop? Ouma besluit oor wat ons eet, wat ons aantrek, wat ons elke dag doen. Ouma besluit selfs wat ons mag dink of nie."

"Vincent, asseblief . . . wat het in jou gevaar? Jy het nog altyd ons leefwyse aanvaar. Ek weet jy was trots op die feit dat jy die kroonprins van Flaminke-eiland is. Waarom het jy nou skielik in opstand gekom?" vra Rentia verward.

Hy byt hard op sy tande. Daar is 'n kwaai trek om sy mond en sy besef met 'n skok dat hy man geword het. Sy voel vrees in haar binneste oprank: het Vincent 'n meisie liefgekry?

"Ek sal bitter graag met Marné wil trou, maar wat kan ek haar bied?" antwoord hy asof hy haar gedagtes gelees het.

"Vincent, nee! Jy kan nie met 'n diensmeisie —"

"Dis genoeg, Ma! Marné is 'n arbeidsterapeut, nie 'n ongeletterde meisie wat êrens uit 'n agterbuurt gekruip het nie," val hy haar driftig in die rede.

Sy staar hom ongelowig aan. "As dit waar is, waarom is sy Nicolette se oppasster?"

"Sy het gesukkel om werk te kry, maar in plaas van om op haar tante te teer, het sy die werk as kinderoppasster aanvaar. En wat van haar klere, Ma? Trek sy soos 'n behoeftige diensmeisie aan?"

"Wel . . . seker nie. Maar dis nie vir jou nodig om met 'n meisie uit die arbeidersklas te trou nie, Vincent. 'n Skatryk erfgenaam soos jy kan kus en keur. Of wil jy met haar trou om my te verkleineer? Jou ouma is net so gretig dat jy met die meisiemens trou. Is dit julle manier om my te verneder?" vra Rentia gegrief.

"Genugtig, Ma, is Ma nie die dogter van 'n plaasbestuurder nie? As Ma genoeg was vir my pa, waarom is Marné nie goed genoeg om my bruid te wees nie?"

"Omdat ek nie kan glo dat jy Marné Jordaan liefhet nie. Jy dans net weer na ou Renate se pype, want sy het my verseker dat jy met die meisiemens gaan trou. Toe, erken dit, Vincent. Jy en ou Renate konkel saam om my te verkleineer."

Hy staar haar in stilte aan en sug moeg. "Nee, Ma. Ek het Marné lief en ek is bereid om met haar te trou. Die vraag is: sal sy my ooit liefkry?"

"Die arme dingetjie sal oor haar voete val om jou bruid te word en jy weet dit! Trou dan met haar as jy so graag wil, Vincent, maar ek waarsku jou: ek sal haar nooit as my skoondogter aanvaar nie," krys Rentia. Haar stem tril van magtelose woede. Sy ruk haar om en storm by die deur uit.

As Marné inwillig om met hom te trou, skud hy die stof van Flaminke-eiland vir goed van sy voete af, dink Vincent terwyl hy deur die venster tuur. Marné sal hom help om 'n plaas te koop en hy sal soos 'n esel werk en elke sent aan haar terugbetaal. Geld sal nooit weer van hom 'n willose slaaf maak nie. Dit maak nie saak hoe groot Marné se erfenis is nie – hy sal haar onderhou.

Mathilda drafstap by die kombuisdeur uit na waar Erik onder 'n koelteboom langs sy bakkie in die agterplaas staan en haar inwag. "Al daardie trappe en dan parkeer jy boonop kilometers ver van die agterdeur af, ellendige jongetjie," protesteer sy hygend terwyl sy naderkom. "Is jy skielik bang ou Renate gooi jou met haar kierie deur haar venster dood, of is jy skrikkerig vir Vincent?"

"Besoedeling, tant Mathilda," antwoord hy doodernstig. "Ouma Kobie sê ek moet waak teen die besoedeling van die Brandenbergs, want as ek nie op my pasoppens is nie, verbeel ek my ook een van die dae ek is een van die adel. Dis waarom ek dit nie te na aan die huis waag nie."

"Ja toe, ek het nie tyd vir slimpraatjies nie, broertjie," sê sy kwaai en plof op 'n witgeverfde tuinbank neer. "Kom jy langs my sit, of gaan jou kleertjies ook besoedel word?"

"Dis 'n kans wat ek moet waag, want ek wil nie skree nie," sê hy onnutsig. Hy neem langs haar plaas en vervolg ernstiger: "Marné kuier nog by ouma Kobie. Ek het hiernatoe gery, want ek wil oor die meisie praat."

"Hoog tyd ook. Jy kan nie vir ewig oor Laura treur nie, Erik. As jy nie spring nie, raap Vincent die pragtige meisie voor jou neus weg," waarsku hy.

"Vincent, nè?" Hy frons. "Is Marné se tant Annie baie ryk? Gaan Marné skatryk erf, tant Mathilda?"

"Hoekom wil jy weet?" vra Mathilda agterdogtig. "Raak jy ook nou inhalig, kind? Wil jy eers uitvind of Marné ryk is voordat jy haar vra om met jou te trou?"

"Om liefdeswil, tant Mathilda, ek is nie van plan om met Marné of enige ander meisie te trou nie. Marné is my vriendin en op die oomblik het sy niemand om haar teen die slinkse tant Renate te beskerm nie. Vincent dra geskenke vir Marné aan. Ek glo hy doen dit met tant Renate se goedkeuring, want hy is te bang om sonder haar verlof asem te haal."

"Dis nie altemit nie! Haai, kind, ek het vergeet: jy en jou mense kom van Johannesburg af. Julle ken nie die Hofmeyrs so goed nie," sê Mathilda verwonderend.

"Dis nou tant Annie Hofmeyr?"

"Al die Hofmeyrs van Twiswaters, Erik. Sien, Marné se oupagrootjie, Nicolas Hofmeyr, was 'n dokter op ons dorpie, maar hy het ook heelwat plase besit. Hy het later 'n praktyk in die stad gekoop en sy seun, Nico, het 'n neuroloog geword. "Ou Nicolas het net die twee kinders gehad, Nico en Annie. Nico se enigste dogter is Marné se ma, en dié is jonk dood. Ek weet nie mooi of Marné se pa voor of ná haar geboorte dood is nie."

"So, Marné is 'n skatryk erfgenaam," sê hy.

"Reken, dis presies hoe ek die saak uitgepluis het. Dis natuurlik waarom ou Renate so gretig is dat Vincent met die mooi dogter trou."

"Vervlakste ou konkelaar! Ek neem aan Vincent is bewus van Marné se erfenis, anders sal hy nie vir haar ruikers aandra nie," sê hy ergerlik.

"Aag, bog met jou, Erik! Marné is darem 'n allerfraaiste meisie. Dis net 'n man met ys in sy are wat nie graag vir so 'n mooi meisie blomme sal wil koop nie. Dink jy jy kan 'n ou ruikertjie vir haar bekostig, hartjie?" treiter sy hom.

Die frons tussen sy wenkbroue verdiep. "Daar is genoeg blomme in my ouma se tuin, tannie. Wat ek graag sal wil weet, is of Marné daarvan bewus is dat sy Vincent se toekomstige bruid is."

"Julle gesels tog. Wat sê sy van hom?" vra Mathilda nuuskierig.

"Sy kry hom jammer omdat sy ouma hom regeer."

"Jammer, sê jy? Erik, as 'n meisie eers 'n man jammer kry, verbeel sy haar lag-lag dat sy hom liefhet. Ek dink dis moederinstink . . . 'n Meisie wil altyd almal troos en gelukkig maak. Kyk maar met hoeveel geduld en liefde versorg sy Nicolette. Marné het 'n sagte hartjie, kind. Dit gaan veroorsaak dat sy met Vincent trou as jy nie betyds wakker skrik nie."

"Hou op om vir my 'n vrou te soek, tant Mathilda!" sê hy bars. Sy lyk seergemaak en hy glimlag skuldig. "Ek besef tannie bedoel dit goed, maar . . . ek is nie in die huweliksmark nie."

"Nou waarom kwel jy jou dan oor die liewe Marné, kind?

Laat sy trou met wie sy wil. Wie weet, dalk is sy en Vincent dolgelukkig."

"In Flaminke-huis waar tant Renate regeer?"

"Jy kwel jou verniet oor Marné, hartjie. Sy laat haar deur niemand hiet en gebied nie. Ou Renate weet dit nog nie, maar sy sal moet leer om haar stram knietjies te buig as Marné die dag haar kleinseun se vrou is," spot Mathilda en lag dat haar maag skud.

"Die vraag is: sal Vincent kans sien om afstand te doen van Flaminke-huis? Hy glo sy lewe lank Flaminke-eiland is sy eie klein koninkryk, maar so lank as wat tant Renate leef, sal sy haar huisgenote soos haar onderdane behandel."

Mathilda betrag hom met oë wat op 'n skrefie getrek is. "Staan dit jou nie aan dat Marné een van Renate se onderdane word nie, Erik?"

Erik kyk haar skerp aan en byt 'n ergerlike antwoord terug. Tant Mathilda het vir hom tydens die afgelope paar jaar soos 'n tweede ouma geword. Hy moet geduldig wees met haar. Sy ouma Kobie skimp graag oor agterkleinkinders, want sy en tant Mathilda kan ewe min begryp dat hy vir goed klaar is met vroue en 'n huwelik. Waarom vertolk hulle sy besorgdheid oor Marné opsetlik verkeerd? Hy het haar nie lief nie — ná Laura sal hy nooit weer kan liefhê nie — maar hy wil haar beskerm. Waarom? vra hy hom af. Omdat haar besondere skoonheid hom onbewustelik bekoor? Nee, hy ken baie ander mooi meisies. Hy weet sy vertrou hom. Haar warmte en onskuld — selfs haar sagte hartjie — maak haar weerloos. Wie gaan haar beskerm as hy dit nie doen nie?

"Nou is jy vies vir my," sê Mathilda spytig toe hy opstaan.

Hy glimlag. "Ek is nie, tannie. Ek is bly ons kon gesels, want ek dink ek weet nou wat my te doen staan. Tot siens, tannie."

"Solank jy dit vinnig doen, hartjie," sê Mathilda en staan op om vir hom tot siens te wuif.

Marné staan roerloos langs Erik. Die geklots van die water van die meer is soos gefluisterde geheime in die nag. Die klein golfies in die meer breek die maanlig in stukkies wiegende water en bokant haar is die nag 'n uitspansel van swart fluweel en diamante.

"Ek het nie geweet 'n nag kan so mooi wees nie," sê sy sag, byna eerbiedig, asof sy bang is om die stilte te verbreek.

Weet sy hoe mooi sy is? wonder Erik met sy oë op haar gerig. Haar witblonde hare ewenaar die silwer maanlig en haar fyn gelaatstrekke en slanke figuur maak van haar die koningin van die nag. Hy ervaar 'n allesoorheersende begeerte om sy hand uit te steek en haar wang liggies te streel, maar sy arms bly roerloos langs sy sye hang. Hy is 'n normale man met normale drange, maar liefde is hom nie beskore nie. Hy sal haar onthou soos sy nou is: sy maanligmeisie, sy prinses van ver.

Sy kyk op en sien 'n uitdrukking oor sy gesig flits wat dit laat lyk asof hy terselfdertyd pyn en vreugde ervaar. "Voel jy sleg, Erik?" vra sy besorg.

Hy glimlag gedwonge. "Net half verkluim . . . en doodbekommerd."

"Oor oom Sebastiaan?" vra sy, hartseer vlak in haar oë.

"Eintlik oor jou. Oom Sebastiaan het die einde van sy reis bereik, maar jy staan op die drumpel van jou lewe. Is tant Renate en Vincent bewus van jou erfenis, Marné?"

"Hoe . . . hoe weet jy ek gaan enigiets erf?" vra sy onkant betrap.

"Tant Mathilda het geskinder en ek het geluister. Die Hofmeyrs was blykbaar almal skatryk. Jy is jou oupa Nico se enigste kleinkind. Ek aanvaar jy het die ryk geërf," antwoord hy en klink vreemd kwaad.

"Ek het nie, maar ek gaan erf sodra ek vyf en twintig is. Hoekom is jy vies daaroor?" vra sy verwonderd.

"Tant Renate soek na 'n ryk bruid vir Vincent. Ek glo dis

waarom sy jou in diens geneem het, maar trou jy met hom –"

"Ek sal nie," val sy hom vinnig in die rede.

"Is jy nie lief vir hom nie?" vra hy verlig.

"Nee."

9

Marné draai na Erik. "Jou ouma sê jy was baie lief vir Laura." Hy antwoord nie. Sy betrag hom besorg. "'n Mens kan nie vir altyd treur nie, Erik, en jou ouma wil jou so graag gelukkig sien. Sy bekommer haar oor jou."

"Sy het nie rede tot kommer nie. Ek eet en slaap gesond en werk my elke dag disnis. Lyk ek soos 'n ongelukkige man?" vra hy met gedwonge lighartigheid.

"Soms," antwoord sy. "Jy klink nooit ongelukkig nie, maar soos vanaand aan tafel . . . Ons het almal gelag en geskerts, toe raak jy stil en vergeet om te eet. Jy het skielik gelyk asof jy baie ver weg was, op 'n plek waarheen niemand jou kan volg nie."

Hy staar uit oor die meer. Hy onthou hoekom hy stil geraak het. Hy wou nie die vergelyking tref nie, maar toe hy Marné so tuis aan sy grootouers se kombuistafel sien sit, het hy Laura se neerhalende aanmerkings oor sy ouma en sy oupa onthou. "Die stomme ou vrou kan net oor koekresepte en haar lêhenne praat, en jou oupa . . . Ek is jammer, Erik, maar ek gril vir hom. Hy herinner my aan 'n monster uit 'n rilfliek wanneer hy so hinkend op my afstap," weerklink Laura se woorde opnuut in sy ore. En hy was destyds te verlief op haar om die twee oumense wat hom die liefste in die wêreld het, te verdedig, dink hy met 'n gevoel van selfveragting.

126

"Vertrou jy my genoeg om na goeie advies te luister?" vra hy skielik.

"Wil jy vir my preek?"

"Glad nie, maar ek was ernstig toe ek vir jou gesê het tant Renate is naarstiglik op soek na 'n skatryk bruid vir Vincent. Ek glo dis waarom jý hier is, Marné. Tant Renate kon tog al lankal 'n oppasster gekry het as sy regtig een wou gehad het."

"Dit gaan oor my erfenis, nè, Erik? Dis waarom ek hier is."

"Dis wat ek glo. Miskien moet jy probeer uitvind of Vincent bewus is van jou erfenis."

"En as hy daarvan weet?"

"Ek twyfel nie daaraan dat hy jou gaan vra om met hom te trou nie. Maak baie seker dat hy jou om die regte redes vra, Marné. Geld en jammerte is nie voldoende redes vir 'n huwelik nie." Hy glimlag stram en vat haar hand. "Kom ons stap aan. Die herfsaande is nie werklik warm nie."

Sy groot, vereelte hand is warm en sterk en laat haar veilig voel, dink Marné. Sy draai om na Flaminke-huis en sien ligte in die talle vensters blom. Erik is agt jaar ouer as sy. Is dit omdat sy sonder 'n pa moes grootword dat sy soveel van hom hou? vra sy haar af. Sy voel by niemand veiliger as by hom nie en as hy van Laura kan vergeet, is sy volkome gelukkig.

"Marné!" roep Vincent en kom oor die maanverligte grasperk aangestap. Hy vorm 'n skerp kontras met die gespierde Erik in sy gewone werkersdrag. "My liewe meisie, jy is seker half verkluim van die koue," simpatiseer hy met haar en rig 'n afkeurende blik op Erik. "As jy nie jou brandstof wou mors om juffrou Jordaan huis toe te bring nie, kon jy my gebel het, Erik. Dis veels te koud om buite rond te stap."

"Ek wóú stap, Vincent, want ek wou graag die meer gesien het," sê Marné vinnig om 'n woordewisseling tussen die twee mans te voorkom.

"Erik moes jou afgeraai het, want jy kan verkoue kry. Ek sal môre vir jou die meer wys, Marné. Dis óns eiland. Jy hoef nie die De Ridders te vra om jou rond te neem nie," sê Vincent. Hy kyk vinnig na Erik.

"Die De Ridders is toevallig my vriende, daarom . . ." begin Marné driftig, maar Erik druk haar hand en sy kyk vraend op na hom.

"Vincent herinner my aan 'n jong hoenderhaantjie wat skielik agtergekom het hy kan kraai en toe nie weer kon ophou nie," spot hy. "Laat hom toe om te praat, Marné, want hy hou van die klank van sy eie stem." Erik los haar hand. "Nag, meisie. Onthou om vir tant Mathilda te sê ouma Kobie het klein melktertjies gebak."

"Ek sal. Tot siens, Erik. Baie dankie vir 'n aangename dag en aand," sê sy. Sy voel vreemd alleen toe hy vinnig wegstap in die rigting van Flaminke-huis.

"Daar loop 'n man met 'n skuldige gewete. Moenie jou tyd met hom mors nie, Marné. Laura Viljoen sal nooit ophou spook by hom nie," sê Vincent nydig.

"Wat bedoel jy daarmee?"

Hy huiwer en haal sy skouers op. "Ek verkies om nie daaroor te praat nie, maar enigeen op die dorp sal jou die storie kan vertel." Hy glimlag sjarmant en lê sy hand liggies op haar elmboog. "Daar brand 'n gesellige vuur in die studeerkamer. Niemand sal ons daar steur nie. Ek sien uit daarna om alleen saam met jou te kuier. Kom jy 'n glasie sjerrie saam met my drink?"

"Nie vanaand nie, dankie, Vincent. Ek wil net by tant Mathilda gaan inloer en daarna gaan ek reguit bed toe," sê sy beslis.

"O . . . Ek het so uitgesien na 'n geselsie met jou. Ek sal jou graag beter wil leer ken, Marné," sê hy teleurgesteld.

"Maar jy weet tog al ek is dokter Nicolas Hofmeyr van Twiswaters se enigste kleindogter," sê sy ewe onskuldig.

"Ja, ja, ek ken jou familiegeskiedenis, maar ek weet nog so

min van jóú. Ek wil hê ons moet goeie vriende wees," trap hy niksvermoedend in haar strik.

"Dan het jou ouma Renate jou vertel van my oupa Nicolas wat 'n neuroloog en suksesvolle sakeman in Johannesburg was?"

Vincent huiwer. Hy kyk Marné agterdogtig aan, maar haar uitdrukking spreek van blote belangstelling. "My ouma het jou mense in haar jeug geken, daarom kon sy my alles oor hulle vertel. Maar ek wil liewer oor jou praat, Marné. Toe, kom saam, dis warm en gesellig in die studeerkamer."

"Ek is jammer ek moet jou teleurstel, Vincent, maar ek is koud en vaak. Ons praat môre weer," antwoord Marné toe hulle Flaminke-huis binnegaan. "Lekker slaap," sê sy haastig en beweeg na die trap toe.

Erik het gelyk gehad: Vincent en tant Renate is bewus van haar afkoms. Sy twyfel nie meer daaraan dat tant Renate ook van haar erfenis weet nie. Sy glimlag wrang. Vreemd hoeveel mag geld 'n mens gee. Selfs die trotse Renate Brandenberg wil haar nie teengaan nie uit vrees dat sy Vincent se gekose bruid sal verloor, dink sy geamuseerd.

Mathilda skakel die televisiestel in die speelkamer af toe Marné die vertrek binnekom en gaan sit in die stoel voor die kaggelvuur. "Kom sit, hartjie, kom sit. Ek wil al die nuus van Eilandhuis hoor," nooi sy hartlik.

"Slaap Nicolette al, tannie?" vra Marné terwyl sy na 'n stoel voor die vuurherd stap.

"Ure gelede al. Ek het die deur tussen die speelkamer en haar slaapkamer oopgehou sodat sy nie alleen hoef te voel nie. Foei, sy was 'n bietjie ontstel omdat jy nie tuis was nie, maar ek het haar eindelik tot bedaring gebring. Maar wat is jou nuus, kind?"

"Tant Kobie het klein melktertjies gebak en sê tannie moet

môre ná kerk oorkom en sommer die hele dag saam met hulle deurbring."

"Melktertjies, nè?" Mathilda smak haar lippe. "Is dit al te laat om sommer nou oor te stap en 'n paar melktertjies te gaan proe?"

"Veels te laat," antwoord Marné laggend en vervolg ernstiger: "Boonop is daar iets waaroor ek tannie wil uitvra."

"Iets of iemand?"

"Wel ... iemand."

Mathilda glimlag breed. "Daar is niks wat my so maklik van kos laat vergeet as 'n lekker skinderstorie nie, Marné. Oor wie gaan ons skinder?" Sy tel haar breiwerksak op en vroetel daarin rond. "Ek kry net my blik suiglekkers, kind. Ek gesels beter met 'n lekker in my kies."

"Ek wil nie skinder nie, tant Mathilda. Ek is bekommerd oor Nicolette."

Mathilda vergeet van die lekkers en kyk Marné skerp aan. "Wat bedoel jy met 'bekommerd'? Kry die kind weer nagmerries?" vra sy besorg.

"Nee, tannie, maar ek het Vincent een middag na die speelkamer toe geneem. Nicolette het geslaap en toe sy wakker word, was sy bly om my te sien. Sy het normaal gesels totdat sy Vincent gewaar het, en toe ..." Sy skuif vorentoe op haar stoel, haar hande styf op haar skoot saamgevat. "Nicolette was histeries van vrees, tant Mathilda. Sy het Vincent 'n slegte man genoem en geskree dat hy moes weggaan."

"En toe, hartjie?"

"Ek kon sien Vincent was verslae oor Nicolette se optrede. Sy het na die verste hoek van die speelkamer toe gestorm, haar in 'n bondeltjie opgekrul en heen en weer gewieg. En haar oë ... haar oë was leeg, soos 'n mens sonder verstand. Ek was doodbenoud dat ek haar nie sou kon help nie, maar ek het oor haar nuwe pop gepraat wat ek en die De Ridders vir haar gaan koop, en sy het langsamerhand tot bedaring gekom."

"Kon Vincent jou geen verklaring vir haar vreemde optrede gee nie?"

"Nee, tannie, dis waarom ek wil weet: tree Nicolette altyd so op wanneer sy Vincent sien?" vra Marné bekommerd.

Mathilda wikkel haar neus soos wat sy dink. "Om die waarheid te sê, hartjie, kan ek nie onthou dat Vincent ooit met Nicolette in aanraking gekom het nie. Die situasie in Flaminkehuis is nie meer vir jou vreemd nie. Jy weet Vincent is die uitverkore kroonprins, die volmaakte, aantreklike erfgenaam van Flaminke-eiland wat nooit mag vergeet dat hy een van die adel is nie. Dis hoe hy grootgemaak is en dis wat hy van homself glo. Hy sou hom nooit so verneder het om hom aan sy ongelukkige sustertjie te steur nie."

"Tant Renate het hom geleer sy is 'n idioot. Hy het teenoor my erken dat hy nooit enige kontak met Nicolette gehad het nie."

"So is dit, Marné. Ou Renate glo aan die beleid van 'divide and conquer'. Sy en Vincent is troue bondgenote, want hy besef sy toekoms is in haar hande. Ek en Ilze en Nicolette boer saam, want niemand anders neem veel notisie van ons nie. Die arme Rentia is die ongelukkige randeier. Sy ignoreer haar dogters omdat sy en Renate wedywer om Vincent se liefde – asof die arme seun nooit sal weet wat liefde is nie."

"Maar dit verklaar nog nie waarom Nicolette haar eie broer vrees nie, tannie." Marné spring op en loop na die speelgoedkis, maak dit oop en haal die ou fotoalbum uit. "Die album is my en Nicolette se geheim. Tannie moet nooit vir iemand daarvan vertel nie, maar ek glo dis noodsaaklik dat tannie na die foto's kyk."

"Haai, kind, ek kan nie onthou wanneer laas ek daardie ou album gesien het nie. Ilze het dit vir Nicolette op haar elfde verjaarsdag gegee," sê Mathilda verwonderd.

Marné lê die album op Mathilda se skoot en maak dit oop.

"Kyk hier ... en hier ... en daar weer. Kan tannie sien wie se gesigte is uitgekrap?" vra Marné ingehoue.

"Op dees aarde ... Ja, Marné, ek sien. Iemand het Rentia en Vincent se gesigte met 'n skerp voorwerp uitgekrap." Sy kyk verdwaas op na Marné wat oor haar skouer buk. "Wil jy vir my kom sê dis Nicolette se werk?"

Marné knik stroef, vat die album en bêre dit veilig onder die speelgoed in die speelgoedkis voordat sy teruggaan na haar stoel toe. "Sy sê sy het 'n skêr gebruik om die foto's te beskadig."

"Maar om watter rede, hartjie? Rentia en Vincent ignoreer haar bestaan, maar dieselfde kan van ou Renate gesê word. Nogtans is Renate se foto nie beskadig nie."

"Ek het haar daaroor uitgevra en toe sê sy Vincent is 'n slegte man. Rentia praat net met die slegte man, want sy is lief vir hom, maar Rentia praat nooit met haar nie." Sy kyk Mathilda skerp aan. "Ek is seker tannie ken die waarheid. Waarom noem Nicolette haar broer die slegte man?"

Mathilda vat haar hande op haar maag saam. Daar is 'n peinsende uitdrukking op haar gelaat. "Die slegte man ... Ja, ja, ek herinner my so iets."

"Het Vincent Nicolette afgekou?" vra Marné huiwerig.

"Nee, Marné, die hele situasie het niks met die arme Vincent te doen nie. Sien, ek praat liewer nie daaroor nie, want sê ek iets, vertel ou Renate my weer ek is 'n dommerige, ongeletterde ou vrou, die dogter van 'n skoenmaker. My pa was wel 'n skoenmaker, maar ek is nie dom of ongeletterd nie, al het ek nie die kans gehad om veel boekgeleerdheid te bekom nie," sê Mathilda geraak.

"Maar wat wil tannie my vertel?" vra Marné dringend.

Mathilda huiwer. "Ag, nou ja, jy kan my uitlag as jy wil, kind, maar ek glo wat ek wil glo. Sien, Nicolette het altyd snags rustig geslaap, maar daardie nag ... Sy het gillend wakker geskrik en iets geskree oor 'n tannie wat verdrink het. Ek het haar probeer troos, maar die arme bloedjie kon nie ophou huil nie. Ek onthou sy het iets van 'n slegte man gesê. Ek het lank gesukkel om haar tot bedaring te bring, maar sy het tog eindelik aan die slaap geraak." Sy swyg, haar oë onseker op Marné gerig. "Glo jy aan voorbodes, Marné?" vra sy nadruklik.

"Ek weet nie, tannie. Ek het geen persoonlike ondervinding van voorbodes nie, daarom is dit moeilik om tannie se vraag te beantwoord," antwoord sy taktvol.

"Reken, my oorlede ouma het graag vir ons kinders van voorbodes vertel, maar vir ons was dit net bangmaakstories . . . tot daardie nag toe Nicolette as 't ware 'n voorbode gesien het."

"Het sy 'n voorbode gehad?" vra Marné ongelowig.

"Ongetwyfeld, hartjie, want die volgende dag het Laura Viljoen se lyk langs die spruit uitgespoel."

"O, nee! Die arme Nicolette moes haar sien verdrink het. Wat 'n traumatiese ervaring vir haar − vir enige kind! Geen wonder sy het nagmerries daaroor gehad nie."

"Maar hoe weet ons of Nicolette daar was toe Laura in die spruit geval het, Marné? En gee toe dat Nicolette die gewoonte gehad het om snags uit haar kamer te sluip, maar dan het sy my die volgende oggend daarvan vertel. Sy het egter nooit 'n woord oor daardie bose nag gerep nie."

Vrees bekruip Marné soos 'n onsigbare vyand en laat haar ys. "Laura . . . Laura was Erik se meisie. Sy sou tog nie alleen in die nag op die hangbrug gewees het nie. Is dit moontlik dat Nicolette vir Vincent met Erik verwar, tannie?"

"Nee, Marné," sê Mathilda beslis. "Erik sou nie toegelaat het dat Laura verdrink nie, want hy het haar liefgehad. En Vincent . . . Ek glo nie hy het Laura ooit ontmoet nie. Boonop is hy net te hooghartig om in een van Erik se meisies belang te stel. As Nicolette 'n voorbode gehad het, glo ek dat daar iemand saam met Laura op die hangbrug was."

"Wie, tant Mathilda?"

Mathilda lyk ongemaklik en slaan haar oë neer. "Ek praat nie graag daaroor nie, my kind, maar Chrissie de Jager is die huishoudster van die hotel op die dorp en ek en sy is al jare lank vriende. Sy het my vertel . . ." Sy hou eensklaps op met praat en kyk Marné kwaai aan. "Jy beloof om niks hiervan vir Kobie en Lukas te sê nie, Marné?"

"Ek beloof, tannie."

"Goed dan. Chrissie weet my te vertel dat die Laura maar bra lief vir mans was. Sy het dikwels 'n week lank in die hotel vertoef en aangesien Erik 'n hardwerkende man is, kon hy nooit te laat kuier nie. Laura het nie omgegee nie, want dan het sy tot dagbreek toe saam met die ander mans in die hotel gedrink en partytjie gehou. 'n Regte flerrie, dis wat die vroumens was, maar ek sterf eerder as om dit aan die liewe Erik te vertel."

Laura was 'n gewetenlose flerrie, maar ná agttien maande treur Erik nog oor haar dood, dink Marné. Sou dit nie genadiger wees om hom die waarheid oor sy Laura te vertel nie?

"As daar 'n man saam met Laura op die hangbrug was, kon dit enige man gewees het wat daardie aand in die hotel was," redeneer Mathilda toe Marné aanhou swyg. "Maar dat dit Vincent was, kan ek nie glo nie."

"Om watter ander rede sal Nicolette Vincent die slegte man noem, tant Mathilda?"

"Jaloesie, hartjie. Nicolette is nie 'n idioot nie. Sy kan aanvoel as iemand nie vir haar omgee nie. Het sy nie vir jou gesê haar ma het net vir Vincent lief nie?"

Marné sug oorwonne. "Dis seker maar so, tannie. Maar het Nicolette gereeld nagmerries gekry ná Laura se dood?"

"Byna 'n jaar lank, ja, maar dit het mettertyd minder geword. Vandat jy hier is, slaap die kind weer rustig. Daarvan gepraat: dis hoog tyd dat ek ook in die bed kom, want môreoggend moet ek weer vroeg uit die vere." Mathilda pak haar breiwerk in haar breiwerksak weg en kom steunend orent. "Wat van 'n sjokoladedrankie, hartjie?"

"Niks vir my nie, dankie, tannie. Lekker slaap."

"Nag, Marné," groet Mathilda en loop uit die speelkamer.

Marné skakel die speelgoedkamer se lig af, bly besluiteloos staan en sien hoe die duisternis deur die vensters smelt en versilwer teen die wit kamermure. Sy loop na die naaste venster toe en staar oor die maanverligte meer uit.

Erik en Laura. Erik is haar vriend, maar sy sal hom nooit werklik ken nie. Sy kan nie deel wees van sy herinneringe aan 'n meisie wat hy liefgehad het nie. Sy het geglo sy sal met 'n professionele man trou, moontlik 'n dokter soos haar pa. Totdat sy Erik de Ridder, die bouer, ontmoet het. Niemand sal ooit weet nie, maar sy kan teenoor haarself erken: dit sou so maklik gewees het om Erik lief te kry. Selfs nou ... As sy kan vergeet van Laura en as sy daarin kan slaag om Erik te laat vergeet ... Sal hy aanhou treur oor Laura as hy weet sy was ontrou aan hom?

Nee, nee, sy beskik oor geen bewyse dat Laura ontrou was nie. Laat Erik sy droom behou; sy sal haar eie droom op die regte tyd vind.

"Jy is veels te gewild onder die Brandenbergs," verwyt Ilze vir Marné speels toe sy langs haar kom sit op 'n tuinbank. "Ek probeer al drie dae lank om jou alleen te kry, maar as jy nie vir Nicolette versorg nie, gesels Vincent met jou. Hou jy van sy geselskap? Hy kan nie oor veel meer as koeie en melkpryse gesels nie."

"En perde," sê Marné en lag saam met Ilze.

"Ook waar," gee Ilze toe. Sy huiwer enkele oomblikke lank en vervolg dan ernstiger: "Hoe ryk is jy, Marné?"

Marné kreun asof sy pyn verduur. "Moenie, Ilze. Almal waarsku my dat jou ouma Renate my slegs as Nicolette se oppasster aangestel het omdat sy hoop ek sal met Vincent trou.

Wil jy ook nou weet of ek ryk genoeg is om jou broer se bruid te wees?"

Ilze staar haar oorbluf aan. "Beslis nie! Maar as dit waar is – as jy ryk is – sal jy my die gelukkigste meisie op die dorp maak!" Haar uitdrukking versober. "Wel, dit hang natuurlik af . . ."

Marné kyk na waar Nicolette by die swaai speel en vra: "Waarom is dit vir jou belangrik dat ek 'n stywe bankrekening het?"

"Ek kan nie die res van my lewe ouma Renate se eerbiedige onderdaan wees nie," begin Ilze.

"Het jy geld nodig om te trou?" vra Marné.

'n Diep blos van verleentheid kruip oor Ilze se gesig. "Indirek, ja. Ek het 'n man lief – drie jaar lank al lief – maar omdat hy net 'n bouer is, glo hy hy het nie die reg om met my te trou nie."

Marné voel die bloed uit haar gesig dreineer. Ilze het 'n bouer lief en die bouer is lief vir haar. Is dít die rede waarom Erik nie wil trou nie? Hy het lankal van Laura vergeet, maar hy voel dat hy Ilze nie waardig is nie. Maar hoe raak dit haar? vra sy haar driftig af. Sy het Erik nie lief nie.

"As Erik jou liefhet, sal hy met jou trou," sê sy gelykmatig.

"Erik?" Ilze lag onthuts. "Erik sal nooit trou nie. My vriend is Wim Mouton. Hy werk vir Erik."

Marné voel haarself bloos en glimlag verleë. "O." Sy glimlag breër. Buitensporig bly oor die sekerheid dat Erik geen ander meisie liefhet nie. "Ek is jammer ek het die verkeerde gevolgtrekking gemaak. Maar hoe sal geld jou help om Wim te oorreed om met jou te trou?"

"Ek wil tant Soekie Vermaak se bakkery op die dorp koop. Ek glo ek sal die maandelikse huur uit my winste kan betaal, maar ek het kapitaal nodig om al die toebehore te kan koop. Jy weet mos: oonde, mengers, klitsers . . ."

"Ja, ja, ek begryp. En jy het geld nodig om meel te koop,

anders kan jy nie brood bak nie," val Marné haar glimlaggend in die rede.

"Dit ook ja," sê Ilze en sug diep. Sy kyk onseker na Marné. "Dit gaan 'n fortuin kos om met 'n bakkery te begin."

"Moontlik, maar sal jou ouma jou toelaat om die bakkery te bestuur?"

"Beslis nie, maar daar is 'n woonstelletjie bo-op die bakkery. As ek eendag die bakkery kan oorneem, sal die woonstel ook myne wees, want tant Soekie gaan by haar dogter bly." Haar oë pleit in dié van Marné. "As ek dan nie kan onderwys gee nie . . . Ek hou van bak. Ek weet ek is 'n goeie bakster. Ek glo ek sal slaag met die bakkery, want dis my sleutel tot onafhanklikheid."

"Sal Wim bereid wees om met jou te trou as jy jou eie geld verdien?"

"Nie oor die geld wat ek verdien nie, maar hy sal nie meer bang hoef te wees dat hy nie behoorlik vir my sal kan sorg nie. Hy glo ek sal nie gelukkig kan wees in 'n drieslaapkamerhuis nadat ek al die jare in Flaminke-huis gewoon het nie. Dalk is ouma Renate ryk, Marné, maar ek voel my lewe lank soos 'n bedelaar. Glo my, sy laat nie een van ons toe om ooit te vergeet dat ons haar genadebrood eet nie."

Marné betrag Ilze oorwegend. "Ek wonder . . . Daar is 'n lewenspolis van my ma aan my uitbetaal toe ek mondig geword het —"

"Is dit al geld wat jy het?" val Ilze haar ontsteld in die rede.

"Ek erf eers oor vier jaar van my oupa-hulle, maar ek beloof jou ek het reeds 'n redelike sommetjie geërf — meer as genoeg om vir die bakkery te betaal. Veronderstel ek koop die bakkery, sien jy kans om jou winste met my te deel?"

"Vanselfsprekend! Wanneer wil jy na die bakkery gaan kyk?" vra Ilze opgewonde en spring op uit haar stoel.

"Wat van nou dadelik?" vra Marné.

"Jy is 'n skat, Marné!" roep Ilze uit, gee haar 'n impulsiewe drukkie en sleep haar saam na haar motor toe.

10

Ilze voel spanning op die krop van haar maag saambondel toe Renate, gevolg deur Rentia, haar kamer binnekom en bly staan. Renate kyk vinnig na die tasse op die bed. Haar aristokratiese voorkoms spreek van 'n ingebore grasie en arrogansie. Ilze dwing haarself om Renate in die oë te kyk.

"Dan het Rentia nie vir my gelieg nie," sê Renate, haar woorde soos ysblokkies, vol veragting. "Jy, 'n Brandenberg-dogter, is van plan om as 'n bediende in 'n bakkery te werk, Ilze?"

Ilze sluk en kyk vinnig na Mathilda. "Gaan roep Marné, asseblief, tannie."

"Ek verbied jou om Marné deel te maak van hierdie familietwis, Mathilda. Bly waar jy is," beveel Renate.

"Ag, vrou, jy maak my moeg," sê Mathilda misnoeg en loop vinnig uit die kamer.

"Hoe durf jy daardie diensmeisie deel maak van ons vernedering, Ilze?" vra Rentia gegrief. Sy draai verwytend na Renate. "Dis alles Ma se skuld. Ek twyfel nie daaraan dat Marné vir Ilze omgepraat het om in die bakkery te gaan werk nie. Daardie meisie het nie 'n greintjie selfrespek of trots nie."

"Marné het meer selfrespek en trots as wat enigeen van ons Brandenbergs het, Ma," sê Ilze grimmig. "Sy is 'n arbeidsterapeut, maar omdat sy geen ander werk kon kry nie, het sy dit nie as 'n vernedering beskou om 'n kinderoppasster te word nie. Ek kan met al my grade spog, maar ek het nie die durf gehad om lankal eerlike werk te doen nie. Wat maak dit saak hoe ek my geld verdien, solank ek weet ek het daarvoor gewerk?"

"Geen Brandenberg-dogter was ooit die kneg van 'n buitestander nie, Ilze," sê Renate met kille afkeur. "Ek sal nie toelaat dat jy die tradisie verbreek nie, tensy jy bereid is om nooit weer na Flaminke-huis terug te keer nie."

"Rewolusie in die paleis?" vra Marné skertsend en kom, gevolg deur Mathilda en 'n nuuskierige Vincent, die kamer binne.

"Hou jou snater, meisiemens!" snou Rentia, haar oë hatig op die glimlaggende Marné. "Ek het jou persoonlik verantwoordelik vir Ilze se wangedrag."

"Ek aanvaar met graagte alle verantwoordelikheid, tant Rentia," antwoord Marné sorgeloos en kyk vraend na Ilze. "Wat het jy jou mense vertel?"

"Dat ek by tant Soekie Vermaak gaan intrek en gaan leer om 'n goeie bakster te wees," antwoord sy gespanne.

"Hoera vir jou, Ilze!" prys Vincent haar spontaan. "Ek het altyd geweet jy sal nie tevrede wees om die res van jou lewe op Brandenberg-geld te teer nie."

"Jy praat soos 'n sot, Vincent," sê Renate neerhalend. "Wat gaan die dorpenaars se reaksie wees as Ilze 'n handarbeider word?"

"Ilze het nie die hele storie vertel nie, tant Renate," begin Marné taktvol. "Sien, Ilze het my 'n paar dae gelede vertel dat tant Soekie Vermaak van plan is om haar bakkery te verkoop. Ilze het belanggestel in die bakkery, want sy geniet dit om te bak, maar sy het nie oor die nodige kapitaal beskik om die onderneming te koop nie. Ek het aangebied om haar te help en ons het 'n prokureur op die dorp gevra om die nodige dokumente op te stel. Ek het die bakkery gekoop, maar Ilze is my vennoot en sy sal mettertyd die bakkery weer van my koop. Tant Soekie het voorgestel dat sy 'n maand langer aanbly om Ilze alles oor die bakkery te leer, daarom gaan Ilze by haar intrek."

"Ilze, jou doring! Jy gaan jou eie onderneming besit," kom dit entoesiasties van Vincent terwyl hy sy arm om haar skouers slaan. "Ek is trots op jou, kleinsus. Ek wens ek het die inisiatief gehad om so iets te doen, maar ek het nie genoeg verstand om sukses in die sakewêreld te behaal nie.

"Dankie, Vincent," sê Ilze gedemp. Daar is verraderlike trane in haar oë toe sy opkyk na hom. Sedert haar pa se dood het sy en Vincent vervreem geraak, maar sy kan nog onthou watter groot maats hulle in hul kleintyd was.

"Ek glo dit nie! Waar kry sý die geld om 'n bakkery te koop?" bars Rentia uit en wend haar verwoed na Renate. "Hulle lieg vir ons, Ma. Wie het al van 'n diensmeisie gehoor wat 'n onderneming kan bekostig?"

"Marné is nie die behoeftige dogter van 'n plaasbestuurder nie, Rentia," antwoord Renate snedig. Sy leun swaarder op haar kierie en kyk beurtelings na Marné en Ilze. "Maar ek is nietemin verheug dat jy besluit het om onafhanklik van my te wees. Vincent se toekomstige vrou sal nie met 'n huis vol skoonfamilie wil sit nie. Wie weet, as jou onderneming floreer, kan jy moontlik later vir jou ma werk gee in die bakkery."

"Ma!" krys Rentia, bleek van skok en verontwaardiging. "Kan dit Ma nie meer raak wat die dorpenaars oor ons sê nie?"

"Flaminke-huis was te lank 'n lêplek vir parasiete. Ek begin Annie Hofmeyr se standpunt insien: jongmense behoort te werk sodat hulle die waarde van geld kan leer." Renate kyk goedkeurend na Ilze. "Alle sukses met jou onderneming, Ilze. Ek is trots op jou."

"Dankie, Ouma," reageer Ilze verbysterd.

"Wat van my, Ouma?" vra Vincent vinnig. "Sal Ouma my nou toelaat om te boer?"

Sy kyk hom streng aan. "Jy is die erfgenaam van Flaminke-eiland. Jy sal maak soos ek sê," antwoord sy ongenaakbaar en neem sy arm. "Help my na my kamer toe."

Kobie roer die pot sop op die koolstoof, voeg 'n bietjie sout by, plaas die deksel op en draai vies na die stilswyende Lukas en Erik wat aan die groot kombuistafel sit. "Nes aasvoëls! Het ek nie uitdruklik gesê aandete sal eers oor 'n halfuur gereed wees nie? Julle maak my skoon senuweeagtig as julle net daar sit en nie boe of ba sê nie. Jy lyk glad nie vir my gesond nie, Erik. Ek kan raai wat die oorsaak is: jy werk te hard en jy is te eensaam," sê Kobie kwaai.

"Liewe land, Ouma, ek werk elke dag saam met 'n klomp mans en saans is Ouma-hulle en oom Sebastiaan hier. Hoe kan ek eensaam wees?"

"Jy is jong en ongetroud. Dis net normaal dat jy soms met 'n meisie sal wil gesels. Waarom bring jy Marné nie meer dikwels hierheen nie? Ek is lief vir die dogter en ek kan mos sien jy geniet haar geselskap."

Sy uitdrukking word stroef. "Tant Mathilda sê Marné en Vincent boer deesdae saam. Ek wil nie derdemannetjie speel nie."

"Wie se skuld is dit?" vra Lukas. "Jy het die mooi dogter in Johannesburg gaan haal, Erik. Ons was haar eerste vriende hier op die eiland. Sy het haar kuiertjies by ons geniet."

"Dit was voordat sy een van die Brandenbergs geword het, Oupa. Sy het Ilze gehelp om die bakkery oor te neem en tant Mathilda vertel my dat tant Renate behoorlik oor haar voete val om Marné se guns te wen. Dis net 'n kwessie van tyd, Oupa, dan trou Marné en Vincent."

"Onsin, knaap! As jy blind is, het ék darem nog oë in my kop. Ek het die dogter dopgehou en ek weet sy hou van jou. Genugtig, Erik, jy rou tog nie nog ná al die maande oor daardie aanstellerige Laura Viljoen nie?" vra Lukas.

"Agttien maande ... byna negentien," sê Kobie. "Marné is so 'n liewe dogter, Erik. Dis waar wat jou oupa sê: sy hou van jou. Kan jy nie maar die verlede begrawe en 'n nuwe begin maak nie?"

"Hoe kan ek, Ouma?" vra hy skor. "Is Ouma bewus van die stories wat op die dorp rondlê? Almal weet Laura was my meisie en dat sy op die eiland gekuier het. Die beskonke plaasarbeider se verklaring dat Laura 'n struweling met 'n man op die hangbrug gehad het voordat sy in die spruit beland het, is deur die polisie verwerp, maar die dorpenaars praat nog steeds. Ek weet meer as een van hulle verdink my van moord."

"Erik, nee . . . moenie dit sê nie. Ek en jou oupa weet jy was daardie aand tuis en dis wat ons vir die polisie gesê het. Die mense van die hotel het gesê Laura is alleen in haar motor weg. As sy op pad hierheen was, sou sy nie haar motor by die hangbrug geparkeer het en hierheen gestap het nie. Wat sy so laat in die nag by die hangbrug gaan soek het . . . Ag, nou ja, ons sal nooit weet nie," sug Kobie.

"Ja toe, Kobie, ek en jy weet maar alte goed dat Laura nie 'n engeltjie was nie. Daar was oorgenoeg stories op die dorp oor haar geflerrie met al wat man was, maar jy –"

"Dis genoeg, Oupa!" val Erik hom skerp in die rede. "Laura is dood. As sy ontrou aan my was, maak dit nie saak nie. Ek verkies om te onthou dat ek haar liefgehad het."

"Almiskie, boetie, maar jy is van plan om haar die res van jou lewe lief te hê?" vra Kobie verwytend.

"Maak dit saak, Ouma?" vra hy bruusk.

"Hoe kan jy nog vra? Jy word volgende jaar dertig en ons word ook nie jonger nie. Jy weet my diepste begeerte is om jou gelukkig getroud te sien," sê Kobie pleitend.

"My werk is my lewe, Ouma. Die afgelope agttien maande het my geleer dat ek nie vroue in my lewe nodig het nie. Ek is gelukkig soos ek is en dis hoe dit sal bly."

"As jy so sê, Erik . . ." Kobie sug weer en vervolg verwytend: "Maar ek mis nog steeds Marné se vrolike geselskap. As jy nie te besig is nie, vra haar om oor te kom."

"Goed, Ouma. Ek ry môre Johannesburg toe. Ek sal sommer

Nicolette se pop koop en dit vir haar vat. As ek Marné te sien kry, sal ek haar oornooi," antwoord hy teësinnig.

"Onnosel," mompel Lukas boos. "Ek dag my kleinseun het meer verstand as ek. Gmf!"

Erik klem sy kake hard saam en staar nikssiende voor hom uit. Wat hou hom weg van Marné af? vra hy hom af. Sy ouma het gelyk: Marné hou van hom. En hy hou van haar, maar dis nie liefde nie. Miskien het sy vermoë om lief te hê saam met Laura gesterf. Hy kan moor by die gedagte dat Marné met Vincent sal trou, maar per slot van rekening is sy vry om self oor haar geluk te besluit. Solank Vincent Brandenberg haar nooit seermaak nie . . .

Marné staar in die vlamme van die kaggelvuur, intens bewus van Vincent op die gemakstoel langs haar. Sy was oorhaastig om Ilze te help, dink sy spytig. Met Ilze uit die huis is Vincent te dikwels haar enigste geselskap. Aanvanklik het tant Rentia hulle nooit alleen gelaat nie, maar tant Renate eis deesdae dat tant Rentia elke aand ná aandete na haar kamer toe gaan om saam met haar kaart te speel. Tant Mathilda is ook geen hulp nie, want sy kuier byna elke aand by die De Ridders. Sy weet Erik kom haal tant Mathilda, maar tot dusver het hy haar nog nie weer uitgenooi om saam te kom nie.

"Het jy gesê tant Annie is terug in Johannesburg, Marné?" vra Vincent.

"Ja, al 'n paar weke," antwoord sy afgetrokke.

"Hoekom gaan kuier ons nie die naweek by haar nie? Ek is moeg vir die eiland en ek sien uit daarna om jou tante te leer ken," stel hy entoesiasties voor.

"En Nicolette dan?"

"Tant Mathilda en die huishulpe sal na haar omsien. Jy is in elk geval net veronderstel om haar soggens te versorg, maar jy bring gewoonlik die hele dag saam met haar deur. Jy is geregtig op 'n vry naweek. Toe, sê ja, Marné. My ouma sal . . ." Hy swyg vies toe die voordeurklokkie lui.

"Ek sal gaan kyk wie dit is," sê Marné en spring verlig op.

"Ek kom saam," sê Vincent en frons misnoeg. "Jy sal moet leer dat dit nie ons werk is om die gaste te ontvang nie, Marné. Dis waarvoor die huishulpe daar is."

"Ek is ook 'n huishulp," spot sy, maak die voordeur oop en kyk vas in Erik se uitdrukkinglose gelaat. Haar oë rek wyer en sy glimlag bly. "Erik! Dis goed om jou weer te sien. Hoe gaan dit met jou ouma-hulle?"

"Wat besiel jou om die voordeurklokkie te lui, De Ridder?" vra Vincent vererg. "As jy tant Mathilda kom haal het: sy wag in die kombuis. Toe, jy ken die pad na die agterdeur toe."

Erik se digte, donker wenkbroue keep saam. Sy oë is soos koue, silwerwit kristalle terwyl hy Vincent in stilte aanstaar.

Marné kyk vinnig na Vincent. Sy sien hoe die bloed uit sy gesig vloei en besef dat hy Erik vrees. "Gaan wag jy in die sitkamer, Vincent. Ek wil met Erik praat," sê sy beslis. Sy stap uit op die stoep en vat Erik se hand. "Kom ons stap om die huis na die agterdeur toe, Erik."

"Ek het jou kom haal. My ouma-hulle mis jou. Kom jy saam?" vra hy ingehoue.

"Natuurlik! Sy kyk na Vincent wat steeds in die voordeur staan. "Ek weet nie wanneer ek terug sal wees nie, Vincent. Goeienag."

"As jy wil hê ek moet saamkom, Marné . . ." begin Vincent hoopvol.

"Dankie, maar hulle is my vriende," antwoord sy en stap saam met Erik na sy bakkie toe.

Hy help haar in, maak haar deur toe en skuif agter die stuurwiel in. Sy kyk vlugtig oor haar skouer en sien dat Vincent die voordeur toemaak toe die bakkie in beweging kom.

"Ek wou lankal kom kuier het, maar die aande is so koud en

donker en ... en ek weet jy kom haal gereeld vir tant Mathilda," verwyt sy hom.

"Daar was genoeg plek in die bakkie as jy wou saamkom," sê hy kortaf.

"Ek het nie geweet of ek welkom sou wees nie."

"Nie?" hy lag humorloos. "Ek dag ons is vriende. Vriende hoef nie op 'n uitnodiging te wag nie."

"O ... Ek sal dit in die toekoms onthou," sê sy afgehaal. Sy is bewus van 'n onverklaarbare vyandigheid in sy houding.

"Hoe lank sal die toekoms wees, Marné?"

"Wat bedoel jy daarmee?"

"Die hele dorp lê vol van die stories oor jou vrygewigheid teenoor jou aanstaande skoonsuster. Jy het vir Ilze 'n bakkery gekoop. Nou wag die mense om te sien wat jy vir jou aanstaande bruidegom gaan koop. Dalk 'n slaghuis?" vra hy spottend.

"Wie sê ek gaan met Vincent trou?" vra sy vyandig.

"Jy moet van hom hou as jy aand ná aand in sy geselskap kan deurbring. Of het tant Mathilda vir my ouma gejok?"

"Nee, sy het nie, maar wat anders moet ek doen? Tant Mathilda is selde of nooit tuis en Nicolette gaan slaap vroeg."

"Kan jy nie die foon oplig en my ouma vra dat ek jou vir 'n kuiertjie moet kom haal nie?"

"Natuurlik kan ek, maar ..." Maar wat? vra sy haar af. Sy ken reeds die antwoord: sy hou te veel van die groot man met die silwergrys oë. Sy het aanvanklik gevrees dat dit te maklik sou wees om hom lief te kry, maar sy het hom toe reeds liefgehad; seer-lief. Alleen-lief en vergeefs-lief. Maar hy mag dit nooit weet nie, want sy wil nie sy jammerte hê nie, besluit sy en byt hard op haar tande. Waarom maak liefde 'n mens so weerloos? wonder sy. Sy wil nie langer voorgee nie; sy wil aan hom vasklou soos 'n kind wat die donker vrees en pleit en huil dat hy haar moet liefhê soos sy vir hom.

"Maar eintlik verkies jy Vincent se geselskap," voltooi hy haar sin vir haar toe sy aanhou swyg. Sy wil hom nie daarop antwoord nie.

"Tant Mathilda het gesê jy was vandag Johannesburg toe. Het jy dalk die spesiale pop vir Nicolette gekry?" stuur sy die gesprek in 'n ander rigting.

"Gelukkig, ja, maar dit was nie so maklik nie. Jy kan dit vanaand saam met jou terugneem."

"Sal jy nie liewer môre vir my en Nicolette kom haal om by jou ouma-hulle te kuier nie? Dis tog Saterdag en Nicolette kla aanmekaar dat sy na julle verlang."

"En Vincent dan?"

Sy sluk droog. "Vincent sal verstaan. Ek besef jy hou nie van hom nie, Erik, maar hy kan nie werklik help dat hy glo hy is beter as ander nie. Dis wat sy ouma en sy ma hom wysgemaak het vandat hy sy verstand gekry het."

"Die vraag is: het die vent ooit sy verstand gekry? Maar goed, ek sal julle kom haal." Erik bring sy bakkie voor die agterdeur tot stilstand.

Die deur gaan oop en Kobie kom vinnig nader. "Moenie uitklim nie, boet. Mathilda het so pas gebel en gesê Marné se tant Annie het by Flaminke-huis opgedaag. Julle moet dadelik terugry."

"Hoekom?" vra Marné opstandig. "Ek het spesiaal by tanniehulle kom kuier."

"Jy kan môre weer oorkom, liefie. Toe, ry, Erik. Mathilda het alte bekommerd geklink. Miskien is daar siekte of dood," sê Kobie bekommerd.

"Goed, Ouma, ek ry dadelik," sê Erik en bring die bakkie in beweging.

Marné loop haar slaapkamer binne en sien Annie voor die kaggel staan. "Hallo, tant Annie."

Annie soen haar op die wang, gee haar 'n drukkie en hou

haar 'n paar oomblikke lank vas voordat sy haar laat gaan. Haar oë rus ondersoekend op Marné se gesig. "Jy het gewig verloor. Kry jy nie genoeg kos nie? Jy het alte veel fiemies, Marné. As 'n mens by vreemdelinge woon, moet jy eet wat hulle voorsit."

"Hoekom wag tannie hier in my slaapkamer? Die ou plek het ses sitkamers. Hoekom kon ons nie in een van die sitkamers gesels nie?" gaan Marné tot die aanval oor om te verhoed dat sy Annie se lastige vrae hoef te antwoord.

"Ek het die huishoudster gevra om my hierheen te bring, want ek wil privaat met jou gesels." Sy kyk Marné streng aan. "Weet die Brandenbergs van jou pa, hartjie?"

Marné voel 'n blos van verleentheid op haar wange brand en antwoord bitsig: "Natuurlik nie! Ek het bitter min kontak met tant Renate en ek verkies om uit tant Rentia se pad te bly. Die huishoudster, tant Mathilda, is die enigste een wat my oor my eie mense uitvra, maar ek weet wanneer om stil te bly." Bitterheid wat uit verwerping gebore is, keep ongewone lyne langs haar sagte lippe. "Wat maak dit in elk geval saak dat my pa nog leef? Hy woon in Engeland en hy het in een en twintig jaar nooit die moeite gedoen om my te besoek nie."

"Moenie, Marné. Ek het tog mooi aan jou verduidelik dat hy nie daarvan bewus was dat jou ma swanger was toe hy Skotland toe is vir verdere studies nie. Sy het geweet sy waag haar lewe deur geboorte te skenk, daarom het sy haar swangerskap vir hom geheim gehou. Sy het kort voor jou geboorte aan hom geskryf en eindelik erken dat sy swanger is. In die brief het sy gevra dat ek haar baba grootmaak, want hy was nog besig om as chirurg te spesialiseer. Jy was reeds gebore toe hy die brief ontvang het, maar hy het dadelik gebel."

"Ek ken die storie, tant Annie. My ma was sterwend, maar my pa het darem sy studies onderbreek om haar begrafnis by te woon, my een kyk te gee en in te stem dat tannie my voog word. Wat 'n wonderlike pa!"

"Moenie hom te kras oordeel nie, Marné. Hy het nie saam met jou ma uitgesien na jou geboorte nie, en miskien ... het hy jou bewustelik verantwoordelik gehou vir haar dood. Wat kon hy in elk geval met 'n pasgebore baba doen? Ek was daar en ek wou jou so graag gehad het. As jy hom verkwalik, moet jy my en jou oorlede moeder ook verkwalik."

Marné maak 'n afwerende handgebaar. "Kom ons vergeet daarvan. Of het my pa skielik besluit om my op te soek?"

"Nee ... nee, hartjie. Jou pa is 'n week gelede aan 'n hart-aanval dood."

"O. Moet ek sy begrafnis bywoon?" vra Marné koud, verbaas dat die inligting haar tog seermaak. Nee, dis blote sentiment. Sy het altyd gehoop om haar pa te leer ken, maar sy dood het 'n einde aan haar droom gemaak.

"Hy is reeds begrawe ... langs sy tweede vrou wat twee jaar gelede tydens 'n operasie gesterf het."

"Wanneer het hy weer getrou?" vra Marné oorbluf.

"Kort ná jou ma se dood. Jy het 'n halfsuster, Felicity Jordaan, 'n pragtige meisie van negentien. Ek sal haar graag aan jou wil voorstel, maar sien jy kans daarvoor?" vra Annie en kyk haar pleitend aan.

11

Marné voel haar knieë onder haar meegee. Sy struikel na haar bed toe en sak daarop neer. Sy was 'n kind van tien toe tant Annie haar vertel het dat haar pa nog lewe, onthou sy. Sedertdien is sy in 'n innerlike tweestryd gewikkel. Sy het haar pa gehaat omdat hy haar verwerp het, maar terselfdertyd het sy na sy liefde verlang. Destyds het sy besluit om te wag totdat sy groot is en dan na hom toe te gaan. Sy het hom voorgestel as 'n eensame, treurende, bejaarde man. Hy sou haar met ope arms verwelkom en snikkend om haar vergifnis gepleit het. Vanselfsprekend sou sy hom vergewe het en hom die res van sy lewe met liefde versorg het.

Maar sy het ouer geword en besef dat dit onmoontlik is om iemand lief te hê as jy hom nie ken nie. Nogtans was sy nuuskierig om haar pa te ontmoet. Sy wou Leon Jordaan vra waarom hy nooit die moeite gedoen het om haar te besoek of selfs 'n briefie vir haar te skryf nie. As sy so dikwels oor hom gewonder het, sou hy nie ook oor haar gewonder het nie? het sy haar male sonder tal afgevra.

Nou, ná een en twintig jaar, het sy haar antwoord gekry: haar pa het 'n ander vrou liefgekry en het 'n ander dogter gehad om lief te hê en te bederf. Hy het haar nooit nodig gehad nie. Gedurende al daardie leë jare toe sy na hom verlang het en uitgesien het na hulle herontmoeting, het hy nooit aan haar gedink nie, want iemand anders het haar plek in sy lewe en sy hart ingeneem.

"Wat het sy hier kom soek, tant Annie?" vra Marné.

"Jou oorlede vader se prokureur het my uit Londen gebel om my oor Leon se dood in te lig. Hy het my vertel dat Leon twintig jaar gelede met Elaine Fitzpatrick getroud is en dat hulle dogter nou negentien is. Felicity het geen ander familie nie en sy wou graag na Suid-Afrika toe kom om haar halfsuster te ontmoet," vertel Annie, haar oë simpatiek op Marné.

"Nou toe nou!" smaal Marné. "My liewe pa het nooit die moeite gedoen om vir my 'n verjaardagkaartjie te stuur nie, maar hy het darem sy lieflingdogter ingelig oor haar halfsuster. Sal ek hande klap en sê ek is bly?"

"Moenie, Marné," sê Annie berispend. "Ek het tot nog toe nie die volle waarheid vertel nie, maar as ek eerlik moet wees, dra jou oorlede moeder net soveel skuld as jou pa."

"Wat bedoel tannie?"

"Hilde – jou ma – sou haar lewe in gevaar stel indien sy geboorte sou skenk. Sy en jou pa het besluit om later van tyd 'n kind aan te neem, maar toe raak Hilde swanger. Sy was bang om Leon daarvan te vertel. Toe hy 'n beurs verwerf om in Edinburg te gaan studeer, het sy volstrek geweier om saam met hom te gaan. Sy het selfs daarop aangedring dat hy die beurs van die hand wys, wetende dat hy dit nooit sou doen nie. Sy het hom daarvan beskuldig dat sy studies vir hom belangriker as haar geluk was en dat hy haar nie langer liefgehad het nie."

"My ma het my pa opsetlik van haar vervreem?" vra Marné verdwaas.

"Ja, hartjie. Sy moes, want Leon se liefde vir haar was allesoorheersend. As hy besef het sy was swanger, sou hy gesorg het dat daar 'n einde aan haar swangerskap gemaak word."

"O . . . Dan is hulle nie as vriende uitmekaar nie?"

"Stel jou in jou pa se plek. Hy het geglo Hilde het hom net so liefgehad as hy vir haar, maar skielik was haar eie mense en haar eie land belangriker vir haar as wat hy was. Hy was seergemaak en ontnugter. Miskien het hy ook gevoel hy is verwerp."

"Wel, ja . . . ek kan my indink hoe hy gevoel het," gee Marné halfhartig toe.

"Hilde het by my en oupa Hofmeyr-hulle ingetrek. Sy was bedlêend tot jou geboorte. Ons het almal vir haar lewe gevrees, maar sy het gedroom oor die dag wanneer sy haar baba na jou pa toe kon neem. Sy wou so bitter graag vir hom sy eie kind gegee het."

"Het hy darem aan haar geskryf?"

"Soms twee keer per week. Hy het nooit ophou pleit dat sy by hom moes kom aansluit nie."

"Toe my ma met my geboorte sterf . . ."

"Hy was gebroke. Laat ek maar eerlik wees, Marné: hy wou sy vrou hê, nie 'n onbekende baba nie. Hy het besef jy was as 't ware 'n liefdesgeskenk van haar aan hom, maar hy was besig met sy studie en nie in staat om jou te versorg nie. Dit was jou ma se wens dat ek jou grootmaak en hy het ingestem."

"Maar waarom het hy nooit aan my geskryf nie, tant Annie? Hy was tog my pa."

"Jou biologiese pa, maar niks meer nie. Hy het jou nooit geken nie, Marné. Ek glo hy is terug Skotland toe met die voorneme om die verlede vir goed agter te laat. Dis moontlik waarom hy nooit teruggekeer het Suid-Afrika toe nie. Toe hy 'n ander vrou liefkry . . . Ek gun hom die geluk wat hy gesmaak het." Annie kyk haar reguit aan. "Is jy te kleinsielig om hom te vergewe, Marné? Weier jy om sy hartseer te verstaan?"

Marné aarsel en skud dan haar kop. "Nee, tant Annie, ek verstaan nou beter . . . en ek kan hom vergewe. As ek hom blameer, sal ek my ma ook moet verkwalik, want sy dra moontlik die meeste skuld."

"Eintlik kan ons niemand blameer nie, hartjie, want Hilde het jou pa so liefgehad dat sy haar eie lewe in gevaar gestel het om vir hom 'n kind te gee. Miskien is dit beter dat ons nie oordeel nie."

"En Felicity, my halfsuster? Tannie het gesê tannie wil haar aan my voorstel. Is sy reeds in Johannesburg?"

Annie glimlag tevrede. "Jy verkwalik haar nie meer dat sy as 't ware jou pa afgerokkel het nie?" vra sy skertsend.

Marné bloos skuldig. "Ek het haar seker 'n paar oomblikke lank gehaat, maar dis 'n bietjie dom om haar te verwyt oor die dwaasheid van my ouers. Waar is sy, tannie?"

"In die hotel op Twiswaters. Sy het vanoggend op die lughawe aangekom en ons is op haar aandrang 'n paar uur gelede uit Johannesburg weg. Ek glo sy slaap reeds, want sy is uitgeput ná die reis van Londen af. Ek beloof om haar môre hierheen te bring om jou te ontmoet. Is jy gewillig om haar te ontmoet, Marné?"

"Vanselfsprekend." Marné glimlag ingenome. "As ek dan nie my pa kon hê nie, sal ek sy geskenk aan my aanvaar. Onthou tannie hoe dikwels ek gekla het omdat ek nie broers of susters het nie?"

"Dis waarom ons huis altyd soos 'n koshuis gelyk het, want jy het die hele straat se kinders oorgenooi," sê Annie met 'n droë laggie. Haar uitdrukking word weer ernstig. "Daar is nog iets wat ek jou wil vertel, Marné. Miskien sal jy daarna jou pa volkome kan vergewe."

"Iets oor my ma?" vra sy.

"Nee, my kind. Leon Jordaan het jou nie vergeet nie, want sy boedel is gelykop tussen jou en Felicity verdeel. Sy prokureur sal al die besonderhede van jou erfenis aan jou stuur."

Marné staar haar verbysterd aan. "Maar ... maar hoekom?"

"Omdat hy jou pa was; omdat jy tog sy dogter was; omdat hy jou moeder liefgehad het. Wie weet, moontlik het hy ook dikwels oor jou gewonder soos wat jy oor hom gewonder het. Miskien was hy later spyt omdat hy jou aan my gegee het, maar hy was 'n man van sy woord. Hy sou my en jou lewe ontwrig het as hy eensklaps opgedaag en jou opgeëis het. Dink daaraan, Marné. Sou jy kans gesien het om saam met 'n wildvreemde man weg te gaan?"

"Nie sonder tannie nie." Sy probeer glimlag, maar hartseer laat haar lippe bewe. "Ek gee nie om wat ek geërf het nie, tant Annie, maar dit wys dat hy my tóg nie vergeet het nie. Dis my grootste erfenis."

"Hy moes oor jou gepraat het, want Felicity het van jongs af geweet sy het 'n halfsuster in Suid-Afrika."

Marné voel trane agter haar ooglede brand en sluk droog. "Gee Felicity om dat ek haar erfenis deel, tannie?"

"Glad nie, want sy het reeds van haar oorlede moeder geërf. Ek kan aflei dat haar moeder ryk was. Sy was ook 'n spesialis en het 'n plaas van haar ouers in Devonshire geërf. Felicity het op

152

haar beurt alles geërf toe haar moeder twee jaar gelede oorlede is," vertel Annie.

Marné frons bekommerd. "Hoe kan ek Nicolette se oppasster wees as ek my halfsuster moet trakteer, tant Annie? Sal ek uit my pos bedank?" vra sy. In haar hart weet sy dat sy nie bereid is om afskeid te neem van Erik de Ridder nie.

"Ons sal later ..." begin Annie, maar swyg toe die kamerdeur ná 'n vinnige klop oopgaan.

"Jammer om te pla, juffrou Hofmeyr," sê Mathilda met ongewone formaliteit, "maar mevrou Renate sien uit daarna om met u te gesels."

"Tant Mathilda!" lag Marné onthuts. "Tannie hoef nie soos 'n koninklike boodskapper te klink nie. Tant Annie, dis my beste vriendin in Flaminke-huis, tant Mathilda Fourie. Sy het verhoed dat ek lankal terug huis toe gegaan het."

Annie kom orent en steek haar hand na Mathilda uit. "Die naam is Annie, Mathilda. Bly te kenne," sê sy hartlik. Sy kyk stip na Mathilda. "Maar, Mathilda, het ek jou nie geken toe ek vroeër op Twiswaters gewoon het nie?"

"Nie te goed nie, want ek was ouer as jy en, nou ja, ons het nie in dieselfde kringe beweeg nie. Sien, my pa was die skoenmaker op die dorp."

"Maar natuurlik ... oom Kobus en tant Ella Fourie." Haar oë vonkel onnutsig. "Ek sou sê die ouderdom het ons albei 'n bietjie verrinneweer, daarom het ek jou nie dadelik herken nie."

"Die ouderdom pla nie so erg nie, maar ou Renate ..." Mathilda sug beswaard en skud haar kop. "Haar Hoogheid het jou na haar troonsaal ontbied om 'n koppie tee saam met haar te drink. Laat ek jou sommer nou waarsku, mens: Renate kan nie wag dat die liewe Marné met die stommerik van 'n Vincent trou nie, want die ou siel weet lankal Marné het ryk geërf."

Annie kyk vraend na Marné, wat haar met 'n uitdrukkinglose gelaat aankyk. "Ek en Marné het nog nie 'n kans gehad om oor die Brandenbergs te gesels nie, Mathilda. Maar 'n koppie tee sal welkom wees."

"Volg my," sê Mathilda formeel. Sy stap vooruit en bly aan die voet van die trap staan. Sy kyk vinnig om haar rond en sê op 'n fluistertoon: "Marné is g'n verlief op daardie popgesiggie van 'n Vincent nie, Annie. Ek ken ou Renate. Sy is 'n konkelaar en 'n bedrieër, want al waarin sy belangstel, is 'n ryk bruid vir haar kleinseun."

"Het Marné aan jou gesê sy het Vincent nie lief nie?"

"Sy kry hom jammer, dis al, want ou Renate oorheers hom volkome. As Marné iemand liefhet, is dit Erik de Ridder, maar hy sal nooit trou nie." Mathilda hoor Rentia se kamerdeur oopgaan en sê hard: "Volg my, juffrou Hofmeyr."

"Ek is op jou hakke, juffrou Fourie," antwoord Annie vroom en lag gedemp toe Mathilda se skouers begin ruk.

"Sy lê gewoonlik in haar bed omdat sy te lui is om op te staan, maar sy het ter ere van jou 'n rok en skoene aangetrek. Hier, sy wag in haar privaat sitkamer," sê Mathilda gedemp. Sy klop aan en maak die deur oop.

"Annie!" roep Renate van 'n regop stoel voor die venster af. Sy hou haar hand uit, maar wend geen poging aan om op te staan nie. "Welkom in Flaminke-huis, my liewe vriendin. Jou besoek is werklik 'n aangename verrassing. Ek hoop net jy het nie besluit om Marné te kom haal nie, want sy en my kleinseun is onafskeidbaar." Mathilda grinnik. Renate beveel kil: "Bedien vir ons koek en tee, Mathilda. Daarna kan jy die lila suite in gereedheid bring vir juffrou Hofmeyr." Sy draai met 'n glimlag na Annie. "Jy gaan by ons oornag, nè, Annie?"

"Dankie vir jou gasvryheid, Renate, maar ek het reeds vir my en Felicity, Marné se halfsuster, plek in die hotel op die dorp gekry."

Renate staar haar verward aan. "Het Marné 'n halfsuster? Vreemd dat sy nooit oor haar praat nie."

154

"Felicity is die dogter van Leon Jordaan se tweede vrou en sy het in Londen grootgeword. Leon is 'n week of wat gelede dood en Felicity het op my uitnodiging kom kuier," vertel Annie.

"'n Engelse meisie? Vreemd, ek was onder die indruk dat Marné se ouers albei dood is," sê Renate en klink bekommerd.

"Mevrou Renate wonder of Marné alles wat sy van haar oupa geërf het met haar halfsuster sal moet deel, Annie," verduidelik Mathilda sarkasties.

"Mathilda! Hoe durf jy?" roep Renate uit en snak na haar asem van verontwaardiging. Haar geplooide lippe vertrek in 'n glimlag wat soos 'n spleet oor haar gesig lê toe sy na Annie draai. "Dié Felicity is tog nie familie van julle Hofmeyrs nie, Annie. Waarom sal sy iets erf?"

"Sy sal nie – nie van die Hofmeyrs nie – maar sy en Marné erf gelykop van hulle oorlede pa," lig Annie haar opsetlik in. Sy sien die gulsige uitdrukking in Renate se donker, ingesonke oë en weet dat Mathilda haar die waarheid vertel het.

"Hoe wonderlik vir Marné!" jubel Renate. Dan bedink sy haar en vervolg vroom: "Arme meisie. Dit moes vir haar 'n skok gewees het om van haar pa se dood te verneem."

"Sy sal minstens 'n jaar lank moet rou," sê Mathilda vermakerig. "Soos ek Marné ken, sal sy nie trou voordat die routydperk verstryk het nie."

"Jy is glad te vrypostig, Mathilda. Jy het klaar die tee ingeskink. Laat ons nou alleen," beveel Renate ysig.

"As dit dan moet . . . Ek sal by die deur luister," sê Mathilda onstuitbaar en loop uit die vertrek.

"Huishulpe," sê Renate met 'n veelseggende lig van haar wenkbroue. "Maar hoe lank meen jy om hier op Twiswaters te vertoef, Annie? Of is jy hier om Marné te kom haal?"

"Marné sal daaroor moet besluit, want vanselfsprekend sal sy Felicity wil leer ken en heelwat tyd saam met haar deurbring," antwoord Annie ontwykend.

"Waarom kan Felicity dan nie hier in Flaminke-huis kom kuier nie? Ons het oorgenoeg huishulpe en Felicity kan die lila suite kry. Oorspronklik het ek dit vir Marné aangebied, maar sy het verkies om naby Nicolette te slaap. So 'n wonderlike, bedagsame dogter, die liewe Marné. Ek skroom nie om dit te sê nie: ek sal juig as sy instem om met my kleinseun te trou."

"As Felicity instem om in Flaminke-huis te kuier, sal dit my goedkeuring wegdra," sê Annie en staan op. "Baie dankie vir die tee, Renate. Ek sal weer kom kuier voordat ek Sondag terugkeer Johannesburg toe. Goeienag."

"Is jy so haastig?" vra Renate afgehaal en glimlag gedwonge. "Goed dan, Annie. Ons sal weer praat. Goeienag."

Marné staar Annie onthuts aan, buk af en gooi 'n stuk hout op die kaggelvuur wat sy 'n rukkie gelede aangesteek het. "As daar 'n ernstige verhouding tussen my en Vincent was, sou ek tannie lankal daarvan vertel het. Ons bel mekaar tog gereeld vandat tannie terug is in Johannesburg."

"Wat 'n verligting!" Annie glimlag flitsend toe Marné omkyk na haar. "Jy sal dit nie weet nie, maar Vincent het my geselskap gehou totdat Mathilda my na jou kamer toe gevat het. Hy is die . . . mees onwerklike man wat ek in my lewe ontmoet het. Arrogant, hooghartig en aanstellerig – dis hoe ek hom opgesom het."

"Dis nie die ware Vincent nie, tannie. Vincent wil 'n boer wees, maar tant Renate weier dat hy sy hande besmeer," sê Marné partydig.

"Sê jy ek het my verbeel dat die knaap aanstellerig is?" vra Annie vies.

"Natuurlik nie, maar dis hoe hy grootgemaak is. Vincent glo sy lewe lank hy is meerderwaardig omdat hy 'n Brandenberg is en Flaminke-eiland gaan erf. Hy kan dit nie help nie. Ten spyte

van al sy hooghartigheid is hy 'n diep ongelukkige en gefrus-
treerde man."

"En Erik de Ridder?" vra Annie onverwags.

Marné weet dat sy bloos. Sy wens sy kan dit keer en ver-
wens tant Annie oor haar nuuskierigheid. "Het tant Mathilda
geskinder?"

"Geskinder of die waarheid gepraat?" stel Annie 'n teen-
vraag.

Marné sug ergerlik. "Erik was my eerste vriend op Flamin-
ke-eiland en ek is lief vir sy ouma Kobie en oupa Lukas. Hulle
woon in Eiland-huis en versorg oom Sebastiaan."

"Erik is die bouer wat jou in Johannesburg kom haal het?"

Marné knik bevestigend. "Ja, tannie."

"En? Het jy hom lief?" hou Annie vol.

Die hartseer in Marné se oë is soos die flitsende skadu van 'n
wolk wat deur die wind voortgedryf word, maar Annie neem
dit waar. Marné glimlag en haal haar skouers op. "Erik treur
nog altyd oor die groot liefde in sy lewe, Laura Viljoen. Sy het
agttien maande gelede verdrink. Ek kan nie met 'n spook mee-
ding nie, tant Annie."

"'n Onmoontlike liefde . . ." sê Annie sag. Daar is 'n onder-
toon van begrip en medelye in haar stemtoon toe sy vervolg:
"Ek kan jou nie help nie, hartjie, maar ek kan luister . . . Dankie
dat jy jou geheim met my gedeel het."

"Ek weet Felicity het spesiaal kom kuier om my te leer ken,
maar ek kan nie weggaan van die eiland af nie, tannie," sê Mar-
né pleitend.

Annie glimlag gerusstellend. "Jy hoef nie, Marné. Renate het
my reeds gevra om Felicity te nooi om by jou in Flaminke-huis
te kom kuier. Ek twyfel of dit moeilik gaan wees om Felicity te
oorreed om die uitnodiging te aanvaar."

"Ek wed dis die eerste goeie ding wat tant Renate in haar
lewe gedoen het," sê Marné dankbaar.

Sy begin Annie gretig vertel oor Nicolette en die res van haar huisgenote.

Marné kyk met 'n deernisvolle glimlag na Nicolette wat 'n impulsiewe jubeldans om die groot kombuistafel in Eiland-huis uitvoer met haar nuwe pop styf teen haar bors vasgedruk. Sy bly uitasem voor Kobie staan. "Sy praat, tant Kobie! Sy praat regtig! En sy kan loop. Sy is 'n regte, egte sussie. O, ek is so bly, so bly!" Sy skaterlag haar vreugde uit. "Dankie, Erik en oom Lukas en tant Kobie en Marné. Ek het tog 'n regte, egte sussie gekry!"

Kobie kyk besorg oor haar skouer na die gangdeur en sê paaiend: "Oom Sebastiaan het vandag kwaai hoofpyn, Nicky. Hoekom loop jy nie saam met Erik buitentoe en gaan wys vir jou nuwe sussie die hoenders nie? Ek wed sy sal van my blomtuin en oom Lukas se groentetuin ook hou."

"Ja, sy sal!" sê Nicolette hard en herhaal sagter: "Ja, sy sal. Praat ek nou mooi sag, tant Kobie? Sal oom Sebastiaan se kop nou ophou seer wees?"

"Miskien, liefie," antwoord Kobie, maar sy kan nie die kommer uit haar stem weer nie.

"Is sy kop so seer dat hy sal doodgaan?"

Kobie se oë skiet vol trane en sy draai vinnig weg na die stoof toe.

"Ja, Nicky, moontlik gaan oom Sebastiaan binnekort hemel toe," sê Erik en neem haar liggies aan die arm. "Kom ons gaan wys jou sussie die hoenders en die groentetuin."

Nicolette loop gewillig saam met hom, maar steek langs Marné se stoel vas. "Ons is nou eenders, Marné. Ek het 'n nuwe sussie en jy het 'n nuwe sussie. Ek sal my nuwe sussie ook Felicity noem," besluit sy en loop by die agterdeur uit, gevolg deur Erik.

"Ek gaan by Sebastiaan sit. Verskoon my, ounooi," sê Lukas en stap by die gangdeur uit.

"Het oom Sebastiaan se toestand versleg, tannie?" vra Marné toe Lukas die gangdeur agter hom toetrek.

Kobie knik stom, traanspore op haar wange. "Ons het die dokter gisteraand reeds hier gehad, maar, nou ja . . . Dis 'n kwessie van tyd, bitter min tyd . . ." Sy vroetel haar sakdoek uit haar voorskootsak en vee erglik oor haar oë wat weer vol trane geskiet het. "Ek is sommer laf. Ek weet die dood sal 'n bevryding vir Sebastiaan wees, want niks kan sy pyn langer verdoof nie."

"Moet hy nie hospitaal toe gaan nie?" vra Marné bekommerd.

"Nee, liefie. Hy het ons laat beloof om hom nie met behulp van masjiene en aarvoeding aan die lewe te laat hou nie. Sy prokureur het dieselfde instruksies gekry. Dis net . . ." Haar stem breek en sy vee weer oor haar oë. "Dis altyd moeilik om tot siens te sê."

Sal sy eendag vir Erik tot siens moet sê? vra Marné haar af. Wat sal gebeur as oom Sebastiaan sterf? Sal Erik saam met tant Kobie-hulle padgee van die eiland af? En wat dan van haar? Hoe lank nog voordat sy daardie finale tot siens moet sê?

"Dis darem alte wonderlik om te weet jy het 'n halfsuster, Marné," dring Kobie se stem tot haar deur. "Jy sê jy het haar nog nooit gesien nie?"

"Nee, tannie. Tant Annie sal so teen tienuur by die Flaminkehuis wees en dan sal ek Felicity ontmoet. Dis waarom ons so vroeg vanoggend kom kuier het. Nicolette het geweet Erik was gister Johannesburg toe en sy kon nie wag om te sien watter geskenkie hy vir haar saamgebring het nie."

"Die liewe bondeltjie . . ." Kobie glimlag.

Marné kyk sydelings na Felicity wat swyend langs haar oor die grasperk na die meer toe stap. Felicity is ietwat korter as sy, slank en met 'n effens swaarder beenstruktuur. Sy het digte, rooiblonde hare en helder blou oë. Haar gelaatstrekke is eglig en haar glimlag maak van haar 'n skoonheid. Felicity lyk nie soos sy nie, en tog voel sy vreemd trots om 'n mooi suster te hê.

"Jy lyk na ons pa," sê Marné op Engels en neem op 'n boomstam langs die meer plaas.

Felicity knik en glimlag skaam. "Voel jy so verleë soos ek? Ek is bly jy is my suster, maar ek weet nie waaroor om te praat nie."

"Omdat ons mekaar nie ken nie. Vertel my wanneer jy verjaar en waar jy gebore is. Van julle huis en jou skool en jou ma. Sommer enigiets," stel Marné voor.

Felicity begin praat, eers onseker en later met groter selfvertroue. Marné luister aandagtig en hou aan om haar uit te vra, totdat die besef tot haar deurdring dat sy spontaan van haar jonger suster hou.

"Perde!" sê Felicity, haar oë blink. "Ek is dol op perde. As ek kan, sal ek met 'n boer trou en op my oupa Fitzpatrick se plaas in Devonshire gaan boer. Dalk gaan bly ek in elk geval daar. Ek kan altyd 'n voorman aanstel."

"Dis waarom jy en Vincent so lekker kan gesels. Het tant Annie jou vertel jy is uitgenooi om hier by my op Flaminkeeiland te kuier?"

"Sy het, en Vincent het my ook weer uitgenooi. Hy is . . ." Sy swyg toe sy tant Mathilda hoor roep en frons onbegrypend. "Wat sê sy?"

"Sy sê ons moet dadelik kom," antwoord Marné en staan op. "Kom, Felicity, sy lyk bekommerd."

Hulle stap vinnig tot waar Mathilda hulle hygend inwag.

"Wat makeer, tannie?" vra Marné besorg.

"Erik het so pas gebel om te sê Sebastiaan is . . . is oorlede, hartjie. Ek het vir jou tant Annie vertel en toe lyk sy vir my alte aardig. Dalk is dit haar hart . . . Toe, draf, Marné. Ek sal maar solank Engels praat met die vreemde kind."

160

12

Marné sien Annie op 'n tuinbank in die voortuin sit en loop onwillekeurig stadiger. Sy ken haar tante as 'n jeugdige, energieke mens, maar sy lyk ineens soos 'n ou vroutjie, klein en ineengedoke, wat deur die ouderdom weerloos gemaak is.

"Voel tannie sleg?" vra Marné bekommerd en neem langs haar op die tuinbank plaas.

"Nee, Marné . . . net so oneindig alleen," antwoord Annie skor met trane in haar oë. "Sien, ek het Sebastiaan Brandenberg my lewe lank liefgehad."

Marné trek haar asem skerp in en lê dan haar hand vertroostend op Annie se hande wat styf op haar skoot saamgeklem is.

"My liewe tant Annie . . . Ek is so jammer. Het tannie gehoop om hom 'n laaste maal te sien voor sy dood?"

Annie skud haar kop. "Nee, Marné. Ek wil Sebastiaan onthou soos hy vyf en veertig jaar gelede was: jonk en aantreklik en so weergaloos lief vir my. Dis die wonder van die liefde: dit word nie oud nie."

"As dit die geval is, waarom is hy en tannie nie getroud nie?"

"Omdat . . ." Annie se oë soek ver en 'n glimlag streel met sagte vingers oor haar mond en oë en verdryf die hartseer van die oomblik. "Ek was met vakansie tuis, pas nadat ek my studies voltooi het. Almal op Twiswaters het daaroor gepraat: Sebastiaan Brandenberg was terug op die eiland ná meer as vyf jaar in Amerika."

"Amerika?" vra Marné verwonderd.

"Ja, hartjie. Sebastiaan was die jongste van die twee Brandenberg-seuns en volgens tradisie erf slegs die oudste seun. Daarom het Sebastiaan 'n ingenieur geword. Hy wou met sy eie staalwerke begin, maar sy ouers wou hom nie finansieel help nie. Toe het hy op die olievelde in Texas gaan werk om die nodige kapitaal bymekaar te maak. Ná vyf jaar was hy terug en het sy ma geëis dat hy met Alta Verster, die enigste dogter van 'n skat-ryk boer, trou."

"Toe kry hy tannie lief?"

Annie huiwer en nooit vergete drome leef in haar oë. "Die Brandenbergs het 'n partytjie gegee om Sebastiaan se tuiskoms te vier en vanselfsprekend is ek en jou oupa Nico ook uitge-nooi. Dit was 'n volmaakte somersnag met 'n volmaan wat die meer en die struike in silwer gebaai het . . ."

"Het tannie-hulle buite gedans?"

"Nee, Marné. Toe ek met Sebastiaan dans . . . Wie kan die wonder van liefde verstaan? Hy het my in sy arms geneem en ons het in mekaar se oë gekyk en geweet: ons hoort saam. Maar sy ma en Alta het Sebastiaan met arendsoë dopgehou en dit was veel later toe ek en hy die geleentheid gekry het om ongemerk uit te glip tuin toe. Ons het nie veel gepraat nie, want liefde het nie woorde nodig nie. Ons wou net bymekaar wees, saam wees. Miskien was ons albei te oorweldig deur die intensiteit van ons gevoel vir mekaar om dit in woorde te omskep."

"Dan het hy en tannie 'n geheime liefdesverhouding gehad?" vra Marné met 'n gevoel van teleurstelling. "Was hy te lafhartig om teenoor sy ouers te erken dat hy tannie liefhet?"

"Nee, hartjie, die situasie was veel meer gekompliseerd. Ek was jonk, pas mondig, en bang vir sy ma. Ek het verkies om Sebastiaan in die geheim te ontmoet en geduldig te wag totdat hy Johannesburg toe verhuis om met sy staalfabriek te begin. Ek het geweet ek sou nie lank hoef te wag nie, maar toe . . ." Haar lippe bewe en sy druk hard met haar hand op haar mond terwyl sy haar emosies in bedwang kry.

"Tant Kobie het my vertel oom Sebastiaan was met Milli-cent Forbes getroud. Hoe pas sy in die prentjie, tannie?"

"Dis die bittere ironie, Marné: Millicent was altyd in die prentjie. Sebastiaan is met haar getroud kort nadat hy in Ameri-ka begin werk het. Hy het my later vertel dat dit 'n oorhaastige huwelik was, want hy was eensaam en Millicent was opsigtelik lief vir hom. Hy het niemand anders liefgehad nie en Millicent was beeldskoon en 'n skatryk erfgename. Omdat haar moeder ernstig siek was, het sy nie saam met Sebastiaan na Suid-Afrika teruggekeer nie. Om die vrede tussen hom en sy ma 'n rukkie langer te bewaar, het Sebastiaan geswyg oor sy huwelik met Millicent totdat sy by hom kon aansluit."

"Maar dan het hy jou bedrieg, tant Annie! As tannie geweet het hy was 'n getroude man, sou tannie hom nooit liefgekry het nie."

Annie glimlag met wysheid wat uit ervaring gebore is. "Sou ek nie, Marné? Ek weet nie. Toe Sebastiaan my sowat vier maande ná ons herontmoeting van Millicent vertel, kon ek huil oor die vergeefsheid van my liefde, maar ek kon dit nie oor my hart kry om hom te verwyt nie. Hy het ook liefgehad en gely. Hy was bereid om van Millicent te skei, maar ek het geweier om my geluk op die hartseer van 'n ander vrou te bou."

"Ek wonder of ek ooit so onselfsugtig sal kan wees," sê Marné mymerend.

"Jy is, want jy het Erik lief, selfs al moet jy hom met sy Laura deel, hartjie."

"Dis nie dieselfde nie, tannie."

"Dalk nie, maar dis liefde. Ek en Sebastiaan het ons verhouding verbreek en Millicent het na Flaminke-huis toe gekom. Ek ... ek was gebroke. Omdat my ma altyd my vriendin en vertroueling was, het ek haar van my liefde vir Sebastiaan vertel. Sy het by my pa daarop aangedring dat hy vir hom 'n praktyk in Johannesburg koop, want sy wou my wegneem van Flaminke-eiland en sy mense."

"Maar het oom Sebastiaan nie ook in Johannesburg gewoon nie?"

"Sy lewe lank, ja. Hy en Millicent het gereeld by ons aan huis gekuier. Ek kan dít eerlik sê: ek het van haar gehou. Daar was altyd 'n onsigbare band tussen my en Sebastiaan, maar ons het dit nie aan die wêreld gewys nie. Sebastiaan het gevra om jou peetpa te wees. Ek kon nie sy gereelde besoeke aan jou verduur nie, want ek het geweet hy was daar om my te sien. In daardie stadium was my ouers sieklik en hulle het nie meer dikwels gaste ontvang nie. Toe het ek 'n goeie verskoning gehad om Sebastiaan en sy vrou nie meer te onthaal nie."

"En dis waarom ek oom Sebastiaan nooit geken het nie?"

"Ja, hartjie. Hy het tog weer een maal met my gepraat: kort ná Millicent se dood. Hy was vry in een opsig, maar kanker het van hom 'n gevangene gemaak. Hy kon nie sy jeug met my deel nie, maar hy het nie kans gesien om my deel van sy lyding te maak nie. En ek het jou gehad . . . my troostertjie."

"Ek het oom Sebastiaan ontmoet, tant Annie."

Haar uitdrukking verstar. "En?" vra sy ademloos.

"Hy het geglo ek is tannie. Hy het gepraat van Annie met die maanlighare en koringblou oë. Sy is soos maanskyn en blomme en niemand was mooier as die jong Annie Hofmeyr nie, het hy gesê. Hy . . . hy was so bly dat tannie nog die foto van hom in die ou album het en toe ek loop, het hy gesê: 'Tot siens, Annie!'"

Annie snik gesmoord en draai haar kop vinnig weg. "Laat my asseblief alleen, Marné," versoek sy.

Marné druk haar skouer bemoedigend en staan op. Agter haar hoor sy Annie fluister: "Tot siens, Sebastiaan . . . Tot siens."

Kobie plaas 'n groot beker koffie voor Marné op die kombuistafel en sê goedig: "Drink, liefie, drink. Die koffie is stroopsoet, maar suiker is goed vir skok."

"Het Oupa nie êrens 'n bottel mampoer nie?" vra Erik, wat oorkant haar sit, skertsend. "As ek geweet het dit gaan so 'n groot skok vir jou wees, Marné, sou ek jou weke gelede vertel het jy is oom Sebastiaan se erfgename."

"Het jy geweet?" vra Marné oorbluf.

Erik kyk na Kobie en Lukas. "Ons het almal geweet, want my oupa en ouma het as getuies geteken toe oom Sebastiaan sy testament tien jaar gelede opgestel het."

"O . . ." Marné staar hom aan, haar gelaat strak van kommer. "Maar wat nou van tant Renate en die ander Brandenbergs? Ek het geglo Flaminke-eiland behoort aan hulle, maar oom Sebastiaan het die eiland reeds jare gelede gekoop. Selfs haar plase het aan oom Sebastiaan behoort. Wat van Vincent?"

"Jy het gehoor wat die prokureur gesê het, ounooi," sê Lukas paaiend. "Sebastiaan het 'n trustfonds vir Renate geskep en een vir Nicolette. As Nicolette nie 'n trustfonds gehad het nie, sou ou Renate nie jou salaris kon betaal het nie. Kom Renate te sterwe, word haar trustfonds gelykop tussen Rentia, Vincent en Ilze verdeel."

"Ou Renate het lewenslange reg op Flaminke-huis en soos ek die ou siel ken, sal sy net daar bly. Sy verbeel haar al te lank sy is een van die adel om na 'n woonstel wat goedkoper is, te verhuis," sê Kobie vies. "Darem so 'n dom vrou. Sy verkies om in 'n ou kasarm van 'n huis te woon in plaas van 'n gerieflike woonstel."

"Gun haar haar fantasieë, Ouma," sê Erik toegeeflik. "Maar wat van Oupa en Ouma? Julle het ook lewenslange reg op Eiland-huis. Bly julle hier of kom julle saam met my Johannesburg toe?"

" 'n Argitek hoort in die stad, maar ek is 'n boer in murg en been. Ek bly net hier," sê Lukas koppig.

"Argitek?" vra Marné verward.

"Foei, liefie, jy weet nie," sê Kobie vinnig, "maar Erik was 'n suksesvolle argitek in Johannesburg voordat hy ingestem het om hier te kom woon en Sebastiaan met sy fabrieke en beleggings te help."

"O." Marné sluk droog. "Wat nou, Erik? Gaan jy my nie help met die fabrieke nie? Ek weet niks van sake nie."

"Jy sal vinnig leer," antwoord hy gerusstellend. "Jy het 'n bekwame makelaar en fabrieksbestuurder."

Marné skud haar kop asof sy nog nie in staat is om die waarheid te begryp nie. "Wat gaan my tant Annie sê?" wonder sy hardop.

"Sy was bewus van die inhoud van oom Sebastiaan se testament, Marné," lig Erik haar in en frons. "Ongelukkig het oom Sebastiaan jare gelede die flater begaan om aan tant Renate te sê dat sy en haar kleinkinders nie 'n sent van hom sal erf nie, want hy het alles wat hy besit aan sy peetkind bemaak."

Marné kyk hom verskrik aan. "Het tant Renate geweet ek is oom Sebastiaan se enigste erfgename?"

"Nie aanvanklik nie. Nicolette het vroeër graag by oom Sebastiaan gekuier en deur sy ou fotoalbums geblaai. Op 'n dag het hy haar vertel dat die dogtertjie wat op die foto op sy skoot sit, sy pleegkind, Marné Jordaan, is. Ek neem aan hy het nie verwag dat Nicolette jou naam sou onthou nie," vertel Erik.

"Maar die kind het," sê Kobie. "Mathilda het my vertel Nicolette het aanhoudend oor Sebastiaan se dogtertjie gepraat, totdat Renate daarvan gehoor het. Renate het Nicolette ondervra en die stomme kind het maar te graag vertel wie die dogtertjie is."

"Hoe lank terug het dit gebeur?" vra Marné gespanne.

"Vier, vyf maande," antwoord Kobie.

"Dit klop, tant Kobie. Sowat drie maande voordat tant Renate my uitgenooi het om op Flaminke-eiland te kom kuier, het sy skielik met my tant Annie begin korrespondeer. Voor dit het sy elke drie of vier jaar van haar laat hoor. Dis nou voordat sy geweet het ek gaan 'n fortuin van oom Sebastiaan erf."

"Uitgeslape skelm," sê Lukas met 'n droë laggie.

"Waarom het jy niks geërf nie, Erik?" vra Marné. "Jy was tog oom Sebastiaan se regterhand."

166

Sy oë vonkellag. "Ek was te uitgeslape om tot sy dood te wag voordat ek erf. Ek het 'n paar jaar gelede 'n sakegebou vir oom Sebastiaan ontwerp en toe ek instem om na sy sakebelange om te sien, het hy die gebou as 'n geskenk aan my gegee. Daarby het hy my die afgelope twee jaar 'n koninklike salaris betaal."

Nadat hulle nog 'n ruk gesels het, kom Marné traag orent. "Ek sal seker moet teruggaan Flaminke-huis toe. Felicity sal wonder wat van my geword het."

"Ek sal jou in my bakkie huis toe neem," sê Erik en staan op.

"Ons kan nie toelaat dat Vincent sy ogies uithuil van verlange nie."

"Nee, ons kan nie," sê Marné nydig. Sy groet vir Kobie en Lukas en volg hom onwillig buitentoe.

Mathilda loer by Marné se donker kamer in, sien haar silhoeët voor die venster en skakel die lig aan. "A nee a, Marné, wat kruip jy soos 'n naguiltjie hier in die donker weg? Vincent en Felicity vra kort-kort waar jy is, maar niemand weet nie. Ek het half 'n vermoede gehad jy kuier by die De Ridders, maar toe ek bel, vertel Kobie my sy het jou 'n week gelede gesien." Mathilda swyg en betrag Marné ondersoekend. "Pla dit jou dat Vincent en Felicity sulke groot maats is, hartjie?" vra sy besorg.

Marné glimlag halfhartig. "Nee, tant Mathilda. Ek is dankbaar teenoor Vincent, want hy doen soveel moeite om Felicity besig te hou. Ek . . . e . . . ek het gehoop almal dink ek slaap reeds, want ek sien nie kans vir nog 'n geselsie met tant Renate nie."

Mathilda wikkel haar neus misnoeg. "Die ou siel dryf my tot raserny, kind. Reken, ek moet vir haar modeboeke gaan koop sodat sy kan besluit hoe haar uitrusting vir jou en Vincent se troue sal lyk. Renate op 'n troue! Ek nooi liewer die duiwel self!"

"Solank tannie . . ." begin Marné geamuseerd en swyg toe vinnige voetstappe in die gang opklink.

"A, hier is julle!" roep Ilze uit, storm op hulle af en omhels eers vir Marné en toe vir Mathilda.

"Stadig, stadig, Ilze. Dis Marné wat geërf het, nie ek nie. Jy hoef my nie op te eet van vriendelikheid nie, want ek het nog steeds net my ou spaargeldjies," sê Mathilda kamma vies.

"Dis iets baie belangriker as erfenis, tant Mathilda," antwoord Ilze, haar oë skitterblink. "Toe Wim Mouton hoor dat Flaminke-eiland en al ons plase eintlik aan oom Sebastiaan behoort het en dat jy dit geërf het, Marné, het hy eindelik besluit om my te vra om aan hom verloof te raak. Is dit nie wonderlike nuus nie?"

"Jy lyk so gelukkig dat ek skoon jaloers is," sê Marné en gee Ilze 'n spontane drukkie. "Ek is so bly ter wille van jou, Ilze. Die bakkery is my trougeskenk aan jou."

"Asseblief nie!" kom dit ontsteld van Ilze. "As Wim hom verbeel ek is ryk omdat ek 'n bakkery besit, trou hy nooit met my nie."

"Dan gee ek dit vir julle albei." Marné kyk haar skuldig aan. "Julle móét dit aanvaar, Ilze. Ek voel asof ek julle van julle erfenis beroof het, want per slot van rekening is ek nie 'n Brandenberg nie."

"Wie se skuld is dit?" vra Ilze ergerlik. "Toe my oupa Tinus nog geleef het, het oom Sebastiaan soms oorgekom, maar my ouma het hom altyd soos 'n kneg behandel. Sý was een van die adel van Flaminke-eiland, maar hy was 'n smous en 'n arbeider omdat hy fabrieke besit het en 'n ingenieur was. Ek was nog klein toe my oupa dood is, maar ek kan tog onthou."

"Ilze praat die waarheid, Marné," beaam Mathilda. "Renate het jare gelede besef dat Sebastiaan 'n ryk man is. Sy kon nie met sy rykdom meeding nie, daarom het sy haar toevlug tot trots en aanstellerigheid geneem. Toe sy finansiële probleme ondervind het, het sy die eiland en haar oorlede man se drie plase aan Sebastiaan verkoop."

"Het jy altyd geweet ons is arm, Mathilda?" vra Ilze verras.

"Ek het die briewe wat jou ouma Renate geskryf het, onder die diepste geheimhouding gepos. Sy wou nie veel sê nie, maar ek kon tog agterkom Sebastiaan help haar finansieel. Dan is daar die huis en die meubels . . . Ryk mense leef nie in 'n ou bouval nie. Dis waarom Renate nie kan wag om jou en Vincent getroud te sien nie, Marné."

"Ons praat vanaand oor Ilze en Wim. Wanneer gaan jy hom aan my voorstel, Ilze?" vra Marné met gedwonge belangstelling.

"Sommer môre. Maar nou moet jy eers saamkom, tant Mathilda. Ek wil my ouma van my trouplanne vertel en as tannie by is, sal dit soveel makliker wees," sê Ilze pleitend.

"Nou kom dan, hartjie. Ek is reg vir die stryd!" sê Mathilda veglustig, gryp Ilze aan die arm en sleep haar saam die kamer uit.

"Wát?" Erik se stem is skor van ontsteltenis. "Sê jy Felicity gaan met Vincent trou, Nicky?"

"Ja, Erik, maar moenie kwaad wees nie. Ek is bly die slegte man gaan ver weg. Is jy nie ook bly nie?"

Erik ignoreer haar en stap met lang hale in die huis in. In die ontvangsportaal hoor hy stemme in die sitkamer. Hy stap vinnig daarheen. Hy steek in die deur vas, sy oë op Vincent wat langs Renate se stoel staan met sy arm besitlik om Felicity.

"Erik!" roep Vincent verras uit. "Het jy my ook kom gelukwens met my aanstaande bruid? Ek kon raai tant Mathilda sou die nuus vinnig versprei. Dink net, man, ek gaan op 'n plaas in Engeland boer!"

Erik bereik hom met enkele treë en dan klop sy vuis teen Vincent se ken. "Vuilgoed!" kners hy deur sy tande toe Vincent inmekaarsak, onbewus van Renate en Rentia se gillende protes.

"Erik!" Marné storm nader en gryp hom aan die arm. "Om

liefdeswil, Erik, los die man. Wat het in jou gevaar? Asseblief, kom ons gaan buitentoe."

"Bel die polisie!" krys Renate. "Vincent, jy moet 'n klag van aanranding teen die bullebak lê. Watter reg het hy om my huis binne te storm en my kleinseun aan te rand?"

"Mý huis, tant Renate," sê Marné met 'n kilheid wat Renate met moeite sal kan ewenaar. "Vincent, moet ons jou dokter toe neem?"

Vincent, getroos deur die aandag wat die verwarde Felicity aan hom gee, kom orent en voel-voel aan sy ken. Hy loer wantrouig na Erik en glimlag wrang. "Dalk het ek die vuishou verdien," antwoord hy raaiselagtig, plaas sy arm weer om Felicity en loop uit die sitkamer.

"Kom, Erik," sê Marné ferm en stap deur die ontvangsportaal na die voorstoep waar Nicolette op hulle wag.

"Is jy kwaad oor my geheim, Erik? Moet ek jou my ander geheim wys?" vra Nicolette, haar uitdrukking wisselend tussen teleurstelling en hoop.

Erik bly staan en kyk Marné stroef aan. "Ek is jammer, Marné. Ek het nie eens op skool vuisgeslaan nie, maar . . . Ek is jammer."

"Hoekom hét jy hom geslaan, Erik?" vra sy onbegrypend.

Hy pers sy lippe hard saam en sy sien 'n spiertjie bokant sy wangbeen spring. "Jy vra nog! Jy het hom lief. Vandat jy op die eiland aangekom het, loop hy soos 'n brakkie agter jou aan. Het jy nie verwag dat hy jou sou vra om met hom te trou nie?"

"Wel . . . hy het oor 'n huwelik gepraat, ja," erken sy halfhartig.

"Vervloekte vent! Ek moes hom harder geslaan het," sê hy grimmig en bal sy vuiste langs sy sye.

Sy staar hom stom van verbasing aan. "Jy glo my hart is gebreek omdat Vincent en Felicity gaan trou?"

"Hoe anders? Wat maak dit saak dat jou liefde uit jammerte gebore is? Jy is lief vir hom en hy het voorgegee dat hy jou liefhet, maar toe jou halfsuster op die toneel verskyn, was jy nie langer goed genoeg vir hom nie. Ek verpes dislojaliteit!"

"Jou liewe mansmens, ek kan jou byna vergewe omdat jy die arme Vincent sonder rede bygedam het," sê sy.

Hy frons diep. "Sonder rede?"

"Ek het Vincent jammer gekry, maar ek het geweet dis nie liefde nie. Ons het nooit 'n verhouding gehad nie, Erik. Vincent het geweet ek het hom nie lief nie."

Hy lyk 'n oomblik lank beteuterd. "O . . . Dan het jy my onder 'n wanindruk gelaat."

"Nee. Ek het jou laat glo wat jy graag wou glo."

"Luister niemand na my nie?" verwyt Nicolette hulle. "Toe, kom nou saam, Erik. Ek wil jou my ander geheim wys, maar ek is bang."

"Wat maak jou bang, Nicolette?" vra Marné, onmiddellik besorg.

"Die geheim van die hangbrug," antwoord Nicolette byna onhoorbaar en klou aan Erik se hand vas.

"Die hangbrug?" Erik lees die vrees in Nicolette se oë en druk haar hand. "Ek weet jy is bang vir die hangbrug, Nicky. Ons sal nie daarheen gaan nie."

"Maar ons móét daarheen gaan, anders kan ek nie my geheim vertel nie, Erik. Toe, Marné, sê hy moet saamkom," pleit Nicolette.

"Kom ons gaan, Erik," versoek Marné. "As Nicolette haar geheim met ons deel, kan ons haar dalk help om van haar vrees ontslae te raak. Sy wou nog nooit naby die hangbrug kom nie."

"Is nie. Ek het altyd op die hangbrug gespeel, totdat . . ." Nicolette swyg en knyp haar oë styf toe asof sy 'n drogbeeld wil uitwis.

"Kom ons stap dan," willig hy in en klim die stoeptrap af, Nicolette se hand nog in syne.

Nicolette steek in haar spore vas toe die hangbrug tussen die wilgertakke in hulle geel herfsdrag sigbaar word. Sy beur nader aan Erik en kyk op na hom, naakte vrees in haar oë. "Ek wil nie nader gaan nie, Erik."

"Jy hoef nie, Nicky. Waar is jou geheim?" vra hy paaiend en streel oor haar kort, donker krulle.

"In my kop," antwoord sy en draai na die brug. "Dit kruip in my kop weg, want ek sien die prentjies oor en oor, al kan ek nie mooi sien nie."

"Hoekom kan jy nie mooi sien nie, poplap?" vra Marné sag.

"Omdat dit donker was."

"Het jy in die nag na die hangbrug toe gekom?" vra Erik.

Nicolette knik. "Altyd. Dit was lekker om in die nag rond te loop. Die krieke gesels die hele nag lank. En die paddas. En die maan lyk soos kerslig. En die gras blink. Dis mooi in die nag."

"Jy het altyd na die hangbrug toe gekom omdat die brug vir jou mooi was. Hoekom is jy nou bang daarvoor, Nicolette?" vra Marné en neem Nicolette se hand in hare.

"Ek is lankal bang vir die hangbrug, want . . . want . . ." Sy sluk droog en kyk bekommerd na Erik. "Jy moenie kwaad wees nie, hoor, Erik? Ek het doodstil onder die boom gestaan en toe sien jy my nie. Jy het vreeslik vinnig geloop en nêrens gekyk nie. Jy het nie na my gekyk nie. Ek het geweet jy is kwaad, want jy loop baie vinnig wanneer jy kwaad is."

Erik trek sy asem stadig in. "Het jy by die hangbrug gebly nadat ek weg is?"

"Ja. Ek het gewonder hoekom jy kwaad was. En toe kom hulle."

"Wie, Nicky?" vra Erik dringend, sy gelaat strak van spanning.

"Laura en die slegte man. Hulle het hard gepraat. Laura het

172

gesê dis die slegte man se skuld dat jy vir haar kwaad is. Was jy kwaad vir Laura, Erik?"

"Ja, Nicky, ek was. Maar wat het toe gebeur?"

"Laura het gesê die slegte man moet met haar trou, maar hy wou nie. Hy het gesê my ouma sal . . . sal hom arm maak."

"Onterf," help Erik haar.

"Ja, onterf. Toe gryp die slegte man vir Laura en hulle ruk aan mekaar en toe . . . toe . . ." Nicolette se stem word 'n skor fluistering. Haar stem wankel. "Toe breek die planke en Laura val . . . en val. Sy skree en skree en skree totdat ek my ore toedruk. Toe hardloop die slegte man weg en . . . en toe is Laura ook weg. Ek weet, want toe ek nie meer my ore toedruk nie, toe was dit doodstil. Tant Mathilda sê Laura het verdrink."

Erik druk Nicolette beskermend teen hom vas. "Sy het, Nicky, maar dit het alles lank gelede gebeur. Jy weet tog as mense doodgaan, gaan hulle hemel toe. Laura is nou in die hemel."

"Hoekom het die slegte man haar nie gehelp nie? Ek weet hy kan swem."

"Daar is 'n maalgat onder die hangbrug en as jy daarin val, kan jy nie weer uitkom nie – tensy jy goed kan swem. As Vincent probeer het om Laura te red, sou hy ook verdrink het. Vincent is nie sleg nie, Nicolette. Onthou, hy het nie die hangbrug gebreek nie. Dit was 'n ongeluk wat niemand kon verhoed het nie. Vincent is jou broer en hy is lief vir jou," sê Erik nadruklik.

"Marné sê ook hy is lief vir my. Hy koop vir my lekkers, maar ek wil dit nie hê nie. Ek dink ek sal nou die lekkers gaan eet," besluit Nicolette en huppel singend weg in die rigting van Flaminke-huis.

Hulle laat haar gaan en staar in stilte na die hangbrug terwyl onuitgesproke woorde soos dreigende reënwolke tussen hulle hang.

"Laura was ontrou aan jou. Dis waarom jy nie die gedagte

173

dat Vincent dislojaal teenoor my was kon verdra nie," verbreek Marné eindelik die stilte.

"Ja," antwoord hy bruusk.

Sy draai na hom, haar oë troebel van medelye. "Ek is jammer, bitter jammer dat jy so seer moes kry, Erik. Niks maak seerder as vergeefse liefde nie."

"Spaar my jou jammerte, Marné. Ek was aanvanklik dol verlief op Laura – dalk het ek in 'n stadium geglo ek het haar onsterflik lief – maar haar kuiertjies in die hotel op die dorp het my weldra ontnugter. Gelukkig is ek en die hoteleienaar goeie vriende. Hy het my geterg oor Laura se laatnagkuiertjies by my en toe het ek geweet: Laura ontmoet iemand anders in die geheim. Ek het haar een nag gevolg en haar en Vincent aan die oorkant van die spruit betrap . . ." Sy lag is 'n wanklank van veragting. "Ek was smoorkwaad; nie vir haar of Vincent nie, maar omdat ek nie maande tevore ons verhouding beëindig het nie."

"Dan . . . dan treur jy nie oor Laura nie?" vra sy verbysterd.

"Ek is jammer oor haar dood, maar ek sal huigel as ek meer sê."

"Maar . . .?" Woede ontplof in haar binneste. "Jou yslike pampoen, waarom weier jy dan om te trou? Tant Mathilda, jou ouma en selfs my tant Annie kan sien ek is lief vir jou, maar jy gee voor dat jy oor Laura treur. Jy, Erik de Ridder, is 'n selfsugtige, gevoellose monster, en ek haat jou!" krys sy. Sy besef dat sy huil, maar sy weet nie hoe om op te hou nie.

"Marné?" Hy vat haar hande in syne.

Sy hou haar oë neergeslaan en voel hoe 'n vuurwarm gloed van verleentheid oor haar nek en gesig kruip. Hoe kon sy so 'n yslike gek van haarself gemaak het? vra sy haar met 'n gevoel van selfveragting af. Sy het haar liefde aan hom verraai en nou . . . nou sal hy haar sy jammerte aanbied.

"Nicolette se waarheid het my vrygemaak, want al wou ek

hóé graag, kon ek nie eerder praat nie. Daar is mense wat glo ek is verantwoordelik vir Laura se dood, maar nou ... nou kan ek dit eindelik sê: ek gee nie om hoe ryk jy is of wat jy met jou erfenis doen nie – ek gaan met jou trou." Droë snikke laat haar skouers ruk en sy staar stip teen sy tweede hempsknoop vas. "Hoekom?" vra sy agterdogtig.

Sy lag is 'n warm klank van vreugde. "Dom meisie ... liefste meisie," streel sy stem die seer in haar binneste weg. Hy neem haar in sy arms en trek haar teen hom aan asof hy haar deel van hom wil maak. "Ek het jou lief, my maanligmeisie. Ek glo ek het jou lankal liefgekry, maar ek het dit nie geweet nie. Toe ek gedink het dat Vincent jou verwerp het ... Net die gedagte dat jy sou seerkry, wou my laat moor. Toe het ek besef: ek het jou lief – liewer as wat ek myself het."

Sy kyk op in sy hipnotiese silwergrys oë. Sy wil hom glo, maar twyfel laat haar vra: "Lief ... of jammer?"

"Kom ek wys jou hoe jammer," sê hy effens skor. Hy buig sy kop af en soen die traanspore van haar wange af. "En só lief," adem hy. Sy lippe sluit oor hare en die smeulende vonk van passie laat 'n verterende vuur in haar opvlam. Liefde word hulle reisgids wat hulle op die vleuels van hartstog en verlange weg-voer na 'n eiland van betowering waar die werklikheid vervaag en slegs die wonder van hulle liefde bestaan.

Reënboog van jou hart

1

Sanet van Niekerk bly in die deur van die sitkamer staan, haar blik simpatiek op haar negentienjarige seun wat gespanne op die punt van 'n leunstel sit en beurtelings na sy polshorlosie en die selfoon in sy regterhand staar. Sy loop nader en lê haar hand gerusstellend op sy skouer. "Kalm bly, my ou grote," sê sy bemoedigend. "Jy ken Lanja. Sy sal nie bel nie, maak nie saak hoe goed of swak sy in haar eindeksamen gevaar het nie."

"Swak?" Christo van Niekerk kreun soos 'n swaar gewonde.

"Moenie dit sê nie, Ma – moet dit nie eens dink nie! As Lanja nie haar eksamen summa cum laude slaag nie, koop ouma Jakkie nie vir haar 'n nuwe motor vir Kersfees nie ... en wat dan van my? Weet Ma hoe voel dit om elke naweek saam met jou ouer suster huis toe te ry? Dis nie goed vir my selfbeeld nie, Ma. Ek wil eendag 'n suksesvolle dokter soos Pa en Ma wees, maar as 'n man nie sy eie wiele het nie, voel hy soos 'n bedelaar. Dink Ma ...?"

"Hier is sy nou," onderbreek Sanet hom en draai deur toe.

"Ekskuus, Ma!" roep Christo, storm by haar verby na die voordeur, vlieg die stoeptrap af en hardloop na die geplaveide parkeerterrein voor die motorhuis. Hy gaan staan by Lanja se ligblou motortjie, sien haar met 'n geboë hoof sit, regterhand strelend oor die stuurwiel, en teleurstelling laat die gretige vraag op sy lippe stol.

Lanja klim stilswyend uit die motor, maak die deur agter haar toe en hou die motorsleutels na Christo uit. "Kyk mooi na my getroue Mathilda, Christo," versoek sy bedees.

Christo staar oomblikke lank sprakeloos na die sleutels in sy hand, gooi dan sy kop agteroor en jubel sy blydskap uit.

Hy gryp Lanja in sy arms, lig haar van haar voete af en rondomtalie met haar tot aan die voet van die trap. "Dankie, dankie, dankie, my sus! Ek is die rykste man op aarde! Ek beloof ek sal altyd die grootste respek vir jou intelligensie hê – en nou is dit ek en Blou Blits en die lang pad!"

"Blou Blits?" vra Lanja onthuts.

"Ek wonder of Christo verantwoordelik genoeg is om 'n motor te bestuur, Lanja?" kom dit met gekwelde erns van Sanet terwyl sy met die stoeptrap afklim.

Christo draai vinnig na sy ma, sien die vonkel in haar oë en bloos betrap. "Ma weet ek bestuur altyd versigtig, maar Mathilda ... Goeiste, Ma, 'n man kan nie sy motor Mathilda noem nie!"

Lanja onderdruk met moeite 'n glimlag en haak by Christo in. "Dis reg, ja, 'n man van negentien kan beslis nie 'n meisienaam aan sy motor gee nie. Solank jy nie die spoedgrens oorskry nie, Christo, kan jy my Mathilda noem wat jy wil."

"Wat 'n verligting!" skerts hy en gee haar 'n klapsoen. "Geluk met jou eksamenuitslae, slim suster! Hoeveel brandstof is daar in my motor?"

"Christo!" Sanet kyk hom betigtigend aan. "Ek besef jy is opgewonde oor jou motor, maar jy gaan nêrens voordat jy saam met my en Lanja tee gedrink het nie. Het jy vergeet ek het spesiaal vir ons appeltert gebak?"

"Wel ..." Christo kyk met 'n trotse glimlaggie na Lanja en plaas sy arm om haar skouers. "Aangesien my grootsus mooi én slim is en boonop versot is op appeltert, kom ons gaan vier my nuwe motor!" skerts hy en draf die stoeptrap laggend op.

Sanet kyk hom met 'n deernisvolle glimlaggie agterna en sê gedemp: "In hierdie huis is die besit van 'n eie motor seker 'n groter gebeurtenis as 'n akademiese prestasie, want julle twee presteer nog julle lewe lank." Sy kyk trots na Lanja, dankbaar dat haar dogter nie net met 'n besondere intelligensie geseën is nie, maar ook 'n seldsame skoonheid besit met haar digte, raafswart hare wat in sagte krulle haar gesig omraam, groot, swartbruin oë met lang wimpers, 'n vleklose vel, fyn gelaatstrekke en vol lippe wat spontaan glimlag. "Geluk, my poplap. Ek weet hoe hard jy gewerk het om jou graad in fisioterapie met hoogste lof te behaal."

"Dankie, Mamma, maar het ek 'n keuse gehad? Christo sou my nooit vergewe het as hy tot sy mondigwording vir 'n eie motor moes wag nie. Toe Christo vanjaar universiteit toe is, het ek skuldig gevoel omdat ouma Jakkie nie vir hom ook 'n motor ná sy matriekeksamen gekoop het nie. Hy het tog ook baie goed presteer," sê Lanja partydig.

"Ouma Jakkie wou, maar jou pa het daarteen besluit. Jou pa is nog al die jare bang hy maak twee bedorwe rykmanskinders groot, omdat hý so hard moes werk om 'n sukses van sy eie lewe te maak. Hy het ouma Jakkie laat beloof dat sy sal wag tot Christo 'n mediese dokter is voordat sy vir hom 'n nuwe motor koop," verduidelik Sanet.

"Maar ek en Christo word nooit bederf nie . . ." protesteer Lanja en bloos verleë toe Sanet haar regterwenkbrou vraend lig. "Goed, ek gee toe: ons kry alles wat ons nodig het, alles wat rykmanskinders seker kry, maar ons kry beslis nie alles wat ons oë begeer nie. Yvette rits al weer oorsee rond. Sý is die spreekwoordelike bedorwe brokkie."

"Presies! Sy rits gereeld oorsee rond, kry elke jaar 'n nuwe motor, maar sy sukkel nog om 'n graad te kry, hoewel julle saam gematrikuleer het. Dis wat jou pa hoop om te voorkom, daarom moet jy en Christo soos slawe vir 'n nuwe motor werk," terg Sanet en haak by Lanja in. "Sal ons nou gaan tee drink, of mag ek eers jou pa bel en hom vertel watter slim dogter ons het?"

"Ek het Pappa van die universiteit af op my selfoon gebel.

Hy was net so bly soos Mamma en hy het beloof ons vier dit vanaand met 'n glasie vonkelwyn," antwoord Lanja terwyl hulle saam die stoeptrap opklim.

"Drank . . . drank! Waar is die drank?" oordryf Christo en slinger oor die stoep nader. "Laat ons drink, Ma, want die oomblik as tant Eugenie hier opdaag, waarsku sy my weer dag en nag dat elke mondjievol alkohol miljoene van my breinselle vernietig!"

"Lawwe kind! Wees dankbaar tant Eugenie het ingestem om vir jou huis te hou terwyl ek en jou pa in Amerika is. Ek besef sy kan 'n ou pruttelkous wees, maar solank jy haar laat voel sy is in beheer, sal sy jou tot in die afgrond bederf," sê Sanet paaiend terwyl hulle saam kombuis toe loop.

"Presies! Tant Eugenie was jare lank 'n skoolhoof en sy behandel my asof ek nog steeds 'n dom skoolseuntjie is. Onthou Ma nie sy het byna 'n toeval gekry toe ek en Pa saam 'n biertjie gedrink het terwyl ons na 'n krieketwedstryd op die televisie gekyk het nie?" vra hy gegrief.

"Tant Eugenie het net tydelik vergeet jy is reeds 'n student. Sy hou self van 'n glasie wyn saam met haar ete, maar sy is gekant teen die gebruik van alkohol deur skoolkinders, moontlik omdat sy as prinsipaal daarmee te doen gekry het," antwoord Sanet en skakel die ketel aan.

"Ek dink tant Eugenie is heimlik teen mans gekant, daarom was sy nooit getroud nie. Dink self, Ma: sy is gekant teen my hare wat te lank is, my broeke wat te wyd is, my hemde wat te groot is . . . en ek is drie jaar lank aan haar genade uitgelewer, terwyl Ma-hulle in Amerika rondrits!" verwyt hy met oordrewe selfbejammering.

"Rondrits? Ek en jou pa gaan Boston toe om te werk, Christo, en jy weet dit. Dis 'n groot eer vir jou pa om genooi te word om aan so 'n beroemde universiteit soos Harvard klas te gee – en ek is gelukkig om 'n pos as ginekoloog in die hospitaal te kon kry. As jy aanhou presteer as student, besluit jou pa dalk dat jy oor twee jaar saam met ons in Amerika Kersfees kan vier."

Christo se oë rek ongelowig. "So wraggies, Ma? Ek en Lanja?"

"Vanselfsprekend. Jou pa het nooit beswaar as hy julle twee sáám kan bederf nie," antwoord Sanet laggend en maak vir hulle tee. Haar blik rus tergend op Lanja. "Dit hang natuurlik af of Lanja sal wil saamkom – ek is op een en twintig getroud."

"Nie Lanja nie! Sy aard na tant Eugenie. Sy is vír 'n loopbaan en téén alle mans!" koggel Christo haar, tel die skinkbord met die teegerei op en stap vooruit eetkamer toe.

"Bees!" roep Lanja hom kamma boos agterna, kyk na Sanet en glimlag skuins. "Ek sien daarna uit om by ouma Jakkie in Johannesburg te gaan bly. Omdat ons by die see woon, kom kuier ons familie altyd by ons. Maar nou gaan ek eindelik die huis sien waarin Mamma grootgeword het," stuur sy opsetlik die gesprek in 'n ander rigting terwyl sy en Sanet by Christo in die eetkamer aansluit.

"Lekker appeltert! Ek help my sommer self, Ma," sê Christo en voeg die daad by die woord. Hy kou en sluk, sy oë skrefies van genot. "A . . . smullekker! Gee Ma om as ek nie tee drink nie? Ek wil ou Hennie gaan wys ek het rêrig nou 'n eie motor!"

So 'n aantreklike seun, met kastaiingbruin hare, groenbruin oë en 'n Romeinse neus soos sy pa, dink Sanet, maar met dieselfde minsame en soms onnutsige geaardheid as Lanja, 'n geaardheid wat hulle van hul ouma Jakkie geërf het. "Ja, Christo, ja. Een ding is seker: jy het nie trouplanne nie, want jou maag en jou motor is tans die enigste belangstellings in jou lewe," spot sy.

"Hoe anders, Ma? Dis vakansie!" Christo vee sy mond met 'n servet skoon, soen Sanet op die wang en sê haastig: "Ek sal versigtig ry, Ma. Ek kan nie verkeerskaartjies bekostig nie. Sien julle!"

"Moenie laat wees vir aandete nie, Christo!" roep Sanet hom agterna, maar kry geen reaksie op haar waarskuwing nie. Sy draai kopskuddend na Lanja wat skuins teenoor haar aan die eetkamertafel sit, reeds besig om vir hulle tee te skink. "Hy is my kontraskind: raak stil en ernstig wanneer hy studeer, maar ontpop in 'n onbesorgde niksnut sodra dit vakansie is. Jy was altyd 'n makliker kind, want jy het nooit toegelaat dat eksamenstres jou onderkry nie."

"As ek gespanne is, raak ek dom en dan kan ek glad nie leer nie. Christo skulp homself toe en konsentreer net op sy werk en byt 'n mens se kop af as jy dit waag om hom te steur. Ek hoop net tant Eugenie sal dit nie as swak maniere beskou nie," antwoord Lanja ingedagte.

"Ek het Eugenie gewaarsku, maar sy is jou pa se suster. Jou pa raak net so kort van draad as hy in sy werk gesteur word. Maar van Eugenie gepraat . . . Hoekom is dit vir jou so belangrik om by jou ouma Jakkie te gaan bly, Lanja? Bly jy hier, sal jy geselskap wees vir Eugenie, want gedurende die week is Christo in die koshuis."

"Ek het ouma Jakkie kort ná oupa Frikkie se dood beloof ek sal eendag as ek groot is by haar kom woon. Sy herinner my gereeld aan my belofte, daarom weet ek hoe belangrik dit vir haar is dat ek by haar gaan inwoon. Mamma gee tog nie om nie?" vra Lanja verbaas.

"Nee, natuurlik nie. Ouma Jakkie . . . my ma is baie lief vir jou, my poplap, en ek is dankbaar jy gaan na haar toe, want jy sal vir haar geselskap wees, maar . . . voel jy nie nog iets vir Derek nie?" vra Sanet aarselend.

'n Verleë blos kruip oor Lanja se gelaat en sy glimlag afgehaal. "Ek was 'n blote kind toe ek so dolverlief op Derek was – agttien, Mamma, 'n dom, verliefde bakvissie." Sy plooi haar neusie en lag in Sanet se oë. "Ek het my graag wysgemaak ek en Derek is die Juliet en Romeo van die een en twintigste eeu, veral nadat Mamma-hulle volstrek geweier het dat ek aan hom verloof raak. Ek het myself gesien as 'n romantiese heldin, die dogter van hardvogtige ouers, wat tragies aan 'n gebroke hart sou sterf. Dit het 'n rukkie geduur voordat ek besef het dat ek en Derek nie . . . nie vir mekaar bedoel was nie. Ek was net gretig om 'n blink diamantring aan my vinger te dra omdat die meeste van my vriendinne skielik verloof geraak het. Hulle het almal, op een uitsondering na, hul verlowings weer verbreek."

"Ek moes jou lankal oor jou gevoel vir Derek uitgevra het," kom dit met merkbare verligting van Sanet. "Ná die episode met Derek het jy selde of nooit met jong mans uitgegaan, en ek en jou pa het onsself dikwels verwyt dat ons van ons mooi dogter 'n verbitterde oujongnooi gemaak het. Maar as jy seker is jy het Derek nooit werklik liefgehad nie . . ."

"Hou op skuldig lyk, Mamma," sê Lanja met 'n gerusstellende glimlaggie. "Ek het gou genoeg besef studie en romanse is nie goeie maats nie. Ek wou my graad summa cum laude slaag en boonop . . . ná die episode met Derek was ek nie haastig om weer in 'n ernstige verhouding betrokke te raak nie. Ek weet ouma Jakkie is op twintig getroud en Mamma op een en twintig, maar ek . . . ek hou daarvan om uit te gaan, maar om 'n man onvoorwaardelik lief te kry, om gewillig te wees om die res van jou lewe met hom te deel . . . Dit klink so finaal, byna soos 'n lewenslange tronkstraf, of dalk weet ek net nie wat liefde is nie."

"Die dag as jy liefkry, sal jy weet, my Lanja," sê Sanet deernisvol.

Lanja skud haar kop. "Nee, Mamma. Liefde is soos 'n sprokie: dit bestaan net in 'n land anderkant die reënboog. Hoe kom 'n mens daar?"

185

"Liefde kom na jou toe en op 'n dag is dit net daar. Jy sal dit nie sien nie, maar jy sal weet, want die land anderkant die reënboog is in jou hart," antwoord Sanet met 'n sekerheid wat Lanja met stilswyende verwondering na haar laat kyk.

Rosseau Friedlander loer by die agterdeur van die buurhuis in, gewaar Jakkie Basson langs die groot kombuistafel waar sy besig is om deeg uit te rol en betrag haar glimlaggend. Toe hy klein was, het hy gewens tant Jakkie was sy ma, moontlik omdat sy destyds sy grootste geheim gedeel het: op vyf jaar het hy 'n paar los sente in die ringmuur agter 'n digte struik in hul tuin ontdek. Dit het ure van toegewyde gekrap met 'n lang, verroeste spyker geverg, maar hy het nog 'n paar stene losgewikkel en die wonderwêreld van die bure se tuin en daarna hul huis ontdek . . . en tant Jakkie, wyle dokter Frikkie Basson en hul groot dogter, Sanet, leer ken.

Sy grootste hartseer was dokter Frikkie se dood toe hy pas sestien was, en kort daarna sy oorlede ma se onverstaanbare besluit dat die ou Friendlander-woning haar nie langer geval nie. Hy het ses jaar lank soos 'n banneling gevoel, maar ná sy ma se dood het sy pa teruggekeer na die ou huis in Olienhoutlaan en kon hy sy besoeke aan tant Jakkie hervat − 'n tant Jakkie wat wel dieselfde skraal vroutjie met die groot, donker oë was, maar haar blouswart hare het plek gemaak vir die sneeuwit ryp van die ouderdom.

Jakkie kyk op, gewaar Rosseau in die kombuisdeur en vra kamma kwaai: "Ja? Is jy nie reeds agt en twintig en kamtig volleerd nie? Hoe lank moet ek nog rusie maak voordat jy onthou om aan 'n deur te klop, jong man?"

"As ek 'n inbreker was . . ." begin Rosseau en frons bekommerd. "Pote en Kaptein is te oud om betroubare waghonde te wees, tant Jakkie. Ek ken hulle my lewe lank. Genugtig, hulle is albei al oor die twintig! Hoekom is hulle nog nie dood nie?"

"In die lewe . . .!" Jakkie slaan haar hande voor haar bors saam, rig haar blik oomblikke lank plafonwaarts asof sy daar hulp soek en kyk dan met 'n geamuseerde vonkeling in haar oë na hom. "My stomme kind, 'n Rhodesiese rifrug word nie veel ouer as twaalf nie. Pote en Kaptein die Vierde is oorlede; dis 'n ander Pote en die vyfde Kaptein wat daar onder die kareeboom lê en slaap," verduidelik sy met oordrewe geduld.

"O . . ." Hy lyk afgehaal en vra agterdogtig: "Hoekom het hulle nie vir my geblaf toe ek ses jaar gelede hier opgedaag het nie?"

"Omdat ek jou sien aankom het en die woord 'vriend' vir hulle gesê het. Maar noudat jy my honde se geskiedenis ken, wat soek jy hier, kind? Jy kuier net smiddae by my as jou pa die dag gholf speel, en hy speel nie Dinsdae gholf nie."

Rosseau peusel aan 'n stukkie rou deeg en smak sy lippe. "Gemmerkoekies – lekker!" prys hy, sien Jakkie die koekroller dreigend lig en vervolg vinnig: "Tant Debbie van oor die straat het gesê tannie wil met my praat."

"Die ou skinderbek!" ontplof Jakkie verontwaardig, plaas haar vingers op haar mond en sug skuldig. "Nee, nou doen ek sonde. Deborah is my beste vriendin en ek moet haar tekortkominge oor die hoof sien: sy skinder en ek maak rusie. Weet jy, Rosseau, dit moet 'n diepe beproewing wees om met sondelose mense vriende te wees. Ek voel tog so tuis tussen sondige mense nes ek."

Rosseau stoot 'n diep, aandoenlike sug oor sy lippe en beaam kopskuddend: "Ek weet, tant Jakkie, want ek ervaar al tannie se tekortkominge, soos nou weer. Tannie begin altyd by die hond se stert as tannie my van die bosluis op sy neus wil vertel."

"Ook maar goed rammetjie-uitnek, nè, boetie?" raas sy halfhartig en vervolg onseker: "Ek het jou hulp nodig, kind. Jy onthou nog vir Sanet?"

"Hoe kon ek haar vergeet? Eers was dit troufoto's van haar

en Dirk, toe baba-, kleuter- en skoolfoto's van hul kinders – Sanet het voor my oë middeljarig geword en haar kinders het voor my grootgeword. Lanja en Christo, nie waar nie?"

"Dan luister jy tog as ek met my kleinkinders spot," terg Jakkie.

"Graag, want mense in prentjies kan my nie seermaak nie," antwoord hy impulsief, besef hy het te veel gesê en pers sy lippe hard saam.

Agt en twintig is te jonk om hartseer te ken, dink Jakkie, haar oë deernisvol op Rosseau. Op agt en twintig was sy die ma van die sewejarige Sanet, 'n bedrywige onderwyseres en die vrou van 'n hardwerkende dokter. En tog, in daardie jare van geluk het sy die hartseer verlange na nog 'n kind – 'n seun en naamgenoot vir Frikkie – ervaar. Sy het nooit 'n seun gehad nie, daarom kon sy die jongste seun van haar bure so maklik as haar eie aanvaar, besef sy, tel 'n stukkie rou deeg op en hou dit uit na Rosseau. "Hier, boetie. Jy lyk so verdrietig dat ek myself hard moet aanspreek om nie 'n fopspeen in jou mond te prop nie."

"Dankie." Hy kyk haar verwytend aan. "Tannie sal op 'n begrafnis grappies maak."

"Dit hang af, Rosseau. Ek het meegevoel met elkeen wat 'n geliefde verloor het, maar land ek per ongeluk op 'n onbekende se begrafnis, sal ek moet voorgee ek is kinds en dan sal niemand my verkwalik as ek 'n paar grappe vertel nie. Maar ek weier om saam met jou 'n roudiens oor jou verlede te hou. Kyk in die spieël, boetman: jy is jonk en aantreklik, met jou koperbruin hare en jou vreemde, seegroen oë. Jou neus is reguit en nie te lank of te kort nie en jou onderlip kon seker effens dunner gewees het, maar meisies sal dink jy het 'n sensuele mond. En glimlag jy jou kuiltjieglimlag ..." Jakkie lag genotvol. "In die lewe ...! Bloos jy, Rosseau?"

"Gereeld as ek in my gedagtes vloek, tant Jakkie," grom hy, sy

188

ore gloeiend van verleentheid. Sy lag harder, totdat hy teësinnig glimlag. "Tannie wen. Ek het weer nabetragting gehou oor my dwase jeug en myself skaamteloos bejammer. Wat wou tannie my oor Sanet vertel het?"

Jakkie neem op 'n stoel teenoor hom plaas, leun op haar arms en vertel gretig: "Dirk en Sanet gaan vir drie jaar in Boston in Amerika woon, waar Dirk lesings aan die universiteit gaan gee. Jong Christo is nog 'n student en Dirk se ouer suster, Eugenie, sal na hom omsien. Maar Lanja . . . my klein Lanja kom hier by my woon. Ag, boetie, ek is so innig dankbaar, want Lanja is so 'n minsame dogter en daarby prentjiemooi."

"Vanselfsprekend, want sy is tannie en Sanet se ewebeeld," terg hy.

"Presies! Lanja is my ewebeeld, net 'n bietjie langer, soos my Sanet. Ja, toe, hou op grinnik, jou ongepoetste javel! Ek lyk nes 'n dinosourus sedert die ouderdom slote in my gesig kom kerf het, maar veertig jaar gelede het ek die manne se koppe laat draai," spog sy onbeskaamd, haar glimlag onnutsig.

"Dít, my liewe tannie, noem 'n mens karakter- en lagplooi-tjies," skerts hy goedig.

"Mooi woorde help net so min soos al die duur wonder-rome, boetie. Op vyf en sestig is ek seker oud, maar ek is nog lank nie der dagen zat nie, soos my oupa altyd gesê het. Maar om jonk te wees . . ." antwoord sy en staar oomblikke lank stil-swyend voor haar uit, asof sy weggeraak het in die herinneringe aan haar vervloë jeug.

Rosseau leun nader en fluister dringend: "Kom terug, tant Jakkie!" Sy kyk hom onthuts aan en hy vervolg met oortui-gende erns: "Ek sit op hete kole en wag om te hoor of tannie my gaan vra om met die mooi Lanja te trou. Tannie kan dit nie ontken nie: ek is jonk, redelik aantreklik en 'n suksesvolle argitek en sakeman. As Lanja 'n groot bruidskat het, sal ek dit oorweeg om met haar te trou."

Jakkie gluur hom misnoeg aan. "Verwaande skepsel!" skel sy, maar dan maak die verontwaardiging in haar oë plek vir 'n glimlag. "As ek jou nie so goed geken het nie, boetie, was ek dalk bekommerd, maar ek en jy weet hoe sku jy vir meisies is. Nee, my Lanjatjie sal veilig wees saam met jou – dis waarom ek die vrymoedigheid het om my probleem met jou te bespreek."

"Tannie is nog steeds by die hond se stert met tannie se storie. Wat is tannie se probleem?" vra hy geduldig.

"Nee, sien, Christo het Lanja se motortjie geërf, want nie ek of haar ouers sal Lanja toelaat om die lang pad hierheen alleen in 'n motor aan te durf nie. Jy stem tog saam, boetman? Al die pad van Kaapstad af Johannesburg toe – dis te gevaarlik in die tye waarin ons leef."

"'n Vliegtuig is vinnig en veilig, tant Jakkie."

"Jy luister nie na my nie, Rosseau. Lanja kom nie vir 'n kort kuiertjie hierheen nie; sy kom woon hier. Sy sal allerlei goedjies wil saambring, daarom moet sy per motor hierheen kom . . . en jy, kind, het 'n groot, luukse motor."

"Wat ek 'n paar maande gelede met erfgeld van my ma gekoop het. Ek is jammer vir my nuwe motor, tannie. Al daardie kilometers Kaapstad toe . . . my arme motorbande!" Rosseau sug swaar en kyk haar verwytend aan.

"Ek sal met liefde vir jou 'n nuwe stel motorbande koop en al jou ander koste betaal, boetie, want Lanja se veiligheid is belangriker as geld. Ek hoop net jy sal haar kan oorreed om in jou motor te klim, want sy is 'n geswore mannehater en ek het haar gewaarsku jy is 'n onbeskofte javel," vertel Jakkie doodluiters en slaag daarin om onskuldig te lyk.

"Dankie!" Sy gesigsuitdrukking wissel tussen ergernis en lag, maar dan wen die lag.

"Ag, boetman, sê nou eers of jy kans sien om my kleindogter te gaan haal, sodat ek saam met jou kan lag," pleit Jakkie merkbaar gespanne.

"As ek nie lag nie, bars ek in trane uit – of besef tannie nie ek voel diep beledig omdat tannie my nie as 'n bedreiging vir die beeldskone Lanja beskou nie?" tart hy haar.

"Ja, toe, boetie, as jy dan so graag wil hoor: jy is 'n onweerstaanbare jong man en ek kan net hoop en bid Lanja raak nie dolverlief op jou nie. Wat meer moet ek sê om jou te oorreed om my kleindogter te gaan haal?"

Rosseau kyk betekenisvol na 'n groot bak wat met 'n ligte doek bedek is. "Ek ruik varsgebakte gemmerkoekies. Ons kan oor 'n koppie koffie en gemmerkoekies bespreek wie vir die brandstof sal betaal."

"Ag, dankie, kind, dankie, maar . . . wat nou van jou pa?" vra sy gekwel.

"Vervlaks, tannie, hoe raak die situasie hom? Of verwag tannie dat my pa vir die brandstof moet betaal, selfs al is julle jare lank aartsvyande?"

"Sulke stuitigheid!" raas Jakkie en vervolg met besorgde erns: "Watter verduideliking gaan jy vir hom gee, boetman? Ek weet hy is nie langer elke dag by jul bou-onderneming betrokke nie, maar volgens jou loer hy nog gereeld in om op die hoogte van sake te bly. Kaapstad lê nie oor die bult nie. Hy sal wil weet waarom jy skielik 'n paar dae verlof wil neem."

"My pa vertrou my, tant Jakkie, daarom is ek die besturende direkteur van ons maatskappy. Hy sal dankbaar wees as ek 'n paar dae verlof neem, want hy mompel soms dat ek te hard werk. Wie weet, as ek hom vertel ek gaan tannie se kleindogter haal, ry hy moontlik saam!" steek hy die draak en hou sy hande afwerend op, asof hy 'n toornige uitbarsting van haar verwag.

"Moenie torring nie, Rosseau," maan Jakkie, oënskynlik doof vir sy getart. "Jy weet ek en jou pa het jare gelede rusie gehad. Jy is soos 'n eie kind in my huis, maar hoor jou pa van ons vriendskap, is daar opnuut oorlog tussen ons."

"My pa wéét, tannie."

Jakkie snak hoorbaar na haar asem en kyk hom ontsteld aan. "Jou pa is bewus van ons vriendskap, Rosseau? Het . . . het jy hom vertel?"

"Ek moes, tant Jakkie. Ek was sestien toe oom Frikkie dood is en my ma skielik besluit het die ou Friedlander-huis geval haar nie langer nie. Onthou tannie hoe het ek op sestien gelyk?"

"Nes 'n stokinsek – net arms en bene," terg sy halfhartig, nog bekommerd oor sy opmerking.

"Dankie! Tannie se eerlikheid hou my nederig," spot hy bedroë. "Destyds kon ek maklik deur die gat in die ringmuur kruip, maar ses jaar later toe ons weer hier intrek, het ek skielik ontdek ek het breë skouers en gespierde arms. Ek was boonop reeds twee en twintig en in my oë veels te waardig om op my maag deur 'n gat te seil."

"Ja, ja, en toe?" por sy terwyl hy smaaklik 'n gemmerkoekie eet. "Boetie, asseblief, jy kan jou sakke vol gemmerkoekies prop as jy haastig is, maar vertel eers jou storie klaar."

"As ek omkap van honger, hoor tannie nooit my storie nie. Of sal tannie my pa vra om die storie klaar te vertel?" koggel hy haar.

'n Hartseer van lank gelede kuier flitsend in haar oë. Dan glimlag sy met hom, 'n tikkie seer nog luierend in haar blik. "Ek kan wag, Rosseau. My gisters is so ver dat ek nie haastig is om in hulle rond te krap nie. Jy weet nooit waarop jy afkom nie – dalk 'n ou seer wat jy liewer wou vergeet het," antwoord sy sag.

"Ek voel soos 'n monster," sê hy spytig en gaan vinnig voort: "Soos ek reeds gesê het, my breë skouers het verhoed dat ek deur die gat in die ringmuur kruip, daarom het ek met my pa gepraat. Ek besef tannie-hulle is vyande, maar hy is 'n goeie man. Hy is reguit, maar hy het altyd die geduld om na my

192

standpunt te luister. Benno is wel die oudste, maar tannie weet self hy was altyd my ma se kind. Ek twyfel of my ma werklik bewus was van my bestaan."

"Was jou pa bewus daarvan?" vra Jakkie aarselend.

"Ek glo hy was, want hy het altyd tyd gehad om na my te luister en my probleme met my te deel. Omdat ek toevallig in argitektuur en die boukuns belanggestel het, het ons deur die jare goeie vriende geword. Hy was bitter teleurgesteld toe Benno besluit het om rekenaarwese as 'n loopbaan te kies, maar dit het die band tussen ons net hegter gemaak. Dit was maklik om hom van my vriendskap met tannie te vertel en sy toestemming te kry om die opening in die ringmuur te vergroot," antwoord hy en glimlag gerusstellend in haar bekommerde gesig.

"Sê jy jou pa het nie 'n oog geknip toe jy hom vertel jy het al die jare hier by my gekuier nie?" vra Jakkie verdwaas.

"Wel . . . ek dink hy het sy oë geknip, maar ek onthou definitief hy het gelag asof hy die situasie geniet, selfs goedgekeur het."

Sy staar hom in stomme verbasing aan. "Jy jok nie vir my nie, boetman?"

"Nee, tant Jakkie. Gaan kyk agter die groot katjiepieringstruik in tannie se tuin. Daar is 'n netjiese, smal opening in die ringmuur tussen die katjiepiering en die japonikastruike, maar omdat die struike so groot en dig is, sien jy dit nie raak nie, mits jy om die struike loop."

"Nooit nie! Die ou huis is groot, maar ek sou gehoor het as julle 'n opening in die ringmuur gekap het," sê sy beslis.

"Nie as ek persoonlik al die werk gedoen het nie . . . en ek het gesorg dat tannie nie tuis was terwyl ek met die bouwerk besig was nie," antwoord hy en glimlag selfvoldaan.

Jakkie snuif misnoeg. "Uitgeslape maaifoedie!" betig sy hom en glimlag dan tevrede. "Ek is bly jou pa weet nou van jou kuiertjies, Rosseau. Ek het al die jare half skuldig gevoel omdat ek jou skelm kuiertjies by my en my huismense goedgekeur het, veral toe jy nog klein was, maar ek kon dit ook nie oor my hart kry om jou my huis te belet nie. Maar pla Pote en Kaptein nie in julle tuin nie?"

"Hulle kom kuier soms, maar hulle verkies hul eie agterplaas waar hulle vet gevoer word," skerts hy.

"As jou pa werklik nie omgee nie . . ." Jakkie swyg, twyfel en onbegrip afwisselend in haar oë. "As ek net verstaan het . . ." prewel sy, besef dat Rosseau haar nuuskierig dophou en vervolg saaklik: "Moenie Kaapstad toe jaag nie, boetie. Ek sal jou hotelkoste betaal as jy op pad in 'n hotel wil oornag. Rosseau, jy luister nie. Waaroor sit jy en droom?"

"My pa en tannie. Ek besef dis 'n persoonlike saak, maar ek wonder al so lankal daaroor: waarom het julle rusie gehad, tant Jakkie?"

"Ek weet nie, boetman, ek weet nie . . . Vra jou pa, want dalk weet hy. En nou kan ons jou reisplanne verder bespreek," skram sy weg van die verlede en pleit met haar oë dat hy aan haar versoek sal voldoen.

Lanja maak die voordeur oop, kyk na die vreemdeling wat aan die ander kant van die veiligheidshek staan en storm na die muurtafeltjie in die voorportaal. Sy raap 'n pen en 'n notaboekie op en keer net so vinnig terug.

"Goeiemôre," groet Rosseau gemoedelik. "Voordat jy weer weghardloop, ek is Rosseau Friedlander en jou ouma Jakkie het my hierheen gestuur. Jy kan net Lanja wees, want jy lyk nes jou foto's. Bly te kenne, Lanja." Hy frons onbegrypend toe Lanja sy woorde ignoreer, beurtelings na hom en dan na die notaboekie in haar hand kyk en regmerkies op die bladsy maak. "Verskoon my, maar as jy 'n stofsuier of 'n spul grimeermiddels wil bestel . . . ek is nie 'n verkoopsman nie."

"Sjuut! Ek is byna klaar," antwoord Lanja en gaan afgetrokke voort: "Donkerbruin hare wat vlam vat in die son, maar darem nie tamatierooi nie . . . ja; digte, skuins wenkbroue, maar hy pluk hulle nie . . . ja; seegroen oë wat soos 'n stormagtige see lyk as hy hom vererg . . . ja – jy het ongetwyfeld stormagtige, seegroen oë . . . Haai, hoekom het jy jou vererg?"

Rosseau steek sy arm deur die veiligheidshek en gryp die notaboekie uit haar hand. Sy oë flits oor die geskrewe woorde en blits dan in hare. "Ek draai jou ouma Jakkie se nek om! En jy, juffroutjie, doen presies wat jou ouma gereeld doen: lyk of botter nie in jou mond kan smelt nie, maar lag my met jou oë uit! Ek is lus en . . ."

"Los jou lus, Rosseau, en soen liewer haar hand!" kom dit hygend van 'n groot vrou, geklee in 'n helderkleurige, geblomde bloes en 'n wye, swart langbroek, wat vinnig die stoeptrap opklim en by Rosseau aansluit. Sy bly blaas-blaas staan, vee met 'n fyn kantsakdoekie oor haar natgeswete voorkop en bolip en glimlag stralend vir Lanja, haar oë soos opkomende sonne agter haar bollende wange. "Ag, is sy dan nie pragtig nie, Rosseau? Ek sal nie weer 'n enkele keer kla omdat ons so ver moes ry om jou bruidjie te kom haal nie!"

2

Rosseau ruk om, sy gelaat 'n masker van verbysterde ongeloof, en wonder verdwaas hoe hy in hierdie situasie beland het. Hy draai terug na Lanja, leun met sy kop teen die veiligheidshek en sê sag, verskonend: "Dis tant Debbie Hattingh van oor die straat, jou ouma Jakkie se boesemvriendin. Moenie haar te veel verkwalik nie . . . ek vermoed sy drink skelm."

"Sê jy die ou tannie is dronk?" fluister Lanja geskok.

"Smoordronk! Ek moes op elke dorp by 'n kroeg stilhou sodat sy 'n koeldrank of drie kon drink, maar ek weet daar was iets sterkers in haar koeldrank ... en daar was baie dorpe. Maar dis net sedert haar man se dood dat sy so drink. Jou ouma sê ons moet medelye met haar hê, want sy is 'n eensame ou siel," verduidelik hy' met dodelike erns.

"Foei tog, ja. Ek het al gelees dat eensaamheid mense tot drank kan dryf," kom dit met simpatieke begrip van Lanja, haar stemtoon nog gedemp.

"Agge siesa, julle tweetjies! Ek is nie dronk nie en ek is ook nie doof nie, maar ek het eelte van die lang sit al die pad van Johannesburg af. Lanjatjie, gaan jy nie vir ons 'n koppie tee aanbied nie?" vra Debbie gegrief.

"Tant Debbie!" kom dit hartlik van Sanet wat ongemerk die voorportaal binnegekom het. Sy sluit die veiligheidshek oop en word in 'n versmorende omhelsing in Debbie se arms vasgevat.

"Sanet! Ag, liefdetjies, dis goed om jou na al die jare weer te sien! Haai, kind, jy lyk nie 'n dag ouer nie en is nog altyd net so slank ... Ek is elke week op 'n ander dieet, maar kyk self: ek groei in al vier windrigtings, te vreeslik! Maar dis spiere, nie vet nie, verstaan? Ons Hattinghs – ek meen, gebore Groenewald – is almal groot mense," verduidelik Debbie met onwrikbare oortuiging.

"Ek onthou, tant Debbie," antwoord Sanet met gedwonge erns en blik glimlaggend na Rosseau. "Hallo, Rosseau. Jy het beslis ook in al vier windrigtings gegroei sedert ek jou meer as twintig jaar gelede gesien het."

Rosseau skud haar hand. "Dag, Sanet. As jy vir tant Debbie 'n koppie tee sal maak ... Ek sal solank Lanja se bagasie motor toe dra," sê hy ongemaklik.

"Foei tog, die seun is skaam, Sanet," verduidelik Debbie vertroulik. "Jy sal nie weet nie, maar Rosseau is meisie-verskrik. Reken, hy was te bang om alleen saam met Lanja al die pad Johannesburg toe te ry, toe vra hy my om saam te kom. Is dit nie die reine waarheid nie, Rosseau?"

"Nee, tant Debbie. Tannie het daarop aangedring om saam te kom, omdat Lanja glo 'n chaperone nodig het, selfs nadat tant Jakkie tot vervelens toe verduidelik het ons leef nie meer in die Victoriaanse tydperk nie. Tant Jakkie sê tannie is 'n skaamtelose ou mens wat haar neus in ander se sake steek," antwoord Rosseau sonder 'n sweem van 'n glimlag.

Debbie lag onnutsig. "Ja, ek doen dit! Steek my neus in almal se sake . . . en met my gewig maak die mense vinnig plek vir my, voordat ek iemand plat sit!" Sy lag haarself gierend uit en vervolg meer bedaard: "Maar noudat ek Lanja met my eie oë gesien het, is ek dankbaar ek het saamgekom, Rosseau. Met my om julle te help, is julle tweetjies verloof voor ons terug is in Johannesburg!"

Lanja staar Debbie verdwaas aan, kyk flitsend na Rosseau en bloos vuurrooi toe sy hom breed sien glimlag. "Ek gaan my tasse klaar inpak!" sê sy gejaagd en vlug die voorportaal uit.

"Haai, is Lanjatjie nou vies vir my, Sanet? Sy het my dan nie eens gegroet nie," kom dit afgehaal van Debbie. Sy draai veronreg na Rosseau. "Dis alles jóú skuld, boetie. Vir wat het jy die liewe dogter vertel ek is dronk? Nou glo sy jou. Dalk weier sy om al die pad saam met 'n dronk ou tannie Johannesburg toe te ry. Jakkie sal my nooit vergewe as ons sonder haar kleindogter . . ."

Sanet plaas haar hand op Debbie se arm en val haar gerusstellend in die rede: "Lanja weet Rosseau het net die gek geskeer, tannie. Ek vermoed sy is vies vir hom omdat sy aanvanklik sy storie oor tannie se skelm drinkery geglo het, daarom het sy haar so haastig uit die voete gemaak."

"Sien jy nou, Rosseau? Die mooie Lanja sal nooit met jou

wil trou as sy glo jy is 'n gewoonteleuenaar nie! Toe, toe, loop na haar kamer toe en gaan vra haar om verskoning, anders kom daar niks van jul trouplanne nie," waarsku Debbie onstuimig.

"Lanja is nog besig om haar laaste goedjies in te pak, tannie," sê Sanet paaiend en draai na Rosseau. "Kom drink saam met ons tee, Rosseau. My man is ongelukkig nie tuis nie, en vandat Christo 'n motor het, slaap hy net hier!"

"Nie tee vir my nie, dankie, Sanet. En tant Debbie . . . ek sit tannie op 'n vliegtuig en ry alleen saam met Lanja terug Johannesburg toe as tannie nog een maal oor my kamtige trouplanne praat!" sê hy grimmig aan Debbie, knipoog ongemerk vir Sanet en vervolg: "Verskoon my, Sanet. Ek wil net gaan vasstel of my motor nog te veel olie gebruik."

"Tannie is onhebbelik!" verwyt Sanet toe Rosseau die stoeptrap afklim. "As Rosseau meisie-verskrik is, is Lanja 'n geswore mannehater. Tannie se geterg sal verhoed dat hulle ooit vriende word."

"O nee, Sanet. Hulle is klaar vies vir my omdat ek voorgee Rosseau het sy bruidjie kom haal en dat ek hulle chaperone is. Hoe kwater ek hulle maak, hoe groter vriende gaan hulle word . . . en dis presies wat ek beoog!" antwoord Debbie uitgeslape en lag dat haar oë wegkruipertjie speel agter haar bolronde wange.

Lanja kyk vyandig na Rosseau wat haar slaapkamer binnekom en die naaste tas optel. "Los! Dis my tas en ek sal dit dra."

"Met daardie sprinkaanarmpies?" terg hy.

"Asbek!" werp sy hom onthuts toe.

"Vloek jy my of prys jy my, meisiekind?" vra hy verward.

"As ek soos 'n sprinkaan lyk, lyk jy soos 'n donkie . . . 'n asbek," antwoord sy kortaf.

Sy glimlag keep diep kuiltjies in sy wange. "Mooi én slim, nes jou ouma gesê en jou foto's my vertel het."

Hy het 'n mooi glimlag, dink sy, maar lig haar ken en sê afkeurend: "Dan vertel jy nie net gemene jokstories oor 'n onskuldige ou tannie nie, maar krap jy boonop in ander mense se privaat eiendom rond. Weet my ouma jy blaai deur haar fotoalbums as sy elders besig is?"

"Ek het nie 'n keuse nie. Jou ma stuur die foto's, jou ouma plak hulle in haar albums en ek kry net koekies as ek saam met haar na die foto's kyk. As jy net weet hoeveel keer ek gesê het jy is die mooiste dogtertjie in die wêreld sodat ek 'n ekstra gemmerkoekie kon kry . . ." Hy sug oordrewe en dan vonkellag sy oë in hare. "Dis verstommend hoe oortuigend 'n mens kan jok as jy 'n suikertand het."

"Insinueer jy dat ek lelik is?" vra sy koel, vies vir haarself omdat sy so naïef was om sy storie oor Debbie se drinkgewoonte te glo.

Hy kruis sy arms voor sy bors, betrag haar skewekop, sy oë effens geskreef, en antwoord tergend: "Dit hang af. Toe ek tien was, het ek meer van koekies as van 'n oulike kleuterdogtertjie gehou. En toe ek oud genoeg was om 'n oulike kleuter te waardeer, verander jy in 'n stokinsek met yslike, donker oë en ellelange, maer arms en bene. Ek moes 'n onbeskryflike lyding deurmaak voordat jy eindelik 'n herkenbare mens geword het."

"Arme jy," sê sy onsimpatiek en onderdruk die verraderlike begeerte om saam met hom te lag. Sy hou van sy glimlag en die diep klank van sy stem, maar . . . sy vertrou hom nie. Sy was 'n onervare kind toe sy Derek Vermeulen liefgekry en vertrou het, maar sy sal die pyn van haar ontnugtering nooit vergeet nie. "Is daar foto's van jou in my ouma se albums?" vra sy bruusk.

" 'n Paar skoolfoto's waarop my hare geleidelik van wortelrooi na donkerbruin verander," erken hy.

"Donkerbruin hare wat vlam vat in die son?" terg sy op haar beurt.

Hy glimlag flitsend. "Ek dra 'n hoed in die son," antwoord hy en kyk na haar bagasie. "Ken ons mekaar nou goed genoeg dat ek jou tasse na my motor toe mag dra, of verkwalik jy my nog omdat ek gesê het tant Debbie drink skelm?"

"Ek sal bly wees as jy my help, dankie, maar waarom het jy oor tant Debbie gejok? Of drink sy werklik skelm?"

'n Moedelose laggie glip oor sy lippe. "Ek wens amper sy het, want dan kon ons gehoop het dat sy die een of ander tyd aan die slaap sou raak. Nee, sy drink nie, maar sy het besluit ek en jy gaan trou. Gelukkig het jou ouma my gewaarsku jy is 'n mannehater, daarom beloof ek plegtig om jou nie te vra om met my te trou nie."

Sy staar hom in stilte aan, skadu's van 'n ander dag luierend in haar oë. "Ek hou van mans, Rosseau, maar ek vertrou hulle nie. Maak dit sin?" vra sy aarselend.

Die warmte wyk uit sy oë. "Ja, want ek het dieselfde klip-perige paadjie kaalvoet geloop. Jy is gekneus en plek-plek bloei jy, maar die seer word gesond. Ongelukkig onthou jy, daarom loop jy nie weer dieselfde paadjie nie."

"Nooit weer nie," beaam sy, raap haar handsak en grimeer-tassie op en glimlag spontaan. "Ons kan maar gaan, dankie, Rosseau. Ek sal my sprinkaanarmpies vertroetel en jy kan al my swaar tasse dra."

Lanja sit verras in haar bed orent toe Jakkie met 'n skinkbord koffie en beskuit haar slaapkamer binnekom. "Môre, Oumie! Hoe het Oumie geweet ek is al wakker?"

Jakkie sit die skinkbord op die lessenaartjie voor die venster neer en kom glimlaggend nader, 'n koppie koffie in haar hand." Môre, my poppie. Hier, vat jou koffie, dan kry ek myne. Ek was in die tuin toe ek merk jy skuif jou gordyne oop, daarom het ek gaan koffie maak, wat van 'n stukkie beskuit?"

Lanja kreun en druk met haar regterhand op haar maag.

"Nee, dankie, Oumie. Ná al daardie ure saam met tant Debbie in die motor het ek my honger permanent verloor. Sy glo 'n motorrit is 'n piekniek en dat dit almal se plig is om saam met haar te eet. Sy het net opgehou om my te voer toe ek voorgee ek slaap!"

"My arme ou vriendin . . . Sy herinner my aan 'n knabbelende knaagdiertjie, want sy is net gelukkig wanneer sy kan kou," sê Jakkie simpatiek. "Hoe het Rosseau die piekniek oorleef?"

Lanja drink 'n slukkie koffie en trek haar knieë op sodat Jakkie op die kant van haar bed kan plaasneem. "O, hy was te slim vir tant Debbie! Hy het haar oortuig dat hy agter die stuurwiel aan die slaap sou raak as sy maag vol is, daarom was sy doodbenoud toe hy net 'n koeldrank wou drink. Arme Rosseau . . . Tant Debbie se eetgoed het hom seker 'n klein fortuintjie gekos, want hy het daarop aangedring om vir alles te betaal," vertel Lanja spytig.

"Toe maar, sy bankrekening sal dit oorleef, Lanjatjie. Sy oorlede ma het ryk geërf en sy het alles aan haar seuns nagelaat. Haar oudste seun, Benno, was haar lieflingskind en hy het op vyf en twintig 'n fortuin van sy ma geërf, maar Rosseau het darem ook 'n ietsie geërf, al moes hy wag totdat hy agt en twintig was – vandaar sy luukse motor." Jakkie betrag haar oomblikke lank oorwegend. "Hoe hou jy van die seun, my poppie?" vra sy en probeer om nie te nuuskierig te klink nie.

Lanja glimlag onwillekeurig. "Baie, Oumie. Ons het net 'n klein rukkie alleen gesels toe ons my bagasie na sy motor toe gedra het, maar ek weet hy wantrou meisies soos ek mans wantrou. Rosseau wil net vriendskap hê, nie 'n lastige meisie wat hom probeer betower nie," antwoord sy met sekerheid.

Kommer keep 'n frons tussen Jakkie se wenkbroue. "Moet ek glo dat 'n enkele liefdesteleurstelling jou finaal laat besluit het om nooit weer 'n man lief te kry nie, my kind?"

"Dit was nie 'n besluit nie, Oumie. Ek was so lief vir Derek, so seker dat hy my liefhet, dat ons liefde vir altyd sou wees, en toe ... Oumie ken die storie. Ek het gedurende my studentejare gereeld met jong mans uitgegaan, maar mans is net mans. Derek is die enigste man wat ek ooit liefgehad het. Ek kan myself tog nie dwing om 'n man lief te kry nie, Oumie?"

"Nee, Lanjatjie, want die liefde is nooit gedwonge nie. Maar eendag sal jy die regte man ontmoet ... iemand wat jy wel kan vertrou. Jy het tog nie op een en twintig opgehou leef nie, kind?" vra Jakkie en slaag met moeite daarin om haar hartseer en kommer oor Lanja te verberg.

Lanja sit haar leë koppie op die bedkassie neer, leun nader en neem een van Jakkie se kreukelpapierhande in hare. "Natuurlik nie, Oumie! Ek hoop om vroeg in die nuwe jaar as fisioterapeut te begin werk, maar intussen hou ek saam met Oumie en tant Debbie vakansie. Rosseau sal ook gereeld kom kuier. Gelukkig het my ma my en Rosseau gewaarsku dat tant Debbie ons opsetlik oor ons kastige verlowing en huwelik sou terg totdat ons uit pure ergernis met haar vriende sou word."

"En? Wat het julle toe gedoen?" vra Jakkie nuuskierig.

"Voorgegee dat ons dolverlief is op mekaar en dit aan tant Debbie oorgelaat om ons verlowingspartytjie en huweliksonthaal te beplan. Ek is seker sy sal vroegoggend kom kuier om Oumie oor my en Rosseau se trouplanne in te lig," vertel Lanja laggend.

"Dié Debbie darem! Die arme vrou probeer om almal om haar gelukkig te maak, sodat sy van haar eie hartseer kan vergeet. Dankie vir die tydige waarskuwing, my poppie, maar terwyl ek nou daaraan dink: moenie jou oor werk bekommer nie, want een van my huisvriende is 'n fisioterapeut met sy eie praktyk. As jy belangstel, kan jy in Januarie saam met hom begin werk," lig Jakkie haar ingenome in.

"Oumie het sowaar reeds werk vir my gekry? Baie, baie dankie! Oumie is 'n skat!" jubel Lanja en gee haar 'n spontane drukkie. "Ek is so bly, ek kan nie ophou glimlag nie!"

"Dis wat ek wil sien, Lanjatjie: jou sonnige glimlag. Ek kla nooit teenoor jou ma nie, maar die ou huis is groot en leeg sedert jou oupa Frikkie se dood. Ek het oorgenoeg vriendinne en ek speel nog twee maal per week tennis, maar ek hunker na naby-mense, my eie mense. As ek nie die liewe Debbie en Rosseau gehad het nie . . . Maar nou het ek jou by my en jy maak my ryk. Die lewe is goed," sê Jakkie, 'n gloed van innerlike geluk op haar gelaat.

"Ek is bly om hier te kan wees, Oumie. Ek beloof om nooit weer weg te gaan nie."

Jakkie betrag haar in stilte, haar glimlag raaiselagtig. "Ja, kindjie, so sê ons almal solank ons hart ons eie is. Maar selfs al sou jy trou, kan jy en jou man hier by my woon, want hier is oorgenoeg plek vir julle en ses kleinkinders . . . en die huis is aan jou bemaak."

"Ek wil dit nie hê nie!" kom dit met onverwagte drif van Lanja.

Jakkie sien die huiwerende vrees in Lanja se oë en glimlag gerusstellend. "Jy is bang ek gaan môre dood, sodat jy die huis kan erf? Moenie bekommerd wees nie, my poppie. Ek hoop ek kry die genade om eendag my agterkleinkinders te help grootmaak. Maar nou gaan ek ontbyt maak, voordat ek op my nugter maag na Debbie se stories oor jou en Rosseau se huweliksonthaal moet luister."

Lanja se oë volg Jakkie se skraal, kort gestalte na die deur, maar kyk voor haar geestesoog in die laggende seegroen oë van Rosseau vas. Sy hou van Rosseau, hou so baie van hom, maar dis gelukkig nie dieselfde as liefde nie. Liefde maak van jou 'n willose slaaf, maak jou seer; maar vriendskap maak jou vry en bring hierdie vreemde geluk wat sy ervaar elke maal wanneer sy aan Rosseau dink, dink sy en glimlag tevrede.

Jakkie stik aan 'n krummeltjie roosterbrood toe Debbie die ontbythoekie van die ruim kombuis binnekom en 'n klompie velle papier na haar uithou. "Dis 'n lys van al die gaste wat ons eers na Lanja en Rosseau se verlowingspartytjie en daarna na hul huweliksonthaal sal uitnooi, Jakkie. Môre, Jakkie. Môre, Lanjatjie," groet sy, plof op 'n stoel neer en vervolg onverpoosd: "Jy moet noukeurig deur die lys gaan en kyk wie se name ek per ongeluk weggelaat het, Jakkie. Kry ek 'n koppie koffie en 'n eetdingetjie, asseblief, Lanja? Ek was so besig om die lys op te stel dat ek skoon vergeet het om vir my ontbyt te maak, nou gor my arme ou magie van die honger."

Jakkie kug en hoes, skraap haar keel en drink dankbaar die glas water wat Lanja vir haar aandra.

"Hallo, tant Debbie. Ek bring dadelik vir tannie koffie en beskuit. Maar wanneer het tannie die tyd gekry om die gastelys op te stel? Ek het gedink tannie sou doodmoeg wees ná die lang rit van die Kaap af," vra Lanja met hoflike belangstelling, bewus van die toornige uitdrukking op Jakkie se gelaat.

"Haai, Lanja, ek kan vir dae aaneen wakker bly! Solank ek 'n ou peuseldingetjie langs my het, word ek nie vaak nie. Maar peusel is nie dieselfde as eet nie. Los eers die koffie en beskuit, ou kindjie. Ek is reg vir 'n stewige ontbyt," antwoord Debbie en klop-klop op haar maag.

"Ek skaam my vir jou, Deborah," berispe Jakkie haar.

Debbie kyk skuldig na die groot donkerrooi-en-pers blom-patrone op haar groen bloes. "Ja, vrou, ek weet my smaak in klere is uitspattig, maar dit pas by my, want ek is uitspattig fris. Daardie ou klein, fyn patroontjies op jou rok sal sommer weg-raak op al my golwe en deinings," verweer sy haar.

"Ek verwys nie na jou uitspattige kleresmaak nie, Deborah," kom dit gegrief van Jakkie.

"O . . . Ag, Jakkie, ek weet jy dink ek lyk mooier in sagte blou, maar my ou blou ogies lyk half uitgewas en my blonde haartjies is so yl . . . Aggenee wat, niemand sal my raaksien as ek sulke sagte kleure soos jy dra nie. Ek weet mos van kleins af al ek is groot, Jakkie, maar mooi sal ek nooit wees nie. My neus is te groot en vandat ek kunstande het, lyk my mond nes 'n roksnaat, want my lippe het weggeraak. Stap jy Sondae die kerk binne, kyk al die ouer mans na jou, Jakkie, want jy is klein en fyn en nog altyd mooi . . . maar ek sórg dat almal na my kyk, al is dit net oor my bont klere te lag en te skinder!" Debbie se laggie rafel vinnig uit toe Jakkie haar streng aankyk. "Toe maar, Jakkie, jy hoef jou nie vir my te skaam nie, want al die kerkmense weet mos ons is net bure, nie bloedfamilie nie," voeg sy vertroostend by.

Jakkie sug gelate. "Ja, Deborah, jy het my al vertel en ek is innig dankbaar ons is nie familie nie, maar kan ons nou 'n oomblik lank van jou vergeet en oor my kleindogter praat?"

"Sommer so voor haar, Jakkie? Sal dit nie ongeskik wees nie? Of gaan ons nie skinder nie?" vra Debbie gekwel.

"Dis belangrik dat ek voor Lanja praat, want dis dinge wat sy moet weet, Deborah," sê Jakkie beslis.

"Ja, natuurlik! Ons moet darem hoor of sy die gastelys goedkeur, nè, Jakkie? Dalk moet ons met die gastelys wag tot Rosseau hier is, dan kan hulle so saam-saam besluit watter name hulle wil weglaat of byvoeg," stel Debbie ingenome voor.

Jakkie slaan haar oë plafonwaarts, prewel binnensmonds: "In die lewe . . ." voordat sy met geveinsde geduld na Debbie kyk. "Ek, Deborah, sal liewer alleen met Rosseau wil praat, maar intussen . . . Ek en jy is albei ouer en wyser as Lanja en Rosseau. Stem jy saam, my liewe mens?"

Debbie knik heftig haar kop. "Natuurlik, Jakkie. Ek is sestig en jy is vyf jaar ouer. Ons is oud en wys . . . maar jy is slimmer as ek."

"Ons praat nou oor wysheid, vrou, en ek glo jy het niks minder wysheid as ek nie. Ons ken al die slaggate van die lewe

... en veral van 'n huwelik. Huwelike beland so maklik op die rotse en 'n oorhaastige huwelik kan noodlottige gevolge hê. Rosseau en Lanja ken mekaar nie. Dink jy ons moet die kinders toelaat om oorhaastig te trou en dit daarna vir die res van hulle lewe te berou?" vra Jakkie verwytend.

Debbie staar Jakkie verskrik aan. "Haai, nooit nie, Jakkie! Dis sommer lawwigheid van die kinders om so oorhaastig verloof te raak en te trou!" Sy wend haar tot Lanja, wat haar gemaak ernstig aanstaar, en gaan pleitend voort: "Ag, my hartjie, ek kan net raai hoe 'n bittere teleurstelling dit moet wees, maar dis so 'n ernstige ..."

"Wie se teleurstelling, tant Debbie?" vra Rosseau uit die agterdeur en stap na die ontbythoekie. "Môre, dames. Wie is teleurgesteld, tant Debbie?"

"Die arme Lanja ... en die arme jy ook, Rosseau," antwoord Debbie, haar stemtoon bedroef. "Om te dink ons het klaar besluit hoe jul verloofring en jul troukoek en Lanja se trourok en die rokke van die strooimeisies moet lyk ... Haai, dis 'n bittere teleurstelling vir julle ou tweetjies, maar ek en Jakkie is oud en wys en ons het besluit julle kan nie so oorhaastig trou nie, want dan land julle op die rotse."

Rosseau kyk vlugtig na Lanja, sien die dansende lag in haar oë en kug aamborstig agter sy hand. "Ekskuus, tant Debbie, maar ek het skielik so 'n krapperigheid in my keel."

"Moenie verskoning maak nie, my kind. Ek voel self ook bewoë omdat julle nie meer gaan trou nie," kug Debbie hartseer en kyk pleitend na Jakkie. "Hoe maak ons nou, Jakkie? Sal ek vir die kinders chaperone speel sodat hulle gereeld met mekaar kan gesels en mekaar beter leer ken?"

Jakkie staar haar verdwaas aan. "Op die aarde ..." prewel sy verslae, sien hoe Lanja trane in haar oë kry in 'n poging om nie uit te bars van die lag nie, terwyl Rosseau weer aamborstig kug, en versoek haastig: "Asseblief, Rosseau, neem Lanja buitentoe.

Die kind lyk bleek om die kiewe, seker as gevolg van al die verkeerde eetgoed wat die lastige Debbie haar gister gevoer het. Toe, draf, julle twee!"

"Ons draf, tant Jakkie!" roep Rosseau, gryp Lanja se hand en trek haar saam met hom by die agterdeur uit.

Hulle bereik die hoek van die huis, gaan staan asof afgespreek, kyk in mekaar se oë en bars skaterend uit van die lag.

"Tant Debbie is beter as enige komedie!" sê Lanja toe sy eindelik tot bedaring kom, haar stem nog vol van die warmte van lag.

"Dank die hemel jou ouma weet presies hoe om tant Debbie tot besinning te bring, want as dit van haar afgehang het, was ek en jy nou op pad na 'n juwelierswinkel toe om 'n verloofring te koop!" Hy merk weer die flikkerende skadu in Lanja se oë en sê verskonend: "Moenie toelaat dat tant Debbie jou ontstel nie, Lanja. Sy is 'n liewe mens, maar sy laat toe dat haar idees met haar die loop neem. Sy wil ons maar net gelukkig sien."

"Maar ek is gelukkig," glimlag sy en wonder waarom sy so uitermate gelukkig voel.

Hy kyk in haar oë en 'n glimlag verdiep die kuiltjies in sy wange. "Ek ook. Dis so maklik om saam met jou te lag," sê hy en klink verbaas.

"En as ek die dag huil?" terg sy.

"Beloof ek om jou te troos," antwoord hy, sy glimlag warm en naby soos die sagte streling van 'n sonstraal.

Sy koester haar oomblikke lank in die helder glans van sy seegroen oë, ervaar 'n gevoel van betowering wat 'n gloed van ongekende ekstase in ligte trillings deur haar liggaam stuur, en draai haar kop haastig weg.

Sy is ineens bang, besef sy, want sy is nie langer in beheer van haar emosies nie. Sy glo nie aan liefde nie, want liefde is selfbedrog, herinner sy haarself; wat sy 'n oomblik gelede ervaar het, was blote verbeelding . . . 'n terugflits na die eerste weke van haar verhouding met Derek, toe sy tevrede was om hom met sprakelose bewondering aan te staar, dankbaar dat hy bereid was om 'n paar minute met haar te gesels.

Maar sy is nie langer die impulsiewe kind van byna vier jaar gelede nie; en Rosseau is nie die verraderlike Derek Vermeulen nie. Rosseau is haar vriend, en verwag sy meer van hom, gaan sy sy vriendskap verloor, maan sy haarself.

"Ek dink ek het nou genoeg vars lug gehad om my van my lagbui te genees, Rosseau. Kom ons gaan drink koffie," nooi sy, dankbaar dat haar stem normaal klink.

"Ja . . . koffie is altyd die veiligste uitweg," antwoord hy enigmaties, vat haar hand asof dit so hoort en stap saam met haar terug kombuis toe.

Lanja loop tydsaam deur die tuin en gesels met die vriendelike Pote wat haar vergesel en haar dan en wan aan die hand lek sodat sy sy ore moet krap. Pote ruk skielik sy kop op, spits sy ore en kies koers na 'n digte katjiepieringstruik langs die huis. Lanja volg hom, bly voor die struik staan en kyk verwonderd rond. "Pote! Kom hier, my honne!" roep sy. Sy wag 'n paar oomblikke, maar kan die rifrug nêrens sien nie. "Pote, waar is jy? Speel ons nou wegkruipertjie?" vra sy en loop versigtig deur die agapante en om die groot, digte katjiepieringstruik langs die ringmuur.

Haar oë rek verras toe sy Pote in 'n spits Gotiese opening in die ringmuur tussen haar ouma se huis en die buurhuis gewaar. Pote kyk haar stertkwispelend aan, wag tot sy hom bereik en storm met 'n opgewonde blaffie om die japonikastruik in die buurtuin.

"Pote . . . wag!" roep sy gedemp, draf om die japonikastruik en sien Pote langs die hoek van die groot ou buurwoning staan. Hoe verklaar sy haar teenwoordigheid aan ouma Jakkie se onbekende bure? Vreemd dat haar ouma niks van 'n deurgang in die ringmuur gesê het nie. Noudat sy daaraan dink, haar ouma praat nooit oor enige ander bure behalwe tant Debbie wat oorkant haar woon nie. En Rosseau. Maar daar sal beslis nie 'n deurgang tussen hulle huise wees nie, want haar ouma en oom Karl Friedlander is hul lewe lank aartsvyande. Wie ook al hul bure is, sy moet die moedswillige Pote so gou moontlik aan die halsband beetkry en terugsleep huis toe, dink sy bekommerd en draf ligvoets langs die buurhuis af.

Asof dit die sein was waarop hy gewag het, gee Pote weer 'n uitbundige blaffie en storm weg oor die grasperk voor die huis.

"Simpel hond!" skel sy onderlangs en rek haar treë. As Pote net nie gate in die goed versorgde beddings grawe nie, dink sy paniekerig. Sal die bure verstaan dat sy nie opsetlik in hul tuin agter die spelerige hond aandraf nie? Haar ouma en die bure kan nie vyande wees nie, anders sou haar ouma lankal die deurgang in die ringmuur laat toemessel het. Ja . . . die bure en haar ouma moet goeie vriende wees, daarom sal hulle nie omgee dat sy deur hul tuin draf nie, probeer sy haarself gerusstel en steek in haar spore vas toe sy die hoek van die huis bereik en haar blik op drie reuse-sederbome aan die onderpunt van die tuin val.

"Dis . . . oorweldigend mooi," prewel sy, haar blik bewonderend op die sederbome, onbewus daarvan dat sy haar gedagtes hardop uitgespreek het.

"Dis wat ek ook altyd dink," beaam 'n manstem wat vreemd bekend klink.

Sy swaai haar kop in die rigting van die stem en sien 'n lang, breedgeskouerde, bejaarde man wat, net soos sy stem, onverklaarbaar bekend lyk. Hy tree langs 'n Indiese meidoring uit en kom met 'n rustige glimlag om sy lippe nader gestap. "Die Clanwilliam-seders is deur my oupa geplant, vandaar die naam van my huis, Drie Seders. Ek het ook name vir my seders: Lewe, Geloof, en die grootste een is Liefde. Bome is goeie vriende wat nooit te besig is om te luister nie, daarom gee ek name aan hulle," gesels hy en bly langs haar staan om na die bome te kyk.

Sy glimlag onseker. "Die name pas by die groot ou bome, meneer . . .?"

"Oom Karl Friedlander," stel hy homself bekend en steek sy hand na haar toe uit. "As Rosseau jou ouma 'tant Jakkie' kan noem, mag ons seker ewe familiêr wees," skerts hy en skud haar hand, sy blik ondersoekend op haar gelaat. "En jy is ongetwyfeld Jakkie se kleindogter, Lanja, want jy is haar ewebeeld, net effens langer . . . en jonger. Bly te kenne, Lanja."

"Bly te kenne, oom Karl. Dankie dat oom nie vies is omdat ek ongenooid in oom se tuin rondloop nie, maar die simpel Pote is hier êrens. Ek hoop nie hy grawe die blomme uit nie," antwoord sy verskonend, haar uitdrukking wantrouig. As oom Karl en haar ouma kwaaivriende is, kan sy nie verwag dat hy haar op sy werf sal verwelkom nie, dink sy en vervolg spytig: "As oom my net sal toelaat om Pote te soek . . ."

Hy lag gerusstellend. "Alles reg, ounooi. Ek en Pote is ou vriende. Pote is net op soek na sy bal. A . . . hier kom hy nou!"

Pote kom met 'n tennisbal in sy bek aangehardloop, lê die bal voor Karl se voete neer en bly afwagtend staan.

"Gee vir my die bal, Pote," beveel Karl. Die rifrug tel die bal in sy bek op, laat val dit in Karl se uitgestrekte hand en storm blaffend weg om dit te gaan haal toe hy die bal tot anderkant die seders gooi.

"Dan is oom en my ouma nie langer kwaad vir mekaar nie?" vra Lanja verras.

Karl skreef sy oë, sy blik op die hond wat snuffelend in die tuin na die bal soek.

"Het Jakkie jou vertel van ons rusie van jare gelede, Lanja?" vra hy eindelik.

"Nee, oom. My ma het my vertel my ouma en oom is aartsvyande, maar sy het nie geweet waaroor nie. My ouma kuier gereeld by ons, maar sy het nooit oor oom of Rosseau gepraat nie."

"Ja . . . Ja, dis hoe ek Jakkie ken: sy klap 'n deur toe en stap weg, en niks en niemand sal haar oorreed om weer die deur oop te maak nie. Dis waarom ek nie eens probeer nie. Ek het dinge vir haar gesê wat ek tot vandag toe berou, maar hoe dra ek dit aan haar oor? Noudat Rosseau haar vertel het ek weet van sy jare lange vriendskap met haar, vind sy dit dalk moontlik in haar hart om my te vergewe, maar ek besef dis 'n vae hoop." Hy gooi weer die bal toe Pote dit vir hom bring en vra onverwags: "Speel jy gholf, ounooi?"

"Van kleins af! My pa sleep my gereeld saam gholfbaan toe, want my broer is rugby- en krieketmal. My pa sê ek is 'n hopelose gholfspeler, maar darem goeie geselskap. Wat het oom laat dink dat ek moontlik gholf speel?" vra sy verwonderd.

"Jou ouma se fotoalbums. Rosseau het my vertel daar is 'n paar foto's van jou en jou pa op die gholfbaan. Kom speel jy Woensdagmiddag saam met my gholf, of is jy bang vir jou ouma?" nooi hy, 'n ondeunde vonkeling in sy oë.

"Ek is seker ouma Jakkie sal nie omgee nie. Maar ek het nie my gholfstokke saamgebring nie, oom," antwoord sy teleurgesteld.

"Dan huur of koop ek vir jou die nodige. Ek ry om halftwee. Sal jy hier wees, ounooi?" vra hy hoopvol.

Sy glimlag bly. "Graag, oom Karl. Baie dankie vir die uitnodiging." Sy begin wegdraai. "Tot siens, oom. Ek is bly ek het oom ontmoet."

"Nie blyer as ek nie, ounooi. Jy is altyd welkom as jy wil kom oë wys. Soms raak ek moeg van my eie geselskap en dié van my ou vriende – of dalk vergeet ou mense net makliker van die ouderdom as hulle saam met jong mense is," skerts hy.

211

"Ek sal kom kuier, oom. Kom, Pote!" roep sy en draf weg na die deurgang in die ringmuur.

Rosseau storm by die voordeur uit, net betyds om Lanja om die hoek van die huis te sien verdwyn. "Vervlaks! Ek hoop Pa het nie die oulike meisie weggejaag nie," sê hy onstuimig.

Karl kyk in sy stormagtige oë, klop hom goedig op die skouer en antwoord met 'n onnutsige vonkeling in sy oë: "Wegjaag? Nee, Rosseau, jou bejaarde pa het so pas 'n afspraak met die beeldskone jong Lanja gemaak en sy het my uitnodiging gretig aanvaar!"

3

Hy het nog altyd gevoelens van liefde, respek en bewondering vir sy pa gehad, dink Rosseau, maar as die man wat voor hom staan nie sy pa was nie, het hy hom nou fisiek aangerand. Hoe durf sy pa, 'n ou man van sewe en sestig, 'n afspraak maak met die beeldskone, lieftallige Lanja? En Lanja het ingestem . . . waarom? Het haar mislukte verhouding waarvan tant Jakkie hom vertel het, haar laat besluit 'n ou man se liefde is veiliger? vra hy homself ontsteld af. Nee, dis belaglik! Lanja was 'n tiener van agttien toe sy op die heelwat ouer mediese student Derek Vermeulen verlief geraak het – of was haar eerste liefde so allesoorheersend dat sy hom ná meer as drie jaar nog nie vergeet het nie? Nogtans, hy sal nie toelaat dat Lanja in sy bejaarde pa se arms troos soek nie, dink hy en pers sy lippe in 'n dun lyn saam.

"Praat, Rosseau, voordat jy 'n aartjie bars. Vermoed jy dat ek in my seniele toestand besluit het om met my baie geld vir my 'n jong bruidjie te koop?" treiter Karl hom.

"Is dit wat Pa beoog?" vra Rosseau grimmig. Hy weet hy is so kwaad dat hy kan moor, maar soek nog verward in sy binneste na die rede vir sy woede.

"Wel . . . daar is seker meisies wat gekoop kan word, maar of Lanja een van hulle is, sal net die tyd leer," antwoord Karl redelik.

"Sy is nie! Genugtig, Pa, Lanja is 'n liewe, onskuldige meisie wat 'n paar jaar gelede haar verhouding met 'n . . . 'n gewetenlose man verbreek het. Ek vermoed sy het bitter seergekry, daarom sê sy sy sal nooit weer 'n man vertrou nie. Pa is vir haar net 'n gawe oom, 'n vaderfiguur, maar as Pa dink sy stel in 'n romantiese verhouding met Pa belang . . . Ek sal nooit so 'n vernedering kan oorleef nie!"

"Sal jy jou vir my skaam as ek met 'n jong meisie trou, Rosseau?" vra Karl gelykmatig.

"Ja! Nee! Ek bedoel, kry vir Pa 'n vrou, maar laat Lanja net met rus. Sy is tant Jakkie se kleindogter, en tant Jakkie en Pa is aartsvyande. Wat sal haar reaksie wees as sy hoor Pa neem Lanja uit?" vra Rosseau driftig.

"Ek hoop dit sal 'n einde maak aan my en Jakkie se jare lange kwaaivriendskap. Trou ek met Lanja, sal Jakkie my teen wil en dank as haar kleinseun moet aanvaar, of sy sal . . ." Karl gooi sy kop agteroor en bars bulderend uit van die lag. "Rosseau, my stomme seun, as jy jou eie gesig kan sien . . . Dink jy waaragtig ek is klaar seniel? Soms voel ek nog soos twintig, maar dit sal uiters verspot wees as ek soos 'n twintigjarige optree."

"Maar Pa hét 'n afspraak met Lanja gemaak . . . of hou Pa my net vir die gek?" vra hy wantrouig.

"O, ek en Lanja het wel 'n afspraak, maar as jy die tyd het, kan jy saamkom. Jy het my vertel sy speel gereeld saam met haar pa gholf en ek het haar genooi om Woensdagmiddag saam met my te gaan speel," verduidelik Karl, die lag nog glansend in sy oë.

213

"O . . . gholf!" Rosseau klink oneindig verlig en glimlag stram. "Dis seker reg, want sy sal haar pa se geselskap op die gholfbaan mis." Hy swyg onseker en vra dan agterdogtig: "Sy spreek Pa as 'oom' aan?"

"Ja, knaap, ek het gevoel dit sal onvanpas wees om in hierdie stadium liefdesnaampies te gebruik," antwoord Karl ergerlik en betrag Rosseau met fronsende ongeduld. "Wat het in jou gevaar, kêrel? Ek is al ses jaar lank 'n wewenaar. Het ek jou ooit rede gegee om jou vir my te skaam?"

Rosseau ver my Karl se oë en antwoord ongemaklik: "Nee, natuurlik nie, Pa. Ek . . . e . . . voel maar net oorbeskermend teenoor Lanja, omdat sy tant Jakkie se kleindogter is."

"En jy is terselfdertyd jaloers omdat jy nie daaraan gedink het om haar te vra om saam met jou gholf te speel nie?" vra Karl bruusk, sy blik deurforsend.

Rosseau tuur met geskreefde oë oor die tuin, innerlik verward en vol opstuwende emosies. Waarom pla dit hom dat Lanja saam met sy pa gaan gholf speel? Hy is tog nie jaloers nie? Nee, natuurlik nie! Lanja is tant Jakkie se kleindogter en tant Jakkie is vir hom soos eie familie . . . Maar hy het geen aanspraak op die pragtige Lanja nie . . . nogtans voel hy daar is 'n spesiale band tussen hulle, omdat hulle so vertroulik oor hul hartseer kon praat. Lanja is 'n spesiale vriendin, daarom voel hy so beskermend teenoor haar, besluit hy, en voel vreemd verlig.

"As dit jou werklik soveel pla, Rosseau, sal ek Benno vra om Lanja gholfbaan toe te neem. Moontlik kan hulle daarna saam gaan eet of . . ." onderbreek Karl sy gedagtegang.

"Hou Benno weg van Lanja af, Pa!" val Rosseau hom vinnig in die rede. "Pa ken hom! Hy glo elke meisie is gereed om in sy arms te val as hulle net in sy blou oë gekyk het. Hy is te . . . te ervare om 'n meisie soos Lanja uit te neem."

"A, maar Lanja is 'n beeldskone meisie, ou seun. Benno sal net een maal na haar kyk en dan al sy sjarme gebruik om haar

214

wel uit te neem en boonop verlief te maak op hom," merk Karl ongesteurd op.

"As hy dit durf waag . . .!" Rosseau byt op sy tande, spiere bultend langs sy kake.

"Bedaar, Rosseau," kom dit paaiend van Karl. "Jy het my laat verstaan jou broer se talle verhoudings pla jou nie langer nie. Waarom nou 'n uitsondering maak? Of het jy self 'n ogie op Lanja?"

Rosseau frons misnoeg. "Ons is vriende, Pa. Ek voel ek is dit aan tant Jakkie verskuldig dat ek verhoed dat Lanja weer seerkry, maar ek is nie verlief op haar nie."

"Natuurlik nie," beaam Karl met 'n droë laggie. "Maar jy kwel jou verniet. Ek is seker Lanja weet wat sy in die lewe wil hê en sy sal dit kry ook. Niks sal my gelukkiger maak as om Benno en Lanja getroud te sien nie, maar ongelukkig is dit nie my besluit nie." Hy kyk op sy polshorlosie. "Is jy nie reeds laat vir werk nie?"

"Ek voel ek is te laat vir alles! Tot siens, Pa," groet Rosseau stroef en loop met lang hale weg.

Lanja stap die sitkamer binne en kyk verras na Jakkie wat met haar hande in die sye, soos 'n wafferse kapokhaantjie, voor die tronende Debbie staan.

"Nee, Deborah! Ek wil nie jou kamtige program sien nie, ek wil dit nog minder lees, maak nie saak hoe vinnig jy dit onder my neus rondswaai nie. Vat jou program en gaan terug huis toe. Ek het tot twaalfuur tennis gespeel en ek is pootuit. Ek gaan nou eet en daarna rus. Tot siens, Deborah!" groet Jakkie met grimmige finaliteit.

"As jy dan vermakerig wil wees . . ." Debbie draai weg en plof op die groot gestoffeerde rusbank neer. "Toe, gaan eet en rus, klein gifappeltjie. Ek sit net hier en hou myself geselskap . . . en werk sommer verder aan my program."

Jakkie staar haar oomblikke lank verdwaas aan. "Nes 'n klip ... nee, 'n massiewe rots, sonder 'n greintjie selfrespek! Kry jy nie eens 'n tikkie skaam om te bly sit nadat ek jou weggejaag het nie, Deborah?" vra Jakkie meer moedeloos as kwaad.

"Nee wat, ou Jakkie, ek het jou vriendskap te nodig, vandat ek my enigste ooilam – nee, Nardus kan nie 'n ooilam wees nie – vandat ek my enigste hanslam verloor het. Hier sit ons, my liewe mens, al twee senior burgers, met ons stywe bank-rekenings en ons groot, leë huise waarin ons rondratel soos 'n albaster in 'n skoenboks. Jy ken my, Jakkie: as ek nie kan eet of praat nie, gaan ek dood. Wil jy my dood op jou gewete hê, vrou?"

"Ek sal met tannie praat as tannie beloof om nie dood te gaan nie," sê Lanja paaiend en loop vinnig nader toe sy Jakkie gloede van ergernis sien kry.

"Lanjatjie! Jy kom asof jy gestuur is, hartjie," kom dit ingeno-me van Debbie, haar glimlag stralend. "Wag, ek maak net plek vir jou en dan kom sit jy hier langs my op die rusbank. Ons kan so saam-saam na my program kyk ... Ag, wat 'n gesukkel om my ou groot liggaam geskuif te kry!"

"Kry jou ry, Deborah, of ek huur 'n hyskraan om jou uit my huis te verwyder!" dreig Jakkie toornig en bly uitdagend voor die spartelende Debbie staan.

Lanja loop nader en plaas 'n beskermende arm om die ont-stelde Jakkie se skouers. "Waarom maak Oumie en tant Debbie rusie? Is tant Debbie nie Oumie se beste vriendin nie?" vra sy onbegrypend.

Jakkie sug oorwonne. "Ja, Lanjatjie. Die ou mens is my beste vriendin en my grootste kruis. Kyk nou maar net waarmee is die inmengerige vrou nou weer besig. Daardie bondel papiere in haar hand is haar program vir jou en Rosseau."

" 'n Program waarvoor?" vra Lanja oorbluf.

"Vir ons ou drietjies se dinge, natuurlik!" kom dit stralend

216

van Debbie terwyl sy die bondel papiere in haar regterhand entoesiasties rondwuif. "Kom kyk self, kind. Dis my en jou en Rosseau se program. Ons ou drietjies gaan saam bioskoop toe en toneelopvoerings bywoon en al die bekende eetplekke besoek. Naweke sal ons die dieretuine en botaniese tuine en ander interessante plekke in en om die stad besoek, en met my as julle chaperone sal julle mekaar sommer tjoef-tjaf ken! Haai, Lanja, dit gaan alte wonderlik wees om so aanmekaar rond te rits en saam te kuier!"

Lanja staar Debbie oomblikke lank verdwaas aan en haar blik soek woordeloos hulp by Jakkie.

"Nee, ek is ook sprakeloos, Lanja," sê Jakkie moedeloos. "Die vrou dryf my tot raserny – laat my soos 'n viswyf tekere gaan en jaag my bloeddruk op, maar daar sit sy nog lewensgroot en so onbeweeglik soos die berg Ararat! Dit help nie om met haar rusie te maak nie en ek is te oud om te huil om my sin te kry. Maar bly ek langer hier, gooi ek haar dalk met my kosbare Ming-vaas! Ek gaan solank vir ons middagete berei," besluit sy, ignoreer Debbie en loop die sitkamer uit.

"O, kyk nou so 'n wipstappie! Ou Jakkie, jy is grasgroen van pure jaloesie!" roep Debbie haar met 'n vergenoegde laggie agterna.

"Dink tannie my ouma is net jaloers?" vra Lanja twyfelend.

"Hoe anders? Sy is jaloers omdat sy nie daaraan gedink het om vir jou en Rosseau 'n program uit te werk nie." Debbie lag uitbundig, word ineens stil en staar Lanja met groot, pleitende oë aan. Sy beur steunend na die punt van die rusbank toe en sê vertroulik: "Foei, hartjie, jou kwaai oumatjie is net so eensaam soos ek, daarom is sy jaloers omdat ek oral saam met jou en Rosseau gaan eet en kuier. Maar ons kan nie so gemeen teenoor haar wees nie, want sy is darem my beste vriendin."

"Dis waar, tannie. Ek en Rosseau wil nie die oorsaak van kwaaivriendskap tussen tannie en my ouma wees nie. Dalk moet ons liewer van tannie se program vergeet," stel Lanja verlig voor.

"Nooit nie! Ek het 'n beter voorstel, Lanja. Ek sal Rosseau se chaperone wees en jou ouma kan jóú chaperone wees en ons ou viertjies kan orals saam-saam rondrits!" Debbie skaterlag, trots op haar eie vindingrykheid.

"Ja, dit sal meer regverdig wees, tannie, maar . . . e . . . ouma Jakkie sê selfs toe sy jonk was, het meisies nie meer 'n chaperone gehad nie," probeer Lanja 'n ander taktiek. Sy sien die verontwaardiging in Debbie se oë klim en vervolg taktvol: "Boonop het my ouma my vertel Rosseau werk dikwels saans laat en selfs naweke. Ek glo nie hy sal die tyd hê om ons voortdurend uit te neem nie, en boonop sal dit hom 'n fortuin kos."

"Wat praat jy, Lanja? Ek is 'n skatryk vrou en ek het nie 'n suinige haar op my kop nie. Ek sal natuurlik vir alles betaal, want dis my program en my plesier om te sorg dat jy en Rosseau mekaar beter leer ken," stel Debbie haar gerus.

"Tannie is dierbaar en ek waardeer dit, maar . . . maar ons kan dit nie aan Rosseau doen nie. 'n Man is veronderstel om vir alles te betaal as hy 'n meisie . . . en haar chaperone uitneem. Tannie sal die arme Rosseau 'n verskriklike minderwaardigheidskompleks gee as tannie vir alles betaal. Sal dit nie gemeen teenoor hom wees nie, tant Debbie?" Lanja klink desperaat in haar eie ore.

"Foei, ja . . ." Debbie sug diep teleurgesteld en frommel haar program in haar hande op. "Ek is bitter jammer ek moet jou en Rosseau teleurstel, Lanja, maar ek wil nie Rosseau se komplekse op my gewete hê nie. Sê vir hom ek is bitter jammer, maar dalk dink ek aan 'n goedkoper plan om julle te help."

"Ek maak so, tannie. En . . . e . . . baie dankie. Ek waardeer tannie se moeite," sê Lanja, jammer vir Debbie wat ineens ouer lyk.

218

Debbie kom steunend orent en skud haar wye, geblomde bloes soos 'n mantel om haar reg. "Ag, dit was sommer niks nie, hartjie. Ek loop nou, want ou Jakkie is seker nog te vies vir my om my vir middagete te nooi. Tot siens, kind."

"Tot siens, tannie. Nogmaals dankie vir al die moeite," antwoord Lanja en hoop haar glimlag van verligting lyk vir Debbie soos doodgewone vriendelikheid.

Sy maak die voordeur agter Debbie toe en huppel in die gang af na die kombuis toe.

"Grinnik jy omdat jy en Rosseau oral saam met Debbie gaan rondflenter?" vra Jakkie met 'n onvergenoegde snuif deur haar klein neusie toe Lanja die kombuis binnekom.

Lanja druk Jakkie se skouers speels. "Hou op knor, my kwaai Oumie. Tant Debbie en haar program het saam die aftog geblaas!"

Jakkie glimlag ondeund. "Ek weet, my poppie. Ek het die hele tyd in die voorportaal gestaan en jul gesprek afgeluister – net vir geval jy my hulp nodig sou kry, natuurlik!"

"O, ek glo Oumie!" verseker Lanja haar laggend, huiwer 'n oomblik en vervolg: "Toe Oumie vanoggend gaan tennis speel het, is ek saam met Pote tuin toe. Hy het my reguit na 'n pragtige Gotiese deurgang in die ringmuur na die Friedlanders se huis toe geneem." Sy merk hoe die uitdrukking op Jakkie se gelaat verstrak en gaan haastig voort: "Ek het oom Karl Friedlander ontmoet en hy was baie gaaf. Hy het selfs 'n tennisbal vir Pote. Hulle is ou maats."

"En jy en Karl is ook nou goeie vriende?" vra Jakkie, haar gelaat afgewend, maar haar stem is krakerig van spanning.

"Ek hou van hom . . . soos wat Oumie van Rosseau hou. Of moet ek hom vermy?" vra Lanja ongemaklik.

Jakkie skud haar kop en dwing 'n stywe glimlaggie na haar lippe. "Hoe kan ek, my poppie, as Rosseau wat ook 'n Friedlander is, vir my soos 'n eie seun in my huis . . . en in my hart

219

is?" Herinneringe versag die uitdrukking op haar gelaat toe sy voortgaan: "Lank gelede het ek Karl soos 'n eie broer lief-gehad, want ons het saam grootgeword, saam gespeel en gelag en saam gehuil as 'n troeteldier begrawe moes word. As ons kinders gebly het, was ons vandag nog vriende, maar tyd en jare ken geen genade nie . . ."

Lanja hoor die weemoed in Jakkie se stem en sê pleitend: "Moenie aan hartseer dinge dink nie, Oumie."

"Hartseer, kindjie? Nee, dis net 'n bietjie heimwee wat enige ou mens veroorloof is. Daar was nooit hartseer in my en Karl se vriendskap nie – ook nie ná daardie dag toe hy so onverklaar-baar . . . ook nie daarna nie," knip sy haar sin kort.

"Oom Karl het my vertel hy het dinge aan Oumie gesê waaroor hy tot vandag toe nog berou het. Hy hoop Oumie sal hom kan vergewe. Kan Oumie?" vra Lanja hoopvol.

"Daar is niks om te vergewe nie, Lanja. Karl het sy sê gesê en uit my lewe geloop. Ek weet hoe om sy privaatheid te respek-teer," antwoord Jakkie met finaliteit.

"Dan is dit waar," mymer Lanja, lees die vraag in Jakkie se oë en vervolg: "Oom Karl het gesê Oumie maak nie weer 'n deur oop as Oumie dit toegeklap het nie."

"Hy het gelyk. Hoekom kwel hy hom oor iets wat ek tog nie kan verander nie? Gister is verby en dis vandag. Op hierdie oomblik is ek gelukkig. Ek het nie my gisters nodig nie."

"Ek het al my mooi gisters nodig, Oumie. Ek wil my seer gisters vergeet, maar ek wil liewer deure oopmaak of deur-gange bou soos Rosseau. Hy het my op pad hierheen vertel van die gat in die ringmuur waardeur hy as kind gekruip het, maar hy het niks gesê oor die besonderse Gotiese deurgang met die spitsboog nie. Ek hou van die deurgang, want daar is nie 'n deur om toe te slaan nie. Dis so finaal as iemand 'n deur toeklap," sê Lanja verwytend.

"Ek weet, maar Karl het die deur toegeklap," kom dit sag van

Jakkie. Sy kyk Lanja in die oë. "Sien jy kans om 'n deurgang tussen jou en Derek te bou, my kind?"

"Nee! Nee, nooit nie! Ek ... ek het nooit eens vir Mamma-hulle vertel wat presies gebeur het nie, want Derek ... Oumie ken die storie. Ek sal graag wil vergeet dat ek Derek Vermeulen ooit liefgehad het," erken Lanja, haar stemtoon effens skor.

"Dis hoe ek oor Karl Friedlander voel, Lanjatjie. Hy het die deur tussen ons toegeklap en my trots sal my nie toelaat om dit ooit weer oop te maak nie."

"Ek verstaan, Oumie." Sy swyg oomblikke lank, voel byna skuldig oor haar vriendskap met Karl en vervolg huiwerig: "Oom Karl het my gevra om Woensdagmiddag saam met hom gholf te speel, maar as Oumie wil hê ek moet liewer ..."

"Knoeiers!" Jakkie se warm laggie maak 'n vinnige einde aan Lanja se skuldgevoel. "Ek sal toegee: Karl het lank genoeg gewag om my in eie munt terug te betaal. Speel saam met hom gholf, my poppie, maar moenie vergeet waar die deurgang na hierdie huis is nie."

Rosseau loop deur die deurgang, hoor Lanja laggend na Pote en Kaptein in tant Jakkie se voortuin roep en stap met lang hale langs die huis af. Hy sien hoe Lanja 'n tennisbal vir die honde gooi; Kaptein kry die bal en Pote storm terug na Lanja en blaf sy afkeer oor die situasie uit.

"Arme Pote! Kaptein is veels te vinnig vir jou. Ons sal vir jou jou eie bal kry, my ou honne," troos sy, buk af en streel Pote oor die kop.

Rosseau kyk vinnig rond, pluk die naaste blom af en loop na haar toe. "Hallo, Lanja. Hier, vat. Ek het dié blom vir jou gepluk, want dit lyk soos jou rok," sê hy gejaagd en hou die blom na haar uit.

" 'n Liggeel leeubekkie?" vra sy verras, haar stemtoon vreemd asemrig in haar eie ore. Sy neem die blom en trek haar asem hoorbaar in toe haar vingers in 'n toweroomblik aan syne raak. Sy glimlag in sy oë en kyk vinnig af na die blom in haar hand. "Baie dankie, Rosseau. Ek het al dikwels rose en angeliere present gekry, maar nog nooit 'n mooi leeubekkie nie."

"E . . . ja, maar ek was te haastig om na 'n angelier of 'n roos te soek. Hou jy darem van leeubekkies?" vra hy en frons, vies vir homself omdat hy soos 'n onseker skoolseun klink. Wat de joos het in hom gevaar? Hy ken talle mooi meisies, maar hy was nog nooit so impulsief om vir hulle blomme te gee nie. Iets het hom gedwing om vir Lanja die blom te gee . . . en hy het nie eens besef dis 'n vervlakste leeubekkie nie, dink hy onvergenoeg.

Lanja glimlag met die blydskap wat sy teenwoordigheid in haar binneste dring. "Ek aard na my ouma, ek is lief vir alle blomme. Het jy vandag weer gaan werk?" verander sy die onderwerp.

Haar antwoord laat hom ontspan en hy glimlag flitsend. "Ja, maar ek is eers laat kantoor toe en ek het nog werk saamgebring huis toe. Ek was nog tuis toe jy vanoggend saam met my pa in ons tuin gekuier het. E . . . julle kom goed oor die weg?" vra hy en voel weer onverklaarbaar gespanne. Hy beweeg saam met haar na 'n tuinbank onder 'n groot olienhoutboom, Pote en Kaptein op hul hakke.

"O, ja! Ek het spontaan van hom gehou en ek dink hy hou van my, want hy het my uitgenooi om Woensdag saam met hom te gaan gholf speel. Dit gaan 'n fiasko wees, want ek was so besig met my eindeksamen dat ek nie gereeld gholf gespeel het nie. Ek hoop maar oom Karl is soos my pa: hou van my geselskap, al is my spel power," antwoord sy laggend en gaan sit op die tuinbank.

Rosseau neem langs haar plaas en sê kortaf: "My pa is al ses jaar lank 'n wewenaar." Dan pers hy sy lippe hard saam en wens hy kan sy woorde teruggryp. Hy klink waaragtig soos 'n jaloerse minnaar! Lanja sal dink hy is jaloers op sy eie pa! Waarom sê hy sulke dinge? Of is hy werklik bang dat Lanja verlief sal raak op sy pa? wonder hy, verward en kwaad oor die harwar van emosies in sy gemoed.

"Jou pa is eensaam soos ouma Jakkie, Rosseau. Ek wens my ouma kan jou pa vergewe en weer vriende wees met hom. Hulle het tog saam grootgeword. Waarom kan hulle nie saam oud word nie?" vra Lanja spytig.

"Dalk . . . dalk kan hulle trou, kan ek en jy dieselfde ouma hê . . ." aarsel Rosseau en weet hy sal dit verdien as Lanja haar vererg of hom in sy gesig uitlag.

"Hoekom nie? Ek sal glad nie omgee om 'n oupa soos jou pa te hê nie," antwoord sy gretig en lag onnutsig. "Maar dit sal snaaks wees as my ouma jou stiefma is!"

"Tant Jakkie sal nooit stief voel nie, want ek wens al jare lank sy was my ma," antwoord hy, kyk in haar oë en voel nie langer dom of gespanne nie. Hy was verniet bekommerd, besef hy, innerlik verlig. Lanja hou van sy pa soos wat hy van haar ouma hou, maar sy sal altyd sy spesiale vriendin wees wat daar sal wees vir hom, want net soos hy stel sy nie in 'n huwelik belang nie.

"En jou eie ma dan?" vra sy, verwonderd oor die erns in sy stem.

"Ek het altyd gevoel sy is Benno se ma, nie myne nie. My helderste herinneringe is van haar en Benno saam. Hy het altyd op haar skoot gesit, met haar juwele of hare gespeel en met haar gelag en gesels, terwyl ek eenkant gesit en speel het. Ek onthou ek was altyd die toeskouer, nooit deel van hulle nie," vertel hy mymerend.

"Maar jou ma het jou seker tog nie opsetlik geïgnoreer nie?" vra sy en hou haar stemtoon neutraal, bang om haar simpatie te verraai.

"Ek glo nie. Benno is vier jaar ouer as ek. Dis seker maar

vanselfsprekend dat sy liewer met hom wou gesels as om na my babataal te luister. Boonop is hy blond en 'n ekstrovert soos wat sy was. Ek kon land en sand met my pa gesels, maar ek was altyd bang ek sê iets wat my ma irriteer en haar nog minder van my laat hou." Hy glimlag bedroë. "Klink ek selfbejammerend of net doodgewoon dom?"

"Nie een van die twee nie. Kinders is kwesbaar, maak nie saak hoe oud hulle is nie. My broer was oortuig daarvan my ouma Jakkie het hom nie lief nie omdat net ek 'n motor ná my matriekeksamen gekry het. My pa moes lank en mooi verduidelik dat hy ingestem het dat ek 'n motor kry omdat ek 'n meisie is en hy nie kon toelaat dat ek van rygeleenthede saam met elkeen gebruik maak nie. Maar in jou geval . . . dalk het jou pa meer aandag aan jou as aan Benno gegee; miskien wou jou ma net daarvoor vergoed deur al haar aandag aan Benno te gee."

"Ek en my pa wás altyd goeie maats. Ek onthou ek was dolgelukkig as ek net doodstil op die mat voor sy lessenaar kon sit en prentjies teken op die papier wat hy verskaf het." Sy herinneringe laat hom lag. "Ek het lank geglo ons teken albei prentjies, voordat ek besef het hy is 'n argitek."

"Dan het jy jou pa én my ouma Jakkie baie gelukkig gemaak, want sy beskou jou as haar eie seun."

"Ek is bly, want sy was en is 'n belangrike deel van my lewe." Sy blik rus takserend op haar. Dan leun hy nader en vra, sy stemtoon fluisterend: "Hou jy van springmielies? Ek koop die grootste boks wanneer ek gaan fliek. As jy van springmielies hou, mag jy saamkom."

"Op voorwaarde dat ek my eie boks kry, want ek sprinkel al die verskillende geure sout daarop en ek hou van báie springmielies," antwoord sy met dieselfde erns waarmee hy haar uitgenooi het.

Hy leun nog nader en sy voel sy asem vlindersag op haar wang toe hy gedemp vervolg: "Gaaf! Ek kom haal jou Vrydagaand om halfsewe, dan eet ons eers iets ligs en daarna gaan fliek ons en eet ons springmielies. Moet ek die rolprent kies, of wil jy?"

"As jy vir ons kaartjies betaal, kan jy kies," antwoord sy groothartig en weet sy durf nie haar kop draai en in sy oë kyk nie, want dalk lees hy in haar oë haar begeerte om net liggies met haar vingerpunte oor sy lippe te streel.

"Oorlog, spioenasie, aksie. Gee jy om?" vra hy hoopvol.

"Nee, ek gee nie om nie. Ek hou van helde met spiere," antwoord sy met volgehoue erns.

"Ek het spiere," verseker hy haar, 'n uitdaging in sy stem, asof hy verwag dat sy hom sal weerspreek. "Moet ek jou wys?" vra hy en begin sy hempsmou stadig oprol.

"Nee, ek glo jou. Jy kan maar my held wees," antwoord sy en staar met die nodige bewondering na sy arm.

Hulle kyk in mekaar se oë en bars spontaan uit van die lag.

"Ek hou van jou, Lanja, want jy kan saam met my onsin praat en daaroor lag, in plaas van om my dom te laat voel. Maar jy kom saam met my fliek?"

"Vanselfsprekend, anders kry ek nie springmielies nie. Dankie vir die uitnodiging, Rosseau," antwoord sy laggend. "Kom jy saam huis toe? Dis byna tyd vir aandete."

"Jammer, ek het nog werk om te doen. Jou ouma weet al ek loer graag in ná aandete, veral as daar lekker nagereg is!" antwoord hy skertsend en staan op. "Kom, ek stap saam met jou tot by die voordeur," nooi hy, neem haar hand en trek haar orent.

Jakkie stap by Lanja se oop kamerdeur verby, hoor haar neurie en bly nuuskierig staan. "En nou, my poppie? Wat maak jou so gelukkig?" Sy gaan die vertrek binne en sien hoe Lanja haastig 'n klein, groen blompotjie met 'n enkele geel leeubekkie daarin op die lessenaar voor die venster neersit.

"Ek het die blompotjie geleen. Oumie gee nie om nie? Ek

is net bang die leeubekkie verlep as ek dit nie in die water sit nie," praat Lanja vinnig. Sy weet dat sy bloos en dwing haarself om in Jakkie se oë te kyk.

"Natuurlik nie, Lanjatjie. Maar is dit nie vreemd dat jy my nooit van jou voorliefde vir leeubekkies vertel het nie? Ek het spesiaal hierdie pienk rose vir jou gepluk, maar ek sal nou onthou jy verkies leeubekkies," sê Jakkie bedees, maar haar oë vonkellag in dié van die ongemaklike Lanja.

Sy is byna twee en twintig, veels te oud om soos 'n tiener geterg te word, besluit Lanja en sê reguit: "Rosseau het vir my die leeubekkie gegee, maar Oumie weet reeds, want Oumie was in die sitkamer toe ek ingekom het huis toe. Het Oumie ons deur die venster dopgehou?"

"Nie opsetlik nie, maar sit ek op my geliefkoosde stoel, kyk ek oor die voortuin uit." Haar glimlag vlug voor 'n uitdrukking van kommer in haar oë. "Dalk is ek net 'n bemoeisieke oumens, my kind, maar ek wil hê jy moet weet: Rosseau het seergekry en ek twyfel of hy weer maklik sal liefkry."

"Ek het dit reeds vermoed, Oumie, maar ek het ook seergekry. Rosseau het net 'n leeubekkie vir my gegee, nie 'n verloofring vir my gekoop of 'n vurige liefdesverklaring gemaak nie. Moenie Oumie oor my bekommer nie, ek is immuun teen die liefde," antwoord Lanja met 'n sekerheid wat onverwags vals klink in haar eie ore.

"Ja ... ja, so sê jy met jou mond, my poppie, maar jy neurie as jy alleen is en glimlag as jy dink niemand hou jou dop nie." Jakkie kom nader, plaas haar arm om Lanja se skouers en gee haar 'n vertroostende drukkie. "Ek is bly ek is vandag hier om jou gelukkig te sien, Lanjatjie. Ek sal môre ook hier wees."

"Oumie dink ek gaan môre huil?" vra Lanja verwytend.

"Nee, nee, ek maak nie sulke negatiewe voorspellings nie. Solank jy weet ek sal hier wees as jy my nodig het." Jakkie lees die onsekerheid op Lanja se gelaat en dwing haarself om te glimlag. "Wag tot jy Rosseau se ouer broer, Benno, ontmoet het, kind! Ek verbeel my ek het 'n foto van hom en Rosseau in 'n fotoalbum. Kom saam, dan wys ek jou," nooi sy, reeds op pad na die kamerdeur.

Haar ouma dink sy is verlief op Rosseau bloot omdat sy nie die leeubekkie in die snippermandjie wou gooi nie. Maar dis belaglik! Sy hou van Rosseau soos wat sy van enige vriend hou, maar niks sal haar oorreed om ooit weer 'n man lief te kry nie – nie eens die onweerstaanbare Benno Friedlander nie, dink sy en lig haar ken vasbeslote.

Benno Friedlander leun teen die deurkosyn, sy arms lossies oor sy bors gekruis, en kyk na Rosseau wat agter sy lessenaar in sy studeerkamer sit en verslae van sy konstruksiemaatskappy se aankope nagaan.

"Altyd so besig, my voortreflike broer," spot Benno en loop die vertrek binne toe Rosseau gesteurd opkyk. "Gaan jy vir jouself 'n verhoging gee vir al die ure wat jy oortyd werk in Pa se maatskappy? Maak soos ek, jonger broer: delegeer jou pligte, sodat jy meer tyd het om die lewe te geniet. Dis wat ek in my maatskappy doen, veral sedert ek die knap jong programmeerder Nardus Hattingh in diens geneem het," vertel hy en neem op 'n gerieflike leerstoel voor die lessenaar plaas.

"Nie dalk tant Debbie se seun nie?" vra Rosseau belangstellend, sy aanvanklike ergernis met Benno se gespot vergete.

"Hy lyk ouer, maar hy is ongetwyfeld tant Debbie se Nardus. En voordat jy my onder 'n kruisverhoor neem: nee, ek het hom nie gevra waarom hy nie meer by sy ma woon of by haar kuier nie. Hy is net 'n werknemer. Sy privaat lewe gaan my nie aan nie," sê Benno ferm.

"Ek begryp. Nogtans sal ek hom graag weer wil sien. Hy is twee jaar jonger as ek, maar ons het na dieselfde skole gegaan en naweke en vakansies saam gespeel. Ons was nog al die jare vriende. Jy het nie dalk sy foonnommer vir my nie?" versoek Rosseau.

"Dis private inligting. Kom maak 'n draai by my maatskappy as jy met hom wil gesels – solank jy niks vir tant Debbie sê nie. Ek wil Nardus nie op die vlug laat slaan nie, want die man ken sy werk," waarsku Benno.

"Ek is nie tant Debbie se afgevaardigde nie, maar dankie, ek sal graag kom inloer. As jy my nou sal verskoon . . ." Rosseau blik betekenisvol na die dokumente voor hom.

"Die werk kan wag, jonger broer. Ek was tegemoetkomend en nou verwag ek 'n guns van jou: wanneer stel jy my aan tant Jakkie se kleindogter voor? Pa sê vir my Lanja is haar ma se ewebeeld en ek onthou Sanet: sy was beeldskoon, net 'n bietjie te oud vir my. Sal ons ná aandete gaan inloer?" vra hy hoopvol.

Sal Lanja, soos soveel ander meisies, voor Benno se onweerstaanbare sjarme swig? wonder Rosseau met 'n gevoel van magteloosheid en onverklaarbare onrus. Benno is ongetwyfeld aantreklik met sy krullerige, blonde hare, diepblou oë en egalige gelaatstrekke, maar hy is terselfdertyd te bewus van sy vermoë om meisies om sy pinkie te draai. Maar as Lanja permanent by tant Jakkie woon, is dit vanselfsprekend dat sy en Benno mekaar sal leer ken. As Lanja so dwaas sal wees om Benno lief te kry, sal sy seerkry, maar net die tyd sal leer, tob hy en hou sy blik neergeslaan om te verhoed dat Benno die onsekerheid in sy oë lees.

"Dit kan seker gedoen word," antwoord Rosseau eindelik, sy blik nog op die dokument op die lessenaar voor hom.

"Jy klink nie juis gretig nie. Het jy self 'n ogie op die mooie Lanja?" Benno lag sag, selfversekerd. "Ek krap nie opsetlik in jou slaai nie, Rosseau, maar jy is nie werklik kompetisie vir my nie."

Rosseau leun terug in sy stoel, lig sy ken en haal sy skouers onverskillig op. "Ek en Lanja is vriende, dis al. Ek sal haar Saterdagmiddag oornooi vir tee, want sy en Pa is klaar vriende. Maar nie vanaand nie, want hierdie werk moet afgehandel word."

"Hoekom 'n afspraak maak? Jy boer by tant Jakkie," objekteer Benno. "Ag, kom nou, jonger broer. Tien minute van jou kosbare tyd is al wat ek vra. Stel my net aan die meisie voor en dan kan jy spore maak en jou werk kom afhandel."

Rosseau se uitdrukking verhard. "In al die jare wat ek by tant Jakkie kuier, het ek nog nooit haar voordeurklokkie gebruik nie, maar ek gaan jou nie saam met my by haar agterdeur insleep nie, Benno. Jy kuier nooit by haar nie, maar ek ken haar: sy sal haar bloedig vererg en jou die huis belet as jy nou skielik haar drumpel deurtrap."

"Ek dank jou vir die tydige waarskuwing, jonger broer, maar ek is lus vir kuier. Dankie vir die gerieflike deurgang wat jy gebou het – ek glo ek sal dit nuttig kan gebruik!" Benno glimlag stadig, tevrede, en kom orent. Hy knipoog betekenisvol vir die fronsende Rosseau en stap haastig die studeerkamer uit.

Lanja loop tydsaam deur die silwerige maanlig oor die grasperk na die tuinbank onder die olienhoutboom, draai om en kyk na die ou woning wat soos 'n oase van lig voor haar opdoem.

Alles is so mooi, dink sy, neem op die bank plaas en kyk na die plek waar Rosseau 'n paar uur gelede gesit het. Sy het gehoop hy kom kuier weer ná aandete, maar sy was nie werklik teleurgesteld toe hy nie opdaag nie. Dit sou net nie dieselfde gewees het saam met haar ouma nie . . .

Sy en Rosseau het 'n vriendskap wat die teenwoordigheid van ander mense oorbodig maak. In die motor op pad Johannesburg toe het Rosseau die praatwerk meestal aan tant Debbie oorgelaat, maar vanmiddag, toe hy die leeubekkie vir haar gebring het, was hy weer haar Rosseau . . . haar spesiale vriend. En Vrydagaand gaan hulle saam fliek! Sy is so bly oor die uitnodiging dat sy haar blydskap wil uitskree, maar terselfdertyd voel sy skaam en kwesbaar, bang om selfs met ouma Jakkie haar vreemde geluk te deel, want haar alsiende ouma het reeds te veel verkeerde afleidings gemaak. Geluk is nie liefde nie; geluk kan haar nie seermaak nie. Haar vriendskap met Rosseau maak haar onuitspreeklik gelukkig juis omdat sy weet sy sal nie seerkry nie.

Was sy so gelukkig toe sy op Derek verlief was? Nee, dis 'n doodloopstraat, sy wil nie wonder oor haar gisters nie, dink sy en staar droomverlore na die weiveld van maan en die heining van donkerte wat haar omring.

"Dis die mooiste prentjie wat ek al gesien het," praat 'n diep, welluidende manstem onverwags links van haar en laat haar verskrik opspring van die bank.

4

Lanja sien 'n lang, lenige man naderkom, sy hare silwerblond in die maanlig, sy gelaatstrekke so egalig en volmaak dat dit haar aan 'n antieke kunswerk herinner en sy vra ingehoue: "Wie is jy? Wat soek jy hier?"

" 'n Ou bekende, want Pote en Kaptein het my by die deurgang tussen ons huise ontmoet en my vergesel," antwoord hy en glimlag. "Ek is Benno Friedlander, Rosseau se broer. Ek is jammer as ek jou laat skrik het, maar ek het gehoop jy sal besef ek is 'n vriend, omdat die honde my vertrou. Bly te kenne, Lanja," groet hy en steek sy hand na haar uit.

Benno is soos haar vriendin, Yvette: hy weet hy is uiters aantreklik, is bewus van die sjarme van sy glimlag en die strelende klank van sy stem, en hy gebruik elke afset van sy aantreklikheid asof dit 'n spesiale talent is. Yvette kan met die flikkering van haar lang, digte wimpers of die pruil van haar uitlokkende lippe 'n man haar slaaf maak – en daarna daaroor lag asof dit 'n yslike grap is, onthou Lanja en onderdruk met moeite 'n glimlag. Sy sal 'n dankie-kaartjie aan Yvette moet stuur, want dis te danke aan haar dat Benno Friedlander haar nie met sy voorkoms of glimlag kan betower nie. Sy ignoreer sy uitgestrekte hand en sê ligweg: "Bly te kenne, Benno. As jy by my ouma kom kuier het, sal ek jou na die voordeur vergesel."

"Ek verkies 'n romantiese kuiertjie in die maanlig. Sal ons hier sit en mekaar beter leer ken?" vra hy met 'n glimlag wat beloftes inhou en bly langs die bank staan.

"Ek dink jy is 'n klein bietjie haastig om 'n romantiese kuiertjie van my te verwag, Benno. My romantiese held is ongelukkig ..."

"... 'n klein bietjie laat," voltooi Rosseau onverwags haar sin en kom vinnig nader. Hy loop tot by Lanja en plaas 'n besitlike arm om haar. "Hallo, my liefste. Jammer ek is laat," sê hy, sy stemtoon warm en intiem. Hy buk nader en soen haar streelsag net langs haar mond.

Benno fluit sag, bewonderend deur sy tande. "Glad nie sleg vir 'n man wat reeds jare lank soos 'n monnik in 'n klooster leef nie! Wat het van jou legendariese lojaliteit jeens die wispelturige Carien geword, jonger broer?" vra hy en glimlag sardonies.

Lanja hoor die tikkie venyn in Benno se stem en voel hoe Rosseau se arm om haar skouers verstyf. Sy kyk op, sien die stroewe uitdrukking op sy gelaat en lig haar hand in 'n impulsiewe gebaar om liggies met haar vingerpunte oor sy wang te streel. "Ons enigste lojaliteit is aan mekaar, nè, my liefste?" vra sy en kyk teen sy voorkop vas, ineens bang dat sy te voortvarend is.

"Jy weet ek is jou getroue slaaf, my lieflike Lanja," antwoord hy skor en druk haar stywer teen hom aan.

Lanja draai glimlaggend na Benno en versoek spytig: "Sal jy ons asseblief verskoon, Benno? Rosseau is reeds laat en elke oomblik saam is vir ons kosbaar."

"O, ek begryp, mooi Lanja, maar is jou ouma Jakkie bewus van jou ontmoeting in die maanlig met jou minnaar?" spot hy.

"Vanselfsprekend! My ouma is in die wolke oor ons verhouding, want Rosseau is al die jare lank soos 'n eie kind in haar huis," antwoord Lanja. Dit voel asof sy met oop oë oor 'n afgrond spring, maar sy weet dat sy Benno op sy plek moet sit, selfs al beteken dit die einde van haar vriendskap met Rosseau.

"Dis blye nuus. Geluk, jonger broer. Geniet jul maanligkuiertjie," antwoord Benno met 'n onverskillige ophaal van sy skouers en slenter tydsaam terug na die deurgang langs die huis.

Lanja voel lam ná die oomblikke van intense spanning en wil wegskuif op die tuinbank, maar Rosseau sak langs haar op die bank neer. Sy arms sluit soos staalbande om haar en hou haar gevange.

"Ek is so jammer, Rosseau, so bitter jammer ... en skaam oor alles wat ek gesê het, maar ek kon sien Benno het jou ontstel toe hy ..." prewel sy, intens bewus van sy aanraking.

"Sjuut! Ek ken hom, hy staan heel waarskynlik om die hoek van die huis of agter 'n struik en hou ons dop. Ons is veronderstel om 'n verhouding te hê, meisiekind. Wat doen ons nou?" vra hy ongeduldig, sy stemtoon gedemp.

"Is jy kwaad vir my?" vra sy skuldig.

"Nee, ons speel toneel. Wat nou?" grom hy.

"O ... Hou my net vas en gee voor dat jy my hartstogtelik soen," stel sy onwillig voor, verbaas dat sy haar stem bo die dawerende geklop van haar hart in haar ore kan hoor.

"Hoekom moet ons voorgee? Mag ek jou nie hartstogtelik soen nie?" fluister hy onthuts, sy asem soos 'n liefkosing op haar wang.

"Nee, want ons speel net toneel. Draai met jou rug na die

hoek van die huis sodat Benno nie kan sien of jy my werklik soen of nie," antwoord sy asemrig.

"Onsin! Hy moet kan sien dat ek jou soen," antwoord hy en buig sy kop nader aan haar. "Sit jou arms om my nek, anders lyk dit onoortuigend."

Sy gaan in trane uitbars ... of 'n volslae gek van haarself maak en by Rosseau pleit om haar te soen en nooit weer op te hou nie. Is hy van klip gemaak? Kan hy nie die polsende elektrisiteit tussen hulle aanvoel nie? Die aanraking van sy hande stuur rillings van ongekende ekstase deur haar liggaam en laat haar bloed die bruisende lied van die liefde in haar ore sing. Eenkeer het sy geglo sy het Derek lief, maar nou weet sy dit was grootliks heldeverering, want wat sy nou ervaar ... Nee, nee, sy durf nie vergeet nie: Rosseau het haar nie lief nie, sy is net 'n gewillige aktrise in sy konsert van die liefde ...

"Lanja! Waar is jy, kindjie?" roep Jakkie vanuit die helderverligte voordeur.

Lanja ruk van die skrik. Rosseau lag gedemp en laat haar gaan, maar hou steeds haar regterhand gevange in syne.

"Ons kom, tant Jakkie!" roep hy. "Hou asseblief die koek en koffie reg!"

"Vraatsige seunskind! Stap om kombuis toe, want ek sluit nou die voordeur!" roep Jakkie en dan gaan die voordeur toe.

"Sy klink nie kwaad nie," sê Lanja verlig.

"Kan jy enigiemand kwaad maak?" vra hy, sy stem sag en naby.

"Dikwels! Is jy nie kwaad oor die skokkende dinge wat ek van ons vir Benno gesê het nie?" vra sy en verkyk haar aan sy glimlag wat sy mondhoeke lig en die kuiltjies in sy wange laat verdiep.

"Kwaad! My liewe meisiekind, jy het my 'n groter guns bewys as wat jy ooit sal besef." Hy lag kortaf en vervolg: "Benno het gelyk gehad, ek gaan selde of nooit saam met meisies uit, want Carien Marais . . . Ek was dolverlief op haar, maar Benno . . ." Hy kug en laat sy sin onvoltooi.

"Sy het Benno bo jou verkies?" vra Lanja simpatiek.

Hy kyk haar oomblikke lank onseker aan en knik dan. "Ja, maar moenie my bejammer nie, Lanja. Meisies verkies Benno altyd bo my, want hy besit 'n sjarme wat 'n klip sal bekoor. En hy is uiters aantreklik – amper mooi soos 'n winkelpop, maar nogtans manlik. Ek het Carien jammer gekry, want vir Benno is dit net 'n lighartige speletjie om my meisies af te rokkel. Hy doen dit vandat ek die eerste maal 'n meisie uitgeneem het, bloot om aan my – en dalk aan homself – te bewys dat meisies hom bo my verkies. Ek het Carien destyds gewaarsku, maar sy het gedink ek is jaloers."

"En sy het jou nie liefgehad nie," sê Lanja met sekerheid.

'n Glimlag vee oor sy lippe. "Ek weet. Ek het dit ses jaar gelede ook geweet, maar ek was pas twee en twintig en so dolverlief op Carien wat vier jaar ouer as ek was, dat ek myself oortuig het dat ek haar sou kon leer om my lief te kry. Maar toe sy eindelik besluit om my wel lief te kry . . . Ek glo nie ek weet wat liefde is nie, of dalk wil . . . mag ek nie weet nie. Ken jý die geheim van die liefde, Lanja?" vra hy, 'n ondertoon van bitterheid in sy stem.

"Nee, maar ek dink vriendskap is belangriker," sê sy vinnig, gretig om hom terug te ruk uit die verlede wat 'n donker skadu oor sy gelaat laat kruip en van hom 'n vreemdeling maak. "Ons is mos nog vriende, nè, Rosseau?"

"Hoe anders? Jy het Benno se ego vol duike geskop toe jy nie in sy arms geval het nie, maar toe val jy in myne!" Hy glimlag dankbaar en druk haar hand. "Ek weet jy het dit net gedoen om my te help, maar ek waardeer dit. Maar wees gewaarsku: Benno gooi nie so maklik tou op nie. Dit sal sy selfbeeld knou as jy nie voor sy onweerstaanbare sjarme swig nie."

"Hy is nie die enigste aantreklike man wat ek ken nie," ant-

woord sy skouerophalend en kyk doelbewus nie na hom nie.
Benno is ongetwyfeld aantreklik, maar sy verkies Rosseau se
ruwe manlikheid, die diep klank in sy stem, die warmte van sy
lag . . .

"Dink jy aan jou Derek?" vra hy aarselend.

"Nee. Ek dink uit beginsel nie aan die dwaasheid van my
jeug nie." Haar oë rek ontsteld. "Maar wie het jou . . .? Nee,
ek weet reeds: my verraderlike ouma het jou van my en Derek
vertel! Ek . . . ek kan dit nie glo nie! Ek kon nie eens met my
eie ma oor my gevoel vir Derek praat nie, maar ek het geglo my
ouma is my vertroueling! Ek sal haar nooit vergewe nie!"

"Kalm bly, kwaai meisie. Ek weet net die groot liefde in jou
eerste jaar op universiteit se naam was Derek Vermeulen. Is dit
so 'n groot geheim?" vra hy paaiend.

"Nee . . . seker nie, maar mense praat te maklik." Sy byt fron-
send op haar onderlip en vra bekommerd: "Dink jy Benno sal
jou pa vertel van al die skokkende dinge wat ek oor my en jou
gesê het? Jou waardige pa sal dink ek is 'n . . ."

"'n Gewetenlose verleidster?" help hy haar met dodelike
erns.

Sy kyk onthuts op en lag dan saam met hom. Hy trek haar
op en hand aan hand stap hulle saam om die huis na die oop-
staande agterdeur.

Jakkie, wat reeds besig is om koffie te skink, kyk kwaai op
toe hulle glimlaggend die kombuis binnekom. "Vee daardie
grinnik van jou gesig af, jong man! Wat vang jy ná negeuur
in die aand met my kleindogter in my voortuin aan?" vra sy
afkeurend.

"Lanja wou my leer om haar te soen, tant Jakkie, maar ek was
te skaam," antwoord Rosseau bedees, sy oë laggend in hare.

"Moenie my verniet bly maak nie, Rosseau," spot Jakkie en
betrag hulle takserend. "Solank julle so gelukkig is as wat julle
lyk, het ek geen rede om te kla nie."

"Ons is, Oumie. Rosseau, jy kan koek eet en ek sal my ouma van Benno se besoek vertel," sê Lanja en neem saam met hom by die tafel plaas.

"My geliefkoosde sjokoladekoek! Sit sommer twee stukke op my bordjie, asseblief, tant Jakkie. Ek besef nou eers ek is dood van die honger," versoek Rosseau.

"Het julle huishoudster al weer kamtig jul aandete verbrand?" terg Jakkie terwyl sy vir hom 'n bordjie met koek aangee.

"Ongelukkig nie, maar sy kook elke tweede dag vis of hoender, vandat my pa besluit het rooivleis is nie goed vir sy cholesterol nie. Hoekom moet ék ly ter wille van my pa se are, tannie?" vra hy bedruk.

"Omdat cholesterol niks met jou ouderdom te make het nie, en jy weet dit, boetman," antwoord sy en wend haar tot Lanja. "Ek kan byna nie glo Benno was op Basson-grond nie, maar ek kan raai wat, of liewer wie, hy hier kom soek het. Toe, vertel nou, kind."

"Um," reageer Jakkie niksseggend toe Lanja haar vertelling beëindig en betrag haar oomblikke lank stilswyend. "Benno is besonder aantreklik. Dink jy nie ook so nie, my poppie?"

"Ja, Oumie, maar ek is te ydel om op so 'n mooi man verlief te raak," antwoord sy onverskillig en blik flitsend na Rosseau wat smaaklik eet.

Rosseau en Jakkie kyk vraend na mekaar en dan vra hy aarselend: "Kan jy verduidelik, meisiekind? Jy is mooi genoeg om met enige mooi ... aantreklike man te trou."

"As jy iemand liefhet, is hy of sy in elk geval vir jou mooi, maar Benno ... Hy is té opsigtelik mooi, elke oogwimper volmaak, en hy weet dit. Ek sal altyd soos 'n lelike eendjie langs hom voel," verduidelik Lanja.

"Dis waar, kindjie," beaam Jakkie. " 'n Meisie is van porselein gemaak, maar 'n man moet uit klip gebou wees, nie 'n popmooi porseleinbeeldjie nie."

"Kritiseer julle nare mense my broer?" vra Rosseau kamma gegrief.

"Nee, boetie. Ons kry hom net innig jammer omdat sy mooi gesiggie sal verhoed dat 'n slim meisie hom liefkry," terg Jakkie en vra dan op sobere toon: "Wat nou van die deurgang, Rosseau? Gaan jy dit toebou om jou lastige broer uit my voortuin te hou?"

"Nooit nie, tant Jakkie! Dit sal voel asof ek my jeug toemessel as ek die deurgang toebou. As dit moet, sal ek 'n deur laat maak en sorg dat net die regte mense 'n sleutel het. Maar moenie jou kwel nie, tannie. Benno is miskien 'n bietjie ydel op sy aantreklike uiterlike en sy vermoë om meisies te bekoor, maar hy is nie 'n skurk nie. Hy sal hom nie aan Lanja opdring nie."

"In daardie geval . . . prop 'n paar koekies in jou sakke en kry vir jou nog 'n stukkie sjokoladekoek, Rosseau. Ek wil die agterdeur sluit en gaan slaap. Nag, boetman."

"Net 'n paar gemmerkoekies, dankie, tant Jakkie. Lekker slaap, tannie. Nag, Lanja," groet hy en loop kouend by die agterdeur uit.

Jakkie sluit die deur en keer terug na die ontbythoekie waar Lanja nog roerloos op haar stoel sit en droomverlore voor haar uitstaar.

"Wat het werklik in die tuin gebeur, Lanjatjie?" vra Jakkie, haar blik bekommerd op Lanja, wat vinnig opkyk en vuurrooi bloos.

"Ek het Oumie reeds vertel. Nadat Oumie ons geroep het, het Rosseau my van Carien Marais vertel. Het Oumie haar geken?" vra Lanja en wonder verleë of Jakkie kan raai dat sy wou hê Rosseau moet haar soen.

Jakkie sug diep. "Ja . . . ek het die ongelukkige meisie geken," erken sy somber.

"Het Benno haar net vir die gek gehou?"

Jakkie frons nadenkend. "Nee, dis 'n bietjie kras gestel.

237

Ek glo Benno het aanvanklik in haar belanggestel, maar of hy haar ooit liefgehad het, kan ek nie sê nie. Maar Benno raak gou verveeld, moontlik omdat hy weet hoe maklik hy die meeste meisies kan bekoor, en hy het sy verhouding met Carien ná ses maande verbreek. Sy het teruggekruip na Rosseau, maar hy was van sy groot liefde vir haar genees en het haar verwerp – en niemand verkwalik hom daaroor behalwe hyself nie."

"Hoekom, Oumie? Het sy trots hom gedwing om Carien te verwerp? Is hy heimlik nog lief vir haar en sy vir hom?" vra Lanja vinnig, bang dat haar vrese waar is.

Jakkie sug diep en skud haar kop. "Die meisie is vyf jaar gelede dood, kindjie."

Lanja trek haar asem geskok in. "Sê Oumie Rosseau se Carien is dood?" vra sy ontsteld.

"Sy was nooit Rosseau se Carien nie, Lanjatjie, want sy het Benno bo hom verkies. Sy is dood . . . maar dis 'n ander storie en iets waaroor ek liewer nie wil praat nie," antwoord Jakkie met finaliteit en kom orent uit haar stoel. Haar uitdrukking versag en sy nooi goedig: "Kom ons gaan slaap, my poppie."

Lanja hou haar blik afgewend en trek die leë koppies nader. "Ek kom, Oumie. Ek pak net gou ons koppies in die skottelgoedwasser. Nag, Oumie."

"Nag, kindjie," sê Jakkie en stap die kombuis uit, maar Lanja hoor of sien haar nie.

Carien, die meisie wat Rosseau eers liefgehad het en daarna verwerp het, is dood . . . Arme Rosseau. Sy kan begryp waarom hy skuldig voel, want as Derek gesterf het kort ná sy hul verhouding ten spyte van sy vurige beloftes en pleidooie verbreek het, sou sy moontlik ook nou met 'n skuldgevoel gesit het. Nee . . . nee, sy sou nie, want Derek was 'n gewetenlose bedrieër. Carien het die fout begaan om haar blind te staar teen Benno se aantreklike uiterlike. As sy maar so gelukkig soos Carien kon wees; as Rosseau haar kon liefkry . . . Dis so maklik om Rosseau lief te hê . . .

Sy kyk verskrik om haar rond, bang dat sy die gedagte hardop uitgespreek het. Nee, haar ouma het gaan slaap en sy is alleen . . . alleen met die ontstellende besef dat haar gevoel vir Rosseau nie langer 'n sorgelose vriendskap is nie. Sy kon oor haar tienerliefde vir Derek met haar ouma praat, maar die gevoel wat sy vir Rosseau het, is te groot en te oorweldigend om met enigiemand te deel, besef sy. Sy staan stadig op en dra die koppies na die skottelgoedwasser.

Jakkie skink tee in 'n derde koppie toe die voordeur oopgaan en Debbie in 'n ontploffing van kleur die sitkamer binnekom. "Sien jy nou, Lanja? Deborah het ore soos 'n vlermuis. Hoor sy ek byt 'n stukkie koek of tert af, draf sy oor die pad om saam te kom tee drink," kla Jakkie en kyk vies na Debbie. "Kom haal jou tee, Deborah. Ek weier om dit agter jou aan te dra."

"Hallo, tant Debbie. Sit gerus. Ek bring tannie se tee," sê Lanja vriendelik en kyk verwytend na Jakkie. "Tant Debbie is Oumie se beste vriendin en agter haar rug vertel Oumie my altyd hoe 'n groothartige en behulpsame mens sy is. Hoekom maak Oumie altyd rusie met haar as Oumie haar sien?"

"Dis oor my naam, hartjie," antwoord Debbie ongesteurd, plof op die rusbank neer en neem die koppie tee by Lanja. "Ag, dankie, kind. Pak asseblief maar die koekbordjie goed vol, anders moet jy net weer 'n keer loop. Jy weet self hoe sukkel ek om op te kom as ek eers my sit gekry het."

"Nie te vol nie, Lanja, anders bly daar niks vir my oor nie," waarsku Rosseau en kom die sitkamer glimlaggend binne. "Hallo, meisiekind," knipoog hy ondeund vir Lanja, voordat hy vir Jakkie en Debbie groet.

Rosseau is nog haar Rosseau, ten spyte van Carien, jubel Lanja innerlik. Maar wat anders het sy verwag? vra sy haarself nugter af. Sy was so dwaas om hom lief te kry, maar vir hom is sy nog dieselfde gawe vriendin van gister.

"Wat soek jy hier as jy by die werk moet wees, Rosseau? Of is jy nie langer 'n besige argitek en boonop 'n besturende direkteur nie?" vra Jakkie verbaas en hou 'n bordjie met suurlemoentert en wortelkoek na Lanja uit. "Hier, Lanjatjie, gee asseblief vir my honger vriendin. Jy kan nog kry, Deborah, maar pak ek die bordjie te vol, mors jy weer krummels op my rusbank."

"Ag siesa, ou Jakkie! Jy laat my vraatsig en morsig voel – en sommer so voor jou kuiermense. Sal ek maar in die kombuis gaan eet?" vra Debbie verneder.

"In die lewe . . ." prewel Jakkie moedeloos, haar oë op die plafon gerig. Sy sug diep en kyk Debbie reguit in die oë. "As ek gedink het jy is morsig, vrou, het ek jou saam met my honde in die agterplaas onder die kareeboom gevoer. Jý het my 'n week of wat gelede gevra om nie jou bordjie te vol te pak nie, want jy mors krummels op jou bloes."

"Haai, ja, ek het!" 'n Salige glimlaggie laat Debbie se oë wegkruipertjie speel agter haar bolronde wange. "Groot is ek wel, maar darem 'n alte netjiese vrou! Gee maar die koekbordjie aan, dankie, Lanja."

Jakkie staar Debbie sprakeloos aan, totdat Rosseau sy keel liggies skraap om haar aandag te trek. "Ag, ekskuus, boetman, maar met Debbie hier voel dit asof ek in 'n sirkus leef. Waar kom jy so skielik vandaan?" vra sy en skink vir hom 'n koppie tee in.

"Ek het 'n afspraak in Pretoria gehad, maar sake het vinniger verloop as wat ek verwag het, daarom kon ek gou 'n draai hier kom maak. Ek het onthou tannie drink stiptelik om elfuur tee as tannie die dag nie tennis speel nie," verduidelik Rosseau. Hy sit sy koppie tee en koekbordjie op 'n tafeltjie neer en neem langs Lanja op die kleiner rusbank plaas.

"Moenie te na aan Lanja sit nie, Rosseau. Jy moet darem onthou ek is Lanja se amptelike chaperone!" kom dit waarskuwend van Debbie.

Lanja weet dat sy bloos en sê vinnig: "Ons was besig om oor tannie se naam te praat. Hoekom maak my ouma rusie oor tannie se naam?"

"Ag, sies tog, ja, jou arme ouma is kwaad omdat ek so 'n mooi, kort naam het. Sy is Letitia Andriesa Jacoba gedoop – dis darem 'n yslike mondvol vir so 'n kort, skraal vroutjie!" antwoord Debbie en kyk Jakkie met opregte medelye aan.

Lanja blik vinnig na Jakkie, sien hoe sy Debbie oopmond aanstaar en bars in 'n onkeerbare giggelbui uit. Die hoogs geaffronteerde kyk wat Jakkie haar gee, vererger net haar lagbui, en dan skaterlag Rosseau en Debbie saam met haar.

"Ag, ekskuus, Oumie," maak Lanja tussen kort proeslaggies verskoning, "maar dis heeltemal waar: Letitia Andriesa Jacoba ís 'n yslike mondvol."

"Um . . . maar voor jy opnuut begin lag, ek het in my jeug al besef dat drie lange voorname 'n vermorsing van energie en tyd is. As jy vorms invul, skryf jy jou hand lam en dit neem boonop te veel tyd in beslag. Ek is Jakkie vandat ek kan onthou. Op my eerste skooldag was ek en my onderwyseres ewe geskok oor my vrag voorname. Ek het daar en dan besluit: my kinders sal net een kort naam kry en basta!"

"So dis waarom my ma net Sanet gedoop is, Oumie?" vra Lanja en dwing haarself om nie na Rosseau te kyk nie, bang dat sy weer sal uitbars van die lag.

"Ja, Lanjatjie, maar toe jy gebore is, het jou ma besluit ek moet vernoem word. Maar ek was te slim vir haar – ek het besluit ons gebruik een of twee letters van elkeen van my baie name en maak 'n nuwe naam vir die baba. En nou kan jy my bedank in plaas daarvan om my uit te lag," verwyt Jakkie, maar 'n glimlag pluk aan haar mondhoeke.

"Baie dankie, Oumie. Ek sien kans vir Letitia en selfs Jacoba, maar Andriesa . . .!"

Lanja byt hard op haar onderlip om nie weer te lag nie.

"Andriesa is 'n pragtige naam," kom dit partydig van Rosseau. "As dit jou naam was, Lanja, het ons jou Andrie of Driesie genoem."

"Driesie!" blaas Jakkie onstuimig. "Ek haat tot vandag toe die onskuldige gediggie 'Driesie van die binneland', want ek was maande lank Driesie vir my klasmaats toe ons die gediggie op skool geleer het," vertel sy met 'n bedroë glimlaggie.

"Ek was gelukkiger as jy, Jakkie, want my ma het my na die filmster Debbie Reynolds vernoem, seker omdat ek op 'n haar na soos sy lyk," sê Debbie doodernstig.

Rosseau en Lanja staar haar verdwaas aan, blik vinnig na mekaar en dan soek Lanja naarstig tussen die kussings van die rusbank na iets wat sy nie verloor het nie, terwyl Rosseau vergeefs sukkel om sy skoenveter vas te maak.

"Ja, Deborah, jy is Debbie Reynolds se ewebeeld," sê Jakkie droog en hoes hard en lank om Rosseau en Lanja se lagbuie te smoor. "Maar jy is nou effens ouer en effens groter, daarom meen ek Deborah pas beter by jou. Wat van nog 'n stukkie koek, Deborah? As Rosseau klaar sy skoen vasgemaak het, sal hy dit vir jou bring."

Rosseau vee met sy hand die lagtrane van sy oë en wange en spring haastig op. "Ja, ek doen dit graag, tant Jakkie," sê hy galant, sy glimlag oorvriendelik.

"Foei, Rosseau, jy is so 'n hulpvaardige seun, nes my liewe Nardus," sê Debbie. 'n Bewerige sug stoot oor haar lippe en sy staar hartseer voor haar uit.

"Woon Nardus hier in Johannesburg, tant Debbie?" vra Lanja, haar stem nog effens skor van die ingehoue lag.

"Ek sal nie weet nie, ou kindjie," antwoord Debbie verslae. Dan sien sy die bordjie koek wat Rosseau na haar uithou en glimlag stralend. "Ag, maar jy is vandag dierbaar teenoor my, Jakkie! Jy weet ek is gestraf met 'n onversadigbare suikertand, maar ná soveel koek en tee sal ek nie vandag middagete kan eet nie! Baie dankie, Rosseau."

"Dis my plesier, tannie," antwoord hy en draai na Jakkie. "Baie dankie vir die tee en koek, tannie, maar ek moet nou spore maak. Loop jy saam motor toe, Lanja?"

"Graag. Ek is nou terug, Oumie," antwoord sy en stap saam met hom deur toe.

Rosseau maak die voordeur agter hulle toe en kyk tergend na Lanja. "Sal ons onder die olienhoutboom gaan sit sodat jy my kan leer om te soen, meisiekind?"

"Volgende keer, maar nou wil ek eers weet waarom tant Debbie so hartseer lyk as sy oor haar Nardus praat," antwoord sy terwyl hulle na sy motor toe stap.

"Klein agie! Ek dag jy kan nie wag om alleen saam met my te wees nie, maar intussen wil jy my net oor 'n ander man uitvra!" verwyt hy glimlaggend voordat hy vervolg: "Nardus is tant Debbie se enigste seun, maar ná sy pa se dood het hy uit sy ouerhuis getrek. Hy werk in Johannesburg, maar hy kuier nooit by sy ma nie. Tant Debbie het niks gesê nie, maar ek en jou ouma neem aan hulle het rusie gehad."

"Maar as hy haar enigste seun is … Arme tant Debbie. Jy en Benno woon by jou pa en ek is nou geselskap vir my ouma, maar tant Debbie het niemand nie," sê Lanja simpatiek.

"Benno woon in sy eie woonstel sedert hy op vyf en twintig geërf het, maar dis waar: tant Debbie het niemand nie. Dalk moet ons haar maar toelaat om ons chaperone te wees," sê hy rustig.

Sy kyk hom onthuts aan. "Is jy laf? Ons leef nie meer in die negentiende eeu nie. Dit was in elk geval net mense wat trou- planne gehad het wat 'n chaperone moes hê."

"Ook waar, maar aangesien jy Benno klaar oortuig het dat

ons 'n verhouding het, kan jy net sowel tant Debbie oortuig ons het trouplanne." Hy sien haar oë blits, buig nader en soen haar op die punt van haar neusie. "Tot siens, kwaai meisie! Geniet jou gholf saam met my pa," vervolg hy skertsend, klim vinnig in sy motor en ry weg, terwyl sy hom met 'n gevoel van volkome onmag agternastaar.

Soen goeie vriende mekaar? vra sy haarself beteuterd af. Gisteraand het Rosseau haar op die wang gesoen en nou was dit 'n speelse piksoentjie op haar neus – hoekom? Omdat hy van haar hou en weet dat sy nie in 'n liefdesverhouding belangstel nie, beantwoord sy haar eie vraag. Rosseau behandel haar soos 'n liewe kleinsus, lag saam met haar en deel selfs sy herinneringe aan sy ma en Carien met haar, maar dis nie liefde nie. Sy is die dwaas wat liefgekry het, want sy het vergeet liefde is so onbereikbaar soos die land anderkant die reënboog . . .

Debbie wag dat die voordeur agter Rosseau en Lanja toegaan en plak haar bordjie koek met 'n ongeduldige gebaar langs haar op die tafeltjie neer. "Genoeg is genoeg, Jakkie! Ek eet my oorhoeks om weg te kom van die alleenheid en die hartseer en verlange, maar dit sit soos 'n stuk stowwerige steenkool in my bors vas. Kyk my in die oë en sê my reguit, vrou: dink jy ek is 'n vraat?"

"Ons het elkeen ons eie manier om wegkruipertjie te speel met ons eensaamheid of hartseer, Deborah. Jy was altyd 'n gesonde eter, maar sedert Bernard se dood en Nardus se skielike besluit om die huis te verlaat . . . Ek wou nie uitvra nie, maar ek ken jou hartseer, want ek het dit self ervaar," antwoord Jakkie met empatie.

"Nie heeltemal nie, Jakkie." Debbie lek oor haar lippe, haar pofferhande styf saamgevat op haar maag, en kyk met 'n pleitende uitdrukking op haar gelaat na Jakkie toe sy vervolg: "Jy het 'n goeie man begrawe, maar wyle Bernard . . . Ek sê nie hy was 'n slegte pa vir Nardus of selfs 'n slegte man vir my nie, maar al daardie naweke wat hy uithuisig was, al die nagte wat hy in die oggendure huis toe gekom het ... dit was nie ter wille van sy werk nie, Jakkie," vertel sy gedemp.

Jakkie se liggaam verstyf van 'n vrees wat op die rand van haar bewussyn huiwer. "Ek is bang om dit te sê, Deborah, maar as Bernard nie op kantoor was nie ..."

"Ék sal dit sê, want hy was mý ontroue man. Hy en sy sekretaresse, Linda Hamman, het vyf jaar lank 'n verhouding gehad, en voor haar was daar ander vroue, maar Linda het van hom verwag om van my te skei," vertel Debbie, haar stemtoon onverskillig, maar hartseer en vernedering roep woordeloos uit haar oë.

"Ag, my liewe mens, ek is so jammer ... Het Bernard jou om 'n egskeiding gevra?" vra Jakkie simpatiek.

Debbie glimlag wrang. "Hy kon nie, want dan moes hy afstand doen van my rykdom. Onthou jy nie, Jakkie? Bernard was 'n bankbestuurder toe hy dood is, maar hy was net 'n arm bankklerk toe ons getroud is. Hy het saam met my in my ouerhuis hier in Olienhoutlaan in een van die rykste voorstede van die stad kom woon, klere gedra wat ek gekoop het, en 'n luukse motor gery, 'n geskenk van my ouers. Ná my ouers se dood het ek hulle huis en al hul ander eiendomme en kapitale beleggings geërf. Ek en Bernard was op huweliksvoorwaarde getroud en as ons sou skei ... Hy het 'n goeie salaris verdien, hy sou hom en Linda maklik kon onderhou, maar hy wou nie die weelde wat my geld gekoop het en waaraan hy gewoond was, verloor nie."

"Maar ... hoe het jy van sy ontrouheid te wete gekom, Deborah?" vra Jakkie hoorbaar geskok.

"Die foon het een Saterdagmiddag gelui en soos die noodlot dit wou hê, het ek in ons slaapkamer en Bernard in sy studeerkamer die gehoorstukke gelyktydig opgelig. Bernard het gegroet en toe praat Linda ... Sy het huilend en histeries gepleit dat hy na haar toe kom, dat sy nie nog 'n Saterdagaand alleen wou deurbring nie, maar Bernard het gesê hy kon nie dadelik oorkom nie. Toe dreig Linda hom om my met die waarheid van hul verhouding te konfronteer as hy nie dadelik van my skei nie," vertel Debbie en staar met leë oë na die oorkantste muur.

"My arme mens! Het jy net stilgebly en geluister, Deborah?" vra Jakkie verontwaardig.

Debbie glimlag humorloos. "Wat kon ek sê, Jakkie? Ek was 'n groot, onaansienlike meisie wat oneindig dankbaar was om 'n man te kry, al het ek toe reeds besef Bernard trou met my ouers se rykdom, nie met my nie. Agt jaar later, toe ek vier en dertig was, is Nardus gebore en hy het vir al die jare van hartseer . . . vir al Bernard se ontrouheid vergoed. Maar daardie Saterdag het Bernard in sy motor geklim en na sy Linda toe gery. Wat hy haar vertel het, weet ek nie, maar sy het nooit kontak met my gemaak nie."

"Het hy jou nooit daarna om 'n egskeiding gevra nie, Deborah?"

"Nee, maar hy het voorgestel dat ek sekere van my eiendomme op sy naam sit, net vir geval ek voor hom sou sterf, sodat hy nie boedelbelasting hoef te betaal nie." Debbie se glimlag trek skeef. "Dis die naaste wat ek ooit aan haat gekom het, Jakkie, maar ek het kopgehou en vir hom gesê dat ek alles wat ek besit reeds aan Nardus bemaak het; dat hy vir hom elders 'n blyplekkie sal moet kry as ek voor hom te sterwe sou kom, want Nardus sal heel waarskynlik trou en sy vrou sal nie met 'n skoonpa in haar huis opgeskeep wil sit nie. Ek kon die vrees in Bernard se oë met my vingers uitkrap – nie vrees om my of my liefde te verloor nie, maar vrees om sy lewe van luuksheid te verloor."

"Al die jare van hartseer . . . en toe moes jy boonop Bernard dood agter sy lessenaar aantref," sê Jakkie sag.

"Nee . . . nee, Jakkie, dit was nie so eenvoudig nie. Dit was 'n paar maande nadat ek toevallig die gesprek tussen hom en Linda afgeluister het . . . Ek was saam met René Swart vir die dag uit, maar sy het my vroeër as gewoonlik huis toe gebring. Die voordeur het oopgestaan en ek kon Nardus hoor skree . . . Hy was by Bernard in sy studeerkamer en die deur was oop, daarom kon ek elke woord hoor."

"Waaroor het hulle rusie gehad?"

"Nardus het uitgevind van Bernard en Linda se verhouding. Ai toggie, Jakkie, Nardus was so bitter kwaad, so partydig vir my, en die stomme Bernard kon net pleit dat Nardus nie 'n woord aan my moes sê nie. Hy was so pateties, die arme man, so bang om sy lewe van oorvloed en weelde te verloor. En toe . . . toe sien Bernard my in die oop deur agter Nardus staan. Nardus weet dit tot vandag toe nie, maar ek is die oorsaak van Bernard se dood, want die skok om my te sien, het hom 'n noodlottige hartaanval gegee."

"Ek hoop nie jy blameer jouself vir sy dood nie, Deborah. Bernard het jare lank probleme met hoë bloeddruk en cholesterol gehad," herinner Jakkie haar.

"Ek blameer niemand nie, Jakkie, maar my liewe seun, my Nardus . . . Hy het my hoor uitroep toe sy pa inmekaarsak op sy stoel, Bernard se pols gevoel en toe gesê: 'Dit was my skuld, Ma. Ek het my pa vermoor!'"

5

Debbie se onthulling laat Jakkie 'n paar oomblikke sprakeloos, dan leun sy vorentoe in haar stoel en vra ontsteld: "Het jy Nardus reggehelp, Deborah? Het jy aan hom verduidelik dat die skok om jou te sien en die vrees dat jy hulle rusie gehoor het, die rede was vir Bernard se hartaanval?"

"Ek is seker 'n dwaas, Jakkie, maar lelike mense soos ek kan ook onvoorwaardelik liefhê. Toe ek 'n paar jaar ná ons troue 'n kwitansie vir 'n naweek se verblyf in 'n hotel vir meneer en mevrou Hattingh in Bernard se baadjiesak kry, het ek geswyg, want my liefde vir Bernard was so groot, so allesoorheersend, dat selfs sy ontrouheid dit nie kon verander nie. En toe hy daardie dag in sy studeerkamer sterf . . . Ek het nie behoorlik besef wat Nardus vir my gesê het nie. Ek het net geweet die man wat ek so oneindig liefhet, is dood. Ek het Bernard in my arms gehou en gehuil . . . gehuil oor sy dood en my vergeefse liefde vir hom; selfs gehuil omdat hy nooit sou weet nie dat my liefde vir hom groter was as sy jare lange ontrouheid aan my. Ek kan die dae tot ná die begrafnis nouliks onthou, behalwe dat dit donker ure van trane en rou was. Toe ek eindelik tot myself kom, was Nardus weg – tot vandag toe weg."

"Ek het begrip vir jou hartseer, my liewe Deborah, maar besef jy nie Nardus voel skuldig oor sy pa se dood nie? Dis moontlik waarom hy weggegaan het. Jy moes hom lankal vertel het dat die ontroue Bernard se vrees om sy lewe van weelde en gerief te verloor hom tot in sy graf laat skrik het," sê Jakkie prakties.

Debbie kyk haar verwytend aan. "Ek het geweet Bernard was ontrou, Jakkie, maar moet hom nie 'die ontroue Bernard' noem nie, so asof ons oor hom skinder. Bernard was goed vir my – altyd hoflik en bedagsaam, selfs al kon hy my nie liefhê soos ek vir hom nie." Sy sug verslae. "Dis net bitter jammer Nardus het uitgevind van sy pa se verhouding met Linda, want nou verkwalik my liewe seun my."

"Wat praat jy nou, my goeie mens?" vra Jakkie onbegrypend.

"Moenie jou dom hou nie, Jakkie. Nardus is bitter teleurgesteld in sy lelike ma wat nie kon sorg dat sy pa getrou bly aan haar nie, daarom wil hy my nie langer ken nie," antwoord Debbie hartseer.

"In die lewe . . .!" Jakkie staar haar oomblikke lank verslae aan en sê dan ongeduldig: "Dink, Deborah, dink! Nardus was altyd lief vir jou, daarom kon hy op sy eie pa skree toe hy uitvind van Bernard se ontrouheid. Probeer tog verstaan, vrou: jou seun voel skuldig oor sy pa se dood, glo moontlik dat jy hom verkwalik, daarom het hy op die vlug geslaan. Kry 'n privaat speurder om Nardus op te spoor, Deborah. Of moet die kind vir die res van sy lewe glo hy is verantwoordelik vir sy pa se dood?"

Debbie dink 'n paar oomblikke na en skud dan haar kop. "Nee, Jakkie. Nardus is 'n mooi seun, want hy lyk soos sy pa. Dalk skaam hy hom vir my, want ek is maar groot en dikkerig. Nee, ek sal hom liewer met rus laat, want dit sal vir my 'n groter hartseer wees as ek uit sy mond moet hoor dat hy my nie langer wil ken nie."

"Dis jou keuse, Deborah, maar onthou net: ek en Lanja en Rosseau is lief vir jou soos jy is. Toe, kom saam kombuis toe, dan maak ek vir ons vars tee," sê Jakkie vertroostend en help Debbie orent.

Karl en Lanja verlaat die klubhuis ná afloop van hul gholfsessie, trek hul gholfsakke agter hulle aan en bly langs sy motor staan.

"Dit was pret, ounooi," sê Karl met 'n waarderende glimlag terwyl hy die gholfsakke in die kattebak van sy motor laai. "Jy is glad nie so verroes soos wat jy gesê het nie. Speel jy aanstaande Woensdag weer saam met my?"

"As oom werklik kans sien daarvoor! Ek dink ek was vandag net gelukkig om nie te veel putjies oor baansyfer te speel nie. My spel is maar wisselvallig," antwoord Lanja laggend terwyl hulle in sy motor klim.

"Myne ook, maar jou geselskap vergoed vir alles." Karl lag geamuseerd. "En die afgunstige kyke wat ek van die ander spelers gekry het, was veral die moeite werd!" Hy frons lig en vra verskonend: "Jy is nie dalk vies dat ek jou as Rosseau se meisie aan my vriende voorgestel het nie? Dit was seker voortvarend van my, maar . . ."

"Glad nie! Ek het dieselfde storie aan Benno vertel toe hy gisteraand ongenooid kom kuier het," antwoord sy gerusstellend en vertel hom van Benno se besoek in die voortuin.

Karl luister in stilte terwyl hy deur die verkeer vleg. "Dis Benno – uitgeknip sy ma se seun. Maar kry hy die dag lief, sal hy hopelik lojaal bly aan sy vrou, want ek weet my oorlede vrou, Paula, was altyd lojaal aan my." Hy blik flitsend na haar. "En jy en Rosseau is net vriende?" vra hy gelykmatig.

"Ja, oom," antwoord sy vinnig en hoop sy klink oortuigend.

"Dis jammer," kom dit spytig van hom.

"Hoekom jammer, oom Karl?" vra sy verwonderd.

"Omdat ek Rosseau graag gelukkig wil sien ná al die hartseer wat Carien in sy lewe gebring het. Maar dis die selfsugtige wens van 'n pa, want ek besef alte goed liefde is nooit gedwonge nie."

"Rosseau sal Carien nooit kan vergeet nie, oom. Sommige mense kry net een maal opreg lief en Rosseau is so 'n man," antwoord sy, haar blik neergeslaan, bang dat haar oë haar vergeefse verlange sal verraai.

"Ja . . . ja, as hy na my aard. Maar ek hoop nie so nie, want ek sal graag my kleinkinders wil sien grootword." Hy kyk weer na Lanja. "Ek het vergeet om te vra: was jou ouma nie vies oor jou besluit om saam met my gholf te speel nie?"

Lanja lag gerusstellend. "Ek dink sy wou haar vererg, maar haar sin vir regverdigheid het gelukkig geseëvier. Sy sê oom betaal haar net in eie munt terug, want sy leen Rosseau al jare lank by oom."

"Dit klink soos die Jakkie van my jeug – tog altyd so gesteld op regverdigheid. Ek wonder . . ." sê hy mymerend en swyg dan.

"Ja, oom?" por sy.

"Dalk is dit 'n vergeefse wonder, maar ek sal nooit weet as ek nie iets daaraan doen nie. Ek het 'n brief aan jou ouma geskryf, haar gevra om my te vergewe vir dit wat gebeur het, en my gevoelens van meer as veertig jaar gelede probeer verduidelik. Dit was nie maklik nie, maar ek wil 'n einde maak aan ons jare lange vyandskap. Dink jy dit was wys, Lanja?" aarsel hy.

"O, ja, oom Karl! Het oom die brief reeds gepos?" vra sy gretig.

"Nee, ounooi, dis te persoonlik. Ek wil nie hê my seuns of enigiemand anders moet van die brief weet nie. Ek het gehoop jy sal instem om die brief vir jou ouma te gee. Gee jy om om posbode te speel, Lanja?"

"Geensins. Ek sal bly wees as oom en ouma Jakkie weer vriende is," glimlag sy.

"Nie blyer as ek nie, maar dankie, ounooi. Bid saam met my dat jou ouma so tegemoetkomend soos jy sal wees," antwoord hy en konsentreer dan stilswyend op die verkeer.

Jakkie glimlag verwelkomend toe Lanja by die agterdeur instap. "Dag, klein rondloper! Ek het reeds vergeet hoe leeg die huis kan voel sonder jou hier. Maar wat lyk jy so afgehaal, my poppie? Het jy so swak gespeel dat Karl jou met 'n gholfstok bygekom het?" terg sy, maar haar blik rus besorg op Lanja.

"Inteendeel, oom Karl het my reeds genooi om weer saam met hom te gaan speel, Oumie. Waar is tant Debbie? Sy kuier mos gewoonlik dié tyd van die dag hier," antwoord Lanja met 'n gedwonge glimlaggie.

"Nee, kindjie, ek is alleen." Jakkie sug kopskuddend. "Die arme, ongelukkige vrou. Sy lag en gesels, kom so onbesorg voor, maar al die jare dra sy 'n groot hartseer in haar binneste rond. 'n Ander mens se lewe bly maar 'n geslote boek, en word die boek op 'n dag oopgemaak, wens jy amper jy het nooit begin lees nie."

"Dalk is dit goed om te lees, Oumie, want dan verstaan jy jou buurman of -vrou 'n bietjie beter," sê Lanja, Karl se brief brandend in die hand agter haar rug.

"Ook waar, my kind. Ek en Deborah het lank gesels en nou kry ek haar so jammer dat ek my net moet keer, anders noem ek haar Debbie. Maar dis nie maklik om 'n slegte gewoonte af te leer nie."

"E . . . ja, Oumie. Dalk is dit ook 'n slegte gewoonte om iemand nie te vergewe nie, veral as die persoon opreg berou het."

Jakkie kyk haar streng aan. "Moenie karring nie, Lanja. Verkwalik ek jou omdat jy vriende is met Rosseau, maar nie erg is oor Benno nie?"

"Nee, Oumie, maar ek is nie kwaad vir Benno nie en . . . e . . . ek en Benno het nie saam grootgeword nie. Benno is gaaf, maar hy weet te goed hy is aantreklik."

"Nes sy ou pa! En laat nou die saak daar, Lanjatjie. Ek is lief vir jou en ek gaan nie met jou twis oor my ou vyand nie," sê Jakkie paaiend.

"Asseblief, Oumie . . ." pleit Lanja, bring Karl se brief te voorskyn en hou dit na Jakkie uit. "Oom Karl het 'n brief aan Oumie geskryf en alles verduidelik. Asseblief, Oumie, lees die brief, anders sal Oumie nooit weet –"

Die bloed dreineer uit Jakkie se gesig. Sy retireer 'n tree en versoek gesmoord: "Neem die brief terug, Lanja . . . asseblief!"

Lanja merk Jakkie se intense ontsteltenis. Dit laat haar skuldig en bekommerd voel. Dan draai sy om en loop vinnig by die agterdeur uit.

Sy gewaar Karl voor sy huis, sy oë turend na die grootste van die drie reuse-seders. Die groot boom se naam is Liefde, onthou sy, sluk droog en loop na hom toe. Hy hoor haar voetstappe, draai om en sien die uitdrukking op haar gesig en die brief in haar hand.

"Ek sal die brief vat, dankie, Lanja. En nou kom jy saam met my. Ek sal praat en jy sal luister, en daarna kan jy self besluit," sê Karl skor.

Lanja sien die pyn in sy oë terwyl hy die brief in sy broeksak steek, en sy lê haar hand vertroostend op sy arm. "As ek kan help, sal ek, oom Karl. Ek is bitter jammer my ouma het geweier om oom se brief te lees, maar sy was opsigtelik ontsteld. Ek het nie die moed gehad om by haar te neul nie."

Hy glimlag verby sy innerlike pyn. "Jy is reeds my klein troostertjie, dankie, ounooi. Sien jy kans om na die geteem van 'n ou man te luister?"

"Ek luister graag na ouma Jakkie se herinneringe, daarom sal ek graag na oom luister," antwoord sy taktvol.

"Al daaraan gedink om 'n diplomaat te word, Lanja?" skerts hy halfhartig.

"Dis maklik om gaaf te wees met jou vriende, oom Karl," glimlag sy.

"Boonop 'n slim dogter," prys hy, neem haar liggies aan die arm en stap saam met haar na 'n tuintafeltjie en stoele onder die sederbome.

"Hierdie boom se naam is Waarheid, nè, oom?" beduie sy terwyl sy op die stoel oorkant hom plaasneem.

"Jy onthou goed. Ek durf nie die waarheid verdraai wanneer ek onder hierdie boom sit nie," antwoord hy, 'n glimlag huiwerend om sy mondhoeke. "Ek wil praat . . . móét praat oor die ding wat meer as veertig jaar lank in my binneste knaag, maar waar begin ek?"

"Oom en ouma Jakkie was van kleins af boesemvriende. Wat het 'n finale einde aan jul vriendskap gemaak?"

Hy aarsel 'n oomblik en antwoord dan reguit: "Liefde."

"Ek verstaan nie, oom Karl. As twee mense mekaar liefhet . . ." protesteer sy.

Hy lê haar met 'n handgebaar die swye op. "Liefde is nie altyd so eenvoudig nie, ounooi. As twee mense mekaar liefhet, ja, maar ek het Jakkie liefgekry toe ek nog 'n tienerseun was. Ek is twee jaar ouer as sy en ek het besef sy het my net as haar beste vriend beskou, daarom het ek oor my liefde geswyg. Ná matriek is ek universiteit toe om 'n argitek te word. Ek was mondig toe ek 'n beurs gewen het om in Engeland te studeer. Jakkie was net so bly en trots op my soos my ouers, want sy . . ." Hy swyg en stoot sy vingers deur sy hare.

"Want sy het oom nie liefgehad nie, daarom was dit vir haar maklik om te aanvaar dat oom weggaan," voltooi Lanja sy sin, haar woorde soos 'n weerklank van haar eie vergeefse liefde vir Rosseau.

"Ja . . . Dit was haar blydskap wat my laat besef het. Maar liefde soek troos en selfbedrog. Ek het myself wysgemaak dat Jakkie te jonk was vir liefde, dat sy my sal mis ná my vertrek en eindelik sal besef dat sy my liefhet. En tog . . . ek moes veg teen die begeerte om haar van my liefde te vertel en haar te vra om aan my verloof te raak. Ek het my twyfel selfs met my oorlede ma bespreek."

"Het sy oom afgeraai?" vra Lanja simpatiek.

"My ma was 'n praktiese, aardse vrou. Sy het vir my gesê liefde is soos 'n kleurryke sampioen wat oornag deur die grondkors dolwe om dounat in die oggendson te skitter – 'n klein wonderwerkie wat net gebeur, maar nooit gedwonge is nie. Dis seker waar, want ek kan nie verklaar wanneer of hoe my gevoel vir Jakkie in my hart gebore is nie," vertel hy, sy stem effens skor.

"Oom se ma was 'n wyse vrou, want die liefde is . . . onvoorspelbaar." Lanja byt op haar onderlip, ineens bang dat Karl sal besef sy praat oor haar gevoel vir Rosseau, en vervolg vinnig: "Oom is weg na Engeland toe ouma Jakkie negentien was. Sy is op twintig getroud, toe oom seker nog oorsee was."

"Ja, ounooi. Jy kan seker onthou jou oupa Frikkie was vyftien jaar ouer as jou ouma. Jou ouma het mangelontsteking gekry en is dokter toe. Ou dokter Du Toit se nuwe vennoot, Frikkie Basson, het Jakkie behandel en in die proses haar liefde verower. Hulle is drie maande ná hul eerste ontmoeting getroud, terwyl ek en Jakkie nog gereeld vriendskaplike briewe aan mekaar geskryf het."

"Maar . . . het my ouma of oom se ouers oom nie van haar huwelik laat weet nie?" vra Lanja verwonderd.

"Nee, want my ma het Jakkie en my beste vriend, Manie, die dood voor oë gesweer as hulle my van haar huwelik sou vertel. My ma was baie taktvol, want sy het aan Jakkie gesê dat ek sou wou terugkom vir haar huwelik omdat ons al die jare soos eie broer en suster was. Ek sou my studie moes onderbreek en dit sou my akademiese prestasie nadelig beïnvloed. Vanselfsprekend het Jakkie ingestem om soos die graf te swyg oor haar huwelik." Karl se lippe vertrek wrang. "Toe ek twee jaar later my studie voltooi en terugkom huis toe, was die meisie oor wie ek so lank gedroom het, 'n getroude vrou en die ma van 'n babadogtertjie."

"Dit moes 'n wrede ontnugtering gewees het," sê Lanja simpatiek.

"Ek glo Jakkie se dood sou nie 'n wreder skok gewees het nie . . . Ek onthou die aanvanklike skok en ongeloof en toe die verterende woorde − blinde, redelose woede wat my wou laat seermaak en kwets, omdat die pyn in my so onbeskryflik seer en rou was. Kan jy dit verstaan, Lanja?" vra hy, 'n pleidooi in sy oë.

"Ja, oom. Ek onthou die ontnugtering en skok toe ek van Derek se . . . se verraad uitgevind het. Ek het hom verwerp, maar dit het nie verhoed dat ek my saans aan die slaap gehuil het nie. Maar mans huil mos nie."

"Mans huil ook, maar my trane het later gekom. Ek het soos 'n besetene na die huis langsaan gestorm. Ongelukkig was Jakkie alleen tuis en ek kon al my hartseer en teleurstelling en jaloesie uitbulder terwyl sy my verbouereerd en sprakeloos aangestaar het. Ek het haar 'n fortuinsoekster genoem, 'n gewetenlose, goedkoop flerrie wat 'n ou man van vyf en dertig in haar strik gevang het ... O, ek was genadeloos in my pyn en my tong was in gal gedoop," erken hy bitter.

"Ek kan verstaan, oom Karl. Maar het my ouma niks gesê nie?"

"Ek het haar nie die geleentheid gegee nie. Toe 'n gebrek aan asem my eindelik laat swyg het, het sy net met haar groot, donker oë na my gekyk en my gevra om te loop en nooit weer my voete oor haar drumpel te sit nie," antwoord hy skor.

"En dis al?"

"Dit was oorgenoeg vir my, want ek het voortgegaan en gesê ek het al my agting en respek vir haar verloor, en toe gesweer dat ek eerder sou sterf as om ooit weer met haar te praat. Sy het niks gesê nie, net na my gekyk asof sy my vir die eerste maal in haar lewe werklik gesien het, en ek het uit die huis gestorm," antwoord hy bedroë.

"Maar as ouma Jakkie bewus was van oom se liefde vir haar, waarom het sy nie begrip gehad vir oom se woede en jaloesie nie?" vra Lanja onbegrypend.

"Dis waar die knoop lê, ounooi. Ek kon al my jaloesie en woede en wrede beskuldigings uitskree, maar ek het nie 'n woord oor my jare lange liefde vir haar gesê nie. Dis wat hartseer doen: dit maak jou redeloos soos 'n dier. Ek het dit as vanselfsprekend aanvaar dat sy bewus was van my liefde en dat ek die reg gehad het om haar huwelik met Frikkie as ontrouheid en verraad te beskou. Ek het geen verskoning nie, behalwe dat my teleurstelling en pyn my gesonde verstand aangetas het."

"Dan weet ouma Jakkie tot vandag toe nie oom het haar destyds liefgehad nie?"

Karl draai na Lanja en probeer nie om die onverbloemde

verlange in sy oë te verberg nie. "Ek het haar my lewe lank lief, Lanja," erken hy.

"Maar oom was getroud! Het oom tant Paula nie liefgehad nie?" protesteer sy.

'n Skaduglimlag flits oor sy lippe en glans 'n enkele oomblik in sy seegroen oë. "Daar is iets soos grade van liefde, of dalk blote gewoonte en dankbaarheid en wedersydse respek, wat 'n ander vorm van liefde is. My ma was in die veertig toe ek gebore is en reeds in haar sewentigs toe sy by my gepleit het om te trou, sodat sy haar kleinkinders kon sien voordat sy sterf. Toe ontmoet ek Paula, 'n beeldskone meisie en die enigste dogter van skatryk ouers."

"Oom is nie ter wille van tant Paula se rykdom met haar getroud nie?" vra Lanja teleurgesteld.

"Nee, Lanja, maar Paula het my liefgekry en ek kon seker wees van haar liefde, want sy het nie my geld nodig gehad nie. Sy was aanvanklik dolverlief op my, maar ná Benno se geboorte het hy bykans al haar aandag in beslag geneem. Ek glo sy was gelukkig, maar as ons soms huweliksprobleme gehad het ... Ek was getrou aan haar, selfs lief vir haar, en op my manier gelukkig, totdat sy ses jaar gelede tydens 'n eenvoudige blindederm-operasie onder narkose gesterf het."

"Het tant Paula geweet dat oom my ouma liefgehad het?" vra Lanja aarselend.

"Ek het Jakkie nooit met my vrou bespreek nie, maar ek weet die bure het gepraat, want Paula het altyd indirekte beskuldigings oor my geheime liefde vir my buurvrou gemaak. Ek het dit nooit erken of ontken nie, want ek kon nie van Paula verwag om begrip vir my situasie te hê nie. Pas ná Frikkie se dood het Paula besluit sy hou nie langer van die ou Friedlander-huis nie. Ek kon begryp waarom Jakkie, die weduwee, vir Paula 'n bedreiging was, daarom het ek vir haar 'n huis van haar keuse gekoop."

"Was oom gelukkiger saam met tant Paula in die nuwe huis?"

"Ek glo Paula was, want net die feit dat ek vir haar 'n nuwe huis gekoop het, het haar eindelik van my lojaliteit aan haar oortuig. Paula was 'n goeie vrou en ek was hopelik 'n goeie man vir haar. Ek was lief vir haar, selfs al was sy nie die grootste liefde van my lewe nie, maar sy was my vrou en die moeder van my seuns. Afgesien van Paula se ongegronde jaloesie op jou ouma Jakkie toe ons hier in die ou Friedlander-huis gewoon het, was ons huwelik gelukkig, want ons het nooit eens 'n egskeiding oorweeg nie. Maar tyd of afstand verander nie ware liefde nie, Lanja."

"Nogtans . . . my ouma sal oom nie vergewe nie, want sy weet nog steeds nie waarom oom daardie dag so kwaad was vir haar nie," kom dit ingedagte van Lanja.

"As sy my brief gelees het, sou sy geweet het, maar nou . . ." Hy sug ongeduldig en maak 'n afwerende handgebaar.

"Sal ek ouma Jakkie die waarheid vertel, oom?" vra Lanja aarselend.

"Nee, nooit nie! Wat sal sy van my dink as ek jou stuur om vir my voorspraak te maak? Dankie vir die aanbod, ounooi, en dankie dat jy bereid was om na my te luister. Ek glo ek sal wel aan 'n ander manier kan dink om tot die koppige Jakkie deur te dring." Hy kom orent. "Drink jy saam met my koffie?"

"Graag, dankie, oom," antwoord sy. Sy stap saam met hom oor die grasperk en begin gesels geesdriftig oor sy tuin in 'n poging om hom van sy teleurstelling oor haar ouma se reaksie op sy brief te laat vergeet.

Benno leun gemaklik teen die kosyn van die oop voordeur, 'n geamuseerde glimlag om sy lippe, en wag Lanja en Karl in. "Ek gee toe, Lanja, jy is mooi én slim," tart hy haar. "Jy mors nie jou tyd op my en Rosseau nie, want jy het die ouer, ryker vis aan jou hoek beet! Wanneer meen Pa om met Pa se jong bruidjie te trou?"

Lanja voel 'n blos van verleentheid op haar wange brand en kyk vinnig op na Karl, maar hy betrag Benno met die selfbeheersing en gelatenheid van 'n Stoïsyn.

"Sodra jy en Rosseau instem om ons strooijonkers te wees, ou seun," antwoord Karl gelykmatig en kyk met oortuigende erns na Lanja, wat onwillekeurig glimlag. "Is dit nie wat ons besluit het nie, Lanja?"

"Dit is, ja, maar Rosseau moet eers elders blyplek kry, want ek deel nie my huis met 'n stiefseun nie!" antwoord sy doodernstig, maar haar oë vonkellag in Karl s'n.

Benno frons, opsigtelik onkant betrap deur dié toedrag van sake. Hy draai gretig na Rosseau, wat net toe die enkele treetjies na die voorstoep opdraf. "Jammer, jonger broer, dis neusie verby vir jou!" sê hy vermakerig.

Rosseau kom langs Lanja staan en frons lig. "Hallo, Lanja. Dag, Pa," groet hy vinnig en kyk wantrouig na Benno. "En wat laat jou soos 'n honger hiëna gryns, Benno?"

"Die bloeiende romanse tussen die ouderdom en die jeug, jonger broer! Pa en jou meisie koer al die ganse middag saam onder die sederboom en ek moes so pas verneem ons gaan hulle strooijonkers wees. En jy moet so spoedig moontlik elders blyplek kry, want jou aanstaande stiefmoedertjie sien nie kans vir 'n stiefseun in haar huis nie."

Rosseau draai vinnig na Lanja en sien die onnutsige vonkeling in haar oë, voor sy spytig vra: "Jy het begrip vir my situasie, nè, Rosseau? Ek sien nie kans vir 'n huis vol stiefkinders nie."

"Daar is darem net een van my, Lanja. As ek beloof om my slaapkamer netjies te hou en nie te veel te eet nie, mag ek hier bly?" pleit Rosseau met oortuigende desperaatheid.

"Nee, jy is te groot. Ek sal soos 'n senior burger voel elke maal as ek na jou kyk en besef ek gaan 'n ouma word sodra jy besluit om te trou," antwoord Lanja beslis.

"Ek het begrip vir jou situasie, my arme Lanja," sê Rosseau met 'n simpatieke tongklik. "Maar ek het reeds 'n oplossing: ek sal by jou ouma Jakkie intrek en haar bankrot eet!" Hy draai bekommerd na Benno en vervolg doodernstig: "Maar wat gaan van jou word, broer Benno? Nie Lanja of haar liewe tant Jakkie wil jou hê nie."

Benno staar Rosseau wantrouig aan. "Verwag jy werklik ek moet glo dat jy 'n huwelik tussen Pa en Lanja goedkeur? Genugtig, man, ons vriende sal nooit weer ophou lag as Pa met tant Jakkie se kleindogter trou nie!"

Rosseau loop na Lanja en slaan sy regterarm om haar skouers. "Sal ons Benno uit sy ellende verlos, my liefste?" vra hy, trek haar besitlik nader en soen haar op die lippe. "Ek het na jou verlang, my skat. Kom ons gaan drink koffie by jou ouma en vertel haar hoe goedgelowig Benno is."

Lanja weet sy hoef nie toneel te speel om verlief te lyk nie. "Solank jy my 'n soen gee vir elke katjiepieringblom aan die boom, soos wat jy gisteraand gedoen het, my liefling," antwoord sy asemrig.

"Sorg dat jy verkeerd tel, Rosseau, sodat jy van voor af moet begin," terg Karl.

"Tot siens, oom Karl! Baie dankie vir die lekker middag," sê Lanja. Sy slaan haar arm om Rosseau se middel en stap saam met hom om die hoek van die huis.

Rosseau steek in sy spore vas toe hulle die katjiepieringstruik bereik. "Vervlaks! Die katjiepiering het nie 'n enkele blom aan nie!" roep hy onthuts uit.

Sy lag hom uit en tree weg van hom. "Ek het geweet, domkop! Ouma Jakkie het al die blomme gepluk om op oupa Frikkie se graf te sit."

"Nou wanneer is ek veronderstel om jou te soen, meisiekind?" vra hy afgehaal, maar dan vonkellag sy oë in hare. "Ek weet! Kom ons gaan tel die leeubekkies in die voortuin, dan soen ek jou vir elke leeubekkie!" Sy skud haar kop en hy pleit hoopvol: "Ons tel net die geel leeubekkies? Ook nie? Hou jy nie van soen nie, of hou jy nie van my nie, hartelose meisie?"

"Die konsert is verby, Rosseau. Ons hoef nie langer toneel te speel nie, want ons het nie langer 'n gehoor nie," antwoord sy met 'n gevoel van verlies.

"Ook weer waar. Maar as jy moeg is ná die gholf saam met my pa, kan jy teen my leun. Jy het mos gesê ek is jou gespierde held . . . of was dit ook deel van ons konsert?" vra hy en lyk so beteuterd dat sy met moeite 'n glimlag onderdruk.

"Wil jy hê ek moet jou 'n asbek noem, Rosseau?" dreig sy.

"Solank ek jou liewe asbek kan wees . . ." Hy lag tergend in haar oë tot sy onwillekeurig glimlag, en gaan dan verskonend voort: "Ek is jammer oor Benno se onsmaaklike aanmerkings oor jou en my pa, Lanja. Hy is maar net afgehaal omdat jy nie in hom belangstel nie. Ongelukkig kan hy uiters snedig wees as hy nie sy sin kry nie."

"O, dit pla my nie, maar ek was verbaas dat jou pa sy snedigheid so gelate aanvaar het."

"Benno het sy eie verklaring vir my pa se verdraagsaamheid teenoor hom. Hy glo my pa voel skuldig omdat hy ons ma nie liefgehad het nie, daarom aanvaar hy Benno se beledigings," vertel Rosseau ingehoue en vermy haar blik.

"Dis nie belangrik nie, Rosseau," sê sy paaiend, bewus van sy ongemak.

"Dit is, Lanja, want dit raak jou ook. My ma was lief vir my pa – dalk te lief, want sy was jaloers op enige vrou wat net na hom gekyk het. Benno was nog op laerskool toe sy hom vertel het dat my pa jou ouma liewer het as vir haar. Dis waarom Benno dink my pa verdien nie sy liefde of respek nie."

"Glo jy dit ook, Rosseau?" vra sy aarselend.

"Ek glo wat ek met my eie oë gesien het. My pa was altyd lojaal aan my ma en toe hy vir haar 'n nuwe huis gekoop het, was sy eindelik gelukkig, want sy het my pa nie langer verwyt oor sy jeugliefde vir jou ouma nie. Benno het ongelukkig nie vergeet nie, want hy het te jonk geleer om jou ouma te haat. Gelukkig kry hy nooit met haar te doen nie, maar hy is selfs vyandig teenoor tant Debbie, bloot omdat sy en jou ouma boesemvriendinne is. As hy dalk ongemanierd teenoor jou optree, sal jy weet waarom ... en ek is jammer."

Sy glimlag gerusstellend. "Benno se doen en late raak my nie, Rosseau. Maar van tant Debbie gepraat, haar huis is propvol foto's van haar seun, Nardus, maar toe ek haar uitvra oor hom, het sy oor ander dinge begin praat. Jy weet nie dalk wat van hom geword het nie?"

"Ek weet, ja. Ek en hy het vanmiddag saam geëet," vertel hy ingenome.

Sy kyk op na hom, haar glimlag opgewonde. "Wonderlik! Sien jy hom dikwels? Is julle goeie vriende? As jy hom kan oorreed om terug te kom huis toe, maak jy tant Debbie die gelukkigste mens op aarde! Sal jy, Rosseau?"

Hy frons onseker. "Ek kan niks beloof nie, Lanja. Dis die eerste maal in jare dat ek met Nardus gepraat het, en ek het hom nie uitgevra oor sy besluit om uit sy ouerhuis te trek of sy eie ma te vermy nie."

"O . . . Het julle glad nie oor haar gepraat nie?" vra sy teleurgesteld.

"Ons het, ja. Hy het gevra of dit nog goed gaan met haar, maar dis al. Ek en Nardus is ou vriende en ons het afgespreek om weer saam te eet." Hy druk haar hand bemoedigend, bewus van haar teleurstelling. "Ek het darem sy selfoonnommer. As dit nodig is, sal ek vinnig met hom in verbinding kan tree," probeer hy haar troos.

"Dis nie dieselfde nie, Rosseau. Ouma Jakkie sê tant Debbie

was altyd 'n groot vrou, maar vandat Nardus weggegaan het, eet sy voortdurend om haar verlange na hom te stil. As ons net kan help om hulle met mekaar te versoen . . ."

"Wat is dit van soen?" vra Debbie en kom vinnig in die tuinpaadjie langs die huis nader. "Het ek nie beloof om julle chaperone te wees nie, kinders? Wat speel julle wegkruipertjie agter die katjiepiering en praat van soen sodra ek my rug draai?"

"Hallo, tant Debbie," groet Rosseau met 'n dierbare glimlaggie. "Lanja het pas aan my verduidelik sy mag my net soen as sy tannie se toestemming kry. Mag ek haar maar soen, asseblief, tant Debbie?"

Debbie vat haar hande op haar maag saam, 'n gekwelde frons tussen haar wenkbroue, en dink 'n paar oomblikke lank na. "Haai, nee, ek weet nie so mooi nie, Rosseau. Soen is 'n ernstige stap op die pad van die liefde . . ."

"Sowaar, tannie? Wat is die eerste stap?" vra Rosseau met geveinsde erns.

"Eers ontmoet twee jong mense mekaar – dis nou soos jy en Lanja mekaar ontmoet het, hartjie, en dis die eerste stap. En dan leer hulle mekaar ken . . ."

"En die jong man hou die meisie se hand vas – só, tant Debbie?" vra Rosseau belangstellend en neem Lanja se hand in syne.

"Ja . . . nee, nee, wat raak jy so vatterig, Rosseau? Om lief te hê, is 'n ernstige saak, my kind. Jy moet die pad van die liefde stap vir stap loop, nie sommer . . . sommer . . ."

". . . spring-spring soos 'n padda nie, tannie?" help Rosseau haar met dodelike erns. Hy hoor Lanja skuins agter hom proeslag en druk haar hand waarskuwend.

"Ja, Rosseau, nie spring-spring soos . . ." Sy breek haar sin af en kyk hom vies aan. "Maar sal jy stilbly, Rosseau? Jy praat my kop deurmekaar met jou spring-spring-stories. Nee a, liefde is 'n ernstige saak, want liefde is vir altyd. Luister jy mooi na my, Rosseau?"

"Ek is die ene ore, tannie, en ek sal met die nodige erns luister," beloof hy plegtig.

"Niks is kosbaarder as die opregte liefde en lojaliteit van 'n vrou nie, Rosseau. As jy met 'n meisie se liefde speel, ontrou is aan haar, sal sy . . . sal sy . . ."

"Wegkwyn en sterwe, soos 'n koringkriek in die najaar, tant Debbie?" Rosseau proeslag hulpeloos agter sy hand, probeer om dit soos 'n hoesbui te laat klink en storm weg na die hoek van die huis.

"Wag, Rosseau, wag! Ek sal jou 'n harde klap tussen die blaaie gee sodat jy jou ou asempie kan terugkry!" roep Debbie besorg uit en sit hom skommelend agterna.

"O, help . . .!" kreun Lanja en sak op haar hurke neer, terwyl 'n geluidlose lagbui haar skouers laat ruk.

"Niemand wil jou liewer help as ek nie, Lanja," praat Benno agter haar, stap om die katjiepieringboom en trek haar galant orent.

6

Lanja staar Benno verdwaas aan terwyl hy haar ophelp, intens bewus van die besorgde uitdrukking in sy besonderse viooltjieblou oë. Sy besef dat hy haar nog aan die arms vashou en beur weg van hom. "Dankie, Benno, maar ek het nie jou hulp nodig gehad nie. Ek makeer niks," sê sy met 'n stywe glimlaggie.

"O . . . ek is jammer. Ek het Rosseau se stem gehoor en kom vra of hy en jy nie saam met my en my pa wil koffie drink nie . . . en om jou om verskoning te vra omdat ek verkeerde afleidings oor jou en my pa gemaak het. En toe hoor ek jou om hulp roep en sien jou op jou hurke neersak. Ek het net probeer help," verduidelik hy verskonend.

"Dankie vir jou bedagsaamheid, Benno," antwoord sy gelykmatig en glimlag traag. "Ek het nie jou gevolgtrekkings oor my en jou pa se verhouding as 'n belediging beskou nie – inteendeel, dit was nogal amusant."

Sy is mooi, waaragtig mooi, dink hy bewonderend en sê skuldig: "Nogtans, dit was ongevraag. As jy my verskoning sal aanvaar . . . Ek wil graag hê ons moet vriende wees, Lanja. Ons is tog bure – Rosseau het my vertel jy woon nou permanent hier." Hy kan verdrink in die donker dieptes van haar oë, kan nie wag om te proe van die vrug van haar sagte, uitlokkende lippe nie . . . In sy arms sal hy haar meesleur na die hooglande van ekstase, haar laat drink uit die magiese beker van die liefde . . . As hy haar liefde kan wen, sal hy die gelukkigste man op aarde wees, flits die besef deur sy kolkende gedagtes en skok hom tot besinning. Hy het nog altyd lojaliteit aan een meisie as 'n lewenslange tronkstraf beskou, herinner hy homself. Nogtans . . . 'n ewigheid saam met Lanja sal soos 'n oomblik wees.

Hierdie Benno is nie die man met die modelmooi gesig wat dit geniet om met meisies se liefde te speel nie, dink Lanja, verras oor die erns op sy gelaat, en glimlag tegemoetkomend. "Dis altyd aangenamer om vriende met jou bure te wees, solank jy onthou ek en Rosseau het meer as net 'n vriendskap," waarsku sy.

"Ek besef dit, maar julle is nog nie verloof nie. As ons vriende is . . . sal jy môreaand saam met my in 'n goeie restaurant gaan eet? As jy daarna wil gaan dans of . . ." stel hy hoopvol voor. Hy weet hy klink onseker, en verwens die onbekende gevoel van vrees dat sy hom sal verwerp wat ongevraag in sy binneste kom nesskop het.

"Dankie, maar nee dankie, Benno," antwoord sy met 'n verskonende glimlag. "Ek en Rosseau is wel nog nie verloof nie, maar ons verhouding is vir my van die grootste belang."

"Hoe ernstig is jul verhouding?" vra hy dringend. "Hoe goed ken jy my broer, Lanja? As jy hom lank genoeg ken, sal jy besef –"

"Jammer, Benno, ek is nie bereid om my en Rosseau se verhouding met enigiemand te bespreek nie," val sy hom beslis in die rede. "Wat maak dit in elk geval saak hoe lank ek hom ken? Besluit jý vooraf hoe lank jy 'n meisie moet ken voordat jy haar liefkry?"

Benno kyk haar in stilte aan en antwoord dan sag: "Ek kon nog altyd, maar vandat ek jou ontmoet het, twyfel ek aan my eie oordeel." Hy glimlag skuins en versoek pleitend: "Kom drink saam met my en my pa koffie, asseblief, Lanja. Ons kan lekker gesels en mekaar beter leer ken. My pa sal dit ook waardeer."

"Dalk 'n ander keer, maar Rosseau het saam met my huis toe gekom om koffie te drink. Tot siens, Benno," groet sy vinnig, ineens ongemaklik oor die intensiteit van sy blik, en stap weg terwyl Benno haar met 'n uitdrukking van teleurstelling en frustrasie agternastaar.

Jakkie kyk vraend na Rosseau wat laggend die kombuis binnekom en hom by haar in die ontbythoekie aansluit. "Ek nou, boetman? As dit 'n goeie grap is, wil ek dit ook hoor," sê sy nuuskierig.

"Vra tant Debbie om tannie van die verskillende stappe op die pad van die liefde te vertel, en tannie sal ook lag," antwoord hy en neem op 'n stoel teenoor haar plaas.

"Foei tog, Rosseau, ons moet die goeie Deborah al die liefde gee wat ons moontlik kan. Sy het 'n lang, hartseer pad geloop en toe laat Nardus haar ook nog in die steek. As ek net geweet het waar Nardus al die jare wegkruip, sou ek . . ."

Jakkie breek haar sin af toe Debbie met ongewone spoed die kombuis binnestorm, drillend gaan staan en hygend na haar asem snak. "Is jy nou skoon verspot, Deborah? 'n Gewigtige vrou soos jy behoort nie soos 'n jong kalf te galop nie. Nee a, mens, jy soek mos nou moeilikheid," raas sy besorg en kom vinnig orent. "Wag, vrou, ek bring vir jou 'n glas water."

"Sit, Jakkie, sit. Dalk is ek 'n bietjie gewigtig, maar ek stap elke oggend en aand kilometers ver saam met my honde. Ek is glad nie so onfiks soos wat ek lyk nie," spog Debbie. Sy kom nader en kyk bekommerd na Rosseau. "Voel jou borsie nou beter, my kind?" vra sy besorg.

"Oneindig beter, dankie, tant Debbie. Wil tannie nie vir tant Jakkie van die stappe van die liefde vertel nie?" vra hy met 'n onskuldige glimlaggie.

"Nie as jý by is nie!" antwoord sy misnoeg, draai na Jakkie en vervolg gegrief: "Jy sal dit nie glo nie, Jakkie, maar Rosseau laat my beskrywing van die stappe van die liefde soos 'n biologieles klink, met paddas en koringkrieke en als! Nee wat, ek mors nie weer my asem op jou nie, Rosseau. Jy is nes alle mans: het nie die vaagste benul wat liefde is nie."

"O, hy het, Deborah, maar hy is te bang om dit aan homself te erken," sê Jakkie doodluiters en glimlag vroom toe Rosseau haar skerp aankyk, 'n donker gloed van verleentheid op sy gelaat, maar geen poging aanwend om hom te verdedig nie.

Rosseau kyk tergend na Lanja wat oorkant hom aan die klein tafeltjie in die besige restaurant sit. "Net gerookte hoender en slaai ...? Is jy sowaar bang om vet te raak, meisiekind, of hou jy werklik van bokkos?" terg hy.

"Ek hou toevallig van Griekse slaai, maar aangesien ek later 'n groot boks springmielies in die fliek gaan verorber, gaan ek nie saam met jou 'n yslike biefstuk, groente, slaai en rys eet nie," antwoord sy en glimlag in sy oë.

"In daardie geval: jy eet saam met my nagereg en ons speel môremiddag tennis om al die ekstra kalorieë te verbrand. Toe, asseblief, Lanja. Ek voel altyd soos 'n vraat as ek alleen nagereg eet," pleit hy.

Blydskap oor sy uitnodiging laat haar hart tamboer slaan in haar bors en verf 'n sagte gloed van geluk in haar oë. "Vrugteslaai vanaand en tennis môremiddag," stem sy in.

Hy kreun gevoelvol. "Vrugteslaai? Het jy al ooit 'n vet vrugtevlieg gesien? Ek gaan sjokoladepoeding met roomys bestel sodat almal in die restaurant hulle aan my kan vergaap en my soos 'n vraat laat voel." 'n Glimlag lig sy mondhoeke. "Nie dat enigiemand sal agterkom wat ek eet nie. Die mans verdraai hulle nekke om my pragtige meisie beter te kan sien."

"Kyk 'n slaggie na die meisies om jou. Hulle kyk net so graag na die aantreklike man wat oorkant my sit," terg sy.

"Sowaar? Wie? Waar?" vra hy en kyk met oordrewe nuuskierigheid om hom rond. Hy draai verras terug na haar, leun oor die tafel en vervolg gedemp: "Moenie dadelik kyk nie, maar die jong man by die tweede tafeltjie regs van my – dis links van jou – 'n donkerkopman wat alleen by 'n tafeltjie sit . . . sien jy hom?"

"Ja – ken jy hom?"

"Van ons kleuters was. Dis Nardus Hattingh, tant Debbie se seun."

Lanja se blik skiet terug na Nardus. Sy hou hom oomblikke lank dop en vra opgewonde: "Sal jy hom aan my voorstel, asseblief, Rosseau? Hy het pas klaar geëet."

"Vervlaks, ek is nou so jaloers dat ek klippe kan kou!" grom Rosseau en gluur haar gekrenk aan. "Dit was erg genoeg toe al die mans na jou kyk, maar ek weier om jou met 'n aantreklike man te deel . . . Of mag ek weer konsert speel en jou as my meisie voorstel, mooi Lanja?"

Sy sien die warmte en dansende lag in sy oë, voel spesiaal en mooi, en sy wens sy kan hierdie toweroomblik vir altyd in haar hande vashou. As die lag in sy oë net liefde was, fluister haar hart en vertroebel haar geluk.

Sy byt op haar onderlip, ineens bang dat haar oë haar liefde aan hom sal verraai, en glimlag skugter. "Ek is so bang dat jy my as jou vrou of jou skoonma mag voorstel. Maak net gou. Die kelner is besig om sy kleingeld vir hom te gee."

"My vrou?" vra hy gretig, kyk na haar hand en sug dan teleurgesteld: "Nee, dis onmoontlik, want jy dra nie 'n trouring nie. Verskoon my, asseblief. Ek gaan jou donker jong man haal."

"Dankie, Rosseau!" sê sy en kyk sy lang, breedgeskouerde gestalte agterna. Hy is ongetwyfeld die aantreklikste man in die restaurant, dink sy en merk trots op hoe ander meisies openlik of ongemerk na hom kyk. Sy het hom so grensloos lief dat . . . Nee, sy dink soos 'n dom meisie wat op 'n rondomtalie na nêrens geklim het en hoop om haar bestemming te bereik, maan sy haarself. Haar liefde vir Rosseau is 'n doodloopstraat, want 'n onsigbare band bind hom aan sy vergeefse liefde vir Carien.

Net vir vanaand sal sy vergeet dat hy haar nooit sal liefhê nie en elke goue oomblik saam met hom geniet, besluit sy.

"Nardus, laat ek jou voorstel aan my meisie: Lanja van Niekerk, tant Jakkie se kleindogter – Nardus Hattingh, tant Debbie se seun," bring Rosseau se stem haar terug na die werklikheid.

Sy skud Nardus se hand en glimlag innemend. "Hallo, Nardus. Ek is so bly om jou te ontmoet. Jou ma het saam met Rosseau Kaapstad toe gery om my te gaan haal en sedertdien kuier ons elke dag saam."

"Bly te kenne, Lanja," groet hy met 'n stram glimlag en kyk onseker na die stoel wat Rosseau vir hom nader bring. "Julle eet nog. Ek wil nie steur nie, Rosseau."

"Vervlaks, man, sit en gesels met my meisie," sê Rosseau ongeduldig, merk dat Nardus se verleentheid toeneem en glimlag gemoedelik. "Ons is ou vriende, Nardus. Ek wil graag hê die

269

belangrikste meisie in my lewe moet my vriende leer ken. Toe, sit asseblief, dan het ek 'n verskoning om my stoel nader aan Lanja s'n te skuif!"

"Dankie." Nardus ontspan merkbaar, neem op die stoel plaas en vervolg met 'n bewonderende kykie na Lanja: "Jou smaak het met die ouderdom verbeter, Rosseau. Ek verkies self donker meisies."

"Solank jy onthou Lanja is klaar bespreek, ou maat!" waarsku Rosseau skertsend, vou Lanja se hand 'n oomblik lank besitlik in syne toe en vra belangstellend: "Maar hoekom kom maak jy nooit 'n draai by my nie, Nardus? Ons het altyd so lekker saam tennis en muurbal by die klub gespeel. Ek sê jou wat! Kom speel môremiddag saam met my en Lanja tennis."

"E . . . jammer, maar ek het reeds 'n ander afspraak. Dankie vir die uitnodiging, Rosseau. Dalk kom maak ek op 'n ander dag daar 'n draai," sê Nardus ontwykend en kyk sku na Lanja. "Ek is bly jy is geselskap vir my ma, Lanja. Sy . . . sy is seker maar alleen in ons groot ou huis sedert my pa se dood. Praat sy ooit oor my?"

"Nie werklik nie, maar haar hele huis hang vol geraamde foto's van jou. Ek dink dit maak haar hartseer om oor jou te praat, want toe ek jou foto's sien en vir haar sê sy het 'n aantreklike seun, het sy haar oë vinnig geknip en haar kop weggedraai. Ek raai net, maar ek aanvaar julle het rusie gehad, daarom het jy vir jou elders blyplek gekry. Maar my ouma het my vertel jou ma mis jou baie. Jy het 'n dierbare ma, Nardus," sê Lanja, 'n tikkie verwyt in haar stem.

"Ja, ek weet," antwoord hy effens skor, onbedekte verlange in sy oë. "Sy het my van kleins af bederf, maar op so 'n lieftallige manier dat ek nooit iets wou doen om haar seer te maak nie. Sy kan so lekker lag en gesels, maar as jy probleme het, luister en help sy altyd. Ek het 'n goeie ma – ek dink sy is die enigste goeie mens wat ek ken."

"Dan is jy tog lief vir haar?" vra Lanja aarselend.

"Vanselfsprekend. Sy is my ma," antwoord hy sonder huiwering.

Lanja sit terug op haar stoel, sy lyk verward. "Nou verstaan ek net mooi niks nie! As jy haar liefhet, kan jy tog seker van julle rusie vergeet en terugkom huis toe? Of was die rede vir jul rusie groter as jou liefde vir jou ma, Nardus?" vra sy reguit.

"Nee . . . nee, ons het nooit rusie gehad nie," antwoord hy mompelend, sy blik neergeslaan.

"Waarom kom kuier jy dan nie? Of verwag jy ek moet glo dat jou ma jou die huis belet het?" vra sy ongelowig.

Nardus kyk haar in die oë en antwoord ingehoue: "Jy verstaan nie, Lanja. My ma verlang na die Nardus wat ek was voor my pa se dood." Hy huiwer 'n oomblik en vervolg dan skuldig, sy gelaat strak en onnatuurlik bleek van spanning: "Sien, ek is verantwoordelik vir sy dood – ek voel soos sy moordenaar, daarom durf ek nie teruggaan huis toe nie."

Nardus se woorde skok deur Lanja se binneste en sy soek ontsteld hulp met haar blik na Rosseau. Hy glimlag gerusstellend, steek sy regterhand uit en neem haar hand in syne. Dan draai hy na Nardus en vra rustig: "Waarom glo jy jy is verantwoordelik vir jou pa se hartaanval, Nardus?"

"Op die dag van sy dood . . ." Nardus kyk vlugtig na Lanja, lees net opregte simpatie op haar gelaat en vertel ongemaklik: "Ek en my pa het 'n hewige rusie gehad. Ek weet ek het hom bitterlik ontstel, daarom . . . daarom het hy 'n hartaanval gekry."

"Nee, Nardus," sê Rosseau ferm. "Jou pa het jare lank probleme met sy gesondheid gehad. As jy hom kort voor sy dood ontstel het, kon ergernis of woede sy hartaanval moontlik verhaas het, maar hy sou in elk geval aan 'n hartaanval gesterf het."

"Dis wat ek myself wysmaak as my skuldgevoel dreig om my tot raserny te dryf, maar selfs al was ek net indirek vir my pa se dood verantwoordelik . . . My ma sal my nooit kan vergewe nie,

271

want sy het die grond aanbid waarop hy geloop het," antwoord hy met verslae aanvaarding.

"As dit waar is dat jou ma jou pa so oneindig liefgehad het," redeneer Lanja nadenkend, "waarom is daar nie 'n enkele foto van jou pa in julle huis nie?"

"Dis presies waaraan ek gedink het," beaam Rosseau. "Toe jou ma gedurende die winter griep gehad het, het tant Jakkie my gereeld met 'n skinkbord kos na jul huis toe gestuur. Ek weet daar is nie eens 'n foto van jou pa in jou ma se slaapkamer nie, maar daar is talle foto's van jou. Waarom hang jou foto's haar hele huis vol as sy jou aanspreeklik hou vir jou pa se dood?"

"Miskien is dit al wat vir haar oorgebly het: herinneringe aan al die gelukkige jare voor my pa se dood. Ek ontken dit nie, ek mis my ma, bekommer my dikwels dat sy moontlik siek of eensaam is, maar ek durf nie teruggaan huis toe nie, Rosseau. Ek wil nie in haar oë kyk en verwyt, selfs haat, daarin lees nie," antwoord Nardus met finaliteit.

"My ouma sal weet," kom dit met sekerheid van Lanja.

"Wat weet?" vra Nardus skerp.

"Of jou ma jou wel vir jou pa se dood verantwoordelik hou," antwoord sy.

"Dis waar, Nardus," beaam Rosseau. "Jy weet tog tant Jakkie en jou ma is sedert hul jeug boesemvriendinne, en ek twyfel of hulle enige geheime vir mekaar het. Lanja kan met haar ouma gesels. Jy wil tog seker weet wat jou ma werklik dink?"

Hy huiwer slegs 'n oomblik. "Ja, asseblief, Rosseau. As sy wil hê ek moet terugkom huis toe . . . Ek hou nie van die gedagte dat sy dalk eensaam of hartseer is as gevolg van my nie."

"Sal ek jou bel sodra ek weet wat jou ma vir my ouma gesê het?" vra Lanja gretig.

"Ek sal dit waardeer, dankie, Lanja." Hy kom orent en kyk verskonend na hulle. "Ek is jammer as ek jul ete bederf het. As julle my sal verskoon . . ."

Rosseau staan op en skud Nardus se hand. "Ons is bly ons kon met jou praat, Nardus, want ek en Lanja is albei erg oor jou ma. Ons gesels binnekort weer."

Nardus groet en vleg tussen die tafeltjies deur na die ingang van die restaurant.

"Vervlakste vent! Kom bederf my romantiese ete saam met my meisie!" knor Rosseau.

"Klim van die verhoog af, lawwe man. Ons het klaar konsert gespeel en ek is nie langer jou spesiale meisie nie," sê sy speels en besef met intense klaarheid dat haar lippe nie die taal van haar hart praat nie.

Wat het oom Karl gesê? Liefde is soos 'n kleurryke sampioen wat oornag deur die grondkors golwe om dounat in die oggendson te skitter – 'n klein wonderwerkie. Maar daar is niks kleins in haar liefde vir Rosseau nie; dis 'n allesoorheersende gevoel van onuitspreeklike geluk wat alles in en om haar in 'n betowerende skoonheid hul. Die mense om haar is almal mooi; selfs die alledaagse houttafels en die silwerblink eetgerei lyk nuut en mooi. Sy wil aan alles raak, na alles kyk en haar vreugde uitlag, want sy het Rosseau lief.

"As jy aanhou glimlag, klim ek terug op ons verhoog en soen jou, mooi meisie," treiter Rosseau haar.

"Waag dit en ek gooi jou met 'n broodrolletjie!" dreig sy speels.

"Aggressiewe meisiekind! As jy nie van soen hou nie ... Was jy werklik eenkeer so byna verloof, Lanja?" terg hy.

"Toe ek jonk en dom was," antwoord sy met 'n teësinnige glimlaggie. Wat het sy op agttien van liefde geweet? vra sy haarself af. Sy kan nou teenoor haarself erken dat haar gevoel vir Derek blote fisieke aantrekkingskrag was – en meer as drie jaar gelede het sy gevlei gevoel dat 'n ouer man en boonop 'n mediese student in sy finale jaar in haar belanggestel het. Sy was verlief op die liefde, gretig om soos haar studentemaats met 'n

273

blink diamantring aan haar vinger te spog en volwasse te voel omdat sy die grootmenswêreld betree het.

"En nou dink jy aan Derek en lyk hartseer," sê hy met 'n selfbejammerende sug.

Sy glimlag met die vryheid wat die liefde bring. "Ek het nie herinneringe aan Derek wat my kan seermaak nie, Rosseau. Ek is vry om . . . om net myself te wees."

"En om lief te hê?" vra hy, ineens ernstig.

"Nooit nie! Hoe kan ek saam met jou konsert hou as ek so laf sal wees om iemand lief te kry?" vra sy met 'n onverskillige ophaal van haar skouers.

"Maar jy kan saam met Benno koffie drink as jy nie besig is om saam met my konsert te speel nie," sê hy met nadruk, sy uitdrukking beskuldigend.

Sy frons lig. "Ek verstaan nie. Wil jy hê ek moet Benno uitnooi vir koffie?"

"Beslis nie, maar hy het my laat verstaan jy het ingestem om saam met hom te gaan koffie drink . . . nadat julle so lekker gesels het," antwoord hy gelykmatig.

Sy dink 'n oomblik na en lag dan in sy oë. "Ek onthou! Dit was die dag toe tant Debbie vir ons 'n lesing oor die stappe van die liefde gegee het. Jy is proesend van die lag in huis toe, met tant Debbie op jou hakke. Benno het my daar langs die katjiepieringstruik gekry en my genooi om saam met hom en jou pa koffie te drink," verduidelik sy. Sy merk die verligting op sy gelaat en vertel breedvoerig van haar gesprek met Benno. "Ek en jy sal tog soms saam met Benno en jou pa koffie drink, Rosseau?"

"Ek en jy . . ." herhaal hy mymerend en glimlag, die glans in sy oë soos sonlig op 'n groen see. "Ek en jy sal, Lanja, maar ek twyfel of dít is wat Benno in gedagte het. Ek ken my broer, hy stel belang in jou."

"Maar ék stel nie belang nie. Ek speel konsert en daar is nie 'n rol vir Benno in ons konsert nie," antwoord sy beslis.

Hy lees die erns in haar oë en glimlag dankbaar. "Slim meisie," prys hy, neem haar hand in syne en druk dit sag.

Sy aanraking laat haar hart jubelend in haar bors klop, stuur tintelende prikkies van betowerende warmte deur haar hele wese, maar dan onthou sy: hy het haar nie lief nie. En dis die bittersoet van die liefde, want daar is blydskap in haar hartseer en hartseer in haar blydskap . . .

Rosseau gaan langs die katjiepieringstruik staan, hou Lanja se hand stywer vas en trek haar nader aan hom. "Ek het elke oomblik van die aand geniet, dankie, Lanja. Maak ons volgende Vrydagaand weer so?" vra hy, sy stem warm en naby in die skemering.

"Graag, dankie, Rosseau. Betaal ek volgende keer?" vra sy en kyk teen sy ken vas, bang dat sy sal toegee aan die begeerte om in sy arms te loop en hom van haar liefde te vertel as sy in sy oë durf kyk.

"Beslis nie! Jy gaan my nie op jou pa se geld trakteer nie. Sodra jy werk, sal ek jou vir al my etes en flieks laat betaal," beloof hy tergend.

"Ek het skielik my lus vir werk verloor," skerts sy en haar verstand wens dat hy haar hand wil los sodat sy na die veiligheid van haar ouma se huis kan vlug. Maar haar hart wens nog vuriger dat hy haar in sy arms sal neem en haar sal soen.

"Wie wil nou aan werk dink? Kom ons kyk liewer of ons nie 'n katjiepieringblom in die maanlig kan sien nie. Maanlig is betowerend en . . . ja, wraggies, daar is een!" roep hy verras uit.

"Waar? Ek kan dit nie sien nie."

"Kom ek wys jou." Hy trek haar nader en soen haar onverwags op die mond. Dan los hy haar hand en retireer vinnig tot langs die japonikastruik. "Nag, mooi meisie! Ek is jammer die maanlig is so bedrieglik!" lag hy en verdwyn om die donker struik.

275

Lanja raak liggies met haar vingerpunte aan haar lippe. Ek wens daar was 'n duisend blomme aan die katjiepiering, dink sy en loop vinnig om die hoek van die huis na die agterdeur toe.

"Kom sit, Lanjatjie," nooi Jakkie en skink vir hulle tee in. "Ek het die ketel aangeskakel toe Pote en Kaptein begin blaf, want ek het vermoed julle is terug."

"Dankie, Oumie, maar Oumie weet tog ek is veilig saam met Rosseau. Waarom het Oumie nie gaan slaap nie?" Lanja wonder ongemaklik of haar ouma dalk kan raai Rosseau het haar gesoen, tel haastig 'n koppie tee op en loop saam met Jakkie na die ontbythoekie.

"Omdat ek 'n nuuskierige ou mens is," spot Jakkie met haarself. "Toe, vertel my, kind: het jy die aand saam met Rosseau geniet?"

"Elke oomblik, Oumie! Ons het eers 'n heerlike ete . . . Goeiste, ek het so byna vergeet: Rosseau het my aan tant Debbie se seun voorgestel!" vertel Lanja opgewonde.

"In die lewe . . ." Jakkie staar haar oomblikke lank stom aan en vra dan gretig: "Kon jy darem 'n rukkie met die seun gesels? Het hy jou vertel waarom hy nie by sy ma kuier nie?"

Lanja vertel Jakkie van haar en Rosseau se gesprek met Nardus en vra hoopvol: "Hoe kan ons Nardus help, Oumie? Hou tant Debbie hom werklik verantwoordelik vir sy pa se dood?"

"Nee, my poppie, maar voor ek jou vertel wat presies op die dag van Bernard Hattingh se dood gebeur het . . . Het jy Nardus se foonnommer?"

"Rosseau het sy selfoonnommer vir my gegee. Wil Oumie hom bel?" vra Lanja en haal haar selfoon uit haar handsak.

"Nee, nee, my kind. Ek het vir hom 'n boodskap, maar dis so persoonlik dat jy dit liewer self aan hom moet oordra," antwoord Jakkie en vertel Lanja van die hartseer in Debbie se lewe. "Oor 'n maand of wat is dit Kersfees. Praat om liefdeswil

276

met Nardus en vra hom om terug te kom huis toe, want sedert haar seun weg is, maak die liewe Deborah 'n begrafnis van elke Kersfees!"

"Arme tant Debbie," sê Lanja met 'n deernisvolle glimlaggie. Sy raak impulsief met haar vingerpunte aan haar lippe toe sy aan Rosseau dink en staan vinnig op. "Ek sal Nardus bel, Oumie, maar nou gaan ek slaap. Nag, Oumie," groet sy gejaagd.

"Slaap, of deur jou kamervenster kyk en Rosseau se gesig tussen die sterre soek, Lanjatjie?" vra Jakkie, begrip en 'n tikkie medelye in haar stem.

"Is . . . is dit so opsigtelik, Oumie?" vra Lanja blosend.

"Allermins, my kind, maar liefde maak 'n meisie mooier. Jou oë skitter, daar is 'n sprankelende warmte in jou glimlag en jou stem, en jou laggie is die helder klokkespel van geluk. Lyk alles om jou nie vir jou mooier as gister of eergister nie?"

"Soveel mooier . . ." antwoord Lanja, die glans in haar oë sag met die teerheid van haar liefde. Dan stamp die werklikheid die liefde met skerp elmboë opsy en hartseer en vergeefse verlange vul haar oë. "Ek voel soos 'n dom kind wat 'n sonstraal met haar hande probeer vang, want ek weet Rosseau het my nie lief nie en dat hy my nooit sal liefkry nie."

"Moenie so gou wanhoop nie, my kind. As julle vir mekaar beskore is, sal julle eendag trou, Lanjatjie," sê Jakkie vertroostend.

"As . . . as! Hoe ver is eendag? En intussen huil ek oor die man, Oumie?" vra sy opstandig.

"Nee, kindjie, wees net jonk en geniet jou oomblikke van geluk."

"Die mooi oomblikke van vandag maak mooi herinneringe aan my dwase liefde," antwoord Lanja en dra die gebruikte koppies vinnig na die skottelgoedopwasser om weg te kom van die simpatie in ouma Jakkie se oë.

Debbie klop gretig met haar hand op die rusbank langs haar toe Lanja, geklee in wit tennisdrag en raket in die hand, Saterdagmiddag die sitkamer binnestap. "Kom sit, hartjie. Ek het 'n album van my Nardus saamgebring. Kom kyk self hoe 'n allerfraaiste ou babatjie hy was."

"Ek is seker Nardus was 'n mooi baba, want hy is 'n aantreklike man. Ek hou van hom, tant Debbie," sê Lanja, loop tot langs die bank en blik staande na die album op Debbie se skoot.

"Haai, Lanja, jy praat so asof jy my Nardus persoonlik ken," kom dit verwonderd van Debbie.

Lanja kyk vinnig na ouma Jakkie, 'n vraag in haar oë.

Haar ouma knik ongemerk en draai na Debbie. "Haai, vrou, ek het wonderlike nuus vir jou. Ons weet nou eindelik Nardus is nie landuit soos jy gevrees het nie. Hy woon en werk nog al die jare in Johannesburg. Lanja het Nardus gisteraand ontmoet toe sy en Rosseau saam in 'n restaurant geëet het, Deborah," verduidelik sy met 'n hartlike glimlag.

Debbie snak hoorbaar na haar asem en streel liggies met haar vingerpunte oor die foto's in die album, haar blik neergeslaan. Eindelik kyk sy op, 'n fyn glimlaggie bewend om haar lippe. "Gaan dit goed met my seun, Lanjatjie?" vra sy effens hees.

"Ja, tannie. Ons het lekker gesels en hy was bly om te hoor dat dit goed gaan met tannie. Ek het agtergekom hy is baie lief vir tannie ook."

"Dink jy rêrig so, hartjie? Hy het nie gepraat dat hy dalk vir Kersfees huis toe kom nie, Lanja? Net om hallo te sê, verstaan?" vra Debbie hoopvol.

"Jy weet hy sou nie, Deborah, want hy glo nog hy is verantwoordelik vir Bernard se noodlottige hartaanval," sê Jakkie, haar blik simpatiek op Debbie. "Ek hoop jy sal my kan vergewe, vrou, maar ek het sonder jou toestemming aan Lanja gesê wat sy aan Nardus moet oordra om hom te oorreed om terug te kom huis toe. Is dit reg so?"

"Jy weet dit is, Jakkie . . . en dankie, julle twee, maar Nardus wil my nie meer hê nie . . . nie noudat hy 'n selfstandige man is nie. Ek gaan nie bly word nie, nie eens 'n bietjie nie, want dan huil ek net môre weer." Debbie kyk hulle stilswyend aan, steek haar hand uit na die koekbord en draai na Lanja. "Ag, gee 'n bietjie aan, hartjie. Ek wou my eers inhou, maar eet ek nie nou 'n koekie of ses nie, vreet my senuwees my lewendig op!"

Lanja stap saam met Rosseau van die tennisbaan af en lag triomfantlik op in sy gesig. "Ons het al ons dubbelspelle gewen! Hoekom het jy my nie vertel jy is 'n kampioenspeler nie, Rosseau?"

"Ek is nie, maar die mans kon nie hul oë van jou afhou nie, daarom het ons so maklik gewen. Volgende keer, mooi meisie, dra jy 'n sweetpak, want ek kan moor van jaloesie as die ander mans na jou bene kyk," antwoord hy knorrig, maar hy lag in haar oë.

"Dankie! 'n Paar uur gelede het tant Debbie my vertel 'n meisie in 'n kort tennisrok lyk vir haar nes 'n koringkriek. As my lang, maer bene ons ons wedstryde laat wen, dra ek beslis nie 'n sweetpak nie!"

"Daar is oorgenoeg spieëls in jou ouma se huis. Soek jy komplimente?" terg hy.

"Dalk. My ouma en my ouers vertel my graag ek is mooi, maar hulle is lief vir my. Ek dink die meeste mense wonder of hulle werklik mooi is vir vreemdelinge. Of kyk jy elke oggend in die spieël en dink jy is aantreklik?" terg sy op haar beurt.

"Ek is soggens te haastig om klaar te skeer om myself te bewonder!" Hy neem haar hand in syne. "Sê vir tant Debbie jou gespierde held dink jy is die mooiste meisie in die hele wêreld –

van jou kleintoontjies tot by die kroontjie op jou kop, want jy is sy spesiale meisie."

"Hou ons weer konsert?" vra sy, bewus van die warmte van sy groot hand wat hare vashou en die dawerende geklop van haar hart in haar ore.

Sy uitdrukking verdonker en hy trek haar op 'n houtbank onder 'n denneboom 'n entjie van die klubhuis af langs hom neer. "Nie nou nie. Ek wil jou van Carien vertel."

Vrees rank in haar binneste op en stoot haar geluk van die oomblik oor die bodemlose afgrond waar liefde verpletter word. "Is dit nodig, Rosseau? Ouma Jakkie het my reeds gesê Carien is dood. Ek is bitter jammer dat jy so seer moes kry, maar wat meer moet ek weet?" vra sy, bang vir die waarheid wat die kosbare oomblikke van haar ragfyn geluk finaal sal vernietig.

"Soveel meer," antwoord hy, pyn troebel in sy oë. "Ek was twee en twintig en nog 'n student toe ek Carien ontmoet het. Ek gee toe: ek was nog seunsagtig jonk en sy was 'n ervare, gesofistikeerde meisie, uiters intelligent en selfversekerd, maar dit het geen verskil aan my gevoel vir haar gemaak nie. En toe sy sterf . . ."

"Dit moet verskriklik gewees het," sê Lanja sag.

"Dit was, want sy het selfmoord gepleeg en ek was die oorsaak, want ek kon haar dood verhoed het!"

7

Ontsteltenis en skok laat dreineer die bloed uit Lanja se gelaat, maar die uitdrukking van skuld in Rosseau se oë laat 'n onverklaarbare woede in haar binneste opvlam. Sy gryp sy groot hand in albei hare vas en sê dringend: "Nee, Rosseau! Selfmoord is bitter tragies, maar dis 'n besluit wat net jy persoonlik kan neem. Niemand sal my kan dwing om selfmoord te pleeg nie . . . of dalk is ek gewoon net te bang om dood te gaan."

"Bang soos ek, want ons dink soos normale mense, maar Carien . . . Sy het my nodig gehad, maar ek het geweier om haar te help." Hy swyg sugtend en staar stroef voor hom uit.

"Ek sal luister as jy my van Carien wil vertel, Rosseau, maar as dit te moeilik vir jou is om oor haar te praat, sal ek verstaan," sê sy met begrip.

"Nee, ek wil jou graag van haar vertel, want ná al die jare twyfel ek nog soms . . . Carien het as persoonlike assistent vir een van die argitekte by ons maatskappy gewerk. Ek was destyds nog 'n student, maar ek het die dag by my pa se kantoor gekuier toe hy haar aan my voorgestel het. Sy was 'n beeldskone meisie, maar anders as jy het sy geweet sy is mooi. Haar skoonheid, haar persoonlikheid, haar selfvertroue . . . ek sou nie 'n man gewees het as ek nie voor haar geswig het nie."

"Jy was nog baie jonk," herinner sy hom.

Hy glimlag skeef. "Ook waar, maar emosioneel was ek seker nog jonger, want ek was nooit op my gemak in meisies se geselskap nie. Ek was so gewoond Benno rokkel my meisies af, dat ek gedurende my studentejare nooit 'n meisie huis toe genooi het nie. My pa het my duidelik laat verstaan: hy tree op vyf en sestig af, daarom moes ek sorg dat ek bekwaam genoeg was om op vyf en twintig as besturende direkteur van ons maatskappy oor te neem. Niks kon vir my 'n groter dryfveer wees nie, daarom het ek al my aandag aan my studie gewy en selde of nooit meisies uitgeneem."

"En nadat jy Carien ontmoet het?" Lanja wonder vlugtig of Carien baie mooier as sy was en voel dan skuldig oor haar kleinlike jaloesie.

Hy lag selfbewus. "Op ses en twintig was Carien inderdaad volwasse, maar ek was beslis nog nie, ten spyte van my twee en twintig jaar. Ek het dit nie toe besef nie, maar sy moet geweet het ek is dolverlief op haar. Sy was baie vriendelik en geduldig met my, maar sy het my op 'n afstand gehou. En toe, sowat vyf maande later, keer Benno terug van sy studiereis in Amerika."

"Sal ek raai wat gebeur het? Carien het voor die onweerstaanbare Benno geswig?"

"Sy het, ja, maar al wou ek, kon ek nie die blaam op Benno se skouers pak nie, want die waarheid is nie so eenvoudig nie. Dit het net gebeur. Voor Benno nog sy sjarme kon gebruik, het Carien in sy oë gekyk en dit was asof sy en Benno die enigste twee mense in die heelal was. Ek en niemand anders het daarna werklik vir Carien bestaan nie. Glo jy so iets is moontlik, of dink jy ek het 'n ooraktiewe verbeelding, Lanja?" vra Rosseau, sy uitdrukking onseker.

"Nee . . . hulle noem dit liefde," antwoord sy en kyk haastig weg, bang dat haar oë haar gevoel vir hom sal verraai. Dis presies hoe sy oor Rosseau voel, dink sy wanhopig. As sy by hom is, bestaan niemand anders nie, want hy ís haar wêreld. "Hoe het jy die situasie hanteer?"

"Ek was jaloers – maar nie té jaloers nie, want ná vyf maande het ek besef Carien stel nie in 'n verliefde student se ruikers en sjokolade en lastige besoekies op kantoor belang nie. Boonop het my eindeksamen voorgelê en dit het al my aandag geverg."

Sy voel verligting soos 'n koel brander deur haar binneste spoel. "Was jy net verlief op Carien, Rosseau? Het jy haar dan nooit werklik liefgehad nie?" vra sy aarselend.

"Nee, ek het nie. Haar skoonheid het my voete onder my uitgeslaan, maar toe sy volhou om my soos 'n oulike tiener te behandel, het ek vinnig teruggekom aarde toe. Ek het nog steeds haar skoonheid bewonder, en nou en dan met haar gesels as ek haar op kantoor raakgeloop het, maar dit was blote vriendskap."

"En Benno? Het hy haar liefgekry?" vra sy, verwonderd oor sy donker frons en die strak lyne langs sy mond.

"Benno was maar net Benno – hy speel met liefde soos 'n kind met 'n bal speel, omdat hy self nog nooit 'n meisie liefgehad het nie. Hy het met Carien se liefde gespeel en toe hul verhouding verbreek," vertel hy met grimmige afkeer.

"Jy is tog nie kwaad daaroor nie, Rosseau? As Benno haar nie liefgehad het nie, is dit vanselfsprekend dat hy hul verhouding sou beëindig het," sê sy partydig.

"Ek weet dit en ek verkwalik hom geensins nie, maar dis wat daarna gebeur het . . ." Hy draai na haar, 'n uitdrukking van onmag in sy oë, en vervolg: "Carien het my een aand uit die bloute gebel en my gevra om na haar woonstel te kom. Ek was besig om te studeer, maar sy het aanhou pleit en so desperaat geklink dat ek aan haar versoek voldoen het." Hy pers sy lippe hard saam en sluk droog. "Dit was aaklig! Sy was so desperaat, so gebroke. Sy het bitterlik gehuil, haarself verneder en my vertel dat sy my liefhet en nie langer sonder my kan leef nie . . ."

"Maar . . ." Die protes sterf op haar lippe toe sy die uitdrukking van desperate onmag op sy gelaat sien en sy kyk hom onbegrypend aan. "Ek is jammer, Rosseau, maar ek verstaan nie. Jy het tog gesê Carien het Benno liefgehad, en dat sy jou soos 'n lastige tiener behandel het."

"Jy voel soos ek daardie aand in haar woonstel gevoel het: ek kon my ore nie glo nie. Carien het aanhou pleit dat ek en sy verloof moes raak; dat haar liefde vir my onsterflik was. Ek het probeer verduidelik dat ek bitter jammer was, maar dat ek nie langer verlief was op haar nie. Die hemel weet wat ek gesê het in 'n poging om haar te laat ophou huil. Maar die waarheid het tog uitgekom: haar verhouding met Benno was tot niet en al het sy dit nie erken nie, het ek geweet Benno het hul verhouding beëindig. En toe het ek besef dat sy net 'n verhouding met my wou hê om Benno jaloers te maak, sodat hy sou terugkom na haar." Hy sug tam. "Nie dat dit langer saak maak nie, want ek het haar gefaal."

"Hoe, Rosseau? Jy was jonk, maar seker nie so dom of vals om 'n meisie van jou liefde te verseker as jy nie langer enige gevoel vir haar gehad het nie? En boonop het jy besef dat sy jou net wou gebruik. Ek verkwalik jou nie dat jy nie bereid was om haar terug te neem nie."

"Ek weet . . . ek wéét! Dis wat my pa en jou ouma herhaalde male vir my gesê het en dis wat my gesonde verstand vir my sê, nogtans is daar oomblikke dat ek skuldig voel oor Carien se dood. Dan verwyt ek myself, want ek weet as ek haar daardie aand haar sin gegee het, sou sy nie daardie selfde nag selfmoord gepleeg het nie."

"Hoe weet jy, Rosseau? Was dit jou onwilligheid om haar te troos, of haar vergeefse liefde vir Benno wat die arme Carien tot so 'n desperate stap gedryf het?" vra Lanja met simpatieke erns.

Hy kyk haar verras aan. "Dit kon net oor haar vergeefse liefde vir Benno gewees het," antwoord hy en klink asof hy sy eie woorde nie kan glo nie.

"Presies! Glo jy Benno sou Carien liefgekry het uit loutere jaloesie op jou as jy ingestem het om aan haar verloof te raak?"

Rosseau lag wrang. "Daarvoor is my broer veels te uitgeslape. Hy sou hom heel waarskynlik slap gelag het as ek dom genoeg sou wees om aan 'n meisie wat hy verwerp het, verloof te raak."

"Nou waarom voel jy skuldig oor haar dood?"

"Omdat ek altyd sal wonder: sou die sekerheid van my liefde haar teen haarself kon beskerm het? Kon ek haar dood verhoed het? Ek weet nie en ek sal nooit weet nie."

"Ek . . . verstaan. Het sy nie 'n brief nagelaat nie?"

Hy skud sy kop. "Die polisie het oral gesoek, maar hulle

kon nie 'n brief in haar woonstel of haar motor opspoor nie."

"Sy kon 'n brief gepos het – 'n brief van Benno, want per slot van sake was hy die man wat sy liefgehad het," kom dit mymerend van Lanja.

"Dis moontlik, maar Benno het nooit melding van 'n brief gemaak nie." Hy kyk na haar, 'n flikkering van hoop in sy oë. "As ek net met sekerheid kon weet dat Carien aan hom geskryf het!"

"Watter verskil gaan dit maak, Rosseau? Ek twyfel of Benno opsetlik enige meisie tot selfmoord sou wou dryf. Dalk klink ek onsimpatiek, maar Carien is nie die enigste meisie wat al hartseer en ontnugtering ervaar het nie."

"Jy verwys nou na jou verhouding met Derek Vermeulen?" vra hy aarselend.

"Ja. Ek en Derek het 'n paar maande lank uitgegaan en ek was dolverlief op hom. Derek was 'n mediese student in sy finale jaar, 'n 'ou man' in die bewonderende oë van 'n eerstejaartjie. Ek kon sien my ouers was nie gelukkig oor ons verhouding nie, maar hulle was te wys om my te dwing om van hom af te sien, want dit sou net 'n onnodige drama van my verliefdheid gemaak het. Boonop was my pa een van Derek se professors en ek veronderstel my pa het gehoop dat Derek dit nie sou vergeet nie."

"Het Derek jou gevra om aan hom verloof te raak?" vra Rosseau.

"Nee, hy het nie, maar ek was so gretig om so volwasse soos hy te wees dat ek geglo het 'n verloofring sou my oornag volwasse maak. Ek het sonder sy wete my ouers gevra of ek en Derek verloof kon raak, maar hulle het my duidelik laat verstaan dat daar oorgenoeg tyd sou wees om aan 'n verlowing te dink die dag as ek my graadstudie voltooi het. Maar in my eie oë het ek Derek met die volwasse liefde van 'n vrou liefgehad en toe hy my uitnooi om hom by sy woonstel te besoek . . ."

"Jy hoef my nie te vertel nie, Lanja. Ons doen almal dwase dinge as ons tieners is," sê hy paaiend.

Sy merk die opregte besorgdheid op Rosseau se gelaat en glimlag kommervry. "My dwaasheid sal jou nie skok nie, Rosseau. Ek was nog 'n bang kind, daarom het ek geweier om Derek tuis te besoek, maar toe my ouers my laat verstaan ek is veels te jonk vir 'n verlowing, het ek in my motor geklim en na Derek se woonstel toe gery. Dit was 'n Saterdagaand, maar hy was tuis. En nie alleen nie. Yvette, een van my beste vriendinne, het die voordeur vir my oopgemaak – die beeldskone Yvette, geklee in een van Derek se hemde, omdat sy glo natgereën het toe hulle op die strand gaan stap het."

"Dit kon nie juis 'n aangename ervaring gewees het nie. Ek neem aan dit was die einde van jou verhouding met Derek en jou vriendskap met die beeldskone Yvette?"

Lanja lag sorgeloos. "Dit was die einde van my en Derek se verhouding, maar Yvette is tot vandag toe nog my vriendin, selfs al beskou sy haarself as modern en verlig, terwyl ek outyds en verkramp is in haar oë. Sy is eintlik 'n goeie vriendin, want sy het my aanvanklik gewaarsku dat Derek nooit lojaal aan my sou bly nie. Dat hy sy liefde aan elke mooi meisie op die kampus verklaar, net om twee dae later van al sy beloftes te vergeet. Yvette is soos Benno: liefde is vir haar 'n speletjie ... of moontlik verwar sy hartstog met liefde. Maar my ervaring met Derek het my gouer volwassenheid geleer as tien verloofringe, en daaroor sal ek altyd dankbaar wees."

"Dit moet nogtans seergemaak het. Ek wens ek was daar om jou te troos, mooi meisie," sê hy, sy stemtoon troetelend, asof hy met sy stem salf aan 'n ou seer wil smeer.

"Ek het nie op daardie oomblik aan troos gedink nie. Vreemd, ek was selfs toe nie kwaad vir Yvette nie, maar ek het so klein en verneder gevoel, soos 'n mislukking, omdat my liefde so min vir Derek beteken het. En toe kom daardie doodse gevoel wat 'n mens outomaties dinge laat doen. Ek het teruggery huis toe, Derek se foto en enkele kaartjies opgeskeur en my jonger broer gevra om saam met my te gaan fliek. As ek daaraan terugdink, is ek steeds verbaas, want ek was so emosieloos – nie kwaad of hartseer nie, net ... leeg van binne."

"Het jy nooit weer enige kontak met Derek gehad nie?"

"Hy het die Sondagmiddag kom kuier." 'n Tikkie minagting kruip in haar flitsende glimlag. "Hy was so pateties, byna bejammerenswaardig, want hy het my probeer oortuig Yvette het ongenooid na sy woonstel gekom en hom verlei, maar dat hy my altyd sou liefhê. Hoe kan 'n meisie 'n man vertrou wat hom so maklik laat verlei?"

"Daar is mans én mans, mooi meisie. En toe jy oor die skok van sy ontrouheid kom? Was jy toe nog dankbaar dat jy jul verhouding beëindig het?"

"Nie dadelik nie, want ek het my oë uitgehuil. Ek het eers gedink ek huil omdat ek Derek se liefde verloor het, maar later het ek besef ek huil omdat ek ineens al my selfvertroue verloor het. Ek het so lelik en minderwaardig gevoel dat ek myself wysgemaak het dat geen man ooit weer in my sou belangstel nie." Sy lag onwillekeurig. "Ek het myself bitter jammer gekry, maar gelukkig het ek 'n liewe ma en 'n wyse ouma."

"Het hulle jou verseker dat jy wel 'n pragtige meisie is?" vra hy en glimlag speels.

"Nee, maar my ma het my vertel van haar eie ontnugtering toe sy op agtien dolverlief was op een van haar lektore, net om uit te vind hy is reeds getroud. Later het sy my pa ontmoet en liefgekry, en ontdek verliefdheid is nie liefde nie. Maar ek het liewer met ouma Jakkie oor die foon gesels, want sy het my altyd laat voel ek is meer volwasse vir my ouderdom as ander tieners, daarom kon ek my liefdesteleurstelling so verstandig hanteer. Liewe ouma Jakkie! Sy het my al my selfvertroue teruggegee deur my net 'n bietjie te vlei!" vertel sy.

"Bedank my, mooi meisie; jou ouma het in daardie stadium kans gehad om op my te oefen – 'n veel dommer tiener as jy," skerts hy.

"Ek was nie dom nie, net lief vir die verkeerde man, maar my hartseer was eg. Ek kan my voorstel hoe desperaat en gebroke Carien gevoel het toe Benno hul verhouding verbreek het. Ek onthou ek het gewonder of Derek berou sou hê as ek selfmoord pleeg, maar dit was net deel van my selfbejammering. Sou jy Derek verantwoordelik gehou het vir my dood as ek 'n einde aan my lewe gemaak het, Rosseau?"

"Nee, want 'n mens kan nie kies wie om lief te kry nie." Hy kyk stilswyend in haar oë en glimlag traag. "Japsnoet! Jy het my so pas oortuig dat ek nie verantwoordelik was vir Carien se besluite nie."

Sy streel met haar blik oor sy gelaatstrekke, intens bewus van sy groot hand wat hare nog vashou, en vra huiwerig: "Dan is Carien die rede waarom jy nooit weer 'n meisie kon liefkry nie?"

"Carien was nie die groot liefde van my lewe nie. Ek was dolverlief op haar, maar ná haar dood en selfs nadat my pa en jou ouma my telkemale verseker het ek het geen skuld aan haar dood nie, was ek sku om 'n verhouding met 'n meisie aan te knoop. Of dalk was ek gewoon net te besig om 'n sukses van my loopbaan te maak," antwoord hy nadenkend.

"Of miskien het jy nog net nie die regte meisie ontmoet nie," sê sy met opsetlike onverskilligheid.

Hy glimlag onnutsig. "Dan het jy nog nie my spesiale meisie ontmoet nie? Herinner my daaraan om julle aan mekaar voor te stel. Sy speel gereeld saam met my konsert."

"Snaaksie! Mag ek nou maar my hand terugkry, Rosseau? Ons speel nie nou konsert nie."

"Hoekom nie? Wil jy nie meer my spesiale meisie wees nie?" vra hy gekrenk.

"In ons konsert – altyd, maar ons het nie nou 'n gehoor nie."

"Ons het. Al die lede van die tennisklub vergaap hulle aan ons en wonder wanneer ons verloof gaan raak, want ek het jou as my meisie voorgestel," antwoord hy, sy stemtoon emosieloos.

"Jy kan nie verloof raak as jy en jou meisie mekaar nie liefhet nie," antwoord sy met dieselfde neutraliteit.

"Nee, maar ek kan saam met jou konsert speel en net 'n klein rukkie gelukkig wees, nè, mooi meisie?" pleit hy, die bekende vonkeling terug in sy oë.

"Altyd, my gespierde held. Gaan ons tee drink in die klubhuis of êrens elders koeldrank koop?"

"Aangesien jy die keuse aan my oorlaat: ons gaan na die verste restaurant toe ry en daar tee of koeldrank drink," antwoord hy en staan op.

"Hoekom die verste een?"

"Omdat dit 'n lang konsert gaan wees," antwoord hy, kyk in haar oë en lag saam met haar oor die blydskap van die oomblik.

Lanja sit haar swaar inkopiesakke op 'n bank in die besige inkopiesentrum neer, kyk hulpeloos na die talle doelgerigte mense om haar en verwens haarself oor haar naïewe besluit om alleen in 'n vreemde stad inkopies vir haar ouma te doen.

"Lanja! Wat 'n verrassing om jou hier raak te loop!"

Lanja swaai om, sien die glimlaggende Benno langs haar staan en glimlag met dankbare verligting. "Hallo, Benno! Ek was lanklaas so bly om 'n bekende gesig te sien, want ek is hopeloos verdwaal. Ek weet nie eens waar die naaste uitgang is nie!"

"Ek speel graag die rol van 'n ridder op 'n wit perd," skerts hy en kyk na die inkopiesakke langs haar op die bank. "Is dit alles joune?"

"Ongelukkig, ja. Ek het nooit besef ses pakke appels en pere kan so swaar weeg nie. My hande is al seer van al die dra," antwoord sy met 'n glimlaggie.

"Waarom het jy nie die sakke in jou inkopiewaentjie na jou motor toe gestoot nie?" vra hy prakties.

"Omdat ek gedink het ek is naby die uitgang, maar ek het al kilometers ver geloop op soek na uitgang nommer een. Ek vermoed ek loop in sirkels, soos iemand wat in 'n digte woud verdwaal het," erken sy en lag vir haarself.

"Dit ís 'n reuse-kompleks. As jy weer op 'n Sondag ná kerk wil kom inkopies doen, bel my. Ek gaan gewoonlik saam met my pa en Rosseau kerk toe en eet sommer ook daar." Hy glimlag skuldig. "Ek geniet die privaatheid van my eie woonstel, maar ek word moeg vir wegneemetes – en my pa het 'n goeie kok!"

"Ek sal beslis nie weer alleen hierdie inkopiesentrum binnevaar nie! Sal jy my asseblief help om by uitgang nommer een te kom, Benno?" versoek sy en begin haar inkopiesakke optel.

"Los, Lanja! Ek dink dit sal beter wees as ek jou pakkies dra, maar eers . . ." Hy kyk na haar, sy blik bewonderend, en vervolg aarselend: "Is jy te haastig om 'n koppie koffie saam met my te drink? Dalk 'n ietsie te eet? Of het jou ouma die vrugte nodig om vrugteslaai vir jul middagete te maak?"

"Tant Debbie het ons genooi vir middagete, maar dis eers . . ." sy kyk op haar polshorlosie, ". . . oor 'n bietjie meer as twee uur. 'n Koppie koffie sal lekker wees, dankie, Benno."

"Gaaf! Kom saam," nooi hy, tel haar pakkies op en vleg tussen die mense deur na 'n koffiekroeg.

Hy trek 'n stoel vir haar uit en sy neem glimlaggend plaas. "Dankie, Benno. Jy weet hoe om die rol van 'n galante heer te speel," skerts sy.

"Dis my ma se goeie invloed," sê hy toe hy oorkant haar plaasneem. "Sy het nie gedink goeie maniere is oudmodies nie, daarom het sy my van kleins af geleer om veral teenoor vroue hoflik op te tree."

'n Kelner kom nader, gee vir hulle spyskaarte en beweeg weg na 'n ander tafeltjie.

"Is jy seker jy wil nie saam met my ietsie eet nie, Lanja?" versoek Benno weer en kyk op van die spyskaart wat hy bestudeer het.

"Dis te vroeg vir middagete, dankie, Benno. Maar eet jy nie vandag by jou pa nie?"

"Nee. Hy is genooi vir middagete by die Steyns en het die huishoudster die dag vry gegee. Arme ou Rosseau moet maar vir homself sorg," verduidelik hy met 'n tikkie leedvermaak.

"Goed dan, ons drink net koffie."

Hy plaas hul bestelling toe die kelner weer naderkom en draai terug na Lanja. "Ek kan jou nie sê hoe bly ek is ek het jou raakgeloop nie, Lanja. Rosseau hou jou so besig dat ek nie kans kry om jou beter te leer ken nie. Nou kan ons eindelik oor jou praat."

"Ek praat liefs nie oor myself nie. Vertel my liewer van jou ma – jy is blond, soos sy, nie waar nie?" skram sy weg, bewus van die intensiteit van Benno se blik op haar.

"Ja, blond en beeldskoon en die beste ma wat enige seun kon hê. Dit het lank geduur voor ek haar skielike dood verwerk het," antwoord hy, sy gesigsuitdrukking strak.

"Ek is jammer dat ek oor haar –" begin sy spytig.

"Dis alles reg," val hy haar met 'n skewe glimlaggie in die rede. "Maar sê my eers: het jou ouma en ons ander bure jou gewaarsku teen die diaboliese sjarme wat ek gebruik om alle jong meisies my gewillige slagoffers te maak? Of gee jy nog voor dat jy Rosseau se spesiale meisie is om my op 'n afstand te hou?"

Watter soort man is Benno? dink Lanja onthuts. Glo hy werklik hy is so onweerstaanbaar aantreklik dat geen meisie Rosseau bo hom sal verkies nie?

"Jy frons. Ek terg jou net, Lanja. Het my vraag jou aanstoot gegee?"

"Nee, maar jou vraag verbaas my, want ek was Rosseau se spesiale meisie nog voor ek jou ontmoet het. Is daar nie 'n spesiale meisie in jou lewe nie?" vra sy gelykmatig.

"Nee. My oorlede ma . . ." Hy swyg, pers sy lippe hard saam en glimlag sinies. "Ouers het 'n groter invloed op hul kinders se lewens as wat hulle ooit kan besef. Ek was nog op laerskool toe ek besluit het ek sal nooit trou nie."

"Hoekom nie? Het jou ma gedink dis beter vir 'n man om ongetroud te bly?" vra sy verbaas en wonder of Paula 'n besitlike vrou was wat nie kans gesien het om haar lieflingseun met 'n skoondogter te deel nie.

"Glad nie, maar soms het sy en my pa rusie gehad . . . Nee, as ek regverdig moet wees: sy het rusie gemaak en my pa het geswyg. Daarna was sy 'n paar dae lank stiller, en partymaal het ek op haar afgekom dat sy huil. Sy het meer as een maal aan my gesê dat lojaliteit belangrik is in 'n huwelik, maar dat liefde die belangrikste is."

Lanja wag dat die kelner hul koffie bedien en vra dan gedemp: "Is dit nie vanselfsprekend dat 'n mens lojaal is as jy iemand liefhet nie, Benno?"

"Nie altyd nie. My pa was lojaal aan my ma, maar ek weet hy het haar nooit liefgehad nie, want hy kon nie sy eerste liefde vergeet nie," antwoord hy beslis.

Dan weet Benno van oom Karl se liefde vir haar ouma Jakkie, besef Lanja en voel skuldig. "Hoe kan jy so seker wees, Benno? Het jou pa dit aan jou erken?"

"Dit was nie nodig nie. My ma het my vertel en sy sou nooit vir my gelieg het nie," antwoord hy, 'n tikkie uitdaging in sy oë, asof hy verwag dat sy hom sal weerspreek.

"Ouers behoort nie hul huweliksprobleme met hul kinders te bespreek nie," sê Lanja afkeurend.

"My ma het dit ook geweet, maar ná een van haar rusies met my pa het ek haar die volgende dag in trane aangetref. Ek het haar vertel dat ek die vorige aand wakker was en alles gehoor het wat daar gesê is. Sy was hewig ontsteld, maar ek het haar verseker dat ek reeds jare lank na hul rusies luister en dat ek weet wie vir haar trane verantwoordelik was. Ek was dertien, nie meer 'n dom kleuter nie, daarom kon sy haar hartseer met my deel, moontlik omdat daar niemand anders was met wie sy kon of wou praat nie. My ma was 'n trotse vrou, daarom sou sy nie haar huweliksprobleme met 'n vriendin bespreek het nie, maar ek was haar seun."

"Nogtans . . . dis jammer, want dit het jou bevooroordeeld gemaak. Glo jy jou pa is 'n slegte man omdat jou ma nie die eerste liefde in sy lewe was nie?"

"Dis nie 'n kwessie van goed of sleg nie, maar sy liefde was vals . . . en dis wat ek hom nooit sal kan vergewe nie," antwoord hy met kille finaliteit.

"Nee, Benno!" maak sy ontsteld kapsie. "Wat dan van 'n wewenaar of 'n weduwee wat weer trou? Is hulle almal huigelaars?"

"As iemand dood is, verander dit die saak, maar my pa se eerste liefde was nie dood nie," antwoord hy grimmig.

Sy kyk hom uitdagend in die oë. "En jy, Benno? Is jou eerste liefde dood?"

Hy kyk nie weg nie en antwoord reguit: "Ek het jou reeds gesê: ek het nog nooit 'n meisie liefgehad nie, maar as ek in jou oë kyk . . . Ek is bang vir jou, Lanja, want vandat ek jou daardie aand in jul voortuin . . ."

"Moenie, Benno," val sy hom vinnig in die rede. "Wat jy ook al sê, ek sal jou nie glo nie."

Hy glimlag skeef. "Dan het my reputasie as 'n casanova my ingehaal? Het al die ou buurtannies wat so graag deur hul kantgordyntjies loer en skinder jou teen my gewaarsku?"

"Jou reputasie sou my nie gepla het nie, want mense skinder graag, maar jou eie woorde het jou veroordeel. Jy stel nie in liefde, 'n betekenisvolle verhouding of 'n huwelik belang nie. Kom ons laat dit daar, Benno. Ons is tog reeds vriende?" vra sy met 'n neutrale stemtoon.

"Vriende, ja, maar as ons mekaar beter kan leer ken, Lanja . . ." Haar ongelowige glimlaggie bring hom van stryk. "Goed, ons is vriende, maar dis nie die einde van die storie nie. Ek weet nie hoe ek dit gaan regkry nie, maar ek sal jou leer om my te vertrou. Drink jy nog 'n koppie koffie saam met my?"

"Nee, dankie. Ek sal bly wees as jy my nou . . ." Sy trek haar asem hoorbaar in, haar blik verbaas in dié van Rosseau wat in die deur van die restaurant staan en haar stroef aanstaar. Sy glimlag met spontane blydskap, staan op en loop na hom toe. "Hallo, Rosseau. Het ouma Jakkie jou gestuur om my te kom soek?"

"Hallo, Lanja," groet hy kortaf en vervolg saaklik: "Jou ouma dink jy het verdwaal, want sy het nie van jou afspraak met Benno geweet nie."

"Asbek!" skel sy gesmoord, bewus van die belangstellende kyke van die klante om hulle, en beweeg nader aan hom. "Ek hét verdwaal en toe Benno uit die bloute opdaag, kon ek huil van verligting!"

"Waarom het jy my nie op my selfoon gebel nie?" vra hy wantrouig.

Haar oë rek en dan brand 'n warm blos van verleentheid op haar wange. "Ek het nie daaraan gedink nie! Maar in die toekoms sal ek bel, maak nie saak of jy in 'n belangrike vergadering is of nié!"

Die warmte van haar glimlag vind weerklank in sy oë en hy waarsku gedemp: "Ek het byna vergeet: Benno hou ons dop, mooi meisie, daarom speel ons konsert." Hy buk nader en soen haar op die lippe. "Kom ons kry jou pakkies, my liefste – of moet jy nog inkopies doen?" vra hy en sit sy arm beskermend om haar.

"Nee, my pakkies is onder die tafel. As jy my na uitgang nommer een kan neem en my kan help om my ouma se motor in die parkeerterrein op te spoor . . . ek weet dis na aan die ingang geparkeer," antwoord sy, die blydskap van haar liefde in haar oë.

Hy sugkreun moedeloos. "Jou ouma se motor en minstens 'n honderd ander! Volgende keer sal ons my motor gebruik om inkopies te doen," besluit hy. Hulle bereik die tafeltjie waar Benno sit en wag en Rosseau sê hartlik: "Dankie dat jy my meisie so mooi opgepas het, ouer broer. Ons kry net gou haar pakkies. Kom help jy ons om haar motor om te spoor?"

"Ek dink jy is mans genoeg om dit sonder my hulp te doen, Rosseau. Ek sal 'n vroeë middagete vir my bestel," antwoord Benno, staan op en kyk na Lanja. "Dankie vir die vertroulike geselsie, Lanja. Sal ons volgende Sondag weer so maak?"

"Ek glo nie, Benno, want ek sal die res van die week elke dag hierheen kom, totdat ek die plek behoorlik leer ken het. Ek gaan nie weer in sirkels loop nie!" antwoord sy en tel haar handsak op. "Baie dankie vir die koffie en jou hulp, Benno. Tot siens."

Benno maak 'n galante buiging en neem weer by sy tafeltjie plaas, terwyl Lanja en Rosseau inhaak en saam by die restaurant uitstap.

"Waaroor het jy en Benno so vertroulik gesels, meisiekind?" vra Rosseau agterdogtig.

Sy sien die uitdrukking op sy gelaat en lag hom goedig uit. "Jy hoef nie langer die rol van 'n jaloerse minnaar te speel nie, Rosseau! Benno het klaar gesien jy is kastig smoorkwaad omdat ek saam met hom koffie gedrink het."

"Ook waar," antwoord hy terwyl 'n donker gloed van verleentheid oor sy gesig kruip. "Maar ek is nog nuuskierig. Waaroor het julle gepraat?"

"Oor jou oorlede ma," antwoord sy.

295

Hy kyk haar verras aan. "Ek kan dit byna nie glo nie. Benno praat nooit met my of my pa oor ons ma nie en sover ek weet, bespreek hy haar ook nie met sy meisies nie. Ek en my pa maak ook nooit in sy teenwoordigheid melding van haar nie, want ons besef haar dood was vir hom 'n verpletterende slag."

"Hy het met die grootste bewondering van haar gepraat – en my vertel waarom hy nooit wil trou nie."

"O, ek ken die storie, want ek moet gereeld genoeg daarna luister: as jy nie met jou eerste liefde kan trou nie, bly liewer ongetroud, want lojaliteit is betekenisloos as jy iemand nie lief-het nie," kom dit omgekrap van Rosseau. "Ek hoop Benno was bedagsaam genoeg om nie vir jou te sê dat hy my pa verkwalik omdat jou ouma Jakkie sy eerste liefde was nie – of was jy nie bewus daarvan nie?"

"Benno het gelukkig nie name genoem nie, maar ek het geweet hy praat van jou pa se jeugliefde vir ouma Jakkie, en dat hy hulle albei verkwalik. Het jy ook die storie van jongs af geken, Rosseau?" vra sy en voel onverklaarbaar skuldig.

"In ons huis was dit onmoontlik om nie die storie te hoor nie, maar nie ek of jy kan iets daaraan verander nie. Vreemd, Benno vertel nie graag aan sy meisies dat hy nie trouplanne het nie. Ek wonder waarom hy eerlik is met jou?"

"Omdat ek jóú spesiale meisie is, domkop! Benno kan net homself wees saam met my, want hy weet ek stel nie in hom belang nie."

Rosseau bly staan en betrag haar takserend. "Stel jy werklik nie in Benno belang nie, of speel ons weer konsert, Lanja?" vra hy met skielike erns.

"Jy vergeet, ek hoef nie konsert te speel as ek alleen saam met jou is nie, Rosseau. Ek is net eerlik. Benno is gaaf en hoflik, maar . . . eensaam. Ek dink ek kry hom 'n bietjie jammer."

"Eensaam?" vra hy ongelowig. "Benno ken meer meisies as wat saam met my op skool en universiteit was!"

"Miskien, maar hoeveel ken hóm? En ek bedoel die werklike Benno, nie die aantreklike casanova wat dit geniet om alle meisies te bekoor nie. Jy sê self hy praat nooit oor julle ma nie, nogtans wíl hy oor haar praat. Een goeie vriend is beter as duisend kennisse," sê sy simpatiek.

"En jy gaan die een goeie vriendin vir Benno wees?" vra hy ingehoue.

"Skaam jou, Rosseau, hy is jou broer," betig sy hom.

"Presies, daarom vertrou ek hom nie. Benno is uitgeslape, hy speel op jou simpatie om jou vertroue te wen, Lanja. Ek kan jou nie belet om sy vriendin te wees nie, maar vir Benno is jy net nog 'n beeldskone meisie wat hy by sy versameling wil voeg – en ek sê dit nie omdat ek jaloers is op hom nie, maar omdat jy my spesiale meisie is."

"Dankie! Jy sê jy is nie jaloers op hom nie, maar jy laat hom soos 'n gemene bedrieër klink. As jy dalk vergeet het, Rosseau: ek is nié jou meisie nie – nie werklik nie – en as ek van Benno hou, sal ek saam met hom uitgaan!" antwoord sy geraak, ruk haar ken op en loop blindelings na die uitgang by die parkeerterrein.

8

Sy gaan in trane uitbars en 'n yslike gek van haarself maak, want sy is so kwaad ... Nee, sy is hartseer, dink Lanja en loop onwillekeurig stadiger. Sy wil nie na Rosseau se preke luister nie, het sy waarskuwings teen Benno nog minder nodig, want sy het hóm lief, nie vir Benno nie! Maar hoe bring sy hom dit aan die verstand? Nee, Rosseau mag nooit van haar vergeefse liefde vir hom weet nie, want dit sal die einde van hul vriendskap beteken. As Rosseau net kon weet: Benno sal haar nooit kan seermaak nie, maar hý maak haar onbewustelik seer, omdat hy haar nie kan liefhê nie, dink sy troosteloos.

Sy gaan staan, sien 'n plaat geparkeerde motors om haar en draai paniekerig om. Sy slaak 'n sug van verligting toe sy die duidelik gemerkte uitgang nommer een sien en stap onwillig terug. Sy het haar soos 'n kinderagtige tiener gewip en weggestap van Rosseau af, maar hy het haar inkopiesakke en sy het moontlik sy hulp nodig om haar ouma se motor op te spoor, dink sy afgehaal en soek met haar oë na die wit motor wat sy êrens links van die ingang geparkeer het.

Sy sien Rosseau teen die motor aanleun voor sy dit herken en loop vinnig nader: "Baie dankie vir al jou hulp, Rosseau. Ek sal self die pakkies in die motor pak," sê sy ingehoue en sluit die bagasiebak oop.

"Ek sal jou ouma se inkopies vir haar neem. Gaan terug na Benno toe en eet saam met hom middagete. Tot siens, Lanja," groet hy, sy stemtoon staccato. Hy draai om en loop met lang hale tussen die motors deur.

Sy buk vinnig onder die klap van die kattebak weg, sien die trane op haar hande drup. Waarom het sy Rosseau nie onmiddellik om verskoning gevra vir haar kinderagtige gedrag nie? Sy ken hom goed genoeg om te weet hy is werklik besorg oor haar, bang dat sy sal seerkry as sy 'n verhouding met Benno sou aanknoop. Sy ís bly dat hy haar wil beskerm, maar haar gevoel van onmag omdat hy haar nie kan liefhê nie, het haar met hom laat rusie maak. As hulle voortaan kwaaivriende gaan wees, sal sy uit sy pad bly en opsetlik ander mans leer ken, hom vergeet en . . . en . . . Nee, sy sal nie. Sy het Rosseau lief en sy sal hom altyd liefhê, al moet sy vir die res van haar lewe konsert speel om net naby hom te kan wees.

Maar as hy haar nooit kan vergewe nie, as hy besluit sy is te onvolwasse om sy vriendin te wees – wat dan? jaag vreesvrae mekaar in haar binneste. Sy leun dieper in die kattebak in en huil sag, geluidloos, want die land anderkant die reënboog, daar waar liefde woon, het agter die newelreën van haar trane verdwyn.

Jakkie sien Rosseau by die agterdeur instap, merk sy grimmige uitdrukking en vra skuldig: "Ag, boetman, ek is werklik jammer. Is jy baie vies omdat ek jou gestuur het om my kleindogter en my inkopies te gaan haal, kind?"

Hy plak die inkopiesakke op die werkoppervlak langs die ketel neer en gaan sit met 'n ongeduldige sug op die naaste stoel. "Dit was nie moeite nie, maar . . . Ek kan myself skop, tant Jakkie! Ek het jare gelede geleer ek moenie probeer om meisies teen Benno te waarsku nie, want hulle dink altyd ek is óf jaloers op hom óf 'n inmengerige ou oom!" antwoord hy onvergenoeg.

"Dink Lanja jy is jaloers of dink sy jy is 'n ou oom, boetie?" vra Jakkie met simpatieke erns, maar 'n glimlag speel wegkruipertjie in haar oë.

"'n Jaloerse asbek . . . of so iets," antwoord hy en blik hulpeloos na haar. "Is dit jaloesie wat my my laat bekommer oor Lanja, tant Jakkie? Ek en sy het 'n speelse verhouding, maar ons is nie verlief of verloof nie. Ek hou van die meisiekind, daarom wil ek verhoed dat sy seerkry. Is dit so verkeerd?"

"Nie reg of verkeerd nie, maar dalk ongevraag, boetman. 'n Mens leer gewoonlik uit bittere ervaring, nie deur die goedbedoelde waarskuwings van ander nie. As my kleindogter haar kop wil stamp, laat haar. Dis deel van die lesse, Rosseau, en ek en jy sal altyd daar wees om haar te troos," antwoord Jakkie gelate.

"En as sy en Benno trou?" skiet sy vraag soos 'n aantyging na haar.

Sy staar hom oorbluf aan. "Jy bedoel dit tog nie ernstig nie,

Rosseau? Benno stel nie belang in 'n huwelik nie," probeer sy die kommer in haar binneste wegpraat.

"Benno is twee en dertig en die eienaar van 'n florerende maatskappy. Daarby het hy 'n klein fortuin van my oorlede ma geërf. Hy kan dit bekostig om te trou, tannie, en Lanja is 'n beeldskone, aangename meisie," antwoord Rosseau en staar in stroewe stilte voor hom uit.

"Ek weet dit, boetie, maar wat laat jou dink dat hy skielik met Lanja sal wil trou?" vra Jakkie gekwel.

"Klein dingetjies, tant Jakkie. Benno eet dikwels saam met ons Sondae ná kerk, maar die res van die week sien ons hom selde of nooit. Vandat Lanja by tannie woon, boer hy by ons, dwaal langs die huis in die rigting van die deurgang, of vra my en my pa oor haar doen en late uit."

"Dis tipies van Benno, Rosseau, hy stel in alle mooi meisies belang. Jy bekommer jou onnodig, want Lanja is nie 'n tweede Carien nie," kom dit gerusstellend van Jakkie.

"Néé, tant Jakkie. Toe ek na Lanja gaan soek het, het ek haar en Benno saam in die koffiekroeg opgespoor," vertel hy. Hy merk die kommer op Jakkie se gelaat en vervolg paaiend: "Hulle het nie 'n geheime afspraak gehad nie, tannie. Lanja het in die inkopiesentrum verdwaal soos wat tannie vermoed het, en Benno het haar toevallig raakgeloop en vir 'n koppie koffie genooi."

"Dis gaaf van jou broer. Maar waarom kwel jy jou dan, kind?"

"Die feit dat Benno oor ons ma met Lanja gepraat het – iets wat hy nooit doen nie. En net die manier waarop hy na Lanja kyk en teenoor haar optree." Hy stoot sy vingers met 'n moedelose gebaar deur sy digte hare. "Aag, ek weet nie, tant Jakkie! Dalk het ek ook intuïsie soos 'n vrou, want iets waarsku my dat Benno Lanja liefgekry het, werklik lief. Maar terselfdertyd is ek bang sy liefde vir haar sal van korte duur wees."

"En jy is bang Lanja sal seerkry?" vra sy begrypend.

"Ja." 'n Diep frons keep tussen sy donker wenkbroue. "As Benno daarin slaag om Lanja se liefde te wen en hy haar daarna verwerp ... Ek voel soos 'n skurk om selfs net daaraan te dink, maar sal dit nie Benno se volmaakte wraak wees nie, tant Jakkie? Benno verkwalik tannie omdat tannie my pa se eerste liefde was en as ..." Hy swyg onthuts toe Jakkie skaterend uitbars van die lag, en gaan dan gekrenk voort: "Ek het nie besef my kommer oor Lanja is so lagwekkend nie."

Jakkie klad die lagtrane op haar wange met 'n snesie en sê verskonend: "Ek is jammer, Rosseau, maar jou storie dat ek jou pa se eerste liefde was, is skreeusnaaks – of dalk moet ek dit as 'n belediging beskou. Ek en jou pa was boesemvriende toe ons kinders was, maar daar was nooit sprake van 'n volwasse liefde tussen ons nie. Waar kom jy aan so 'n bogstorie?"

"E . . . ek dink Benno het die storie by my ma gehoor. Sy . . . e . . . sy was altyd 'n bietjie jaloers op my pa omdat hy nie 'n demonstratiewe man is nie," verduidelik hy ongemaklik en staan op. "Maar ek sal my liewer nou uit die voete maak. Lanja is seker nog smoorkwaad vir my, want ek het vir haar gesê sy kan saam met Benno gaan eet terwyl ek die inkopies vir tannie bring."

"En jy? Is jy nog kwaad vir haar, boetie?"

"Hoe ek voel, sal Lanja nie raak nie, want Benno sal voortaan al haar aandag in beslag neem," antwoord hy met 'n neutrale stem en draai weg na die deur toe. "Tot siens, tannie," groet hy vinnig en loop by die kombuis uit.

Rosseau het gelyk: Lanja gaan seerkry as sy 'n verhouding met Benno aanknoop, tob Jakkie. Behalwe as 'n wonderwerk gebeur en Benno haar kleindogter opreg liefkry. Maar as dit sou gebeur, hoe troos sy die seun wat jare lank soos 'n eie kind in haar huis was? Want of Rosseau dit nou weet of nie, hy het Lanja eerste liefgekry.

Lanja gewaar 'n beweging uit die hoek van haar oog en kyk met 'n gedwonge glimlaggie na Jakkie wat haar slaapkamer binnekom.

"Hallo, Oumie. Ek is al 'n rukkie terug, maar ek het 'n bietjie gerus. Sal tant Debbie teleurgesteld wees as ek nie saam met Oumie by haar gaan eet nie? Ek is nie honger nie, want ek ... ek het effens hoofpyn," sê sy verskonend.

"Hoofpyn of hartpyn, my poppie?" vra Jakkie deernisvol, bewus van Lanja se rooigehuilde oë.

"Daar skort niks met my hart nie, Oumie," antwoord sy ingehoue, haar stem vol ongestorte trane. Sy is oorbewus van die warm blos van verleentheid op haar wange.

"Dan het jy aspris met Rosseau rusie gemaak omdat jy liewer saam met Benno wil uitgaan, Lanjatjie?" vra Jakkie met onskuldige belangstelling.

Lanja kyk haar ontsteld aan. "Het Rosseau kom stories aandra, Oumie?"

"Ek dink hy wou net sy kommer met my deel, kindjie. Benno het nog nooit sy voete in my huis gesit nie en wat ek van hom weet, is die stories wat die bure aandra en die dinge wat Rosseau my vertel het. My oorlede ma sou Benno 'n joljantjie genoem het, maar dit beteken nie hy is 'n slegte man nie. Maar is hy betroubaar, Lanja? Rosseau is jou vriend, daarom wil hy keer dat jy seerkry," antwoord Jakkie paaiend.

"Liewe tyd, Oumie, ek is darem al mondig! Ek weet van Benno se reputasie, maar ek het net 'n koppie koffie saam met hom gedrink, nie 'n vurige verhouding met hom aangeknoop nie! Dink Rosseau werklik ek het nie 'n greintjie gesonde verstand tussen my ore nie?" vra sy verontwaardig.

Jakkie glimlag tegemoetkomend. "Nee, my poppie, maar Rosseau weet nie dat jy hom liefhet nie, daarom bekommer hy hom oor jou. Moenie hom te veel verkwalik nie, want hy gee werklik om vir jou."

"Ek . . . ek is moeg daarvan om net sy liewe vriendinnetjie te wees, Oumie. Hy is bang Benno sal my seermaak, en intussen maak hy my soveel seerder! In die toekoms sal ek uit sy pad bly, want hoe minder ek hom sien, hoe makliker sal dit wees om van hom te vergeet," antwoord sy, maar klink onoortuigend.

"Glo jy jouself, Lanjatjie? Is jou gevoel vir Rosseau so oppervlakkig dat jy daarvan sal vergeet as jy hom nie gereeld sien nie?"

Lanja byt hard op haar onderlip en veg teen die dreigende trane. "Ek móét net, Oumie, want Rosseau sal my nooit liefkry nie. Hy het my gesê hy voel skuldig oor Carien se dood. Dalk is hy nog altyd lief vir haar, selfs al ontken hy dit."

"Nee, kindjie, nee, niks kan verder van die waarheid wees nie. Rosseau het nooit 'n onsterflike liefde vir Carien gehad nie, maar as hy soms 'n prikkie skuldgevoel ervaar omdat sy haar lewe so tragies beëindig het, het ek begrip daarvoor. Hy is 'n sensitiewe man, maar redeneer hy met sy gesonde verstand, sal hy besef dat sy liefde nie werklik Carien sou kon troos of verhoed het dat sy haar hand aan haar eie lewe slaan nie. Sy het Benno liefgehad en sy kon nie sonder sy liefde leef nie . . . die arme, ongelukkige meisie."

"Aag, wat maak dit saak, Oumie? Ek gaan nie langer agter 'n man aandraf wat my nie kan liefkry nie," sê Lanja gemaak onverskillig.

"Dis jou besluit, Lanjatjie. Maar dis 'n paar minute voor een. Wil jy nie maar saam met my by Deborah gaan eet nie? Die goeie mens het soveel moeite met die ete gedoen, want sy het my vertroulik vertel sy wil jou beïndruk met haar kookkuns," pleit Jakkie.

"Met my rooigehuilde oë, Oumie?"

Jakkie glimlag goedig. "Jy het hooikoors, Lanja – dis wat ons vir Debbie sal vertel. Jy kan maar so nou en dan nies, net om haar te oortuig."

"Goed, Oumie, maar dalk sal yswater help. As Oumie tant Debbie kan bel en sê ons is nou-nou daar, sal ek probeer om my grimering op te knap," antwoord Lanja met 'n halfhartige glimlaggie en stap vinnig die slaapkamer uit.

Debbie tel herhaalde male haar mes en vurk op om te begin eet, net om dit weer netjies langs haar bord terug te plaas, haar oë vasgenael op Lanja.

"Deborah, jy maak my senuweeagtig," kom dit geïrriteerd van Jakkie. "Hoekom eet jy nie, vrou? Of het jy gif in die kos gegooi?"

"Agge siesa, Jakkie, jy kan sulke skokkende dinge sê, so asof jy nie rêrig van my hou nie, al is ons boesemvriendinne," verwyt Debbie haar. Sy tel weer haar mes en vurk op, bekyk haar bord kos asof sy dit nog nooit tevore gesien het nie en lê haar mes en vurk weer netjies langs haar bord neer.

"Die kos is heerlik, dankie tant Debbie. Tannie is 'n baaskok," prys Lanja haar, bewus van die gespanne uitdrukking op Debbie se gelaat.

"Ja, ek weet," antwoord Debbie verstrooid.

Jakkie lag onwillekeurig. "Lanjatjie, asseblief, verlos my liewe vriendin uit haar ellende. Die arme Deborah brand om te weet of jy al met haar Nardus in verbinding getree het."

"Ja, asseblief, hartjie," sê maar, al het jy nie goeie nuus vir my nie. Die spanning sit soos 'n sak sement op die krop van my maag en neem al my eetlus weg," kla Debbie.

"Ek is jammer, tant Debbie, maar tot dusver het Nardus my nog nie teruggebel nie, maar ek het twee boodskappe op sy selfoon gelaat," antwoord Lanja spytig.

"O . . ." Debbie se groot oë staar Lanja verdrietig aan. "Sien jy nou, Jakkie? Nardus skaam hom vir my omdat ek sy pa in die arms van 'n ander vrou . . . 'n spul ander vrouens gedryf het. 'n Mooi seun soos hy wil nie 'n lelike ou ma hê nie."

"Ag, Deborah, hou op kerm en eet jou kos. Nardus weet nog al die jare hoe jy lyk, maar hy is lief vir jou. Eet nou, mens!" beveel Jakkie kwasterig.

"Dis naweek en moontlik het Nardus êrens gaan kuier. Ek is seker hy sal my môre bel, tant Debbie," probeer Lanja haar gerusstel.

"Ja ... ja, ek het skoon vergeet dis naweek en hoe graag my Nardus naweke die een of ander vakansieplek besoek." Debbie kyk na die bord kos voor haar en glimlag ineens opgewek. "Nou waaroor sal ek my sit en verknies oor 'n kind wat elders rondjakker? Ek het kos op my tafel en ek is honger," vervolg sy en begin eet.

"Ek is jammer ek is laat, tant Debbie," praat Rosseau uit die deur skuins agter Lanja en kom die eetkamer vinnig binne. "My pa het probleme met sy motor gehad en ek moes hom eers help. A, ek sien tannie het vir my plek langs Lanja gedek."

Lanja sit asof versteen, oortuig daarvan dat haar hart gaan staan het en sy nie langer asemhaal nie. Sy probeer al vyf minute lank om kos te eet waarvoor sy nie lus het nie, om oor dinge te gesels waarin sy nie belangstel nie, en om nie aan Rosseau te dink nie – en nou sit hy langs haar, skep vir hom kos in en lag en gesels met tant Debbie en haar ouma asof hul rusie hom nie in die minste raak nie.

"Haai, Lanja, wat lyk jy so ongelukkig? Jy het nie dalk hooikoors én tandpyn nie, hartjie?" vra Debbie besorg en gaan onstuitbaar voort: "Raai, my ouma was net agttien toe sy vir haar kunstande gekry het. Maar ek praat nou van baie jare gelede, want my ouma het haar eers behoorlik dronk gedrink voordat sy al haar tande laat trek het."

"Jy jok nou, Deborah. Ek kan nie glo jou waardige ouma het ooit 'n druppel drank gedrink nie. Het jy vergeet ek het haar geken toe sy nog in hierdie huis gewoon het?" vra Jakkie onthuts.

"Sy was mý ouma, Jakkie. Sy het my vertel sy was so dronk dat haar beste vriendin te skaam was om saam met haar in die bus stad toe te ry, toe moes sy maar alleen tandarts toe gaan – maar sy het honderd en een geword en nooit weer tandpyn gekry nie!"

"Is jy vies vir my of het jy werklik tandpyn, meisiekind?" vra Rosseau binnensmonds toe Debbie skaterend lag vir haar eie storie.

"Bly stil en eet jou kos!" mompel sy, bewus van 'n klein ontploffinkie van geluk in haar bors omdat Rosseau met haar gepraat het. Nee, nee, sy moenie weer dieselfde hartseerpaadjie loop nie, maan sy haarself. Sy moet haar geluk elders soek . . .

Jakkie blik na Lanja en Rosseau en gaan taktvol voort om Debbie oor haar ouma uit te vra en hartlik oor al haar staaltjies te lag.

"Ek is jammer ek het vir jou probeer voorskryf. Ek besef jy is vry om jou eie vriende te kies," sit Rosseau hul gedempte gesprek voort. "Jy dink ek is 'n besitlike pa," grom hy.

"Ja! Ek het nie nog 'n pa nodig nie. Ek sal uit jou pad bly . . . en ek sál voortaan vir my 'n hele spul nuwe vriende kies, en Benno is een van hulle."

Hy wag tot Debbie weer skaterend lag en kyk dan na Lanja, maar sy staar stip na haar bord. "Bedoel jy dit, Lanja?"

"Elke woord," antwoord sy uitdagend, lig haar kop en luister met oordrewe aandag na Debbie se volgende vertelling.

Lanja kyk verras na Debbie toe sy Maandagoggend net ná tien-uur die sitkamer binnekom met 'n groot ruiker bloedrooi rose in haar hande en dit na Lanja uithou.

"Dis vir jou, hartjie. Toe, maak die koevertjie vinnig oop! Ek het mos 'n honger rot wat aan my ingewande knaag as ek nuuskierig is. Toe, toe, Lanja, kyk nou wie die pragtige ruiker vir jou gestuur het!" por Debbie haar ongeduldig aan.

Lanja staan op uit haar stoel, haar uitdrukking verward. "Maar . . . waar kry tannie die ruiker?"

"By die man wat dit afgelewer het, natuurlik! Ek het sommer namens jou geteken en die ruiker vir jou gebring. Toe, sê nou! Wat sê die kaartjie? Dis nie dalk van Rosseau nie?" vra Debbie nuuskierig.

Lanja haal die kaartjie uit die koevert en lees: *Baie dankie vir die geselsie* − *Benno*. Sy trek haar asem stadig in, bewus van die skrynende gevoel van teleurstelling in haar binneste. Ná hul gedempte gesprek gistermiddag aan tafel het sy en Rosseau nie weer 'n woord met mekaar gepraat nie. Hy het wel gisteraand 'n rukkie saam met haar ouma in die kombuis gekuier, maar sy het soos 'n vermakerige kind in haar slaapkamer weggekruip. Nogtans het sy gehoop die ruiker was van hom . . .

"Foei, maak die blomme jou verdrietig, hartjie?" verneem Debbie bejammerend.

"My kleindogter sukkel nog steeds met hooikoors, Deborah," sê Jakkie vinnig. "Jy kan maar 'n rukkie in jou kamer gaan rus, my poppie. Ek sal nou-nou vir jou tee bring."

"Maar die kaartjie . . ." pleit Debbie, haar stem 'n yl gekerm.

" . . . is van Minister van Belangrike Landsake, Deborah. Ken jy hom?" vra Jakkie met dodelike erns.

"Nee, Jakkie. Wie is hy?" vra Debbie nuuskierig.

Lanja bars hulpeloos uit van die lag, drentel terug na haar stoel en sak daarop neer. Sy kyk skuldig na Debbie, probeer praat, maar word opnuut deur 'n lagbui oorval.

"Lanja lag vir ons," sê Debbie afgehaal.

"Ja, my liewe mens, en ek is bly, want lagtrane is beter as routrane. Sit die ruiker sommer op daardie tafeltjie langs jou neer, asseblief, Deborah. Ek het vir ons melktert gebak, en aangesien jy my kleindogter laat lag het, kan jy eet soveel soos jy wil," sê Jakkie groothartig.

"Ja, ja, Jakkie, maar wat nou van die kaartjie?" hou Debbie koppig vol.

"Benno het vir my die blomme gestuur, tant Debbie," beantwoord Lanja haar vraag en klad haar lagtrane met 'n snesie.

"Daardie stout seunskind?" vra Debbie afkeurend. "Nee, Jakkie, hoe kon jy jou plig so skandelik versuim het? Jy moet Lanja ernstig teen Benno waarsku!"

"Nou wat het Benno gedoen wat so verskriklik is, Deborah?" vra Jakkie rustig.

"Moenie jou aspris dom hou nie, Jakkie! Sê almal nie hy is 'n casanova wat soos 'n sprinkaan van die een blom na die ander spring nie?" vra Debbie gegrief.

Lanja lag geluidloos, haar voorkop rustend in haar hand, terwyl Jakkie met moeite 'n glimlag onderdruk.

"Moenie jou kwel nie, Deborah. Lanja sal nie toelaat dat enige sprinkaan haar bespring nie," antwoord Jakkie droog. "Ek verseker jou: my kleindogter het oorgenoeg waarskuwings oor Benno gehad, daarom sal sy weet hoe om hom te hanteer."

"Maar . . . wat nou van Rosseau, Jakkie?" vra Deborah afgehaal en vee met haar vraag die lag uit Lanja se oë. Debbie kyk Lanja ernstig aan en vervolg: "Agge foei, hartjie, het jy nie gistermiddag agtergekom hoe koekeloer Rosseau die hele tyd vir jou nie? Hy is 'n man van min woorde, maar ek kon in sy oë woord vir woord lees wat hy in sy hart dink!"

"Jy het wonderlike talente, Deborah," kom dit vinnig van Jakkie. "Ek is vyf jaar ouer as jy, maar ek het nog nooit woorde in iemand se oë geskryf sien staan nie. As Rosseau iets vir my kleindogter te sê het, moet hy net sy mond oopmaak en praat."

"Ja, seker maar, maar party jong mans is skaam, soos my Nardus wat . . ." Debbie breek haar sin af en kyk pleitend na Lanja. "Ag, Lanjatjie, met die ruiker en als het ek skoon vergeet waarom ek so vroeg kom kuier het. Ek het net gewonder . . . gehoop dat my Nardus jou vanoggend gebel het."

"Hy het, tant Debbie! Nardus was die naweek uitstedig, maar hy is gretig om te hoor wat my ouma se boodskap vir hom is. Hy sê hy het nou onlangs by 'n nuwe firma begin werk en daar is soveel agterstallige werk dat hy elke aand moet laat werk. Ek en hy het gereël om mekaar Vrydagmiddag om sesuur in 'n restaurant te ontmoet."

"Vyf dae . . ." Debbie se oë speel wegkruipertjie agter haar bollende wange toe sy glimlag. "Ag, Lanja, dis die beste nuus wat ek in jare gehoor het! Baie, baie dankie, hartjie!"

"Ek is jammer ek kon nie eerder 'n afspraak met hom maak nie, tannie."

"Dis darem vyf dae van hoop, hartjie." Debbie byt tobbend op haar onderlip. "Ag toggie, nou raak ek weer op my senuwees, want een oomblik glo ek Nardus sal my kan vergewe en die volgende oomblik kom knaag die twyfel aan my ou hart. Vier jaar is bitter lank, want ek is oud en . . . en dikker as ooit tevore, en my Nardus is 'n volwasse man van ses en twintig en aantreklik soos sy pa. Hy het my nie langer nodig in sy lewe nie."

"Ons het almal mense nodig om ons lief te hê, tant Debbie," sê Lanja vertroostend.

"Ja, maar jou eie kind . . . Nee, ek gaan nie net hier sit en toelaat dat my senuwees my lewend opvreet nie. Ag, Jakkie, kan ons nie maar vandag 'n bietjie vroeër tee drink nie? As ek aan 'n ietsie kan peusel, vergeet ek makliker om my te bekommer."

"Ja, Deborah, ja. Met jou twyfel en die rot wat aan jou ingewande knaag, sterf jy seker al van die honger. Kom saam kombuis toe, dan eet jy solank 'n stukkie melktert terwyl ek vir ons tee maak," sê Jakkie geduldig.

Karl sien Lanja om die hoek van die huis gestap kom, stu na die voordeur kyk en dan onseker voor die trap bly staan.

"Hier onder die seders, Lanja!" roep hy uitnodigend en leun terug in sy tuinstoel.

Sy draf ligvoets oor die grasperk nader en groet glimlaggend. "Hallo, oom Karl. Ek is bly oom het nie besoekers nie."

"Dag, ounooi. Ek het oorgenoeg vriende by wie ek kan gaan kuier, maar ek is vandag lus om te lees. As jy Rosseau in gedagte gehad het, hy is nie 'n besoeker nie, want hy woon hier," sê hy gemaak onverskillig, maar wag op haar reaksie.

"Is hy tuis, oom?" vra sy vinnig, gespanne. Sy bly langs die tuinstoel staan en kyk ongemaklik na die voordeur van die Friedlander-woning.

"Nie dié tyd van die dag nie. Sit, ounooi, en hou my gesel-skap . . . en vertel my sommer waarom jy en Rosseau rusie gehad het," versoek hy.

'n Ligte blos van verleentheid vlek haar wange ligroos. Sy neem op die punt van die stoel plaas en kyk selfbewus na hom. "Ons het nie werklik rusie gehad nie, oom. Ek het gister in die inkopiesentrum verdwaal en toe kom Benno op my af. Ons het saam gaan koffie drink en gesels tot Rosseau daar opgedaag het . . . Ek hou van Benno, maar almal waarsku my teen hom, so asof ek nie slim genoeg is om self te besluit met wie ek vriende wil wees nie," verduidelik sy opstandig.

Karl kyk haar oomblikke lank nadenkend aan en knik be-grypend. "Het Rosseau jou van Carien Marais vertel, Lanja?"

"Ja, oom, maar hoewel haar dood tragies was, sal dit onregver-dig wees om Benno daarvoor verantwoordelik te hou. Hartseer is seker maar deel van ons almal se lewens," antwoord sy, dink flitsend aan Rosseau en versluier haar oë met haar wimpers.

"Dit is so, ounooi. Benno se uiterlike voorkoms en sjarme maak hom aantreklik, moontlik onweerstaanbaar vir die meeste meisies, en omdat hy 'n man is en van meisies hou, neem hy hulle uit. Ek is bewus van sy reputasie dat hy met meisies se liefde speel, maar aan die ander kant: Benno sê nooit vir 'n meisie dat hy haar liefhet nie, want hy het jare gelede besluit hy glo nie aan liefde of die huwelik nie."

"Ek weet, oom Karl. Ek stel nie in 'n verhouding met hom belang nie en ek is ook nie verlief op hom nie, maar hy was so bedagsaam teenoor my. Ek het sy geselskap geniet."

"En hy joune, so vertel hy my, maar Rosseau . . . Dalk is hy 'n sensitiewer man as sy broer, want ek weet Carien se dood het hom dieper ontstel as vir Benno. Rosseau gee om vir jou, Lanja, daarom is hy so oorbeskermend teenoor jou. Hy wil net verhoed dat jy seerkry, soos wat Carien seergekry het – en seker talle ander meisies met wie Benno verhoudings gehad het. Verkwalik jy hom dáárvoor?" vra hy redelik.

Sy kyk met 'n uitdrukking van wanhoop na Karl en wens sy kan hom van haar liefde vir Rosseau vertel, maar trots weerhou haar. "Sy besorgdheid het my geïrriteer, want hy laat my soos 'n onervare tiener voel wat sy beskerming nodig het. As hy nie kan aanvaar dat ek 'n volwassene is nie, is ons vriendskap betekenisloos," antwoord sy ingehoue, swyg 'n oomblik en vervolg dan onseker: "Maar daar is iets anders wat my pla, oom Karl. Benno stuur die afgelope week elke dag vir my 'n ruiker. Ouma Jakkie sê haar huis lyk al soos 'n hospitaalsaal met die ruikers wat daar afgelewer word. Mors hy altyd sy geld op ruikers vir meisies?"

Karl staar haar verras aan en skud dan sy kop ontkennend. "Nee, nooit nie." 'n Diep frons keep tussen sy wenkbroue, sy oë meteens troebel van kommer. "Ek en Rosseau spot Benno dikwels dat hy altyd geskenke van meisies ontvang, maar nooit 'n sent van sy geld spandeer om selfs 'n enkele blom vir 'n meisie te koop nie. As Benno vir jou ruikers koop, wil hy baie graag 'n ernstige verhouding met jou aanknoop."

"Maar ek stel nie belang in 'n verhouding met hom nie, oom. As ek net sy foonnommer gehad het . . ." Sy swyg en kyk hoopvol na Karl.

"Jy het iemand anders lief, Lanja?" vra Karl sag, sy blik deurdringend op haar.

Sy weet sy bloos, maar sy kyk hom in die oë. "Ek weet net ek wil Benno nie valse hoop gee nie, oom, want ek het hom nie lief nie."

"Nog altyd die slim diplomaat?" vra hy skertsend en lag haar goedig uit toe die blos op haar wange verdiep. "Ek sal dit nie ontken nie, ounooi. Ek sal 'n gelukkige man wees om 'n skoondogter soos jy te kry, maar as Benno van homself 'n oorlas maak . . . Kom saam huis toe. Jy kan Benno sommer van my studeerkamer af bel," nooi hy en staan op.

Jakkie staan in Lanja se oop kamerdeur en sien haar in die helder maanlig voor haar venster sit. "Het jy toe die hoofpynpille gedrink, my kind?" vra sy besorg en stap die vertrek binne.

Lanja glimlag skuldig toe Jakkie naas haar op die ingeboude bank voor die venster plaasneem. "Ek het nie hoofpyn gehad nie, Oumie. Ek wou net alleen wees," erken sy.

"Ek weet, my poppie. Jy kruip in jou kamer weg en Rosseau kom sit elke aand by my in die kombuis en bekla sy lot, maar nie een van julle twee is gelukkig nie. Foei, die seun het byna stuipe gekry toe ek hom van Benno se ruikers vertel!"

"Hoekom het Oumie? Dit gaan net meer moeilikheid bring!" maak Lanja ontsteld beswaar.

Jakkie glimlag ongesteurd. "Moeilikheid vir Rosseau, ja, want die een of ander tyd sal hy moet besluit of hy jou liefhet of nie. 'n Bietjie jaloesie kan dalk help."

"Ek het vergeet om Oumie te sê: ek het Benno vandag gebel en gevra dat hy nie sy geld op ruikers vir my moet mors nie."

"En?" vra Jakkie onrustig.

Lanja sug ongeduldig. "Hy het gesê hy sal aanhou ruikers stuur totdat ek instem om weer saam met hom te gaan koffie drink. Dis so belaglik, Oumie! Benno stuur ruikers en intussen . . ." Sy swyg toe 'n sein van haar selfoon haar waarsku dat daar 'n boodskap vir haar is. "Dalk is dit 'n boodskap van my ma.

312

Hulle kuier nog tot ná Kersfees by vriende in Londen voor hulle Amerika toe gaan."

Jakkie wag dat Lanja haar boodskap lees, sien hoe sy met die selfoon in haar hand langs haar lessenaar versteen en vra aarselend: "Is dit slegte nuus, kind?"

"Ek . . . ek weet nie, Oumie. Dis 'n boodskap van Rosseau en hy vra dat ek hom onder die sederbome in hul tuin moet ontmoet. Ek weet nie of ek hom wíl ontmoet nie."

"Is jy seker die boodskap is van sy selfoon af gestuur?" vra Jakkie wantrouig.

"Ja, Oumie. Ek het seker gemaak," antwoord sy hoopvol. Sy wil toegee aan die ontwakende geluk in haar binneste, maar die uitdrukking op Jakkie se gelaat laat haar swyg.

"Nogtans . . . iets haper, Lanjatjie," kom dit gekwel van Jakkie.

"Hoe bedoel Oumie?"

"As Rosseau jou graag in die geheim wou ontmoet het, sou hy jou gevra het om voor ons agterdeur of moontlik by die deurgang tussen ons huise te wag . . . of dalk laat ek net toe dat my verbeelding met my op loop sit." Jakkie se frons verdiep en sy skud haar kop. "Hoekom wag tot laatnag om vir jou 'n boodskap te stuur? Dis byna elfuur . . . Ek vertrou my intuïsie, Lanja. Iets is nie pluis nie. As jy na die buurtuin wil gaan, sal ek kort op jou hakke wees," besluit Jakkie.

"Maar Oumie kom nooit by die Friedlanders nie!" protesteer Lanja.

"Daar is altyd 'n eerste keer. Ek sal in die skadu's bly en ek beloof om nie jul gesprek af te luister nie. Toe, kom, Lanjatjie, laat ons weg wees!"

9

Lanja stap oor die grasperk voor die Friedlander-woning na die sederbome aan die onderpunt van die tuin. Sy wonder of haar ouma haar werklik gevolg het, maar dwing haarself om nie om te kyk nie. Sy bly naas die tuintafeltjie en -stoele staan, kyk vraend rond en voel haar hart seer in haar bors ruk toe Benno van agter 'n sederboom verskyn.

"Benno . . .!" Sy het so gehoop . . . gebid dat sy en Rosseau vanaand nog 'n einde aan hul vyandskap sou kon maak, maar nou . . . Sy is so teleurgesteld dat sy in trane kan uitbars, want Rosseau . . . Rosseau het haar nie lief nie, anders sou hy geprobeer het om hul rusie uit die weg te ruim, dink sy en voel woede jeens Benno in haar binneste opstu.

"Ek is jammer ek moes jou bedrieg, Lanja, maar ek kon aan geen ander manier dink om met jou te praat nie. Sal jy my vergewe?" pleit hy met 'n innemende glimlag.

Sy betrag hom met kille afkeer. "Het Rosseau sy selfoon vir jou geleen, of moes jy sy selfoon steel om namens hom 'n boodskap te stuur, Benno?" vra sy misnoeg.

Sy uitdrukking word sober. "Kom ons sê ek het sy foon en sy identiteit sonder my medewete geleen, maar as 'n man desperaat is, moet hy van desperate metodes gebruik maak. Asseblief, Lanja, moet my nie te veel verkwalik nie. Ek wou net graag met jou praat," antwoord hy skuldig.

Lanja sug ongeduldig. "Goed, ek is nou hier. Waaroor wil jy praat, Benno?"

"Ek wil jou vra om saam met my uit te gaan . . . Nee, ek lieg. Ek wil jou vertel dat jy die pragtigste meisie is wat ek nog ooit ontmoet het en . . . en dat ek jou graag beter wil leer ken. As jy van my reputasie kan vergeet, net met my vriende kan wees . . . Ek sal jou leer om my te vertrou. Ek is nie 'n monster nie, Lanja."

"Nee, maar jy plaas my in 'n uiters ongemaklike posisie met jou ruikers elke dag. Wat is ek veronderstel om vir my ouma te sê? Dat 'n man saam met wie ek toevallig 'n koppie koffie gedrink het uit blote verveeldheid vir my ruikers stuur? Asseblief, Benno, ek wil nie jou blomme hê nie. As dit jou idee van 'n vriendskap is . . . dis nie myne nie."

"Dalk verlang ek na meer as blote vriendskap, daarom stuur ek so graag blomme aan jou." Hy huiwer en vervolg met oortuigende erns: "Ek hou van jou – nee, ek het jou lief, selfs al weet ek nog nie mooi wat my getref het nie. Ek weet net ek kan nie jou beeld uit my gedagtes kry nie. Ek dink voortdurend aan jou, wens dat ek jou kan sien en met jou gesels. Is dit vir jou 'n belediging dat ek jou liefhet?"

Liefde kan nooit 'n belediging wees nie, dink sy, Rosseau se gelaat flitsend voor haar geestesoog. Hoe ironies dat Benno haar liefhet, terwyl sy vergeefs smag na Rosseau se liefde. Sy kyk met innerlike empatie na Benno en antwoord eerlik: "Jy beledig my nie, Benno, maar ek het jou nie lief nie. Ek is jammer."

Hy kom nader aan haar, maar bly staan toe sy terugtree. "Asseblief, Lanja, ek vra maar net dat jy my sal toelaat om jou van die opregtheid van my liefde te oortuig. Ek beloof ek sal nie sonder jou toestemming aan jou raak nie."

"Wat is die nut, Benno? Ek sal jou nooit kan liefhê nie."

"Omdat jy my nie vertrou nie? Omdat jy nie glo dat ek ook kan liefhê nie?" vra hy wrang en skud sy kop. "Ek kan jou nie verkwalik nie, want almal ken my reputasie."

"Nee! Jy was lief vir jou ma, daarom glo ek jy sal eendag jou vrou liefhê, maar ek is nie die meisie vir jou nie, Benno. Ek is werklik jammer, maar ek het jou nie lief nie en ek weet vir seker ek sal jou nooit kan liefhê nie. En nou moet ek loop, voor my ouma na my kom soek."

"Jou ouma, ja . . ." Teleurstelling kerf diep lyne van bitterheid langs sy mondhoeke. "Ek is 'n dwaas, want ek het in dieselfde

315

slaggat as my pa getrap: 'n meisie liefgekry wat my nie kan liefhê nie. Jou ouma speel haar lewe lank woer-woer met my pa se liefde vir haar. Sý is die oorsaak van my ma se liefdelose huwelik, van al die hartseer in haar lewe! En jy aard na haar, nè, Lanja? Jy en jou ouma is . . ."

"Dis genoeg, Benno . . . oorgenoeg!" Karl se stem is sag dog ferm toe hy in die donker agter Benno praat.

Benno ruk om. "Pa . . .!" roep hy geskok uit en swaai terug na Lanja. "Dan is my afgeleefde pa die groot liefde in jou lewe, Lanja? Jy het hom gebel om hom van ons ontmoeting te vertel?" vra hy met bittere minagting.

"Moenie jou frustrasie op 'n onskuldige meisie uithaal nie, Benno. Ek het in die deur gestaan toe jy Rosseau se selfoon in sy studeerkamer gebruik het. Dit het my laat wonder, want jy het jou eie selfoon by jou gehad. Toe jy daarna skielik tuin toe is, het ek jou gevolg . . . en nou is ek dankbaar," verduidelik Karl beheers. Hy lig sy ken, sy uitdrukking grimmig. "Jou verwysing na my liefde vir Lanja se ouma was onnodig, en jou geloof dat my huwelik ongelukkig was, is onwaar. As jou ma soms ongelukkig was, was haar ongegronde jaloesie daarvoor verantwoordelik, nie my onskuldige jeugliefde nie."

"Onskuldige jeugliefde . . . ha!" kom dit met smalende minagting van Benno. "Die bure dink nie so nie! Hulle kon nie ophou lag toe Pa so haastig teruggetrek het hierheen pas ná Ma se dood nie. Almal weet Pa is nog al die jare lief vir Jakkie Basson!"

"Ek het teruggekom omdat hierdie huis deur my oupa gebou is en ek daarin grootgeword het. Aanvaar dit, Benno – jou liefde vir Lanja is net so vergeefs soos wat my jare lange liefde vir Jakkie is, want sy kon my ook nooit liefhê nie. Nag, Benno."

Benno kyk hom uitdagend aan. "Ek glo wat ek wil. Nag, Pa," groet hy bruusk en stap met lang hale weg na sy motor toe.

Karl staar hom sugtend agterna en wend hom tot die ontstelde Lanja. "Ek is jammer oor my seun se gedrag, ounooi. Ek wens jy het nie die afspraak met hom nagekom nie – of het hy Rosseau se naam gebruik?"

"Sy naam en sy selfoon, oom Karl." Sy glimlag gespanne, bewus van Jakkie se teenwoordigheid êrens in die tuin. Het haar ouma werklik buite hoorafstand gebly? wonder sy bekommerd en vervolg vinnig: "Ek besef dis net teleurstelling wat Benno al daardie dinge laat sê het. Ek verkwalik hom nie, oom."

"Dankie, Lanja – dis waarom ek my humeur beteuel het, want ek glo Benno het jou waaragtig lief. Maar, kom, ek stap saam met jou tot by die deurgang," nooi hy.

"Dit sal nie nodig wees nie, dankie, Karl," praat Jakkie uit die rigting van 'n donker struik en kom in die helder maanlig te voorskyn.

"Jakkie!" Haar naam is 'n rou klank wat uit sy bors skeur.

"Ek is jammer ek het in jou tuin oortree, Karl. Ek het my kleindogter hierheen gevolg, want ek wou seker maak dat sy veilig is. Ek het nie gekom om 'n privaat gesprek tussen jou en Benno af te luister nie. Ek het reeds vergeet wat daar gesê is," sê Jakkie, haar stemtoon neutraal, en blik na Lanja. "Kom, my poppie, kom ons gaan huis toe."

"Nee, tant Jakkie, moenie 'n pretbederwer wees nie," verwyt Rosseau en sluit by die groepie onder die sederbome aan. "As ek reg gehoor het, het ek en Lanja 'n afspraak gehad. Mag ek haar asseblief huis toe vergesel, tannie?"

"Foei, kind, jy klink so desperaat dat ek seker nie 'n keuse het nie. Bring my kleindogter huis toe. Ek sal solank vir ons koffie maak," willig Jakkie glimlaggend in en stap vinnig weg.

Lanja merk hoe Karl haar agternakyk, sy uitdrukking strak, en lê haar hand simpatiek op sy arm. "My ouma het gehoor toe oom van oom se liefde vir haar gepraat het. Noudat sy weet oom het haar liefgehad die dag toe oom met haar rusie gemaak het, sal sy besef dit was hartseer en teleurstelling wat oom al daardie dinge laat sê het," sê sy paaiend.

"Ek wil haar liefde hê, ounooi, nie haar begrip nie, maar ..." Hy sug diep en stoot sy vingers met 'n hulpelose gebaar deur sy hare. "Jy het haar gehoor: sy het reeds vergeet wat gesê is. Ek moet doodeenvoudig aanvaar dat sy my altyd as 'n vyand sal bejeën. Nag, Lanja," groet hy en loop met geboë skouers na die voordeur.

"Nag, oom Karl," groet sy, kyk na Rosseau en kyk weer haastig weg. "Jy het nie 'n afspraak met my gehad nie, Rosseau," sê sy met gedwonge vyandigheid.

"Ek weet. Mooi meisie, sal jy asseblief 'n afspraak met my hê, selfs al is dit net om met my rusie te maak?" pleit hy en glimlag in haar oë.

"Hoe kan jy so gevoelloos wees, Rosseau? Jy staan en grinnik soos 'n ..."

"Asbek?" stel hy gretig voor.

Sy kyk hom vies aan, bang dat sy saam met hom sal lag. "Ja! Jy grinnik en ek kan huil van jammerte vir jou arme pa. Dis so onregverdig! Hy het my ouma al soveel jare vergeefs lief ... Ek verwag nie dat ouma Jakkie hom eensklaps moet liefkry nie, maar hulle kan ten minste vriende wees."

Hy betrag haar nadenkend en vra dan afgemete: "Is dit vir jou baie belangrik dat my pa en jou ouma weer vriende word, Lanja?"

"Natuurlik! Ek sal enigiets doen om hulle te help om weer vriende te wees," verseker sy hom.

"Enigiets, mooi meisie?" vra hy nadruklik.

"Dis wat ek gesê het," antwoord sy ongeduldig, verbaas oor sy ongewone erns.

"In daardie geval het ek die volmaakte oplossing!" sê hy triomfantlik.

"En dit is?" vra sy wantrouig.

"Ek en jy raak net môre verloof – en hulle sal verplig wees om met mekaar te praat!" glimlag hy, opsigtelik trots oor sy vindingrykheid.

"Is jy laf, Rosseau? Mense raak net verloof as hulle mekaar liefhet," antwoord sy met onoortuigende ergernis. As sy Rosseau se verloofring kan dra; as hy haar kan liefkry ... Maar as is verbrande hout, dink sy verwese.

"Maar verstaan jy nie, meisiekind? Ons raak net verloof om my pa te help, anders sal jou ouma nooit vriende maak met hom nie. As ek en jy 'n konsertverlowing ..."

" 'n Skynverlowing?" val sy hom in die rede, wanhoop rankend in haar binneste.

"Presies! Ek sal eerlikwaar nie verwag dat jy met my trou nie, mooi meisie," verduidelik hy ernstig en frons bekommerd. "Maar dit sal net regverdig wees om jou te waarsku: ons sal 'n baie lang verlowing moet hê, sodat my pa en jou ouma genoeg tyd kan hê om goeie vriende te word."

"Sulke goeie vriende dat hulle nie weer sal rusie maak sodra ons ons verlowing verbreek nie?" Sy probeer so geesdriftig soos hy klink, maar haar woorde trap met ruwe stewels op die vergeefse verlange in haar hart.

"Ja, daarom moet dit 'n baie lang verlowing wees. Beloof jy jy sal nie intussen op 'n ander man verlief raak nie, Lanja?"

"Hoe kan ek? Ek sal elke dag saam met jou moet konsert speel," antwoord sy effens hees en vrees die trane van onmag wat agter haar ooglede brand en dreig om haar te oorval.

"En dit maak jou hartseer?" vra hy skuldig. Hy probeer haar hand vat, maar sy ruk dit weg.

Haar trane gaan haar ware gevoelens aan hom verraai, dink sy ontsteld en haal diep asem om haar emosies onder beheer te kry. Rosseau is weer haar vriend en hulle speel weer konsert, daarom sal sy tydelik van haar hartseer vergeet, besluit sy. "Onbeskryflik hartseer, want ek is jonk en wispelturig en roekeloos

319

en raak elke tweede dag op 'n ander man verlief," antwoord sy met 'n selfbejammerende stemmetjie en sug oordrewe.

"Nee . . . ek is te bang om dit te glo! Aard jy na Benno?" vra hy kamma geskok.

"Dis seker 'n siekte van Olienhoutlaan, want dis aansteeklik," erken sy skuldig.

"Dan sal ons konsert jou van jou ontrouheid genees. Van nou af is jy lojaal aan my totdat die gordyn sak." Hy vat haar hand en sê vies: "Vervlaks, ons het nie 'n ring nie! Kan jy môre saam met my gaan om 'n verloofring te kies, lief Lanja?"

Sy gaan soos 'n baba huil as hy haar hand langer vashou en haar "lief Lanja" noem. Of sy gaan hom aan sy skouers gryp en haar onmag uitskree. Hoe durf hy met sy ongevoelige woorde met haar liefde speel? Liefde is nie 'n konsert nie; liefde is hierdie polsende seer in haar binneste wat haar verdoem tot 'n lewe van vergeefse verlange en wanhoop, dink sy met 'n gevoel van volslae onmag.

"Jy is vies, want jy kyk nie na my nie," sê hy afgehaal.

"Ek is net bekommerd. Verloofringe is duur en ek moet Kersgeskenke koop. Kan ons nie 'n verloofring huur nie?" dwing sy haar terug na sy konsert.

"Nee, ek gee nie 'n tweedehandse ring vir my verloofde nie. Jy kan die ring kies en ek sal betaal," antwoord hy beslis.

"Enige goedkoop ring, want dis net vir ons konsert, Rosseau. Kan ons nie sommer met my silwerdolfynring verloof raak nie?"

"Nee, dis belangrik dat ons verlowing oortuigend moet wees. Ons moet 'n duur verloofring hê. Gee jou dolfynring vir my . . . asseblief, lief Lanja," pleit hy kamma met geklemde hande.

Sy kyk hom vies aan. "Moenie oordryf nie, Rosseau. Maar voordat jy in trane uitbars . . . Jy kan die ring kry. Hier, vat dit. Gaan jy dit aan jou pinkie dra?"

"Nee, maar ek weet nou watter grootte ring ek moet koop!

Ek sal self die ring kies, want jy is so suinig dat jy die goedkoopste ring in die winkel sal wil hê. Ek sal 'n ring koop wat my pa en jou ouma sal oortuig dat ek jou liefhet," antwoord hy en steek haar dolfynring in sy broeksak.

Sy haal haar skouers sorgeloos op. "As jy jou geld wil mors – ek weier om jou jammer te kry." Sy kyk hom wantrouig aan. "Jy was nie toevallig vannag hier in julle tuin nie. Hoe het jy geweet van my afspraak met Benno, Rosseau?"

"My pa het my vertel Benno het my selfoon gebruik en ons het hom saam na die tuin gevolg," vertel hy en vra besorg: "Is jy nog ontsteld oor die dinge wat Benno gesê het?"

"Nee, hy het my nie werklik ontstel nie, maar ek voel tog jammer vir hom. Dis hartseer om alleen lief te hê – dis te sê, as hy my werklik liefhet."

"Ek ken my broer, daarom kan ek met sekerheid sê: hy hét jou lief. Is jy seker jy kan hom nie liefkry nie?" vra Rosseau, sy stemtoon gelykmatig, byna belangeloos.

"Het jy tog nie my en Benno se gesprek saam met jou pa en my ouma afgeluister nie, agie?" vra sy onthuts.

"Ek het, maar ek wou net baie seker maak van jou gevoel vir hom voor ek al my geld op 'n duur verloofring mors!" terg hy, buk nader en soen haar op die wang. "Jy is so pragtig dat ek jou móés soen!"

Soms haat sy hom, juis omdat sy hom so oneindig liefhet, want soen hy haar, dan ... Nee, sy speel net 'n rol in die konsert van 'n liefde wat nooit sal wees nie, dink sy en sê lighartig: "Dankie, maar my ouma speel nie saam konsert nie – en sy het gesê sy gaan vir ons koffie maak. Kom ons gaan voor sy na ons kom soek!"

Hy gryp haar hand en draf saam met haar weg, maar langs die katjiepiering naas die deurgang gaan hy staan. "Dankie dat jy ingestem het om aan my verloof te raak, lief Lanja," sê hy, buk nader en soen haar op haar lippe.

"Dis net 'n skynverlowing!" protesteer sy bo die melodie van die liefde wat die bruisende bloed in haar ore sing.

"Maar dis ons geheim. Wees lief vir my, mooi meisie, anders gaan ons nie my pa of tant Jakkie van ons liefde oortuig nie," waarsku hy.

"Goed, ek sal lief wees vir jou," beloof sy, maar weet nie of sy moet lag of huil nie.

Jakkie slaag 'n sug van verligting toe Lanja en Rosseau glimlaggend en uitasem die kombuis binnedraf. "Eindelik! As julle twee nie so gelukkig gelyk het nie, het julle nou 'n lang preek oor bedagsaamheid gekry," raas sy, maar faal hopeloos om kwaai te klink. "Kom sit en drink jul koffie, kinders – die gemmerkoekies is spesiaal vir jou, Rosseau."

"Hierdie koffie gaan soos sjampanje smaak! Dankie, tant Jakkie," sê Rosseau terwyl hy in die ontbythoekie plaasneem.

"Hoekom kry ek 'n sjokoladedrankie in plaas van koffie, Oumie?" vra Lanja misnoeg.

"Omdat jy donker vlekke onder jou oë het van al die slapelose nagte sedert . . ."

"Sedert Benno vir my ruikers begin stuur het," voltooi Lanja haastig Jakkie se sin vir haar. Haar oë soek Rosseau s'n. "Ek was bekommerd oor al die geld wat Benno op my gemors het, daarom kon ek nie slaap nie."

"My kleindogter jok vir jou, boetie," sê Jakkie. Sy ignoreer die pleitende uitdrukking op Lanja se gesig en verduidelik doodluiters: "Lanja was ontsteld omdat sy vir Benno moes sê dat sy hom nie liefhet nie. Sy het besef sy gaan hom seermaak, daarom het sy sleg geslaap."

"Ek kry hom nie té jammer nie, want ek twyfel of hy ooit 'n slapelose nag gehad het oor die talle meisies wat hy teleurgestel het," sê Rosseau wrang. Hy sien Lanja lig frons en erken met 'n droë laggie: "Jy's reg, mooi meisie – ek is groen van jaloesie omdat hy 'n enkele slapelose nag oor Benno kon hê." Hy kyk verwytend na Jakkie. "Het tannie haar nie vertel van al mý slapelose nagte omdat sy vies was vir my nie?"

"Hy jok, Lanjatjie. Hy wil net hê jy moet hom jammer kry," kom dit vertroulik van Jakkie, blind vir die verontwaardigde uitdrukking op Rosseau se gelaat. "Toe, drink jou koffie en prop jou broeksakke vol gemmerkoekies, boetman. Dis al ná middernag en ek mis my slaap."

"Ja, tannie. Goed, tannie. Nag, tannie," antwoord hy gedweë, sluk sy koffie en neem 'n handvol gemmerkoekies. "Nag, Lanja. Wil jy nie saam met my tot by die deurgang stap nie?"

"Nee, sy wil nie, lastige seunskind! Toe, weg is jy!" raas Jakkie en lag goedig toe hy vinnig by die agterdeur uitstap. "Ag, maar dis goed om die seun weer so gelukkig te sien. En jy, Lanjatjie? Is jy ook gelukkig?"

"Ek is bly ons is nie langer kwaaivriende nie, want ons is bure." Sy aarsel slegs 'n oomblik en vervolg dan vinnig: "Oumie weet nou waarom oom Karl al daardie jare gelede met Oumie rusie gemaak het. Hy was . . . is lief vir Oumie. Sal Oumie hom nou eindelik kan vergewe?"

"Ek is na die Friedlander-tuin toe omdat ek jou wou beskerm, my poppie, nie om in my verlede rond te dolwe nie. Drink nou jou sjokolademelk, Lanjatjie, sodat ons kan gaan slaap. Daar het soveel dinge vannag gebeur – ek is moeg en ontsteld en ek wil gaan slaap."

"Goed, Oumie," antwoord sy en wonder bekommerd of selfs haar verlowing aan Rosseau ooit die vyandskap van soveel jare tussen haar ouma en oom Karl kan beëindig.

Jakkie draai weg van die blommerangskikking waarmee sy besig is toe sy Rosseau en Lanja se stemme by die agterdeur hoor. Sy loop by die opwaskamer uit na die kombuis toe en sien hulle geselsend by die agterdeur inkom.

Sy bly staan met haar hande op haar heupe en vra onthuts: "En nou? Wat klou jy my kleindogter se hand so vas, Rosseau? En van wanneer af het jy tyd om eenuur op 'n Vrydagmiddag hier rond te kuier? Maar sal jy ophou gryns, boetie? Ek is veels te oud om deur jou grinnik bekoor te word!" raas sy kamma, maar die glimlag toe sy die sterre in Lanja se oë sien, weerspreek haar woorde.

Rosseau probeer om ernstig te lyk, maar sy mondhoeke lig vanself. "Vervlaks, tannie, ek kan nie ophou glimlag nie, want tannie se pragtige kleindogter het gisteraand ingestem om aan my verloof te raak en ek het vanoggend ons verloofring gekoop. Kyk, tant Jakkie! Lanja dra my ring!" sê hy trots en lig Lanja se linkerhand op.

Jakkie blik vinnig gekwel na Lanja en tuur dan lank na die ring. "Um ... te groot en uitspattig, maar dit kan handig te pas kom as 'n mens skielik geld nodig het," lewer sy eindelik kommentaar.

"Oumie! Is dit al wat Oumie oor ons verlowing gaan sê?" vra Lanja verwytend, maar die spanning laat haar Rosseau se groot hand stywer vasklou.

"Nee, kindjie, ek het nog heelwat meer te sê," kom dit gekwel van Jakkie. Sy kyk Rosseau streng aan en vervolg: "Liefde is nie 'n goedkoop plastiekspeelding wat jy vandag kan koop en môre breek nie, Rosseau. Liefde is vir altyd. Jy ken my kleindogter nouliks, maar julle is verloof. Kan jy my met eerlikheid verseker jy het Lanja lief?"

Hy kyk haar reguit aan en antwoord sonder aarseling: "Ja, tannie, ek het haar lief."

"Jy is van plan om met haar te trou, Rosseau?"

"Ja, tant Jakkie, ons sal trou, sodra ons mekaar beter ken," antwoord hy met oortuiging.

"Wag dan 'n jaar en as jy nog so voel, sal ek vir julle huweliksonthaal betaal ... mits my kleindogter jou liefhet en met jóú wil trou." Jakkie blik deernisvol na Lanja. "Gaan jy en Rosseau trou, Lanjatjie?"

Hoe kan sy in haar ouma se oë kyk en vir haar jok? wonder Lanja skuldig, seker dat haar naels gate in Rosseau se hand druk. Maar sy jok nie, want sy hét Rosseau lief en sy wil so bitter graag met hom trou, besef sy en antwoord eerlik: "Ek is lief vir Rosseau en sodra ons op 'n datum besluit het, sal ek met hom trou, Oumie."

"Ek glo jou, my poppie, maar . . ." Jakkie betrag Rosseau oomblikke lank stilswyend en vervolg met deernisvolle begrip: "Ek onthou van jou ontsteltenis en skuldgevoelens ná Carien se dood, Rosseau. Het jy daarmee vrede gemaak, boetman?"

"Ek sal altyd jammer wees dat ek Carien se dood nie kon verhoed nie, maar tannie weet ek het haar nooit werklik lief-gehad of enige beloftes aan haar gemaak nie. Ek het Lanja lief," antwoord hy.

"In daardie geval . . ." 'n Innige glimlag verhelder Jakkie se gelaat en kerf fyn plooitjies om haar oë. Sy hou haar arms wyd oop en sê met 'n bewoënheid wat uit vreugde gebore is: "Ag, my kinders, ek is so bly! Kom gee my 'n drukkie!"

Lanja weet daar is trane in haar eie oë toe sy haar ouma om-hels, maar sy weet nie of sy oor haar vergeefse liefde vir Ros-seau huil, of omdat sy dié liewe vrou bedrieg nie.

Rosseau lig Jakkie in sy arms op en plant 'n klapsoen op haar mond. Hy sit haar weer neer, sy oë laggend in hare. "My lewe lank wens ek tannie was my ma, en nou word tannie my ouma! Sal ek solank leer om vir tannie Oumie te noem?" terg hy.

"Ag, kind, ek is vandag so gelukkig dat jy my kan noem net wat jy wil," antwoord sy en glimlag deur 'n tranewaas van blydskap.

"Ek dink daar is 'n muggie . . . twee muggies in tannie se oë. Hier, tannie mag maar my sakdoek leen," terg hy goedig en druk sy wit sakdoek in haar hande.

"Ek hoop julle tweetjies sal my nog baie trane van blydskap besorg, Rosseau. Pas my kleindogter goed op, want haar geluk is in jou hande," pleit Jakkie, 'n tikkie kommer huiwerend in haar oë.

"Ek sal, tant Jakkie – en dis 'n belofte," antwoord hy, vir 'n oomblik doodernstig. Dan lig hy sy kop en snuif hoorbaar. "Ruik ek hoenderpastei of laat my honger my yl?"

"Ek het die goeie ou Deborah oorgenooi vir middagete. Foei, die arme mens is so op haar senuwees oor Lanja en Nardus se ontmoeting vanaand, dat sy die afgelope week nog nie vir haar 'n bord ordentlike kos gekook het nie. Sy sal seker . . ." Jakkie swyg toe die voordeurklokkie lui. "Dis seker nou sy. Rosseau, stap solank deur eetkamer toe, dan bring ek en Lanja . . . En nou, Deborah? Wat lyk jy so wit om die kiewe?" vra sy besorg toe Debbie stadig die kombuis binnekom en bedremmeld bly staan.

"Ag, dis sommer niks nie . . . of dalk ly ek aan 'n ongeneeslike kwaal, Jakkie," antwoord Debbie, haar stem ongewoon yl, en sy kyk met sigbare vrees in haar oë na Jakkie.

"Maar . . .? My liewe mens, waarom het jy my nie gevra om jou dokter toe te neem nie? Waar het jy pyn, Deborah?" vra Jakkie besorg.

"Hier, in my ou hartjie," sug Debbie en druk op haar bors. "Maar ek en hartseer is ou bekendes, Jakkie, daarom pla dit my nie. Dis hierdie nuwe siekte . . . Dit kan net my maag wees, Jakkie, en ek sê jou hier en nou: dit gaan my dood kos!"

"Het jy pyne op jou maag, Deborah?" verneem Jakkie met toenemende kommer.

"Nee, nee, vrou, ek sê jou mos, die pyn sit in my hart, maar my maag . . . Jakkie, ek het sestig jaar oud geword en elke dag van my lewe het ek 'n gesonde eetlus gehad, maar die afgelope week kry ek nie eens 'n bietjie honger nie. Ek het 'n hele melktert wat jy my present gegee het in die yskas, maar dit staan net daar ... Koek of lekkers of skyfies, ek kan my mond aan niks sit nie. Dink jy ek is sterwende, Jakkie?" vra Debbie diep bekommerd.

"Dit hang af, Deborah. Wat doen jy as jy nie eet nie?" vra Jakkie doodernstig.

"Ag, wat, ek sit maar net in my Nardus se kamer en kyk na al sy goedjies en stof af en pak alles reg ... net vir geval hy besluit om te kom kuier, verstaan? En partymaal kyk ek na al my albums met sy foto's en lees al die Moedersdag- en verjaardagkaartjies wat hy deur die jare vir my gegee het. En dis al, Jakkie," vertel Debbie. Sy probeer om onverskillig te klink, maar hartseer maak haar stem effens skor en roep woordeloos uit haar oë.

"Dis oorgenoeg, Deborah," antwoord Jakkie met deernisvolle begrip. "Ek ly soms aan dieselfde siekte."

"O ... Maar jy is nog nie dood nie, Jakkie! Ek was so bang ek is sterwende," antwoord Debbie merkbaar verlig.

"Ek vermoed daardie honger rot wat so graag aan jou ingewande geknaag het, is tydelik dood, my goeie mens, wat jou hartseer en kommer oor Nardus het jou jou eetlus laat verloor," sê Jakkie gerusstellend en frons waarskuwend toe sy Rosseau en Lanja breed sien glimlag.

"O ... net my eetlus?" kom dit verwonderd van Debbie, en dan lag sy skaterend. "Haai, dat ek so dom kon wees! Ek is nou so honger ... Wanneer eet ons, Jakkie?"

"Help jy my om die kos tafel toe te dra, vrou. Lanja, loop jy saam met Rosseau eetkamer toe en sorg dat hy nie ons silwer steel nie," beveel sy skertsend.

"Foei, Jakkie, dan was dit Rosseau wat destyds jou een silwerteelepeltjie gesteel het?" vra Debbie en kyk kwaai na die oorblufte Rosseau wat Jakkie verslae aanstaar. "Jy kon nie ouer as ses gewees het toe jy die teelepeltjie gesteel het nie, Rosseau, maar as jy nie daardie slegte gewoonte kan afleer nie, land jy agter tralies," sê sy berispend.

327

"Die seun is 'n gebore dief, Deborah. Hy steel nog steeds, want hy het so pas my kleindogter gesteel," sê Jakkie kamma bedroef.

"Moenie laf wees nie, Jakkie! Daar staan Lanjatjie dan lewensgroot voor jou! Of het hy haar gister gesteel ... ontvoer?" vra Debbie verward.

"Nee, my goeie mens, maar Rosseau het Lanja se hart gesteel en 'n verloofring aan haar vinger gesteek. Kyk net die tweetjies – lyk hulle nie gelukkig nie, Deborah?" vra Jakkie en glimlag innig.

"Verloof, sê jy? Haai ... Haai, dat julle ou tweetjies mekaar kon liefkry ...Ag siesa, Jakkie, jy moenie my so skielik bly maak nie, want ek huil deesdae so maklik ...Ag, ekskuus, julle almal," sê Deborah verskonend, snuif hard en vee met haar hand oor haar oë.

"Hier, jy kan ook maar Rosseau se sakdoek leen, Deborah, voordat jou trane op my hoenderpastei drup." Jakkie druk die sakdoek in Debbie se hand en sit 'n vertroostende arm om haar skouers. "Alles sal regkom, my liewe Deborah. Nardus lyk soos oorlede Bernard, maar hy het 'n klein hartjie soos jy, daarom sal hy jou enigiets vergewe en terugkom huis toe. Toe, wees nou bly saam met ons, anders dink die kinders ons hou 'n roudiens in plaas daarvan om hul verlowing te vier."

"Haai, Jakkie, meen jy nou Nardus sal bitter kwaad vir my wees as hy eindelik hoor oorlede Bernard het hom doodgeskrik toe hy my in die deur sien staan het?" kwel Debbie haar opnuut.

"In die lewe ..." prewel Jakkie, haar oë soekend na bo geslaan vir die nodige geduld. "Deborah, hoe kry jy die kloutjie by die oor? Waarom sal Nardus jou verkwalik oor Bernard se hartaanval? Jy het hom tog nie opsetlik laat skrik nie, my goeie mens?"

"Natuurlik nie, Jakkie, maar dalk is Nardus bitter kwaad om-

328

dat ek hom nie lankal vertel het waarom sy pa daardie dag 'n hartaanval gekry het nie. Foei tog, al die jare loop hy met 'n verskriklike selfverwyt in sy ou hartjie rond, en eintlik is ek die skuldige." Debbie sug bewerig en kyk met groot, pleitende oë na Lanja. "Ag, hartjie, sê tog vir my Nardus ek het hom nie aspris laat glo hy is die oorsaak van sy pa se dood nie."

"Lanja beloof," kom dit vinnig van Rosseau, "maar dan moet tannie beloof om nie weer vir ons chaperone te wil speel nie."

"Aag . . . daardie lawwigheid!" verweer Debbie vinnig en kyk stu na Jakkie. "Ek weet niemand het meer 'n chaperone nie, ou Jakkie, maar ek was grasgroen van jaloesie toe jy nou vir Rosseau én Lanja het om jou geselskap te hou, daarom wou ek kamtig hulle chaperone wees. Jy verstaan mos, nè, Jakkie? Jy is nie vies vir my nie?"

"Nee, Deborah, want ek verstaan eensaamheid. Kom help my nou om . . ."

'n Sagte gekug trek Jakkie se aandag. Sy swaai om en sien Karl in die agterdeur staan, sy uitdrukking verskonend.

"Ek is jammer om te steur, Jakkie, maar die spanning . . ." Hy blik na Rosseau en Lanja en vervolg verwytend: "Julle het beloof om my te laat weet wanneer ek saam met julle 'n glasie vonkelwyn kan drink. Ek was bang Jakkie het besluit jy is nie goed genoeg vir haar kleindogter nie, Rosseau, daarom het ek oorgekom . . . gehoop ek kan dalk help."

Lanja sien Jakkie frons en tree haastig nader, maar Jakkie spring haar voor.

"En hoe meen jy om te help, Karl Friedlander, as jy klaar my drumpel deurtrap? Gaan jy vir my 'n nuwe drumpel koop?" vra Jakkie strydlustig, stap op hom af en bly met haar hande op haar heupe geplant uitdagend voor die tronende Karl staan.

10

Lanja beweeg vinnig tot langs Jakkie en kyk pleitend op na Karl Friedlander. "Asseblief, oom Karl, moet oom nie aan my ouma steur nie. Sy maak uit beginsel rusie met almal."

Karl glimlag gerusstellend. "Alles reg, ounooi. Jou ouma het niks verander vandat sy as kind voortdurend met my gestry het nie."

Jakkie trek haar asem skerp in, 'n blos van ergernis op haar wange. "Karl Friedlander, hoe durf jy in mý kombuis staan en saam met mý kleindogter oor my skinder?" vra sy beledig.

"Ek móés oorkom, Jakkie, want ek wil hê jy moet weet: as dit jou pla om met my vriende te wees noudat my seun en jou kleindogter verloof is, is ek gewillig om uit jou pad te bly. Ek vra net dat jy die kinders hul geluk sal gun, selfs al is ek Rosseau se pa," antwoord Karl, sy houding trots en waardig.

"En dis die rede waarom ek so dikwels met jou rusie gemaak het, Karl Friedlander. Jy maak nooit saam rusie nie! Nee, staan net altyd 'n bietjie regopper en lyk so waardig soos 'n ouderling! Kan jy jou nie 'n slaggie vererg nie?" vra Jakkie onthuts.

"Jy weet ek vermy my lewe lank konfrontasies. Gisternag het ek my vir Benno vererg, maar jy . . . jy is so klein en kwaai, Jakkie. Ek het altyd gedink jy is koddig as jy rusie maak," antwoord Karl bedaard.

Jakkie snak na haar asem en herhaal verbysterd: "Koddig!" Sy kyk onthuts om toe eers Rosseau en Lanja en daarna Debbie uitbars van die lag. Dan draai sy stadig terug na Karl, wat haar met sy gebruiklike rustigheid aankyk. Haar oë vonkellag in syne. "Kom, skink die vonkelwyn voor die bottel vuurwarm word in daai hand agter jou rug, Karl. Lanja, gee vir hom die glase in die buffet. Vonkelwyn smaak lekkerder as dit in 'n kristalglas bedien word."

"Dan is ons nou vriende, Jakkie?" vra Karl gedemp.

'n Glimlaggie vee oor Jakkie se lippe. "Om lief te hê en daaroor te swyg, is seker nie 'n onvergeeflike sonde nie. Gaan skink nou die sjampanje, Karl . . . en welkom terug," antwoord sy sag en gaan dan voort om die groente in die opskepskottels te skep.

Jakkie bring haar motor naby die ingang van die winkelsentrum tot stilstand en blik bekommerd na Lanja wat langs haar sit. "Is jy seker ek moet jou nie weer kom haal nie, my poppie? Ons hoop almal jy sal Nardus kan oorreed om vrede te maak met Deborah, maar ek het geen waarborg dat hy jou sal terugbring huis toe nie . . . of selfs dat hy gaan opdaag nie."

"Ek sal bel as Nardus my nie kan bring nie, Oumie, maar ek is seker hy sal, selfs al weier hy om tant Debbie reeds vanaand te besoek. Toe, hou nou op om Oumie te bekommer en gaan kuier vir Oumie se siek vriendin. Ek sal moontlik teen seweuur weer tuis wees," antwoord Lanja met 'n gerusstellende glimlaggie, buig nader en soen Jakkie op die wang. "Versigtig ry, Oumie."

"Ja, ek sal, maar is jy seker jy sal nie weer in die sentrum verdwaal nie, my kind?" kwel Jakkie nog.

Lanja lag hulpeloos. "Oumie darem! Ek was die afgelope week vier keer hier, net om die plek te leer ken. Ek weet waar al die winkels en restaurante is en ek beloof plegtig ek sal dadelik bel as ek weer sou verdwaal – maar dit sal nie gebeur nie. Toe, ry nou, Oumie," antwoord sy en klim uit die motor.

Lanja bly 'n paar oomblikke staan om Jakkie se motor agterna te kyk en beweeg dan vinnig na die naaste ingang. Sy loop met 'n gevoel van afwagting na die restaurant waar Nardus op haar wag, en sien hom by 'n tafeltjie naby die deur sit.

Hy staan op en glimlag verwelkomend. "Hallo, Lanja. Dankie dat jy so stiptelik is," groet hy en trek 'n stoel vir haar uit.

"Hallo, Nardus. Dankie. Dis 'n minuut of twee ná ses, maar

ek is darem amper betyds," skerts sy, bewus van die springende spiertjie onder sy regteroog wat sy spanning verraai, en neem op die stoel plaas.

Hy bestel vir hulle koffie, wag dat dit bedien word en vra dan ingehoue: "Kan ek nou hoor wat die boodskap van jou ouma is?"

"Net dat jou ma al die jare geweet het van jou pa se ontrou, maar omdat sy hom nooit verwyt het nie, het hy geglo sy weet nie van die ander vroue in sy lewe nie. Sy het aan my ouma gesê sy het hom te liefgehad om van hom te skei, en jou pa wou nie skei nie, want hy het te gewoond geraak aan die weelde wat jou ma se geld moontlik gemaak het. Die dag toe julle die uitval gehad het, het sy onverwags in die deur agter jou verskyn. Jou pa het haar gesien en besef sy het gehoor waaroor julle stry. Die skok was te veel vir hom – daarom het hy 'n hartaanval gekry," vertel sy gedemp.

Nardus staar haar oomblikke lank verbysterd aan, buig dan nader en vra ongelowig: "Sê jy my ma het my nooit verantwoordelik gehou vir my pa se dood nie, Lanja?"

"Nooit nie. Maar as jy nog vrae het, sal jou ma hulle beter as ek kan beantwoord. Sy slaap en eet skaars vandat ek haar van ons afspraak vertel het. Kan jy sommer nou na haar toe gaan? Sy wil jou so bitter graag weer sien, Nardus."

"Vanselfsprekend! My arme ma . . . sy het al die jare haar hartseer alleen gedra. As jy nie nog 'n koppie koffie wil drink nie, ry ek sommer nou dadelik na haar toe," antwoord hy, opsigtelik gretig om te gaan.

"Ek is seker Lanja sal nog 'n koppie koffie saam met my wil drink, Nardus," praat Benno onverwags langs hulle. "Hallo, Lanja."

Sy trek haar asem sag in en kyk op in sy glimlaggende gelaat. "Hallo, Benno. Ek en Nardus is juis op pad huis toe."

"Hy ken die pad na sy ma se huis toe." Benno kyk ongedul-

332

dig na Nardus wat onseker op sy stoel bly sit. "Ek sien jou môre by die werk, Nardus. Sê groete vir jou ma."

Nardus staan dadelik op en blik verskonend na Lanja. "Gee jy om dat ons nou ry, Lanja? Of wil jy saam met Benno koffie drink?" vra hy twyfelend.

Sy het niks van Benno te vrees nie, dink Lanja, en sy kan die geleentheid gebruik om hom van haar verlowing aan Rosseau te vertel. Sy glimlag gerusstellend. "Ry gerus, Nardus. Ek het 'n brokkie nuus wat ek graag met Benno wil deel."

"Goed dan. Ek betaal sommer by die toonbank vir ons koffie. Baie dankie vir al jou moeite, Lanja. Tot siens," groet Nardus en stap weg.

"Voordat jy my jou nuus vertel . . ." Benno neem op die stoel oorkant Lanja plaas en vervolg opreg: "Ek is jammer ek het die ander nag so gal gebraak. Ek was op daardie oomblik so . . . so verpletter dat ek na enige wapen gegryp het. Ek was onredelik om jou ouma te blameer vir my pa se liefde vir haar. Ek dink ek verstaan nou vir die eerste maal in my lewe so 'n klein bietjie hoe hy moet gevoel het, want ek weet nou hoe dit is om lief te hê en verwerp te word. Ek doen my bes, maar ek kan nie ophou om jou lief te hê nie, Lanja."

"Ek aanvaar jou verskoning, Benno, maar ek het jou reeds gesê ek sal jou nooit kan liefhê nie – ek is jammer," antwoord sy gedemp.

'n Kelner kom nader en Benno plaas 'n bestelling vir koffie. Hy leun oor die tafeltjie na haar toe. "Jy ken my nie, Lanja. As ek eerlik moet wees, ek ken myself ook nie, want ek kan aan niks anders dink as my liefde vir jou nie. Dalk kan jy leer om my lief te kry as jy my beter leer ken," pleit hy.

Sy hou haar linkerhand stilswyend na hom uit.

Hy staar oomblikke lank sprakeloos na die verloofring aan haar vinger terwyl die kleur stadig uit sy gesig dreineer. "Jy . . . jy is verloof?" vra hy.

"Ek en Rosseau het vandag verloof geraak. Ek het jou broer lief en ek gaan met hom trou, Benno. Ek sal bly wees as ek en jy vriende kan wees," antwoord sy en voel vreemd skuldig toe sy die pyn van teleurstelling op sy gelaat lees.

"Ek . . . begryp," sê hy eindelik, sy stem effens hees. Hy wag dat die kelner hulle koffie bedien en glimlag gedwonge.

"Ek sal lieg as ek sê ek hoop julle sal gelukkig wees, want ek sal aanhou hoop dat jy my sal liefkry. Skok my eerlikheid jou, Lanja?"

"Nee, want as ek in jou posisie was, het ek moontlik ook so gereageer," antwoord sy simpatiek, tel haar handsak langs haar stoel op en maak dit oop. Sy soek 'n paar oomblikke lank, besef dan sy het haar selfoon tuis vergeet en frons ongeduldig.

"As jy jou grimering tuis vergeet het, jy het dit nie nodig nie, my pragtige meisie," terg hy, sy blik bewonderend op haar.

Sy glimlag ongemaklik. "Dankie, Benno, maar jou komplimente maak my selfbewus. Ek sal liewer nou my ouma wil bel sodat sy my kan kom haal, maar ek het my selfoon tuis vergeet. Het jy miskien joune by jou?"

Hy voel aan sy lyfband en frons onthuts. "Vervlaks, ek het seker my selfoon in my kantoor vergeet! Maar waarom kan ek jou nie huis toe neem nie, Lanja? Ek beloof ek sal jou nie 'n enkele kompliment gee nie."

"As dit nie te veel moeite is nie . . ." aarsel sy.

"Niks is te veel moeite vir my aanstaande skoonsuster nie," terg hy en glimlag in haar oë. "Toe, drink nou jou koffie en vertel my hoe jy Nardus leer ken het."

Het ek 'n keuse? vra Lanja haarself af. Benno sal beledig voel as sy die restaurantbestuurder vra of sy sy foon mag gebruik. Benno is haar aanstaande swaer en sy kan hom vertrou om haar tuis te besorg, daarom kan sy net sowel ontspan en met hom gesels.

Lanja kyk met 'n ligte frons deur die motorvenster en draai wantrouig na Benno. "Ons is op die snelweg, Benno. Ek ken nie hierdie pad huis toe nie."

Hy kyk vinnig na haar, 'n tikkie triomf in sy glimlag. "Jy het my vertel julle het almal saam jou en Rosseau se verlowing met 'n glasie sjampanje gevier. Aangesien ek nie daar was nie, kan ek en jy seker saam êrens 'n glasie sjampanje gaan drink?"

"Maar dis byna halfagt! Ek het jou gesê ek het my ouma beloof ek sal teen seweuur tuis wees. Sy sal bekommerd raak, veral omdat ek haar nie gebel het nie." Sy betrag hom wantrouig. "Het jy werklik jou selfoon in jou kantoor vergeet, Benno?"

"Ek het, maar ek sal eerlik wees: ek is nie spyt nie, want nou kan ek jou 'n rukkie langer net vir myself hê," antwoord hy laggend, sien haar frons en vervolg paaiend: "Kom nou, Lanja, moenie so bekommerd lyk nie. Ek beloof jou ek sal niks doen om jou te ontstel nie. Jy gaan die res van jou lewe saam met Rosseau deurbring, terwyl ek . . . Gun jy my nie net een aandjie nie?"

"Ons het lank genoeg in die restaurant gesels, Benno. Asseblief, ek wil huis toe gaan, my ouma sal wonder wat van my geword het," versoek Lanja ongeduldig.

"Het jy vergeet? Nardus weet ek en jy het saam koffie gedrink en hy sal jou ouma gerusstel. Al wil ek, durf ek jou nie ontvoer nie. Ons gaan net 'n glasie sjampanje in 'n spesiale plekkie anderkant Pretoria drink, en daarna sal ek jou veilig by die huis besorg," beloof hy paaiend.

"Pretoria! Dis kilometers ver!" roep sy ontsteld uit.

"Nie ver genoeg vir my nie, want ek gaan elke oomblik van hierdie aand vir die res van my lewe onthou. As ek Rosseau was en dit was jou laaste aand saam met hom, sou jy nie ook elke oomblik wou geniet en onthou nie?"

"Ja, ek sou, maar . . . Jy laat my skuldig voel omdat ek jou nie kan liefhê nie, Benno, en dis onregverdig. Sodra ek gebel het, sal ek wel die aand saam met jou kan geniet," beloof sy halfhartig, gerusgestel deur die wete dat Nardus haar ouma sal sê sy is saam met Benno.

"Dis wat ek wil hoor, mooi Lanja. Jy sal die aand saam met my geniet," antwoord hy ingenome en begin vertel van sy komiese ervaringe in Amerika, totdat Lanja teen wil en dank saam met hom moet lag.

Jakkie maak die voordeur oop, kyk in Debbie se laggende gelaat vas en sug teleurgesteld. "O, dis jy. Kom binne, Deborah," nooi sy bedees.

"Ag, Jakkie, mens, dit voel soos Krismis! Ek en my Nardus het ure lank aanmekaar gepraat en gehuil en darem gelag ook. En nou is Nardus gou huis toe om vir hom 'n paar goedjies in te pak, dan kom slaap hy vannag weer in sy ou kamer. En net môre trek hy terug huis toe! Haai, Jakkie, voel dit nie vir jou ook soos Krismis nie?" gesels Debbie onstuitbaar op pad sitkamer toe en plof op die rusbank neer.

Jakkie stoot haar eie kwellinge opsy en glimlag met die stralende Debbie. "Dis wonderlik om jou so gelukkig te sien, my liewe Deborah, en ek is saam met jou bly dat Nardus terugkom huis toe, maar . . ." Haar kommer haal haar in en sy vervolg verskonend: "Ek het jou huisnommer en jou selnommer herhaalde male geskakel, maar jy het nie my oproepe beantwoord nie. Ek het aangeneem Nardus het geweier om jou te besoek, daarom wou jy liewer alleen wees met jou hartseer, en daarom het ek nie oorgekom nie. Ag, vrou, as ek net eerder geweet het Nardus kuier by jou!"

"Aag, moenie vies wees nie, ou Jakkie, maar ek en my Nardussie wou nie met oproepe gepla word nie. Ek het die foonkabels uitgetrek en ek en Nardus het ons selfone afgeskakel, want ons moes diep dinge gesels . . . Foei, ons was so hartseer, maar nou is ons bly." Debbie staar haar verwonderd aan. "Wat lyk jy so olik, Jakkie? Voel jy siekerig? Is dit waarom jy my so aanhoudend gebel het?"

"Nee, ek is nie siek nie, net tot die dood toe bekommerd oor Lanja, Deborah. Sy sou saam met Nardus teruggekom het huis toe, maar as Nardus reeds by jou was, wat het van my kleindogter geword?" vra Jakkie, kommer nagdonker in haar oë.

"Foei, jy sal ook nie weet nie, jou arme mens! Lanja wou nie saam met Nardus huis toe kom nie, want sy sit saam met Benno en koffie drink!"

"Benno!" herhaal Jakkie verbysterd. "Maar, my liewe vrou, dis al ná nege en ek het Lanja teen seweuur reeds tuis verwag!"

"Tant Jakkie!" roep Rosseau uit die ontvangsportaal en kom die sitkamer binne. "Ek het met Nardus . . . O, naand, tant Debbie," groet hy vinnig en blik weer na Jakkie. "Nardus het eindelik sy selfoon geantwoord. Hy sê Lanja is saam met Benno."

"Ja, Deborah het my vertel, dankie, boetie, maar dit laat my nie minder onrustig voel nie. Hoekom bel die kind my nie? Sy weet tog ek sal my oor haar bekommer," kom dit tobbend van Jakkie.

"Tannie het gesê haar selfoon lê op haar bedkassie," herinner Rosseau haar.

"Ek weet, maar daar is tog ander fone, Rosseau? En Benno . . . Hy hou my verantwoordelik vir dinge waarvan ek volkome onbewus was." Jakkie swyg sugtend en draai verskonend na Debbie. "Moenie my verkwalik dat ek nie in jou vreugde kan deel nie, Deborah, maar die kommer kanker in my. 'n Motorongeluk gebeur so maklik . . ."

"Ek sal weer na die winkelkompleks toe ry, tant Jakkie. As Benno en Lanja saam gaan fliek het, sal sy motor nog in die parkeerterrein wees," val Rosseau haar in die rede, sy uitdrukking strak, en stap vinnig die sitkamer uit.

"Jakkie, mens, jy bekommer jou oor dinge wat nog nie gebeur het nie. Ek weet Benno is 'n stout seunskind, maar Lanjatjie sal hom vinnig op sy plek sit." Debbie beur orent. "Ek loop ook nou maar weer, vrou, sodat ek tuis kan wees as my Nardus terugkom. En Jakkie, jy lyk so bleek en bewerig. Maak vir jou 'n koppie rooibostee. Nag, Jakkie, en sê tog vreeslik baie dankie vir Lanja dat sy my en my Nardus so mooi gehelp het. En dankie vir jou ook." Debbie betrag Jakkie simpatiek en loop dan voordeur toe.

"Ek sal vir ons rooibostee maak, Jakkie," sê Karl toe die voordeur agter Debbie toegaan en hy in die deur van die sitkamer bly staan. "Wag jy hier of kom jy saam kombuis toe?"

'n Glimlag bewe om Jakkie se lippe. "Ek kom saam. En dankie dat jy oorgekom het, Karl. Ek wil nie vanaand alleen wees nie."

"Dis waarom ek hier is. Ek het ook moeg geraak om na die eentonige slae van die ou staanhorlosie te luister. Rosseau het my in die verbystap vertel Lanja is saam met Benno. Het die kinders dan 'n afspraak gehad?" vra Karl terwyl hulle kombuis toe loop.

"Ná nou die nag in julle voortuin? Nee, Karl, Lanja is te lief vir Rosseau om sonder sy wete 'n afspraak met Benno te maak." Sy neem in die ontbythoekie plaas en vervolg ontsteld: "Nardus het Deborah vertel Benno en Lanja het saam koffie gedrink, maar dis ure gelede! Wat . . . wat het Benno met my kleindogter aangevang, Karl?"

Karl trek 'n stoel nader, neem teenoor Jakkie plaas en neem albei haar hande in syne. "Benno het lief soos ek jou in my jeug liefgekry het, Jakkie. Ek weet hy is diep ongelukkig, dalk desperaat, maar sy liefde sal hom verhoed om Lanja enige leed aan te doen. Om net by haar te wees, na haar te kyk, die klank van haar stem te hoor en met haar te kan gesels . . . dis die krummels van troos waarna Benno gryp," antwoord hy, sy stem sterk en seker.

"Jy praat oor jouself, Karl. Ek vertrou jou, maar Benno is 'n

bedorwe brokkie … en hy glo ek is die rede vir sy ma se onge-
lukkige lewe," twyfel sy.

"Benno is seker bedorwe, maar hy is nie 'n gewetenlose
skurk nie, Jakkie. Ek wens ek het sy moed gehad om in my
jeug oor my liefde vir jou te praat, maar ek het gedink jy is te
jonk vir die liefde. As jy geweet het van my jare lange liefde
vir jou, sou jy begrip gehad het vir my teleurstelling en woede
toe ek jou die dag so genadeloos uitgeskel het. Ek is opreg
jammer oor al die dinge wat ek gesê het."

"Ek ken nou die waarheid, Karl, en ek het jou klaar ver-
gewe. Dalk het ek jou jare gelede reeds vergewe toe ek die
klein Rosseau liefgekry het. In ons jeug het ek geglo ons sou
eendag trou, maar toe jy weggaan sonder om iets oor ons toe-
koms saam te sê, het ek aanvaar jy sou my nooit liefkry nie. Ek
was dankbaar toe oorlede Frikkie my …" Sy breek haar sin af
toe Rosseau vinnig by die agterdeur instap. "Jy is gou terug,
boetie. Wat het gebeur?"

Hy glimlag sy blydskap en verligting. "Goeie nuus, tant Jakkie!
Lanja het vir my 'n boodskap op 'n selfoon gestuur en ek het
dadelik die nommer geskakel. Sy was in die kleedkamer van 'n
restaurant waar sy iemand se selfoon geleen het. Lanja sê tannie
moenie bekommerd wees nie, want sy is veilig, net bitter jam-
mer dat sy tannie nie eerder kon laat weet het waar sy is nie."

"Ag, ek is bly jy het kom sê, boetman, maar sy en Benno
saam … Kan jy haar nie gaan haal nie, Rosseau?" tob Jakkie
nog.

Hy glimlag skeef. "Tannie vergeet, Lanja ken nie ons wêreld
nie. Sy het gedink Benno bring haar huis toe, maar op die
oomblik is hulle in 'n restaurant êrens anderkant Pretoria, maar
sy weet nie presies waar nie. En al kon ek, sou ek haar nie gaan
haal het nie."

"Jy vertrou jou verloofde saam met Benno?" vra Jakkie on-
gelowig.

339

"Volkome, tant Jakkie. Lanja het haar selfoon tuis vergeet en Benno het haar verseker hy het nie sy foon by hom nie. Ek weet wat Benno beplan. Hy hoop ek sal so kwaad wees oor haar aandjie saam met hom dat ek ons verlowing sal verbreek. Ha! Die vent het 'n vae hoop!"

"So praat 'n man wat seker is van sy meisie se liefde," korswel Karl.

"Dis reg, Pa. My meisie het nie nodig gehad om my te bel as sy Benno bo my verkies het nie. Ek weet sy het my lief, maar ek veronderstel dis 'n waarheid waaraan my ouer broer nie maklik sluk nie," sê Rosseau met vaste sekerheid.

"As jý nie langer bekommerd is nie, waarom verknies ek my, boetman? Ek het heerlike aarbeitert gebak. Sit jy asseblief die koppies en bordjies reg, Rosseau, dan maak ek vir ons tee," versoek Jakkie en glimlag verlig in Karl se oë.

11

Rosseau kyk verras op toe Benno sy kantoor binnekom en hom op 'n stoel voor sy lessenaar tuismaak. "Het ons 'n afspraak gehad, Benno? Dis eers volgende week Kersfees en ek het nog hope werk om af te handel."

"En hope tyd om saam met jou verloofde rond te jakker?" vra Benno wrang.

Rosseau glimlag onwillekeurig. "Vanselfsprekend! Elke oomblik saam met Lanja is vir my kosbaar, want ek voel soos 'n halwe mens as sy nie by my is nie. Ek het nooit besef die liefde kan so allesoorheersend wees nie."

Benno betrag Rosseau 'n paar oomblikke in stilte, 'n uitdrukking van onbedekte jaloesie op sy gelaat. "Allesoorheersend . . .

ja. Dis ironies dat die eerste meisie wat ek waaragtig liefgekry het, nie 'n tikkie gevoel vir my het nie. Maar ek kan nou beter verstaan hoe Carien oor jou gevoel het, want al sal ek niks desperaats doen nie, weet ek hoe dit voel om elke dag stukkie vir stukkie dood te gaan. Waarom verkies Lanja jou bo my, jonger broer? Waarom ignoreer Lanja my berugte sjarme en onweerstaanbare aantreklikheid?" spot hy met homself, maar Rosseau hoor die ondertoon van verwarring in sy stem.

"Ek dink hulle noem dit liefde," antwoord hy gelykmatig en vervolg byna belangeloos: "Van Carien gepraat, waarom het jy nooit iets gesê oor die brief wat sy aan jou gepos het nie?"

Die bloed dreineer uit Benno se gelaat, woede smeulend in die donker dieptes van sy oë. "Jy weet al die jare van haar brief?" vra hy en kom stadig orent. "Hóé, Rosseau? Het sy die brief aan jou gewys? Het sy vir jou gesê dat sy van plan is om selfmoord te pleeg omdat ek nie bereid was om met haar te trou nie? Waarom het jy haar nie gekeer toe sy 'n einde aan haar lewe wou maak nie? Waarom het jy my nie betyds gewaarsku sodat ek haar dood kon verhoed het nie? Toe ek haar brief ontvang, kon ek haar nie help nie, want sy was dood . . . dood!" Hy swyg uitasem en staar Rosseau met grimmige verwyt aan. "Al daardie jare van skuldgevoel . . . die selfverwyt wat ek moes deurmaak! Jy kon dit alles verhoed het, Rosseau, maar jy het nie!"

"Ek kon nie, Benno, want totdat Lanja gepraat het oor die moontlikheid dat Carien 'n brief aan jou gepos het, het ek self baie oomblikke van selfverwyt ervaar. Ek het 'n skoot in die donker gewaag en gehoop jy sal erken dat Carien aan jou geskryf het, want ek het myself aanvanklik geblameer vir haar dood. Dankie vir die waarheid, want dit neem 'n las van my skouers af. Maar selfverwyt help nie, Benno. Dit was Carien se eie besluit en nie ek óf jy sou dit kon verhoed het nie."

Benno glimlag humorloos. "Ek weet. Ek het nie langer slapelose nagte oor my verlede nie, want ek was wys genoeg om met 'n psigiater te gaan praat toe my gewete my snags laat wakker lê het. Toe ek Lanja liefgekry het, het ek onwillekeurig aan Carien gedink . . . werklik verstaan hoe sy oor my moes gevoel het. Maar ek het 'n beter oplossing vir my probleem: ek het my maatskappy aan jong Nardus verkoop, want die goeie tant Debbie was bereid om my prys te betaal. Ek vlieg nog vanaand Londen toe."

"Jy het jou maatskappy ter wille van Lanja verkoop? Maar hoekom? Jy glo tog nie 'n mens kan wegvlug van jou liefde af nie, Benno," sê Rosseau en hou sy stemtoon neutraal, bang dat Benno sal agterkom hy kry hom jammer.

"Dalk kan jy as jy aanhou probeer," spot Benno en gaan ernstig voort: "Ek het Pa reeds gegroet – vir die eerste maal man tot man met hom gepraat, want ek het eindelik begrip vir sy gevoel vir tant Jakkie. Laat my weet as hulle trou of as jy en Lanja jul verlowing verbreek, anders bly ek permanent weg. Tot siens, Rosseau."

"Ek is bly jy verkwalik tant Jakkie nie langer oor 'n liefde waarvan sy al die jare nie geweet het nie, Benno. Ek en Lanja verwag dat sy en Pa binnekort sal trou, daarom sien ons jou een van die dae weer. Maar kom, ek stap saam met jou motor toe. Ek moet self 'n draai by die huis gaan maak," antwoord Rosseau en staan op.

Rosseau loop vinnig na waar Lanja op die tuinbank onder die olienhoutboom sit en hou 'n geel leeubekkie na haar uit. "'n Leeubekkie vir my lieflike verloofde," sê hy speels.

"Gooi dit weg," antwoord sy ingehoue.

Hy neem langs haar plaas. "My lief Lanja is kwaad vir my?"

"Nee, eerder kwaad vir myself." Sy kyk skuldig na hom. "Ek voel so volkome vals, Rosseau, want my hele lewe is 'n leuen."

"O . . . Het jy vir jouself gejok, meisiekind?" vra hy simpatiek, die lag dansend in sy oë.

"Dis nie snaaks nie, Rosseau. Ek en jy – ons is niks anders as bedrieërs nie! As ek sien hoe gelukkig ouma Jakkie en jou pa oor ons verlowing is, voel ek so gemeen dat ek in trane kan uitbars. Gistermiddag toe ek en jou pa gholf gespeel het, het hy my met soveel trots as sy aanstaande skoondogter aan al sy vriende voorgestel. Ek moes glimlag en gelukkig lyk – dit was aaklig!"

"Maar ons ís verloof, lief Lanja," verseker hy haar paaiend.

"In ons konsert, ja, maar die lewe is nie 'n verhoog nie. Dis nie reg om mense wat ons liefhet te bedrieg nie," hou sy vol.

"Is dit nie reg om my gelukkig te maak nie, Lanja?"

Sy kyk hom skerp aan, seker dat hy weer met haar die spot dryf, maar lees opregte erns en 'n tikkie verwyt in sy oë. "Vanselfsprekend. Maar ons was tog gelukkig saam toe ons net vriende was, Rosseau?"

"Ons was, maar vandat jy my ring dra . . . Ek besef ons speel net konsert, ek leef vir die geluk van die oomblik, maar durf ek meer verwag? Sal jy lief kan wees vir my as ons van die verhoog afklim, Lanja?"

Haar oë soek syne, maar die uitdrukking op sy gesig is onleesbaar. "Jy weet dis onmoontlik, want jy . . . jy sal nooit 'n meisie kan liefhê nie, omdat jy nie van Carien kan vergeet nie," antwoord sy en haar woorde sluip op hul tone oor die polsende wond wat hulle in haar hart oopgeruk het.

"Dan sal jy my nooit kan liefhê nie, Lanja?" vra hy.

"Ek het jou lief in ons konsert," antwoord sy en ontwyk sy oë.

Hy staan vinnig op, vat haar hand en trek haar orent. "Kom saam, meisiekind . . . nou! Jou ouma Jakkie sit ons weer en afloer deur die sitkamervenster en hierdie gesprek is privaat. Kom!" beveel hy, sy stem ineens gespanne.

"Wat makeer, Rosseau? Hoekom lyk jy skielik so kwaad?" vra sy terwyl hulle vinnig oor die grasperk in die rigting van die huis stap.

Rosseau trek haar agter hom aan na die katjiepiering langs die Gotiese deurgang in die ringmuur. Hy los haar hand en staar haar oomblikke lank stilswyend aan, sy oë stormagtig van wisselende emosies.

"Asseblief, Rosseau, praat met my! Sê net vir my waarom jy kwaad is vir my," pleit sy. Sy wil sy hand in hare neem, maar hy het skielik in 'n stil, vyandige vreemdeling verander.

"Jý het dit gesê, Lanja: jy kan my net liefhê as ons konsert speel. Maar die lewe is nie 'n verhoog nie. Ek wil asseblief my verloofring terughê," versoek hy, sy stem koud en vreemd soos sy uiterlike.

Die konsert is oor en die gordyn het gesak, dwarrel die besef soos 'n najaarsblaar deur haar gedagtes. Dan tref die skok en pyn van haar verlies haar met 'n byna fisieke geweld, skroei soos 'n verterende vuur deur haar binneste en skeur haar aarselende hoop en drome van liefde aan flarde.

"Ek . . . ek verstaan, Rosseau," fluister sy uit die donker gevangenis van haar pyn. Sy haal haar ring met bewende vingers van haar ringvinger af en gee dit vir hom.

Hy hou haar linkerhand liggies in syne en sê stroef: "Ek haat myself, Lanja, omdat ek my ring moes terugvra, want daardeur het ek 'n einde gemaak aan . . . aan die mooiste ervaring van my lewe. Dit sal altyd 'n kosbare herinnering bly, maar . . . die lewe is nie 'n konsert nie."

"Nee," antwoord haar stem, maar haar hart huil trane van troostelose rou.

"Jy het gelyk gehad: Carien het 'n brief aan Benno geskryf en hom verantwoordelik gehou vir haar dood, maar ek het dit eers sowat 'n uur gelede van Benno gehoor. Vreemd, omdat ek nooit 'n meisie kon liefkry ná Carien se dood nie, ek het geglo dat ek nog altyd skuldig voel oor haar dood, maar dit was nie die geval nie. Ek is op hierdie oomblik vry om lief te hê . . . maar ek is nie."

"Jy is nie?" vra sy werktuiglik, bang om werklik te voel, bang om te begin huil.

"Nee. Ek het jou bedrieg, Lanja – ek het nooit saam met jou konsert gespeel nie. Ek het jou onvoorwaardelik liefgekry van die eerste oomblik dat ek jou gesien het, maar ek was te bang om dit teenoor myself te erken. Elke woord wat ek aan jou gesê het, het ek in my hart bedoel. Ek het jou lief, my mooi meisie, so onbeskryflik lief, maar omdat jy my nie kan liefkry nie, omdat jy nooit met my sal trou nie . . . gee ek jou vryheid terug aan jou."

"Jy het my lief, maar jy verbreek ons verlowing? O, jou onnosele asbek!" krys sy, trane van onmag en hartseer soos sonligriviertjies op haar wange.

"Moenie huil nie, my Lanja," pleit hy verbouereerd. Hy steek sy hande uit om haar in sy arms te neem, maar laat sak hulle weer en pluk sy sakdoek uit sy broeksak. "Hier, jy kan my sakdoek kry . . . en jou ring, as jy dit graag wil hou om . . . om sommer na te kyk."

Sy ignoreer hom en huil troosteloos soos 'n kind. Hy kyk verwilderd om hom rond asof hy hulp soek, en vra desperaat: "Ag, vervlaks, Lanja, wat moet ek doen om jou te laat ophou huil? Hoekom huil jy so verskriklik?"

"Omdat jy . . . omdat jy te onnosel is om . . . om te sien ek het jou lief!" antwoord sy deur haar snikke en huil met hernude oorgawe.

"O . . ." reageer hy afgehaal, kyk haar verwonderd aan en herhaal: "O . . .!" 'n Glimlag keep diep kuiltjies in sy wange en hy steek sy hande na haar uit, besef dat hy nog haar ring en sy sakdoek vashou, frons bekommerd en vra huiwerig: "Lanja, as jy gesê het wat jy gesê het . . . nee, as ek gehoor het wat ek gehoor het . . . ag, vervlaks! Lanja, asseblief, sê net weer jy het my lief sodat ek kan weet jy het gesê wat ek gehoor het."

Sy neem sy sakdoek en droog haar trane af, maar droë snikke

laat ruk nog haar skouers. "Ek is lankal lief vir jou, maar jy wou konsert speel en my aspris ... aspris ..."

"Moenie weer huil nie!" pleit hy, gryp haar linkerhand en steek die verloofring weer aan haar vinger. "My lief Lanja, jy is lief vir my en ek ... ek is so oneindig lief vir jou," fluister hy, sy liefde 'n warm gloed in die sonhelder seegroen van sy oë.

Dan sluit sy arms besitlik om haar en sy lippe soen die traanspore op haar oë en wange droog en rus eers vlindersag en dan dringend op haar mond. En sy koester haar in die glorieryke betowering van sy liefde, want sy weet met sekerheid dat in die konsert van hul lewe die katjiepiering van hul liefde altyd sal blom.

Bittersoet verlange

1

Leandri Dreyer stof 'n Dresdenbeeldjie met versigtige, byna strelende vingers af, pak dit terug op die glasrak en skuif die deur van die vertoonkas toe. 'n Beweging teen die verste muur van die ruim antiekeware-winkel trek haar aandag en sy kyk vinnig op. Sy sien haar weerkaatsing in die vergulde spieël en loop huiwerig nader.

Sy bly langs 'n Victoriaanse stoel staan en kyk na die spieël-beeld van 'n slanke meisie, geklee in 'n ligbruin langbroek en 'n groen bloesie. Is sy te lank en te maer? Kyk mense na haar en dink sy lyk uitgeteer? wonder sy krities en tree nader aan die spieël. Sy wens sy was werklik blond, maar onder die helder neon-ligte van die antiekeware-winkel is haar lang, digte hare, wat met sagte, strelende krulle haar gesig omraam, byna spierwit – asof sy op twintig reeds stokoud en spierwitgrys is, dink sy. As sy net blou oë gehad het, maar haar bruin wenkbroue en lig-bruin oë vorm 'n onnatuurlike kontras met die witblonde hare en laat mense wonder of sy haar hare bleik. En haar gelaatskleur is te wit en haar wange te pienk, daarom bloos sy so maklik.

Sy staar na die sagte volheid van haar lippe, haar hoë wang-bene en klein, reguit neusie en wens dat net één man haar een-dag sal vertel dat hy haar liefhet. Nie dat dit ooit sal gebeur nie, want vanselfsprekend sal sy nooit trou nie, dink sy mismoedig.

Die melodieuse geklingel van die elektroniese klokkie waar-sku haar van die binnekoms van 'n kliënt, maar sy stof die ver-gulde raam van die spieël haastig af voor sy omdraai. Sy ruk innerlik van skok toe sy Mauritz Pretorius op haar sien afstap. Waarom juis hý? vra sy haarself ontsteld af. Wat soek 'n besige prokureur soos Mauritz op 'n Donderdagoggend voor negeuur in so 'n winkel in 'n stokou voorstad van Johannesburg? Vir Mauritz is antikwiteite net nog 'n finansiële belegging – 'n belegging waarin hy persoonlik, as kenner van die aandeelmark, allermins belangstel. Sedert Leandri se tienerjare verskuil Mauritz en Anya Dreyer, haar ouma, hulle minagting vir haar liefde vir antikwiteite agter verdraagsame en half verveelde glimlaggies en lag hartlik oor haar droom om eendag haar eie antiekeware-winkel te besit.

Mauritz kom met lang hale nader, leun teen 'n rolluiklessenaar en betrag haar geamuseerd. "Goeiemôre, Leandri. Wat 'n interessante verwikkeling," terg hy, sy stemtoon lui.

Sy haat hierdie lang, skraal man met sy babablou oë en donkerblonde hare, sy lang, smal gesig, lang arms en bene, lang hande en vingers en . . . en . . . o, sy haat hom omdat hy ouma Anya se prokureur en peetseun en persoonlike spioen is, dink Leandri. Sy lig haar ken en sê met ysige selfbeheersing: "Goeiemôre, Mauritz. Ek stem saam: dis 'n uiters interessante verwikkeling dat jy op jou oudag in antikwiteite belangstel. Wat presies het jy in gedagte gehad?"

Mauritz se oë vonkel, maar hy antwoord ernstig: "Sarkasme is die wapen van 'n verloorder, Leandri. Jy het verloor, want ek weet nou dat jy die afgelope twee maande in hierdie tweederangse winkeltjie werk. Waarom? Is jou maandelikse toelaag nie langer voldoende nie? As jy geld nodig het, dalk skuld gemaak het . . . Jy weet ek sal jou graag help. Was dit werklik nodig vir jou om in hierdie . . . hierdie hool te kom werk?"

"Hool?" Leandri is kortasem van verontwaardiging. "Meneer Schultz se antiekeware-winkel is landwyd bekend! Kyk net om jou – elke meubelstuk is 'n klein fortuin werd, om nie eens te praat van die silwer- en porseleinware nie! Hoe durf jy hierdie plek 'n tweederangse winkeltjie noem, jou . . . jou oningeligte leek!"

Mauritz glimlag met onverwagte warmte. "Dis 'n plesier om jou kwaad te maak, net om jou oë te sien blits. Weet jy hoe mooi jy is, Leandri?" Sy glimlag maak hom aantreklik, dit gee Leandri met onwillige eerlikheid toe. Mauritz se gesig is lank en skraal, maar sy ken is hoekig, sy neus reguit en die besondere diepblou kleur van sy oë is fassinerend. Nie dat hy ooit in haar oë 'n aantreklike man sal wees nie, dink sy wrewelrig. Sy weet hy is net ses en dertig, maar sy beskou hom as 'n stokou oom, dieselfde ouderdom as ouma Anya, moontlik omdat hy haar ouma se onderdanige handlanger is.

"Jy en ouma Anya doen dit vandat ek 'n kleuter is: vertel vir my ek is 'n mooi dogtertjie as julle wil hê ek moet julle bevele uitvoer. Ek is nie 'n kleuter óf mooi nie, Mauritz. Ek is byna mondig en ek hoef nie meer na jou pype te dans nie. Wat het jy in elk geval hier kom soek? Hoe het jy geweet ek werk nou hier?" Sy trek haar asem hoorbaar in. "Anina! Net sy weet dat ek so gelukkig was om by meneer Schultz werk te kry. Wat het jy gedoen om haar te laat praat? Haar toonnaels met 'n tang uitgetrek?"

Mauritz glimlag skrams en neem op die kant van die rolluiklessenaar plaas. "Ek wens amper jy wás nog 'n lieftallige kleuter, want toe was ons vriende. Jy is nog altyd lieftallig teenoor jou ouma, maar ek is jou vyand. Hoekom, Leandri? Hoekom maak jy voortdurend met my rusie as jy weet ek en tant Anya sal enigiets doen om jou gelukkig te maak?"

"Enigiets?" Leandri glimlag wrang. "Julle glo julle doen alles om my gelukkig te maak, maar nie een van julle twee het mý al ooit gevra wat my werklik gelukkig sal maak nie." Sy gooi haar hande oop en kyk om haar rond. "Dís wat my gelukkig maak, Mauritz. Ek is dol oor antikwiteite, veral antieke porseleinware.

As ek vir die res van my lewe hier kan werk . . ." Sy hoor die verlange in haar stem, sien die uitdrukking van simpatie op sy gesig en swyg ergerlik. Dis allermins wat sy wil hê: jammerte van 'n man wat sy wantrou en verag, dink sy en draai haar gesig weg.

"Tant Anya is 'n skatryk vrou. As sy wil, kan sy vir jou 'n half-dosyn antiekeware-winkels koop, want jy is haar enigste klein-dogter. Sy glo dis nie vir jou nodig om jou jeug tussen stow-werige ou meubels . . ." Mauritz swyg en kug verskonend agter sy hand toe sy met blitsende oë na hom swaai. "Jammer. Ek het nie bedoel om so neerhalend na die grootste liefde in jou lewe te verwys nie." 'n Gedwonge glimlag laat lig sy mondhoeke. "Dalk is ek en tant Anya jaloers omdat ons met 'n spul . . . e . . . waardevolle meubels moet meeding."

Sy woorde vang haar onkant en sy kyk hom agterdogtig aan. "Dit was nie snaaks nie, Mauritz. My liefde vir antikwiteite maak my nie immuun teen my . . . e . . . my verpligtinge teenoor my ouma nie. Ek werk net hier terwyl ouma Anya in Londen is – net tot aan die einde van die maand. Sodra sy terugkom, sal ek daar wees om haar geselskap te hou, maar intussen . . ." Sy byt op haar onderlip, verwens Anina omdat sy Mauritz van haar werk hier vertel het en vra onwillig: "Kan ek hoop dat jy nie vir ouma Anya sal vertel dat ek hier werk nie? Dit sal haar net onnodig ontstel . . . dalk siek maak."

"Hoe kan ek weier as jy so mooi vra?" vra hy skertsend en gaan dan op ernstige toon voort: "Dis waarom ek hier is, Lean-dri: om te verhoed dat jy jou ouma ontstel as ek haar môre-middag op die lughawe gaan haal en jy is nie tuis om haar te verwelkom nie."

Die bloed dreineer uit Leandri se gesig en sy staar hom oomblikke lank ontsteld aan. "Maar . . . waarom? Sy kuier elke jaar drie maande by haar vriendin in Londen. Is sy siek? Dis nie dalk haar hart nie?" Sy frons en vra agterdogtig: "Hoe lank weet jy al dat ek hier werk, Mauritz? Het jy my ouma gebel en haar daarvan vertel? Is dít die rede waarom sy skielik terugkom huis toe? Hoe kón hy? Jy het geweet dit sal haar ontstel!"

"Stadig, Leandri, stadig," paai Mauritz en hou sy hande omhoog asof hy haar beskuldigende woorde wil afweer. "Jou ouma is blakend gesond – wel, so gesond as wat 'n sewentigjarige vrou kan wees. Sy het my gisteraand gebel om te sê sy kom terug. Toe Anina hoor tant Anya kom terug . . . sy het nie juis 'n keuse gehad nie: sy moes my van jou werk vertel. Ek veronderstel jy sal meneer Schultz wil waarsku dat jy nie meer in sy diens is nie?"

Leandri betrag hom wantrouig. "Hoekom kom my ouma terug as sy nie siek is nie? Erken dit, Mauritz: jy het stories oor my werk by haar aangedra!"

"Genugtig, Leandri, ek is 'n besige prokureur met 'n groot praktyk, nie 'n sikofant . . . e . . . 'n vermakerige klikbek-seuntjie nie! Jou belangstelling in oudhede is tog nie 'n sonde nie. Ek sal vanselfsprekend nie vir tant Anya vertel van jou werkery hier nie, want dit sal haar miskien skuldig laat voel."

"Skuldig of geamuseerd?" vra Leandri kil. "En hou op om kamtig verbaas te lyk, Mauritz. Ek het nie vergeet hoe hartlik jy en ouma Anya gelag het toe ek vir 'n korrespondensiekursus ingeskryf het om my graad in kuns en kunsgeskiedenis te kry nie. Maar ek het my graad gekry ten spyte van julle gelag. En elke keer wanneer my ouma besluit ek mag saam met Anina êrens gaan rondjakker, loer ek hier in en leer meer oor oudhede. As ek 'n tiende van meneer Schultz se kennis gehad het, sou ek dolgelukkig gewees het."

"En nou voel ék skuldig," kom dit spytig van Mauritz. "Jy was sewentien toe jy matrikuleer het en jou ouma was gretig om vir ses maande of langer saam met jou deur Europa te toer. Miskien het ek uit ongeloof gelag omdat jy so vasbeslote was om eers jou graad te kry voordat jy Europa besoek. Ek bedoel, enige ander meisie sou graag op 'n luukse toer wou gaan en meer van die wêreld sien. Maar ek het jou nie uitgelag nie, Leandri. As ek eerlik moet wees: ek het jou bewonder oor jou deursettingsvermoë om jou graad deur 'n korrespondensiekursus te kry. Enigiemand anders sou daarop aangedring het om voltyds universiteit toe te gaan."

"Ouma Anya het my nodig gehad," sê Leandri gelykmatig, bewus van die bekende krieweling van opstand in haar binneste. Hoe lank sal haar ouma haar nog nodig hê? Sal sy ooit die vryheid hê om soos Anina haar gekose loopbaan te beoefen? Sy sluit haar oë met 'n gevoel van frustrasie en wanhoop, asof sy daardeur 'n einde aan haar vergeefse vrae kan maak. Ouma Anya het haar van haar geboorte af versorg en haar oorlaai met weelde. Te veel weelde, want sy voel asof sy onder 'n verematras van verpligting versmoor word. 'n Loodswaar matras wat van haar 'n gevangene maak, want sy sal nooit kan ophou om haar ouma daarvoor te vergoed nie – nie vir die volgende twintig jaar nie.

"Ja, tant Anya het jou nodig soos wat jy haar al die jare nodig gehad het," beaam Mauritz neutraal. "Maar sy is terselfdertyd 'n bekommerde vrou. Sy weet jy is 'n gegradueerde meisie. Dis vir jou moontlik om werk te kry en selfonderhoudend te wees; om selfs jou eie woonplek te kry. En oor vier weke is jy mondig. Ná jou mondigwording sal tant Anya nie langer jou wettige voog wees nie en sal jy vry wees om self besluite oor jou toekoms te neem."

"Jy praat deur jou nek, Mauritz," snou sy hom toe. Dan besef sy dat haar onredelike woede jeens hom uit haar eie gevoel van onmag gebore is en sug ongeduldig. "Jammer. Ek wou nie jou kop afgebyt het nie, maar jy ken die situasie so goed soos ek. Toe my ouers kort ná my geboorte verongeluk het, het ouma Anya onder 'n verpligting gestaan om my te versorg en groot te maak. Sy was destyds byna vyftig, maar nog jonk genoeg om 'n vol lewe te kan lei, maar toe word sy skielik met my opgesaal. Ek weet wat sy alles ter wille van my opgeoffer het, daarom staan ek nou onder 'n verpligting om haar nie op haar oudag in die steek te laat nie."

"Genugtig, Leandri, jy laat dit klink asof jy 'n oorlas vir tant Anya was! Besef jy nie hoe belangrik jy vir haar is nie? Jy is die enigste kleinkind wat sy het."

"Nee," antwoord Leandri, haar stemtoon skor. "Nee, sy hét my nie, want ek is nie 'n besitting nie, nie sommer 'n ding wat sy op die vlooimark gekoop en huis toe gedra het nie. Ek behoort net aan myself, maar ek ken ook my plig."

Mauritz staar haar fronsend aan. "Plig of liefde, Leandri? Ek hoef dit tog nie vir jou uit te spel dat tant Anya jou liefhet nie. Sy het jou nie net lief omdat jy haar enigste kleindogter is nie, maar omdat jy vir haar die dogter is wat sy nooit gehad het nie. Jy is tog lief vir haar?"

"Liefde of gewoonte of plig – wat maak dit saak? Ek stel nie belang in die definisies van betekenislose woorde nie, maar baie dankie dat jy my kom waarsku het dat my ouma môre terug sal wees," antwoord sy met 'n onverskillige ophaal van haar skouers.

"Sal meneer Schultz inskiklik wees as jy vir hom sê jy moet dadelik ophou werk?"

"Ek veronderstel hy sal minder teleurgesteld wees as ek," antwoord Leandri met 'n glimlaggie. "Hy is vanoggend na 'n veiling in 'n privaat woning, maar hy sal teen middagete terug wees. Ek sal hom dan sê."

"Miskien . . ." Mauritz rank orent en bekyk haar oomblikke lank takserend. "Tant Anya behoort aan verskeie klubs en sy kuier graag by haar vriendinne. Is dit werklik nodig dat jy 'n paar oggende of middae hier kan kom werk en jou kennis oor antikwiteite verder uitbrei? Dalk kan ek haar oorreed om –"

"Nee, jy kan nie, Mauritz, want ek en my ouma weet albei wat my plig is. Maar dankie vir die gedagte," val sy hom in die rede.

"Moenie toelaat dat jou pligsgevoel jou die willose slavin van jou ouma maak nie, Leandri. Jy is jonk en ná al jou jare van studie verdien jy 'n bietjie pret. Jy sal tog seker saam met jou mansvriende wil uitgaan?"

"Watter mansvriende?" vra sy skerp. Sy besef dat sy onnodig aggressief klink en gaan beheers voort: "Ek weet sedert ek 'n tiener was dat jong mans in die huis my ouma ontstel, want hulle herinner haar aan my pa. Jy weet dit tog?" Sy merk die uitdrukking van ongeloof op Mauritz se gesig en sê toonloos: "Nee, jy het duidelik nie geweet nie, maar jy weet dit nou."

"Ja, ek weet dit nou, maar dit maak nog nie vir my sin nie. Ek kuier tydig en ontydig by tant Anya, altyd op haar bevel ... e ... versoek. Is ek in haar oë reeds 'n bejaarde man?" vra hy onthuts.

Leandri glimlag onwillig. "Jy is haar prokureur, haar peetseun en haar handlanger ... 'n liewe ou oom, nie 'n jong man nie. Jy lag oor haar grappies en stem saam met alles wat sy sê. Jy het haar selfs gehelp om my groot te maak. Ek veronderstel sy betaal jou goed vir jou veelvuldige dienste."

Hy kyk haar oomblikke lank in stilte aan en glimlag dan traag. "Geen wonder jy dink ek is 'n ou oom nie, want ek onthou ek het jou gereeld skool toe geneem toe jy klein was. En ek is wel tant Anya se peetseun en prokureur, maar ek stem net saam met haar omdat my ma my geleer het dis ongeskik om ouer tannies te weerspreek. Dit kan ook gevaarlik wees, want vererg die ou tannie haar, kry sy dalk 'n toeval. Ek is nie ruggraatloos nie, Leandri, net diplomaties."

Die elektroniese klokkie lui en Leandri sien 'n middeljarige vrou die winkel binnekom. "Sy is 'n goeie kliënt. Sien jou, Mauritz," groet sy gedemp.

"Dis die eerste maal die afgelope vyf jaar dat jy met my gesels het. Dankie, Leandri. Tot later," antwoord hy en loop deur toe.

Vyf jaar gelede was sy byna sestien, die ouderdom toe sy vir die eerste maal saam met seuns wou uitgaan en haar ouma volstrek geweier het. Sy onthou haar teleurstelling en woede, maar sy kon nie kwaad wees vir haar opofferende, vrygewige ouma nie, daarom het sy besluit Mauritz is die sondebok. Mauritz het gedink sy is te jonk om uit te gaan; Mauritz het haar nie vertrou nie. Mauritz, die gawe groot seun van haar kleintyd, het oornag in 'n vyand verander. Maar ná vandag weet sy hy is nog altyd haar vriend – of dalk net haar vriend as haar ouma nie daar is om oor hom baas te speel nie.

Anina de Wet skakel haar televisiestel met die afstandbeheer af en wip orent toe Leandri kort ná ses die middag by haar kamerdeur inloer. "Haai, mens! Kom in en hou my geselskap. Jy weet ek kyk net na die sepies as ek doodmoeg en breindood is," nooi sy laggend.

"Dinsdae is mos jou teaterdag. Het julle baie operasies gehad?" Leandri skop haar sandale uit en maak haar tuis op die voetenent van Anina se bed.

Anina wriemel haar neusie en glimlag skeef. "Besig soos altyd, maar dokter en dogter De Wet het alles onder beheer gehad – gelukkig nie 'n onverwagte bloeier soos verlede week nie. Maar vertel my liewer van jou dag. Is die höflike Herr Schultz nog so beïndruk met die leergierige Fräulein Dreyer?"

Wat 'n liewe vriendin, dink Leandri, haar oë waarderend op Anina. Op nege en twintig is Anina 'n briljante dokter wat saam met haar pa praktiseer, maar sy beskik oor die vermoë om andere se mindere prestasies interessant en belangrik te laat klink. Anina sal eendag 'n wonderlike ma vir haar kinders wees.

"Wat staar jy so, Leandri? Het ek al weer my lipstiffie skeef aangesit?" Anina trek haar nek om haar weerkaatsing in die spieëltafel se spieël te sien en sug oordrewe verlig. "Geen lipstiffie nie – wonderlik! My lippe is in elk geval dik en opsigtelik genoeg sonder om ingekleur te word. Balans is die geheim van skoonheid, my mooi vriendin. Draai om en kyk in die spieël. Toe, man, doen dit! Wat sien jy?"

" 'n Meisie met koperbruin hare, vrolike liggroen oë, 'n fyn neusie en lippe wat vra om gesoen te word. Soek jy komplimente, Anina?" vra Leandri tergend.

"Ga! Ek staan met my voete geanker in die mediese wetenskap, daarom ken ek die waarde van onpartydige waarneming. Ek is 'n rooikop met uitgewaste groen oë, 'n wipneus en dik lippe. Geen wonder my pa kon my so maklik ompraat om 'n dokter te word nie – selfs op ses het die seuns besluit ek is die lelikste dogtertjie in die klas," vertel Anina en sug met hartroerende selfbejammering.

"En hoekom? Jy het op jou eerste skooldag drie seuntjies bloedneus geslaan omdat hulle jou oor jou rooi hare geterg het! Ouma Anya het my vertel en sy is veels te waardig om te jok." Leandri lag goedig toe Anina haar vies aankyk.

"Maar nie te waardig om te skinder nie," sê sy onthuts en vra dan nuuskierig: "Het Mauritz jou toe opgespoor? Ek het die hele dag soos 'n verraaier gevoel, maar ek het nie werklik 'n keuse gehad nie. Ons moes voor seweuur in die teater wees om te opereer en daar was doodeenvoudig nie tyd om jou te bel nie. Ek het net Herr Schultz se besigheidskaartjie in Mauritz se hand gedruk en toe moes ek waai. Ek is seker hy sal nie jou donker geheim aan jou ouma verklap nie."

"Nee . . . seker nie. Snaaks, ek beskou Mauritz die afgelope vyf jaar as my grootste vyand, maar behalwe dat hy altyd saamstem met alles wat ouma Anya sê –"

"Is dit nie presies wat jy ook doen nie, Leandri?" val Anina haar in die rede. "As dit dertig grade in die skadu is en jou ouma besluit dis koel, trek jy gehoorsaam 'n trui aan. Of kry jy werklik koud as die kraaie gaap van die hitte?"

"Dis my plig om altyd met haar saam te stem. Ek bedoel, sy het my versorg vandat ek 'n baba was en al die jare alles opgeoffer het om –"

"Twak! Soos my uitgesproke pa altyd sê," praat Anina haar stil. "Eers was daar nie net een nie, maar sommer twee inwonende verpleegsters om jou te versorg, en ná 'n jaar was daar 'n voltydse kinderoppasser én 'n huishoudster wat saam met my en Mauritz gehelp het om jou te bederf en terselfdertyd groot te maak. Nie dat ek geweet het ek doen dit nie – ek was dolgelukkig om te glo jy is my klein sussie en Mauritz is my groot broer, want 'n enigste kind is soos 'n hanslam: altyd alleen en altyd in die pad."

"Maar my ouma was ook altyd daar," sê Leandri partydig.

"Wel, dis haar huis en as sy nie saam met haar vriendinne gekuier of oorsee rondgejakker het nie, was sy vanselfsprekend daar. Maar elke jaar van Julie tot September kuier sy in Londen of êrens in Europa. Drie maande per jaar en soms selfs langer, Leandri. Jou ouma is 'n skatryk ou tannie wat mense kon huur om haar kleindogter groot te maak terwyl sy 'n stralerjakkerlewe gelei het. As jy van opoffering wil praat, kyk na my arme pa: hy speel pa én ma vir my vandat ek agt was – hy verdien 'n goue medalje! En wat van jou? Het jy nie oorgenoeg opofferinge vir jou ouma gemaak nie?"

"Ek? Goeiste, Anina, ek besit nie 'n sent nie, maar ek leef soos 'n prinses. En dis alles aan my groothartige ouma te danke."

"Dat die kind so dig kan wees . . ." verwyt Anina, 'n vonkelende lag momenteel in haar oë voordat sy sober vervolg: "Ons praat oor opoffering, nie geld nie, Leandri. Tant Anya het oorgenoeg geld gehad om jou voltyds universiteit toe te stuur, maar jy het deur 'n korrespondensiekursus jou graad gekry. Hoekom? Sodat jy daar kon wees om jou liewe ouma in haar motor rond te karwei en haar vroeg en laat geselskap te hou as sy nie kon slaap nie of olik gevoel het. Of het sy dalk aangebied om jou universiteit toe te stuur?"

"Wel, nee, maar . . ." Leandri glimlag oorwonne. "My ouma het voorgestel dat ek 'n korrespondensiekursus volg, moontlik omdat sy geglo het ek het nie die deursettingsvermoë om 'n graadkursus te voltooi nie." 'n Diep blos van verleentheid laat Leandri se wange vlam en sy kyk kamma gekrenk na Anina. "Sien jy nou? Ek bloos altyd as ek skinder!"

"Die waarheid is nie skinder nie," sê Anina koppig. "As ek nie gehelp het om jou groot te maak en jou nog al die jare as my kleinsus beskou het nie, was ek jaloers op jou. Jy is te mooi om deur enige man misgekyk te word, en jy het nie meer die verskoning dat jy studeer nie. Hoekom het jy nie mansvriende nie?"

"Omdat . . . e . . ." stamel Leandri en druk haar hande op haar wange toe sy opnuut bloos.

"Omdat jy nog al die jare dolverlief was op die onweerstaanbare Mauritz Pretorius?" vra Anina met onverwagte erns en kyk Leandri deurdringend aan.

Leandri staar haar verdwaas aan, skud haar kop ontkennend terwyl sy nog na woorde soek en bars dan onthuts uit: "Daardie stokou oom wat niks anders as my ouma se skoothondjie is nie? Liewe land, Anina, hy is so romanties soos 'n besemstok!"

Anina sug hoorbaar verlig en glimlag breed. "Jy is definitief nie verlief op Mauritz Pretorius nie. Ek sou geweet het as jy jok, want jy bloos so maklik," skerts sy, staan op en glip haar sandale aan. "Kom, dis tyd vir aandete. En daarna sal ek vir jou verduidelik waarom Mauritz ongetwyfeld 'n aantreklike man is!"

Leandri sit gespanne op die punt van haar gemakstoel in die ruim sitkamer van die Dreyer-woning en staar asof gehipnotiseer na Anya Dreyer wat met energieke handgebare vir Mauritz van haar wedervaringe in die buiteland vertel. In die sagte, vleiende lig van die staanlamp lyk haar ouma heelwat jonger as haar sewentig jaar, dink Leandri. Sy is ongetwyfeld nog 'n aantreklike vrou met sterk, klassieke gelaatstrekke, groot, donker oë en 'n glimlag wat haar gelaat verhelder met 'n onverwagte jeugdigheid. Haar eens donker hare is silwerwit en verleen 'n besliste waardigheid aan haar gesig. Selfs haar voorkoms is waardig, want sy is altyd deftig geklee, haar hare en vel is goed versorg en haar lengte en slanke figuur verloën haar ouderdom.

Vreemd, dink Leandri verwonderd, sy het altyd geglo as sy haar distansieer en objektief na haar kyk, verander sy in 'n sterk, selfversekerde vrou wat vasberadenheid en gesag uitstraal. Haar ouma is 'n gebore vegter . . . en 'n wenner. Of dalk is dit haar rykdom wat haar die innerlike sekerheid gee dat haar wense altyd uitgevoer sal word omdat sy daarvoor kan betaal.

"Leandri? Het ek jou skoon aan die slaap gepraat, my skat?" dring Anya se stem tot haar deur. "Ek het jou nie geïgnoreer nie, maar Mauritz ken al die plekke waarna ek verwys. Dis alte jammer jy het nie kans gesien om ná jou matriek saam met my Europa te deurreis nie. Maar daar sal in die toekoms hope geleentheid wees vir ons tweetjies – of dalk ons drietjies – om in die buiteland te kuier. Stem jy saam, Mauritz?"

Leandri kyk vinnig na Mauritz en sien hom gedwonge glimlag.

"Ek sal julle graag vergesel, tant Anya, maar natuurlik net as dit jou sal pas, Leandri," antwoord hy, 'n aarselende ondertoon in sy stem.

Mauritz dans na haar ouma se pype, maar hy geniet dit nie werklik nie, besef Leandri. Sy het dit reeds tydens die aandete agtergekom. Staan Mauritz ook onder 'n verpligting teenoor haar ouma? wonder sy, besef dan dat hy haar nog afwagtend

361

aankyk en antwoord haastig: "Jy sal vanselfsprekend welkom wees om saam met my en my ouma te kom, Mauritz. Jy is al die jare deel van ons, amper soos eie familie."

"Wat het ek vir jou gesê, Mauritz?" vra Anya met 'n selftevrede glimlaggie.

Mauritz glimlag senuweeagtig. "Moenie te haastig afleidings maak nie, tannie. Leandri beskou my as 'n stokou oom."

"Verspotte seun! Jy en Leandri het saam in my huis grootgeword – dis so gelukkig dat jou ma nie julle huis verkoop het ná jou pa se dood nie, want jou ma is 'n dierbare buurvrou. En sy het nooit omgegee om jou met my te deel nie, veral nie nadat my eie seun . . . Maar ons gaan nie vanaand oor hartseer dinge praat nie. Leandri, my liefie, dink jy nie ook Mauritz is 'n aantreklike jong man nie?" vra Anya met 'n sonnige glimlag en klop-klop paaiend met haar hand op Mauritz se arm toe hy verleë probeer protesteer.

Sy wil amper lag toe sy sien hoe Mauritz so ver moontlik op sy stoel terugleun terwyl hy aanhoudend sy kop skud en geluidloos met sy lippe die woord "Help!" vorm. Arme Mauritz. Arme sy. Hulle is albei willose pionne in haar slinkse ouma se hande . . . Nee, Ouma is nie slinks nie! Haar ouma is die goedheid self. Of . . . of is sy 'n arrogante, ryk vrou wat glo dis haar reg om altyd haar sin te kry? vra Leandri haar af en blik met 'n onskuldige glimlaggie na Anya. "Ek dink nooit aan Mauritz as 'n jong man nie, Ouma. Hy is my groot broer, soos wat Anina my ouer suster is. Dalk beskou ek oom Dawie as my pa, want vandat ek ses was, bly ek elke jaar minstens drie maande in hulle huis."

"Ons praat nie nou oor die De Wets nie. Ek waardeer alles wat hulle vir jou gedoen het, my skat, maar ek het hulle finansieel mildelik vergoed as jy by hulle tuisgegaan het. Maar dis die verlede. Wat die toekoms betref . . . ek word nie jonger nie, Leandri. Ek wil nie voorspooksels maak nie, maar ek het 'n beroemde hartspesialis geraadpleeg terwyl ek in Londen was. Moenie jou ontstel nie, my liefie, maar sewentig is nie jonk nie. 'n Mens moet voorbereid wees op enige gebeurlikheid . . . nie dinge wat jy graag wil doen op die lange baan skuif nie. Verstaan jy wat ek probeer sê?" vra Anya met 'n patetiese glimlaggie.

"J-ja, ek dink ek verstaan. Ouma sal nie oor dertig jaar nog gereeld in Londen wil gaan kuier nie," antwoord Leandri. Sy voel diep ontsteld oor Anya se woorde, maar slaag daarin om haar stemtoon neutraal te hou.

"Dertig of drie jaar – ons weet nie," sê Anya met 'n bewerige sug, leun vorentoe op haar stoel en vervolg met pleitende erns: "My diepste begeerte . . . my grootste droom is om, voordat ek my oë finaal sluit, my agterkleinkind in my arms te hou. Jy en Mauritz het saam grootgeword en ek weet julle is lief vir mekaar. Maak my laaste jare volmaak gelukkig, my skat, en maak julle liefde volmaak." Sy voel-voel langs haar op die stoel, bring 'n swart fluweeldosie te voorskyn en maak dit oop. "Dis my eie moeder se verloofring, Leandri. Sal jy my die gelukkigste mens op aarde maak en aan Mauritz verloof raak?"

Leandri staar na die weerkaatsing van die glinsterende diamant in die elektriese lig en voel asof elke glinstering soos 'n splinter ys deur haar binneste klief. Sy bly roerloos sit, vasgevang in die koue doodsheid van haar emosies, nie in staat om op Anya se woorde te reageer nie.

"Jy hoef nie dadelik jou antwoord te gee nie, Leandri," praat Mauritz anderkant die yslaag wat haar hart omhul.

"Mauritz, asseblief! Ek ken my kleindogter beter as jy. Leandri sal enigiets doen om my gelukkig te maak, want ek is al wat sy het," sê Anya selfversekerd.

Leandri kyk in Anya se oë en ervaar 'n onbekende gewaarwording in haar binneste: diep en pynlik en skreiend, asof daar onder die ys in haar hart ineens 'n smeulende vuur witwarm opgevlam het. Wanneer sy hartseer ervaar, is dit gewoonlik 'n trillende koue: vlymskerp skerwe ys. Deur die jare saam met haar ouma is haar hart inderdaad só diep begrawe onder ys dat sy soms nie haar eie hartklop kon voel nie. Maar haar ouma se woorde laat die smeulende kole opvlam in 'n verterende vuur van herinnering en sy sien haarself as die kleuter en die kind, die tiener en die jong meisie wat so desperaat gewens het dat iemand, net één ander mens, haar kon liefhê sonder dat sy onder 'n verpligting hoef te voel.

Die geklingel van die voordeurklokkie versplinter die gelaaide stilte en ruk Leandri terug tot die werklikheid. Sy spring op en haar voete vlug geluidloos oor die digte mat van die sitkamer en deur die lang voorportaal na die voordeur. Sy ruk die voordeur oop en haar voete sit outomaties hulle vlug voort, totdat sy haar teen iemand se bors vasloop. Sterk arms gryp haar vas, maar haar hand gooi die man van balans af en hulle voer 'n vreemde struikeldans uit totdat hulle die onderpunt van die trap bereik.

"Is jy stapelgek, meisiemens?" bulder hy en skud haar liggies aan haar skouers.

Leandri kyk op in die vreemdeling se ergerlike gesig, wat duidelik sigbaar is in die helder gloed van die buiteligte. Dis 'n treffende gesig, 'n unieke portret van krag, innerlike sekerheid en trots. Trots, maar nie verwaandheid nie. Hy het digte swart hare en sy gepunte haarlyn laat sy lang kuif terugval oor sy hoë voorkop. Sy gesig is hoekig, sy ken vierkantig en sy oë donker; nie donkerbruin nie, maar soos die kleur van donkergroen mos in die verskuilde hoekies van 'n digte woud. Sy lippe is vol en ferm, die mond van 'n heerser. Maar dan glimlag hy en sy glimlag is soos sonlig wat 'n goue gloed in die donker dieptes van sy oë aansteek.

"Dit was 'n effens ... e ... ongewone ontmoeting. Ek is Rohan Rinsma. Bly te kenne, Leandri." Hy steek sy regterhand na haar uit en frons toe sy hom swygend bly aanstaar. "Jy ís Leandri Dreyer? Ek bedoel, jy het dieselfde silwerblonde hare en goue oë as jou ma."

"Het jy my ma geken?" storm die vraag oor haar lippe.

"Toe ek klein was, ja. Maar jou ouma Esmé Rinsma sal jou meer kan vertel."

"Nee." Sy skud haar kop aanhoudend. "Ek is nie die regte Leandri nie. Ek het geen ander familie as my ouma Anya Dreyer nie."

"Sowaar? Jou ouma Esmé Rinsma woon vyf kilometer hiervandaan en sy betaal die afgelope een en twintig jaar vir jou onderhoud. Kom, ek sal jou gaan voorstel!"

2

Rohan plaas sy hand ferm onder Leandri se arm en stap vinnig saam met haar na die silwer Duitse motor wat aan die bopunt van die rylaan geparkeer staan.

"Nee!" roep sy paniekerig uit en steek viervoet in haar spore vas.

Rohan los haar arm en sy staar hom aan met die dom oë van iemand wat uit 'n nagmerrie ontwaak.

Hy frons ongeduldig. "Genugtig, meisiemens, ek probeer jou nie ontvoer nie. My tyd is kosbaar, daarom wil ek jou aan jou ouma Esmé gaan voorstel eerder as om in nuttelose argumente betrokke te raak. Vertrou jy my nie?"

Hy troon oor haar, sy skouers breed, sy liggaam gespierd, maar sy weet dat sy hom onvoorwaardelik kan vertrou, want hy straal 'n kalm waardigheid en integriteit uit.

Haar glimlag is skugter toe sy antwoord: "Ek glo jou, maar

alles het so holderstebolder gebeur . . . Een oomblik het ek nog in die sitkamer gesit en na die verloofring in ouma Anya se hand gekyk. Sy wil hê ek en Mauritz moet verloof raak, en ek en Mauritz het net daar gesit, al twee te bang en te verdwaas om 'n woord te sê. En toe lui die voordeurklokkie. Ek het opgespring om die voordeur oop te maak, maar toe ek eers begin hardloop, kon ek nie ophou nie, daarom het ek jou amper onderstebo geloop. En nou het ek 'n ouma Esmé. Dink jy dis regtig? En bedoel, droom ek of is ek wakker?"

Sy sien die ergernis uit Rohan se oë wyk voor die sagte fluistering van 'n glimlag. Sy glimlag is ongetwyfeld sensueel, dink sy, maar is dan skielik bang dat hy haar gedagtes kan lees. Sy voel haarself bloos en bedek onwillekeurig haar wange met haar hande.

Rohan se groot hande neem hare weg van haar wange en hou hulle gevange in syne. "Dalk hét jy my onderstebo geloop, want dit voel asof ek op my ore loop. Het ek jou reg verstaan, Leandri? Het jou ouma Anya daarop aangedring dat jy en haar prokureur verloof raak?"

"Ken jy vir Mauritz?" vra sy verras.

"Ons was in dieselfde laerskool, maar hy is ses jaar ouer as ek. Ek ken hom professioneel, en ek weet ouma Esmé betaal jou onderhoud aan hom. Vanselfsprekend sorg hy dat jou ouma Anya die geld kry."

"Maar dan het hy al die jare geweet van my ouma Esmé! Waarom het hy my nooit vertel nie? Ek het geglo hy is my vriend, maar hy het my nooit vertel nie!" vaar sy ontsteld uit.

" 'n Prokureur wat sy sout werd is, verklap nie persoonlike inligting oor sy kliënte nie. Moenie Mauritz verkwalik nie, Leandri. As jou ouma Anya jou van Esmé Rinsma wou vertel het, sou sy. Ek neem aan sy het Mauritz ten strengste belet om met jou oor jou ouma Esmé te praat," antwoord Rohan redelik.

"Ja . . . Arme Mauritz het gelyk asof hy in trane wou uit-

bars toe ouma Anya oor ons verlowing begin praat, maar hy
sê hy is diplomaties, daarom weerspreek hy haar nooit. En sy
is seker sy rykste kliënt." Haar oë rek agterdogtig. "Hoekom
moet my ouma Esmé onderhoud vir my betaal as my ouma
Anya skatryk is?"

"Wat laat jou dink ouma Esmé is minder ryk? Sy kan jou nie
fisiek versorg of enige aanspraak op jou maak nie, maar op haar
manier wou sy deel wees van jou, vandaar die onderhoud." Hy
hou sy hand gebiedend op. "Moenie! Ek kan 'n paar honderd
vrae in jou oë lees, maar ek is seker ouma Esmé sal hulle almal
beter kan antwoord as ek. Kom ons ry na –"

"Leandri!" roep Mauritz uit die oopstaande voordeur.

"Verduiwels!" mompel Rohan binnensmonds. "Ek veronder-
stel jou ouma Anya sal enige tyd ook haar verskyning maak.
Onthou net, Leandri: belowe niks en teken geen dokument
voordat ons weer gepraat het nie. Of sien jy kans om nou saam
met my te kom?"

"Ek wil, maar . . . Ouma Anya is oud en . . . en moeg van die
lang vlug van Londen af. As jy ouma Esmé se adres vir my kan
gee . . ." pleit sy gejaagd.

"My besigheidskaartjie. Bel my," antwoord hy kortaf, druk 'n
kaartjie in haar hand en klim in sy motor.

Die luukse silwer voertuig verdwyn reeds in die rylaan op
pad na die straat toe Mauritz by Leandri aansluit.

"Ek herken nie dié motor nie. Was dit iemand wat na dok-
ter De Wet soek?" vra Mauritz, 'n trilling van spanning in sy
stemtoon.

"Nee, na iemand anders, maar ek kon hom nie help nie,"
antwoord sy met 'n sorgelose ophaal van haar skouers. Sy draai
om en kyk met 'n simpatieke glimlaggie na hom. "Hou op
bewe, Mauritz! Ouma Anya kan jou nie met geweld dwing om
aan my verloof te raak nie."

"Nogtans." Hy sluk aanhoudend, lek oor sy lippe en sê gespanne: "Jou ouma sê jy het my jou lewe lank lief en dat jy graag met my wil trou, Leandri. Ek . . . ek kan nie vir jou sê hoe gevlei ek voel nie, maar toe ons gister in die antiekeware-winkel gesels het . . . Ek het lankal besef jy hou nie van my nie en selfs gister was jy aanvanklik vies vir my. Jy het dit in soveel woorde gesê – my uitgeskel omdat jy dink ek is jou ouma se gehuurde storiedraer. Het jou ouma jou dalk verkeerd verstaan?"

"Goeiste, Mauritz, moet jy altyd diplomaties wees? Hoekom vra jy my nie reguit nie? Toe, vra my of ek met jou wil trou," beveel sy met 'n uitdagende lig van haar ken.

"Maar ek wil nie . . . e . . . ek wil . . ." Mauritz stoot sy vingers deur sy hare, haal diep asem en vervolg met groter sekerheid: "Ek sal enigiets doen om jou ouma gelukkig te maak, want . . . Ek sal graag met jou trou as . . . as jy met my wil trou."

"Want dis jou plig," antwoord Leandri en weet met 'n vreemde klaarheid dat nie net sy onder 'n las van verpligting gebuk gaan nie.

"Ja. Nee! Ek bedoel, jy is beeldskoon en intelligent en enige man sal graag met jou wil trou, soos jou ouma sê. Nee, dis nie wat ek wou sê nie. Ek dink persoonlik jy is beeldskoon en intelligent en . . . en . . ."

"En jy praat te veel, omdat jy jouself wil oorreed dat jy met my wil trou, nè, Mauritz?"

Hy hoor die warmte en begrip in haar stem, lees dit in haar glimlag en vra reguit: "Wíl jy met my trou, Leandri?"

Sy haak by hom in en lag hom goedig uit. "Jou liewe ding! Natuurlik nie, maar dis nie nodig dat ouma Anya dit weet voordat ek mondig is nie."

"Maar sy wag op ons in die sitkamer, die verloofring in haar hande! Wat gaan jy vir haar sê as ons ingaan huis toe?"

"Dat ek van plan is om op my mondigwordingspartytjie verloof te raak. Dis my prerogatief om vol draadwerk te wees, want ek is 'n vrou en terselfdertyd die bedorwe kleindogter van die ryk Anya Dreyer. Kom ons gaan sit op die bank onder die wildekersieboom. Ek en jy moet praat."

"Maar jou ouma . . ." protesteer hy terwyl sy hom dwing om saam met haar oor die grasperk te loop.

"My ouma sal dink dat jy besig is om my hartstogtelik te soen – selfs ou mense het 'n verbeelding," skerts sy en trek hom saam met haar op die tuinbank neer.

Hy hou haar hand vas en vra met dringende erns: "Is jy heeltemal seker jy wil nie met my trou nie, Leandri? Ek vra net, omdat jy gister so seker was dat jy onder 'n verpligting staan teenoor jou ouma."

"Dit was gister," antwoord sy sag.

Gister was haar vrygewige ouma deel van die onmeetbare leegheid van 'n toekoms sonder drome, want sy het geglo dis haar plig om vir die res van haar lewe haar ouma se willose slaaf te wees, dink sy. Maar vandag, nouliks 'n kwartier gelede, het 'n lang, donker man haar die sleutel tot 'n nuwe vryheid gegee: sy het 'n ander ouma – 'n ouma wat een en twintig jaar lank kon gee sonder om iets in ruil te vra. As sy enigsins 'n verpligting het, is dit teenoor haar onbekende ouma Esmé Rinsma.

"Hoe kon vandag alles verander het?" vra Mauritz langs haar.

"Ek het met Anina gesels en ek dink sy het my gehelp om dinge in perspektief te sien. Ouma Anya het besluit om my groot te maak – of liewer, sy het gesorg dat daar mense was om my groot te maak. Sy het nie haar leefstyl verander om by my aan te pas nie, want sy kon dit bekostig om mense te huur om my te versorg. Vandat ek skoolgaan, bly ek drie maande per jaar – en soms langer – by Anina en haar pa. Ek dink hy het baie meer aandag aan my gegee as my ouma. Jy weet self – sy behoort aan talle klubs en liefdadigheidsorganisasies en sy kuier net so graag. Ek het wel in haar huis grootgeword, maar dit was haar keuse."

"Voel jy jy is nie langer onder 'n verpligting om al haar wense uit te voer nie?" vra hy hoopvol.

"Ek was nooit nie, maar ouma Anya is 'n slim vrou: sy vra my nooit reguit nie, maar sy laat my altyd verplig voel om te maak soos sy sê. Soos vanaand weer: eers vertel sy van haar besoek aan die hartspesialis in Londen en laat my glo dat sy net 'n paar jaar het om te leef en dat ons verlowing haar laaste jare volkome gelukkig sal maak. In die verlede sou ek nie gehuiwer het om haar haar sin te gee nie, maar nou . . ." Sal sy Mauritz vertel dat sy weet van haar ouma Esmé Rinsma? vra sy haarself af. Nee, dis haar kosbare geheim wat soos 'n klein vuurtjie in haar binneste brand en haar hele wese met 'n sagte, warm gloed van geluk deurdrenk. Iemand het haar die afgelope een en twintig jaar onvoorwaardelik liefgehad; iemand kon met liefde gee en niks in ruil verwag nie.

"Nogtans . . ." aarsel Mauritz. "Sy het jou in weelde grootgemaak . . . vir alles betaal. Geld . . . geld kan van mense slawe maak."

Sy hoor die bitterheid in sy stem en vra sag: "Is dit waarom jy haar slaaf is, Mauritz? Omdat sy jou rykste kliënt is?"

"Onder meer, ja. Maar dit het jare gelede begin, toe ek nog op laerskool was. My pa se vennoot het geld van ons kliënte gesteel – hy het derduisende rande wat ons prokureursfirma namens hulle moes belê in sy Switserse bankrekening inbetaal en toe buiteland toe gevlug. My pa sou bankrot gespeel het as jou ouma hom nie te hulp gekom het nie. Sy het nie net geld aan hom geleen nie, maar gesorg dat talle van haar ryk vriende sy kliënte geword het. My pa het voor sy dood elke sent aan haar terugbetaal, maar intussen het tant Anya vir my studies betaal en my eerste motor gekoop. Wat ek is en wat ek het, is alles aan haar groothartigheid te danke."

"El veronderstel jou pa het die lening met rente terugbetaal?" vra Leandri onverskillig.

Hy kyk haar onthuts aan. "Vanselfsprekend, maar ek sal nooit kan vergeet dat sy bereid was om my pa te help nie."

"En as 'n bank vir jou pa die geld geleen het? Sou jy gevoel het dat jy vir die res van jou lewe onder 'n verpligting teenoor die bankbestuurder staan?"

"Nee, maar . . ."

"Jou pa was twee jaar ouer as ouma Anya. Hulle het saam grootgeword, want hulle het al die jare in buurhuise gewoon en hulle was altyd goeie vriende, soos ek en Anina is." Sy glimlag onnutsig. "Amper soos wat ek en jy was, voordat ek besluit het jy is 'n aaklige ou oom omdat jy altyd met my ouma saamstem."

"Dankie!" sê hy kamma gekrenk.

"Ons was ewe dom, Mauritz. My ouma is jou peetma en sy kon en wou vir jou studies betaal en jou eerste motor vir jou koop – nie omdat jy haar gevra het nie. Net soos ek haar nie kon vra om my ná my ouers se dood te versorg nie. Sy kon my laat aanneem het of my in 'n kinderhuis geprop het en ek sou nooit van haar geweet het nie. Sy het alles vrywillig gedoen, daarom gaan ek nie langer voel dat ek verplig is om aan al haar versoeke te voldoen nie," sê Leandri met 'n selfversekerde lig van haar ken.

"Maar wat van dankbaarheid?" twyfel Mauritz nog. "My ma sê voortdurend alles wat ons is, alles wat ons besit, is te danke aan tant Anya."

"Snert! Jy sou 'n prokureur geword het selfs al moes jy buitemuurs studeer, en iemand anders sou my grootgemaak het as my ouma geweier het om dit te doen. Ek is dankbaar oor alles wat sy vir my gedoen het, maar met al haar skatte kan sy nie my toekoms en my vryheid – my hele menswees – koop nie. En ek hoop sy is ook dankbaar oor alles wat ek ter wille van haar opgeoffer het – soos 'n normale jeug om saam met seunsvriende of mans uit te gaan of om 'n voltydse student te wees. Ek gaan nie met jou trou nie, Mauritz, want ek is niemand se gekoopte bruid nie."

Hy glimlag bewonderend en skud sy kop. "Wat het in jou gevaar, Leandri? Net gister nog was jy bereid om jou ouma se geringste wens te gehoorsaam, maar vanaand is jy skielik . . . anders."

"Dis die uitwerking van die maan," skerts sy en kyk na die sekelmaan wat aan die sterbesaaide hemelruim hang en maanlig soos 'n wasige kantgordyn oor die tuin uitsprei. Haar oë soek deur die struike en bome, soek na die lang, breedge-skouerde gestalte van 'n donker man met mosgroen oë, maar vind hom nie.

"Nag, Mauritz," groet sy saaklik en staan vinnig op. "Ek sal vir my ouma sê ek het jou huis toe gejaag. As jy nog twyfel oor jou pligsgevoel: gesels met Anina. Sy sal jou leer om met wetenskaplike objektiwiteit na die lewe te kyk!" terg sy en draf weg oor die grasperk in die rigting van die voordeur.

Anya kyk met 'n afwagtende glimlag op toe sy die voordeur hoor toegaan, maar haar glimlag word gedwonge toe sy Leandri alleen die sitkamer sien binnekom. "Is Mauritz so opgewonde oor julle verlowing dat hy vergeet het om vir my te kom nagsê, my liefie?" vra sy met 'n tikkie verwyt.

Leandri kyk na die ringdosie in Anya se regterhand wat op die armleuning van haar gemakstoel rus. "Ek het hom huis toe gestuur, Ouma, want dis laat en Ouma het 'n lang rit agter die rug. Is Ouma nie moeg nie?"

"Tot die dood toe moeg, my skat, maar ek het só uitgesien na julle verlowing. Om nog vanaand, voordat ek my oë sluit, hierdie verloofring aan jou vinger te sien en te weet daar is 'n goeie, betroubare man wat jou sal liefhê en versorg wanneer ek die dag my oë finaal sluit," antwoord Anya met net genoeg patos in haar stem om Leandri skuldig te laat voel.

Nee, sy sal nie skuldig voel nie, besluit Leandri en hou haar gesig uitdrukkingloos. Hoekom moet sy en Mauritz vir die res van hulle lewe ongelukkig wees net omdat haar ouma eendag sal doodgaan? Almal gaan dood – sy sal ook, maar sy het die reg op 'n eie lewe en 'n bietjie geluk, soos wat haar ouma in haar jeug gehad het.

"Ek verstaan, Ouma, maar ek sal verkies om my verlowing uit te stel tot my mondigwording. Dit sal nie 'n groot partytjie wees nie, maar Anina en oom Dawie en Mauritz en sy ma sal daar wees. En natuurlik ek en Ouma. Of is daar ander familielede wat Ouma wil uitnooi?" vra sy kamma hoopvol.

Anya werp haar 'n verwytende blik toe. "Jy weet ek is al wat jy het, Leandri, daarom is jy so kosbaar . . . so oneindig kosbaar vir my. Jy ken Mauritz jou lewe lank, my skat. Waarom moet julle 'n lang verlowing hê? Raak môreaand verloof aan hom en trou op jou mondigwording. Ek besef vier weke is 'n kort kennisgewing, maar nie een van my goeie vriende sal weier om jou bruilof by te woon nie. Ek het gedink vyfhonderd gaste behoort genoeg te wees, en vanselfsprekend sal dominee –"

"Nee, Ouma!" maak Leandri 'n einde aan Anya se entoesiastiese planne. "Ek kan nie onthou dat ek Ouma al ooit teëgegaan het nie, maar 'n oorhaastige huwelik . . . Ek is jammer, Ouma, maar dis mý lewe en mý toekoms en net ek sal daaroor besluit."

Vir 'n breukdeel van 'n sekonde glim daar woede in Anya se donker oë, maar dan laat sak sy haar kop en streel met haar vingers denkbeeldige trane van haar wange weg. "Dis waarvoor ek die afgelope een en twintig jaar leef, my liefie: jou lewe en jou toekoms. Dis wat my 'n doel in die lewe gee: om jou gelukkig te maak. En nou . . . nou ontneem jy my die voorreg om my grootste wens te bewaarheid," verwyt sy, haar stem gebroke. Sy sug bewerig.

Ouma Anya is 'n briljante toneelspeler en 'n oortuigende leuenaar, maar tot op hierdie oomblik het sy dit nooit besef nie, dink Leandri en byt 'n ergerlike antwoord op haar onderlip vas.

"Ek verstaan, Ouma, maar my grootste wens is om gelukkig te wees en ek sal self besluit wat my gelukkig maak. Dis nie nodig dat Ouma meer namens my besluite neem nie," sê sy paaiend.

Anya sit orent, haar kop trots omhoog, en kyk met kille agterdog na Leandri. "Wie was vroeër vanaand hier?" vra sy kortaf.

Die aantreklikste man wat ek al in my lewe gesien het, dink Leandri. Sy wonder of sy bloos en antwoord gemaak belangeloos: "Iemand wat op soek was na mense wat ek nie ken nie. Hoekom vra Ouma? Het Ouma gaste verwag?"

"Nee," antwoord Anya vinnig, onbewus daarvan dat haar uitdrukking en stemtoon haar verligting aan Leandri verraai. "Anina was altyd 'n vrypostige en uitgesproke kind, te koppig en onafhanklik vir 'n meisie – moontlik omdat haar pa haar grootgemaak het. Ek aanvaar dis haar invloed wat jou skielik so ... so gevoelloos teenoor my laat optree. Maar moenie vergeet nie, Leandri: alles wat jy is, alles wat jy het, is aan mý te danke. Ek gee met liefde, maar wat word van jou as ek die dag nie meer wil gee nie?"

Leandri glimlag met 'n gevoel van bevryding en antwoord vreesloos: "Ek is seker ek sal werk kan kry en selfonderhoudend wees, Ouma." Sy sien hoe Anya 'n hand op haar bors plaas en haar oë sluit, en sy draai vinnig weg. "Ek gaan vir my 'n warm drankie maak. Ek sal vir Ouma 'n koppie tee slaapkamer toe bring."

Sy drafstap die sitkamer uit, trek haar sandale uit en keer op haar tone terug na die sitkamerdeur. Sy sien Anya penorent op haar stoel sit, 'n toornige frons tussen haar wenkbroue en haar lippe in 'n dun lyn saamgestreep. Haar ouma het 'n aanval van boosaardigheid, maar met haar hart skort daar niks, dink Leandri met 'n geruste glimlaggie en stap kombuis toe.

Leandri trap die rempedaal van Anya se groot, luukse motor weg toe 'n onverskillige motorfietsryer voor haar inswenk en dan drasties spoed verminder. Die motorfietsryer hou stil, wag dat Leandri die veiligheidshek met haar afstandbeheer oopmaak en volg haar dan in die rylaan op na die Dreyerwoning.

Sy kyk met emosies wisselend tussen skok en vrees hoe die man van sy motorfiets afklim. Sy bring haar motor voor die motorhuis tot stilstand en laat die enjin luier, ingeval dit nodig sou wees om vinnig agteruit te ry. Die man haal sy valhelm af, gooi sy lang, donker kuif met 'n rukbeweging terug en sy herken haar besoeker van die vorige aand. Sy voel haar hart ineenkrimp van 'n bittersoet pyn en dan oorspoel 'n ongekende blydskap haar en stuur trillings van opwinding deur haar hele wese.

Sy ly aan skok, besluit sy ergerlik. Sy sukkel met dom vingers om die enjin af te sluit en klim dan uit die motor.

"Eindelik! Ek jaag sedert agtuur vanoggend heen en weer in julle straat in die hoop dat ek met jou kan praat – natuurlik op ouma Esmé se bevel. Môre, Leandri. Jy lyk soos 'n rare, eksotiese blom in jou geel rok. Vergoed my kompliment vir my roekelose bestuurdery?" vra Rohan, nie 'n tikkie jammerte in sy stemtoon nie.

Sy verluister haar aan die diep timbre van sy stem en wens hy wil nooit ophou praat nie, besef dan dat sy hom aanstaar en frons om haar verleentheid te verberg. "Môre, meneer Rinsma. Jy kon gebel het in plaas daarvan om brandstof te mors en my ouma en ons bure te irriteer," antwoord sy koel en hoop om met haar stemtoon haar te distansieer van hierdie vreemde man se magnetiese aantrekkingskrag.

"Rohan. Ek weier om jou as juffrou Dreyer aan te spreek, daarom kan jy ophou formeel wees. En hou op om vies te wees. Ek wou gebel het, maar ouma Esmé het my met dood op 'n brandstapel gedreig. Sy is skatryk maar vrek suinig, want maak sy kontak met jou voordat jy mondig is, sleep jou nare ouma Anya haar dalk hof toe. Ouma Esmé sê sy het beter dinge om met haar baie geld te doen as om jou ouma Anya nog ryker te maak."

"Maar . . . hoekom?" vra Leandri verdwaas. "Hoekom moes ouma Esmé al die jare vir my onderhoud betaal as sy nie die reg het om met my in verbinding te tree nie?"

"Sy moes nie, maar sy wou. Ek dink hulle noem dit liefde in die klassieke," treiter hy haar, tel haar linkerhand in syne op en bestudeer haar vingers met fronsende konsentrasie. "Geen ring nie? Slim meisie!" prys hy haar en glimlag in haar oë.

Sy glimlag is soos die sagste streling van 'n soen en laat 'n warm blos van verleentheid oor haar wange kruip. Wat makeer my? dink sy paniekerig. Hy is nie die eerste man wat aan haar hand raak of in haar oë glimlag nie – sy kry oorgenoeg te doen met die seuns en kleinseuns van ouma Anya se talle vriendinne. Sy kan met die grootste gemak jong mans se hande skud en hulle met 'n stywe glimlaggie groet, maar sy het nog nooit hartkloppings of asemhalingsprobleme ervaar bloot omdat 'n man aan haar hand raak of vir haar glimlag nie. Kan Rohan haar hart hoor tamboer slaan in haar bors? Hoor hy hoe vlak en onegalig haar asemhaling is?

"Gee my hand terug!" beveel sy onnodig skerp en bloos op-nuut oor haar impulsiewe woorde.

"As jy te selfsugtig is om jou hand met my te deel . . . vat dit!" antwoord hy en lag haar goedig uit toe sy haar rooi wange met haar hande bedek. "Ek vergeet dat ek vir jou 'n vreemdeling is, want ek ken jou van jou geboorte af."

"Hoe kan jy my ken? Ek het jou gisteraand vir die eerste maal ontmoet," sê sy beheers en verkyk haar aan die bedding angeliere, vasbeslote om nie weer in sy oë te kyk nie.

"Dis 'n lang storie oor my en my mense. Sien jy kans om verveel te word?" vra hy skertsend.

"Dis 'n lang dag, propvol leë ure. Ek hou van stories," glimlag sy, maar verkyk haar nog aan die angeliere.

"Ook maar nuuskierig," terg hy en vervolg: "Ons Rinsmas is onder meer in- en uitvoerders van elke produk onder die son. Ons koop tekstielware in Paraguay, Indonesië of Indië, leergoedere in Brasilië of Argentinië, en elektroniese ware in Singapoer of een van die talle ander plekke in die Ooste, en ons voer elke denkbare produk uit. My ouers sou nie 'n huwelik gehad het as hulle nie saam kon werk nie, daarom het hulle my soos 'n lastige troeteldier by ouma Esmé afgelaai en op 'n lewenslange wittebrood gegaan. Dis wat die romantiese ouma Esmé glo, maar ek weet my ma is 'n vernuftige sakevrou wat net so hard soos my pa werk en hulle inkomste verdubbel," vertel hy.

Sy waag 'n vlugtige kykie na hom toe hy swyg. "Dit beantwoord nog nie my vraag nie: hoe ken jy my?"

"Ek het in ouma Esmé se huis grootgeword. Dis waarom ek jou ma geken het, want ek was pas nege toe sy dood is. Die afgelope een en twintig jaar gesels ek met ouma Esmé oor jou, onthou jou verjaardag en dink elke Kersfees aan jou. Jou oupa Rinsma is verlede jaar oorlede en sedertdien kan ouma Esmé nie wag om jou te ontmoet nie. Dis uit desperaatheid dat ek gisteraand hier ingeloer het. Ek het gehoop ek sal 'n paar woorde met jou kan praat, net om ouma Esmé gelukkig te maak."

"As sy ons ouma is . . ." Leandri lek oor haar lippe wat ineens kurkdroog is. "Is jy my neef, Rohan?"

Die lenteson steek goue vure in sy donkergroen oë aan en die klank van sy lag is soos die jubelende geklater van 'n bergstroom oor hoë rotse. "Allermins! My oupa was 'n immigrant uit Friesland, maar jou oupa Rinsma het my vertel hulle tak van die Rinsmas het reeds eeue gelede hier aangekom."

"Hoekom praat jy dan van my ouma asof sy jóúne is?" vra sy, te verlig om haar vir hom te vererg, selfs al lag hy haar uit.

Hy frons asof haar woorde hom verras. "Ek weet nie. Dalk omdat sy jou ouma is en ek haar onwetend as my ouma beskou. My ma se ouers leef nog, maar hulle het beslis nie kans gesien om my groot te maak nie. Gee jy om dat ek ouma Esmé met jou deel, Leandri?" vra hy skertsend.

"Jy doen dit al die jare sonder my toestemming, daarom maak my toestemming nie werklik saak nie." Sy kyk ongemaklik na die huis. "Ek sou jou graag wou binnenooi, maar die huis is propvol spioene . . . e . . . ek bedoel, 'n huishoudster en haar helpers. Ek moet ouma Anya eers om vyfuur weer gaan haal. As jy my ouma Esmé se adres kan gee . . ."

"Nee," antwoord hy ferm. "Ouma Esmé het byna 'n toeval gekry toe ek haar vertel het ek wou jou gisteraand huis toe bring. Sy sê jou oupa Rinsma het swart op wit geteken dat hulle nooit enige kontak met jou sal hê solank as wat jou ouma Anya jou voog is nie. Maar ek moes met jou gesels sodat ek ouma Esmé kon gerusstel. Sy was doodbekommerd dat jy aan Mauritz verloof sou raak en trou voordat jy mondig is."

Leandri trek haar asem hoorbaar in, haar oë groot van erns. "Dis presies wat ouma Anya van my verwag: dat ek en Mauritz onmiddellik verloof raak en op my mondigwording trou. Hoekom is ouma Esmé gekant teen 'n huwelik tussen my en Mauritz?"

Die son speel op die sterk vlakke van sy gelaat en aksentueer die ferm lyne van sy ken en kaak. "Jou ouma Anya is 'n uitgeslape ou tannie," sê hy grimmig. "Op jou mondigwording sal 'n bode van ouma Esmé se prokureur 'n brief persoonlik aan jou aflewer. In die brief sal jy gevra word om met haar prokureur in verbinding te tree in verband met jou erfenis. Maar as dit jou troudag was, sou jy nie gretig gewees het om met hom in verbinding te tree nie."

"Watter erfenis?" vra Leandri verward.

"Jou ma het van haar oupa geërf, maar omdat sy dood is voordat sy mondig was, erf jy haar deel van jou oupagrootjie. Ek weet jou oupa Rinsma het jou ook in sy testament onthou. Die tyd het jou ouma Anya ingehaal, want sy weet dat jy binnekort jou skatryk ouma Esmé sal leer ken en die waarheid oor jou onderhoud sal hoor. Dis waarom sy jou in 'n huwelik met Mauritz wil dwing, want omdat sy sy rykste kliënt is, sal sy nog druk op jou kan uitoefen om weg te bly van ouma Esmé."

"Geen man sal my kan weghou van ouma Esmé nie!" antwoord sy geraak, sien dan die dansende lag in sy oë en vervolg styf: "En dit het niks te doen met wat ek ook al gaan erf nie. Ek het my graad in kuns en kunsgeskiedenis, en meneer Schultz het my verseker hy sal altyd vir my werk in sy antiekeware-winkel hê. Ek help hom sedert my matriekjaar in die winkel, net om meer oor antikwiteite te leer. Ek wil iemand hê om lief te hê, nie geld nie."

"Iemand om lief te hê . . ." herhaal hy mymerend, donker skadu's in sy oë. Hy lig sy kop vinnig op asof hy onaangename gedagtes wil afskud en kyk haar ernstig aan. "Het jy en Mauritz mekaar nie lief nie, Leandri?"

"Nee. Ons twee het gisteraand lank gesels nadat jy hier weg is. Hy het soos ek gevoel: ons is albei onder 'n verpligting om ouma Anya haar sin te gee. Toe ek gisteraand by die voordeur uitgestorm het . . . Ek was desperaat, want ek weet ek sal Mauritz nooit kan liefhê nie, maar terselfdertyd is ek soveel aan ouma Anya verskuldig. En toe vertel jy my van ouma Esmé wat al die jare vir my onderhoud betaal het. Dit was die wonder-likste geskenk wat ek kon kry: om te hoor dat iemand anders deel is van my en dat ek nie langer hoef te voel dat elke stukkie brood wat ek eet deur ouma Anya betaal word nie."

"En Mauritz? Dalk is dit liefde en nie plig nie wat hom laat instem het om met jou te trou," hou Rohan vol.

"Waarom karring jy aan my? Ek dink ek is oud genoeg om te weet as 'n man my liefhet," sê sy onthuts.

Sy sien weer die skadu's in sy oë, maar dan glimlag hy on-verskillig. "Ook waar. Waarom sal ek my oor Mauritz se gebroke hart bekommer?" Hy sien haar ergerlik frons, steek sy hand uit en streel vlinderslag met sy vingers oor haar wang.

Wonderlike sensasies ontwaak in haar, sensasies wat sy nog nooit tevore ervaar het nie. Haar gedagtes soek na woorde en vind hulle: begeerte, hartstog en 'n bittersoet verlange. Dis woorde wat sy al talle male in boeke gelees het, maar nou vir die eerste maal verstaan; dooie woorde wat skielik lewend geword het, woorde dansend van wonder en 'n malse vreugde.

"Nee . . ." prewel sy en tree agteruit, bang en kwesbaar, so desperaat om hierdie groot, donker man lief te kry, maar nog banger om verwerp te word.

"Jammer," sê hy spytig en laat sak sy hand. "Ek doen dit van kleins af: raak met lomp vingers aan alles wat vir mooi is, veral ouma Esmé se kosbare porseleinbeeldjies. As ouma Esmé hier was, het ek weer 'n oorveeg gekry," sê hy, die songloed terug in sy donker oë.

"Lyk ek vir jou soos 'n porseleinbeeldjie?" vra sy gemaak beledig, te bang om te glimlag en haar blydskap oor sy aanraking te verraai.

"Ek het nog nooit 'n porseleinbeeldjie se oë sien blits nie," koggel hy en klim op sy motorfiets. "Sien jou, Leandri! Het jy 'n boodskap vir ouma Esmé?"

"Net liefde . . . al my liefde," antwoord sy.

"En niks vir my nie?" vra hy kamma afgehaal.

"N-nee, maar dankie, Rohan, baie dankie vir alles wat jy my vertel het."

"En daarmee moet ek tevrede wees," spot hy, sit sy valhelm op en ry weg terwyl sy hom met 'n gevoel van verlies agternakyk.

Anina is besig om aan 'n stukkie roosterbrood te peusel, 'n tydskrif oop langs haar bord, toe Leandri by die agterdeur inkom en met 'n stralende glimlag na die ontbythoekie koop.

"Moenie!" grom Anina en druk haar hand oor haar oë. "Jou glimlag is erger as die oggendson in die gleuf tussen my kamergordyne. Waarom gryns jy, Leandri?"

"Dis 'n geheim, maar dit voel asof ek gaan oopbars as ek iemand nie daarvan vertel nie! Asseblief, Anina, probeer lyk asof jy wakker is en 'n klein bietjie belangstel."

"Vra my pasiënte om nie om twee-uur in die oggend koronêre trombose te kry nie," mor Anina. "Wie is hy? Hoe lank ken jy hom? Wanneer trou julle? Was dit belangstellend genoeg, my sonstraaltjie?"

"Ek kan my vererg, maar ek is te bly om kwaad te wees. Dis die wonderlikste nuus ooit, Anina. Ek het 'n ander ouma: ouma Esmé Rinsma!" vertel Leandri jubelend.

"Ek weet. Sy is een van ons praktyk se pasiënte," antwoord Anina onbeïndruk en gaan ongesteurd voort om deur die tydskrifte te blaai.

3

Leandri staar Anina verbyster aan en sak stadig op 'n stoel langs die ontbyttafel neer. "Jy . . . weet?" wurg sy aan die woorde en bars dan verwytend uit: "Hoe kon jy so gemeen gewees het om my nie te vertel nie? Jy weet hoe bitter graag ek altyd meer oor my eie ma wou weet, maar ouma Anya het volstrek geweier om oor haar te praat. En . . . en die dag toe ons op die ou fotoalbum op die solder afgekom het . . . jy het saam met my gehuil omdat al die foto's langs my pa met 'n skêr uitgeknip was. Maar jy het geweet – jy het al die jare geweet ek het 'n ander ouma!"

"My liewe mens, jy huil," kom dit skuldig van Anina. Sy raap

381

haar papierservet op en druk dit in Leandri se hand. "Blaas jou neus en ontspan, klein tjankbalie. Ek is 'n dokter, nie 'n toneelspeler nie, en daardie dag in die solder was my hartseer so eg soos joune. Ek het eers sowat vier maande gelede uitgevind dat Esmé Rinsma jou ouma is – en toe was dit blote toeval dat ék haar aan huis moes besoek, omdat my pa na 'n ander pasiënt uitgeroep was."

"O . . . ek is jammer ek het in jou keel afgespring," maak Leandri verskoning. Sy klad met die servet die trane op haar wange en vra huiwerig: "Het sy jou oor my uitgevra?"

Anina glimlag traag. "Nee, dit was andersom: ek het haar uitgevra, want haar slaapkamer was propvol foto's wat my pa deur die jare van jou geneem het." Sy bars uit van die lag toe sy die verwarring op Leandri se gesig lees. "Dink, my arme kind, dink! Ons De Wets woon al geslagte lank langs die Dreyers, en die Rinsmas is die afgelope dertig jaar my pa se pasiënte. Dis vanselfsprekend dat my pa jou ma geken het, want sy was ook sy pasiënt."

"Jou pa het nooit oor my ma of my ouma Esmé gepraat nie," kom dit verwytend van Leandri.

"Kan jy hom verkwalik? Hy weet hoekom jou ouma Anya jou nie van jou ouma Esmé vertel het nie, maar hy is 'n dokter, 'n professionele man, daarom praat hy nie oor die privaat sake van sy pasiënte nie. Maar hy is mens genoeg om foto's van jou te neem en dit vir jou ouma Esmé te gee – solank jy dit nie aan tant Anya uitblaker nie!" Anina frons bekommerd. "Jy gaan haar nie skielik oor jou ouma Esmé konfronteer nie? Of . . . of het sý jou van jou ander ouma vertel?"

Leandri glimlag wrang. "Sy is te hard besig om my en die arme Mauritz in 'n huwelik op my mondigwording te probeer inpraat, om haar te bekommer oor die bestaan van 'n ander ouma. Of dalk is dit juis omdat sy haar siek bekommer oor ouma Esmé dat sy so gretig is dat ek en Mauritz moet trou."

"O ..." Die woord is 'n skor, geskokte fluistering. Leandri kyk vinnig op, sien 'n skadu van pyn in Anina se oë voor 'n gedwonge glimlag vlug, en sê doodluiters: "Mauritz is byna oud genoeg om my pa te wees. As hy nie so 'n ruggraatlose wurm was nie, het hy reguit vir ouma Anya gesê hy sien nie kans om met my te trou nie, maar –"

"Mauritz is allermins 'n ruggraatlose wurm!" val Anina haar heftig in die rede, haar gesig rooi van verontwaardiging. "As iemand 'n gebrek aan ruggraat het, is dit sy inkennige, bang ma! Jy ken haar: sy is een van daardie handewringende vroue wat nie genoeg dankie kan sê dat die oorweldigende Anya Dreyer toelaat dat die son oor haar skyn nie. En jou agterbakse ouma gebruik die arme, bang vrou om Mauritz te manipuleer. Ek weet dat as dit nie vir sy ma was nie, sou Mauritz lankal jou ouma gevra het om vir haar 'n ander prokureur te kry."

Leandri glimlag onnutsig. "Soveel passie, soveel emosie – en dít van 'n meisie wat met albei voete in die mediese wetenskap staan. Wanneer het Mauritz jou as sy advokaat aangestel, Aninatjie?" vra sy stroopsoet.

"Klein pes!" skel Anina, haar gesig rooi van verleentheid "Jy weet hoe erg is ek oor hom."

"O, ek weet al jare lank, ja. Al daardie manjifieke mans met wie jy uitgegaan het – en nie een van hulle was goed genoeg vir jou nie."

"Wat insinueer jy, klein dogtertjie?" grom Anina met oortuigende ergernis.

"Ek hoef dit nie te insinueer nie, want hierdie dogtertjie is lankal nie meer klein nie. Ek weet en jy weet dit, Anina: jy is lief vir Mauritz. As ek jok, mag jy my met die bottel heuning gooi."

Anina prop 'n stukkie koue roosterbrood in haar mond en kou dat die krummels spat, haar oë starend na die muurbord oorkant haar. Sy proe aan haar koue koffie, plaas die koppie kletterend terug op die piering en sê bitter: "Liefde is soos verkoue: jy kry dit wanneer jy dit die minste verwag. Maar anders as verkoue, raak jy nooit weer ontslae daarvan nie."

"Het jy nie 'n tikkie romantiek in jou wetenskaplike hart nie, Anina? Om liefde met verkoue te vergelyk – dit moet sonde wees. Hoekom vra jy Mauritz nie om met jou te trou nie?"

Anina staar haar geskok aan. "Is jy nou heeltemal laf, meisiemens? Hy gaan met jóú trou, want . . . want enige meisie sal dankbaar wees om met hom te trou." Sy glimlag bewerig. "Ek wou nog altyd 'n beroemde dokter in donker Afrika geword het – solank die plek baie ver en baie donker is. Waarsku my wanneer julle op 'n troudatum besluit het, want ek wil betyds my tasse pak."

"Het ek dit nog nie gesê nie? Ek gaan nie met Mauritz trou nie, selfs al gaan werk jy in daardie ver, donker plek. Ek het hom nie lief nie, Anina – nie soos . . . soos . . ." Sy swyg toe Rohan se trotse, aantreklike gelaat voor haar geestesoog opdoem. Sy ervaar weer die euforie toe hy met sy vingers oor haar wang gestreel het en vervolg gejaagd: "Ek het my ouma Esmé beloof ek sal nie, want sy weet ook ek het Mauritz nie lief nie."

"Hoe weet sy? Wanneer het jy haar ontmoet?" vra Anina agterdogtig.

"Ek het nog nie. Hy . . . e . . . die man het my van ouma Esmé vertel."

"Het die man 'n naam?"

"Rohan Rinsma. Ken jy hom?" vra Leandri en ervaar 'n prikkie vrees in haar binneste. Anina is 'n pragtige meisie en boonop 'n suksesvolle professionele vrou. Sy dink sy het Mauritz lief, maar as sy Rohan ontmoet, sal sy hom ongetwyfeld liefkry. Sy is die regte meisie vir Rohan . . . of is Rohan al getroud? Nee, nee, sy gaan dié verskriklike moontlikheid nie eens oorweeg nie, dink sy en skeur die klam servet in haar hande aan repies.

"Rohan het gebel die dag toe ek jou ouma Esmé gaan besoek het, maar hy was op pad om 'n vliegtuig te haal. 'n Knorrige, hooghartige man – jy ken sy soort: skatryk, suksesvol en so bewus van sy eie aantreklikheid dat hy op homself verlief is. Hy het my ewe styf gegroet, seker gemaak of ek wel 'n dokter is en homself uit die voete gemaak," sê Anina, 'n onvergenoegde uitdrukking op haar gesig. "Het hý jou van jou ouma Esmé vertel?"

"Ja, gisteraand, net nadat ouma Anya . . ." Leandri breek haar sin af en gaan dan opgewonde voort: "Dis jou pa! Ek weet ouma Anya bespreek al haar privaat sake met hom. Ek wed jou sy het hom vertel sy wil hê ek en Mauritz moet voor my mondigwording verloof raak en trou, en hy het gesorg dat ouma Esmé daarvan weet. Dank die hemel vir jou wonderlike pa!"

"Dis moontlik, ja. Sou jy met Mauritz getrou het as jy nie van jou ander ouma geweet het nie, Leandri?" vra Anina ernstig.

"Nee, nooit nie. Ek weet nie veel van liefde nie, maar ek dink ek is oud genoeg om te kan onderskei tussen liefde en gewoonte. Selfs al sou ouma Anya my weggejaag het, sou ek nog nie ingestem het om met Mauritz te trou nie. Ek het altyd geglo ouma Anya is die enigste familie wat ek het, en as ek moes, sou ek vir my 'n woonstelletjie êrens naby meneer Schultz se antiekeware-winkel gehuur het. Ek weet ook jy en jou pa sou my gehelp het, want my ouma het nie 'n houvas op julle nie. Maar nou . . ." Leandri glimlag met die geluk wat uit die rykdom van die liefde gebore is. "Ek weet ouma Esmé het my al jare lief, want sy het elke maand vir my onderhoud betaal en jy het gesê daar is foto's van my in haar slaapkamer. Ek is die gelukkigste mens in die wêreld!"

"Jy is verlief, my arme kleinsus." Anina se oë vernou agterdogtig terwyl sy die blosende Leandri betrag en dan skud sy haar kop aanhoudend. "Nee . . . o nee, nie daardie selfvoldane egoïs wat homself Rohan Rinsma noem nie! Jou arme, onervare kleuter . . . Rohan Rinsma eet onskuldige dogtertjies soos jy vir ontbyt op! Moenie my laat wens dat jy met Mauritz sal trou nie."

Leandri bekyk die vingernaels van haar regterhand asof sy hulle nog nooit tevore gesien het nie. "Dalk sal jy skrik as ek jou vertel wat onskuldige dogtertjies soos ek vir ontbyt opeet, my bejaarde vriendin. Maar voordat ek uit desperaatheid met Mauritz trou: het jy vir my ouma Esmé se foonnommer?"

"Ek het, maar dis oneties om inligting oor ons pasiënte aan vreemdelinge te gee," antwoord Anina. Sy staar stip na haar bord en vervolg belangeloos: "Maar vreemdelinge kan 'n foongids raadpleeg, veral as 'n sekere vreemdeling besef dat daar nie honderde Rinsmas in die foongids sal wees nie. Sal jy vir ons vars koffie maak? . . . Leandri, waarheen is jy so haastig op pad? Toe maar, mens, ek sal self vir my koffie maak!" roep sy en staan laggend op om die ketel aan te skakel.

Leandri plak die telefoongids op die lessenaar in die studeerkamer van die Dreyer-woning neer, blaai gretig na die letter R en lees hardop: "Raath . . . Rademan . . . Reitz . . . Rinke . . . Rinsma . . . het dit!"

"Rinsma? Dis 'n ongewone van," praat Mauritz uit die rigting van die boogvenster.

Sy gee 'n verskrikte gilletjie, laat val amper die foongids en swaai verwoed om na hom. "Jou afskuwelike bekruiper! Ek haat jou, Mauritz Pretorius! Ek haat jou en my ouma en al julle gemene leuens! Maar ek haat jou veral! Jy is niks anders as 'n ruggraatlose wurm nie, 'n willose marionet wat rondspring as my ouma jou toutjies trek, maak nie saak wat Anina sê nie!"

"Ek stem saam. Maar wat sê Anina?" vra hy gelykmatig, sy innerlike spanning slegs sigbaar in die gespring van 'n spiertjie onder sy regteroog.

"Dat jy soos 'n verkoue is, maar dat sy nie van jou ontslae

kan raak nie, jou nuuskierige agie! Hoekom wil jy weet? Is dit nog 'n brokkie inligting wat jy by ouma Anya kan aandra?"

"Ek het gedink . . . gehoop jy verstaan my situasie ná ons gesprek gisteraand, Leandri. Maar jy het gelyk: ek tree soos 'n ruggraatlose wurm op, maar slegs wanneer ek met tant Anya te doen het. Ek weet jy het om 'n onverklaarbare rede my vyand geword toe jy 'n tiener was, maar in my oë het jy my kleinsussie gebly. Dis waarom dit so moeilik was om teenoor jou te verswyg . . . dinge wat jou gelukkig of ongelukkig sou gemaak het. As jy net kan verstaan: dit sal oneties wees om private inligting tussen my en my kliënte met jou te bespreek, maak nie saak hoe graag ek dit wil doen nie," antwoord Mauritz met so 'n erns en waardigheid dat Leandri hom verbaas aanstaar.

"Ek verstaan, Mauritz. Dis presies wat Anina vir my gesê het. Ek is jammer ek het jou uitgeskel, rêrig jammer. Dis was meer uit skok, want ek het jou nie daar sien sit nie. En . . . en ek is jammer dat ek destyds al my frustrasies op jou uitgehaal het toe ouma Anya my verbied het om met seuns uit te gaan. Nie dat sy my dit ooit in soveel woorde belet het nie. Dit was vir haar net een maal nodig om te sê dat 'n seun of 'n jong man in haar huis haar aan my pa herinner, en ek het vanselfsprekend nooit weer 'n seun uitgenooi nie. Ek was kwaad omdat jý tydig en ontydig hier kon kuier en . . . en ek het gedink jy glo ek is te jonk vir liefde," verduidelik sy skuldig.

Hy glimlag flitsend. "Dankie. Nou hoef ek nie langer te wonder waarom jy al die jare vies was vir my nie. Maar om terug te keer tot die hede: ek was op pad om te kom hoor of jy tant Anya gisteraand kon oorreed om met ons huwelik te wag, toe gewaar ek jou en Rohan Rinsma in die voortuin. Ek neem aan jy weet nou van jou ouma Esmé Rinsma?"

"Is dit teen die wet dat ek weet?" vra sy vyandig en byt dan spytig op haar onderlip. "Ekskuus. Ek dink ek het te gewoond geraak om katkloue in jou te slaan. Ja, Rohan het my van ouma

Esmé vertel, maar hy het geweier om my na haar huis te neem. My oupa Rinsma het glo 'n dokument onderteken waarin hy beloof het om geen kontak met my te hê nie."

"Hy het, maar hy het nie toe geweet hy sal sterf voordat jy mondig is nie. Ek is vanoggend vroeg kantoor toe om die dokument noukeurig deur te lees. Daar word nêrens in die dokument melding gemaak van jou ouma Esmé nie en sy het ook nie die dokument onderteken nie," sê Mauritz met formele hoflikheid en kyk afwagtend na Leandri.

Aarselende hoop en blydskap verhelder haar oë. "Bedoel jy ek is vry om openlik by ouma Esmé te gaan kuier, Mauritz?"

"Sonder twyfel. Ek glo nie jou ouma Esmé het ooit die dokument gelees nie en al het sy, sou sy nie teen jou oupa se wense optree nie. Maar jou oupa is verlede jaar dood en niks verhoed jou om by jou nuwe ouma te gaan kuier nie."

"Jou skat van 'n man!" Leandri gooi haar arms om hom en gee hom 'n spontane drukkie. "Jy het sowaar 'n ruggraat en spiere, Mauritz! Geen wonder Anina kan nie ontslae raak van haar verkoue nie. Vreeslik dankie dat jy my kom vertel het. Ek gaan nie eens bel nie – ek gaan nou dadelik na my ouma Esmé toe."

Sy los hom en swaai weg na die deur, maar hy gryp haar aan die arm. "Jy gaan nêrens voordat jy aan my verduidelik het waarom Anina dink ek is soos 'n verkoue nie, klein snip! Het jy vergeet van die dag toe ek jou in die visdam gegooi het omdat jy 'n hele bak roomys in my gesig gesmyt het?" vra hy tergend.

"Dit was voordat ek geleer het om waardig te wees, omtrent veertien jaar gelede," antwoord sy en lag saam met hom. Sy frons en kyk ondersoekend na hom. "As ek met die wetenskaplike objektiwiteit van my geleerde vriendin Anina na jou kyk, ouboet Mauritz, moet ek saamstem – jy is nogal aantreklik met jou donkerblonde hare en jou persblou oë. Ek sou sê dis moontlik dat 'n wetenskaplike meisie jou kan liefkry. Anina sê liefde en verkoue kom ongevraagd, maar dis makliker om van 'n verkoue ontslae te raak. Is dit nodig vir my om meer te sê?"

"Nie net nodig nie, maar noodsaaklik! Is sy ...? Het sy ...?" Hy skud haar liggies aan haar arm. "Vervlaks, Leandri, moenie dat ek 'n gek van myself maak nie! Al die jare wens ek ... hoop ek ... Maar sy is so briljant en suksesvol, so 'n beeldskone meisie ..."

"En jy is definitief nie. Briljant en suksesvol, ja, maar beslis nie beeldskoon nie. Maar darem aantreklik, veral as 'n meisie dink jy is erger as verkoue. Gaan jý Anina vra om met jou te trou, of sal ek dit namens jou doen, Mauritz?" vra sy met vrome onskuld.

"Sy het my lief!" jubel hy, maar twyfel weer en vra aarselend: "Het Anina my regtig lief?"

"Ja, jou domkop! Gaan vra haar self, en onthou om jou ruggraat saam te vat, want Anina glo jy het een." Sy stoot hom in die rigting van die deur.

"Sê nog een maal ek het nie 'n ruggraat nie, meisiekind, en ek versuip jou in die visdam!" dreig hy kamma, glimlag triomfantlik en druk 'n klapsoen op haar voorkop. "Dankie, my liewe kleinsus," sê hy effens skor, swaai om en drafstap by die vertrek uit.

Leandri bring haar motor tot stilstand in die rylaan wat na die Rinsma-woning lei toe Rohan Rinsma skielik agter 'n japoni-kastruik uitstorm en sy hande gebiedend omhoog hou. Sy maak haar venster oop en vaar kwaad uit: "Is jy stapelgek? Vanoggend het jy met jou motorfiets voor my ingejaag en nou gooi jy jou-self onder my motorbande. Probeer jy selfmoord pleeg?"

"Wees dankbaar dis ek wat geantwoord het toe jy die knoppie van die interkom gedruk het. Wat soek jy hier, Leandri?" vra hy grimmig.

"My ouma – wie anders?" vra sy geraak en klou aan haar woede vas om te verhoed dat sy in trane van teleurstelling uitbars. Sy het geglo Rohan is haar vriend en vertroueling, maar hierdie man wat haar met kille vyandigheid in sy donkergroen oë aankyk, is 'n onaangename vreemdeling.

"Het jy nie geluister toe ek jou vertel het van die dokument wat jou oupa Rinsma onderteken het nie?" vra hy ongeduldig.

"Ek het, maar dis my reg om –"

"Om jou ouma Esmé te ontstel?" val hy haar vinnig in die rede. "Ek glo nie, Leandri. Maar dis mý reg om 'n liewe ou tannie teen haar selfsugtige kleindogter te beskerm, daarom vra ek jou om om te draai en terug te gaan huis toe. Jou ouma sal nog hier wees wanneer jy mondig word. Ry nou, asseblief."

Leandri skakel die enjin af, klim uit haar motor en klap die deur hard agter haar toe. Haar bene bewe en haar hande is klam van die sweet, maar sy lig haar ken en kyk Rohan uitdagend aan. "Ék het geen dokument onderteken nie. Wat meer is: Mauritz het oupa Rinsma se dokument noukeurig deurgelees en hy het my verseker daar word nêrens van ouma Esmé melding gemaak nie. Sy het ook nie die dokument onderteken nie. Mag hierdie selfsugtige kleindogter nou asseblief haar ouma besoek?"

Hy staar haar oomblikke lank in stilte aan en sy sien die goue gloed in sy oë voordat die glimlag sy mond bereik. "Slim meisie! Waarom het ek of ouma Esmé nooit daaraan gedink om die dokument deur te lees nie?" Sy arm glip om haar skouers en hy gee haar 'n vinnige drukkie. "Ek is jammer oor my haastige woorde – ouma Esmé sê gereeld ek dink met my humeur. Is ek vergewe?"

"Ja," sê sy hees, seker daarvan dat hy kan sien hoe vinnig haar hart klop ná sy onverwagse drukkie. Sy aanraking het net 'n oomblik geduur, maar sy kon sy naskeermiddel op sy vel ruik en die warmte van sy hand op haar arm voel. Watter vreemde mag het hy oor haar, om met 'n glimlag of die aanraking van sy hand 'n vloedgolf emosies deur haar hele wese te stuur? Is dit . . . liefde? O nee . . . Sy kyk na hom en haar hart vra: Voel jy dit ook? Voel jy ook die betowering? Maar hy kyk weg na die imposante ou woning van die Rinsmas, 'n kommerfrons tussen sy wenkbroue. Ek is te jonk en onervare om te kan verwag dat hierdie trotse, selfversekerde man my sal liefkry, dink sy afgehaal. Sy sluk aan die knop wat skielik in haar keel vassteek en klim vinnig terug in haar motor.

Rohan buk langs die motorvenster. "Parkeer onder die olienhoutboom, duskant die motorhuise. Ek sal solank vir ouma Esmé gaan waarsku dat sy 'n kuiergas het," sê hy en kies kortpad deur die tuin na die voordeur.

Die Rinsma-woning is groter en selfs meer indrukwekkend as ouma Anya se huis, dink Leandri toe sy 'n rukkie later die enkele trappies opklim na die swaar houtvoordeur. Sy steek haar hand uit om die klokkie te lui, en laat dit sak toe die deur oopgaan en dokter Dawie de Wet voor haar staan.

"Oom Dawie!" roep sy verras uit en byt dan gekwel op haar onderlip. "Anina het my vertel ouma Esmé is jou pasiënt. Is sy siek?"

"Hallo, Leandri," groet Dawie glimlaggend en glimlag breër toe hy vervolg: "Ek is dankbaar dis al wat my praatsieke dogter jou vertel het. Ek kuier darem nie net by siek mense nie – soms is ek gelukkig genoeg om vir middagete genooi te word. Maar kom binne, ou kleintjie. Ons het so pas klaar geëet en Esmé wag vir jou in die voorste sitkamer – die oopstaande middeldeur op linkerhand. Of is jy honger?"

"Jy weet ek is nie, oom Dawie." Sy gryp een van sy hande in albei hare vas en vra gespanne: "Wil jy nie saam met my kom nie? Ek is nie meer so seker of . . . of . . ."

"Sy voel soos jy, Leandri: opgewonde en bang dat sy 'n teleurstelling vir jou sal wees. Toe, weg is jy!" beveel hy en gee haar 'n ligte stootjie teen die rug.

Sy gaan die ruim vertrek binne, kyk rond en steek in haar spore vas. "O, dis asemrowend mooi! Die meubels ... dis meestal Franse stukke wat uit die tyd van Lodewyk die Sestiende dateer!" roep sy verruk uit. Dan word sy bewus van die bejaarde vrou wat orent kom uit haar stoel en kyk met honger oë na haar. Ouma Esmé is van gemiddelde lengte, effens mollig, met fyn gelaatstrekke wat vreemd bekend lyk, groot, grysblou oë en digte, silwerblonde hare wat haar gesig met sagte, natuurlike krulle omraam.

Esmé hou haar arms verwelkomend oop. "Welkom tuis, kindjie," sê sy, haar stem wankelend van aandoening.

"Ouma," fluister Leandri. Sy loop in Esmé se arms en klou haar oomblikke lank styf vas. Haar ouma ruik soos roospotpourri en speserykoekies en haar bors en arms is sag en warm soos 'n donskombers, dink sy. Sy soen Esmé op die wang en besef dat sy ook huil toe sy die trane oor haar wange sien loop.

Daar was altyd trane, onthou Leandri: trane oor 'n ma en pa wat te jonk gesterf het; trane oor iemand van haar eie, iemand wat haar onvoorwaardelik kan liefhê. In die verlede het haar trane ongesiens in haar binneste gestort, nooit haar oë vol geloop nie, maar deur die jare 'n poel in haar hart gevorm. Nou val hulle geluidloos, 'n stil, warm reën wat die delikate wortels van hoop dat sy nooit weer alleen sal wees nie in haar hart voed.

Esmé hou Leandri aan haar boarms vas en stoot haar effens weg van haar. "Jy is pragtig, my kindlief, baie mooier as al jou foto's. En jy is myne om vas te hou en lief te hê. Maar ek het 'n voorsprong gehad: ek het geweet wat ek kry, my poplap, maar jy ... Die ouderdom het my effens gekreukel en plek-plek opgefrommel, maar ek het nog nie verleer om te lag en lief te hê nie. Is ek aanvaarbaar vir jou, Leandri?"

"Ouma is mooi en jonk en . . . e . . . warm. Ek bedoel, Ouma is nie hard en koud en styf en . . . en soos 'n regte ouma nie," protesteer Leandri. Sy besef dat sy bloos en gryp met haar hande na haar wange.

"Nee, ek sukkel al jare lank om waardig en deftig soos 'n regte ouma te wees, maar op drie en sestig het ek die handdoek ingegooi. Foei, die goeie Anya is styf en gestryk gebore, maar ek voel soveel gemakliker in 'n langbroek en 'n bloes. Kom, my liewe kind, hou op bloos en kom sit saam met my op die rusbank," nooi Esmé en trek Leandri langs haar neer.

Leandri klou aan Esmé se hand asof sy haarself wil verseker dat haar ouma nie skielik voor haar oë sal verdwyn nie. "Ek weet nou hoekom lyk Ouma so bekend: ek lyk soos Ouma, behalwe vir die kleur van my oë. Ek wens ek het sulke mooi grysblou oë gehad. Bruin oë lyk simpel saam met blonde hare."

"Jy en jou ma — my dogter, Marli — het julle oë van my oorlede man geërf: die goue oë van 'n leeuwelpie, en vir my altyd die mooiste oë. Onthou dit die volgende keer as jy in die spieël kyk en jou voorgeslagte vloek omdat jy nie blou oë het nie, jou asjas," terg Esmé en streel met ligte vingers 'n krul uit Leandri se oë, asof sy ook die behoefte het om aan Leandri te raak net om seker te maak dat sy wel daar is.

"Rohan het gesê ek lyk soos my ma. Is dit waar, Ouma?" vra Leandri gretig.

"Het jy nooit 'n foto van jou eie moeder gesien nie, kindjie?" vra Esmé verwonderd.

"Nee." Leandri haal diep asem en probeer om emosieloos te verduidelik: "Ek en Anina het jare gelede op 'n ou fotoalbum in ons solder afgekom. Dit was vol foto's van my pa en . . . en iemand anders. Ons het aanvaar dit was my ma, maar al haar foto's is met 'n skêr uitgeknip. Ek onthou ek en Anina het al twee gehuil, want dit was so 'n hartseer fotoalbum . . . so propvol flenterfoto's."

"En jou ouma Anya? Wat was haar verduideliking oor die flenterfoto's?" vra Esmé ingehoue, haar oë donker van ontsteltenis.

Leandri skud haar kop vinnig. "Ek sou haar nooit oor die foto's uitgevra het nie. Ek was nie veronderstel om op die solder te speel nie, selfs nie as Anina by my was nie. Maar ouma Anya het die dag gaan kuier en ek en Anina was verveeld. Dit was blote toeval dat die solderdeur nie gesluit was nie en vanselfsprekend was ons nuuskierig. Anina het gedink dit was foto's van my ma wat uit die album gesny is omdat daar nêrens in die huis 'n enkele foto van haar was nie, net talle foto's van my pa."

"Het Anya nooit oor jou ma gepraat nie?" vra Esmé ontsteld.

"Nooit nie. Toe ek klein was, het ek haar uitgevra, maar sy het altyd gesê sy praat nie oor hartseer dinge nie. As ek aanhou neul het, het sy my doodeenvoudig geïgnoreer en oor iets anders gepraat. Dis iets wat ouma Anya baie goed kan doen: sy ignoreer mense of situasies wat haar irriteer. Dis waarom ek haar nog nooit kwaad gesien het nie – behalwe gisteraand toe ek geweier het om dadelik aan Mauritz verloof te raak en op my mondigwording met hom te trou."

"Ek is dankbaar ek is nie deftig en waardig nie, want ek mag my vervies," sê Esmé met 'n ondeunde glimlaggie en vra dan op ernstige toon: "Is daar enige moontlikheid dat jy en Mauritz in die toekoms verloof sal raak, my poplap?"

"Nee, Ouma. Ek dink . . . ek weet Mauritz en Anina het mekaar lief. Ek vermoed al lankal dat hulle mekaar liefhet, want hulle het altyd op 'n spesiale manier vir mekaar geglimlag en probeer om mekaar ongemerk dop te hou. Hulle sal moontlik binnekort verloof raak."

"Uitstekend! Maar kom ons gesels liewer oor jou ma – sy is mos die rede waarom jy na my toe gekom het, my kindlief?"

Leandri skud haar kop ontkennend. "Nee, Ouma. Ek wou net kom omdat Ouma my liefhet."

"Maar ... het jou ouma Anya jou nie met liefde oorlaai nie?"

"Ouma Anya het haar plig gedoen. Plig lyk soos 'n ronde woord, maar ek dink dis die ene hoeke en hake, nie warm soos liefde nie. Ek het altyd geweet ouma Anya doen haar plig teenoor my, maar ek kan nie onthou dat sy my een maal in haar arms vasgehou het en net 'n drukkie gegee het, of gesê het dat sy my liefhet nie. Dis waarom ek so bly was toe Rohan my vertel Ouma het al die jare vir my onderhoud betaal. Dit was mos omdat Ouma my liefhet?"

"Hoe anders, kindjie? Jy is dan deel van my." Esmé knip haar oë vinnig en klad haar wange met 'n snesie. "Dis nog 'n irritasie van die ouderdom: ek huil te maklik."

"Dis maklik om te huil as 'n mens gelukkig is," sê Leandri en glimlag deur haar trane. "Vertel my asseblief van my ma, Ouma. En van my pa. En ... en die rede waarom oupa Rinsma 'n dokument onderteken het waarin hy beloof het om nooit met my in verbinding te tree nie. Het oupa Rinsma my dan gehaat, Ouma?"

"Hy was net hartseer en kwaad en so volkome hulpeloos," antwoord Esmé mymerend. "Jou oupa Anton Rinsma was 'n trotse, selfversekerde man: ryk, suksesvol en uiters aantreklik. Hy was twaalf jaar ouer as ek, verlangs familie van my, en omdat ons ouers dieselfde sakebelange gehad het, het ons mekaar van jongs af geken. Hy het net gewag totdat ek my graad in ekonomie verwerf het en my toe gevra om te trou. Ek dink ek het hom my lewe lank liefgehad, want ek het gretig ja gesê en drie maande later is ons getroud. 'n Jaar later is Marli gebore, en my en jou oupa se geluk was volmaak."

"Was my ma Ouma-hulle se enigste kind?"

"Ja ... ongelukkig, ja, maar dit het Marli soveel kosbaarder vir ons gemaak. Rykdom en sukses was vir ons iets alledaags, maar 'n eie kind was 'n wonderwerk, die fokuspunt van ons geluk. Ek het my bes gedoen om Marli nie te veel te bederf nie, maar jou oupa kon haar niks weier nie. Op agttien was sy 'n beeldskone meisie, liefdevol en saggeaard – behalwe as iemand haar teëgegaan het. En toe ontmoet sy jou pa, die negentienjarige Leon Dreyer."

"Het ouma nie van hom gehou nie?" vra Leandri toe Esmé swyg en fronsend in die niet staar.

Esmé sug ongeduldig. "Ek moet selfbeheersing toepas as ek oor Leon Dreyer praat, want op slot van sake het Anya presies gedoen wat ons gedoen het: haar enigste seun tot in die afgrond bederf en hom in alles sy sin gegee. Toe Leon en Marli besluit hulle wil trou, het Anya nie 'n oomblik gehuiwer om haar toestemming te gee nie, maar jou oupa Rinsma was rasend. Sý dogter sou nie trou met 'n bedorwe rykmanseuntjie wat nog nat agter sy ore was nie. Hy het Marli belet om ooit weer met Leon te praat en sy . . . sy . . ."

"Het my ma sonder Ouma-hulle se toestemming met my pa getrou?" vra Leandri byna verskonend. Sy besef dat haar ouma ontsteld is en streel vertroostend met haar vingerpunte oor Esmé se hand.

"Dis nog iets wat die ouderdom my geleer het: onthou die verlede met jou verstand, nie met jou hart nie, maar soms kan ek nie my eie reëls toepas nie," sê Esmé en glimlag gedwonge. "Nee, kindjie, ons was verplig om ons toestemming te gee, want Marli het gedreig om saam met Leon te gaan woon as jou oupa aanhou weier. Maar jou trotse oupa kon nie vergewe nie. In sy oë het Marli Leon bo ons verkies, daarom het hy vir die res van sy lewe nooit weer haar naam oor sy lippe laat kom nie. Wat hom betref, het Marli op haar troudag gesterf."

"En . . . en toe ek gebore is?" huiwer Leandri.

"Jou ouers se huwelik was nie 'n sukses nie, want Leon en

Marli was albei volwasse kinders. Ek neem aan Marli het gekyf as sy nie haar sin kon kry nie en Leon het hom aan drank vergryp as sy hom geïrriteer het. Hulle oorhaastige jeughuwelik het geëindig die dag toe hulle saam in die motorongeluk was. Jy is met behulp van 'n keisersnee in die wêreld gebring en Marli het nooit haar bewussyn herwin nie. Sy is nouliks 'n uur ná jou geboorte dood," vertel Esmé sag.

"Dis so verskriklik hartseer, Ouma! My pa en ma was soos twee dom kinders wat met die liefde gespeel het sonder om werklik te weet wat dit is. En arma oupa Rinsma. Ek sou vir hom lief gewees het as hy my net wou gehad het. Ek wens hy het my nie sommer weggesmyt nie," sê Leandri hartseer.

"Nee, my kindjie, jou oupa was net bang om opnuut seer te kry, daarom het hy so maklik ingestem dat jou ouma Anya jou mag grootmaak. En jou pa was ook nog daar."

Leandri sug bewerig. "Ja, ek vergeet van ouma Anya. My pa se dood moes vir haar 'n verskriklike slag gewees het."

"Wat praat jy, my stomme kind? Weet jy dan nie jou pa het ná jou ma se dood na Engeland geëmigreer nie? By wie anders dink jy kuier jou ouma Anya die afgelope twintig jaar as sy Londen toe gaan?"

4

Leandri sit asof versteen, 'n standbeeld van ys. Haar eie pa wil haar nie hê nie, skroei die besef deur haar. Sy verwerping brand soos 'n vernietigende vuur; dit skend en verteer die kwesbare en delikate plekke in haar en laat eensame holtes wat met lag en liefde en warmte gevul moes gewees het.

Vandat sy kan onthou, is sy bewus van haar diepe eensaamheid, van die bittersoet verlange na iemand om lief te hê, iemand wat haar eie is. Maar daar was niemand nie, daarom het sy toegelaat dat 'n dik yslaag om haar hart vorm. Sy het dié koudheid verwelkom, was dankbaar oor die gevoelloosheid, maar die ys het nooit die vuur van verlange in haar geblus nie, die verlange na liefde. En nou . . . nou weet sy haar pa is nie dood nie; haar pa het haar verwerp, want hy het haar nooit liefgehad nie.

Esmé se arms koester Leandri teen die sagte warmte van haar bors, wieg haar asof sy 'n hartseer kleuter is en druk soentjies op haar hare. "Kindjie, kindjie . . . Ek is so jammer, so bitter jammer dat ek jou holderstebolder in 'n nuwe hartseer gestamp het. Ek het soos 'n opperste dwaas aanvaar dat jy geweet het jou ouma Anya kuier elke jaar by jou pa in Londen. Hulle moes my gewaarsku het." Sy blik toornig na die dubbeldeur en roep hard: "Dawie! Rohan! Waar kruip julle twee sondaars weg?"

"Ek is hier, Esmé," sê Dawie oomblikke later en kom die sitkamer uit die ontvangsportaal binne, sy glimlag by voorbaat skuldig.

"Ek ook, tant Esmé. Ek is net 'n sondaar as tannie drooggemaak het. Wat het jy nou weer verbrou, my onbeholpe tannie?" vra Rohan skertsend.

Dan sien hy Leandri roerloos sit. Hy merk die stil strakheid van haar gelaat, lees die pyn van onbegrip in haar oë en plof langs haar op die rusbank neer. Hy neem haar in sy arms, soen haar hard op haar mond en glimlag triomfantlik toe sy in trane uitbars. "A, ek het geweet dit sal werk! Gee die boks snesies aan, dokter Dawie. Ek kan nie toelaat dat Leandri ons in haar trane verdrink nie."

"Ja, ja, ek bring dit," kom dit beteuterd van Dawie.

"Hoe durf jy my kleindogter laat huil, Rohan? Trap hier uit voordat ek jou ore vuurwarm klap! Die arme Leandri probeer nog om tot verhaal te kom nadat sy gehoor het haar pa leef nog, en toe soen jy haar. Leandri het allermins jou soene nodig, jou ongevoelige vabond. Toe, los my kleindogter en gee pad voor my aangesig!" vaar Esmé toornig uit.

Rohan ignoreer haar, gryp 'n handvol snesies uit die boks wat Dawie na hom uithou en klad Leandri se trane, sy linkerarm nog styf om haar. "Dis reg, Leandri: huil oor jou sleg hond van 'n pa wat jou so goedsmoeds weggesmyt het. As jy klaar gehuil het, sal ek jou help om jou ouma Anya uit te skel, want die ou draak kon jou jare gelede al vertel het jou pa is springlewendig."

Dis lekker om te huil in die arms van die man wat ek liefhet, dink Leandri, en skrik haar trane skoon weg. Sy kyk ontsteld op na Rohan, sien die sagte gloed diep in sy mosgroen oë en slaan haar blik haastig neer. Sy het hierdie groot, donker man onbewustelik liefgekry, maar as hy dit moet weet … Hy sal haar uitlag en verwerp, daarom durf sy nooit haar gevoelens aan hom verraai nie. Maar sy sal hom altyd liefhê, pols die wete saam met haar bloed deur haar are en word 'n bittersoet verlange na 'n liefde wat nooit hare sal wees nie.

"Ek is bly jy het ophou huil, Leandri. Jou wimpers is so lank dat hulle sal knoop as jy aanhou huil, en hoe maak jy dan jou oë oop?" vra hy kamma bekommerd.

Haar droë snikke verander in 'n hulpelose gegiggel en dan lag sy saam met Rohan; lag oor die blydskap van die oomblik, want sy het lief en Rohan is by haar.

"Dink jy die kinders is albei histeries, Esmé?" vra Dawie waar hy nog bedremmeld voor die rusbank staan, die boks snesies in sy hande.

"Nee, Dawie. Rohan doen dit van kleins af: soen die buurdogtertjie en laat hulle van skok huil omdat so 'n lelike seuntjie hulle gesoen het. Maar ek dink die trane het Leandri gehelp," antwoord Esmé. Sy sug verlig toe Leandri met 'n glimlag na haar draai. "Voel jy nou beter, kindjie?"

"Baie beter, dankie, Ouma, maar ek dink as ek ophou glimlag, gaan ek hard en lank vloek." 'n Frons van onbegrip vee die glimlag uit haar oë. "Waarom het my pa my verwerp, Ouma? En waarom het ouma Anya voorgegee my ouers het saam in die motorongeluk gesterf?"

"Dalk kan ek jou vrae beantwoord, Leandri," kom dit hoorbaar onwillig van Dawie, wat op 'n leunstoel skuins oorkant haar gaan sit het. "Die motorongeluk het aan die onderpunt van ons straat plaasgevind. Jou ouma het my gebel en ek was eerste op die toneel. Leon het hom daardie dag aan drank vergryp . . ."

"Leon Dreyer het hom elke dag smoordronk gedrink, Dawie. Leandri is byna mondig, wees eerlik met haar, want te veel mense het die waarheid te lank van haar weerhou. Toe, vertel haar nou die volle waarheid," beveel Esmé streng.

"Goed . . . goed, Esmé," stem Dawie halfhartig in en rig 'n verskonende blik op Leandri, wat hom afwagtend aankyk. "Ek is jammer, ou kleintjie, maar ek het jou soveel jare lank teen die waarheid beskerm dat dit nou vir my moeilik is om daaroor te praat. Maar Leon het daardie dag te veel gedrink, daarom het hy beheer oor sy motor verloor en teen 'n lamppaal gebots. Jou ma se toestand was kritiek, maar Leon het nie 'n skrapie opgedoen nie. Hy het hom egter nugter geskrik en soos 'n bang kind huis toe gevlug."

"Hy is 'n lafaard en 'n moordenaar! Hy is verantwoordelik vir my ma se dood!" kom dit ontsteld van Leandri.

"Dis so maklik om te oordeel as 'n mens nie deel was van 'n situasie nie, Leandri," antwoord Dawie paaiend. "Leon en Marli was albei onvolwasse kinders. Nie een van die twee was gereed vir die verantwoordelikheid van ouerskap of selfs die huwelik nie. Marli het rusie gemaak en Leon het te veel gedrink om te ontsnap aan hulle ontnugtering met mekaar en hulle ongelukkige huwelik. En ná die ongeluk . . . Leon was op daardie oomblik net 'n bang kind wat hulp by sy ma gaan soek het omdat die verskriklike realiteit hom verpletter het."

"Maar Leon was skuldig aan manslag as hy onder die invloed van drank bestuur het, dokter Dawie," redeneer Rohan. "Het die polisie hom nie in hegtenis geneem nie?"

"Leon het padgegee lank voordat die polisie opgedaag het. Ek raai net, maar ek glo Anya het hom liters sterk swart koffie laat drink en toe een van haar doktersvriende gebel. Ek is saam met die ambulans wat Marli hospitaal toe geneem het, maar Anya het my vertel dat sy persoonlik na die ongelukstoneel gegaan het. Sy het vir die polisie gesê haar seun is tuis onder doktersbehandeling omdat hy in 'n toestand van erge skok is. Ek aanvaar toe die polisie Leon eindelik ondervra het, was hy werklik nugter en in 'n toestand van skok." Dawie stut sy arms op sy knieë en sit effens vorentoe op sy stoel, sy gelaat strak toe hy vervolg: "Moenie te haastig oordeel nie, Leandri. Ek het jou ouers saam gesien: hulle was opreg lief vir mekaar, maar veels te jonk vir die eise van 'n huwelik."

Langs Leandri sug Esmé diep. "Te jonk en te bedorwe en te gewoond om altyd hulle sin te kry. Ek en jou oupa en Anya was almal ewe skuldig, almal saam verantwoordelik vir Marli se dood, Leandri. Maar nou kan jy verstaan waarom Anya jou grootgemaak het – jou pa is jou wettige voog en hy het besluit om Anya as jou voog te benoem. Nie . . ." Sy sluk droog en vervolg met 'n bewende stem: "Nie dat dit enige verskil sou gemaak het nie. Vir jou oupa het Marli nie langer bestaan nie. Hy . . . hy het nie eens die roudiens vir haar bygewoon nie."

"Ek is honger," verbreek Rohan die byna tasbare stilte wat op Esmé se woorde volg: "Hartseer stories maak my altyd honger. Is dit nog nie tyd vir koek en koffie nie, tant Esmé? Of moet ek liewer vir elkeen van julle 'n eie boks snesies bring?"

"Ek huil nie!" kom dit geraak van Leandri. Sy's bly dat sy haar vererg het, want dis maklik om na Rohan te kyk as sy haarself wysmaak sy is kwaad vir hom. "Gaan koop vir jou vis en skyfies. Ek wil eers weet waarom my pa my verwerp het." Sy draai terug na Esmé en vra pleitend: "Weet Ouma waarom my pa my nie wil hê nie?"

"Nee, kindjie, ek kan net raai. Ek vermoed die skok van Marli se dood was vir Leon 'n trapklip tot volwassenheid, want hy is kort daarna Engeland toe, waar hy aan 'n universiteit gestudeer het. Hy het later Anya se sakebelange in Londen oorgeneem en behartig dit glo met groot sukses."

"Hy is weer getroud," sê Leandri met skielike sekerheid.

"Dis wat ek gehoor het, my poplap," beaam Esmé en neem haar hand.

Oorkant Leandri kug Dawie agter sy hand om haar aandag te trek. "Jou ouma glo jy kan die waarheid hanteer, ou kleintjie, daarom sal ek jou vertel: jou pa is vyftien jaar gelede weer getroud en hulle het twee seuns – jou halfbroers. Ek weet Anya het albums vol foto's van hulle, as jy sou belangstel."

"Hulle is vreemdelinge vir my soos my eie pa, dokter Dawie. Ek wil hulle nie ken nie, want my pa het mý eerste verwerp. Selfs ouma Anya – haar hele lewe is 'n leuen. Sy het so dikwels gesê ek is al wat sy het en ek het skuldig gevoel omdat ek haar nooit kon liefhê nie, maar nou weet ek hoekom: sy was nie eg nie. Sy het toegelaat dat ek in haar huis grootword sodat my pa vry kon wees om elders geluk te vind. Dit was nie eens vir haar nodig om my soentjies of drukkies te gee nie, want sy het twee kleinseuns in Londen vir wie sy al haar liefde kon gee. Sy en my pa. Daar was nie liefde oor vir my nie – nie liefde óf die waarheid nie."

"Moet ek jou weer soen, Leandri?" vra Rohan, verskuilde lag in die warm timbre van sy stem, sy linkerarm reeds om haar skouers.

Sy kyk vies op na hom en verkyk haar dan aan haar eie weerkaatsing in die pupille van sy oë. Hy bring sy kop nader en sy stoot hom vinnig met haar regterhand weg. "Jy is verskriklik soenerig vir 'n man wat my nog nie eens vier en twintig uur ken nie," sê sy misnoeg en draai vraend na Esmé, wat ingenome glimlag. "Is hy altyd so arrogant, Ouma? Glo hy hy is onweerstaanbaar vir alle meisies?"

"Nie alle meisies nie," antwoord Rohan namens Esmé, "maar jy is 'n Rinsma en ek is dol oor Rinsma-meisies."

"Ek is 'n Dreyer en jy weet dit."

Hy glimlag breed en skud sy kop. "O, nee, jy lyk soos ons Rinsmas. En jou dom Dreyer-pa het jou weggesmyt. Ek en ouma Esmé het jou opgetel en ons eie gemaak, want ons gooi nie 'n kosbare juweel op die ashoop weg nie."

"Luister na die seun, Dawie," kom dit van Esmé. "As hy nie sterwende van die honger is nie, het hy skelm gedrink, want hy raak skoon liries oor my kleindogter."

"Dis die invloed wat julle Rinsma-vroue op ons mans het, Esmé," skerts Dawie en glimlag met haar. "Laat ek dit maar ruiterlik erken, Leandri: ek was doodbenoud toe Rohan ons kom vertel dat jy kom kuier het. Ek het al die jare skuldig gevoel omdat ek oor jou pa geswyg het, maar ek het besef dis Anya se reg en plig om jou die waarheid te vertel. Verkwalik jy my?"

Leandri blik met 'n deernisvolle glimlag na hom en weet dat sy die lang, skraal dokter Dawie met sy silwerwit hare, oë groen soos dié van Anina, 'n geboë neus en 'n groot mond wat so maklik glimlag, haar lewe lank liefhet. "Hoe kan ek, oom Dawie? Jy is die enigste pa wat ek ooit geken het. Ek kan vaagweg onthou dat Anina my eendag toestemming gegee het om haar pa te leen as sy te besig was om vir jou soentjies en drukkies te gee."

"Ingwe-vallei," praat Rohan onverwags langs haar. "Dokter Dawie, jy konkel al soveel jare lank saam met ou Anya, dat jy dié keer saam met my en tant Esmé kan konkel. Ry ons aanstaande naweek almal saam Ingwe-vallei toe, tant Esmé?"

"Wat praat jy, kind? Vlieg jy nie vanaand Singapoer toe nie?" vra Esmé ongeduldig.

"Ja, tannie, maar as sake vlot verloop, is ek teen volgende naweek terug. En al is ek nie teen Vrydag terug nie – my viertrek staan in die motorhuis en dokter Dawie kan dit bestuur. Is dit nie Leandri se geboortereg om Ingwe-vallei te sien nie?"

Esmé kyk vraend na Dawie en glimlag toe hy ondeund vir haar knipoog.

"Ek het julle jagplaas laas saam met jou oorlede man besoek, Esmé, en dis seker al 'n goeie drie jaar gelede. As die jagseisoen verby is en die rondawels staan leeg . . . Ek sal niks meer geniet as 'n langnaweek saam met die Rinsma-dames nie," willig hy gretig in.

"'n Mens is nooit te oud vir romanse nie," kom dit vroom van Rohan terwyl hy opstaan. "Dis byna vyfuur. As ek daardie vliegtuig –"

"Vyfuur!" krys Leandri en vlieg orent. Sy gee Esmé 'n haastige drukkie en 'n soen op die wang en swaai weg deur toe. "Ekskuus dat ek so haastig is, Ouma, maar ek moet ouma Anya gaan haal. Ek sal weer kom kuier. Tot siens!"

Rohan is daar om vir haar die voordeur oop te maak en met haar hand in syne saam te loop na haar motor. "Stadig, Leandri, stadig. Anya Dreyer laat jou al byna een en twintig jaar lank wag om jou van jou eie pa en jou ouma Esmé te vertel. Dink jy nie dis nou haar beurt om op jou te wag nie?"

Leandri gaan staan en kyk na hom met verwondering in haar oë. "Dis weg," sê sy en haar nuwe vryheid verf blydskap in haar glimlag en oë.

"Wat is weg?" vra hy verward.

"Die verematras van plig wat my al die jare versmoor het. Ek het altyd verplig gevoel om dankbaar te wees teenoor ouma Anya, om daar te wees om haar geringste wens uit te voer, want sy was so goed vir my. Nou weet ek sy was nie werklik goed nie. Sy het al die jare van my gesteel – al die warmte en liefde wat ouma Esmé my kon gegee het, het sy gesteel. My ouma Anya is 'n selfsugtige vrou, 'n leuenaar en 'n konkelaar. Ek is geleer om dankbaar teenoor haar te wees, maar intussen is dit ouma Esmé wat vir my onderhoud betaal het. Ek onthou hoe dikwels ek na my pa se foto's gekyk het en gehuil het omdat hy dood is. My ouma het dit geweet, maar selfs my trane kon haar nie oorreed om my die waarheid oor my pa te vertel nie. Ek dink dit sal maklik wees om ouma Anya te haat."

"Haat is 'n vermorsing van energie. Dis makliker om niks te voel nie en weg te stap," sê Rohan, sy stem 'n sagte vibrasie van klank. Hy raak nie aan haar nie, maar sy glimlag is soos 'n warm omhelsing.

"Dankie vir jou hulp vandag," sê sy asemrig, oorbewus van sy fisieke teenwoordigheid.

Hy vat weer haar hand en sy weet die warmte, die wonderlike gevoel van veiligheid en onverklaarbare vreugde wat haar wil laat skaterlag, kom van hom. Hy is daar, 'n sterk, selfversekerde man. En sy beskermende hand om hare sê sonder woorde dat hy haar vriend is en net 'n bietjie . . . 'n klein bietjie van haar hou.

Hy hou die motordeur vir haar oop, soen haar vlindersag op haar wang en betrag haar met die bekommerde oë van 'n pa. "Ry versigtig, Leandri. Jou lewe is kosbaar vir jou eie mense."

"Ek sal," beloof sy. Toe sy in die rylaan afry, sien sy hom in haar truspieëltjie roerloos staan om haar agterna te kyk, en sy weet dat sy haar hart in sy hande agterlaat.

Leandri bring die motor voor die Dreyer-woning tot stilstand en kyk afwagtend na Anya, wat met haar lippe in 'n dun lyn saamgepers geen poging aanwend om uit te klim nie. Sy sug ongeduldig, klim uit en maak die deur langs Anya oop. "Ek dink Ouma het die diens van 'n voltydse chauffeur nodig," sê sy doodluiters terwyl sy Anya uit die motor help.

Anya ruk haar kop op asof sy deur 'n by gesteek is en betrag Leandri met smeulende donker oë. "Wat het in jou gevaar, dogter? Jy het 'n halfuur laat by die Taljaards opgedaag en nie eens 'n poging aangewend om verskoning te maak vir jou gebrek aan stiptelikheid nie. En nou besluit jy ek het 'n chauffeur nodig. Glo jy dat jou huwelik met Mauritz jou sal onthef van enige verder verpligtinge teenoor my?"

"Speel ons eindelik oop kaarte, Ouma?" vra Leandri en glimlag sonnig.

"Wat bedoel jy daarmee?" vra Anya, haar stywe, regop rug en die fier houding van haar kop sprekend van ergernis en ongeduld.

"Ouma het verander. In die verlede het Ouma altyd op my gevoel gespeel as ek per ongeluk laat was, maar sedert gisteraand maak Ouma openlik oorlog met my. Hoekom?" vra Leandri reguit.

"Jy is nie meer 'n kind nie. Jy gaan binnekort trou en jy is byna mondig. Jou lewe sal drasties verander ná . . . jou huwelik met Mauritz," antwoord Anya, maar vermy Leandri se oë. "Help my asseblief die trap op. My heup gee my weer probleme."

"Dis waarom ek dink Ouma moet 'n voltydse chauffeur kry. Ek sal nie ná my mondigwording hier wees om chauffeur te speel nie."

"O, jy sal hier wees, Leandri. Ek het Mauritz duidelik laat verstaan dat ek van hom verwag om ná julle troue hier by my in te trek. Hy is so 'n aangename, hoflike jong man, altyd so gretig om my gelukkig te maak. Soos jy altyd was, voordat jy jou deur die onmanierlike Anina de Wet laat beïnvloed het. Sy is nege en twintig en ongetroud, want geen man wil met so 'n oorheersende vrou trou nie. Wees dankbaar dat ek vir jou 'n goeie, hardwerkende man gekies het, dogter."

"Ouma het vir my 'n huis en 'n man gekies. Wat van my wittebrood?" vra Leandri met gedwonge erns.

"Ek het julle wittebrood reeds beplan: 'n skivakansie in Switserland. Ek kuier graag in Switserland en ek ken al die beste hotelle. Ek sal saam met jou en Mauritz oorvlieg, maar ek sal nie in dieselfde hotel as julle tuisgaan nie. Dalk kan ons 'n paar maal saam middagete nuttig," lig Anya haar in terwyl hulle saam die stoeptrap opklim.

"Ek en Mauritz is nog nie verloof nie, maar Ouma beplan al ons wittebrood en ons toekomstige woonplek. Is Ouma nie 'n klein bietjie oorhaastig nie?" vra Leandri geamuseerd.

Anya kyk haar skerp aan. "Moenie my vir die gek hou nie, Leandri. Ek het gisteraand in 'n oomblik van swakheid aan jou versoek toegegee, maar ná my gesprek met Ilze Taljaard vandag weet ek wat my plig is. Jy is nie net my kleindogter nie, maar ook my voogkind, daarom sal ék oor jou toekoms besluit. Ek dring daarop aan dat jy en Mauritz vanaand nog verloof raak en op jou mondigwording trou, en ek sal geen teenkanting duld nie. Is dit duidelik, dogter?"

"O, Ouma het duidelik en hard genoeg gepraat dat ek en al ons bure nou weet wat Ouma se bevele aan my is, maar niks verplig my om Ouma se bevele uit te voer nie. Ouma het nie dalk al ons troukaartjies laat druk nie?" vra Leandri, haar stem broos van ingehoue lag.

"Het ek jou reg verstaan, Leandri? Weier jy om met Mauritz te trou?"

Leandri kyk met koue afsydigheid hoe die bloed uit Anya se gesig dreineer totdat haar donker, glimmende oë byna swart afsteek teen haar lakenwit gelaat. Dan stoot woede in 'n donker gloed oor Anya se nek en gesig en vonk in die smeulende bruin van haar oë.

My ouma is uiterlik 'n waardige ou dame, maar terselfdertyd so egoïsties soos 'n bedorwe kind, want sy kry gloede van boosaardigheid as sy nie haar sin kry nie, dink Leandri en maak die voordeur oop. "Stap binne, Ouma. Ons kan ons persoonlike sake in die privaatheid van ons huis bespreek."

"Mý huis," sê Anya nadruklik terwyl sy deur die ontvangsportaal na die sitkamer loop. Sy neem op haar geliefkoosde stoel plaas en kyk geïrriteerd na Leandri wat na die venster toe stap en oor die tuin uitkyk. "Moet ek my woorde herhaal, Leandri? Jy woon in mý huis en ek is jou wettige voog. Elke krummeltjie brood wat jy eet, elke kledingstuk wat jy besit, is met my geld gekoop. Moet dit nooit vergeet nie, dogter!"

Leandri draai weg van die venster en antwoord gelykmatig: "Dis my probleem, Ouma: ek kán dit nie vergeet nie, want dit laat my soos 'n bedelaar voel. Ek het vir my werk in 'n antiekeware-winkel gekry en losies by gawe mense gereël. Die wet kan my nie verplig om by Ouma te bly nie, want ek sal selfonderhoudend wees. Ek dink Ouma sal net so verlig soos ek wees dat ek nie langer 'n oorlas vir Ouma hoef te wees nie."

Anya kry kleur op kleur, hap na woorde wat weier om gevorm te word en sis 'n enkele woord: "Skande!" Sy haal 'n paar maal diep asem en verwelk dan in 'n klein hopie voor Leandri se oë, haar ken op haar bors en haar hande wringend op haar skoot. "Die skande, die skinderstories waaraan al die skinderbekke sal smul: my enigste kleindogter het my huis verlaat en werk in 'n winkel. 'n Winkel! Soveel ondankbaarheid ... soveel hartseer en verdriet op my oudag, nadat ek jou met soveel opoffering en liefde grootgemaak het. Jy het altyd net die beste en die duurste gekry, in oorvloed geleef omdat jy my enigste kleindogter is. En nou ... nou weier jy my laaste versoek, verlaat my huis en gaan werk in 'n winkel ..."

"Dis reg, ouma. Ek gaan antikwiteite verkoop, nie gesteelde goedere nie. Troos dit 'n bietjie?" vra Leandri onbesorg.

Anya kyk op, egte trane glinsterend op haar wange. "Jy kan dit nie aan my doen nie. Jy ... jy is al wat ek het, my skat," pleit sy desperaat. "Asseblief, Leandri, moenie my ou hart breek nie. Trou met Mauritz en bly by my. Moenie my op my oudag in die steek laat nie."

As ek nie die waarheid oor my pa en ouma Esmé geken het nie, het ek nou saam met ouma Anya gehuil, dink Leandri en voel soos 'n siniese buitestander. Sy sou so oorweldig gewees het deur haar jare lange pligsgevoel dat sy aan elke versoek van haar ouma sou voldoen het, maar nou . . . Dank die hemel vir Rohan se besluit om haar te besoek, en vir Mauritz se eerlikheid oor die inhoud van die dokument wat haar oupa Rinsma onderteken het.

Is daar geen einde aan ouma Anya se slinksheid nie? wonder sy en onderdruk die gevoel van vernietigende haat wat in haar binneste opvlam. Haar ouma huil, maar dis nie trane van liefde of eensaamheid nie. Ouma Anya vrees die dag van haar mondigwording wanneer sy die waarheid oor haar ouma Esmé en haar pa sal hoor. Arme Anya Dreyer – sy is magteloos vasgevang in die web van leuens wat sy self geweef het.

"Ek is jammer, Ouma, maar as ek die dag trou, wil ek baie seker wees dat ek my toekomstige man liefhet. Ek sien nie kans om oorhaastig met Mauritz te trou nie," antwoord Leandri eindelik en haar woorde klink koud en stokkerig in haar eie ore.

"Beteken my geluk so min vir jou, my liefie?" vra Anya met tranerige verwyt.

"Ek dink my eie geluk is belangriker vir my, Ouma," antwoord Leandri met sekerheid.

Sy sien 'n flitsende uitdrukking van vrees in Anya se oë en draai dan weg na die deur.

"Wag eers, Leandri!" roep Anya, paniek hoorbaar in haar stem. Sy vervolg gebroke toe Leandri haar afwagtend aankyk: "Asseblief, my skat, beloof my dat jy altyd by my sal bly. Ek het besluit dat jy hierdie huis sal erf as jy my nooit sal verlaat nie. Die kosbare ou Dreyer-woning – dis joune en jou man en jou kinders s'n as jy my nie op my oudag sal verstoot nie. Ek sal sorg dat Mauritz Maandag 'n nuwe testament opstel waarin ek my huis aan jou bemaak."

"Dankie, Ouma, maar aangesien ek nog nie 'n man het nie, kan ek nie namens hom beloftes maak nie," antwoord Leandri ingehoue en wonder wrang wat haar pa sal dink as sy 'n deel van sy erfenis inpalm.

"Verwerp jy jou erfenis? Verwerp jy my, Leandri?" Anya sit penorent op haar stoel, haar gelaat ineens graniethard en haar rol van 'n jammerlike oumens vergete. "Jy het in weelde grootgeword, dogter. Jy weet niks van armoede en gebrek nie. Wat gaan van jou word as ek jou onterf?"

Leandri sug ongeduldig. "Ek sal moontlik krepeer van ellende, maar ek sal my vryheid hê. En nou moet Ouma my asseblief verskoon – ek wil by Mauritz-hulle gaan inloer." Sy draf die vertrek uit voordat Anya aan 'n verdere dreigement kan dink.

Leandri sien Mauritz op die trap voor die agterdeur van sy ouerhuis sit, sy ken in sy hande, sy uitdrukking verwese. Sy neem woordeloos langs hom plaas. "Waaroor treur ons, Mauritz?" vra sy toe hy geen poging aanwend om te praat nie.

Hy sug diep en antwoord verslae: "Sy het nee gesê."

"Praat ons van Anina?" vra Leandri, haar stem skerp van ongeloof.

Hy knik sy kop stadig. "Dalk glo sy ek ís soos 'n lastige verkoue: onwelkom. Sy was besig om 'n appel te eet toe ek haar gevra het om met my te trou. Sy het nie eens ophou kou nie, net 'nee' gemompel en haar tydskrif verder gelees."

"En haar appel verder geëet?" vra Leandri, haar stem yl van ingehoue lag.

"Twee appels," antwoord hy mistroostig.

"En wat het jy gedoen?"

"Net daar gestaan en kyk hoe sy eet en lees. Toe staan sy op, smyt die tydskrif neer en loop uit die kombuis uit. Toe kom ek terug huis toe. Wat anders kon ek doen, Leandri?" vra hy magteloos en kyk vir die eerste maal na haar.

As ek nou lag, sal dit 'n sonde wees, dink Leandri en vra met gedwonge erns: "Kon jy haar nie in jou arms neem en haar vurig soen nie, Mauritz? Kon jy haar nie vertel van jou onsterflike liefde vir haar nie? Liewe land, mansmens, jy is ses en dertig. Het jy sowaar nie die vaagste benul hoe om 'n liefdesverklaring aan 'n meisie te maak nie?"

"Nee. My ma het my geleer om nie geld op meisies te mors nie, en boonop het ek jare gelede reeds besef ek het Anina lief. En dan was daar jou ouma: sy vertel my die afgelope vyf jaar ek moet met jou trou." Hy sit regop, 'n frons van ergernis tussen sy donkerblonde wenkbroue. "Ek het soos 'n beteuterde sot opgetree – en nou kan jy my maar uitlag, Leandri, want dis wat ek verdien."

"Jy lyk altyd so hiperintelligent en selfversekerd, Mauritz. Selfs 'n bietjie verwaand en beterweterig as ek die dag nie van jou hou nie. En jy is 'n suksesvolle prokureur wat jou kliënte dikwels in die hof moet verdedig. Hoekom kon jy nie met jou gebruiklike oorredingsvermoë Anina tot voor die kansel praat nie?" vra sy simpatiek, te jammer vir hom om hom uit te lag.

Hy sug ongeduldig. "Ek weet nie. Ek was skielik met stomheid geslaan. En met 'n gebrek aan gesonde verstand, want ek het nie eens onthou om haar te vertel dat ek haar my lewe lank liefhet nie. Ek het soos 'n opperste dwaas hulle kombuis binnegestorm en haar gevra om met my te trou." Sy frons verdiep. "Ek het wraggies nie eens haar hand vasgehou nie."

"Dit was 'n fout. Ek bedoel, Anina staan met albei haar voete in die mediese wetenskap, maar om darem soos 'n kiem behandel te word . . ." Leandri bars hulpeloos uit van die lag en leun met haar kop teen sy skouer totdat haar lagbui bedaar. "Ekskuus, Mauritz. Ek wou nie lag nie, maar ek het jou nog nooit so pateties gesien nie."

"Dis presies wat ek is − 'n pateet." Hy kyk haar in stilte aan en vra saaklik: "Is dit moontlik dat jy Anina verkeerd verstaan het? Het sy werklik gesê sy is lief vir my?"

"Goeiste, Mauritz, sy sê dit al jare lank met haar oë en haar glimlaggies en al daardie skelm kykies wat sy jou gee, presies soos jy dit doen. Maar sy het dit in soveel woorde vir my gesê. Ek sal sommer nou met haar gaan praat en hoor waarom sy geweier het om met jou te trou," antwoord Leandri en staan op.

"Sy is nie tuis nie. As sy nie kuier nie, is sy by 'n pasiënt of in haar spreekkamer of in die hospitaal. Dis waarom ek hier sit: ek weet nie eens waar om die meisie wat ek liefhet op te spoor nie," sê hy verslae.

"Toe maar, my ou vriend, ek sal haar opspoor, al moet ek die polisie vra om haar in hegtenis te neem," beloof Leandri paaiend, vat een van sy hande en trek hom op. "Ek is honger. Dra vir my kos aan en maak vir my tee, dan vertel ek jou van my liewe ouma Esmé Rinsma. Ouma Anya is so smoorkwaad vir my, dat sy my met 'n verestoffer sal aanrand as ek durf waag om 'n krieseltjie kos in haar huis te eet. Toe, kom nou saam," nooi sy en sien verlig die flikkering van belangstelling in Mauritz se oë toe hy opsy staan sodat sy die kombuis kan binnegaan.

Leandri maak haar oë oop, sien die bleekgoue skywe sonlig om die kante van haar gordyne loer en sit vervaard orent. Haar oë soek na die reiswekkertjie langs haar bed. Toe sy sien dat dit reeds twintig voor tien is, spring sy haastig uit die bed.

Ouma Anya eet elke oggend stiptelik om halfnege in die eetkamer − geen gesellige ontbythoekies vir die hooghartige Anya Dreyer nie, dink sy wrang en draf badkamer toe.

Maar alles het sedert gistermiddag verander, herinner Leandri haarself. Haar ouma was reeds in haar eie suite toe Leandri terugkeer van haar kuiertjie by Mauritz. Die huishoudster het gesê haar ouma wil nie gesteur word nie en Leandri was dankbaar, want sy kon na haar eie suite gaan, om tot in die vroegoggendure haar besoek aan Esmé te herleef. Om te lag oor haar blydskap omdat ouma Esmé haar liefhet, en te veg teen die woede wat sy elke maal ervaar as sy aan haar pa en ouma Anya se bedrog dink. En sy kon lang ure oor haar groot, donker man droom, selfs al het dit haar so hartseer gemaak dat sy haar aan die slaap gehuil het.

Maar ná hulle rusie gistermiddag verwag ouma Anya moontlik van haar om sommer vandag nog haar huis te verlaat, dink Leandri terwyl sy vinnig na die sierlike geelhouttrap loop wat na die ontvangsportaal lei. Sy klim die trap af en bly instinktief staan toe sy sien hoe Anya 'n kaartjie van 'n ruiker bloedrooi rose verwyder en met haar leesbril op die punt van haar neus die kaartjie lees.

"Môre, Ouma!" groet sy met valse hartlikheid terwyl sy vinnig naderstap. "Het Ouma 'n geheime minnaar?"

Anya ruk van die skrik, maar dit verhoed nie dat sy haar leesbril tydsaam afhaal en Leandri met skroeiende agterdog aankyk nie. "Ek lees: 'Leandri, dankie vir 'n onvergeetlike dag. Van die man op die motorfiets.' Ek het dit geweet – in my siel geweet – dat daar 'n ander man in jou lewe is, dogter. Hy is die rede waarom jy nie bereid is om met Mauritz te trou en my oudag gelukkig te maak nie. Wie is hierdie man wat jy in agterstraatjies ontmoet omdat jy te skaam is om hom huis toe te bring? Praat, Leandri, ek wag!"

5

Rohan het vir haar 'n ruiker gestuur! Vir hom was gister net so 'n onvergeetlike dag soos vir haar, jubel die besef deur Leandri se binneste en steek vreugdesvure in haar oë aan. Nee . . . nee, sy oorreageer soos 'n onervare bakvissie, maan sy haarself. Dis net 'n feitelike boodskap, want gister was onvergeetlik omdat sy haar ouma Esmé ontmoet en gehoor het dat haar eie pa nog leef, redeneer sy nugter. Maar haar verraderlike hart sing die eeue oue lied van die liefde en verf blydskap in haar glimlag.

"Het jou skuldige gewete jou met stomheid geslaan?" vra Anya met triomfantlike leedvermaak en druk die kaartjie onder Leandri se neus. "Hierdie man op die motorfiets, die man wat te skaam is om sy eie naam te verstrek – wie is hy? Vee daardie idiotiese grinnik van jou gesig af en antwoord my!"

Leandri byt haastig op haar onderlip, frons nadenkend en skud uiteindelik haar kop ontkennend. "Ek probeer dink, Ouma, maar byna al die seuns en kleinseuns van Ouma se ryk vriendinne koop spoggerige motorfietse en rits naweke daarmee rond. Het Ouma nie 'n vermoede wie dit kan wees nie?" vra sy met oortuigende onskuld.

Twyfel en agterdog ry wipplank op Anya se gesig terwyl sy Leandri deurdringend aankyk. "Waar was jy terwyl ek gister by die Taljaards gekuier het?"

"By Anina en later saam met Mauritz. Ek het gisteraand so laat by hom gekuier dat hy vir my aandete gemaak het, want sy ma kuier die naweek by haar suster."

"Dan het jy en Mauritz lank gesels?" vra Anya goedkeurend.

"Ja, Ouma. Baie lank."

"Oor julle verlowing en huwelik, my liefie?" verneem Anya, haar stemtoon heuningsoet.

"Nee, Ouma, oor die liefde," antwoord Leandri met die

skugter glimlaggie van 'n verliefde meisie." ' 'n Mens moet êrens begin, soos Mauritz sê, maar liefde begin nie by 'n oorhaastige verlowing nie. Hoe oud was my pa en ma toe hulle getroud is, Ouma? Al my pa se foto's in die huis – hy lyk so jonk. Ek hoop nie hy is getroud voor hy mondig was nie."

"Ons gaan nie nou oor hartseer dinge praat nie, Leandri." Anya gooi die kaartjie wat saam met die ruiker rooi rose afgelewer is argeloos op die muurtafel in die ontvangsportaal neer. "Ek kan nou jou gedrag van gistermiddag verstaan, my skat – 'n verliefde meisie tree dikwels wispelturig op. Vanselfsprekend dink jy voortdurend aan Mauritz. Jy wonder of hy jou so liefhet soos wat jy hom het, en twyfel selfs oor jou eie gevoel vir hom. Glo my, my liefie, dit sal alles verander sodra jy sy verloofring dra en op 'n huweliksdatum besluit het."

"Seker, Ouma, maar ek sal liewer nog 'n rukkie wag en meer met Mauritz gesels. Hy is so ... so professioneel in alles, so kalm en volkome in beheer. Ek is seker hy sal my alles kan leer, alles wat ek oor die liefde en hartstog behoort te weet," antwoord Leandri bedees en probeer om nie aan die beteuterde Mauritz op die trap voor hulle agterdeur te dink nie.

'n Bekommerde fronsie keep tussen Anya se wenkbroue. "Hartstog? Ek het volkome vertroue in Mauritz, maar jy is onervare, Leandri. Moet niks ... e ... niks onverantwoordeliks doen voordat jy sy verloofring dra nie," waarsku sy ongemaklik.

Leandri glip om Anya, buk vooroor om aan die rose te ruik en raap die kaartjie ongemerk op voordat sy opkyk na Anya. Sy weet dat sy bloos omdat sy Rohan se kaartjie in haar hand agter haar rug hou, maar weet ook haar ouma sal glo sy bloos uit onskuld. "Mauritz behandel my met die grootste respek, Ouma, want hy weet wie se kleindogter ek is."

"Natuurlik, ja," sê Anya trots en staan meer regop. "Kom drink saam met my tee in my privaat sitkamer, Leandri. Of wil jy die kok vra om vir jou ontbyt te maak?"

"Ek sal ontbyt eet, dankie, Ouma. Ek en Mauritz het gister so lekker gesels dat ek nie veel geëet het nie."

"Maak so, my liefie. Onthou, ons kry gaste vir middagete. Jy kan ná ontbyt by Mauritz gaan inloer en hom nooi om saam met ons middagete te eet." Anya draai met 'n tevrede glimlaggie weg na die gang.

"Die man op die motorfiets . . ." herhaal Leandri fluisterend. Sy druk die kaartjie teen haar bors asof dit haar nader bring aan Rohan, en draf ligvoets by die voordeur uit.

Sy bly op die boonste terras staan, adem die geur van die nat grond in en onthou die gedruis van die reëndruppels teen haar vensterruit kort voordat sy aan die slaap geraak het. Blomme-geure dryf op die ligte briesie, verwarm deur die sagte streling van die lenteson, en vergroot die skoonheid van die reënnat tuin om haar.

Sy staar weer na die kaartjie in haar hand en ervaar 'n intensiteit van gewaarwording waarin alles om haar deel is van haar. Sy is die reëndruppels, glinsterend op die blare van 'n roos, die gekwetter van die mossies op die grasperk, die helderpienk blare van die Ysland-papawer wat deur die geweld van die reën half begrawe in die grond lê. Sy is deel van die lewe, deel van ontelbare goue môres, omdat die man met die goue songloed in sy oë vir haar rose gestuur het.

"Is jou glimlag vir my, ou kleintjie, of vir daardie kwajong wat so vrypostig soen as hy die kans kry?" bring Dawie de Wet se gemoedelike stem haar terug na die hede.

Sy lag blosend op in sy oë toe hy langs haar kom staan en kyk flitsend na die voordeur en talle vensters. Sy haak by hom in en klim saam met hom die trap af na die tweede terras. "Onthou net die kwajong se naam is Mauritz, ingeval ouma Anya jou deur haar oop venster kon hoor, oom Dawie," waarsku sy gedemp.

"Dan het jy haar nog nie met die waarheid gekonfronteer nie?" vra hy gedemp.

Sy kyk hom met 'n gevoel van onmag aan. "Hoe kan ek, oom Dawie? Ek het gistermiddag probeer, maar ouma Anya het gedreig om my soos 'n hond weg te jaag as ek durf waag om haar bevele te verontagsaam. Sy sal my nie toelaat om my klere in te pak of my motor te vat nie. Jy weet dit tog: sy is baas oor alles wat myne is, soos sy baas is oor my. Waarheen gaan ek as sy my wegjaag? Ek het nie genoeg geld vir nuwe klere en 'n motor of 'n woonstel nie. En ek wil nie by ouma Esmé intrek nie, wat ouma Anya sal die lewe vir haar ondraaglik maak."

Dawie frons misnoeg en vra met ongewone drif: "Het Anya Dreyer jou volkome gebreinspoel, kind? Glo jy sy betaal vir die lug wat jy inasem?"

"Dalk het sy. Ek is so gewoond om haar geringste wens uit te voer en om altyd skuldig te voel as ek nie dankbaar genoeg is vir alles wat sy vir my doen nie, dat ek net plek-plek onthou dat ek my graad het en dat meneer Schultz gretig is dat ek voltyds in sy winkel moet werk. Maar om my tasse te pak en my motor te vat . . . Ek sal soos 'n dief voel, want ouma Anya vertel my al die jare sy het vir alles betaal."

"Maar jy weet dis nie waar nie, my liewe kind! Jy het die volste reg op elke draad klere wat jy besit en op jou motor, selfs op die kos wat jy eet, want jou ouma Esmé betaal 'n koninklike toelaag vir jou. Onthou dit wanneer jy met Anya praat. Onthou ook jy is nie meer alleen nie. Ek moes al die jare toekyk hoe Anya op jou gevoel speel en jou manipuleer, maar vandat ek weet Esmé betaal vir jou onderhoud, sal ek dit nie duld nie. Sal ek en jy haar saam gaan konfronteer, Leandri?"

"Nee . . . nee, nie vandag nie, asseblief, dokter Dawie. Ek weet ek het rede om ouma Anya te haat, maar ek is so bang sy kry 'n hartaanval of beroerte as ek haar skielik vertel ek weet van ouma Esmé en my pa. Ek wil nie die oorsaak van haar dood wees nie," pleit Leandri. Maar sy weet daar is 'n ander waarheid wat van haar 'n gevange maak: hoe kan sy by haar ouma Esmé intrek en onder dieselfde dak as Rohan woon, en nie haar liefde aan hom verraai nie? Hier is sy veilig, want sy het die vryheid om met die aarselende vingers van haar liefde ragfyn drome te weef oor haar groot, donker man met die mosgroen oë. Maar as sy by hom is . . . Sy wil nie weet van die ander meisies wat hy liefhet nie. Sy wil net alleen wees, ten spyte van die bittersoet verlange wat elke hartklop deur haar hele wese stuur.

"Het jy vergeet ek is Anya se huisdokter, Leandri? Daar skort heelwat meer met haar menswees as met haar gesondheid," dring Dawie se stem tot haar deur. "Anya besef dat jy op die dag van jou mondigwording sal leer hoe groot haar bedrog was. Haar paniekerige pogings om jou vinnig in 'n huwelik met Maritz te dwing, besorg haar veel meer stres as wat goed is vir haar. As jy nie kans sien daarvoor nie, sal ek haar vertel dat jy Esmé gister ontmoet het."

"Nee, oom Dawie! Ek sal self besluit wanneer ek haar van ouma Esmé wil vertel. Maar dit sal nie vandag of môre wees nie. Is Anina tuis?" gee sy 'n ander wending aan die gesprek.

"Sy het by 'n vriendin gaan kuier. Weet jy waarom sy in so 'n nukkerige bui is? Nee, moenie antwoord nie: ons praat nog oor Esmé. Ry jy hierdie naweek saam met ons Ingwe-vallei toe, of moet ek jou ontvoer?"

'n Glimlag verhelder Leandri se gelaat. "Was Rohan se voorstel ernstig? Gaan ons werklik die jagplaas besoek?" vra sy gretig, haar oë blink van opwinding.

"Dis wat ons gistermiddag afgespreek het. Of Rohan betyds terug sal wees, weet ek nie, maar Esmé sien uit daarna om jou die plek te wys." Hy glimlag met jeugdige onnutsigheid. "Jy kan my en Esmé se chaperone wees. Of gee jy nie om as die mense oor jou mooi ouma skinder nie?"

Haar oë vonkellag in syne. "Dan het ek my nie gister net verbeel nie . . . Ouma Esmé is nie net jou pasiënt nie, oom Dawie?"

Hy kug aamborstig en kyk met 'n hewige frons na die naaste

roosboom, draai dan na Leandri en glimlag met onverbloemde trots. "Esmé het vier maande gelede besluit dat ek te aantreklik is om haar huisdokter te wees, daarom is sy nou Anina se pasiënt."

"Jy jok vir my, oom Dawie! My ouma Esmé is mooi, al is sy nie jonk nie. Sy sal nie so iets aan haar huisdokter sê nie."

"Wel, sy het nie juis 'n keuse gehad nie, want ek het haar toe al 'n halfuur lank vertel presies hoe mooi sy is en hoe lief ek haar het en hoe graag ek met haar wil trou. Gee jy om om kort voor Kersfees my kleindogter te word, ou kleintjie?"

"Hoegenaamd nie!" antwoord sy laggend en gee hom 'n spontane drukkie. "Ek is só bly! Ek het altyd gewens jy is my pa, maar ek is nog blyer dat jy my eie oupa sal wees. Of is dit my stiefoupa?"

"Eie, nie stief nie, want jy het in elk geval nooit jou oupa Rinsma geken nie, maar ek ken jou jou lewe lank. En op vier en sestig gee ek glad nie om om die oupa van so 'n pragtige dogter te wees nie."

"Wat van Anina? Weet sy jy gaan met ouma Esmé trou, oom Dawie?" vra Leandri, 'n tikkie kommer in haar stem.

"Sy weet en sy verwelkom dit, want nou hoef sy haarself nie meer oor haar eensame pa te bekommer nie. Ek hoop sy vergeet van haar rol as pligsgetroue dogter, trou met 'n man en gee vir my nog 'n paar kleinkinders – as daar 'n man is wat braaf genoeg is om met my bekonkelde dogter te trou," antwoord hy misnoeg.

"Ek is seker daar is so 'n man, maar dalk kan ek . . ."

Leandri breek haar sin af en swaai vinnig om toe sy voetstappe op die stoeptrap hoor. Sy sien Anya die hoë trap tydsaam afklim en wonder bekommerd of sy en Dawie nie dalk te hard gepraat het nie.

Dawie neem Leandri aan die arm en hulle stap Anya saam tegemoet.

"Goeiemôre, Anya. Ek het jou nie vanoggend in die kerk gesien nie. Is jy nog moeg ná jou kuiertjie in Londen?" vra hy met simpatieke belangstelling, kyk af na Leandri en knipoog soos 'n stout seun vir haar.

"Môre, Dawie. Ek sou in die kerk gewees het as Leandri nie verslaap het nie, maar sy en Mauritz het tot laatnag saam gekuier. Maar wat anders kan 'n mens van twee jong verliefdes verwag?" vra Anya met 'n betekenisvolle glimlaggie.

"Dís nou interessant! Ek is bly jy het besluit om Leandri nie langer agter slot en grendel te hou nie, Anya, want in daardie geval ... Ek gaan eerskomende naweek by vriende op 'n pragtige jagplaas in Noord-Natal kuier. Ek sal graag vir Leandri en Mauritz wil saamnooi as jy jou toestemming sal gee."

Sy én Mauritz, dink Leandri en wens sy kan Dawie ongemerk teen sy enkel skop, maar onthou betyds dat Mauritz nie die uitnodiging sal aanvaar nie.

"'n Romantiese naweek saam op 'n jagplaas – dis presies wat die tweetjies nodig het, Dawie," kom dit ingenome van Anya. "Ek sal betyds my oorlede ma se verloofring vir Mauritz gee, net ingeval Leandri haar besluitloosheid kan vergeet in die pragtige natuurskoon van Natal." Sy frons afkeurend. "Of gaan Anina saam?"

"Nee, sy sal aan diens moet wees, maar jy hoef jou nie te bekommer nie: daar sal ander vroue ook wees," antwoord Dawie gerusstellend.

Anya maak 'n afwerende handgebaar. "Ek vertrou die kinders volkome, Dawie, maar ek is nie gelukkig oor Anina se invloed op Leandri nie. Anina is met haar loopbaan getroud, 'n onafhanklike, professionele meisie wat oënskynlik nie 'n man of kinders in haar lewe nodig het nie, maar ek hoop om Leandri en Mauritz binnekort getroud te sien. Mag ek hoop dat jy jou invloed sal gebruik om my eiesinnige kleindogter te oorreed om op haar mondigwording te trou, my ou vriend?"

"O, ek sal, Anya, ek sal," verseker Dawie haar met wrange erns en wend hom tot Leandri: "Dan is dit afgespreek, Leandri. Ons ry Vrydagoggend om sesuur. Jy en Mauritz kan saam na my huis toe kom, anders onderbreek ons dalk jou ouma se nagrus."

"Goed, oom Dawie. Ek gaan solank na Mauritz toe om hom van jou uitnodiging te vertel. Tot siens, en baie dankie!" roep Leandri en draf weg in die rylaan.

Sy bly langs 'n Indiese meidoringstruik by die hek staan en sluit by Dawie aan toe hy 'n paar minute later sy verskyning maak. "Hoe kon jy vir ouma Anya sê jy gaan Mauritz ook uitnooi, oom Dawie? Ek weet hy sal nie saamkom nie, maar dis ter wille van hom dat my ouma ingestem het," sê sy gegrief.

Dawie glimlag tergend. "Dink jy ek het dit nie geweet nie, ou kleintjie? Jy vergeet dat ek Anya se jare lange vertroueling is. Sy glo sy kan al haar skete en persoonlike sake met my bespreek, want as mediese dokter sal ek nooit uitpraat nie. Normaalweg doen ek dit nie, maar in hierdie geval maak ek 'n uitsondering sonder enige gewetenswroeging. Ek weet jy en Mauritz het mekaar nie lief nie, maar ek ken 'n ander jong man wat jou laat bloos as hy net na jou kyk."

"Ek het Rohan nie lief nie!" ontken sy blosend.

"Nou wat laat jou dink ek het na Rohan verwys?" vra hy en lag haar goedig uit toe die blos op haar wange verdiep. Sy uitdrukking word ineens sober en sy hoor die erns in sy stem toe hy vervolg: "Om verlief te wees, kan nie seermaak nie, maar moenie te haastig wees om met jou hele hart lief te kry nie, Leandri. Ek ken Rohan taamlik goed – ken sy hele geskiedenis . . . daarom twyfel ek of hy ooit sal liefkry."

"Hou Rohan nie van meisies nie?" vra sy aarselend.

"Talle meisies, maar elke meisie is net nog een wat hy vanaand uitneem en môre weer vergeet. Hy is soos my Anina: getroud met sy werk en veels te besig om 'n meisie die hof te maak.

Dié snuiter dink romanse is sinoniem met seniliteit, want hy lag hom 'n ertjie as ek vir Esmé 'n ruiker stuur of 'n geskenkie vir haar koop. Sal jy teleurgesteld wees as hy nie die naweek op Ingwe-vallei is nie?" vra hy goedig.

Leandri skud haar kop en glimlag sonnig. "Glad nie. Maar as dit jou sal gerusstel: ek is verlief op die man op die motorfiets, want hy stuur vir my blomme. Jy ken die kode vir die veiligheidshek. Tot siens, oom Dawie!" groet sy uitgelate en draf oor die grasperk terug huis toe, haar vingers troetelend om die kaartjie waarop Rohan se boodskap geskryf is.

Anina kyk verras op toe Leandri Donderdagoggend haar spreekkamer binnekom en met 'n onstuimige uitdrukking op haar gesig op die stoel voor haar lessenaar gaan sit.

"Hallo, Leandri. Is jy nie my pa se pasiënt nie?" vra Anina en speel senuweeagtig met haar pen.

"Ek is, maar net jy kan my help. Jy is soos die spreekwoordelike naald in 'n hooimied, daarom het ek 'n afspraak gemaak om met jou te kan praat. En ek betaal daarvoor, daarom is jy verplig om 'n halfuur lank met my te praat. Reg?" vra Leandri uitdagend.

"Ek het seker nie 'n keuse nie. Wat is jou simptome?" vra Anina met professionele belangstelling.

"Net een: my vriendin. Ek weet sy het Mauritz lief, maar toe hy haar op sy onbeholpe manier vra om met hom te trou, weier sy en eet haar siek aan appels. Ek wens sy het aan 'n stukkie appel verstik, wat dan kon hy haar op die rug geslaan het. Hy was dalk net senuweeagtig genoeg om haar disnis te slaan en daarna te lawe. Dalk sou hulle op daardie manier in mekaar se arms beland het – en dan was ek nie nou hier nie," antwoord Leandri en werp Anina 'n nydige blik toe.

Anina byt op haar onderlip om haar glimlag te verberg, gooi haar pen neer en sit laggend terug op haar stoel. "Dit wás snaaks! Om die selfversekerde Mauritz so beteuterd te sien, sou my normaalweg laat skaterlag het." 'n Ligte frons keep tussen haar wenkbroue en haar uitdrukking word sober. "Maar niks is snaaks as jy iemand werklik liefhet nie. As ek na my hart geluister het, het ek opgespring en Mauritz gesoen totdat dit nodig was dat ek hóm moes lawe."

"Waarom het jy nie, Anina? Twyfel jy aan Mauritz se liefde vir jou?"

Anina sug lank en bewerig en kyk met 'n uitdrukking van onmag in haar oë na Leandri. "Nee. Uiterlik is ek 'n professionele vrou en 'n toegewyde dokter, maar ek is en bly 'n meisie met 'n hart en emosies. Ek sou blind moes wees as ek nie lankal kon sien dat Mauritz my liefhet nie, maar omdat hy nooit oor sy gevoel vir my gepraat het nie, het ek tog soms getwyfel. En toe hy my 'n paar jaar gelede vertel van jou ouma Anya se uitdruklike bevel dat hy met jou moet trou . . . Ek was verpletter, maar ek het my wysgemaak dat ek troos in 'n ander man se arms sal vind. Ek het baie hard probeer, maar ek kon nie. Ek het Mauritz lief en ek glo hy het my lief, maar ek moet prakties wees."

Leandri kreun hoorbaar. "Hier kom die wetenskap. Waarom moet jy prakties wees? Dink jy jou pa gaan krepeer van eensaamheid as jy met Mauritz trou?"

"Allermins! Het hy jou vertel van sy trouplanne?" vra Anina onseker.

"Met my ouma Esmé, ja, en ek is gelukkig daaroor." Leandri gun haarself 'n vinnige glimlag en vra dringend: "Wat verhoed dat jy en Mauritz trou, Anina?"

"Dis nie wát nie, dis wié. Het Mauritz jou ooit vertel waarom hy, een van die suksesvolste prokureurs in die stad, in 'n onderdanige slaaf verander as jou ouma Anya hom ontbied?" vra Anina grimmig.

"Ja. My ouma het sy pa finansieel gehelp en verhoed dat sy

firma bankrot speel. Sy het ook vir Mauritz se universiteits-opleiding betaal en sy eerste motor vir hom gekoop. Maar dis alles ou nuus. Ek het hom duidelik laat verstaan dat dit haar eie besluit was om vir sy studie en sy motor te betaal, omdat sy sy skatryk peetma is. Wat sy vir sy pa gedoen het, het niks met hom te make nie. Dis waarom hy jou gevra het om met hom te trou: hy weet nou hy staan nie langer onder 'n verpligting teenoor my ouma nie."

"Ek wens dit was so eenvoudig, maar soos 'n dokter pasiënte nodig het, het 'n prokureur kliënte nodig – veral skatryk kliën-te soos jou ouma Anya," sê Anina, 'n trek van bitterheid om haar mond.

"Liewe land, Anina, my ouma is net één mens! Wat maak dit saak as hy haar as kliënt verloor? Mauritz het baie ander skatryk kliënte," kom dit onthuts van Leandri.

"Het jy al gewonder waarom het hy soveel ryk kliënte, Lean-dri? Jou ouma Anya is 'n skatryk vrou met skatryk vriende – vriende wat op haar aanbeveling kliënte van Mauritz en sy pa geword het. Wat sal gebeur as ek en hy trou? Jou wraaksugtige ouma sal sorg dat hy elke kliënt wat hy het, verloor. Ek wil nie die rede wees dat Mauritz se firma te gronde gaan nie. Hoe kan ek? Ek het hom te lief om hom seer te maak."

Leandri kyk in stilte na Anina wat wanhopig voor haar uit-staar. Sy byt op haar onderlip en sê dan effens hees: "Ek moet trou. Of verloof raak. Ek moet 'n man soek." 'n Lig van op-winding verhelder haar oë. "Dis die antwoord, Anina! As ek aan 'n ander man verloof raak, sal jy en Mauritz vry wees om te trou!"

"Waar gaan jy 'n man soek?"

"Ek . . . ek weet nog nie, maar dalk kan ouma Esmé my help. Ek weet net ek kan nie toelaat dat my twee beste vriende voor my oë wegkwyn nie. Jy het donker vlekke van slapelose nagte onder jou oë en ek wed jy kan nie onthou wanneer jy laas geëet het nie. Dis soos Mauritz ook lyk: sy oë raak weg in sy hol oogkasse en soek ek na hom, sit hy soos 'n ou oom op die trap voor hulle agterdeur en verkyk hom aan niks. Of hy dwaal soos 'n spook deur die tuin." Leandri kyk op haar polshorlosie. "Dis byna tyd vir middagete en vanmiddag moet ek my ouma na haar rolbalklub toe neem. Dalk kan ek ongesiens wegglip en by ouma Esmé gaan kuier."

"Hoekom gebruik jy nie jou verstand nie, Leandri? Jy het die volmaakte wapen in jou hande om my en Mauritz en jouself te help, maar jy doen dit nie," kom dit dringend van Anina.

"Watter wapen?" vra Leandri, onkant gevang.

"Jy weet nou jou ouma Esmé Rinsma het al die jare vir jou onderhoud betaal en dat jou pa nog leef. Jou ouma Anya is 'n trotse vrou en sy geniet dit dat haar talle vriende glo sy is 'n liewe, opofferende ouma, selfs al is sy niks anders as 'n geldgierige leuenaar nie. Dreig dat jy haar vriende sal vertel van die onderhoud wat jou ouma Esmé betaal het en dat sy jou laat glo het jou pa is dood, as sy dit durf waag om haar vriende weg te rokkel van Mauritz. Asseblief, Leandri, help ons," pleit Anina desperaat.

Leandri kyk haar nadenkend aan en skud dan haar kop. "Nee, ek is seker haar beste vriende weet my pa leef nog. En vertel ek hulle van ouma Esmé, sal dit geen verskil maak nie. Soos ek ouma Anya ken, sal sy net haar tasse pak en vir ses maande oorsee gaan kuier. Teen die tyd dat sy terugkom, sal almal daarvan vergeet het en sy sal nog dieselfde vriende hê – rykdom is mag, Anina." Sy merk Anina se teleurstelling en glimlag gerusstellend. "Moenie bekommerd wees nie, my ouer suster. Ek is seker ek sal êrens vir my 'n man kan kry!"

"Doen dit dan haastig. Ek is moeg van swart koffie en slapelose nagte," mor Anina. Sy staan op en gee Leandri 'n vinnige drukkie. "Sukses met jou soektog, kleinsus. En dankie vir die kuiertjie – ek sal sorg dat jy 'n rekening kry!"

Anya klad haar lippe met haar servet en blik met 'n goedkeurende glimlaggie na Leandri wat oorkant haar sit en nog besig is om aan haar slaai te peusel. "Dis nog 'n teken van die liefde, my skat – ek onthou nog goed ek het my eetlus verloor toe ek jou oorlede oupa liefgekry het. Ek merk Mauritz het ook gewig verloor." Sy luister na die gelui van die voordeurklokkie en vra hoopvol: "Het julle tweetjies al besluit om gedurende julle naweek op die jagplaas verloof te raak, my liefie?"

"Ons praat dikwels oor 'n verlowing, maar daar is nog nie op 'n datum besluit nie, Ouma. Ek het mos verduidelik: as ek die dag verloof raak, wil ek baie seker wees van my liefde," antwoord Leandri en glimlag oor haar vermoë om Anya se vraag te beantwoord sonder om te jok.

Ek en Mauritz praat dikwels oor sy en Anina se verlowing, maar ouma Anya hoef dit nie te weet nie, dink sy en kyk na die huishoudster wat die eetkamer binnekom.

"Ekskuus, mevrou Dreyer, maar daar is 'n bode met 'n pakkie vir juffrou Leandri by die voordeur. Hy sê juffrou Leandri moet persoonlik vir die pakkie teken," sê die huishoudster verskonend.

"As bodes nou ook aanstellerig raak . . ." begin Anya afkeurend.

"Alles reg, Ouma, ek wil nie nagereg hê nie. Ek is al op pad!" val Leandri haar in die rede. Sy glip uit haar stoel en by die deur uit, dankbaar om aan haar ouma se ondervraging te ontsnap.

Sy glimlag vir die huishulp wat in die ontvangsportaal ronddraai. "Dis alles reg, Marié. Jy kan maar gaan."

Die klokkie lui weer en sy maak die voordeur vinnig oop. Sy sien 'n groot, breedgeskouerde man geklee in 'n swart langbroek en 'n T-hemp en met 'n valhelm op sy kop voor haar staan. Herkenning ruk soos 'n elektriese stroom deur haar en sy trek die voordeur geluidloos agter haar toe.

426

Hy lig die visier van sy valhelm en sy verkyk haar aan die songloed diep in die donker mosgroen van sy oë. Sy glimlag is 'n sagte troeteling, warm soos sy groot hand wat om haar boarm sluit.

"Net om seker te maak dis rêrig jy," sê hy gedemp, 'n ingehoue lag in die diep klank van sy stem, en los haar arm. "'n Pakkie vir jou, juffrou Dreyer. Teken asseblief hier," versoek hy saaklik en hou 'n boek en pen na haar uit.

Leandri blik onwillekeurig na die boek en lees die woorde wat op 'n skoon bladsy geskryf staan: *Wat is jou selfnoonnommer? Skryf dit asseblief neer.*

Sy voel 'n warm blos van verleentheid oor haar gesig sprei en weet dat sy nie durf opkyk na hom nie, want haar oë sal die blydskap van haar liefde aan hom verraai. Sy neem die pen wat hy na haar uithou, skryf haar selnommer en die kode vir die veiligheidshek neer en gee die pen en boek terug.

"Slim meisie. Nou kan ek jou ontvoer," fluister hy tergend. Hy hou 'n groterige pakkie toegedraai in bruinpapier na haar uit en vervolg formeel: "Dankie, juffrou Dreyer. Hier is die woordeboek wat jy bestel het."

"Jy is nie 'n bode nie! En hoekom is jy nie in Singapoer nie?" fluister sy onthuts en neem die pakkie by hom.

"Dis maklik om jou pligte te delegeer as jy ander dringende besigheid het. Ouma Esmé vra dat jy kom kuier. Is dit moontlik?" vra hy gedemp.

"Ek hoop om vanmiddag by haar 'n draai te maak," antwoord sy en ruk van skrik toe die voordeur agter haar oopgaan. Sy swaai om en storm die ontvangsportaal só vinnig binne dat Anya verplig is om agteruit te tree. "Kyk, Ouma, my pakkie is gouer afgelewer as wat ek verwag het," sê sy met gedwonge opgewondenheid en verwyder die bruinpapier.

"Wat is dit?" vra Anya met hoorbare agterdog in haar stem.

"'n Splinternuwe woordeboek! Ek gebruik altyd 'n verklarende woordeboek as ek blokraaisels invul en dis die jongste uitgawe," antwoord Leandri, maar sy weet dat die "woordeboek" veels te lig is om eg te wees.

"Ja, ja, jy is lief vir blokraaisels en legkaarte – stokperdjies wat my verveel. Ek was 'n bietjie nuuskierig toe die huishoudster my vertel 'n man op 'n motorfiets het die pakkie afgelewer. Het jy nog nie uitgevind wie die ruiker rose vir jou gestuur het nie, my skat?"

"Dit was 'n man op die motorfiets, maak nie saak wat sy naam is nie, Ouma," antwoord Leandri met 'n sorgelose ophaal van haar skouers. "Verskoon my, asseblief, Ouma. Daar is 'n paar woorde wat ek wil naslaan."

Oomblikke later druk sy haar kamerdeur agter haar dig, lig die voorblad van die woordeboek op en staar verbyster na die goue hangertjie met 'n topaassteen in die vorm van 'n hart, omring met klein diamantjies, wat op 'n donker fluweelkussing lê. Langs die hangertjie lê 'n kaartjie en sy lees ademloos: *Dit pas by die kleur van jou oë. Van die man op die motorfiets.*

"Rohan," prewel sy en word oorspoel deur 'n vloedgolf van grenslose vreugde. Sy hoor musiek en lig haar kop, maar weet die musiek kom van binne haar, want die enigste woorde van die manjifieke melodie van haar liefde is sy naam wat sy oor en oor fluister.

Sy sit die hangertjie met bewende vingers om haar nek en loop na haar spieël om dit te bewonder. Sy kyk na die hangertjie, sien die droomverlore uitdrukking op haar gesig en frons misnoeg: sy lyk soos 'n verliefde tiener. Oom Dawie het gesê Rohan het talle meisies in sy lewe, meisies wat hy vanaand uitneem en môre weer vergeet. Dis wat sy moet onthou voordat sy 'n opperste gek van haarself maak, besluit sy met koue nugterheid. Maar sy kan die bittersoet verlange in haar hart nie wegredeneer nie.

Esmé Rinsma luister aandagtig na Leandri se vertelling van Anina se vrees om aan Mauritz verloof te raak, en frons afkeurend oor Anina se voorstel dat Leandri Anya moet afdreig. "Anya Dreyer is ryk genoeg om enige skinderstorie te oorleef," sê Esmé met sekerheid. "As ek vir jou onderhoud betaal het, was dit omdat ek jou liefhet, kindjie, nie om die bewondering van vriende of vreemdes af te dwing nie. Nee, daar moet 'n ander oplossing wees."

"Ek het klaar 'n oplossing gekry, Ouma. Ouma Anya sal haar nie op Mauritz kan wreek as ek reeds verloof is nie. Ek moet 'n man oorreed om kamtig aan my verloof te raak, en Mauritz en Anina sal vry wees om te trou," verduidelik Leandri entoesiasties.

"Ken jy 'n man wat bereid is om 'n skynverlowing met jou te hê," my poplap?" vra Esmé geamuseerd.

Leandri sug moedeloos. "Nee, Ouma. Ek het hope kennisse, maar Mauritz is my enigste vriend. Ek het gehoop Ouma sal my kan help."

Esmé kyk vinnig op na die antieke spieël wat oorkant haar teen die muur hang en roep kwaai: "Kom binne, luistervink! Ek hou jou al die afgelope tien minute dop, jou onbeskaamde vabond. Wie van jou nuttelose vriende sal bereid wees om aan Leandri verloof te raak?"

"Befoeterde mense het lelike hartjies, tant Esmé," koggel Rohan haar uit en slenter die ruim sitkamer binne, sy glimlag sprekend van sonnige onskuld. Hy kyk na Leandri en sê bewonderend: "Dis nou 'n mooi hangertjie, Leandri. Die topaassteen komplementeer die kleur van jou oë. Ek moet sê: die man wat dit vir jou gegee het, het ongetwyfeld goeie smaak. Ken ek hom?"

"Nee. Hy is die man op die motorfiets," antwoord sy beheers. Sy weet dat sy vuurrooi bloos, maar sy kyk hom uitdagend in die oë.

"A . . . hy is die regte man om aan verloof te raak. Kom, mei-siekind, ek en jy gaan 'n verloofring koop!"

6

Esmé raps Rohan ergerlik op die arm toe hy die blosende Lean-dri se hand gryp om haar orent te trek. "Gedra jou, seunskind! Jy is die allerlaaste man wat aan my kleindogter verloof sal raak. Jy, Rohan, het nie 'n hart nie, net 'n swak reputasie," sê sy af-keurend.

"Sowaar, tant Esmé? Vertel my van my swak reputasie, toe, my liewe tannie. Tannie ken die ou skinderbekke: skinder hulle tonge lam agter my rug, maar glimlag met skynheilige vroom-heid as ek hulle raakloop. Wat sê hulle van my?" vra hy met oordrewe nuuskierigheid.

"Niks meer as wat ek al die jare reeds weet nie. Hoeveel meisies het jy die afgelope jaar uitgeneem, Rohan?" vra Esmé streng.

"Nie meer as 'n dosyn of twee nie. Tannie weet self – dit was 'n besige jaar en my verskillende sakebelange het al my aandag vereis. Of dalk haal die ouderdom my in, want ek kuier liewer saam met tannie as saam met vreemde meisies."

"Het jy mooi geluister, Leandri?" vra Esmé en wend haar tot Leandri, wat asof versteen na hulle gesprek geluister het. "Rohan is soos 'n eie kind vir my, maar sy aantreklike gesig en groot bankrekening is sy ondergang. Hy is so bang om voor die kansel te beland dat hy dieselfde meisie nooit meer as twee maal uitneem nie."

"Dis blote selfbehoud, tant Esmé. As ek 'n meisie meer as twee maal uitneem, verwag sy blomme en geskenke van my.

Tannie ken my – ek is vrek suinig. Ek moet aan my oudag dink, daarom koop ek nie geskenke vir meisies nie." Hy kyk na Leandri en vra doodernstig: "Stem jy nie saam nie, Leandri? Hoeveel geld het die arme Mauritz al op jou gemors, al weier jy om met hom te trou?"

Leandri staar hom 'n oomblik woordeloos aan, nie seker of sy haar moet vererg of bly moet wees omdat hy vir haar blomme en 'n kosbare hangertjie gekoop het nie. Dan antwoord sy met 'n neutrale stem: "Jy is nie 'n baie goeie luistervink nie, Rohan. Ek en Mauritz wil ewe min met mekaar trou, want ek het hom nie lief nie en ek hy wil met Anina trou. Ek soek 'n man wat –"

"Ek is 'n man! Toe, meisiekind, vat my as jy my wil hê," val hy haar gretig in die rede en steek sy hand weer uit na haar.

"Wag!" beveel Esmé skerp en draai vraend na Leandri. "Wie is die man op die motorfiets wat die topaashangertjie vir jou gegee het, my kindlief?"

"Hy . . . e . . ." stamel sy en wil na Rohan kyk, maar sy durf nie. Rohan kan ontken dat hy vir haar blomme gestuur of die hangertjie gekoop het. Watter bewys het sy dat die man op die motorfiets wel Rohan is? Hy kon namens iemand anders die hangertjie afgelewer het, dink sy met 'n gevoel van intense teleurstelling en voel trane van hartseer agter haar ooglede brand.

"Dis 'n sonde om te jok, Leandri," sê Rohan vermanend. "Maar as jy bang is om die waarheid te praat, sal ek dit namens jou doen. Moenie my klap nie, tant Esmé. Ek het vir Leandri blomme en die hangertjie gekoop, maar net uit die goedheid van my hart."

Uit die goedheid van my hart . . . eggo sy woorde die doodsvonnis van Leandri se liefdesdroom. Dit word 'n rouklag wat in haar ore weergalm. Kan 'n mens se hart bloed drup van pyn? Kan hartseer werklik so seer wees? wonder sy verslae. Rohan kry haar jammer omdat sy nooit die liefde van haar ouma Esmé geken het nie, daarom het hy uit goedheid van sy hart vir haar geskenke aangedra. Sy wil sy hart hê, nie sy goedheid nie, maar hy mag dit nooit weet nie. Kan 'n mens doodgaan as jou hart so flenters is soos hare?

"Is dit waar, kindjie? Het hierdie kwajong vir jou geskenke gekoop?" vra Esmé ongelowig.

"Ja, Ouma, maar net . . ." begin Leandri effens hees. Sy kug agter haar hand en vervolg met desperate trots: "Net omdat ek nou een van die Rinsmas is, nie omdat ek saam met hom uit-gegaan het nie. Oom Dawie het my vertel van Rohan se baie meisies, daarom sal ek nooit met hom uitgaan nie."

"Dokter Dawie is 'n skinderbek," kom dit vies van Rohan. "Tant Esmé, is jy seker jy wil met so 'n skinderbek trou?"

"Jy soek na 'n dwarsklap, Rohan!" dreig Esmé halfhartig en kyk nadenkend na Leandri en Rohan. " 'n Verlowing tussen jul-le twee . . . Ek weet nie of so iets my goedkeuring wegdra nie, maar dis moontlik die enigste manier om Mauritz en Anina uit hulle penarie te help. Rohan, is jy lief genoeg vir my om my te beloof dat jy nie aan my kleindogter sal raak nie, as ek my toestemming gee dat julle twee verloof raak?"

Rohan frons hewig. "En as ons trou? Moet ons elkeen in ons eie kamer slaap, my tannie?"

"Moenie stuitig wees nie, kind! Ek praat van 'n skynver-lowing wat verbreek sal word sodra Mauritz en Anina getroud is. Het ek jou woord, Rohan?"

"Waar gaan ons 'n skynverloofring koop, tannie? By 'n skyn-juwelier?" vra Rohan gegrief.

"Nee, Leandri kan my ring dra," antwoord Esmé terwyl sy haar verloofring van haar ringvinger afhaal. "Ek en Dawie gaan binnekort verloof raak en hy gaan vir my 'n nuwe ring koop. Hier, kindjie, kyk of die ring jou pas."

"Nee," sê Rohan ferm. "My verloofde dra nie 'n ander man

se verloofring nie, selfs al was die man haar eie oupa. Oupa Rinsma sal in elk geval by Leandri spook, want ek is seker hy is nog kwaad vir haar en haar ma."

"Maar die ring is net 'n klein bietjie te groot, Rohan, en verloofringe is duur," sê Leandri en kyk na die diamantring aan haar ringvinger. "Sal Ouma omgee as ek die ring effens kleiner laat maak? Ek wil dit nie verloor nie."

"Ek onthou nou – ek het die ring groter laat maak toe ek ouer geword het," sê Esmé spytig. "Rohan, hou op om my met so 'n dik gesig aan te gluur. Gaan haal asseblief my juweelkassie uit die kluis. Ek is seker een van my ander diamantringe sal vir Leandri pas."

"Almal 'n ander man se ringe," mor Rohan en bly koppig staan. "Leandri, het jy nie 'n tikkie trots nie? Gaan jy 'n ring dra wat deur jou hardvogtige oupa Rinsma gekoop is?"

Leandri blik onseker na Esmé. "Het . . . het oupa Rinsma geweet Ouma het al die jare onderhoud vir my betaal?" vra sy aarselend.

Esmé glimlag innig en druk Leandri se hand. "My liewe kindjie, dit was jou oupa se besluit dat ons vir jou onderhoud betaal. Ek het met Mauritz se oorlede pa onderhandel en die tjeks gestuur, maar ek het met jou oupa se geld betaal. Hy het voorgegee dat hy uit trots vir jou onderhoud betaal, maar ek het hom beter geken. Ek glo hy was bang om jou deel te maak van sy lewe omdat hy 'n tweede hartseer in sy lewe gevrees het, want hy kon eenvoudig nooit die dood van ons dogter verwerk nie. Kort voor sy dood, toe hy ernstig siek was, het hy gesê hy sien uit daarna om eindelik ons Marli weer te sien. Hy het haar altyd liefgehad en ek glo hy het haar haar dwase jeugliefde vergewe."

"Het hy ooit oor my gepraat, Ouma?"

Esmé skud haar kop en sug diep. "Nee, my poplap. Ek het hom gevra of hy jou foto's wat Dawie so gereeld vir my gebring het, wil sien, maar hy het net na my gekyk en sy kop geskud. Daar was altyd hartseer in sy oë, nie woede of haat nie. Onthou dit, kindjie: hartseer het van julle vreemdelinge gemaak, nie haat nie."

"Maar tannie verwag ek moet met 'n hartseer ring aan Leandri verloof raak!" kom dit boos van Rohan. Hy merk hoe Leandri haar oë vinnig knip voordat sy verbaas na hom kyk en glimlag dierbaar. "Sê dankie, meisiekind. Jy sou nou oor jou hardvogtige oupa gehuil het as ek nie oor sy ring rusie gemaak het nie," terg hy en stap die vertrek vinnig uit.

"Die seun is wonderbaarlik besorg oor jou – ek wonder waarom?" tob Esmé, 'n kwelfrons tussen haar wenkbroue.

Leandri gryp Esmé se linkerhand styf in hare vas. "Asseblief, Ouma, ek wil nie vir Rohan beledig nie, maar ek kan nie aan hom verloof raak nie. Ek . . . ek wil Mauritz en Anina bitter graag help, maar 'n skynverlowing aan Rohan sal . . . sal 'n fiasko wees."

"Omdat jy hom liefgekry het, kindjie?" vra Esmé met simpatieke begrip.

"Nee!" ontken Leandri heftig, haar wange vlammend van verleentheid, en kyk Esmé verontwaardig aan. Esmé ignoreer die ontkenning en streel deernisvol met haar regterhand 'n haarlok uit Leandri se oë. "My arme poplap. Jy was so alleen, so volkome aan die besitlike Anya se genade uitgelewer dat jy nooit die geleentheid gehad het om mans te leer ken nie. Om geskenke van so 'n aantreklike man soos Rohan te ontvang, kon jou maklik laat glo het hy het jou liefgekry. Maar vir hom is alles net 'n speletjie, kindjie, nie die romantiese optrede van 'n verliefde man nie."

"Ek weet, Ouma. Ek hou van hom, maar dis . . . dis al. Hy het net vir my die geskenke gekoop omdat hy wil hê ek moet voel ek is nou deel van die Rinsmas," sê Leandri gerusstellend en hoop Esmé kan nie die hartseer in haar stem hoor nie.

"Nee, Leandri, Rohan dink net rande en sente, daarom moet daar 'n baie goeie rede wees waarom hy vir jou 'n ruiker en 'n hangertjie gekoop het. Die feit dat hy kans sien om vir jou 'n verloofring te koop, maak my net meer agterdogtig. Ek probeer dink wat jy het wat hy graag sal wil besit. Het jou ouma Anya enige aandele aan jou bemaak?"

Leandri glimlag bedroë. "Ek sal nie 'n sent van ouma Anya erf nie. Sy het my altyd duidelik laat verstaan dat ek nie 'n greintjie sakevernuf besit nie, daarom moet ek met 'n ryk man trou, want haar Dreyer-familie sal alles erf wat sy besit. Noudat ek weet my pa leef nog en dat hy boonop 'n vrou en twee seuns het, wonder ek nie meer oor wie haar erfgename sal wees nie."

"Maar jy is nog haar enigste kleindogter, kindjie, en jy het in haar huis grootgeword. Sy moet lief wees vir jou," protesteer Esmé.

"So lief dat as sy my nooit van my pa vertel het nie? Nee, Ouma. Ek is vir haar net 'n oorlas, want as ek nie daar was nie, kon my pa en sy gesin gereeld kom kuier het. Ek het dikwels die gevoel gekry dat haar vriendinne my vreemd aankyk, veral ná 'n besoek van my ouma aan Londen. Ek veronderstel hulle wens ook ek gee pad uit ouma Anya se lewe, sodat my pa en sy gesin kan terugkom huis toe."

"Dis nie meer lank nie, my kindlief. Jy is môre oor drie weke mondig en dan trek jy sak en pak hier by my in. Jy kan intussen jou winterklere hierheen bring, want ek het klaar jou suite gereed gemaak. Ek is seker Dawie en Anina . . . A, jy is eindelik terug, Rohan. Kom ons kyk watter ring pas jou die beste, Leandri."

" 'n Tweedehandse ring vir my verloofde – ek voel soos 'n bedelaar," grom Rohan onvergenoeg en gee die juweelkissie aan Leandri.

"Kies vir jou 'n ring, my poplap," versoek Esmé met onverwagte erns en kyk Rohan streng aan. "Jou en Leandri se skynverlowing is net 'n betekenislose speletjie, maar dit gaan Mauritz en Anina help om mekaar openlik lief te hê – en dis wat ons almal graag wil hê."

"Ja, ek hou van speletjies," antwoord Leandri met gedwonge lighartigheid en kyk gehoorsaam na die inhoud van die juweelkissie. "Goeiste, Ouma het hope halssnoere en armbande, en almal is ewe mooi. En kyk net al die ringe!" kom dit verruk van haar. Sy pas enkele ringe aan en hou dan haar linkerhand na Esmé uit. "Hierdie ring pas asof dit vir my gemaak is en die diamant is nie te groot nie. Mag ek dit leen, Ouma?"

"Met liefde, kindjie. Dis 'n stokou ring, want dit het aan my oumagrootjie behoort."

"Laat ek eers daarna kyk," sê Rohan stuurs en hou sy hand gebiedend uit.

"Kyk as jy moet, maar dis die ring wat ek gaan dra," sê Leandri styf, haal die ring onwillig af en gee dit vir hom.

Rohan stap met die ring na die venster en kyk daarna teen die sonlig. "Stokoud en vuil. Die ring moet skoongemaak word." Hy steek dit in sy sak en kom nader. "Ek sal dit laat doen, tant Esmé. As ek nie die naweek saam met julle na Ingwe-vallei toe kan gaan nie, kan ek en jy Maandagaand verloof raak, Leandri. Of sal Mauritz en Anina nie die naweek kan oorleef nie?"

"Wat 'n knorrige, onromantiese mansmens," kom dit van Esmé. "Ek hoop die meisie wat jy eendag liefkry, speel woerwoer met jou hart, Rohan. Klim in jou motor en neem die ring na my juwelier toe om dit skoon te maak. Soos ek jou ken, sal jy verwag dat Leandri die rekening moet betaal."

Rohan glimlag dierbaar. "Dis nou 'n blink gedagte, my tannie! Mag ek my aanstaande verloofde tot siens soen? Ja, ek mag!" beantwoord hy sy eie vraag, druk 'n soen op Leandri se wang en koes net betyds toe Esmé na hom klap. "Mis, tant

436

Esmé! En nou kry tannie nie 'n soen nie!" koggel hy en loop die sitkamer met lang hale uit.

Leandri besef eers dat sy met ligte vingers aan haar wang raak toe Esmé langs haar sê: "Onthou wat ek gesê het, my kindlief: alles gaan vir Rohan oor geld en groter sukses in die sakewêreld. Hy werk saam met sy ouers in die uitvoerbedryf, maar hy het ook ander sakebelange. As jy op jou mondigwording van jou ma en jou oupa Rinsma erf . . . Moontlik erf jy iets wat Rohan graag wil hê. Moenie te veel waarde heg aan sy gretigheid om jou te soen of 'n skynverlowing met jou te hê nie."

"Ek verwag nie dat hy my moet liefhê nie, maar sê Ouma sy vriendelikheid, selfs sy speelse geterg is alles net skyn?" vra Leandri en vaar ontsteld uit: "Maar dan is hy 'n huigelaar! Hoe weet jy of hy lief is vir jou, Ouma? As alles vir hom net oor geld gaan, wil ek hom nie eens ken nie. Ek . . . ek verafsku hom!"

"Nee, nee, kindjie, ek probeer so hard om jou teen hartseer te beskerm dat ek Rohan moontlik van sondes beskuldig wat hy nooit sal begaan nie. Dis omdat ek hom grootgemaak het en hom so goed ken, weet hoe hy al die jare teenoor meisies optree, dat ek nie kan aanvaar dat jy 'n doodgewone vriend vir jou kan wees nie."

"Neem hy net skatryk meisies uit, omdat hulle iets besit wat hy wil hê?" vra Leandri ingehoue.

"As ek eerlik moet wees: ja. Hy neem gereeld die dogters van ryk sakemanne uit, gewoonlik sakemanne met wie hy besigheid doen. Kan jy nou my wantroue begryp en vergewe, my kindlief?" vra Esmé skuldig.

"Daar is niks om te vergewe nie, maar ek is bly Ouma het my gewaarsku. Ek veronderstel ek is naïef omdat ek nie baie jong mans ken nie. Miskien sou ek halsoorkop op Rohan verlief geraak het as Ouma my nie gewaarsku het nie. Ek . . . ek wil nie langer sy topaashangertjie dra nie," antwoord sy en lig haar hande op om die hangertjie af te haal.

437

"Nee, Leandri, moenie oorhaastig wees nie. Rohan het voorgestel dat ons die naweek Ingwe-vallei toe gaan. Wag tot ná die naweek, want dan sal jy weet of hy werklik jou vriend is."

"Ouma klink geheimsinnig. Wat is die geheim van Ingwevallei?" vra Leandri, maar staar stip na die juwele in die juweelkissie op haar skoot, bang dat Esmé die pyn van teleurstelling in haar oë sal lees.

"As daar 'n geheim is, sal jy dit die naweek ontdek, my poplap," antwoord Esmé en staan op. "Kom ons gaan maak vir ons tee. En as jy daarna nog tyd het, gaan wys ek jou die suite wat ek vir jou gereed gemaak het."

"Ek sal dit graag wil sien, Ouma," sê Leandri, maar weet sy is vals. Sy wil nie onder dieselfde dak as Rohan woon nie; sy wil nie 'n man liefhê wat van rykdom 'n afgod maak nie. Sy het haar net verbeel sy is verlief op Rohan, maar ná haar ouma se tydige waarskuwing sal sy hom nooit kan vertrou nie.

Anya kyk na Leandri wat met fronsende konsentrasie bestuur en geen poging aanwend om 'n geselsie aan te knoop nie. "En nou, Leandri? Is jy vies omdat jy jou kuiertjie saam met Mauritz moes onderbreek om my by die rolbalklub te kom haal?" vra sy met 'n veelseggende laggie.

"Ek aanvaar dat ek Ouma moet rondkarwei, maar ek geniet dit beslis nie om as onbetaalde kelnerin al die klublede met koek en tee te bedien nie. Die klublede maak gewoonlik beurte om self tee te maak as ek nie beskikbaar is nie, maar vandag het die hele ou spul gewag dat ek opdaag om dit te doen. Is hulle almal skielik met lamheid geslaan?" vra Leandri onvergenoeg.

"Moenie hulle verkwalik nie, my skat. Hulle was so gretig om jou met jou verlowing aan Mauritz geluk te wens, dat hulle spesiaal vir jou gewag het. Hulle dink almal julle is die ideale paartjie," kom dit ingenome van Anya.

Leandri blik in die truspieëltjie en trap dan die rem plat, sodat die motor met skreeuende bande tot stilstand kom.

"Leandri! Hoe durf jy so onverskillig bestuur? Hoeveel maal moet ek jou nog sê jy hoef nie vir 'n rondloperhond te stop nie?" vra Anya kortasem van skok.

"Dit gaan om my, Ouma, nie die rondloperhond nie," antwoord Leandri grimmig. "Ek het soos 'n uiterse gek gevoel toe almal my skielik gelukwens met my verlowing. Hoe kón Ouma my so verneder het? Ouma het nie die reg gehad om aan vreemdelinge te vertel dat ek en Mauritz reeds verloof is nie, want ons is nie!"

"Wat maak 'n paar dae saak? Jy en Mauritz is mos van plan om hierdie naweek op die jagplaas verloof te raak," antwoord Anya ongesteurd, maar sy hou Leandri agterdogtig dop. "Is dit nie wat ons beplan het nie, my skat?" vra sy toe Leandri sonder 'n antwoord die motor weer in beweging bring.

"Nee, dis wat Ouma namens my en Mauritz beplan het," antwoord Leandri afgetrokke.

"Omdat ek weet wat die beste vir jou is, my liefie. My hele lewe het die afgelope een en twintig jaar om jou gedraai, Leandri, en alles wat ek vir jou gedoen het, was om jou gelukkig te maak. Dis waarom ek so gretig is dat jy en Mauritz op jou mondigwording sal trou, want dan kan ek met 'n geruste gemoed my oudag beplan. Jy is dit aan my verskuldig. Ek het soveel opofferinge ter wille van jou gemaak dat ek 'n klein bietjie dankbaarheid van jou kan verwag. Beloof my jy sal op jou mondigwording met Mauritz trou, my liefie."

Leandri veg teen die begeerte om Anya met haar jare lange bedrog te konfronteer, byt hard op haar onderlip en antwoord gelykmatig: "As Mauritz my hierdie naweek vra om aan hom verloof te raak, sal ons op my mondigwording trou, Ouma."

"Ek het geweet jy sal my nie teleurstel nie, my skat!" sê Anya hartlik, haar glimlag triomfantlik, en gaan geesdriftig voort:

439

"Glo my, jy sal nooit berou hê oor jou besluit nie, want Mauritz is 'n eerbare man en 'n uiters suksesvolle prokureur. Jy het in weelde grootgeword en hy sal sorg dat jy nooit gebrek ly nie, my skat. Ag, ek is so verlig! Ek sal sommer dadelik . . . Nee, ek sal tot ná die naweek wag en dan julle huwelikskaartjies laat druk en julle huweliksonthaal beplan."

Leandri bring die motor voor die stoeptrap van die Dreyerwoning tot stilstand, sien Mauritz op die bank onder die wildekersieboom sit en blik met 'n skrams glimlag na Anya. "As Ouma nie omgee nie: Mauritz wag reeds op my. Sal Ouma sonder my hulp die stoeptrap kan opklim?"

"Ja, gaan na hom toe, my skat. Ek gaan solank 'n lysie maak van ons gaste vir julle huweliksonthaal." Anya klim met verrassende ratsheid uit die motor en die trap op na die voordeur.

"Die ou tannie is skielik hups en uitspattig vriendelik," kom dit van Mauritz, wat halfhartig sy hand lig toe Anya van die voorstoep af vir hom wuif. "Wat het jy in haar tee gegooi, Leandri? Mampoer of rottegif?"

"Raak jy nou moorddadig, my miserabele vriend?" vra Leandri skertsend. Sy neem langs hom op die tuinbank plaas, haar kop rustend teen sy skouer, en vat sy regterhand in hare. "Glimlag, Mauritz, en soen my op my wang. Toe nou, mansmens! Ek het ouma Anya so pas vertel ek sal op my mondigwording met jou trou as jy my die naweek op die jagplaas vra om aan jou verloof te raak."

"As ek die energie gehad het, het ek jou gehaat, Leandri Dreyer," grom Mauritz, maar hy soen haar op die wang en wuif glimlaggend vir Anya.

"Dit was 'n gryns, nie 'n glimlag nie, ou knorpot."

"Wees dankbaar dat ek nie in trane uitgebars het nie," sê hy bars. "Wat is dit van 'n jagplaas?"

"Ingwe-vallei. Ek en oom Dawie ry môreoggend saam met

440

my ouma Esmé daarheen, maar ouma Anya glo jy kom saam. En sy weet nie dat ons saam met ouma Esmé gaan nie."

"Wat van my? Verwag jy van my om die naweek in 'n hotelkamer weg te kruip terwyl jy op 'n jagplaas rondrits?" vra Mauritz ergerlik.

"Liewe land, Mauritz, die liefde het jou oornag in 'n befoeterde ou oom verander! Ek wens nou ek het nie soveel moeite gedoen om Anina in haar spreekkamer te besoek net om jou te probeer help nie," sê Leandri onthuts.

Mauritz gryp haar aan haar boarms en skud haar liggies. "Het jy wraggies met haar gepraat? Het jy vir haar gesê ek is jammer ek het alles verbrou toe ek haar gevra het om met my te trou? Wat het sy gesê? Dink jy sy's nog lief vir my? Praat, Leandri! Kan jy nie sien ek huiwer op die rand van 'n senuwee-aanval nie?"

"Ja, ek kan, jou arme ding," antwoord sy treiterend en glimlag goedig. "Anina het jou liewer as wat ek of jy besef, Mauritz. Sy het geweier om met jou te trou, omdat sy bang is jy sal ouma Anya en al haar ryk vriende as kliënte verloor as julle trou. Jy kan dit nie ontken nie: rykdom is mag en ouma Anya het oorgenoeg invloed."

Hy frons teleurgesteld. "Dis ongelukkig waar, ja, maar dit geld net tot jou mondigwording. As jy dan weier om met my te trou, sal tant Anya haar nie op my kan wreek nie."

"Dan ken jy nie my ouma so goed soos ek nie, Mauritz. Al trou jy en Anina 'n maand of ses na my mondigwording, sal sy nog steeds glo jy wou nie werklik met my getrou het nie – en sy sal wraak neem. Onthou, sy weet reeds sy gaan my verloor as sy my nie in 'n huwelik met jou kan dwing nie."

"Sy gaan jou in elk geval verloor, want jy weet nou van jou ouma Esmé en dat jou pa nog leef. Of het jy haar reeds vergewe vir haar bedrog?" vra Mauritz skepties.

"Ek is te bly oor my ouma Esmé om my oor ouma Anya se

leuens te kwel, maar ons praat nou oor jou, Mauritz. As ek en jy sou trou ... Ouma Anya het nog 'n houvas op jou en solank sy jou kan manipuleer, sal sy my ook in haar mag hê, maak nie saak of ek weet van my ouma Esmé en my pa nie. Stem jy saam?"

Hy knik tam sy kop. "Ja. Dis wat sy al die jare doen: herinner my tydig en ontydig aan alles wat sy vir my en my pa gedoen het, en laat my voel dat dit my plig is om al haar bevele stiptelik uit te voer." Opstand smeul in sy oë toe hy na Leandri kyk. "Ek het lank gedink ná ons gesprek oor die geld wat jou ouma Anya aan my pa geleen het: dit was vir haar niks anders as 'n winsgewende finansiële belegging nie. Sy het haar geld plus rente teruggekry en terselfdertyd die lojale diens van 'n knap prokureur gehad. Ek skuld jou ouma niks, Leandri. Ek was 'n opperste dwaas om haar te laat glo sy besit my siel en liggaam."

"Jy is deur jou ouers beïnvloed, Mauritz, maar dit verander nog nie jou situasie nie. Trou jy met Anina, gaan jy die meeste van jou ryk kliënte verloor – of sal jou firma die verlies kan oorleef?" vra Leandri hoopvol.

"Ek dink so, maar dit sal my 'n ernstige knou gee," erken hy merkbaar gespanne. "Ek kan nie met Anina trou as ek 'n sukkelende praktyk het nie. Wat gaan ek doen, Leandri? Ek voel so magteloos soos 'n insek wat in 'n web beland het – en die spinnekop se naam is Anya Dreyer."

"Jy hoef niks te doen nie, jou arme insek. Ek het die volmaakte oplossing, maar ek weier nou om 'n woord verder te sê. Gaan pak vir jou 'n naweektas en wag agtuur vanaand vir my by die ingang van ons rylaan. O, en onthou om vir jou ma te sê jy sal eers Sondagaand tuis wees. Sy kan by haar suster gaan kuier. Ek moet gou by oom Dawie gaan inloer," sê Leandri met 'n geheimsinnige glimlaggie en trek hom saam met haar orent.

"Wat voer jy in die mou, Leandri?" vra hy agterdogtig.

Sy bly ongeduldig staan. "Wil jy met Anina trou, Mauritz?"

"Jy weet ek wil, maar . . ."

"Gaaf! Maak dan soos ek sê en wag vir my by die ingang. Sien jou vanaand, Mauritz!" roep Leandri oor haar skouer en draf vinnig weg.

Mauritz steek in sy spore vas, laat val sy naweektas op die geplaveide rylaan wat na die De Wet-woning lei en kruis sy arms voor sy bors.

"Dis die derde maal!" kom dit boos van Leandri. "Wat is dit nou weer, Mauritz? Ek het jou klaar verseker Anina sal vir jou 'n handdoek en tandepasta leen as jy vergeet het om dit in te pak. Tel jou vervlakste tas op en kom net, mansmens!"

"Nee, Leandri. Ek is lief vir Anina en ek sal enigiets doen om haar te oorreed om met my te trou, maar daar is perke. Hoe gaan dit lyk as ek sak en pak by hulle huis opdaag? Het jy vergeet sy het geweier om met my te trou?"

Leandri kreun hoorbaar en skop die tas liggies onder 'n struik in. "Goed, Mauritz, ons los jou tas hier onder die hibiskus en gaan praat eers met Anina. Ek het jou beloof ek het 'n oplossing vir julle probleem, maar ek weier om 'n woord verder te sê as jy nie saam met my kom nie. Kom jy of bly jy?"

"Jy weet ek kan nie wegbly nie, al wil sy my nie sien nie. Ek het dit selfs al oorweeg om allerlei simptome te ontwikkel net om 'n rede te hê om 'n afspraak met haar te maak. Maar solank jou ouma Anya almal hiet en gebied . . ." Hy swyg en sug diep.

"Ek is julle probleem, nie ouma Anya nie, Mauritz. Nee, ons stap om na die agterdeur toe. Oom Dawie sê Anina kruip saans in die ontbythoekie weg, drink liters koffie en lees tydskrifte. Hy het beloof om ons nie te steur nie."

"Klein pes! Het jy vir dokter Dawie gesê ek kom sak en pak hier by hulle intrek?" vra Mauritz boos.

"Net vir vanaand, my knorrige vriend. Onthou, ouma Anya

443

moet glo jy is saam met my Ingwe-vallei toe. Jy kan Vrydagnag terugsluip huis toe as Anina moeg raak van jou geselskap."

"Maar Anina kan nie stoksielalleen in hierdie yslike huis agterbly nie! Dis veels te gevaarlik vir –"

"Hou op kerm, Mauritz," val Leandri hom ongeduldig in die rede. "Twee van haar kollegas wat onlangs getroud is, kom die naweek by haar bly. Hulle woon in 'n enkelwoonstel en hulle dink 'n naweek in 'n groot ou huis is soos 'n vakansie op 'n eiland." Sy klop aan die oop agterdeur, gryp Mauritz se hand stewig in hare en trek hom saam met haar die ruim kombuis binne.

Anina kyk op van haar tydskrif, sit haar beker koffie stadig op die tafelblad neer en sê met 'n doodse stem: "Ek hoop jy het 'n man gekry, Leandri."

"Ek het! Ek en hy raak die naweek verloof," antwoord Leandri en glimlag verby die hartseer wat aan haar binneste knaag.

Uitdrukkingloos van ongeloof en ontwakende hoop wissel mekaar snel af op Anina se gesig. "Kan ek dit waag om jou te glo, my kleinsussie? Aan wie gaan jy verloof raak?"

"Ja, wie?" vra Mauritz, sy stem skor van spanning.

"Julle ken hom albei: die man op die motorfiets," antwoord Leandri kamma sorgeloos en skaterlag oor die verdwaasde uitdrukking op hulle gesigte.

"Hý?" vra Anina ná oomblikke van sprakelose verbasing. "Hoe op aarde het jy dit reggekry, Leandri? Rohan Rinsma is so verwaand dat hy op homself verlief is!"

"Ek weet, maar ek is mooier as hy en toe raak hy verlief op my," spot Leandri.

"Rohan Rinsma ... Tant Anya gaan 'n toeval kry as jy haar vertel, Leandri. Ek weet sy haat die Rinsmas omdat ... Nee, dis vertroulike inligting."

"As jy lank genoeg kan vergeet dat jy 'n prokureur is, Mauritz: as ek terugkeer van Ingwe-vallei, sal ek 'n verloofde meisie

444

wees. Dalk is daar iewers 'n meisie wat jóú verloofring wil dra, maar ek gaan haar nie namens jou vra nie," sê Leandri nadruklik en blik betekenisvol na die blosende Anina, wat vergeefs probeer om kalm en professioneel te lyk.

"Is daar nie die geringste twyfel dat jy en Rohan verloof sal raak nie, Leandri?" vra Mauritz dringend en kyk ongemaklik na Anina, wat skielik verdiep is in haar tydskrif.

"Nee, Mauritz. En net ingeval dit gebeur: my skatryk ouma Esmé het oorgenoeg ryk vriende wat sy sal kan ompraat om jou kliënte te word as dit nodig sou wees. Anina sal nie krepeer van ellende as sy met jou trou nie, want jy sal nog 'n florerende praktyk hê."

"In daardie geval . . ." Mauritz glimlag selfversekerd, loop op Anina af en neem die tydskrif uit haar hande. "Ek dink ek en jy moet praat, Anina, maar ons sal wag totdat Leandri die kombuisdeur agter haar toegemaak het."

"En nie 'n woord van dank nie!" sê Leandri kamma gekrenk. Sy draf die kombuis uit en trek die deur agter haar toe.

Leandri draf die trap op na haar suite, 'n glimlag nog huiwerend om haar lippe. As Rohan haar so lief kan hê soos wat Mauritz Anina het, sal sy die gelukkigste meisie op aarde wees. Maar Rohan . . . Rohan se enigste liefde is rande en sente, het ouma Esmé gesê. As sy genoeg geld gehad het, kon sy Rohan se liefde gekoop het. Nee, nooit nie! Liefde is om te gee sonder om iets in ruil te verwag, soos wat ouma Esmé al die jare gedoen het. En soos wat sy, Leandri, bereid is om te doen, al sal haar liefde vir altyd net 'n bittersoet verlange bly.

Sy gaan haar slaapkamer binne en versteen in haar spore toe sy Anya met die juweelkissie wat soos 'n woordeboek lyk in haar hande sien staan.

Anya merk die uitdrukking van skok op Leandri se gesig en glimlag smalend. "Die ouderdom het my nie seniel gemaak nie, Leandri. Ek het aangeneem Mauritz het vir jou die kosbare topaashangertjie gekoop wat jy deesdae pal dra, maar ek het tog my bedenkinge gehad. Die geheimsinnige man op die motorfiets: wie is hy?"

7

Dis die oomblik om haar ouma met haar jare lange bedrog en leuens te konfronteer, dink Leandri en voel woede met vulkaniese geweld in haar binneste ontplof. Sy haat hierdie hooghartige, egoïstiese vrou; haat haar smalende glimlag en die gloed van triomf in haar oë; haat haar ouma omdat sy selfs nou nog probeer om haar te manipuleer. Maar Rohan het gesê haat is 'n vermorsing van energie, daarom is dit beter om weg te stap . . .

Die beeld van die groot, donker man doem voor haar geestesoog op en sy sien elke trek van sy sterk gelaat, sy onweerstaanbare glimlag en die helder gloed diep in sy mosgroen oë. Wat maak dit saak as hy haar nie liefhet nie? Sy het hom lief en sy wil by hom wees; wil sy verloofring dra en voorgee dat hy haar 'n klein bietjie liefhet, selfs al weet sy dis selfbedrog.

As sy haar ouma nou van Rohan vertel, kan sy haar nog belet om die naweek na Ingwe-vallei te gaan, besef Leandri, want sy is eers oor drie weke mondig.

"Is jy met stomheid geslaan, dogter?" dring Anya se grimmige stem tot Leandri deur. "Ek kan nie glo dat jy, die kind vir wie ek soveel opgeoffer het, so agterbaks en sonder trots kan wees nie. Maar ek neem aan jy aard na jou familie. Hoe durf jy sonder my wete 'n verhouding hê met 'n agterlike motorfietsryer, Leandri? Wat gaan Mauritz se reaksie wees as ek hom vertel dat jy nie in staat is om lojaal aan hom te bly nie? Hy sal jou verwerp! Hoor jy wat ek sê? Mauritz sal jou verwerp, want dis presies wat jy verdien!"

Leandri merk dat Anya se hande wat die juweelkissie vashou opsigtelik bewe, en hoor haar hortende asemhaling. Sy sal vinnig die situasie moet ontlont, voordat Anya 'n toeval kry. Sy glimlag gedwonge en sê paaiend: "Bedaar, Ouma. Ek kan Ouma verseker ek is net so min agterbaks as wat Ouma is."

"Insinueer jy dat ek agterbaks is, dogter?" vra Anya skerp, vrees flitsend in haar oë.

"Hoegenaamd nie, maar ek is nie baie gelukkig daaroor dat Ouma in my slaapkamer rondkrap wanneer ek nie tuis is nie. Ek het die reg op privaatheid. Sal Ouma dit onthou wanneer ek en Mauritz hier intrek? Of sal ons liewer 'n woonstel huur?"

Leandri se vraag neem die wind uit Anya se seile en sy sak stadig op die gemakstoel langs die boekrak neer. "Moet ek glo dat jy nog van plan is om met Mauritz te trou, ten spyte van jou skelm verhouding met hierdie . . . hierdie motorfietsryer?"

"Ek het nie 'n skelm verhouding met enige man nie, Ouma," antwoord Leandri en kyk Anya vas aan. "Mauritz is bevriend met die motorfietsryer en hy is bewus van die geskenke wat die man aan my gestuur het."

"Ek glo dit nie!" kom dit ongelowig van Anya. "Mauritz het jou lief en hy sal nooit toelaat dat jy geskenke van 'n ander man aanvaar nie."

"Ouma . . . dínk! Die motorfietsryer is 'n skatryk sakeman wat glo hy kan enige meisiekind met sy geld beïndruk. Ek raai net, maar ek vermoed hy was effens afgehaal toe hy hoor ek en Mauritz het trouplanne. Moontlik hoop hy om my met sy geskenke van Mauritz af te rokkel, maar intussen lag ek en Mauritz heerlik saam oor die verwaandheid van die man."

"Wie is die man?" vra Anya, agterdog nog huiwerend in haar stem.

Leandri haal haar skouers argeloos op. "Johan of Rohan of

447

iets dergeliks. Mauritz kuier vanaand by een van sy ou kliënte, maar ek is seker hy sal al ouma se vrae kan beantwoord wanneer ons almal terug is van die jagplaas."

"Ja . . . ja, dis jammer dat hy vanaand uit is," kom dit spytig van Anya. "Maar jy kan nie 'n ander man se juwele dra as jy en Mauritz verloof is nie, dogter. Haal die hangertjie af en stuur dit terug aan daardie spandabelrige man," vervolg sy gebiedend.

Leandri bly voor haar spieëltafel staan en kyk na die hangertjie om haar nek. "Ek wou, Ouma, maar Mauritz het ryk kliënte nodig, daarom het hy my aangeraai om die hangertjie te hou." Sy voel skuldig oor haar leuens, maar onthou dan van Anya in die spieël en sy vra fronsend: "Hoekom het Ouma gesê ek is agterbaks en sonder trots nes my ander familie? Is die Dreyers almal agterbaks? Is dit waarom ek hulle nie ken nie?"

Anya trek haar asem hoorbaar in en kom orent. "Wat 'n belaglike vraag! Ons Dreyers is trotse, eerbare mense. Soms . . . e . . . soms word ons gedwing om oor sekere dinge te swyg, maar dan is dit as gevolg van omstandighede buite ons beheer," antwoord sy, maar kyk nie na Leandri nie. Sy dwing 'n glimlaggie na haar lippe toe sy vervolg: "Ek veronderstel jy wil vroeg gaan slaap, want Dawie verwag jou en Mauritz om sesuur by sy huis. Geniet die naweek saam met Mauritz, my skat. Ek sien uit daarna om 'n verloofring aan jou vinger te sien."

"Ek ook, Ouma. Nag, Ouma," groet Leandri en staar na haar ringvinger toe Anya die kamer uitstap. Sy het nie gejok nie: sy kan nie wag om Rohan se verloofring aan haar vinger te dra nie, selfs al is hulle verlowing so betekenisloos soos die kosbare topaashangertjie om haar nek.

Leandri sit gretig vorentoe op die agterste sitplek in die viertrek toe Dawie die voertuig voor 'n hoë hek tussen klipmure tot stilstand bring. "Ingwe-vallei," lees sy hardop, haar oë op die bord wat teen die regterkantse muur aangebring is. "Wat beteken 'ingwe', Ouma?"

"Dis die Zoeloe-woord vir luiperd, my poplap," antwoord Esmé wat langs Dawie sit. "Nee, moenie uitklim nie, Dawie. Dis 'n geëlektrifiseerde hek en dis boonop gesluit. Kyk, daar kom een van die wagte nou aangedraf, hy sal vir ons oopsluit."

"Wagte op 'n jagplaas?" vra Leandri misnoeg. "Is daar tralies voor al die vensters soos in die stad, Ouma?"

Esmé lag goedig. "Nee, kindjie, maar daar is iets soos wilddiewe, daarom het ons wagte nodig."

Die wag maak die hek oop en Dawie volg die klipperige grondpad wat steil afwaarts kronkel na die vallei tussen die berge.

Leandri staar asof betower na die lowergroen van die digte bos weerskante van die pad. "Ek het gedink daar is net doringbome op 'n jagplaas, maar hier is soveel ander bome en struikgewas ... selfs veldblomme. Ken Ouma hulle name?"

"Net die bekendstes, maar Karl, 'n professionele jagter en die bestuurder van Ingwe-vallei, het talle boeke oor bome en voëls in sy opstal," antwoord Esmé en lê haar hand op Dawie, wat fronsend op die pad konsentreer, se arm. "Verminder spoed, Dawie. Karl het my gewaarsku hulle is nog besig om die pad te herstel ná die laaste storm."

"Die pad is in 'n baie beter toestand as toe ek dit die vorige keer gesien het," antwoord hy en trap rem toe 'n vlakvarkgesin onverwags voor hulle oor die pad hardloop, hulle dun stertjies penregop soos antennas. "Wat 'n koddige dier! Lyk behoorlik soos 'n duikboot met 'n periskoop," merk hy laggend op.

Leandri luister na Esmé en Dawie se gesprek oor die diere, maar haar oë soek rusteloos oor die groot lapa en talle rondawels met klipmure en grasdakke onder hoë skadubome. Die groen, kortgeknipte grasperk, welige struike en geplaveide paadjies is die enigste tekens van beskawing, want selfs die swembad is gedeeltelik omhein met 'n nuwe heining van boomstamme.

Rohan is nie hier nie, knaag die hartseer besef in haar binneste. Ten spyte van ouma Esmé se versekering dat Rohan nooit met sy luukse motor na die jagplaas ry nie, het sy meer as vier uur lank gehoop hy sal hulle op Ingwe-vallei inwag. Miskien is dit haar straf omdat sy gisteraand vir ouma Anya gejok het, dink sy skuldig en klim uit die viertrek toe Dawie die voertuig onder 'n skaduboom langs drie ander viertrekvoertuie tot stilstand bring.

"Kuier ander mense saam met ons die naweek hier, Ouma?" vra Leandri toe sy by Esmé aansluit.

"Nee, kindjie. Die voertuie is nodig vir die jagters en die werkers hier op die plaas," antwoord Esmé en vervolg gedemp: "Dis Dorette Schoeman wat daar aankom. Moenie haar aanstaar as sy effens mank loop nie. Sy het haar been in 'n motorongeluk beseer."

Leandri volg die rigting van Esmé se blik en sien 'n besonder lang, slanke meisie met rooiblonde hare en geklee in 'n kakielangbroek, T-hemp en kapstewels. Sy kom met nouliks 'n teken van mankheid in haar stap glimlaggend nader uit die rigting van die ruim grasdakopstal.

Die vrou is beeldskoon, dink Leandri bewonderend. Haar sterk beenstruktuur en vierkantige ken doen geen afbreuk aan die vroulike skoonheid van haar egalige gelaatstrekke en vol lippe nie. Haar songebruinde vel verdiep die hemelblou kleur van haar oë en haar glimlag keep kuiltjies in haar wange.

"Tant Esmé! Ek kan jou nie sê hoe bly ek is om jou te sien nie," groet Dorette, 'n byna tasbare sensualiteit in die diep dog vroulike timbre van haar stem.

Dis hoe die jaggodin Diana moes gelyk het, dink Leandri en verkyk haar aan Dorette se hare wat goud en koper in die sonlig weerkaats.

"Hallo, Dorette," groet Esmé glimlaggend en vervolg berispend: "Wanneer gaan jy leer om 'n hoed te dra, kind? Wil jy op jou oudag soos 'n droë pruim lyk?"

"Die diere gee nie om nie, tannie – die mans ook nie. Inteendeel, hulle noem my die goue godin van Ingwe-vallei," antwoord Dorette en blik met 'n minagtende glimlaggie na Leandri se ligte gelaatskleur.

Esmé haak by Leandri in en sê met hoorbare trots: "Dorette, ontmoet my kleindogter, Leandri Dreyer." Sy wag totdat die meisies mekaar met stywe glimlaggies gegroet het en draai na Leandri. "Dorette doen al die bemarking vir Ingwe-vallei, my poplap. Sonder haar sal daar nie gereeld jagters uit die buiteland hier kom jag nie."

"Reis jy dikwels in die buiteland, Dorette?" vra Leandri met hoflike belangstelling.

"'n Paar maal per jaar, maar ek doen die meeste van my werk op die internet," antwoord Dorette, maar sy kyk na Esmé. "Karl en sy span is op die vliegveld besig. Thandi kry julle middagete gereed in die kombuis van die lapa, maar roep haar ingeval julle hulp nodig het met julle bagasie. Sien julle later," groet sy en draai terug na die grasdakopstal anderkant die rondawels.

"Sy hou nie van my nie, Ouma," sê Leandri gedemp terwyl Dawie hulle tasse uit die viertrek haal en naderbring.

"Dorette hou van geen meisie wat mooier en jonger as sy is nie, my kindlief. Ek behoort te weet, want sy het voor my grootgeword. As ek eerlik moet wees: Dorette hou net van mans – alle mans," antwoord Esmé met 'n glimlaggie en kyk na Dawie. "Dankie, Dawie. Ons sal jou nou-nou kom help om die kruideniersware na die kombuis te dra. Kom ons neem ons bagasie na ons rondawels toe, Leandri. En onthou om gereeld jou sonhoed te dra, voordat jy ook die ene plooie is soos Dorette."

Leandri kyk verras na die ergerlike uitdrukking op Esmé se gesig. "Hou Ouma nie van haar nie?"

Esmé glimlag onnutsig. "Moontlik nie, want sy is mooier en jonger as ek," terg sy terwyl hulle die tuinpaadjie volg na die naaste rondawels.

"Is Dorette en Karl getroud? Of is ek nou te nuuskierig?" vra Leandri ongemaklik.

"Bekommerd, nie nuuskierig nie, my arme kindlief," antwoord Esmé met intuïtiewe begrip. "Rohan en Dorette ken mekaar hulle lewe lank, maar as daar 'n verhouding tussen hulle is, sal hulle dit nie met my bespreek nie. Ek het jou gewaarsku, kindlief: Rohan stel nie in 'n huwelik belang nie – net so min soos die knorrige Karl Botha. Karl is in sy vroeë vyftigs, 'n alleenloper en 'n onsosiale man wat diere bo mense verkies. Moenie afgehaal voel as hy jou vermy of ignoreer nie. Karl gesels darem met die jagters wat hierheen kom, maar moontlik net omdat hy daarvoor betaal word."

"Ek dink ek sal uit sy pad . . ." Leandri breek haar sin af toe die gedreun van 'n naderende motorfiets hoorbaar word en draai vinnig om na die pad wat na die vallei loop. "Dink Ouma dis Rohan?" vra sy, haar oë skitterblink van afwagting.

"Nee, my poplap. Karl en die wagte ry oral op die plaas met hulle motorfietse rond. Kom kies solank vir jou 'n rondawel. Kyk, elke rondawel het 'n dierenaam. Hierdie een is Idube, die Zoeloe-woord vir sebra of kwagga. Of verkies jy –"

"Kyk, Ouma! Dis hy!" val Leandri haar verruk in die rede, haar blik op Rohan wat sy motorfiets parkeer en sy valhelm afhaal.

Esmé stoot die deur van die rondawel oop en neem Leandri aan die arm. "Kom, kindjie. Daar sal hope tyd wees om Rohan te groet wanneer jou hartklop weer normaal is," sê sy goedig.

Leandri besef dat sy elke beweging van Rohan met 'n bewonderende glimlag volg. Sy voel 'n blos van intense verleentheid oor haar gesig stoot en draai vinnig om na Esmé. "Ek is so deursigtig soos glas! Wat gaan ek doen, Ouma? Ek wil nie soos 'n onervare bakvissie vir Rohan met aanbidding in my oë aanstaar nie," sê sy ontsteld.

"Onthou dan dat Rohan nie glo aan die liefde of lojaliteit van meisies nie, kindjie. Miskien sal hy jou in die toekoms vertel waarom hy meisies wantrou, maar ek betwyfel dit. Ons het lankal die hartseer van die verlede begrawe," antwoord Esmé met opregte empatie en druk Leandri se arm vertroostend. "Jy het te veel trots en selfrespek om jou gevoel vir Rohan aan hom te verraai, my poplap. Behandel hom soos wat jy Mauritz behandel – ek weet jy kan, want jy is my kleindogter."

"Ek slaap in daardie rondawel, tant Esmé!" roep Rohan en draf vinnig oor die grasperk nader. "Hallo, my tannie," groet hy, soen haar op die wang en slaan 'n besitlike arm om Leandri. "Hallo, liewe Leandri. Kyk weg, tant Esmé. Jy gaan net 'n toeval kry as jy sien hoe ek my verloofde soen," skerts hy.

Leandri stamp hard met haar skoenhak op sy stewel en wurm haar onder sy arm uit. "Hoekom het Ouma my net gewaarsku hy is arrogant, geldgierig en verlief op homself? Die man is boonop so klouerig soos 'n seekat!" maak sy rusie en ignoreer die dolle tamboerspel van haar hart.

Esmé se antwoord aan Rohan ontgaan haar. Sedert haar tienerjare het sy gedroom oor die man wat sy eendag sou liefkry, maar haar drome het haar nie voorberei op die oorweldigende realiteit van die liefde nie, dink sy verslae. Haar hele wêreld baai in 'n warm, sagte lig; bekende voorwerpe is gehul in 'n byna ondraaglike skoonheid, en haar emosies het verskerp sodat liefde en geluk sinoniem is met hartseer en pyn.

Rohan het die middelpunt van haar heelal geword. Haar begeerte om by hom te wees, die genot om aan hom te raak en die bandelose euforie om sy gespierde arm om haar te voel, vul haar met 'n huiwerende vrees vir haar eie gevoelens.

Sy besef haar liefde vir Rohan is irrasioneel, onverklaarbaar, onredelik en onstuitbaar, en sy is magteloos om enigiets daaraan te doen. Sy wil net syne wees. Sy wil altyd aan hom behoort, ten spyte van haar ouma se waarskuwings dat hy haar nooit sal liefkry nie.

Rohan neem haar hand in syne en sy ruk met 'n skerp asemteug terug na die werklikheid.

"Kyk nou net hoe gelukkig lyk Leandri, tant Esmé. En dis alles tannie se skuld. Dokter Dawie, vat asseblief hierdie kwaai tannie na haar rondawel toe. Haar gekyf en geskree sal al die hiënas naderlok," verwyt Rohan. Hy bring Leandri se hand na sy lippe en soen haar vingers. "Help, Leandri," versoek hy gedemp. "Die hiëna wat hierheen op pad is, aas op al wat man is."

"Dokter Dawie!" hoor Leandri Dorette se stem. Sy kyk oor Rohan se skouer en sien die lang, slanke meisie vinnig naderkom, haar heupswaaiende stap sensueel en uitlokkend soos die volmaaktheid van haar kurwes. Dorette is so bewustelik vrou, so seker van haar onweerstaanbare uiterlike dat sy met volkome selfvertroue haar skoonheid gebruik om mans te betower, dink Leandri en voel soos 'n vergeet-my-nietjie langs 'n dieprooi roos.

Dawie steek sy hand uit om Dorette te groet en sy neem sy hand in albei hare. "Dis heerlik om jou weer op Ingwe-vallei te hê, dokter Dawie. Ek het nog nie jou laaste kuiertjie vergeet nie," sê sy, haar glimlag en die uitdrukking in haar oë intiem.

Dawie gee 'n droë kuglaggie agter sy hand. "Dag, Dorette. Ja, dit was 'n onvergeetlike jagtog, hoewel ek nog dikwels wonder wie het vir wie gejag," antwoord hy en knipoog ongemerk vir Esmé. "Kom ons gaan kry vir ons rondawels, Esmé. Die kinders het klaar besluit om in Idube en Ingwe te bly."

"Nee, Dawie, jy en Rohan kan in die rondawels aan die westekant intrek. Ek en Leandri gebruik Ingwe en Idube," sê Esmé met finaliteit en kyk kwaai na Rohan, wat Leandri in sy arms vashou. "As jy koud kry, Rohan, trek 'n trui aan. Dis nie nodig om my kleindogter vas te klou nie."

454

Rohan slaan sy oë hemelwaarts en sug oordrewe. "Dokter Dawie, verduidelik asseblief aan die ongenaakbare tant Esmé dat 'n verloofde man sy verloofde tydig en ontydig mag omhels," pleit hy moedeloos.

"Jou verloofde?" vra Dorette vinnig, haar blik op Leandri. "Ek glo dit nie. Sy het nie 'n verloofring aan haar vinger nie."

"Ek het die ring in my sak, maar ek is nie van plan om aan Leandri verloof te raak terwyl ons omring is van nuuskierige toeskouers nie. Hallo, Dorette. Tot siens, Dorette," groet hy, koue staal in sy stem.

Leandri kyk onseker op na hom, onkant gevang deur die koue klank in sy stem, maar die songloed in sy oë stel haar gerus. Sy ken net 'n Rohan wat skerts en lag, maar hoeveel ander fasette van sy persoonlikheid is nog onbekend aan haar? Sal sy hom liefhê as hy kwaad of hartseer of selfs onredelik is? wonder sy, maar haar hart ken reeds die antwoord.

"Dorette, as jy niks te doen het nie, vra asseblief vir Thandi om vir ons tee te maak," versoek Esmé saaklik en wend haar tot Dawie. "Ek kan later met Rohan rusie maak. Kom ons kry ons tasse in ons rondawels, Dawie."

"Ek gaan jou besig hou dat jy van die lastige kinders sal vergeet, Esmé. Dis ons eerste naweek saam en ek gaan elke oomblik geniet," sê Dawie met 'n stemtoon wat geen teenkanting sal duld nie en neem Esmé met 'n besitlike gebaar aan die arm.

"Jy's 'n ster, oom Dawie!" roep Rohan hom agterna. Hy wag totdat Dorette met 'n ergerlike verwensing op haar lippe wegstap na die lapa en sê gedemp: "Dankie, Leandri. Ek beloof plegtig ek sal jou net omhels as Dorette haar opwagting maak – of as ek jou wil soen." Die sagte aanraking van sy lippe op haar wang is 'n fluistering van warmte. Dan laat hy haar gaan en tel haar tas op. "Ek het in die vroegoggendure hier aangekom en in Idube geslaap, maar as jy daarop aandring, sal ek na 'n ander rondawel trek."

455

"Nee, 'n rondawel is 'n rondawel," antwoord sy tegemoetkomend. "Ouma Esmé het gesê jy het gisteraand 'n afspraak met 'n paar sakevriende gehad. Hoekom het jy nie vanoggend saam met ons gery nie?"

"Omdat ek dit geniet om op my motorfiets in Ingwe-vallei rond te ry, of miskien omdat ek aan slapeloosheid ly." Hy maak die deur van die rondawel oop en sit haar tas op die naaste bed neer. "Elke kompleks bestaan uit ses rondawels en elkeen van die vier eenhede het 'n slaapkamer en 'n badkamer. Daar is oorgenoeg pakplek in die ingeboude kas en die laaikas. Dis ruim en gerieflik, met 'n dakwaaier wat bedags die rondawel koel hou en snags die insekte verdryf. Hou jy daarvan?"

"Dis luuks! Ek dink die Afrika-motief op die gordyne en duvets, selfs op die los matte op die klipvloer, is besonder aantreklik. Ek wed die oorsese jagters geniet elke oomblik hier," antwoord sy en kyk met gedwonge konsentrasie na 'n skildery van 'n luiperd wat bokant een van die twee enkelbeddens hang, bang dat sy aan die versoeking sal toegee om aan sy gespierde arm te raak.

"Die Amerikaners kom kuier graag hier," sê hy en streel met sy hand oor haar arm, asof hy ook die behoefte het om aan haar te raak.

Sy draai haastig weg van hom. "Kuier jy dikwels hier, Rohan?" vra sy asemrig en loop vinnig terug na die oop deur.

"Hoekom hardloop jy weg, Leandri?" vra hy en bereik haar met enkele treë. "Glo jy ouma Esmé se stories oor my ongure reputasie?"

Sy lig haar ken met 'n instinktiewe gebaar van trots en kyk hom in die oë. "My ouma het nie gesê jy het 'n ongure reputasie nie, Rohan. Sy glo ek is 'n onervare meisie wat teen ervare, aantreklike mans beskerm moet word."

"Is jy onervare, Leandri?" vra hy tergend.

Sy glimlag skouerophalend. "Ek kuier gereeld saam met ouma

Anya by haar talle ryk vriende in hulle ruim huise en groot tuine. Daar was dikwels seuns en jong mans, soms 'n halfdosyn en soms net een. Ons jong mense hou mekaar geselskap."

"Is jy en die jong mans goeie vriende?"

Die tikkie jaloesie in sy stem laat haar onwillekeurig glimlag.

"As dit so belangrik is vir jou om te weet: as 'n nuuskierige tiener het ek gou geleer om te soen, maar dit was loutere nuuskierigheid, nie 'n emosionele ervaring nie."

Sy oë vernou agterdogtig. "Was jy nie eens 'n klein bietjie lief vir een van jou baie mansvriende nie?"

"Dalk 'n klein bietjie verlief voordat ek met my tersiêre studie begin het, maar daarna . . . Toe ouma Anya weier dat ek universiteit toe gaan omdat sy my nodig het om haar oral heen te vergesel, het ek aanvaar dat ek die res van my lewe haar onbetaalde bediende sal wees. Ek wou jonk en vry soos Anina gewees het, maar ouma Anya het my nooit laat vergeet dat ek onder 'n verpligting teenoor haar staan nie. Ek het myself sien oud word in die rol van ouma Anya se chauffeur en gesellin – 'n rol waarin daar nie plek was vir 'n man of 'n huwelik of liefde nie," antwoord sy met spontane eerlikheid. Sy sien die luisterende uitdrukking in sy oë en vra skertsend: "Is dit nou my beurt om jou oor jou ervaringe uit te vra, Rohan?"

Hy glimlag stadig en skud dan sy kop. "Liewer nie. Maar ek kan ook eerlik wees, mooi Leandri: toe ek 'n tiener was, was ek ook soms 'n klein bietjie verlief, maar sedertdien . . . Dink jy ons kan saam gaan soek na die liefde?"

"As dit hier op Ingwe-vallei is, het Karl Botha dit lankal flenters getrap. Kom ons gaan help liewer my ouma-hulle om die kruideniersware kombuis toe te dra," stel sy voor, skielik weer te bewus van sy nabyheid.

Hy hou haar aan haar arm terug. "Sonder my verloofring?" vra hy, sy stemtoon effens skor, sy asem warm op haar.

Sy aanraking stuur rillings van ekstase langs haar ruggraat

af en vul haar met 'n intense verlange om in sy arms te loop, om met honger lippe syne te soen en elke gawe van die liefde saam met hom te ervaar. Haar wanhoopsliefde vir hom ... eggo die woorde soos 'n treursang deur haar binneste en stamp haar met ongevoelige hande terug na die werklikheid. Hy sal haar nooit liefhê nie, herinner sy haarself. Sy bly roerloos staan en veg teen haar oorweldigende emosies. As sy toegee aan haar begeerte van die oomblik, sal dit die speelse onskuld van hulle vriendskap vir altyd vernietig, waarsku haar verstand en smoor die pleitende stem van haar hart.

"Ons kan verloof raak terwyl ons tee drink – ek wed oom Dawie en my ouma het klaar al die pakkies kombuis toe gedra. Toe, kom nou, Rohan. Dis in elk geval ouma Anya se ring en net 'n skynverlowing," antwoord sy, verbaas oor die traak-my-nie-agtige klank van haar stem.

"Met Dorette ook daar om ons met geamuseerde verveeldheid dop te hou?" vra hy onthuts.

"Hoekom is dit vir jou so belangrik dat Dorette moet glo ek is werklik jou verloofde, Rohan? Is jy bang vir haar?"

Hy kyk haar stil aan, sy gelaat graniethard, die glimmende woede in sy oë soos gesmelte metaal wat dreig om haar te verskroei. Wat het sy gesê om hom in hierdie grimmige vreemdeling te verander? wonder sy verdwaas en tree onwillekeurig weg van hom.

"Bang?" vorm sy lippe met moeite die woord. "Nee, ek wens byna dit was vrees, maar Dorette ..." hy aarsel en sy geforseerde glimlag lig sy mondhoeke, maar bereik nie sy oë nie. "Dorette is net Dorette."

"Ouma Esmé het my vertel julle het saam grootgeword," sê Leandri gelykmatig. "Was Dorette een van die meisies op wie jy verlief was in jou tienerjare?"

"Beslis nie!" ontken hy laggend. "Ons is ewe oud en ons het boomgeklim, balle geskop en vuisgeslaan soos twee seuns totdat ons puberteit bereik het. Dorette het skielik besef sy is 'n meisie en het oornag in 'n uitlokkende klein flerrie verander, maar in my oë het sy die speelmaat van my kleintyd gebly." Die lag vlug uit sy oë en hy voeg byna onhoorbaar by: "Ek wens dit was nog steeds waar."

Sy raak met 'n vertroostende gebaar aan sy arm. "Moenie daaraan dink nie, Rohan."

'n Frons van agterdog keep tussen sy wenkbroue en doof die warm gloed in sy oë. "Het ouma Esmé jou vertel?" vra hy grimmig, sy vyandigheid soos ys op haar vel.

"Nee, maar wat dit ook al is, dit maak jou ongelukkig. Dis waarom ek jou gevra het om nie daaraan te dink nie," antwoord sy, weer eens ontsteld omdat sy woede van hom 'n vreemdeling maak.

"Jy is 'n liewe meisie, Leandri, maar ek is seker jy weet dit reeds," glimlag hy. Hy haal 'n ringdosie uit sy broeksak en klap die dekseltjie oop. "Ons verloofring. Sê jy hou daarvan en ek koop vir jou nog 'n mooier trouring."

Leandri hoor hom nouliks, haar oë starend na die goue ring. Die diamant omraam met topaassteentjies weerkaats verblindend in die sonstreep wat deur die deuringang val. "Nee . . ." Sy skud haar kop verdwaas. "Die juwelier het vir jou die verkeerde ring gegee, Rohan. Ouma Esmé se ring het nie topaassteentjies nie."

"Maar ouma Esmé het nie topaaskleurige oë soos jy nie, Leandri. Kyk, ons ring pas by die topaashangertjie om jou nek." Sy staar hom verdwaas aan en hy vra: "Jy het tog nie werklik geglo ek sal met 'n ander man se ring aan jou verloof raak nie?"

Sy kyk bewonderend na die ring in sy hand en antwoord gedwonge: "Ek kan dit nie aanvaar nie. Dis te duur . . . en dis net 'n skynverlowing." Haar oë verdonker van wantroue. "Hoekom mors jy jou geld op my, Rohan? Ouma Esmé sê geld is jou enigste liefde. Jy koop nooit geskenke vir meisies nie, maar jy dra blomme en juwele vir my aan. Ek besit niks wat jy wil hê nie."

Hy lag sag, steek sy hand uit en neem die topaashangertjie liggies tussen sy duim en wysvinger. "Het jy nog nie opgelet die topaassteen is hartvormig nie, Leandri?"

"Vanselfsprekend, maar ons praat nou –" begin sy heftig.

"Oor jou hangertjie," val hy haar in die rede. "Jy dra my hart om jou nek, mooi Leandri. Wat ek vir jou gee, gee ek uit die goedheid van my hart. As jy iets besit wat ek graag wil hê, sal ek jou reguit vra. Ek koop nie mense om nie. Glo jy my?"

Met my hele hart, dink Leandri, en voel asof sy verdrink in die warm mosgroen van sy oë, maar die stem van die rede dwing haar om te antwoord: "Ek . . . ek ken nog nie my ouma Esmé so goed nie, Rohan. Ek wil haar nie ontstel of kwaad maak nie. Sy verwag dat ons met haar oumagrootjie se ring verloof raak, en doen ons dit nie . . . Kom ons gaan vra haar of sy sal omgee as ons met jou ring verloof raak."

"Jy is te lank deur jou ouma Anya gemanipuleer, daarom probeer jy om almal behalwe jouself gelukkig te maak. Ek weet jy hou meer van my ring as daardie ou ding wat ouma Esmé vir ons wil leen. Toe, erken dit, Leandri," sê hy vies, maar hy volg haar onwillig met die tuinpaadjie langs na die lapa.

"Ek dink dis die mooiste verloofring wat ek nog gesien het, maar ouma Esmé se gevoelens is belangriker," gee sy glimlaggend toe, maar durf nie na hom kyk nie.

Rohan het gesê sy dra sy hart om haar nek . . . Rohan het spesiaal vir haar 'n verloofring laat maak, dryf die wete soos spatsels sonlig deur haar gedagtes. Wat maak dit saak as hy dit uit die goedheid van sy hart vir haar gegee het? As sy nie sy liefde kan hê nie, sal sy tevrede wees met die krummels van sy goedheid.

Hulle loop die kliplapa binne. Deur 'n oop deur in die suidelike glasmuur is 'n lieflike uitsig op die spruit. Leandri kyk verruk na die groot eetkamerstel op linkerhand en die kroeg en gerieflike leermeubels in die ruimte op regterhand, wat as sitkamer ingerig is. Die klipvoer is byna volkome bedek met diervelle. Groepe beelde van diere, kunstig uit donker hout gekerf, staan oral rond. Houtmaskers dien as lampskerms vir die ligte wat teen mure aangebring is, en opgestopte buffel- en koedoekoppe hou met starende glasoë oor alles wag.

Leandri ril en kyk vinnig na die groot, oop vuurherd teen die verste muur. "Dis 'n pragtige plek, behalwe vir die dierkoppe. Dit voel asof hulle my dophou," sê sy gedemp.

"Dis Afrika," antwoord hy, begrip in sy glimlag. Hulle loop na waar Dawie en Esmé op 'n leerrusbank sit, besig om tee te drink.

"Waar draai julle kinders so terwyl ons al die werk moet doen? En waar is jou sonhoed, Leandri?" vra Esmé, reeds besig om vir hulle tee te skink.

"Skoorsoekerige ou tannie," sê Rohan ergerlik. "Hoekom hou jy van haar, Leandri? Sy laat jou ouma Anya soos 'n engeltjie lyk."

"Gaan weg, Rohan," beveel Esmé. "As ek die duiwel op Ingwe-vallei wou gehad het, het ek vir Anya Dreyer saamgebring."

"Ja, tannie. Goed, tannie. Ek gaan vir my 'n koeldrank in die kombuis haal," antwoord hy kamma gedweë en loop deur die ingang links van die kroeg.

"Het julle kinders lank genoeg tyd gehad om verloof te raak, Leandri?" vra Dawie skertsend.

Leandri voel haarself bloos. "E . . . dis 'n bietjie gekompliseerd, oom Dawie. Ek bedoel, 'n verlowing is 'n ernstige saak en . . . en . . ." Sy swyg en kyk hoopvol in die rigting van die kombuis.

"Ons praat van 'n skynverlowing, my kindlief," sê Esmé vinnig, 'n kwelfrons tussen haar wenkbroue. "Het Rohan skielik besluit dat 'n verloofde sy liefdeslewe gaan kompliseer?"

"Ek het dit gehoor, tant Esmé!" kom dit beskuldigend van Rohan, wat met 'n blikkie koeldrank in sy hand naderstap. "Dokter Dawie skinder oor my baie meisies en tannie skinder oor my liefdeslewe – is oumense nie veronderstel om waardig te wees nie?"

"Wie is oud?" vra Esmé beledig. "Nee, moenie antwoord nie. Vertel my liewer waarom jy te lafhartig is om aan my kleindogter verloof te raak. Jy het nie dalk daardie kosbare ou ring van my oumagrootjie verloor nie, Rohan?"

"Nee, tannie, die ou ring is nog veilig in die juwelier se kluis, want ek wou dit nie saambring plaas toe nie." Hy haal die ringdosie uit sy broeksak en klap die dekseltjie oop. "Dís ons verloofring, my agterdogtige tannie. Dit pas by Leandri se oë en die hangertjie wat ek vir haar gegee het."

"Dis nou iets besonders," kom dit goedkeurend van Dawie. "As ons vir jou 'n verloofring laat maak, Esmé, moet ons –"

"Wag nou, Dawie," val Esmé hom in die rede, haar hand op sy arm. Sy kyk streng op na Rohan. "Jy het 'n klein fortuintjie op daardie ring gespandeer, Rohan. Hoekom?"

"Omdat ek nie sal toelaat dat my verloofde 'n ander man se ring dra nie, tannie," antwoord hy en glimlag skrams.

Esmé kyk hom aan met 'n uitdrukking van hartseer en teleurstelling en skud haar kop. "Nee, Rohan, dit gaan vir jou oor die halsbandjie, en nie die hond nie. Jy weet wat Leandri op haar mondigwording gaan erf en jy hoop jy kan haar met jou duur geskenke omkoop om haar erfenis aan jou te verkoop."

8

Esmé se woorde val op Leandri se ore soos haelstene op 'n sinkdak. Dit word 'n donderstorm van verwoestende klank wat haar gedagtes verdring, haar asem in pynlike stote oor haar lippe laat rasper en haar hart deurweek met 'n hartseer wat die lenteteerheid van haar liefde meesleur in vernietigende vloedwaters.

Sy voel asof sy verdrink in haar eie pyn en kyk met angstige oë na Rohan, biddend dat sy antwoord 'n reddingsboei in haar stormsee van twyfel en wanhoop sal wees.

Rohan kyk na Leandri, sy gelaat 'n klipmasker wat sy emosies verskans. "Ek pleit skuldig, Leandri: ek het vir jou geskenke aangedra, want jy het iets wat ek baie graag wil hê."

Sy woorde is soos 'n inspuiting van woede, 'n rivier van haat wat haar wegsleur van hom en woorde van veragting na haar lippe laat storm. Maar haar woorde stol, want diep in haar pols 'n nuwe pyn, oneindig seerder as wat sy ooit ervaar het, 'n klanklose gil van verlies toe haar hart die onafwendbare dood van sy kosbaarste besitting ervaar. Haar liefde vir hierdie groot, donker man moet sterf, want sy minsame uiterlike is 'n blote illusie, dink sy en draai weg van hom.

Rohan is skielik langs haar en sy groot hand sluit soos 'n staalband om haar boarm. "Kom saam," beveel hy skor en dwing haar om saam met hom by die glasdeur uit te stap. Hulle loop oor die geplaveide area voor die lapa, by tuinmeubels en 'n braaiplek verby en dan oor die gras na die wal van die spruit.

Leandri staar met blinde oë na die spruit wat soos 'n silwer lint tussen hoë rotse deur kronkel en in 'n groot, boomomsoomde dam uitloop, voordat dit verder afloop na die rivier. Sy hoor Rohan se harde asemhaling en kan sy spanning aanvoel deur sy hand wat nog haar arm vasknel. Sy kyk onseker op na hom. "Hoekom maak ons rusie oor iets wat eers oor drie weke myne sal wees, Rohan?" fluister sy.

Hy kyk af en sien vir 'n oomblik die trane in haar oë blink, helder en skerp soos glasskerwe, voordat sy haar blik neerslaan.

"Weet jy wat jy gaan erf, Leandri?" vra hy ingehoue.

Haar antwoord is 'n ontkennende skud van haar kop.

Hy wys met sy hand na 'n berg aan die regterkant van die vallei. "Daar is 'n grensdraad oor die berg regs van hierdie vallei gespan. Dis duidelik sigbaar, want daar is voorbrande weerskante van die grensdraad gemaak. Kan jy dit sien?"

Sy kyk na waar hy wys en knik stom haar kop.

"Regs van die grensdraad lê my jagplaas van meer as ses duisend hektaar. Ek noem dit Eseganga – "die plek van diere" in Zoeloe. Op jou mondigwording erf jy Ingwe-vallei, die grond wat jou ma van haar oupa Rinsma sou geërf het. Dis waarna ouma Esmé verwys het toe sy van jou erfenis gepraat het."

Sy staar hom verwonderd aan. "Nou waarom lyk jy so kwaad, Rohan? Waarom het jy soveel geld op 'n ruiker en die hangertjie en die verloofring gemors? Jy kon my mos net gevra het of ek my jagplaas wil verkoop."

"Ingwe-vallei behoort al geslagte lank aan die Rinsmas. Is jy bereid om jou erfgrond te verkoop, Leandri?" vra hy ongelowig.

Sy kyk na die reusebome om haar, soek met haar oë oor die blink massa water aan haar voete en haal haar skouers sorgeloos op. "Wat sal ek daarmee doen? Dis pragtig, maar ek weet niks van die bestuur van 'n jagplaas nie. Jy is ook 'n Rinsma. As ons ouma Esmé mooi vra, gee sy dit dalk vir jou, want jy het kennis van besigheid en geld en . . . en sulke dinge."

Sy lag is 'n sagte rammeling wat sy skouers laat skud en lagtrane oor sy wange laat loop, totdat hy sy kop agteroorgooi en skaterend uitbars van die lag.

"Was my voorstel werklik so snaaks?" vra sy geraak toe sy lagbui eindelik bedaar.

"Skreeusnaaks in die wêreld wat ek ken, my naïewe Leandri," antwoord hy en vee met sy handrug oor sy wange. Haar oë blits onstuimig in syne. "Dankie! Ek probeer net verhoed dat jy meer geld op my mors, want ek weet jy aanbid geld. Ek is moeg daarvan om te wonder wat jy van my wil hê elke maal as jy vriendelik is met my of vir my glimlag, daarom kan jy Ingwe-vallei present kry! Ek hou van antiekewarewinkels, nie simpel jagplase nie. As jy nie net doodgewoon my vriend kan wees nie . . . Loop, man! Loop net weg! Nee, toe maar, ek sal loop."

"Jy kan nie, want ek hou jou vas," tart hy haar, sy hand ferm om haar pols.

Sy hou haar blind vir die betowering van sy glimlag en gluur hom aan. "As ek nie geweet het ouma Esmé en oom Dawie kan ons deur die glasmuur van die lapa sien nie, het ek jou hand flenters gebyt!"

"Pragtig en bloeddorstig – en sy gaan my verloofring dra," terg hy, sien hoe sy haar kop trots opruk en waarsku: "Ek weet jy haat my op hierdie oomblik, mooi Leandri, maar ons kan nie vir Mauritz en Anina teleurstel nie. Sal ons eers besigheid praat of eers verloof raak?"

"Watter besigheid?" vra sy agterdogtig.

"Ingwe-vallei," antwoord hy ernstig, maar die dansende lag in sy oë verloën sy erns. "Ek en jou oupa Rinsma was sedert my mondigwording sakevennote. Nege jaar gelede toe ek Eseganga geërf het, het oupa Rinsma my gevra of hy my grond kan koop of huur as hy Ingwe-vallei as 'n jagplaas ontwikkel. Ek was selfs op een en twintig al 'n uitgeslape sakeman, daarom het ek gevra vir 'n persentasie van sy wins in plaas daarvan om hom huurgeld te laat betaal. Hy het ingestem en ons het vennote geword. Hy het miljoene in Ingwe-vallei belê, maar met verloop van tyd het dit 'n winsgewende onderneming geword."

"En nou wil jy Ingwe-vallei koop," sê sy bitter toe hy swyg.

"Nee, ek wou jou gevra het of jy bereid sal wees om my vennoot te wees wanneer jy Ingwe-vallei erf en …" Hy huiwer en vervolg dan: "Die bestuur van Ingwe-vallei is in bekwame hande, maar as jy ooit sou besluit om dit te verkoop, sal ek graag eerste opsie wil hê."

"Hoop jy ek sal my erfgrond verkoop? Is dit waarom jy vir my geskenke aangedra het?" vra sy vyandig.

"Nee, kwaai meisietjie. Sekere dinge is mooier as 'n mens dit deel. Ek sal graag die skoonheid van Ingwe-vallei en Eseganga met jou wil deel en vir jou geskenke gee omdat ek so 'n goeie hartjie het." '

"Hoekom? Kry jy my jammer, Rohan?" vra sy, haar blik wantrouig op hom.

"Nie nou nie, maar ek sal jou Maandag jammer kry as jy jou ouma Anya van ons verlowing moet vertel," antwoord hy en haal die ringdosie uit sy broeksak. "Dis waarom ek saam met jou sal gaan, net ingeval jou bose ouma jou te lyf gaan."

"Ouma Anya is te beskaaf om enigiemand aan te rand," sê sy, maar weet nouliks wat sy sê, want hy vat haar linkerhand in syne en hou die glinsterende diamantring gereed in sy regterhand.

"Ek het klaar my hart aan jou gegee om om jou nek te dra, daarom is woorde nie nodig nie." Hy steek die ring aan haar vinger en kyk haar stil aan.

Sy soek die songloed in sy oë, maar sien 'n sagte vuurgloed in die mosgroen dieptes glans; 'n onbekende gloed wat haar 'n warmte, 'n wonderlike gevoel van veiligheid laat ervaar. Sy sal hom altyd liefhê, hierdie sterk, selfversekerde man, fluister haar hart en in die oomblik van betowering stem haar verstand saam. Sy weet hy het haar nie lief nie, maar sy aanraking, sy beskermende hand om hare is meer intiem as woorde. Dit vervul haar met 'n vreemde sekerheid dat hy haar vriend is en omgee vir haar.

"Dankie, Rohan. En dankie namens Anina en Mauritz. Dit klink ongelooflik, maar jy koop hulle geluk met hierdie ring." Sy hoor die trilling in haar stem en weet dat sy wil huil, omdat selfs 'n skynverlowing aan Rohan haar so grensloos gelukkig maak. Wat maak dit saak as dit net 'n skynverlowing is? Sy dra Rohan se ring en al wil hy haar nie hê nie, behoort al haar liefde aan hom, dink sy en glimlag verby haar trane.

"Dat enige man so onnosel kan wees," grom hy. "Ek spandeer duisende rande om 'n ander man gelukkig te maak, maar al wat ek kry, is 'n formele dankie. Gaan jy my nie soen nie, meisiekind?"

"Nee, nie eens as jy vir my nog ses ringe koop nie, want ek is seker my nuuskierige ouma Esmé hou ons soos 'n valk dop."

"As ons 'n entjie langs die spruit afstap, sal jou nuuskierige ouma ons nie kan sien nie," stel hy met 'n ondeunde glimlag voor.

"Ek het jou reeds gesê: ek het as tiener leer soen, Rohan. Ek sal wag totdat ek dolverlief raak op 'n man voordat ek verder eksperimenteer. Kom ons gaan drink tee. Ek vergaan van die dors," antwoord sy en draai weg,

" 'n Meisie wat 'n koppie tee bo 'n soen verkies – dis die een aan wie ek verloof geraak het. Het jy nie 'n tikkie romanse in jou yskoue hartjie nie, Leandri?" vra hy kamma vies.

"Nee, my hart is van topaassteen gemaak, nes joune – kliphard en yskoud," koggel sy en draf weg. Maar hy is gou langs haar, gryp haar hand in syne en stap saam met haar terug na die lapa.

Esmé kyk bekommerd na Leandri wat glimlaggend saam met Rohan op 'n rusbank oorkant haar en Dawie plaasneem. Sy frons toe sy die verloofring aan Leandri se ringvinger sien en sê onstuimig: "As jy Ingwe-vallei aan Rohan verkoop, onterf ek jou, Leandri!"

Esmé se woorde vee die glimlag van Leandri se gesig af. "Ek kan net erf as Ouma doodgaan. Ek wil nie 'n oorlede ouma hê nie. Ek hou baie meer van 'n ouma wat my drukkies gee en met my raas as ek nie my sonhoed dra nie," antwoord sy, 'n ondertoon van hartseer in haar stem.

"My liewe kind . . ." Esmé glimlag skuldig. "Ek is jammer. Ek maak met jou rusie omdat ek kwaad is vir daardie lummel wat langs jou sit." Sy blik streng na Rohan en vra afkeurend: "Rohan, het jy my kleindogter oorreed om Ingwe-vallei aan jou te verkoop?"

"Dit was nie nodig nie, my kwaai tannie. Leandri het gesê sy sal nie weet wat om met 'n jagplaas aan te vang nie, daarom kan ek dit maar present kry," antwoord hy bedees, maar die lag vonkel in sy oë. "Dis die beste belegging wat ek nog gemaak het: 'n ruiker en 'n paar stukkies juwele en ek kry 'n jagplaas van vyf duisend hektaar present! Stem jy nie saam nie, dokter Dawie?"

"As ek jou geglo het, sou ek saamgestem het, knaap, maar ek sal liewer wag totdat Leandri ons die waarheid vertel," antwoord Dawie skepties en blik vraend na haar.

Leandri voel hoe haar wange vlam vat van verleentheid en erken onwillig: "Ek was so moeg . . . so kwaad omdat ek geglo het Rohan koop vir my geskenke omdat hy Ingwe-vallei wil hê, dat ek gesê het hy kan dit present kry, oom Dawie." Sy kyk vinnig na Esmé. "Ek het dit nie bedoel nie, Ouma. Ek veronderstel Ingwe-vallei moet in ons familie bly, maar ek het Rohan beloof ek sal hom die eerste opsie gee as ek dit ooit wil verkoop. Maar ek sal nie verkoop nie – ek belowe."

Esmé se oë vernou agterdogtig toe sy na Rohan kyk. "Eerste opsie, nè? Glo jy jy sal my kleindogter kan oorreed om haar erfgrond aan jou te verkoop, seunskind?"

"Nooit nie, my tannie, want sy is te bang vir haar kwaai ouma. Maar tannie se huis is 'n ander saak – sy sal die ou plek in 'n antiekeware-winkel omskep en al die ou meubels en silwer- en porseleinware verkoop. Wees slim, my liewe tannie, en bemaak die Rinsma-huis aan my. Ek kan antikwiteite waardeer, en verander ek dit in 'n museum, kan ek boonop wins daaruit maak," treiter hy.

"Jy is 'n geldhonger aasvoël, Rohan," kom dit misnoeg van Leandri. "Niemand sal my ouma se antikwiteite verkoop of 'n museum van haar huis maak nie. Ouma, ek sal graag voltyds by meneer Schultz se antiekeware-winkel wil werk sodra ek mondig is. Of . . . of het Ouma my hulp tuis nodig?"

Esmé glimlag goedig. "My liewe poplap, is jy so gewoond om misbruik te word dat jy verwag ek moet dit ook doen? Ek is veels te lief vir jou om jou vryheid aan bande te lê. Dit sal nie vir jou finansieel nodig wees om te werk nie, maar as jy graag in 'n antiekeware-winkel wil werk, doen dit, kindjie."

"Antikwiteite is my grootste liefde en meneer Schultz is die beste leermeester wat ek kan hê. Ek sien uit daarna om voltyds te werk," sê Leandri opgewonde.

"Jou grootste liefde? Wat dan van my? Is ek nie die grootste en enigste liefde in jou lewe nie, Leandri? Moet ek so wraggies met 'n spul ou meubels meeding?" vra Rohan en lyk oortuigend gegrief.

"Ons het net 'n skynverlowing, Rohan. Jy het in elk geval nie die vaagste benul wat liefde is nie – en ek verwys nie na jou liefde vir geld nie," antwoord sy verpletterend.

"Beledigende klein pes!" skel hy en draai na Esmé. "Sy is jou kleindogter, tant Esmé. Ek laat maak vir haar 'n peperduur verloofring, beloof om vir die res van my lewe lojaal aan haar te bly en gee boonop my hart aan haar. Dokter Dawie, is dit nie liefde nie?"

"Hy jok, oom Dawie," sê Leandri vinnig. "Hy het net die ring aan my vinger gesteek, maar ons het oor Ingwe-vallei gepraat, nie oor liefde nie."

"Soms is woorde nie nodig nie," sê Dawie, teerheid in sy glimlag toe sy blik oomblikke lank op Esmé rus. "Of soms betrap die liefde 'n mens so onverwags dat jy lank moet soek na die regte woorde."

"Ek sal ook spraakloos wees as ek verlief raak op tant Esmé," kom dit bedruk van Rohan.

"Moenie lol nie, Rohan," waarsku Esmé en vervolg gekwel: "Ek sukkel nog om te aanvaar dat jy werklik uit die goedheid van jou hart soveel geld op my kleindogter gespandeer het, want dis net nie jy nie." Sy kyk hom oomblikke lank nadenkend aan en gaan dan streng voort: "Een ding moet jy baie goed verstaan: terwyl jy en Leandri verloof is, jakker jy nie saam met ander meisies rond nie. Ek wil nie in die verleentheid gestel word deur mense wat stories by my aandra oor jou dislojaliteit aan my kleindogter nie. Verstaan ons mekaar, Rohan?"

"Ja, my agterdogtige tannie. Ek het soveel geld op Leandri gemors dat ek in elk geval nie kan bekostig om ander meisies uit te neem nie. Of kan jy my 'n paar rand leen, dokter Dawie?" terg Rohan.

"Gemors, sê jy?" vaar Esmé uit en staan op. "Jy, seunskind, kan dankbaar wees dat jy die voorreg het om my kleindogter te help. En nou moet jy my asseblief verskoon, Dawie. Ek gaan Thandi met ons middagete help, want hierdie uittartende niksnut laat kry my gloede van ergernis."

"Maar jy is darem nog lief vir my, nè, my tannie?" Rohan spring op en loop met sy arm gemoedelik om Esmé se skouers geslaan saam met haar kombuis toe.

"Ek kan nie glo hy is die man wat ek ken nie," merk Dawie mymerend op terwyl hy Rohan en Esmé met sy oë volg.

"Het Rohan verander, oom Dawie?" vra Leandri verwonderd.

"Soos handomkeer – of moontlik is hy net ontspanne. Die afgelope jare ken ek hom net as 'n hardwerkende sakeman, altyd hoflik maar nooit spraaksaam nie. Nie dat ek hom dikwels te siene kry nie, want hy gaan gereeld oorsee vir besigheid en vandat ek Esmé liefgekry het, verkies ons om alleen saam te kuier."

"Ouma Esmé het my vertel jy is al jare lank haar huisdokter. Het jy altyd 'n ogie op haar gehad, oom Dawie?"

"Gewis nie!" antwoord Dawie laggend. "Ek en Anina se ma was gelukkig getroud en ná haar dood was Anina daar om my te troos. Jou oupa en ouma Rinsma, selfs jong Rohan, was my pasiënte, maar niks meer nie. Na Marli se tragiese dood en jou geboorte . . ." Hy swyg, donker herinneringe in sy oë. "Dit was 'n bitter tyd in jou oupa en ouma se lewe, want Marli was die fokuspunt van hulle lewe. Jou oupa het sy hartseer diep in hom begrawe, maar jou ouma het nie net oor haar dogter nie, maar ook oor haar kleindogter getreur. Sy het haar dae omgehuil, min geslaap en nog minder geëet, totdat ek besorg geraak het oor haar gesondheid. Toe het ek daaraan gedink om foto's van jou te neem en dit vir haar te gee."

"Ek wed ouma Anya het nie geweet jy gaan die foto's vir ouma Esmé gee nie!" lag Leandri.

"Anya Dreyer het jou versorging aan twee verpleegsters oorgelaat, Leandri." Hy glimlag sinies en gaan dan ernstig voort: "Moet nooit skuldig voel oor al die sogenaamde opoffering wat Anya vir jou gemaak het nie. Ek verseker jou dit was nie ter wille van jou dat sy enigiets opgeoffer het nie."

"Glo jy ouma Anya het uit blote leedvermaak gesorg dat ouma Esmé my nie grootmaak nie, oom Dawie?"

"Nee, ou kleintjie. Jou pa was jou voog, daarom was dit vanselfsprekend dat Anya verantwoordelikheid vir jou sou aanvaar. En jou ouma Esmé . . . Hoe kon sy jou versorg het? Jy weet reeds dat jou oupa Rinsma en sy dogter vervreemd was ná haar oorhaastige huwelik met Leon Dreyer. Maar die sogenaamde opofferinge wat Anya gemaak het, was ter wille van jou pa. Nee, ek oordeel te kras: Anya se opofferinge was opreg, want haar liefde vir haar seun laat haar altyd sy geluk eerste stel. Sy het onderneem om jou te versorg sodat Leon die geleentheid kon hê om 'n nuwe begin te maak."

"Ouma Esmé het my vertel dat my pa 'n sukses van sy studies en sy loopbaan gemaak het." Sy kyk op, 'n uitdrukking van algehele verlatenheid in haar oë. "Ek weet hy is getroud ... en dat hy twee seuns het. Vreemd, ek het al die jare geglo my pa is dood, maar noudat ek weet hy leef nog, weet dat hy ander kinders het ... Hoekom maak dit so seer, oom Dawie? Ek weet tog hy het my nooit geken of liefgehad nie."

"Verstaan een van ons ooit die raaisel van die liefde, Leandri? Hoe kan jy iemand liefhê as jy die persoon nie ken nie? En soms ken jy iemand jou lewe lank ..." Hy glimlag skrams. "Ek het meer as twintig jaar lank foto's van jou vir Esmé aangedra en opreg met haar gesimpatiseer toe haar man verlede jaar dood is, maar tot vier maande gelede het ek nooit besef ek het haar liefgekry nie. Dis wat die liefde doen: dit bekruip jou onverhoeds en op 'n dag is dit net daar. Eers kan of wil jy dit nie glo nie, en as jy dit eindelik aanvaar, kom spook die vrees by jou dat die ander persoon jou nooit sal liefkry nie."

"Ja, ek weet ..." stem Leandri ingedagte saam en sug verlangend.

"Jy wou sê, Leandri?" vra hy, warmte en begrip in sy stemtoon.

Sy kyk verskrik na hom, merk die vraende uitdrukking op sy gesig en wens sy kan haar woorde teruggryp, maar dis te laat. "Ek bedoel, dis wat ek in boeke gelees het: dat liefde vir altyd is, oom Dawie," verduidelik sy blosend.

Hy merk haar verleentheid en sê taktvol: "Ek hoef nie daaroor te lees nie, want ek het dit uit ervaring geleer, Leandri: ware liefde is vir altyd. Ek sal Anina se ma altyd liefhê, maar dit maak my liefde vir jou ouma nie minder of kleiner nie."

"En as ouma Esmé jou nie kon liefhê nie, oom Dawie?"

"Wat saam hoort, sal saam wees, Leandri. Ek was nooit ongelukkig in al die jare ná my vrou se dood nie, maar daar was oomblikke van eensaamheid. Daar was ander vroue met wie ek kon getrou het, maar ek het onwetend gewag op die regte persoon." 'n Glimlag speel om sy mondhoeke. "As jy die regte man nog nie ken nie, sal jy hom eendag ontmoet, ou kleintjie. Jy is veels te mooi om alleen oud te word."

"Ja ... e ... ja, ek wil nie soos my ma oorhaastig verlief raak of trou nie. Ek sal soos Anina wees: wag totdat die regte man my liefkry." Leandri hoop sy klink oortuigend en staan dankbaar op toe Esmé, gevolg deur Thandi, bakke kos na die eetkamertafel begin dra.

Esmé kyk na die groepie om die gloeiende kole van die kampvuur, gaap lank agter haar hand en sê tam: "Dit was 'n lang, uitputtende dag. Ons het vanmiddag te lank agter die diere aangerits ná ons vermoeiende reis hierheen. Eers 'n koppie tee en daarna gaan ek slaap. Jy ook, Leandri. Jy en Rohan kan nog gesels as julle wil, Dawie. Ek en Leandri het 'n goeie nagrus nodig as ons vroegoggend weer na die wild wil gaan kyk."

"Tannie is darem 'n pretbederwer! Dis nog nie eens tienuur nie," protesteer Rohan en draai met 'n onnutsige glimlag na Leandri. "Ek en jy is nog nie vaak nie, nè, liewe Leandri?"

Sy vel is bronskleurig in die lig van die vuur en dit laat hom nog aantrekliker lyk, dink Leandri. Vrees dat hy die bewondering in haar oë kan lees, laat haar vinnig orent kom. "Nee, ek is glad nie vaak nie, maar ek is ook dors. Ek sal vir ons almal gaan tee maak," antwoord sy en loop weg na die lapa.

Sy stap langs die kroeg verby, draai links en gaan die ruim kombuis binne. 'n Gekletter uit die spens laat haar vinnig omswaai en sy sien hoe Dorette afbuk om 'n blikkie konfyt wat sy op die klipvloer laat val het op te tel.

473

"Kan ek help, Dorette? Hier is inkopiesakke as jy een nodig het," bied sy hoflik aan.

Dorette leun teen die kosyn van die spensdeur en kyk na Leandri se linkerhand wat die sak uithou. Sy glimlag stadig, 'n uitdrukking van minagting in haar oë. "Nee, my skattige poppie, maar dalk kan ek jóú help. Hoe oud is jy, Leandri?"

Waarom slaag Dorette daarin om haar met 'n kyk of 'n glimlag minderwaardig en dom te laat voel? wonder Leandri met 'n gevoel van onmag. Sy voel die senuwees op die krop van haar maag saambondel en lig haar ken onbewustelik. "Ek is vandag oor drie weke mondig. Maar hoe raak my ouderdom jou?" vra sy gelykmatig.

"Dit raak my nie, maar miskien het ek 'n goeie hartjie, want ek voel verplig om jou te waarsku teen jou eie dwaasheid. Sal ons sê ek het heelwat meer ervaring as jy?" vra Dorette uittartend.

Leandri glimlag dierbaar. "Aangesien jy soveel ouer as ek is, sal ek dit aanvaar."

"Oulik!" prys Dorette smalend, 'n uitdrukking van ergernis flitsend in haar oë. "Die katjie kan sowaar geniepsig wees met haar kort naeltjies, maar klein katjies en dom meisietjies het my nog altyd geamuseer. Jy besef natuurlik dat jy dom is, Leandri?" Sy wag nie op 'n antwoord nie, maar gaan onstuitbaar voort: "Jy is so opsigtelik verlief op Rohan dat dit eintlik pateties is, jou arme dingetjie. Ek het hulle deur die jare sien kom en gaan: verliefde meisietjies met mooi gesiggies wat soos klei is in die hande van die arrogante Rohan Rinsma. Hy gebruik julle die een ná die ander en smyt julle eenkant toe, want hy kom altyd terug na my."

"As dit waar is, waarom dra jy nie sy verloofring nie, Dorette?" vra Leandri beheers, maar sy weet dit sal maklik wees om die beeldskone Dorette te glo. Rohan het gesê hy was nog nooit verlief op Dorette nie, maar verliefdheid is nie liefde nie.

Is Dorette die rede waarom hy nie getroud is nie? Het hy Dorette waaragtig lief? tol en tuimel twyfelvrae deur haar gedagtes en laat vrees met 'n ysige hand om haar hart sluit.

"Ons praat nou oor jóú!" snou Dorette haar toe. "Hoekom, dink jy, het Rohan spesiaal na Ingwe-vallei gekom om verloof te raak aan jou?"

"Ek weet nie, maar ek is seker jy kan jou eie vraag beantwoord," antwoord Leandri ingehoue. As Dorette die waarheid praat; as Rohan Dorette liefhet . . . Dorette sal haar help om van haar liefde vir Rohan te vergeet. Sy wens sy kan omdraai en wegloop, maar besef dat sy nie kan wegvlug van die waarheid nie.

"Bloot om my te probeer vermaak omdat ek al die jare weier om met hom te trou!" Dorette vervolg smalend: "En dan is daar Ingwe-vallei. Ek en Karl weet lankal dat die jagplaas jou erfenis is; ons weet ook dat Rohan hoop om Ingwe-vallei sy persoonlike eiendom te maak. Sodra jy mondig is, kan jy Ingwe-vallei verkoop, maak nie saak wat jou dominerende ouma Esmé besluit nie. Het Rohan jou reeds gevra om Ingwe-vallei aan hom te verkoop, my poppie?"

Dorette raai, want sy weet nie, besef Leandri met 'n dankbare gevoel van verligting. Dorette het Rohan lief, daarom veg sy soos 'n tierkat om te verhoed dat 'n ander meisie met hom trou.

"Ons het die moontlikheid bespreek, maar ek het nog nie besluit om my plaas te verkoop nie," antwoord Leandri onbelangstellend en draai weg om die ketel aan te skakel.

"Maar jy sal, my poppie, want Rohan kry gewoonlik wat hy wil hê."

"Dalk gee ek Ingwe-vallei aan hom as 'n trougeskenk, want as ons getroud is, sal dit in elk geval geen verskil maak nie," sê Leandri skouerophalend en begin om koppies op 'n skinkbord reg te sit.

475

"O nee, my ding, dit sal nooit gebeur nie," sis Dorette, haar stem 'n skor fluistering van nouliks beteuelde woede.

Leandri swaai om en sien hoe 'n uitdrukking van byna tasbare bitterheid die skoonheid van Dorette se gelaat verwring. Sy kyk in haar glimmende oë en weet dat Dorette deur haat verteer word.

"Kyk!" Dorette neem 'n enkele mank tree nader aan Leandri en beduie na haar regterbeen. "Rohan sal nooit met 'n ander meisie trou nie, want hy het my sy lewe lank al lief. Maar so lank wat ek leef, sal ek hom nie vergewe omdat hy van my 'n kreupele gemaak het nie. Dis nie vir my nodig om op 'n eensame jagplaas weg te kruip of om op dertig ongetroud te wees nie, maar solank ek hier is, solank as wat hy kan sien wat hy my aangedoen het, sal ek hier bly. Kyk na sy gesig as hy my sien loop: hy huil binnetoe, want hy weet hoe groot sy skuldlas is." Haar lag is 'n wanakkoord van wraak. "Gee sy verloofring terug en behou jou plaas, jou dom kind, want sy liefde sal vir altyd aan my behoort!"

Leandri sluk droog, haar oë donker van skok. "Jou been . . . Wat het gebeur, Dorette?"

" 'n Motorongeluk wat my regterbeen byna vergruis het. Ek het soveel ysterpenne in my been dat ek 'n skrootwerf kan open," spot sy wrang.

"Wie . . ." Leandri sluk aan haar eie vrees en dwing die vraag oor haar lippe. "Wie het die motor bestuur?"

"Vra my lojale Rohan. Ek is seker hy sal jou graag die storie vertel," antwoord Dorette kortaf. Sy draai om en stap sonder meer die kombuis uit.

Rohan hou Leandri se hand in 'n ystergreep vas totdat Dawie en Esmé om die hoek van die naaste rondawelkompleks verdwyn het. Dan vra hy ongeduldig: "Wat het Dorette vir jou gesê wat jou skielik in 'n sneeuprinses laat verander het, Leandri? En moenie dit ontken nie – ek het Dorette sien wegstap van die lapa af terwyl jy vir ons tee gemaak het. Praat, meisiekind, of ons sit tot dagbreek hier."

"Jy maak my hand seer, Rohan." Sy probeer vies klink, maar die hartseer trane diep in haar verdrink haar ergernis. Sy wil huil omdat haar liefde vir Rohan vergeefs is, wil huil omdat hy Dorette liefhet. Maar sy kry hom terselfdertyd so innig jammer dat sy hom wil troos. Hoe groot is die skuldlas wat hy vir die res van sy lewe sal moet dra omdat hy Dorette se volmaakte skoonheid geskend het? Hoe groot is sy hartseer oor die vergeefsheid van sy liefde vir Dorette? wonder sy.

Sy greep op haar hand word sagter. "Ek is jammer, maar ek kon jou nie laat gaan voordat ek weet waarvan Dorette my dié keer beskuldig het nie." Hy glimlag humorloos en vra wrang: "Het Dorette my saam met 'n ander meisie betrap kort nadat ons verloof geraak het? Of het ek haar op ons troudag voor die kansel in die steek gelaat? Of is ek nog ongetroud omdat sy die enigste meisie is wat ek met my hele hart liefhet?"

Leandri staar hom met stomme verbasing aan en vra onseker: "Al die dinge wat Dorette my vertel het – was dit alles leuens?"

"Wat het sy jou vertel? Dat ons verloof was?"

"Nee, maar dat jy haar jou lewe lank liefhet," antwoord Leandri sag.

"A! Dis al jare lank haar geliefkoosde leuen wat sy aan elke tweede meisie wat ek uitneem, vertel. Ek neem aan Dorette kon nooit aanvaar dat sy vir my net 'n speelmaat van my kleintyd gebly het nie. Of dalk is sy so oortuig van haar onweerstaanbare skoonheid dat sy beledig voel omdat ek nooit voor haar geswig het nie."

"Waarom het jy haar 'n pos op Ingwe-vallei gegee as sy vir jou net 'n irritasie is, Rohan?" vra Leandri, haar stemtoon ingehoue.

"Het jy vergeet jou oupa Rinsma was baas op Ingwe-vallei? Eseganga is my eiendom, maar selfs nadat ek 'n vennootskap met jou oupa aangegaan het, het ek geen seggenskap oor die personeel van Ingwe-vallei gehad nie. Ses jaar gelede toe Dorette hier begin werk het ..."

Leandri sien hoe Rohan op sy tande kners, die spiere bultend langs sy kake. Sy lê impulsief haar hand op sy arm. "Was dit nadat Dorette in die motorongeluk was, Rohan?"

"Ja," antwoord hy hees en staar in die gloeiende kole van die kampvuur voor hy vervolg: "Dis was 'n moeilike tyd vir ons almal, want selfs ná byna 'n jaar ..." Hy maak 'n ergerlike gebaar met sy hand asof hy die verlede wil uitwis. "Dorette het aanvanklik selfbewus gevoel oor haar mankheid, want destyds was dit meer opsigtelik. Sy het vir jou oupa gesê sy is sku vir mense, en dat sy liewer hier wil kom wegkruip omdat sy al haar selfvertroue verloor het."

"Ek kan dit verstaan. Sy is een van die mooiste meisies wat ek nog gesien het."

"Dorette het die skoonheid van 'n sirene, 'n meermin uit die Griekse mitologie wat haar skoonheid gebruik om mans te verlei. As skoonheid só blatant aangewend word om mans te lok, raak dit afgesaag soos 'n advertensie wat jy te dikwels op TV sien." 'n Glimlag glans in sy oë toe hy na haar kyk. "Daar is groter skoonheid in 'n lentebloeisel as in 'n verlepte roos, my mooiste Leandri."

Net vir 'n oomblik kan sy hom glo, maar Dorette se bitterheid hang soos 'n donker wolk oor die sonskyn van haar liefde vir die groot man langs haar. "Toe Dorette oor haar motorongeluk gepraat het ... Sy sê haar regterbeen was byna vergruis. Sy is so verbitterd, so vol haat oor haar mankheid, want dit doen afbreuk aan haar volmaakte skoonheid. Sy ... sy sê sy sal jou nooit kan vergewe omdat jy verantwoordelik is vir die ongeluk nie, daarom weier sy om met jou te trou."

"Dis 'n infame leuen – net nog 'n leuen van 'n siek vrou wat nie kan aanvaar ek stel nie in haar belang nie," ontken hy grimmig en vra onthuts: "Hoe kan ek verantwoordelik wees vir die ongeluk as ek nie eens daar was nie?"

"O . . ." Verligting laat haar glimlag. "Ek is so bly, Rohan. Ek het jou met my hele hart jammer gekry, want ek het geglo jy het die motor bestuur toe Dorette beseer is. Maar noudat ek weet dit was nie jy nie . . ." Sy merk dat hy frons en vra aarselend: "Wie was die bestuurder, Rohan?"

"My jonger broer. Hy het in die ongeluk gesterf. Sy onnodige dood is 'n skuldlas wat 'n mens tot selfmoord kan dryf."

9

Rohan se woorde skok met 'n fisieke pyn deur Leandri en laat haar hart ineenkrimp van jammerte vir hom, maar sy soek vergeefs na woorde om hom te troos. Ek ken nie hierdie strak, swygende man wat met grimmige konsentrasie in die smeulende kole van die kampvuur tuur nie, besef sy en wonder of die groot, donker man wat sy so onherroeplik liefgekry het ooit werklik bestaan het.

"Ek . . . ek is jammer. Ek dink ek sal nou na my rondawel toe gaan," sê sy verskonend. Sy wil orent kom, maar sy sterk hand vou hare toe en maak van haar 'n gewillige gevangene.

Hy praat nie, maar daar is 'n vreemde troos in die stilte tussen hulle. Die val van die as op die kole is 'n sagte fluistering wat hom laat opkyk na haar, sy glimlag soos strelende sonlig wat haar vertel dat sy nag van pynlike herinneringe verby is.

"Kom ons klim af na die spruit toe en gaan kyk na die maanlig op die dam," stel hy voor en trek haar saam met hom orent.

"My kleinboet Cornell het op vier jaar vas geglo dat die maan in die water van die swembad dryf, totdat ek uit ergernis tant Esmé se koppie gegryp het en dit in die weerkaatsing van die maan gegooi het. Tant Esmé was nie beïndruk met my eksperiment nie, maar Cornell was, want hy het daarna geweet die maan dryf nie in die swembad nie."

"Wil jy werklik oor Cornell praat, Rohan?" vra sy en voel skuldig dat sy ooit die onderwerp van Dorette se ongeluk aangeroer het.

"Ek moet as ek jou van my kinderdae wil vertel. Daar is stringe herinneringe wat ek my jou wil deel sonder om van die dinge wat seermaak te praat. Ek kan jou stories oor jou oupa Anton en ouma Esmé vertel – prettige dinge wat in my kleintyd gebeur het. En ek wil alles oor jou weet. Ek weet ek sal nie vannag slaap nie, daarom gaan ek sorg dat jy my geselskap hou. Wil jy my geselskap hou, mooi Leandri?"

"Ja, want ek is ook nie vaak nie. En ek sal graag na stories oor jou en my mense luister."

"Ons mense. Versigtig nou. As jy jou enkel breek, voer ouma Esmé my vir die jagluiperds," waarsku hy en help haar in die steil voetpaadjie van die spruitwal af.

"Ek het vanmiddag allerlei wildsbokke gesien, maar nie 'n enkele jagluiperd nie," sê sy skepties, maar kyk nogtans versigtig oor haar skouer na die donker ruigtes van die bosse naas die dam.

Hy lag gerusstellend. "Soms is die luiperds se spore duidelik sigbaar langs die spruit of selfs naby die koelkamers as daar die dag bokke geslag is. Maar daar is so 'n oorvloed van wildsbokke dat hulle ons mense met rus laat." Hy help haar tot op 'n hoë rots naby die dam en begin vertel haar dan van sy jeug.

Rohan en Leandri sit langs mekaar op die wal van die spruit en drink hulle koffie terwyl hulle kyk hoe die naderende dag die donker sluiers van die nag uitrafel tot grys. Die laaghangende wolke verkleur langsaam van purperblou tot ligroos toe die son oor die gesigseinder klim en om hulle styg die voëlsang tot 'n oorverdowende crescendo.

Ons eerste sonsopkoms saam, dink Leandri, haar blik op enkele rooskleurige wolkies wat soos stukkies watte tussen die hoë lugstrome speel.

Die geblaf van honde uit die rigting van die plaasopstal laat Rohan vinnig omswaai. "Dis een van die wagte op pad om Karl te roep. As hy hierheen gedraf het, is daar probleme, want die wagte het almal motorfietse. Probeer om 'n rukkie te rus, Leandri. Ek sal gaan hoor of Karl my hulp nodig het." Hy druk 'n soen op haar handpalm en vou haar hand toe. "Hou dit vas tot die volgende keer, mooi Leandri, en dankie vir 'n nag van herinneringe."

Sy kyk hom agterna, raak liggies met haar lippe aan haar oop hand en verbeel haar dat sy die aanraking van sy soen kan voel. Haar geheimsinnige man op die motorfiets is nie meer net 'n skertsende vreemdeling nie, want ná hulle lang nag saam ken sy die kleuter en die kind, die tiener en die student en die volwasse man vir wie 'n suksesvolle loopbaan as sakeman van die allergrootste belang is.

Hy is my vriend, besef sy en stoot die bittersoet verlange na sy liefde na die rand van haar bewussyn. Sy gaan nie vandag wanhoop nie, gaan nie hartseer wees oor dit wat nie kan wees nie. Sy gaan met haar hele hart glo sy is volmaak gelukkig – net vir vandag.

Sy dra hulle koffiebekers na die kombuis in die lapa en volg die tuinpaadjie terug na haar rondawel. Skuins voor haar gaan die deur van Rohan se rondawel oop en sy steek verras in haar spore vas.

Dorette, geklee in 'n kort, deursigtige swart nagrok, verskyn in die oop deur, gaap lank agter haar hand en strek haar arms uit asof sy so pas wakker geskrik het. Sy stap op die plaveisel uit, sien Leandri 'n paar treë van haar af staan en glimlag veelseggend. " 'n Heerlike oggend, is dit nie, my poppie? Dank die hemel dis jy wat my hier betrap het en nie jou giftige ouma Esmé nie. Ek en jy het gelukkig geen geheime vir mekaar nie, nè, my ding?"

Laat dit Dorette meerderwaardig voel as sy ander meisies as "my poppie" of "my ding" aanspreek? wonder Leandri flitsend.

"Sprakeloos oor my sedelose gedrag, Leandri?" dring Dorette se uittartende stem tot haar deur. "Kom nou, my poppie, moet ek glo jy is so styf en toegerits soos jou nougesette ouma? Ek weier om te glo jy is so onskuldig soos jy lyk."

"Ek is bly ek lyk ná gisternag nog onskuldig, Dorette. Het jy lekker geslaap?" vra Leandri met 'n belangstellende glimlaggie.

"Gebruik jou verbeelding, my poppie. 'n Nag in die hartstogtelike Rohan se arms is uitputtend genoeg om my die hele dag te laat slaap. Onthou dit as jy dwaas genoeg is om met hom te trou: jy sal net die krummels van sy liefde kry." Sy begin wegdraai na die oopstaande deur. "Maar ek moet ophou klets en gaan aantrek voordat jou ouma of dokter Dawie hulle verskyning maak. Moenie my verkwalik as Rohan nie vandag die energie het om saam met julle na die wild te gaan kyk nie, my ding. Miskien sal ek dit oorweeg om hom vannag met rus te laat."

"Verwag jy werklik dat ek moet glo dat jy en Rohan die nag saam in sy rondawel deurgebring het, Dorette?" vra Leandri spottend.

Dorette swaai ergerlik terug na haar. "Is jy stiksienig, jou naiewe kind? Ek maak beslis nie 'n gewoonte daarvan om bedags in my nagklere rond te loop nie."

"Ja . . ." Leandri onderdruk met geweld die begeerte om in Dorette se gesig uit te bars van die lag. "Ja, jou nagrok is effens . . .

e . . . blootstellend. Ek kan net nie begryp waarom jy in Rohan se rondawel geslaap het nie?"

Vir 'n oomblik wonder sy of Dorette haar gaan klap, maar dan antwoord sy met 'n neerhalende glimlag: "Slim, my poppie, maar selfs 'n kind sal nie so naïef wees nie. Of glo jy werklik Rohan gaan getrou bly aan jou omdat jy sy trouring dra? Het jy nie gisteraand na my geluister nie? As Rohan ooit met jou trou, sal dit net om een rede wees: Ingwe-vallei. Ek is die vrou wat altyd sy hart en sy liefde sal besit – onthou dit, my ding, voordat jy so dwaas is om met hom te trou."

"Ek dink ek sal liewer onthou hoe pateties 'n gefrustreerde meisie kan wees, Dorette," sê Leandri. Sy lig haar ken selfversekerd en kyk Dorette in die oë. "Jy het soveel moeite gedoen om my van jou en Rohan se nag van hartstog te oortuig, dat ek begin twyfel aan jou storie dat hy jou onsterflik liefhet. Jy is 'n oortuigende leuenaar, Dorette, en onder ander omstandighede het ek jou moontlik geglo. Maar waarom al die leuens? Is dit juis omdat jy hom vergeefs liefhet dat jy so hard probeer om ons verlowing te verbreek?"

Die bloed dreineer uit Dorette se gesig en dan stoot woede in 'n diep blos oor haar nek en gesig en blits in haar fletsblou oë. "Jou miserabele klein pes! Hoe durf jy my van leuens beskuldig terwyl jy so naïef is om te glo Rohan het jou lief? Vra Rohan wat gisternag gebeur het as jy te onnosel is om my te glo."

Ek kan Dorette byna jammer kry, dink Leandri en merk vir die eerste maal die fyn plooitjies om die ouer vrou se oë en langs haar mond. Ouma Esmé het die waarheid gepraat: die son verouder die mooiste vrou se vel, besef sy. Maar dalk is 'n vergeefse liefde die rede vir die permanente trek van bitterheid langs Dorette se mondhoeke, want sy weet nou: Dorette het Rohan lief, daarom veg sy so verbete om ander meisies te verdryf.

"Ek hoef Rohan nie te vra nie, Dorette," antwoord sy, haar stem sag en seker. "Jy sal nie weet nie, maar ek en Rohan het tot dagbreek op 'n rots langs die dam gesit en gesels. Ons het saam oggendkoffie op die wal van die spruit gedrink en daarna is hy weg toe een van die wagte by die opstal aangekom het. Ek was in die lapa toe ek 'n voertuig hoor vertrek het. Ek veronderstel Rohan is saam met Karl en die wag weg."

Uitdrukkings van 'n byna tasbare woede en haat wissel mekaar snel af op Dorette se gelaat en dan bars sy gesmoord uit: "Jou onnosele sot! Een nag van hartstog in Rohan se arms en jy glo jy besit sy liefde? Rohan gebruik gewillige meisietjies soos jy soos weggooihanddoeke." Sy swyg kortasem en glimlag dan tartend: "Moenie te triomfantlik voel oor gisternag nie, my poppie, want vannag sal hy terug wees in my arms. Onthou dit: Rohan behoort siel en liggaam aan my."

"Sowaar? En jy glo ék is naïef," sê Leandri met 'n bejammerende glimlaggie en stap sonder meer na haar rondawel toe.

Sy hoor hoe Dorette die rondaweldeur hard toeklap, stap haar eie rondawel binne en maak die deur agter haar toe. Haar bene voel lam en sy sak vinnig op die bed neer, bewus daarvan dat haar gesprek met Dorette haar meer ontstel het as wat sy besef het. Kan sy ten spyte van al Dorette se leuens glo dat Rohan Dorette liefhet? vra sy haarself twyfelend af. Nee . . . nee, Dorette se poging om 'n einde aan hulle verlowing te maak is die desperate optrede van 'n vrou wat vergeefs liefhet.

Maar dis wat sy nooit moet vergeet nie: sy en Rohan het net 'n skynverlowing. As sy nie 'n tweede Dorette wil wees nie, moet sy so spoedig moontlik vergeet van haar liefde vir hom.

Leandri maak haar oë oop, kyk met slaapgevulde oë na Esmé wat op die kant van haar bed sit en vlieg vervaard orent. "Ouma! Ek . . . ek . . ." Sy kyk om haar rond, besef waar sy is en glimlag verleë.

"Ek is jammer ek moes jou kom wakker maak, kindjie, maar dis byna tyd vir middagete. Hier, ek het vir jou 'n beker koffie gebring," sê Esmé goedig.

Leandri teug aan die koffie en sê dankbaar: "Dit was nou gaaf, dankie, Ouma. Ek is rêrig jammer ek het so laat geslaap, maar . . ." Sy merk die kommer op Esmé se gesig en verduidelik ongemaklik: "Ek makeer niks nie, Ouma. Ek het net laat kom slaap en . . . en ek is jammer ek kon nie saam met Ouma-hulle na die diere gaan kyk nie."

"Was die lang nag die moeite werd, my poplap?" vra Esmé, 'n tikkie hartseer in haar stem.

"O ja, Ouma, ek het elke oomblik geniet." Sy sien hoe Esmé haar ontsteld aankyk en vervolg vinnig: "Ek dink dit was die wonderlikste nag in my hele lewe. Toe ons hierheen gekom het, het ek nooit gedink ek en Rohan . . ." Sy breek haar sin af toe Esmé frons. "Is Ouma kwaad? Was dit baie selfsugtig van my?"

Vir 'n oomblik lyk dit asof Esmé in trane gaan uitbars, maar dan lê sy haar hand op Leandri se been en druk dit sag. "My liewe kind . . . Onthou dit altyd: enigiets wat jou gelukkig maak, sal my ook gelukkig maak. As jou liefde vir Rohan so allesoorheersend is . . . Ek kan jou liefhê, daar wees vir jou as jy my nodig het, maar ek kan nie jou keuses vir jou maak nie. As jy Rohan so liefhet dat . . ." Sy pers haar lippe saam en kyk Leandri oomblikke lank in stilte aan voordat sy sag vervolg: "Dorette het my vertel dat jy en Rohan die nag saam deurgebring het, my kindlief."

"Ja, ek het haar vertel dat . . ." Leandri staar Esmé met groot, verdwaasde oë aan. "Ouma lyk asof Ouma wil huil omdat . . ." 'n Moedwillige giggel-laggie borrel oor haar lippe en word 'n hulpelose lagbui wat haar haar arms om Esmé se nek laat gooi. "Ouma . . . my liewe, goeie Oumatjie . . . Ek is so jammer ek lag, maar dis . . . dis verskriklik snaaks," sniklag sy en druk haar gesig teen Esmé se nek.

Esmé hou Leandri in haar arms vas, streel met haar een hand oor haar rug en vra hoopvol: "Het Dorette vir my gejok, kindjie?"

Leandri sit terug sodat sy Esmé in die oë kan kyk en antwoord misnoeg: "Dorette jok nie, Ouma, sy lieg soos 'n tandetrekker. Of het sy vir Ouma gesê ek en Rohan het die hele nag langs die dam gesit en oor ons kinderdae gesels?"

Esmé slaak 'n dankbare sug van verligting en sê onstuimig: "Dat ek so dom kon wees om daardie bedrieglike meisiemens te glo! Ek ken jou nog nie lank nie, maar as ek my gesonde verstand gebruik het ..." Haar uitdrukking word skuldig toe sy voortgaan: "Ek is so bitter jammer ek het jou verdink van dinge wat jy nie gedoen het nie, my liefkind. Dit kom nou van my wantroue en vrees dat Rohan jou sal seermaak: ná al die jare het ek nog nie geleer om nie die verraderlike Dorette te glo as dit lyk asof botter nie in haar mond sal smelt nie."

"Ek weet hoe oortuigend Dorette kan jok, Ouma, maar dink Ouma werklik Rohan is 'n gewetenlose man wat meisies net gebruik?" vra Leandri teleurgesteld.

"Nee, kindjie. Deesdae gebruik mense mekaar – soms voel dit vir my asof niks wat kosbaar is in die lewe oorgebly het nie. Of miskien was dit nog altyd so: hartstog is alledaags, maar opregte liefde is kosbaar. Ek weet jy het Rohan met jou hele hart liefgekry, maar ek weet ook liefde maak 'n meisie kwesbaar ... selfs desperaat. Ek beloof ek sal jou in die toekoms volkome vertrou, my poplap."

Leandri glimlag wankelrig. "Ek hoop ek kan myself vertrou, want as Rohan anders was ..." Sy lees die besorgde uitdrukking op Esmé se gesig en glimlag gerusstellend. "Ek en Rohan is vriende, goeie vriende. Hy het my van sy jeug saam met Cornell en van Ouma en oupa Anton vertel. En hy het my uitgevra oor my lewe saam met ouma Anya. Soos hy gesê het: dit was 'n nag van herinneringe."

"Het hy jou van Cornell en Dorette se motorongeluk vertel, kindjie?"

"Net dat Cornell in die ongeluk gesterf het, maar ek kon sien hy wou nie daaroor praat nie. Dis waarom hy my van sy jeugjare saam met Cornell vertel het. Hoekom het Dorette gesê die motorongeluk was Rohan se skuld, Ouma? Of was dit net nog 'n leuen?"

"As Dorette nie jok nie, verdraai sy in elk geval die waarheid om haar te pas. Moenie na haar stories luister nie, Leandri. As dit ooit nodig is, sal Rohan jou die waarheid oor Cornell se dood vertel." Esmé kom orent. "En trek jou aan, my poplap. Ons middagete is byna gereed."

"Hoekom kan Ouma my nie van die ongeluk vertel nie?" vra Leandri afgehaal.

Esmé huiwer en bly met haar hand op die deurknop staan. "Omdat die ongeluk die rede is waarom Rohan . . . waarom hy die man is wat hy is," antwoord sy en stap die rondawel uit.

Die man is wat hy is, eggo Esmé se woorde in Leandri se gedagtes. Maar wat is Rohan? 'n Suksesvolle sakeman, 'n lighartige man wat kan lag en skerts – en 'n man wat soms verteer word deur 'n smeulende woede wat sy gesig in 'n grimmige granietmasker verander.

Sy weet intuïtief dat Cornell se dood die rede is vir sy woede, maar sal hy ooit daaroor praat? Ja, as hy haar liefhet en haar kan vertrou, beantwoord sy haar eie vraag. Dan draf sy haastig na haar badkamer toe, bang vir die knaende wete dat sy vriendskap nooit liefde sal wees nie.

Dawie bring die viertrek op 'n veilige afstand van 'n trop buffels tot stilstand en blik glimlaggend oor sy skouer. "Die buffels is onvriendeliker as die nuuskierige blouwildebeeste wat bly staan om 'n mens dop te hou," verduidelik hy en vra dan onthuts: "Leandri, slaap jy of hou jy jou oë toe omdat jy moeg is vir my gesig?"

Leandri gaap lank agter haar hand en kyk vies na Rohan wat toe-oë met sy kop teen die kant van die sitplek aanleun. "Dis daardie groot middagete wat ons geëet het, oom Dawie. En die warm son. En Rohan wat langs my sit en slaap. Ek geniet dit om na die wild te kyk, maar ek het nou al miljoene kameelperde, bobbejane, sebras, vlakvarke, rooibokke, blesbokke, bosbokke en allerhande ander bokke gesien. Dis al ná vyf. Kan ons nie maar teruggaan en sterk, swart koffie drink nie, asseblief, oom?"

"Ja, laat ons teruggaan, Dawie. Ek dink die kinders het nou lank genoeg geslaap sodat hulle die energie het om weer deurnag te gesels," spot Esmé.

" 'n Koue biertjie sal nou lekker smaak," sê Dawie en bring die viertrek in beweging.

"Ek slaap nie, tannie, ek laat rus net my oë." Rohan leun vorentoe en druk 'n klapsoen op Esmé se wang. "Dankie dat ek tannie se toestemming het om die nag saam met Leandri deur te bring."

"Dis nie wat ek gesê het nie, duiwelskind!" Esmé kyk ergerlik na hom. "Moenie lol nie, Rohan. Ek het my ure lank onnodig ontstel oor Dorette se liegstories, maar as jy nou ook begin . . ."

"Wat het Dorette gesê, tant Esmé?" val Rohan haar fronsend in die rede.

"Niks nie!" kom dit vinnig van Leandri, haar blik waarskuwend op Esmé. Sy draai na Rohan. "Vertel my waarom die wag vanoggend na die opstal gekom het, asseblief, Rohan."

"Aangesien jy so mooi vra, my liewe Leandri," skerts hy en glimlag vir haar. "Die wagte het gisternag drie wilddiewe betrap terwyl hulle besig was om 'n sloot onderdeur die geëlektrifiseerde grensdraad te grawe. Twee wagte het die wilddiewe ingewag en 'n derde het opstal toe gedraf om Karl te waarsku. Toe ons by die plek opdaag, was die wilddiewe reeds geboei en Karl kon die polisie bel," vertel hy, maar kyk nog fronsend na Esmé.

"Wat kon die polisie doen? Die wilddiewe is gevang voordat hulle enigiets kon steel," redeneer Leandri, bang dat Rohan sy ondervraging oor Dorette sal voortsit.

"Die wilddiewe was gewapen met jaggewere en die tonnel onderdeur die grensdraad was oorgenoeg getuienis teen hulle. En nou, tant Esmé, wil ek weet presies wat Dorette se liegstorie was," beveel hy en druk sy hand liggies op Leandri se mond. "Bly stil, meisiekind, ander soen ek jou!"

"Het jy 'n rede nodig om jou verloofde te soen, ou seun?" vra Dawie met 'n droë kuglaggie. "Ek dink ons is albei onder 'n wanindruk, Esmé. Rohan is glad nie so 'n ervare man as wat ons vermoed het nie."

"Dis 'n lae hou, dokter Dawie," sê Rohan knorrig en laat sak sy hand. "Soen ek vir Leandri, smyt sy my duur verloofring in die spruit en dra stories by haar ouma aan. Tant Esmé lýk net dierbaar, maar sy klap links en regs as sy haar humeur verloor."

"Wees bly dat ek jou nog nooit raak geklap het nie, Rohan," kom dit vies van Esmé. "Wat Dorette betref: hou op torring aan my, kind. Onthou, ons ry niks later as vieruur môremiddag terug huis toe nie. As jy môreoggend saam met ons rivier toe wil gaan en daarna na die waterval wil gaan kyk, moenie weer tot dagbreek gesels nie."

"Ja, tannie. Goed, my kwaai tannie. Leandri, wat het Dorette gesê om jou ouma hoë bloeddruk te gee?"

Leandri huiwer slegs 'n oomblik en antwoord dan doodluiters: "Nadat jy vanoggend saam met Karl weg is, het ek na my rondawel toe geloop. Jou rondaweldeur het skielik oopgegaan en toe kom Dorette uitgestap in 'n deurskynende swart nagrok.

Sy was totaal uitgeput ná 'n romantiese nag in jou arms – altans, dis wat sy my vertel het."

"Wát?" kom dit gelykmatig van Rohan en Esmé, terwyl Dawie bulderend uitbars van die lag.

"Dawie! My liewe man, kyk waar jy bestuur. En hou op lag. Ek dink nie dis snaaks nie," sê Esmé berispend.

"Gesels met Karl, Esmé. Dorette paradeer gereeld in haar kort nagrokkies voor hom, want selfs ná ses jaar kan sy nog nie aanvaar dat hy bestand is teen haar verleidelike skoonheid nie. Sy is doodeenvoudig te ydel om te glo dat enige man haar kan ignoreer. Ek kry haar liewer jammer as om my vir haar te vererg," sê Dawie en glimlag tevrede toe Esmé ophou frons.

"Dis juis my probleem: ek kry haar jammer, maar haar liederlike leuens en volkome gebrek aan selfrespek . . ." Esmé betrag hom wantrouig. "Dawie, het jy Dorette al in haar deursigtige nagrokke gesien?"

"Wel . . . Ek praat van meer as drie jaar gelede, toe ek saam met Anton hier gekuier het. Die deur van die rondawel was nie gesluit nie en ek het skaars die lig afgesit, toe sluip Dorette die rondawel binne in haar min nagkleertjies."

"Ek dink ek het oorgenoeg gehoor," kom dit styf van Esmé.

"Nee, jy het nie, Esmé. Wat jy nie weet nie en wat Dorette ook nie weet nie, was dat ek en Anton die rondawel gedeel het." Dawie lag genotvol. "Toe ek my bedlamp aanskakel en Anton skielik orent sit en bulderend verneem wat Dorette in ons rondawel soek, het die meisiekind skoon vergeet van haar seer been en gehardloop asof drieduisend duiwels haar jaag. Dorette het my as 'n eensame wewenaar beskou, maar sy het beslis nie kans gesien vir die baas van Ingwe-vallei nie!"

Esmé lag ten spyte van haarself. "Ek kan my voorstel! Dorette kan dankbaar wees sy is nie daar en dan afgedank nie."

"Dokter Dawie, het jy gesê Dorette het daardie nag gehardloop?" vra Rohan en sit vorentoe op sy sitplek.

490

"Genugtig, knaap, wat sou jy in haar plek gedoen het?" vra Dawie onthuts.

"Gehardloop het, maar Dorette is mank en sy kan nie hardloop nie," antwoord Rohan, 'n koue doodsheid in sy stem.

"Mank? Kort ná die ongeluk, ja, maar Dorette loop en hardloop al jare lank normaal soos ek en jy. Ek het gister opgemerk sy loop weer effens mank, maar sy het my vertel sy het op 'n gladde rots gegly en geval die dag voordat ons plaas toe gekom het. Maar noudat jy dit noem: toe ek vanoggend by Karl ingeloer het, het Dorette nie 'n teken van mankheid getoon nie. Het jy haar al vandag te siene gekry?"

"Ja, net voordat ek rondawel toe is om 'n paar uur slaap te kry – en Dorette was manker as gewoonlik," antwoord Rohan toornig.

"Die agterbakse merrie!" ontplof Esmé. "Die kere wat sy my aan huis besoek het – natuurlik met die hoop om jou te siene te kry, Rohan – was sy só kreupel dat ek haar uit my hart jammer gekry het. Sy speel al jare lank op ons gevoel, seun, maar ons weet nou daar is niks om oor skuldig te voel nie."

"Ek het altyd namens Cornell skuldig gevoel, maar ek is bly dis nie meer nodig nie," antwoord Rohan. Hy kyk na Leandri toe Dawie die viertrek onder die skadubome naby die lapa parkeer. "Kom saam, meisiekind. Ek gaan jou leer om 'n vleisbraaivuur aan te pak, want jy het my gisteraand vertel dis iets wat jy nog nooit gedoen het nie."

"Dis nog iets wat ek vir ouma Anya sal moet vertel: dat ek nou saam met die plebejers en brommers vleis eet met my hande," antwoord sy en glimlag bly toe hy haar hand in syne vat en saam met haar na die braaiplek voor die lapa loop.

Leandri staan en wag ongeduldig in die kombuis dat die water moet kook en herken Esmé en Rohan se stemme toe hulle deur die glasdeur die lapa se eetkamer binnekom.

"...allergrootste belang, Rohan," hoor sy Esmé se stem duidelik deur die oop skuifdeur van die dienluik tussen die kombuis en die eetkamer. "Toe ek netnou by Leandri se rondawel ingeloer het, was die kind nog vas aan die slaap. Ek kan nie in woorde vir jou sê hoe oneindig kosbaar Leandri vir my is nie. My eie kleindogter . . . my grootste rykdom . . . Maar Anya se selfsugtigheid het verhoed dat Leandri 'n normale jeug gehad het, daarom moet ek haar beskerm. Moenie my kleindogter laat huil nie, Rohan. 'n Meisie se hartseer kan ongeneeslike letsels laat."

"Dink tannie mans kan nie ook huil of hartseer wees nie?" vra Rohan verwytend.

"Dis nie wat ek sê nie, kind, maar Leandri is soveel jonger as jy – te jonk en onervare. Dalk glo jy al ek het skielik in 'n kwynende ou heks verander, maar ek is so bang my kleindogter kry seer. Moenie met haar gevoelens speel nie, Rohan. Julle het twee nagte wakker gebly en gesels en bedags as julle nie slaap nie, is julle voortdurend saam. Wat gebeur as Leandri jou liefkry? Hoe troos ek haar?"

"Soos tannie my sal troos as ek 'n meisie liefkry," korswel hy. "Nee, moenie my aangluur nie, my tannie. Ek weet wie en wat Leandri is en ná ons kuiertjies saam glo ek ons ken mekaar goed genoeg om te weet ons sal altyd vriende wees. Vriende maak mekaar nie seer nie, tant Esmé – nie opsetlik nie."

"Jy ontwyk my vraag, Rohan. Ek weet hoe jy oor die liefde voel, maar Leandri is –"

"Nee, tannie weet nie," val hy haar ferm in die rede, "want ek weet self nie. Liefde is vir my so 'n vreemde begrip dat ek dit liewer nie probeer ontleed nie. Dalk sal 'n meisie soos Dorette . . ."

Leandri vlug die kombuis ligvoets uit en hou nie op hardloop voordat sy haar rondawel bereik nie.

Dit kom daarvan om ander mense se gesprekke af te luister: as Rohan oor liefde praat, is Dorette vanselfsprekend deel daarvan, dink sy bitter. Het hy Dorette lief . . . of het hy haar nie lief nie? vra sy haarself wanhopig af. Maak dit werklik saak wie hy liefhet? Hy hou háár hand in syne vas, raak troetelend aan haar arm, soen haar op die wang en gesels en lag vir ure saam met haar, want hy is haar vriend. As sy net kan leer om hom te haat . . . maar sy kan nie.

Sy het hom lief en al wag daar 'n leeftyd van hartseer op haar, wil sy by hom wees. Elke oomblik saam met hom is kosbaar, want eendag sal hy met Dorette of 'n ander meisie trou; eendag sal sy alleen wees om haar soetseer herinneringe op die telraam van die tyd af te tel.

Leandri blik na Rohan wat langs haar op die agterste sitplek van die viertrek inklim. "Ry jy nie met jou motorfiets terug Johannesburg toe nie?" vra sy verbaas.

"Dit was Karl se nuwe motorfiets wat ek plaas toe gebring het." Hy glimlag tergend in haar oë. "Dokter Dawie sê hy vertrou nie 'n uitgeputte man soos ek agter die stuurwiel van my eie viertrek nie, daarom sal hy bestuur. Wat het jy gedoen om my so uit te put, Leandri?"

Esmé kyk oor haar skouer, sien Leandri bloos en sê kwaai: "Hou jou in, Rohan! Ek het nou oorgenoeg dubbelsinnige verwysings na jou en Dorette se uitputtende nag gehad. As iemand uitgeput is, is dit my arme kleindogter. Waarom jy die nagte moes gebruik om met Leandri te gesels, gaan my verstand te bowe."

"Dit was ter wille van my sensitiewe vel, Ouma," verduidelik Leandri met grootoog-erns. "Ouma het so geneul oor die sonhoed wat ek die hele tyd moes dra, dat Rohan besluit het ons moet liewer snags gesels."

Dawie skaterlag en skakel die viertrek aan. "Leandri aard meer na jou as wat ek besef het, Esmé – sy is glad nie op haar mond geval nie. Ons ry nou, mense. Wat ons vergeet het, kom haal ons op 'n ander naweek."

"Ek sal graag weer wil kom – as ek die konfrontasie met ouma Anya oorleef," kom dit gespanne van Leandri.

Rohan neem haar hand in syne en druk dit bemoedigend. "Jy weet ek is bereid om saam met jou te kom, Leandri. Moet ek?"

"Nee . . . nee, liewer nie, maar dankie, Rohan. Ouma Anya is 'n trotse vrou en dalk . . . dalk kry ek haar tog 'n bietjie jammer. Haar vernedering sal soveel groter wees as ek voor jou oor haar jare lange bedrog praat. Oom Dawie, ek kan mos vannag by julle slaap as ouma Anya my wegjaag?"

"Jy weet jy hoef nie eens te vra nie, ou kleintjie," antwoord Dawie goedig.

"Nee, Leandri kom my ma toe," kom dit beslis van Esmé. "Jy kan my by my huis aflaai, Dawie, en daarna met jou eie motor teruggaan huis toe. Rohan, neem Leandri na Dawie se huis en wag daar saam met Anina. Sou Anya besluit Leandri is nie meer welkom in haar huis nie, kan jy my kleindogter na my huis toe bring." Sy draai vraend na Leandri. "Pas dit jou, kindjie, of sal jy liewer by Dawie-hulle wil oornag?"

"Ek sal graag na Ouma toe kom, want as Anina tuis is, sal Mauritz ook daar wees en ek twyfel of hulle my geselskap sal wil hê," glimlag Leandri.

"Ek wed dokter Dawie sal jou mooi ouma Esmé wil gesel-skap hou, daarom kan ek en jy weer deurnag gesels, Leandri." Rohan slaan 'n besitlike arm om Leandri se skouers, oënskynlik blind vir die toornige uitdrukking op Esmé se gesig. "Glimlag, my tannie. Ek het gesê tannie is mooi," terg hy.

"Ek voel nie mooi nie – net bekommerd en skuldig omdat ek nie saam met Leandri die bedrieglike Anya kan konfronteer nie. As ek in haar skoene was, het my bloeddruk die hoogte in-geskiet," antwoord Esmé en draai gekwel na Dawie. "Het Anya hart- of bloeddrukprobleme, Dawie?"

"Sy was 'n gesonde vrou toe ek haar 'n jaar gelede ondersoek het, maar vanjaar het sy besluit om vir haar jaarlikse ondersoek een van haar ander doktervriende te raadpleeg." 'n Frons keep tussen Dawie se wenkbroue. "Met Leandri wat binnekort mondig sal wees . . . ek glo Anya leef die afgelope tyd onder toenemende spanning, daarom sal dit my nie verbaas as haar gesondheid daaronder gely het nie." Hy kyk in die truspieëltjie na Leandri. "Ek is bly jy kan reeds vanaand met Anya praat, Leandri. Hoe gouer daar 'n einde aan haar spanning kom, hoe beter vir haar gesondheid."

Anina maak die voordeur van die De Wet-woning oop toe Rohan en Leandri kort voor negeuur die aand die stoeptrap opklim. "Kom binne, julle twee! Waar is my pa? Nee, toe maar, ek kan raai. Kyk, Leandri – jy ook, Rohan! Is dit nie die mooiste verloofring wat julle al ooit gesien het nie?"

"Amper so mooi soos myne," terg Leandri. Sy kyk bewonderend na Anina se verloofring en blik na Mauritz wat met 'n trotse glimlag langs haar staan. "Geluk, Mauritz. Ek is jammer ek was die rede waarom julle twee so lank moes wag om verloof te raak."

"Jou ouma Anya, nie jy nie. Sy . . ."

Mauritz breek sy sin af toe die foon lui. Anina raap haastig die mobiele foon van 'n tafeltjie op en voer 'n kort gesprek voordat sy die foon neersit.

" 'n Pasiënt, Anina?" vra Mauritz teleurgesteld.

Anina kyk na Leandri en sê beheers: "Dit was julle huishoudster. Jou ouma Anya is baie ernstig siek en sy vra dat jy onmiddellik huis toe kom."

10

Rohan plaas sy arm in 'n beskermende gebaar om Leandri se skouers en trek haar dig teen hom aan. "Jou ouma Anya kan nie dodelik siek wees nie, Leandri, anders het die huishoudster lankal 'n ambulans ontbied. Anya Dreyer het moontlik my viertrek hoor stilhou en sy is vanselfsprekend gretig om jou en Mauritz met julle verlowing geluk te wens," sê hy paaiend.

"Dis waar!" kom dit verras van Anina. "Ek is 'n dokter. As tant Anya werklik siek was, sou die huishoudster my gevra het om saam met jou te kom, Leandri."

Leandri sug verlig. "Dankie toggie!" Sy kyk na Anina. "Ek kon nie my ouma op my selfoon van Ingwe-vallei af bel nie, want daar is nie ontvangs nie. Toe jy sê sy is siek, het ek net 'n oomblik lank skuldig gevoel. Oumense word maklik siek."

"Veral as hulle lieg en bedrieg en hoë bloeddruk het," sê Rohan nadruklik. "Wat ook al gebeur, Leandri, onthou jou ouma het een en twintig jaar vir jou gejok, nie jy vir haar nie. Kom, ek sal saam met jou na julle hek toe loop."

Leandri huiwer en kyk na die verloofring aan haar vinger. "As ouma Anya werklik siek is . . ."

"Wat 'n pragtige ring!" kom dit verruk van Anina. "Dit pas by jou topaashangertjie, jou gelukkige mens." Sy kyk tergend na Rohan. "Ek vermoed jy het meer spandeer op jou skynverlowing as wat enige regdenkende man op 'n egte verlowing spandeer."

Rohan druk Leandri se skouers en vra kamma agterdogtig: "Insinueer Anina ek is spandabelrig, of prys sy my goeie smaak, Leandri?"

"Sy dink wat ek dink: ons dink elkeen ons ring is die mooiste," glimlag Leandri, maar frons bekommerd toe sy na Anina kyk. "As ouma Anya siek is, sal ek jou bel en . . . en voorgee dat ek aan Mauritz verloof is. Gee jy om, Anina?"

"As jou ouma werklik siek is, sal sy nie krag hê om haar oor jou verlowing te kwel nie, my liewe mens. Maar bel my in elk geval, want Rohan sal saam met my en Mauritz wag totdat ons weet wat presies aan die gang is."

"Moet ek nie saam met jou gaan nie, Leandri?" vra Mauritz onrustig.

"Nee, Mauritz," antwoord Rohan ferm. "Leandri sal besluit of haar ouma 'n dokter of 'n konfrontasie nodig het. Kom, Leandri."

"Ek sal bel, Anina," beloof Leandri. Sy stap saam met Rohan op die voorstoep uit en wens met haar hele hart dat sy terug kan wees op Ingwe-vallei.

Ouma Anya se slaapkamer is donker, daarom kan sy nie so ernstig siek wees nie, dink Leandri. Sy sien die ligte in die ontvangsportaal en voorste sitkamer van die Dreyer-woning brand en byt ergerlik op haar onderlip: sy kan ouma Anya voor haar geestesoog op haar geliefkoosde stoel sien sit, fier en regop soos altyd, gereed om met haar ondervraging te begin.

Vreemd, sy en ouma Anya het nooit gesels nie – nie soos sy en ouma Esmé nie. Ouma Anya stel nooit 'n versoek nie; sy gee bevele om haar eie lewe te vergemaklik. Sy is 'n oorheersende, selfsugtige vrou, 'n onbeskaamde leuenaar en 'n bedrieër, nogtans wens Leandri haar nie siek of dood nie. Sy wil net vry wees – vry om by haar ouma Esmé te woon, om in 'n antiekeware-winkel te werk en om Rohan heimlik lief te hê.

Ek sal nie die voordeurklokkie lui nie, net ingeval ouma Anya tog siek is, dink Leandri. Sy sluit die voordeur oop en bly staan, nie gretig om Anya te gaan groet nie.

"Goeienaand."

Leandri kyk na die ingang van die sitkamer en sien 'n middeljarige man onseker daar staan. Hy is 'n vreemdeling, maar nogtans lyk hy bekend – byna asof sy sy naam ken, maar dit skielik nie kan onthou nie. Hy is lank en skraal, met sterk, aristokratiese gelaatstrekke en donker oë, sy swart hare effens grys langs die slape.

Die man bly voor Leandri staan en steek sy hand uit na haar. "Leon Dreyer," stel hy homself voor.

Leandri ervaar 'n oomblik van tydloosheid waarin sy haarself voel verdrink in 'n vreesaanjaende onwerklikheid. "Leon . . .!" herhaal sy, haar stem 'n skor fluistering van skok. Leon Dreyer – haar pa.

Nee! Nee, nooit my pa nie, dink sy met 'n vreemde sekerheid. Dis nie waar dat bloed kruip waar water nie kan loop nie; liefde kruip waar bloed nie kan loop nie, want vandat sy haar geheue het, is sy lief vir dokter Dawie, Anina en Mauritz; soos sy nou lief is vir ouma Esmé en onvoorwaardelik lief is vir Rohan. Liefde maak 'n mens eie, nie bloed nie.

Hierdie man voor haar is nie net 'n volkome vreemdeling nie, maar ook die man wat in sy besope toestand verantwoordelik was vir haar ma se dood. Die man wat haar met haar geboorte verwerp het omdat hy haar nie kon liefhê nie.

Maar hy was jonk en dom, 'n bedorwe rykmanskind – jonk en dom en bedorwe soos haar ma. Hulle was twee kinders wat met die liefde gespeel en hulle vingers verbrand het, daarom mag sy nie haat nie.

"Naand, Leon. Waarom is jy hier?" vra Leandri, haar stemtoon emosieloos.

Hy wys met sy hand na die oop dubbeldeur van die sitkamer. "Sal ons gaan sit? As jy 'n drankie of 'n koeldrank wil hê . . ."

"Ek sal myself help. Ek woon hier." Leandri loop na die dientafel en skink vir haar 'n koeldrank in. Leon bly hoflik staan totdat sy op 'n stoel gaan sit het en neem teenoor haar plaas.

"Ek dink dis vir ons albei baie moeilik," begin hy aarselend.

"Nie so moeilik as wat dit twee weke gelede sou gewees

het nie, Leon. Gelukkig het ek die waarheid gehoor oor die ongeluk waarin jy en my ma gesterf het. Sien, ek het al die jare geglo jy is dood," antwoord Leandri beheers. Sy sien die skuldige uitdrukking op sy gesig en voel opnuut woede oor Anya se leuens in haar binneste opvlam.

"Ek . . . ek is werklik jammer oor my ma se leuens, maar –"

"My hele lewe was 'n leuen! Wat weet jy van die hartseer van 'n kind wat haar pa se foto in haar armpies vashou en haarself aan die slaap huil? Of van haar seer onbegrip omdat daar nie 'n enkele foto van haar ma in die huis is nie? Kan jou jammerte ooit die hartseer van my jeug uitwis, Leon?" vra Leandri bitter.

Hy tik gespanne met sy regterhand op die armleuning van sy stoel, sy uitdrukking stroef. "Nee, maar my ma . . . Ek vra jou namens haar om verskoning dat sy besluit het om jou nie deel van my lewe te maak nie."

'n Wrang laggie glip oor Leandri se lippe, maar sy byt op haar onderlip totdat dit pyn, bang dat sy in 'n histeriese lagbui sal uitbars. Sy proe aan haar koeldrank en antwoord hom nie.

Leon leun vorentoe, sy gelaat strak, "Ek het jou ma waar agtig liefgehad, Leandri, en ek glo haar liefde vir my was nie minder opreg nie. Ons was jonk en vry en ons het ons liefde en ons lewe geniet. Ons het op partytjies geboer, vir naweke na Europa of romantiese eilande gevlieg, en elke oomblik van ons saamwees geniet."

"En toe begaan my ma die onvergeeflike sonde om swanger te raak."

"Asseblief, probeer om ons situasie te verstaan, Leandri. Ons was twee bang kinders wat skielik die oorweldigende verantwoordelikheid van die volwasse wêreld moes aanvaar. Maar nie een van ons kon nie. Ons wou kinders bly – onverantwoordelike kinders van die liefde."

"Julle het 'n keuse gehad: my ma kon van haar onwelkome

swangerskap ontslae geraak het," kom dit beheers van Leandri.

'n Donker gloed kruip oor Leon se gelaat. "Ons het dit nie eens oorweeg nie," antwoord hy ingehoue, maar ontwyk haar oë.

"Omdat ouma Anya daarteen gekant was?" vra Leandri en kyk hom dringend aan.

"Ja," antwoord hy kortaf. "My ma het ons duidelik laat verstaan dat dit niks anders as moord is om 'n baba te aborteer nie en ten spyte van ons eie vrese het ons geweet dis waar. Maar ek het soos 'n paniekbevange lafaard troos in drank gesoek. Marli het oorgenoeg rede gehad om voortdurend met my rusie te maak, maar haar aanhoudende verwyte het my net meer rede gegee om ontvlugting in drank te soek. Ek glo Marli het geleer om my te haat."

"Ék was die oorsaak van haar haat. Geen wonder jy kon my nooit liefhê nie," sê Leandri sag.

"Nee, Leandri. Miskien was dit waar voor jou geboorte, maar ná die motorongeluk, toe ek einde ten laaste weer nugter was . . . Toe dit reeds te laat was, het ek besef hoe groot my skuld werklik was. As ek die volwassenheid gehad het om by jou ma te staan, om al haar vrese te deel en haar met liefde te oorlaai, sou ons geleer het om saam na jou geboorte uit te sien."

"As jy werklik berou gehad het, waarom het jy my weggesmyt, Leon? Of het my ma se dood jou laat besef dat jy haar nooit liefgehad het nie?"

"Moet nooit daaraan twyfel nie, Leandri: ek het Marli opreg liefgehad. Maar haar dood . . ."

"Jou drankmisbruik was die oorsaak van haar dood. As jy haar liefgehad het, waarom het jy jou aan drank vergryp?" vra Leandri beskuldigend.

"Omdat ek . . ." Leon haal diep asem en vervolg gespanne: "Dis 'n nag van waarheid, daarom sal ek dit sê, selfs al maak ek jou seer. Selfs in my dronkenskap het ek jou ma liefgehad, maar ek het ons ongebore kind, die kind wat 'n einde aan ons sorgvrye geluk gemaak het, gehaat. Ek is jammer, Leandri, maar vir my was jy 'n onbekende indringer wat Marli se liefde van my gesteel het. Probeer onthou: ek was negentien en 'n selfsugtige, bedorwe rykmanskind wat geglo het ek het die alleenreg op geluk."

"Ek het dit besef toe iemand my vertel het jy leef nog, Leon. As jy my liefgehad het, sou jy my nie verwerp het nie. En as jy my ma opreg liefgehad het, sou jy haar nie in 'n motorongeluk laat sterf het nie."

"Glo jy ek het opsetlik teen daardie lamppaal vasgery?" vra Leon gespanne en vervolg met grimmige erns: "Dit was twee weke voor jou geboorte. Ek het Marli vir haar weeklikse ondersoek na die ginekoloog geneem en by 'n kroeg ingeglip terwyl sy in die spreekkamer was. Marli het nie besef hoe dronk ek was toe sy in die motor klim nie, maar toe ek slingerend oor die pad bestuur, het sy by my gepleit dat ons liewer 'n taxi moet kry."

"Maar jy het geweier?"

Hy knik en vervolg met hoorbare selfverwyt· "Niemand is so seker van sy eie nugterheid as iemand wat werklik dronk is nie. Marli was half histeries van vrees en soos gewoonlik het ons hewig rusie gemaak. Ek glo sy het uit desperaatheid na die stuurwiel gegryp. Ek het die stuurwiel teruggeruk en . . . en teen die lamppaal gebots. Die geskeur van metaal en die helderrooi bloed op haar doodsbleek gesig – dis klanke en beelde wat tyd of berou nooit sal kan uitwis nie."

"Jy het nie by haar gebly nie. Jy het na jou ma toe gehardloop," sê Leandri beskuldigend.

"Ek het my nugter geskrik, daarom het ek huis toe gehardloop om hulp te ontbied. Nie dat ek in staat was om logies te praat nie. Ek het net Marli se naam oor en oor herhaal en gesê sy is dood. My ma het my later vertel ons tuinier het haar oor die ongeluk ingelig en sy het onmiddellik 'n ambulans ontbied en dokter Dawie gebel. Sy was verlig en dankbaar dat ek nie in die ongeluk gesterf het nie, maar sy het besef dat ek gedrink het. Sy het my liters swart koffie ingegee en toe een van ons ander doktersvriende gebel."

As Leon my seun was, of as Rohan homself ooit in dieselfde situasie sou bevind – sal ek anders as ouma Anya optree? vra Leandri haarself af. En die motorongeluk: wie was skuldig? Die beskonke Leon of haar angsbevange ma wat probeer het om die stuurwiel uit sy hande te ruk?

"Ek is verantwoordelik vir jou ma se dood, Leandri," dring Leon se stem tot haar deur. "Dis waarom ek my so maklik deur my ma laat oorreed het om jou aan haar te gee, want toe ek jou die dag ná jou geboorte sien . . . Hoe kon ek ooit verwag dat jy die moordenaar van jou ma sal aanvaar as jou pa? Om jou te laat glo ek het saam met jou ma gesterf, was genadiger. Dis wat my ma gesê het en ek het saamgestem, want al sou ons die waarheid oor die ongeluk teenoor jou verswyg het, sou iemand anders gepraat het. En dis wat gebeur het, want jy het duidelik reeds by iemand gehoor dat ek nog leef."

"Ja, ek het gehoor jy leef nog – byna een en twintig jaar nadat jy my verwerp het. Ek glo jy het my die volle waarheid vertel, Leon; 'n mens kan dus nie met sekerheid sê wie die ongeluk veroorsaak het nie. Of miskien was dit ek, want ten slotte wou nie jy óf my ma my gehad het nie," antwoord Leandri hees, bewus van 'n nuwe pyn in haar binneste.

"Nee, Leandri. Nooit jy nie. Beskuldig twee onervare, bedorwe kinders van jou ma se dood, maar moenie jouself blameer nie. Ek en my tweede vrou het twee seuns . . ." Hy swyg, sy blik onseker op haar.

"Ek weet," antwoord sy saaklik.

"My seuns is gebore toe ek reeds 'n volwasse man was en ek het hulle in my hart en in my lewe verwelkom. Vaderskap is 'n groot verantwoordelikheid, maar terselfdertyd 'n wonderlike vreugde, daarom is ek dankbaar dat my ma jou soos 'n eie kind kon grootmaak en jou met liefde oorlaai het." Hy merk die siniese glimlag op haar lippe en vervolg skuldig: "Ek weet ek het my plig teenoor jou versuim, Leandri. Ek sal dit aanvaar as jy my haat."

"Ek haat niemand nie, Leon, maar jy is onder 'n wanindruk as jy glo ouma Anya het my met liefde oorlaai. Weelde en geskenke, ja, maar nooit liefde nie. Miskien is sy so lief vir jou en jou nuwe gesin dat daar nie eens 'n paar krummels vir my oorgebly het nie."

Leon staar haar ongelowig aan. "Maar . . . maar is jy nie lief vir haar nie?"

"Die ouma Anya wat ek ken, is 'n koue, selfsugtige vrou wat verwag dat al haar talle bevele stiptelik uitgevoer moet word. Ek ken slaafse gehoorsaamheid aan 'n vrou wat my my lewe lank laat skuldig voel het omdat sy soveel opofferinge ter wille van my gemaak het. Daarom vergesel ek haar na haar talle klubs en vriendinne, speel haar gewillige chauffeur en vra haar nie uit oor my ouers nie, want sy ignoreer my in elk geval as ek dit doen. Nee, Leon, ek is nie lief vir jou ma nie."

"My ma was . . . is nie altyd demonstratief nie," sê Leon ongemaklik.

"Ouma Anya was nog nooit demonstratief teenoor my nie. Ek het geleer wat die liefde van 'n ouma is toe ek my ouma Esmé Rinsma ontmoet het. Sy hou my in haar arms en gee my drukkies, hou my hand vas of raak aan my, omdat 'n mens sonder woorde kan sê jy het iemand lief. Ek weet ook nou dat ouma Esmé al die jare onderhoud vir my betaal het en dat daar 'n groot erfenis op my wag sodra ek mondig is. Sien, ek skuld ouma Anya niks nie, want selfs die aandag en liefde wat ek van die gehuurde personeel ontvang het, is deur oupa en ouma Rinsma betaal."

"Ek het dit nooit geweet nie," kom dit verslae van Leon. "My ma is 'n skatryk vrou. Ek kan nie begryp waarom sy geld van die Rinsmas aanvaar het nie."

"Omdat dit hulle dogter se dood was wat jou gedwing het om in Engeland te gaan woon. Maar ná vanaand . . . Ouma Anya sal dankbaar wees om ontslae te wees van my. Waar is sy?"

Leon staar haar oomblikke lank swygend aan, sy uitdrukking stroef, en antwoord dan met opsigtelike onwilligheid: "My ma het jou mondigwording gevrees omdat sy geweet het haar bedrog van al die jare sal dan op die lappe kom. Die spanning waaronder sy die afgelope jaar geleef het, het haar gesondheid aangetas. Sy het my Donderdagaand gebel en gevra dat ek dringend moet huis toe kom. Ek was Saterdagaand reeds hier, maar ek kon haar nie werklik help nie. Vanoggend het sy 'n beroerte gehad en was onmiddellik in 'n diep koma. 'n Paar uur later het sy nog 'n beroerte-aanval gehad en . . . sy is dood, Leandri."

Ouma Anya is dood – en ek voel niks nie; nie hartseer of haat of woede of blydskap nie, dink Leandri en bly roerloos sit. As sy enige emosies ervaar, is dit verligting, want ouma Anya se dood beteken sy hoef haar nooit te konfronteer oor haar jare lange leuens nie.

"Ek is jammer, Leon," sê Leandri, haar stemtoon stokkerig in haar eie ore. Sy staan op en glimlag skrams. "Ek het net vanaand hierheen gekom om ouma Anya met die waarheid te konfronteer, maar ek is dankbaar dis nie langer nodig nie. En nou gaan ek terug na my eie mense toe."

"Maar my vrou en jou halfbroers sal môreaand –" protesteer Leon halfhartig en kom ook orent.

"Nee," val Leandri hom in die rede, want sy besef in 'n oomblik van insig dat Leon nie net uiterlik nie maar ook innerlik soos ouma Anya is: as jy liefhet, gee hy alles. Sy liefde behoort aan sy vrou en seuns en daar sal nie eens krummels vir haar wees nie. "Ons ken mekaar nie, Leon. Jy het jou eie mense en ek het myne. Miskien het ek tog iets van jou en ouma Anya geërf: ons strooi nie krummels liefde rond aan vreemdelinge nie."

"As jy ooit hulp nodig het, Leandri …" begin hy hoflik, maar swyg toe sy haastig groet en sonder meer die sitkamer uitstap.

Leandri sit opgekrul op die breë, gestoffeerde vensterbank van haar kamervenster in die Rinsma-woning en kyk uit oor die tuin, die blomme soos 'n simfonie van kleur in die warm lenteson. Sy draai om toe sy die gerinkel van koppies hoor.

"Ek is jammer ek dra tydig en ontydig tee aan, my poplap, maar as ek jou langer as 'n uur of twee nie gesien het nie, wonder ek of jy rêrig hier is," sê Esmé glimlaggend. Sy plaas die skinkbord op die vensterbank en gaan sit teenoor Leandri.

"Selfs ná meer as twee weke? Dit voel asof ek altyd hier by Ouma gebly het. Of dalk wil ek net nie onthou nie …" antwoord Leandri. Kommer kolk in haar oë toe sy huiwerig vra: "Was dit sonde om nie na ouma Anya se begrafnis te gaan nie?"

"Hoekom wou jy nie gaan nie, kindjie?" vra Esmé, haar stemtoon deernisvol.

"Húlle was daar, Ouma: my pa en sy nuwe vrou en sy twee seuns. Ek sou soos 'n indringer gevoel het. Hulle het almal 'n liewe ouma Anya geken, maar ek het nie. Ek kon nie saam met hulle hartseer wees nie, want ek was nie. En dalk sou my pa gedink het dis sy plig om sy mense aan my voor te stel, selfs al wou hy nie. Hy … hy is soos ouma Anya was: daar is nie werklik plek vir my in sy lewe nie. Verstaan Ouma?"

"Ja, my kindlief. Maar as dit jou beter sal laat voel: Leon het vir Dawie gesê hy is dankbaar jy het nie sy ma se begrafnis bygewoon nie, want sy seuns weet nie van hulle halfsuster nie."

Esmé lag kopskuddend. "Leuens is blykbaar 'n oorerflike familiekwaal. Waaroor jok jý vir my, Leandri?"

"Net my storie dat ek saans laat lees. Ek lees nie; ek dink net aan ... aan Ingwe-vallei," antwoord sy blosend en neem haastig 'n sluk tee.

"My arme kind, as jy jok, bloos jy, daarom sal jy nooit na die Dreyers kan aard nie." Esmé druk Leandri se arm vertroostend. "Rohan se werk verplig hom om dikwels oorsee te gaan, maar hy stuur die afgelope twee weke gereeld vir jou ruikers. Troos dit nie 'n bietjie nie?"

"Hoe kan dit, Ouma? Die aand toe ek Leon ontmoet het ... Ek was bitterlik ontsteld, selfs al wou ek dit nie eens aan myself erken nie. Hy is my pa, maar hy is ook nie. Dit het gevoel asof hy my vir 'n tweede maal in my lewe verwerp, maar dié keer was ek oud genoeg om te verstaan en ... en seer te kry. Dis waarom ek net by Ouma wou wees, want Ouma is my eie, net myne. En die volgende oggend was Rohan reeds weg lughawe toe."

"Is jy jammer dat jy hom nie gegroet het nie, Leandri?"

"Ja, want dan kon ek sy ring teruggegee het. Ouma weet tog self ons skynverlowing is nie meer nodig nie, want ouma Anya is dood. As ek die ring vir Ouma gee om vir Rohan te hou –"

"Nee, kindjie," val Esmé haar beslis in die rede en hou Leandri se linkerhand vas sodat sy nie die verloofring kan verwyder nie. "Ek het jou reeds gesê: ek bêre nie 'n ander man se verloofring in my kluis nie. Wag totdat Rohan terugkom voordat jy jou eie hart breek."

"Ek probeer verskriklik hard, Ouma, maar ek kan nie ophou om hom lief te hê nie. Ek ... ek wens amper hy wil met 'n ander meisie trou sodat ek kan aanvaar dat hy my nooit sal liefhê nie."

Esmé merk die verwese uitdrukking op Leandri se gesig en sê onstuimig: "Dis wat my verstand te bowe gaan: die vent mors 'n fortuin op ruikers, maar hy bel jou nie." Sy staan op en hou haar hand uit na Leandri. "Kom saam, my poplap. Ek het op 'n ou album afgekom met talle foto's van Rohan en sy broer en selfs van Dorette."

"Goed, Ouma," willig Leandri in, maar sy weet sy het nie foto's nodig om haar groot, donker man te onthou nie – of om te wonder of hy nie tog lief is vir Dorette nie.

Leandri dwaal rusteloos van haar kamer na haar privaat sit-kamertjie, staar met gedwonge belangstelling na die antieke rolluik-lessenaar en die Victoriaanse stoel voor die venster, buk af en glip haar sandale uit. Dis 'n helder maanlignag en as sy op haar tone in die lang gang na die vleueltrap toe sluip, sal sy nie ouma Esmé se slaap versteur nie, besluit sy en maak haar kamerdeur geluidloos oop.

Sy bereik die bopunt van die trap, sien lig deur 'n oop kamerdeur in die westelike vleuel van die huis val en loop nuuskierig nader.

"Kan Ouma ook nie slaap nie?" vra sy en bly in die deur van die vertrek staan. Sy besef dat sy nie die sitkamer ken nie en kyk onseker na die middeldeur op linkerhand. Ouma Esmé het haar al die vertrekke in die huis gewys, behalwe die suite wat aan Rohan behoort. Wat doen haar ouma om middernag in Rohan se suite? wonder sy en kyk nuuskierig om haar rond. Die staanlamp gooi 'n sagte, goue lig om 'n gemakstoel en 'n tafeltjie, maar die res van die vertrek is in halfskemering gehul.

Leandri sien 'n geraamde foto op die kaggelrak staan, probeer wegkyk, maar dis asof die foto 'n magiese krag oor haar het, want haar voete loop vanself daarheen. Sy steek haar hand uit en tel die foto op. Sy staar na die glimlaggende gesig van 'n jong Dorette, beeldskoon soos nou, maar met 'n sagter skoonheid van die jeug. Sy kyk na die donker jong man langs Dorette, wil nie kyk nie, maar weet dat dit nodig is.

Sy het geen verdere bewyse nodig nie: Rohan het Dorette lief, maak nie saak hoeveel maal hy dit ontken nie. Net 'n man wat liefhet, sal 'n foto van 'n meisie en homself in die privaatheid van sy eie sitkamer uitstal waar hy dit dag ná dag kan sien. Sy staan asof versteen in die koue realiteit van haar besef; sy dink nie, voel nie, ervaar nie. Dan kom die pyn. Pyn skeur soos 'n verwoestende orkaan deur haar binneste; pols soos vloeiende vuur deur haar are, maar laat haar nie sterf nie; en waar haar hart was, is slegs 'n polsende, rou wond oor 'n liefde wat moet sterf.

"Leandri . . .?" klink Rohan se stem op uit die oop middeldeur.

Die geluid ruk soos 'n elektriese skok deur haar. Die geraamde foto val uit haar kragtelose hande en spat aan skerwe op die vloer.

"Ek is jammer . . . so verskriklik jammer, Rohan. Ek sal net môre . . ." begin sy skuldig en intens verleë omdat hy haar in sy sitkamer betrap het. Sy hurk om die foto tussen die glasskerwe op te tel.

"Nee!" roep hy gebiedend, bereik haar met enkele treë en lig haar in sy arms op. Hy sit haar voor die rusbank neer en glimlag tevrede. "Dis beter. Het jy vergeet jy is kaalvoet?"

"Nee. Ja, ek het," antwoord sy en kyk hoe hy terugloop na die kaggel en die stukkende raam, die glasskerwe en die foto onder die ysterkaggel inskop. "Het die foto geskeur?" vra sy en voel nog skuldiger.

"Nee, maar ek het dit nie langer nodig nie. En die grootste glasskerwe is nou uit die pad," antwoord hy ongesteurd en kom weer nader.

Sy beweeg intuïtief weg van hom, loop na die boogvenster en tuur met nikssiende oë na die sterbesaaide hemelruim, onbewus daarvan dat sy self in die silwer strale van die maan gehul is. "Ek het gedink my ouma is hier, want ek het nie geweet jy is

508

terug nie. Ek . . . ek is werklik jammer ek het jou en Dorette se foto beskadig. As jy 'n negatief van die foto het, sal ek 'n nuwe afdruk laat maak," hoor sy haarself praat anderkant die koue leegheid waarin sy wegkruipertjie speel met haar pyn.

Rohan beweeg nader en bly langs haar staan. "Luister jy nie as ek praat nie, mooi Leandri? Ek het gesê ek het die foto nie langer nodig nie."

"O . . . Het Dorette vir jou 'n nuwe foto van haarself gegee?" vra sy toonloos, maar kyk nie na hom nie.

"Jy klink so hartseer . . . Jammer, ek het vergeet van jou ouma Anya se dood," sê hy verskonend. "Was jy tog lief vir haar, Leandri?"

"Ek was gewoond aan haar, maar dis nie liefde nie." Sy draai na hom, kyk teen sy ken vas en sê saaklik: "Ek sal Dorette se nuwe foto laat raam, Rohan. Dis die minste wat ek kan doen nadat ek die raam gebreek het."

Sy groot hande neem haar sag aan haar boarms. "Kyk na my, Leandri, en lees my lippe, want jy het skielik doof geword." Hy frons verbaas toe hy haar voel bewe. "Kry jy koud, my meisie-kind?"

"N-nee, glad nie," ontken sy, haar stem 'n fluistering bokant die bruisende sang van haar bloed in haar ore. Koue het niks te doen met die vrees en opwinding en verlange wat haar skud asof sy koors het nie. Dis die aanraking van sy hande wat haar met 'n vloed van emosie oorstroom, want sy wil styf teen sy bors aankruip, sy arms om haar voel en by hom pleit om vir altyd van Dorette te vergeet, want sy, Leandri, het hom lief. Maar sy durf nie, want dit sal haar grootste vernedering wees.

Sy lig onbewustelik haar ken en kyk met onsiende oë op na hom. "Hoekom sê jy ek het doof geword?" vra sy beheers.

"Omdat ek reeds twee maal gesê het ek het nie meer 'n foto van Dorette en Cornell op my kaggelrak nodig nie," antwoord hy, glimlag in sy stemtoon.

509

Sy knip haar oë asof sy wakker skrik. "Cornell en Dorette? Ek het dan gedink dit was 'n foto van jou en Dorette. E . . . was hulle lief vir mekaar?" vra sy aarselend, bewus van 'n teer plantjie van hoop wat in die ashoop van haar drome ontkiem.

Hy los haar skouers en draai weg, sy profiel duidelik sigbaar in die maanlig. Sy sien hom frons, sien sy lippe saamstreep en die bultende spiere langs sy kaak, en raak met 'n vertroostende gebaar aan sy arm.

"Ek is jammer ek het gevra, Rohan. Ek het vir 'n oomblik vergeet jy praat nie graag oor –"

"Ek moet daaroor praat, Leandri," val hy haar ferm in die rede. Hy neem haar hand en trek haar saam met hom op die gestoffeerde vensterbank neer. "Sal ons speel ons is terug op Ingwe-vallei? Of het ek toe reeds te veel gepraat?"

Sy glimlag vir hom. "Nee, ek luister graag na jou stories. Dis dieselfde maan en sterre as op Ingwe-vallei, en die vensterbank kan ons rots langs die dam wees."

"Nou goed dan. Jy weet al Cornell was net twee jaar jonger as ek. Ek en hy en Dorette was 'n driemanskap, maar toe ons ouer geword het . . . Dorette het haar verbeel sy het my lief, maar dit was my jonger broer was so ongelukkig was om haar lief te kry."

"Kon Dorette hom nie liefkry nie?" vra sy toe hy swyg.

"Dorette het haarself lief," antwoord hy grimmig. "Cornell was twee en twintig toe hy sy liefde aan haar verklaar het. Wat sy vir hom gesê het, sal ek nooit weet nie, maar hy het haar met geskenke oorlaai, haar dikwels uitgeneem en ons almal verseker dat hulle binnekort gaan trou. Maar as Cornell haar nie kon uitneem nie, het Dorette na hartelus met ander mans geflankeer, totdat ek haar gekonfronteer het."

"Ek wed sy het nie daarvan gehou nie," sê Leandri en glimlag bedroë.

Sy stem is donker toe hy antwoord: "Inteendeel. Sy het

die geleentheid gebruik om my van haar onsterflike liefde vir my te vertel. Toe ek vir haar sê ek sal haar nooit as my vrou kan liefhê nie, het sy gesweer sy sal wraak neem. Sy sou met Cornell se liefde speel en hom voor die kansel in die steek laat – en ek sou die rede vir sy vernedering wees. Ek het Cornell probeer waarsku, maar vanselfsprekend wou hy my nie glo nie. 'n Week later het hulle verloof geraak en nadat ons hulle verlowing gevier het, het Dorette besluit dat hulle die naweek Durban toe moet gaan. Op pad Durban toe was hulle in 'n botsing betrokke."

"Blameer jy jouself vir sy dood, Rohan?" vra sy, haar stem sag van simpatie.

"Nee. Dorette se verwyte dat ek die oorsaak was van Cornell se dood en haar mankheid het my nooit gepla nie. Maar dit was haar vasbeslotenheid om met my broer se liefde te speel omdat ek haar nie kon liefkry nie wat my laat besluit het om nooit 'n meisie te vertrou nie. Dis waarom ek hulle foto op my kaggelrak gehou het, net ingeval ek so dwaas sou wees om 'n meisie lief te kry."

"Ek kan dit verstaan," antwoord sy terwyl sy veg teen die trane.

Sy lag is 'n warm klank van geluk. "Ek kon dit ses jaar lank doen en toe, op 'n onvergeetlike lentedag, ontmoet ek 'n beeldskone meisie met topaaskleurige oë en maanlig in haar silwerblonde hare. Ek het op daardie oomblik geweet daar is 'n band tussen ons, 'n onverklaarbare verbintenis wat vir my gesê het: 'Sy is deel van jou; pas haar op.' Ek was bang om my eie hart te glo, maar ná meer as twee weke in die buiteland het die waarheid my teruggebring." Sy stemtoon word sagter, meer intiem: "Ek het reeds my hart aan jou gegee en jy dra my ring. Ek het jou liewer as die lewe self, my liewe Leandri, en ek wil met jou trou. Is ons verlowing vir jou net skyn, of kan ek hoop dat jy my eendag sal liefkry?"

Hy wag nie op 'n antwoord nie, maar trek haar orent en omsluit haar in die veilige sirkel van sy arms.

Leandri kyk aarselend op en vind die waarheid in die sagte vuurgloed diep in sy oë. Sy dink nie bewustelik nie; instink en verlange smelt saam en haar arms kruip om sy nek, haar vingers strengelend deur sy donker hare. "Ek is lief vir jou, Rohan, so lief vir jou," fluister sy.

"My liefste maanligmeisie," sê hy skor, sy lippe soekend na hare.

Die eerste soen is 'n aarselende streling: sy lippe sag en warm, soos sy geweet het hulle sou wees. Die tweede soen steek luierende vure in haar aan, laat haar digter teen hom aankruip en maak hulle hartklop een. Sy soen verdiep met brandende begeerte, en 'n opvlamming van ekstase voer hulle weg na die towerland anderkant die gesigseinder, na daar waar bittersoet verlange uiteindelik liefde word.